曹操

四

王暁磊
後藤裕也 —— 監訳・訳
稲垣智恵 —— 訳

卑劣なる聖人

曹操社

目次

※訳注は［　］内に記した。

第一章　皇帝奉迎の決意を固める

曹操陣営への夜襲

建安《けんあん》元年（西暦一九六年）春、曹操は呂布《りょふ》、陳宮《ちんきゅう》、張邈《ちょうばく》の反乱を平定すると、まもなく天子の詔書を受け取り、正式に兗《えん》州の州牧《しゅうぼく》についた。曹操は朝廷と天子のいまだ尽きぬ威光を実感し、劉備《りゅうび》、呂布を攻める計画を断念した。そして、まずなすべきは天子を救い出し洛陽《らくよう》へ帰還させることだと考え、その邪魔を取り除くべく豫《よ》州へと兵を向けた。

春の夜、広々とした平原はしんと静まり返っている。空は曇りがちで星一つ見えず、ただ雲間に見え隠れする満月が、曹操軍の大陣営におぼろな白紗《はくさ》をかぶせていた。まだ寒暖の定まらないころおいである。俗に「八月十五日に月が雲に覆われると、正月十五日には雪が降る」と言われるが、おそらく一両日中にはまた雪になるのだろう。

曹操陣営の門番は、静けさのなかを匍匐《ほふく》で迫りつつある部隊に気づいていないようだ。頭を頭巾で覆い、揃《そろ》いの鎧も身につけず粗衣《そい》をまとったその部隊は、鉈《なた》のような短い得物《えもの》しかなかったが、人数だけは実に多かった――豫州の黄巾《こうきん》賊である。

中原に動乱が生じてからも豫州には大規模な黄巾はおらず、ただ汝南《じょなん》の葛陂《かっぴ》［河南省南東部］にいくつかの砦があるだけだった。豫州ははじめ西涼軍《せいりょう》に蹂躙《じゅうりん》され、その後、袁術《えんじゅつ》が孫堅《そんけん》を支援し、袁《えん》紹《しょう》が周喁《しゅうぐ》を遣わしたことで、二つの勢力が幾度も干戈《かんか》を交えた。長い戦《いくさ》によって県城はひどく損壊し、民は逃げ出して田畑が荒れ、黄巾の残党すらしだいにこの土地から離れていった。二年前、袁術は曹操に惨敗して逃げ出し、豫州北部への支配は及ばなくなっていた。だが、袁術は寿春《じゅしゅん》［安徽省中部］に逃れたあと、曹操を牽制するために、黄巾の勢力が豫州を奪還するように手を貸した。おのおのが万を超える兵馬を擁する黄巾の首領、黄邵《こうしょう》、劉辟《りゅうへき》、何儀《かぎ》、何曼《かまん》らに武器と糧秣《りょうまつ》を与え、兗州の内乱に乗じて汝南と潁川《えいせん》の地を占拠させ、曹操が西進、もしくは南下する道を塞《ふさ》ごうとした。

今夜奇襲を仕掛ける部隊の将は、豫州黄巾の要《かなめ》となる人物、黄邵である。黄邵は、曹操が兗州の乱を平定したあと、すぐに大軍を率いて豫州に攻めてくるとは思っていなかったが、曹操が幾度も黄巾の残党を大破してきたことを知る黄邵配下の兵卒たちは、恐れをなして離反しようとしていた。こうした気分が蔓延すると瓦解は避けられず、戦わずして総崩れしかねない。黄邵は士気を奮い立たせるため、自ら曹操の陣営へ夜襲することを決意したのだった。

農民主体の軍は往々にして日が昇れば耕し、日が沈めば休むという習慣が抜け切れず、夜戦を苦手とする。かつて、曹操が皇甫嵩《こうほすう》を支援して波才《はさい》ら潁川の黄巾を鎮圧したときも、夜戦で勝利を挙げていた。黄邵はこの弱点を克服しようと、長期にわたる昼夜逆転の調練によって、もっぱら曹操を打ち破るための夜戦部隊を作り上げたのである。官軍は黄巾軍に夜襲はないと思い込んでいる。この作戦は、奇兵が天から降ってくるに等しいはずと黄邵は考えていた。

黄邵は多くの黄巾の首領のうち群を抜いて優れ、人望は厚く、武芸に秀で、胆力、識見も飛び抜けていた。このたびの奇襲で黄邵は兵の先頭に立ち、絹の頭巾で頭を覆い、口に大きな鉈をくわえていた。普通の兵卒といくらか異なることといったら、銅板を金糸で綴《つづ》った軽くて動きやすい鎧を身に着けていることぐらいだった。諸侯王の墳墓を暴いて手に入れたお宝で、遺体から無理やり剝《は》ぎ取ったものだった。

いま、黄邵は先頭を切って匍匐していた。肘を使ってごそごそと前へ這《は》い進み、後ろには五千の手勢が続いた。ようやく曹操軍の陣営に近づいたが敵はまったく反応せず、黄邵は胸の内で小躍りして喜んだ。今夜こそ曹操の首級《しるし》を挙げられるかもしれない。口に鉈の柄をくわえていなかったら、おそらく笑い声を上げていただろう。

黄巾軍はじりじりと迫り、陣営から三十歩足らずの距離に達していたが、敵陣にはやはり動きが見られない。二人の不寝番は軍門に寄りかかって微動だにせず、どうやら眠りこけているようだ。黄邵は高ぶる心を抑えて前進を止め、鉈を口から手に持ち替えると、低い声で周りの者にささやいた。「命令だ。みんな指示に従って俺に続け」黄巾軍には指示を出すための旗指物が不足していた。そのため、いざ戦がはじまると、しばしば指揮官個人の一言一行に勝負が左右される。これは黄巾軍の大きな弱点といえた。

号令が低い声で伝わっていき、しばらくして静けさを取り戻した。黄邵は全員に伝わったとみるや、ぱっと跳ね起きて大鉈を振り上げた。「やっちまえ！」叫び声とともに陣門に向かって突き進むと、後ろの兵卒たちも一人また一人と跳ね起き、武器を高く掲げて曹操陣営に押し寄せた。味方の上げる鬨《とき》の声が天地をどよもすほどに響き渡った。闇に潜んでいた黄邵の両目には、敵陣の様子がはっきりと見えていた。やはり動きがなく、陣門にもたれかかる二人の不寝番は驚きのあまり立ちすくみ、その場で死を待っているようだった。

もはや何の遠慮も要らない。黄邵は門番の前へ躍り出ると、右の者に狙いを定め、大鉈で容赦なく斬りつけた。大鉈は兵の頭上から股の下まで振り下ろされたが、耳に「ぱさり」という音だけが響き、黄邵は危うくつんのめりそうになった——藁《わら》人形か！

ふと見ると、柵状の門の隙間から一本の長戟《ちょうげき》が自分へと向かって飛び出してくる。慌てて身を躱《かわ》そうとしたが、長戟の先が右腕に刺さり、握っていた鋼の鉈が手から離れた。追いついてきた黄邵の兵士は、首領がどうして鉈を捨てたのかわからなかった。

みなが戸惑っていると、より力強い鬨の声が突然響き渡り、曹操陣営にあっという間に無数の松明《たいまつ》が掲げられ、あたりを白昼のように照らしだした。柵状の門の隙間からは、弓手《きゅうしゅ》がずらりと並んでいるのが見えた。黄邵は驚きのあまり鉈を拾うことさえできず、頭を抱えて身を翻し駆け出した。「撤退だ！」

だが、矢より速い人間などいない。あっという間に矢の雨が降り注ぎ、突進してきた黄巾兵の大半は射殺《いころ》された。幸い黄邵は鎧をまとっていたので命拾いしたが、両腕には何本か矢を受けた。「早く逃げろ！　それまでの冷静沈着な指揮、落ち着き払った自信は消え失せ、矢を抜く間もなく逃げだした。「伏兵がいやがった！」首領が怖気づいたが最後、兵卒も完全に浮き足立った。こうして黄巾軍は混乱を極め、喚《わめ》きながら逃走した。

そのとき、東からは楽進《がくしん》を先頭とする部隊が、西からは于禁《うきん》率いる部隊が猛然と押し寄せ、さらに曹操陣営の軍門が開け放たれて、若き将曹昂《そうこう》が弓手を率いて追い討ちをかけてきた。三方から挟み撃ちにされ、黄巾軍はまたしてもこれまでと同じ過ちを犯した。軍令に従わずばらばらに逃げ、たちどころに壊滅状態に陥ったのだ。曹操軍は追撃する必要などなく、ただ蜘蛛の子を散らすように逃げ惑う敵が自分たちの前にやって来るのを待って、刀を振り下ろすだけでよかった。黄邵はまるで熱い鍋の上の蟻《あり》のように慌てふためき、腕に刺さった矢もそのままに両手を広げて駆け回りながら、なんとか自分について逃げるよう混乱した兵卒に向かって声を張り上げた。しかし、蜂の巣をつついたような騒ぎでは、誰一人として黄邵の指揮に従う者はいなかった。

楽進は真っ先に乱軍に飛び込むと、長柄の槍を手に鬼神のごとく黄巾兵をなぎ払った。于禁は慌てることなく部下に敵を討つことを命じ、自分は馬上に伏せて松明に照らしだされる大勢の敵を注意深く見渡した。一人の男が武器すら持たずに矢の刺さった両腕を振り回して大声で叫んでいる。体にまとった銅板が炎を映してきらきらと光っていた。于禁は喜び勇んだ——こいつが頭目に違いない！——于禁は楽進に手柄を奪われるのを恐れ、護衛の兵にさえ声をかけず、一人で敵のなかへと突進した。大刀を振るって乱軍を打ち払い、まっすぐ黄邵のもとへ向かった。叫び続けていた黄邵は、敵の将が殺気をみなぎらせて突撃してくるのに気づき、思わず地べたにへたりこんだ。「将軍お助けを！　俺は投……」

黄邵が「投降」を口にする前に、その頭は于禁の一刀によって宙に舞っていた。首から下の胴体はばたばたともがき、血を吹き出して地面に倒れた。傍らの兵が思わず黄邵の首級を受け止めると、于禁は大刀をちらつかせて凄んだ。

「貴様、将たる俺の手柄を横取りするつもりか」

「まさか、滅相もございません」兵は恐れおののいてさっと跪《ひざまず》き、首級を抱え上げた。

于禁はためらわずに左手で首級をつかみ、右腕の大刀で黄邵の胴体を突き刺すと、力づくで担ぎ上げて大声を張り上げた。「黄巾賊ども、よく聞け。お前たちの首領はすでに死んだ。まだ降伏しないのか！」于禁の声に、曹操軍の将兵は歓声を上げた。屍《しかばね》のきらきらと光る鎧が人目を引き、事態は乱軍の知るところとなった。すぐにあちこちで鉈を投げ捨てる音が響き、黄邵の残党は残らず投降した……

曹操は卯《う》の刻［午前六時ごろ］に本営に現れた。典韋《てんい》と王必《おうひつ》が脇を固め、文官は東側に、武官は西側に並んでいる。一方では荀彧《じゅんいく》、程昱《ていいく》、毛玠《もうかい》、薛悌《せってい》、満寵《まんちょう》が深々と拱手《きょうしゅ》し、向かい側でも夏侯《かこう》家と曹家の将、朱霊《しゅれい》、任峻《じんしゅん》が拱手の礼をとっている。このたびの豫州での戦は、曹操軍の揃い踏みといえよう。万潜《ばんせん》、呂虔《りょけん》、李典《りてん》らが兗州に残って守りを固めているほかは、戦に優れた武官、謀《はかりごと》に長けた文官などが軒並み出陣しており、曹操に至っては妻子まで連れてきていた。

曹操は小さくうなずいて礼を述べた。「みな座ってくれ……さあ、将軍らに入ってもらおう」そのひと声で、曹昂、于禁、楽進がのしのしと幕舎《ばくしゃ》に入ってきた。三人が片膝を地面につけると、曹操はさっと手を上げた。「一晩じゅう戦って疲れているだろう、挨拶などよい。おのおの戦況を報告してくれ」

曹昂は曹操の息子であるから、このような場合でもあれこれ思惑をめぐらせる必要はない。楽進は血まみれになるほど奮戦したものの、取り立てて報告するような手柄は上げられなかった。唯一、于禁だけが俯《うつむ》きながらも微笑んで報告した。「曹将軍の優れた武勇のおかげで、わたくしは幸いにもこの手で賊の首領、黄邵を討ち取りました。残党どもは曹将軍の威光に恐れをなしてことごとく投降しました」ここまで話すと、于禁はちらりと曹昂に視線を送ってから付け足した。「狐の子は頰白《つらじろ》などと申しますが、昨晩の一戦でも若将軍の冷静で当《とう》を得た指揮のおかげで、わたくしはなんとか勝利を得ることができました」

「はっはっは……」曹操は追従《ついしょう》にこらえ切れず、笑いだした。「文則《ぶんそく》、謙遜しすぎだ。お前の大手柄を覚えておこう」

「恐悦に存じます」于禁はすぐさま礼を述べた。楽進は内心面白くなかった。自分のほうが于禁より奮闘したのに、うまい汁を吸われてしまった。

だが、思いも寄らないことに、曹操は話を変えた。「文謙《ぶんけん》が体じゅう血だらけであるのは、勇猛果敢に敵を倒したからであろう。おぬしの大手柄も覚えておくぞ」楽進の沈んでいた顔がぱっと明るくなった。「ありがたき幸せに存じます」

曹操は自分の息子には何も言わず、手で合図して座らせた。手柄の有無は取るに足りない。良き跡継ぎに育て上げることこそ肝要である。曹昂、字《あざな》は子脩《ししゅう》、このとき十七歳で、生みの親は劉《りゅう》氏、育ての親は丁《てい》氏である。劉氏の血を色濃く受け継ぎ、眉目秀麗な相貌をしていた。幼いころより文武両道に励み、父親が注釈を加えた兵書を読むほどだが、これまで戦場に立ったことはなかった。先ごろ伝わってきた知らせでは、長沙太守《ちょうさたいしゅ》だった孫堅の子、孫策《そんさく》が江東《こうとう》［長江下流の南岸の地方］へと領地を広げたという。孫策はまだ弱冠の若者ながら、数千の兵馬を率いて揚州刺史《しし》の劉繇《りゅうよう》を打ち破っていた。

曹操は大いに刺激され、自分も息子を鍛えようと今回の出兵に連れてきたのである。

　三人の将が座につくと、曹操は幕舎を見回してからおもむろに口を開いた。「こたびの出兵について、みな思うところもあろう。わしの耳にもいろいろと届いている。しかし、決してゆえなく兗州を離れたわけではなく、豫州に軍を移動させたのには三つの理由がある。一つには黄巾の残党を平定し、皇帝陛下をつつがなく奉迎するため。二つには、袁術を震え上がらせ、北を狙わせないため。そして三つ、父と弟らの棺と御霊を故郷に送り届けるためである」曹操にはさらに四つ目の考えもあったが、それはまだ口にできなかった。

　実のところ、曹操陣営の諸将、とくに曹家の腹心たちは、みな皇帝の奉迎をあまり望んではいなかった。いまは曹操の指示だけを聞いていればいいが、むやみに皇帝などを迎え入れれば、その勅命にも従わねばならない。今後はいちいち上奏が必要となり、自分たちの権限の制限にもつながる。ましてや勅命に従わなければ逆賊の謗《そし》りを受ける。そのうえ名士や重臣といった輩まで加わってきたら、ひと悶着を起こす者も出てくるだろうし、手柄を競う相手も増える。

　曹操は諸将のなかに浮かない表情や、物言いたげな顔を見て取ると、荀彧に向かって目配せした。荀彧は曹操の意を察して立ち上がり、拱手して語りはじめた。「その昔、晋《しん》の文公《ぶんこう》が周《しゅう》の襄王《じょうおう》を保護して都へ送り届けると、諸侯はこれに従いました。高祖《こうそ》が東征して項羽《こうう》を討つにあたり、項羽に殺された義《ぎ》帝のために喪服を着ると、天下は心服しました。今上《きんじょう》陛下が都を離れてから、曹将軍は率先して義軍を起こすことを主張しました。山東《さんとう》［北中国の東部］の情勢が混乱していたことから、関右《かんゆう》［函谷関《かんこくかん》以西］の地まで遠くお迎えに上がることはできませんでしたが、しかしなお、将帥を遣わし、危険に遭いながらも天子に連絡をしていらっしゃいます。外敵と戦っていても、将軍の心はいつも漢室とともにあるのです。これは天下万民の悩みや苦しみを癒やそうとする一貫した志によるものです。いま天子は帰途につかれましたが、洛陽は荒れ果てたままで、正義の士は漢室存続の思いを抱き、民草は古きに思いを馳せて嘆いています。いま、天子を奉じて民の望みを叶えることは、大いに道に則《のっと》るものと言えましょう。公平な態度で豪傑を従えるのは優れた智略というものです。大義によって才俊を招くことは偉大なる徳というものです。天下に逆賊が跋扈《ばっこ》していても、将軍を妨げることなどできません。もしいますぐに決断できなければ、四方の者たちがいずれ先を争って天子を迎えようとするでしょう。そのときになって奉迎しようとしても、それは実に難しい」荀彧が、曹操は大いに道に則り、優れた智略と偉大なる徳を併せ持つことを説いて幕舎の者たちを見回すと、異議を唱える者は誰もいなかった。

曹操はほっと息をつき、すぐに話題を変えた。「奉迎は必ず行わねばならないが、当面の急務は豫州を奪回することだ。黄邵は死んだが、まだ劉辟、何儀、何曼がいる。さて、次は誰が兵を率いて……」

そのとき、卞秉《べんへい》が幕舎に入ってきて、満面に笑みを浮かべながら告げた。「将軍にご報告申し上げます。昨夜の大戦《おおいくさ》で黄巾の烏合の衆は戦々恐々となり、ただいま何儀、何曼が投降すると使いをよこしてきました」

「許してやれ」だが曹操は考える間もなく手を振って注意した。「ただ、武器を捨てて県城を明け渡すだけでなく、投降した者どもを記しておくよう命じておけ。勝手に兵卒を解散させてはならぬ」

「御意」卞秉は先に朗報を、続けて悪い知らせを告げた。「それから……劉辟らは投降をよしとせず、手勢を引き連れて梁国《りょうこく》内へと逃亡しました。袁術はすでに配下の袁嗣《えんし》を陳国《ちんこく》の武平《ぶへい》［河南省東部］に進駐させています。狙いはこの黄巾賊の援護かと思われます」

程昱はせせら笑った。「袁公路《こうろ》はまったく痴《し》れ者よ。将軍と敵対する手腕がないからといって、烏合の衆に頼って虎狼《ころう》のごときわが軍を阻もうとするとは。大軍で赴く必要などありますまい、大将に一隊を率いさせて差し向ければ劉辟など片づけられましょう」

程昱がこのように焚きつけると、楽進がまずぱっと立ち上がった。「わたくしが劉辟を追撃しましょう」続けて于禁、朱霊、夏侯淵《かこうえん》も勢いよく立ち上がり名乗りを上げた。

「まあそう慌てるでない」曹操は目を細めた。「劉辟などたいしたことはないが、わしが見るに、袁術は現状に甘んじておらず、また勢いを盛り返して豫州で争うつもりだろう。われらもここまで来たのだ。やつとじっくり遊んでやろうではないか。わしは豫州をまるごと手に入れ、やつには二度と北を狙わせぬ。劉辟の根城は寧陵《ねいりょう》［河南省東部］にあったはず。やつをそのまま逃げさせて、袁術が助けに来るか見てみよう。もし袁術が助けに来たら、劉辟、袁術もろとも料理してやろうではないか。この心腹《しんぷく》の病を取り除いてから天子を奉迎するほうが円滑にいくだろう」

一同はみなうなずいて賛同した。

曹操は軍令用の小旗を三本取り出した。「曹仁《そうじん》、于禁、楽進！」

「はっ」三人の将が進み出て跪いた。

「おぬしたちはそれぞれ潁川、汝南の県城を引き受けよ。何儀、何曼にはくれぐれも気をつけるのだ。

やつらが裏切ることのないようにな」

「御意」三人の将はその小旗を受け取り出ていった。

曹操は次にどうするかまだ十分に考えていなかったが、やにわに報告に入ってきた衛士《えいし》長に思考を遮られた。「将軍にご報告申し上げます。南東より一隊の人馬が参り、劉辟を打ち負かし、配下の百あまりの黄巾の首級を持って将軍に拝謁しに来たとのこと」

突然そんな友軍が現れるとは予期していなかったので、みな互いに顔を見合わせた。曹操は地方の土豪が名乗りを上げたのだと思い、笑って尋ねた。「どれくらいの人馬で、兵を率いているのは誰だ」

「兵は五百のみです。しかしながら鎧は目にも鮮やか、錦繍《きんしゅう》の旗指物は風格がございます。兵を連れている者は梁国の王子を自称しています。名は劉服《りゅうふく》、陣に入って面会したいとのことです」

梁国は豫州内にあり、明《めい》帝劉荘《りゅうそう》の子であるとともに章《しょう》帝劉炟《りゅうたつ》の異母兄弟でもある劉暢《りゅうちょう》にはじまる。当時の梁国は五県しかなかったが、梁王暢と章帝劉炟の兄弟の情は厚く、本来兗州の領内に属する睢陽《すいよう》、薄《はく》、寧陵、蒙《もう》の四県［いずれも河南省東部］も梁国へと編入された。この四県が与えられると、梁国は天下の諸侯国のなかでも豊かな国の一つとなった。王位は父から子へ脈々と受け継がれ、六代目が梁王劉弥《りゅうび》である。劉服は、その梁王弥と王妃李《り》氏のあいだに産まれた嫡子で、ただ一人の息子であった。つまり、この劉服は言うまでもなく将来の王位継承者なのである。

曹操は劉服についていくらか聞き及んでいたが、わずかに眉をひそめ、その場の者に告げた。「わしが出るのは具合が悪い。みなで幕舎の入り口に並んでお迎えせよ……王子服殿の御成りだ！」宗室《そうしつ》の面子《めんつ》を慮《おもんぱか》り、曹操は「御成り」という言葉をことさら強調した。

朝廷の決まりで、諸侯王の一族は封邑《ほうゆう》を有しているものの、自由に他国の官と関わることはできなかった。自ら軍を率いるなど、なおのこと許されない。劉服は曹操に拝謁を申し出、そのうえさらに五百人の部隊を引き連れている。これはすでに国法を犯していた。しかし、いまは天子そのものが危険に晒《さら》されるほど天下が乱れているため、そのような決まりもおのずと見過ごされていた。まして相手は百あまりの黄巾の首級を携えている。曹操としても外聞があるので礼儀を欠くわけにはいかない。法を遵守せねばならないが、かといって自ら迎えに上がることも都合が悪く、そこで幕舎内の文官武官に出迎えさせたのである。この折衷した礼遇は、きわめて妥当なものといえた。

曹操本人は出迎えに上がりはしなかったが、恭《うやうや》しく立ち上がり、この飛び入り客を静かに待った。ほどなく挨拶の声とともに、取り巻きに囲まれた堂々たる若者が入ってきた。

劉服の年齢は二十を少し越えたところで、身の丈は大柄だがすらりとし、黄金色に輝く魚鱗の鎧を身につけている。左腕には赤い房つきの兜を抱え、右手は腰に佩《は》いた剣に添えている。剣の柄《つか》には真紅の宝石が象眼され、高貴かつ豪奢な趣である。劉服の顔立ちは面長で、短い髭、すらりとした鼻筋に整った口元、唇は紅を引いたように赤く、耳は外側に張り出し、大きな瞳はきらりと輝いていた。左の眉は右の眉より高く、額には深紅のほくろがある。

曹孟徳《もうとく》は息を呑んだ――高貴の相とはまさにこのようなものか!

劉服は本営に入ると跪きも頭を下げることもせず、わずかに拱手した。「曹使君《しくん》［使君は刺史の敬称］、ご機嫌うるわしゅう」劉服は王子ではあったが、何の官職にもついていないため、こうした挨拶はいささか無作法である。

曹操は笑った。「王子が御自ら黄巾を討つ手助けをしてくださるとは、身に余る光栄に驚いております」

劉服は曹操の態度を意に介さず答えた。「わたしは決して使君を助けようとしたわけではなく、ばったり出くわして逃げる術もなかったので応戦したのだ。まさか黄巾賊があんなにあっけなく尻尾を巻いて逃げ出すとはな。まさに烏合の衆だ。使君ならわけもなく殲滅できるであろうに、なぜ半月も睨み合いを続けていたのだ」

まったく耳の痛い話だったが、劉服の身分を考えれば反駁するわけにもいかず、ただ拱手して同意した。「殿下の仰るとおりでございますな。まずはどうぞお座りください」

「いや、よい。わたしは使君と相談したいことがあるのだ」劉服は単刀直入に切り出してきた。「曹使君には西に向かって陛下を奉迎する意思があるようだが」

曹操はぎくりとした。こうした重大な機密を外の人間に明言することは憚られる。だが、劉服の真剣な顔を見て、逆に問い返した。「そのようなことが殿下に関わりのあることでしょうか」

劉服は思わず噴き出した。「わたしは使君と誠意をもって相まみえておるのだ。率直に話してもよかろう。いま朝廷は凋落し天下は不穏、漢室の天子の位さえ危うい。わが父王は民草の苦しみを深く憂い、天子が都を離れることを残念に思って、わたしに部隊を組織して西へと奉迎に向かうよう命じられたのだ。陛下が天下に安定をもたらす手助けをするようにとな」

たかが五百の兵馬でよくもそんな大口が叩けるものだ……曹操は内心あざ笑ったが、やはり劉服の面子を慮って褒めたたえた。「王子はさすが宗室の子弟でございますな。立派な志をお持ちです」

「使君、型どおりの挨拶などよせ。わたしが使君を訪ねてきたのは、重大な相談があるからだと言ったであろう」劉服はどうやらお世辞が好きではないようだ。

曹操は、劉服が若い盛りで富貴かつ傲慢だが、下心のない人物だとみて、ゆっくりと腰を下ろした。

「それで、王子にはどのような考えがおありなのでしょう」

「わたしは兵を率いて洛陽に向かおうとしたのだが、衛《えい》将軍の董承《とうしょう》と袁術配下の萇奴《ちょうど》が成皐《せいこう》［河南省中部］を固めていて道を塞いでいるのだ」

「なんですと!?」これは曹操も初耳だった。

劉服は憤懣《ふんまん》やるかたない様子で続けた。「董承は董卓《とうたく》の故将で謀反の元凶といえよう。袁術は兵を擁して横暴で、皇室を蔑《ないがし》ろにしている。この二人の悪党が天険というべき地を占拠しているのは、明らかに天子を連れ去って朝政の大権を握ろうと企てている証し。だからわたしは曹使君とともに成皐を突破し、洛陽を攻め落として、謹んで天子をお助けしたいのだ」

曹操にとっては劉服が率いるこの程度の部隊など眼中にない。適当に話を合わせながらも、董承と袁術の狙いにしばし思いをめぐらせた。「成皐を攻めることは当然ながら考えています。王子は王族の生まれ、戦などは危険に過ぎます。もし何か間違いがあれば責任を負いきれません。どうか兵を率いてお戻りください。梁王殿下をお守りすることこそ、王子がなすべきことです」

劉服は曹操に馬鹿にされているように感じた。若く身の程知らずの劉服は、ずいと身を乗り出して曹操に尋ねた。「貴殿は何の職にある」

曹操は劉服の意図がわからず、顔を上げて笑った。「王子は知っておられながら、なぜわざわざお尋ねになるのです。天子御自らの命《めい》により兗州牧を拝しております」曹操はわざと「天子御自ら」と、正統であることを示した。

ところが劉服はそれを鼻で笑った。「梁国は豫州に属している。兗州牧である貴殿の関わることではない！　兵を撤収するかどうかはわたしが決めることだ」

この言葉に幕舎内の一同は息を呑んだ。曹操が激怒するのではないかと恐れて押し黙り、上目遣いに曹操を盗み見ると、案の定、曹操は早くも恥ずかしさで顔を真っ赤に染めていた――朝廷が認めた豫州刺史は徐州《じょ》にいる劉備であり、本来なら曹操には豫州のことに手を出す資格はない。しかし、いまは理屈をこねている場合ではない。曹操はこの青二才をいますぐ斬り捨ててやりたい衝動に駆られたが、劉服は帝室につながる一族である。もし宗室を殺害すれば、天子を奉迎するという大事を自らぶち壊すことになる。

曹操は以前辺譲《へんじょう》を殺害したときの苦い経験を思い出し、なんとか怒りの炎を抑えて無理やり笑みを浮かべた。「殿下のためを思って穏やかな言葉で勧めたに過ぎませぬ。お聞き入れになるかどうかは、むろん王子のご判断にお任せします。それにしても、殿下はまたどうしてここへいらしてそのようなことを……わたしでしたからよかったものの、もし袁術のような輩に仰っていたら、お命に差し障りがあったかもしれませせぬぞ」

劉服の少し高い左の眉が持ち上がった。「使君の本営に足を踏み入れてから、わが生死はすでに使君の手に託してある。人の交わりはすべて心が通じ合うかによる。わたしは使君がひとかどの人物だと思ったからこそ率直に申したのだ。袁術のような愚かな輩には、そもそも話を持ちかけぬ」

「なるほど」曹操はこの王子に対してにわかに興味を覚えた。王子の志はどうやら皇帝を輔弼《ほひつ》して漢室を救うだけではないようだ。曹操と劉服は互いをじっくりと見た。二人はしばらく見つめ合うと、にわかに天を仰いで大笑いしはじめた。

劉服はひとしきり笑うと、拱手して切り出した。「使君がかまわないのであれば、ともに駆け回りたい」

曹操ももはや断る理由はなかった。「王子が労を厭《いと》わず助けてくださるのであれば、それは願ってもないことです」

「よし」劉服は快諾してうなずいた。「わたしの五百の兵は？」

「わたしの幕舎の隣に陣を張ってください」

「必要な糧秣は？」

「わたしが提供します」

「事が成った暁には？」

「王子を高い官職に封ずるよう朝廷に上奏します」曹操は唯々諾々として受け入れた。

劉服はようやく傲岸不遜《ごうがんふそん》な態度を改め、数歩下がって恭しく正式の礼をとった。「不肖劉服、これからは喜んで犬馬の労を捧げましょう」

「わたしと殿下は友であり、主従の関係ではありませぬ」曹操は総帥用の卓を回って劉服を助け起こした。

「兵がまだ外で待っています。ひとまず兵士らに指示を出し、すべて落ち着いたら、またご指示を仰ぎに参りましょう」劉服は再び拝礼し、身を翻すと大股で出ていった。

幕舎の文官武官は互いに顔を見合わせた。夏侯淵は耐え切れずに声を張り上げた。「たった五百ごときでこちらの兵に合流させせろなどと、よくも口にできたものだ。思い上がりも甚だしい。あんな金持ちの若造に何ができるってんだい」

「身分こそ劉服の才だ」曹操は髭をなでつけた。「諸侯王の後継ぎという身分は、五百の兵よりもずっと力になるぞ」

夏侯淵は冷笑した。「この天下大乱の世に、王子はおろか皇帝の世継ぎだろうと何の足しになるものか」

「妙才《みょうさい》、言を慎め！」衆目の面前でする話ではない。曹操は手を振って合図した。「文若《ぶんじゃく》と仲徳《ちゅうとく》は残れ。ほかの者は解散だ」

みな挨拶をして辞去し、幕舎に荀彧と程昱の二人だけが残ると、曹操はようやく気がかりになっていたことを打ち明けた。「劉服が敵か味方かはつかめぬが、五百人ではどんな波風も起こせぬ。だが、袁公路がわざわざ兵を陳国に遣り、董承と相通じて成皐を守るように萇奴を差し向けたのなら、やつも天子を迎えようと目論んでいるのではないか」

「それは思い過ごしでしょう」程昱は微笑んだ。「漢室に尽くさんとする気など袁公路にはございません」

「なぜわかる」

「太傅《たいふ》の馬日磾《ばじつてい》の死がその証しです」

三年前、長安《ちょうあん》が李傕《りかく》と郭汜《かくし》に攻め落とされると、西の都長安の朝廷は、関東《かんとう》［函谷関以東］の群雄を慰撫するため、太傅の馬日磾と太僕《たいぼく》の趙岐《ちょうき》に持節《じせつ》［「節」とは皇帝より授けられた使者や将軍の印《しるし》。持節を授けられると、非常時には刺史、太守以下を上奏せずに処罰できる］の権限を与えて派遣した。老臣の馬日磾は袁術のもとに至るとそのままとどめ置かれたが、先ごろ袁術は馬日磾が天子より授けられた節を奪い、この老人を憤死させていた。曹操は議郎《ぎろう》の職にあったとき、馬日磾のもとで働いたことがあり、その死を心から悼んでいた。いま、程昱がその馬日磾の名を出したので、曹操は慌てて尋ねた。「仲徳、それはどういう意味だ？」

程昱はおもむろに話しはじめた。「馬日磾殿は漢室の忠臣です。袁術のもとに三年も甘んじていたのは、思うに、天子に忠義を尽くしてこれをお守りするよう袁術に説くためだったのでしょう。しかし結局……袁術は従わないどころか、馬日磾殿の節を奪い、憤死にいたらしめたのです。袁公路に天子を奉迎する気などないことは明らかでしょう」

「そう考えるのはたしかに筋が通っている……」曹操はうなずいた。「しかし、やつに奉迎するつもりがないのなら、なにゆえ人を遮るのだ。なぜこの件に足を突っ込む？」

「将軍、袁公路の胸の内をよくよく考えてみなければなりません」程昱は笑みを浮かべて立ち上がった。「袁術は力を尽くして江淮《こうわい》［長江と淮河《わいが》の流域一帯］の士大夫《したいふ》や有力地主を味方にし、漢の使者馬日磾を死に追いやり、孫家が持ち去った伝国《でんこく》の玉璽《ぎょくじ》を奪いました。さて、やつの狙いはいったい……」

「自ら皇帝になろうというのか、痴《し》れ者め！」曹操はふんと鼻でせせら笑った。

「そのとおりです。しかし、もし誰かが天子を奉迎して朝廷を立て直し、士人《しじん》が再び漢室に心服したなら、皇帝になろうという袁公路の目論見は成しうるでしょうか」

曹操は目を光らせた。「まさか、やつは……」

「そうです」程昱はうなずいた。「袁公路は皇帝に誰も近づくことができないように阻止し、天子を乱軍のうちに葬り去ろうとしているのです。皇帝は若く、お世継ぎがいないことをお忘れになってはいけません。万一、陛下が天に召されることがあれば、帝室の直系の血は絶えてしまいます。そうなれば主《あるじ》のいないこの天下で、袁術は何憚ることなく伝国の玉璽を掲げて天子の位につくでしょう」

「万死に値する！」曹操はどんと卓を叩いた。「どうやら一段と力を入れて事に当たらねばならんようだな。文若、おぬしはどう思う？」

程昱が袁術の狙いを読み解いているあいだ、荀彧は頭を下げてひと言も口を挟まなかった。これこそが荀彧とほかの幕僚との大きな違いである。荀彧は礼儀にもとることは口にせず、道理や大義を説くという考えで、権謀術数を語ったことはなかった。いまは曹操に問われてようやく頭を上げたが、袁術については触れなかった。「衛将軍の董承が幷州《へい》の白波賊《はくは》と手を握り、天子を戴いているのであれば、董承が袁公路と手を携えるわけはありません。将軍は董承を味方に引き入れ、奉迎の道筋をつけさせてはいかがでしょう」

「ふん」曹操は一笑に付した。「董承がなんだというのだ。もとは董卓麾下《きか》の名もない小隊の将に過ぎん。わしが徐栄《じょえい》、胡軫《こしん》、楊定《ようてい》と広間で酒を飲んでいたとき、やつは剣をぶら下げて外で門番をしていたのだ。そんな輩が幕府を開くことのできる衛将軍にふさわしいといえるか」

「当時といまでは異なります」荀彧はかぶりを振った。「関内《かんだい》［函谷関以西で渭水《いすい》盆地一帯］と関外《かんがい》［函谷関以東の地］ではいまもまだ音信不通、もしかすると董承は何か功を立てたのかもしれません。卑見によれば、いま使君は成皐の奪取を焦るべきではなく、人を朝廷に遣って探りを入れ、相手を知ってから行動を決めるのが最善かと存じます」

「それもそうだな」曹操は少し考えた。「やはり王必を遣らせよう。探りを入れるだけでなく、ついでに董昭《とうしょう》や鍾繇《しょうよう》、劉邈《りゅうばく》殿らに連絡をつけ、何か策を講じさせるのもよかろう」

荀彧はまた付け加えた。「使君は正式に兗州牧の任におつきになったのですから、聖恩に感謝する旨の上奏文をしたためて王必に持たせ、朝廷の反応を探ってみてはいかがでしょう」

「それはいい考えだ。今晩にでも上奏文をしたためよう」曹操は立ち上がり、ぐいと伸びをした。「王必が都にいるうちに、われらは陳国に南下して袁嗣という邪魔を除く。袁公路は油断ならないからな。やつを懲らしめ、やつの勢力を徹底的に豫州から追い出すのだ」

「袁嗣を討つのに、あの劉服殿を連れて行くおつもりですか」程昱は尋ねた。

「劉服は利口で従順だ。あの王子を軍営に置いておけば、われらの朝廷に対する忠誠心も鮮明になり、何かと役立つかもしれん。陳国に着いたら、劉服を利用して陳王と渡りをつけることもできよう し、後日われらが洛陽に戻る天子を奉迎する際にも、劉服は使えるのではないか」曹操の目に一筋の光が閃《ひらめ》いた。「礼がくどくとも人は咎めぬ。すまぬが二人は劉服の幕舎に行って拝謁し、ついでに五百の兵の実情を探ってきてくれ」

「はっ」荀彧と程昱は命を受けて出口に向かった。

曹操はその間に上奏文を準備するつもりだったが、実際に幕舎を出たのは程昱のみで、荀彧は立ち上がったままぐずぐずと衣冠を正していた。「文若、まだ何かあるのか」

荀彧は手を止め、また腰掛けに腰を下ろした。「将軍、将軍府を兗州から豫州に移そうとお考えですか」

曹操はぎくりとした。「文若、どこからそのようなことを？」

荀彧は苦笑した。「黄巾の賊軍などを相手に自らお出ましになることもなかったでしょう。たとえ将軍ご自身が出陣されるとしましても、諸将をことごとく、さらにはご家族までお連れになる必要などありましたでしょうか。それに、将軍が劉服殿ら豫州の宗室を仲間に引き入れるのはなぜでしょう。わたしは先刻承知しておりました」

幕舎にはほかにもう誰もいない。曹操はついに本音を漏らした。「ああ……文若、おぬしの慧眼《けいがん》には恐れ入る。兗州は疲弊しているうえ、天子の居所からも遠い。そのうえ東《とう》郡は袁紹に取られており、まったく心許ないのだ。こたびの出兵は見せかけで、実は機会を見つけて豫州に移ろうと思っていた。明言できなかったのは、みなの反対を恐れたからだ」豫州への移動はたしかに表立って言えることではない。曹操の陣営は兗州出身の者が多数を占める。もし故郷を捨てさせるようなことを言えば、反対の声はたちまち天地を覆い尽くさんばかりとなり、第二の陳宮が現れないとも限らない。

荀彧は髭をなで、話を継いだ。「仰るとおりです……いま使君の麾下で兗州の出の者は十に七、八。文官では毛孝先《こうせん》、薛孝威《こうい》、満伯寧《はくねい》、武官では于文則、楽文謙、そして日々将軍について回っている典韋もそうです。このたび従軍しなかった万潜、徐佗《じょた》、李整《りせい》、李典、呂虔らは、兗州の地を出たことすらありません。先ほど程昱の前で口にできなかったのは、やはり程昱も兗州の人間だからです」

「天子の奉迎のほかにもう一つなすべきは、兗州の出の者たちの権限をどうにかしてそぐことだ」曹操は眉間を揉みほぐした。「わしは沛国《はいこく》の人間で、文若、おぬしは潁川だ。われらはともに豫州の出身。おぬし以外にこの仕事を手伝える者はおらぬ」

「わたしも役には立ちませぬ。あまりに難しすぎます」荀彧はしきりにかぶりを振った。「先の戦乱以来、われわれ豫州の者は外へと逃れました。これを呼び戻すのは容易なことではないでしょう。わたしと使君ですら河北《かほく》［黄河の北］に身を寄せました。袁紹から離れるためにどれほど苦心したことか……わたしはいま自分にできることをするしかありません。今宵、書簡をしたためて河北へ送りましょう。荀衍《じゅんえん》、荀諶《じゅんしん》、二人の兄上に戻っていただき、できれば郭嘉《かくか》も連れてくるように頼んでみます。しかし、兄らが願い出ても、袁紹が許すかどうかは何とも言えませぬ」

「ああ……」曹操は口を尖らせた。「天下はこれほど広いのに、よりによって兗州と豫州の二州しか手にできんのか。どちらも攻め込まれやすく見るも無惨なほどに荒れ果てている。誰かわしを助けてくれるものはおらぬのか」

「将軍をお助けできるのは、今上陛下のみです」荀彧はぼそぼそとつぶやいた。「もし天子の詔勅を手にできれば、将軍が望む者を誰でも呼び寄せることができましょう。朝廷を再興することができれば、われらの内憂外患もすぐに解決できます」

曹操は荀彧の手をぐいとつかんだ。「そうだな。われらは背水の陣を敷き、決死の覚悟で天子を豫州にお迎えしよう」

荀彧は注意を促した。「陛下への上奏文はきちんと準備なさってくださいませ」

「案ずるな」曹操はじっと卓上の筆墨を眺めた。「わしは必ずや皇帝陛下を大いに喜ばせてみせようぞ」

「それから、王必を誰のところに遣るおつもりですか。丁沖《ていちゅう》、それとも劉邈殿でしょうか」

「どちらでもない。丁沖はいま陛下のそばにいてお役目もあるし、劉邈殿はもう年だ。どちらもふさわしくなかろう」曹操は思案をめぐらせた。「聞けば、張楊《ちょうよう》が董昭を天子に拝謁させたところ、董昭は皇帝のおそばに残って議郎を任されたという。先にも董昭の助けを受けねば、王必は河内《かだい》の地を通ることすらできなかった。董昭に会ったことはないが、こちらへ身を寄せたいと考えているのだろう。きっと力を貸してくれるはずだ。そうだ、いっそ王必を董昭のもとに向かわせて計を諮れば、董昭が力を尽くしてくれるに違いない」

荀彧は黙して語らなかった――この董昭という男、どうも好きになれぬ。朝廷の官でありながら張楊の厄介になり、また今度は使君のためにも一肌脱ぐというのか。これこそ夫子《ふうし》の言葉にある、「其の鬼《き》に非ずして之《これ》を祀《まつ》る、之を諂《へつら》いと謂《い》う［自分の祖先の霊魂でもないのにこれを祀るのは、媚《こ》びへつらいである］」ではないか！

董昭《とうしょう》の計略

王必《おうひつ》は曹操の命《めい》を受けると、あえて従者は連れず上奏文を懐に隠して、成皐関《せいこうかん》を密かに通り抜けた。

廃墟の洛陽《らくよう》を越えて一路西へ向かうと、七日ほどで天子が身を置く安邑《あんゆう》［山西省南西部］にたどり着いたが、そこには痛ましい光景が広がっていた。

安邑は小さな県に過ぎないが、西涼《せいりょう》軍に蹂躙《じゅうりん》されて荒れ果てていた。近隣の民はとうの昔に逃げ出し、田畑は荒れ放題で、苦境に陥った君臣が困難に満ちた生活を送っていた。荒県の衙門《がもん》［役所］がぼろぼろなため、皇帝の劉協《りゅうきょう》は皇后伏《ふく》氏、貴人《きじん》［妃《きさき》の称号］の董《とう》氏を伴い、荒廃した屋敷に身を置いていた。皇帝が文武の官を召集する際は、がらんとした中庭に腰を下ろすしかなく、それを好奇に満ちた兵が塀の上からにやにやのぞき見し、威厳や風格といったものはいささかも感じられなかった。

皇帝はまだ住むところがあるだけましだったが、付き従ってきた西の都の重臣たちは悲惨だった。雨露もしのげない家屋に、家族と一緒に天幕を持ち込んで耐え忍ぶしかなく、ほとんど流民同然だった。食糧の不足により、三公九卿《さんこうきゅうけい》以下の官は自力で食べ物を探すことを強いられ、自ら山菜を掘り、野の果実を摘んだ。このような貧苦のなかで、年老いた官は哀れにも餓死するか、瓦礫の下敷きになって死ぬしかなかった。長らく皇帝を助けるために力を尽くしてきた軍も糧秣《りょうまつ》にゆとりはなく、兵は自ら腹を満たす手立てを考えねばならなかった。兵のなかには白波《はくは》賊もいれば、西涼の出の者、さらには匈奴《きょうど》も交じっている。そういった者らはもとより泥棒根性に染まっていたが、生きるか死ぬかの瀬戸際とあって、食べ物を奪い合う者がいれば相手がどんな官職であろうとかまうことなく斬り捨てた。こうして尚書《しょうしょ》以下の多くの官が兵士の手によって命を落とした。

いかに困難な状況にあっても、大部分の官や皇帝はまだ幸せだと思っていた。安邑でいくら辛酸をなめようと、李傕《りかく》や郭汜《かくし》のもとにとどまるよりましだったからである。長安《ちょうあん》が李傕らの手に落ちて以降、二人の所業は畜生にも劣るものだった。まず西涼の馬騰《ばとう》と韓遂《かんすい》が来襲すると何日にもわたって戦《いくさ》となり、ついには仲間割れして李傕が樊稠《はんちゅう》を殺し、郭汜は李傕を攻めるに至る。

李傕が怒りに任せて皇帝を連れ去れば、郭汜も負けじとばかりに三公九卿を拘留し、二人の鍔迫《つばぜ》り合いは長安城の内外での戦に発展し、弓矢が皇帝の御車《みくるま》の上をかすめることもあった。当代きっての名将朱儁《しゅしゅん》が調停を試みるも徒労に終わり、憤りのうちに息絶えた。幸い太尉《たいい》の楊彪《ようひょう》、太僕《たいぼく》の韓融《かんゆう》、侍中《じちゅう》の楊琦《ようき》、そして光禄大夫《こうろくたいふ》の賈詡《かく》らが陰に陽に駆け回ったため、皇帝はようやくこの賊の手から抜け出し、官を率いて急ぎ東へと逃げ落ちた。

道は険しく、兵は足りず、食糧も少ないなか、李傕と郭汜の追っ手が迫る。董卓《とうたく》の故将楊定《ようてい》、董承《とうしょう》、楊奉《ようほう》らが命がけで奮戦したが、陛下を護衛する軍はしばしば敗戦を重ねた。衛尉《えいい》の士孫瑞《しそんずい》や大長秋《だいちょうしゅう》の苗祀《びょうし》、光禄勲《こうろくくん》の鄧泉《とうせん》、少府《しょうふ》の田芬《でんふん》、大司農《だいしのう》の張義《ちょうぎ》、侍中の朱展《しゅてん》、歩兵校尉《ほへいこうい》の魏傑《ぎけつ》、射声《しゃせい》校尉の沮儁《そしゅん》ら忠義の臣が次々に陣没すると、当初から護衛として忠義を尽くしてきた後《こう》将軍の楊定ですら事態の深刻さにおののき、とうとう皇帝を見捨てて逃げ出してしまった。

このような窮地に陥りながらも、皇帝劉協は白波軍の首領韓暹《かんせん》、李楽《りらく》、胡才《こさい》、そして本拠地に戻れずにいた匈奴の右賢王去卑《ゆうけんおうきょひ》を召し出し、かろうじて逃げ延びた。曲がりくねった道をどうにか陝《せん》県［河南省中西部］まで進み、小舟に乗って黄河を渡ったのち、皇帝は牛車に乗って安邑へとたどり着いた。そして河内太守《かだいたいしゅ》の張楊《ちょうよう》の助けを得て、ようやく李傕と郭汜の追撃から逃れたのである。

その後、道中では天子を助けてきた軍にもしだいに軋轢《あつれき》が生じはじめた。白波軍と董卓の故将は争いが絶えず、韓暹と董承は仲違《たが》い寸前だった。皇帝は群臣と協議し、高い官職を授けることで落ち着かせようとした。張楊を大司馬《だいしば》、韓暹を大《だい》将軍、楊奉を車騎《しゃき》将軍、董承を衛《えい》将軍と、それぞれ三公をも上回り、幕府を開くことができる官職に封じることで、内部抗争を避けたのである。

王必は荒れ果てたなかをさまよっていた。あたりにいる官吏は顔色が悪くてやつれ、深衣《しんい》[上流階級の衣服]はつぎはぎだらけとなり、彫りや彩りを施していたであろう玉帯《ぎょくたい》は兵士に奪い取られていた。手に鍬《くわ》を持つ者もいれば、笏《しゃく》を使って山菜を掘る者もいて、ほとんど物乞い同然である。県城内の廃墟には、あちらこちらに大小さまざまな天幕が張られていた。多くの兵士が官と一所《ひとところ》に寝起きしており、すえた臭いが鼻をつく。王必には誰が誰だか見分けがつかなかった。

こんな状況で上奏文をどこに届けろというのか。どこへ行って董昭らを探せばいいのか。王必はなかなか頭の働く男で、皇帝が仮住まいしている屋敷で待っていれば必ず官が出入りし、董昭らにも会えるだろうと考えた。ただ、その「行宮《あんぐう》」がどこにあるのかわからなかったので、王必は二、三人に尋ね、どうにか探し当てた。

「行宮」は小さくはなかったが、外塀はすでに朽ち、正門に威容はなく、多くの箇所を傷んだ木材で修復していた。修復の跡が目立つ「宮城の壁」の周りは多くの兵に守られていたが、北軍《ほくぐん》の五営《ごえい》、南軍《なんぐん》の七署《しちしょ》の貫禄などまったくなく、明らかに混成軍とわかる。鎧を身につけている者、綿入れの長衣を羽織る者、黒い布衣《ふい》の者、なかには毛皮を羽織っている者までいて、ひと目で漢人ではないとわかった。これらの兵はみな異なる派閥に属している。それぞれが天子の独占を牽制するため、生活をともにして警備しているのである。だが、管理がずさんなのか、兵糧もときとして行き渡らず、一様に気の抜けた顔をしている。身を入れて見張りに立っている者は少なく、大半は武器を放り出し、朽ちた塀にもたれかかってうたた寝をしたり、塀の上からなかをのぞき見している。

見張りの者は信用するに足りない、王必はそう考えて用件を伝えず、正門あたりの枯れ木に身を隠して遠くから出入りする人を窺った。

半刻［一時間］あまり過ぎたころ、突然「散会！」との声が聞こえ、人がぞろぞろと正門から出てきた。出てきた者たちは、股肱《ここう》の重臣にはまるで見えない。朝廷の官はいつどのような朝服《ちょうふく》を着るかが明確に定められているが、いまの彼らの朝服には季節ごとの色など関係なかった。つぎはぎをしていたり、破れた裾がぼろ切れとなってだらしなく垂れていたり、もとの色がわからないほどに汚れきっていた。顔色はみな青白く、髭はぼうぼう、敷地を出ても挨拶の言葉もなく、俯《うつむ》いて次の食事の当てを考えている。さらに兵士に支えられて出てきた老臣たちは一歩踏み出すごとによろめき、白髪交じりの髭を揺らしていた。

王必は首を伸ばし、眼を見張って知った顔を探した。しかし、誰を見ても物乞いにしか見えない。知り合いは見つからず、目もかすんできた。枯れ木の陰から出て尋ねようかとも思ったが、尋ねる人間を間違えて大事をしくじるのも怖い。気を揉んでいたそのとき、ついに董昭がふらりと出てきた。

董昭に気がついたのは王必の目が良かったからではない。その姿が大いに人目を引いたからだ。ほかの者はみなぼろをまとっているのに、董昭だけはきちんとした身なりをしていた。黒い朝服を身にまとい、頭には通天冠《つうてんかん》［文官が用いる冠］を戴き、黒い綬《じゅ》［印を身につけるのに用いる組み紐］をつけていた。手には短い象牙の笏を持ち、足には厚底の雲履《うんり》［先が雲の形をした履き物］を履いている。

実のところ、それは秩《ちつ》六百石《せき》の散官《さんかん》である議郎《ぎろう》の服の色に過ぎず、朝廷内での地位はかなり低かったが、落ちぶれた重臣のなかでは輝いて見えた。

年のころは四十前後、色白で品のあるふくよかな顔をしており、飢えにあえいでいる様子は微塵も感じられない。整った目鼻立ちをしていたが、これといって特徴があるわけではなかった。ただ、唇の上に豊かに蓄えられた真一文字の髭と、びっしり濃く生えそろったあごひげは艶やかに光り輝き、一見して念入りに整えていることがわかった。董昭は気を緩めることなく脇目も振らず、両手で笏を捧げ、礼儀正しく伏し目がちにゆっくりと歩いていた。董昭だけは落ちぶれた屋敷ではなく、あたかも高々とそびえる楼閣から玉の階《きざはし》を踏みしめて下りてくるかのようだった。通り過ぎる際、守衛兵は次々と平身低頭してへつらった。どうやら董昭が張楊のもとから来たことを知っていて、誰も気安くは近づけないようであった。

董昭がゆっくりと人混みを抜けて兵士からも離れると、王必はようやく迎え出て拱手《きょうしゅ》した。「董大《たい》人《じん》、ご機嫌うるわしゅうございます」

董昭はわずかに視線を上げると、またさっと伏せて低い声で答えた。「おぬしか。どうしてまた安邑までやって来たのだ」

「わが使君《しくん》の命を受け、陛下のご恩に感謝しに参ったのでございます」

「ふむ」董昭はさりげなく返事した。

「ほかにも一つお願いがございまして……」王必は周りに人気がないのを見ると、近寄って声をさらに落とした。「董承が袁術と通じて成皐にある旋門《せんもん》関を占拠し、わが使君の軍が西へ進んで天子を奉迎することを阻んでいます。　董大人におかれましては、われらの軍が旋門関を通る妙案を何かご存じでしょうか」

董昭はふと歩みを止めたかと思うとまた歩き出し、おもむろに答えた。「ついて来たまえ。用件はわたしのところで聞こう」

「はっ」王必はつかず離れずの距離を保って董昭に続いた。董昭が急がず慌てず歩くのを見ながら、王必は胸の内でこの人物の経歴を思いだしていた。董昭、字《あざな》は公仁《こうじん》、済陰《さいいん》郡定陶《ていとう》県［山東省南西部］の生まれ。兗《えん》州の人士であり、兗州を制した曹操を好意的に見ていた。董昭の出仕は早く、黄巾《こうきん》の鎮圧がはじまり、先々帝の名臣賈琮《かそう》が冀《き》州刺史《しし》に任ぜられたときには、すでに癭陶《えいとう》［河北省南西部］の県長に着任しており、清廉な人物として知られていた。のちに天下が乱れると、董昭は袁紹《えんしょう》のもとに身を寄せて鉅鹿《きょろく》太守となった。黒山《こくざん》の賊軍が袁紹と公孫瓚《こうそんさん》の戦に乗じて鄴《ぎょう》城［河北省南部］を襲撃し、魏《ぎ》郡太守の栗成《りっせい》を討つと、袁紹は黒山賊を平定したのち、董昭に魏郡太守を引き継がせた。魏郡は袁紹の本拠地であり、そこの太守を董昭に授けたことからも、袁紹がいかに董昭を重用していたかがわかる。しかし、袁紹との良好な関係にも突如として亀裂が入った。董昭の弟董訪《とうほう》は張邈《ちょうばく》の麾下《きか》にあったが、呂布《りょふ》の一件で袁紹と張邈が不仲になり敵対するようになってくると、董昭は不安を覚えた。袁紹が昔からの腹心であった劉勳《りゅうくん》や張導《ちょうどう》を処刑したことも何かにつけて思い出され、身の毛がよだった。そして董昭は袁紹にでたらめを吹き込んだ。袁紹に代わって天子に拝謁するため長安に赴くと謀《たばか》り、河内太守の張楊のもとへと身を寄せたのである。

張楊は前途ある人物とは言えず、軍略にも長けていなかったが、温厚かつ度量の広い男であったため、董昭は張楊の麾下として日々を過ごした。ただ、王必が曹操の命によって長安へ向かうまでは、半ば張楊に拘留されていたようなものだった。董昭は曹操と面識はなかったが、うまく取りなして王必を通過させたばかりでなく、張楊と曹操が互いに使者を遣わして盟約を結ぶように取り計らった。のちに天子が追手から逃れて安邑にたどり着くと、董昭は張楊の代わりに拝謁に向かい、議郎に任命された。ある意味で、董昭には三つの立場があった。正真正銘の朝廷の臣下であり、張楊の配下でもあり、さらには朝廷内における曹操の代理人でもあった。この三つの立場は董昭が自ら築き上げたものので、選択の余地を残す異なる活路であった。董昭は疑いなく頭の切れる人物であり、官界で十年あまり鍛えられたこともあり、いずれの道を歩めばよいか自然と心得ていた。ただ、董昭は用心深く慎重で、職務にはもちろん秀でていたが、口数は少ないに越したことはないと考えていた。人に物事を頼むには腰を低くせねばならない。王必は董昭が始終黙りこくっているのを見て、話題を探った。「董大人、こちらでの暮らしにはもう慣れられましたか。おつらいことはございませんか」

「まあなんとかな。天幕を一ついただき、ひとまず別宅としている」

別宅だって？　こんな状態に追いやられてまだ美辞麗句を並べるとは。王必は笑いたかったがそれをこらえて尋ねた。「食糧はまだございますか」

董昭はうなずいた。「発つに際して張楊がかなりの食糧を持たせてくれたのでな。ほかの重臣方にも分け与えるように申された。いまはみなと同じく山菜の羹《あつもの》を食しておる」

王必は董昭のふくよかな顔を見た。これが山菜で腹を満たしている人間の顔か。董昭は王必のことをちらりとも見なかったが、王必が信じていないことはわかった。「信じられないかね。嘘偽りなく申すが、たとえ美味珍味があったとしてもわたしは食さぬ。わたしはこの二十年、菜食を貫いているからな」

「ええっ!?」王必は驚いた。「二十年も……ずっと菜食を」

「おぬしは養生に通じていないと見える」董昭は話しながら落ち着いてゆっくりと歩いた。「筍《たけのこ》や山菜を煮込んだ羹は、何より体にいいのだ」

王必は貧しい兵の出であり、酒を飲み、肉を食らうことを好む。青々としたものを思い浮かべるだけでも気が沈む。

董昭は興味のある話題になったとばかりに饒舌に話しはじめた。「わたしは若いころに南陽《なんよう》の張仲景《ちょうちゅうけい》［張機《ちょうき》］に会い、仲景とともに壮健と長寿の道を探ったのだ。摂生《せっせい》し、冷えに用心すれば、病気を起こす悪い気は経絡《けいらく》を侵さない。五臓の働きは滞ることなく、病を生じることがない。油気のないあっさりとしたものを中心に、過度に食べることなく、菜食し、火の通ったものを食べる。これらはすべて有益だ。あっさりしたものは消化を良くし、腎水《じんすい》［骨髄、精液など］にいい。少食は脾臓と胃を傷めない。菜食は胃と肝臓ののぼせを抑える。燧人《すいじん》氏が火を得てから、世の者は火が通ったものを食べるようになり、冷食《れいしょく》を無理に消化せずともよくなった。これらこそ長寿の道というものだ。信じないのであれば、おぬしも試してみればいい。五穀、雑穀と山菜を煮込んで羹にしたものは、神《しん》農《のう》氏の良薬にも勝《まさ》る」董昭は話すうちに笑みをたたえ、用心深い顔もわずかに得意げになった。「大丈夫たるもの、文武で偉業を打ち立てんと勤《いそ》しむべきとは申せ、体はやはりすべての基本だからのう。養生せねばなるまい」

王必は董昭が語る養生の道などまったく興味はなかったが、話の腰を折るわけにもいかず、適当に相槌を打ちながらあとに続いた。董昭はゆっくりとした足どりで歩みを進め、ずいぶんと長い時間をかけてようやく王必を「別宅」へと連れ帰った。張楊の口利きで来たとはいえ、董昭の住む天幕も狭かった。寝台と卓が一つずつ、腰掛け二脚に書箱が一つ、天幕のなかにあるのはそれですべてだった。ほかには生活の面倒を見てくれる老僕が一人いるのみである。

董昭はなかへ入るとすぐ老僕に席を外《はず》すよう命じ、静かに帳《とばり》を下ろして自ら腰掛けを運んでくると、王必に座るよう勧めた。王必は訪れてからだいぶ時間が経っていたが、まだまともなことは何一つ相談できていない。のんびり腰掛ける気になどなれなかった。「董大人、どうかおかまいなく。それよりも今後のことです。何か手立てはおありですか」

「まあ、そう慌てるでない。まずは水でもいかがかな」董昭は二つの粗末な碗を持って来て壺を抱えると、水を注ぎながら言い添えた。「これは普通の水ではないぞ。半夏《はんげ》と厚朴《こうぼく》を浸したもので、張仲景の処方によるものだ。脾臓と胃を健やかにし、病を防ぐ」

王必は癇癪《かんしゃく》を起こさないようにぐっとこらえ、董昭がゆっくりと水を注ぎ終えるのを見届けると、懇願した。「董大人、わたしがここまで来るのは決してたやすいことではありませんでした。何とぞお力をお貸しください」

董昭はそれには答えず、落ち着き払って腰を下ろし、水をひと口飲んでから言った。「曹兗州［曹操］の上奏文はどこだね。見せてもらえぬだろうか」

王必は一瞬ためらったが、笑みをこぼした。「もちろんかまいません。董大人のご助力がなければ、わが主君も兗州の州牧《しゅうぼく》に封じられることはなかったのですから」そうして懐から上奏文を取り出すと董昭に手渡した。董昭は注意深く錦の包みをほどき、竹簡を開いて目を通した。

入りては兵校《へいこう》を司り、出でては符任《ふにん》を総べる。臣 累葉《るいよう》恩を受けたるを以て、洪《おお》いなる施《ほどこ》しを膺《よう》荷《か》し、敢えて命を顧みず。是《ここ》を以て戈《か》を将《と》り甲を帥《ひき》い、天に順《したが》いて誅を行う。夷を戮《りく》し覆亡《ふくぼう》するに暇《いとま》あらざると雖《いえど》も、臣 興隆《こうりゅう》の秩を以て、功は執る所無きを愧《は》ず。偽を以て実を假《か》り、条《えだ》は華《はな》に勝《た》えず。窃《ひそ》かに譏誚《きしょう》せらるるを感じ、蓋《けだ》し以て惟《こ》れ谷《きわ》まる。

「中央では朝廷の軍を司り、地方では割り符を持って軍を動かす重責を仰せつかりました。わたくしは長らく陛下の聖恩に浴し、多大な恩賞をいただいて任務に当たり、命すら惜しみませんでした。そのため、兵を率いて敵を討伐せよとの陛下の命に従い、乱の鎮圧に努めてまいりました。休むこともなく敵を滅ぼしてきましたが、十分な俸禄に見合うほどの勲功を立てられず慚愧に堪えません。名ばかりで実績を覆い隠し、うわべばかりで名声にそぐわないと、密かに誹《そし》られているように思われ、まったく進退窮まっております」

「結構、結構」董昭は髭をしごきながら、しきりにうなずいた。「この上奏文は長くはないが、言葉遣いはよく考えられておる。まず、聖恩を忘れてはいないことが記され、次に、征伐することは天命にも民心にも適うことと記す。さらに言えば、慎みが感じられて傲慢なところがない……曹孟徳《もうとく》殿はやはり並の男ではない。兵法に通じ、戦に長けているばかりでなく、文章も一流とは！」董昭は読み終えると褒め称えたが、慌ただしく上奏文を巻き、無造作に大きな卓上に置いた。

王必は董昭のこうした無駄話など聞くつもりはなく、そわそわと急《せ》かすように尋ねた。「董大人、上奏文もご覧になられたことですし、どのようにして手を貸していただけるのか、お教え願えませんか」

「何を慌てておる」董昭は王必を見るのも煩わしいのか、依然として上奏文を見つめながら、左の手のひらのなかで右手の指をもぞもぞと動かしている。

王必も仕方なく傍らに座り、じっと董昭を見守ることにした。ずいぶん長いあいだ指をもぞもぞしていたが、ゆっくりと腰を下ろして碗を持ち上げると、またひと口水を飲んでからようやく口を開いた。「河南尹《かなんいん》の道を通す件は、慌てずともよかろう。いくつかの勢力が陰に陽にしのぎを削っているこのご時世、彼らを手なずけなければ、たとえ曹使君が成皐に兵を差し向けても、朝政を掌握することはできまい」

こののろまめ、人を焦らすだけ焦らしてたったそれだけか——王必は肩を落とし、しきりにかぶりを振った。「董大人、簡単でないことは先刻承知していますが、何かしら手はないものでしょうか」

「慌てるでない……いま陛下の周囲の勢力はおおよそ五つに分けられる。われらは利害を秤にかけて動く必要がある」董昭は手にした碗を見つめて軽く揺らした。「まずは張楊だが、やつはいま野王《やおう》県［河南省北西部］に駐屯し、人を遣って急ぎ洛陽の皇宮《こうぐう》を修繕している。だが、どうも朝堂に身を置くつもりはなく、ただ時弊を正そうというだけのようだ。それに、曹使君とはすでに懇意にしているのだから、たとえ助けは得られずとも、曹使君の邪魔はせぬだろう。それから匈奴の右賢王去卑、あれも部族の内乱で本拠地に戻れず、漢の朝廷のために力を尽くしているから、なんら問題にはならぬだろう」

そこで董昭はふと顔を上げた。「面倒なのは次の二つだ。第三の勢力は白波賊の韓暹。もっとも多くの兵馬を擁し、陛下を護衛することで功績を挙げた。大将軍《だい》に封じられたうえ、司隷校尉《しれいこうい》を兼任している。朝政に参与しているだけでなく、河東《かとう》には仲間の李楽や胡才も駐留している。そして第四の勢力、董卓の故将董承だ。董承は永楽《えいらく》太后の甥を自称している。兵馬は多くはないが、今上《きんじょう》皇帝の寵愛を受け、皇后の父伏完《ふくかん》との関係もよい。陛下は董承の娘を貴人として迎え入れ、御自ら董承を『叔父』と呼ばれている。この二人は強い実権を握っているので、曹使君が乗り込んでくるとなればどうあっても反対するだろう。だが、幸い両者の対立も根深い」

王必はもうこらえ切れずに、あからさまにむすっとした表情を浮かべた。「長々とお話しになりましたが、やはりわれらが使君にお力を貸していただけないのですね」

「いやいや、そうではない。助けになるのは最後の勢力――楊奉だ！」董昭は水を飲み干し、空になった碗を卓上に置いた。「楊奉は二つの立場を兼ねている。若いころは白波の頭目だったが、のちに董卓に帰順して将となり、両派ともつながりがある。だが、両派とも楊奉を自分たちの仲間とは考えていないため、自ら党派を作るよりほかないのだ。楊奉は兵力では韓暹に及ばぬし、陛下の寵愛から考えれば董承に劣る。何らかの成果を挙げようとするなら外からの助けを得るほかない。それゆえ曹使君はひとまず楊奉と協力し、ほかの二派を牽制してはどうだろう」

「それが董大人のご高見ですか。人のために骨を折るだけでは報われませぬ」王必は冷たく見据えた。

「いや、いまのこのご時世、他人を助けることは自分を助けること、一人味方を増やせば一人敵が減る。張楊や去卑は敵に回らぬ。このうえ楊奉を抱き込めば、心置きなく董承と韓暹に当たることができよう。そして二人のいずれかを共通の敵に仕立て上げれば方《かた》がつく」

王必にもようやく話が飲み込めてきた。「董大人が仰っているのは、つまり……」

董昭は鋭い眼光を王必に向けた。「まず楊奉を抱き込み、それから董承、韓暹のどちらかの勢力を味方に引き入れる。そうすれば、曹兗州は四つの勢力の盟友として河南尹に進駐することができよう。建前ではほかの四人に代わって共通の敵に挑むという形を作り、いざ河南尹に入れば、あとは曹兗州の才智によって苦もなく事を進められよう。安心なさい。時間は十分にある。安邑のような小県は陛下のおわすところではない。しばらくしたら必ず洛陽に向かう。道中で何か起こらぬとも限らぬゆえ、曹兗州は静かにそのときを待てばよかろう」

「わかりました」王必は膝を打った。「わたしは上奏文を差し出したらすぐに戻り、このことを使君に報告いたします」

董昭はかぶりを振った。「そして、なるべく早く楊奉と連絡を取るよう進言します」

董昭はかぶりを振った。「この件は早いほうがよい。行ったり来たりでは時間を無駄にしてしまう。いますぐ楊奉の駐屯地に行って面会し、同盟を結ぶ意向を伝え、使君には事後承諾を得ることで早く済ませてしまいなさい」

「そのような大事をわたし一人で勝手に進めてよいものでしょうか。それに、使君の書簡がないのに、楊奉はわたしの話を信じるでしょうか」

董昭の鼻がひくひくと震え、色白のふくよかな顔に軽蔑の色が浮かんだ。「王主簿《しゅぼ》、よもや怖気づいたのではあるまいな」

王必はおだてに乗る質《たち》ではないが、見下されることを何よりも嫌う。「董大人、この王必を見くびってもらっては困ります。万難を物ともせず長安へ一人で赴いた男ですぞ。楊奉に会いに行くくらい何だというのでしょう。ただ、使君の書状もそれに代わるものもないままに行けば、無駄足になるのではと案じた次第」

董昭は冷やかに笑った。「では、もしここに曹兗州の書状があったらどうかね」

「それならためらうことなどありません」

「本当かね」

「当然です」王必は少しかっとなった。

董昭は髭をなでつけた。「では、わたしが曹使君に代わって楊奉に書状を書くというのはどうだろう」

「それはつまり……偽造すると!?」

董昭はすぐに真っさらな竹簡を広げ、曹操の上奏文にさっと目を通すと、筆を執って何やら書きはじめた。王必は董昭の力強い運筆《うんぴつ》と筆跡が曹操とまるで瓜二つなのを見て、その妙技に舌を巻いた。さらに驚くべきことには、董昭はとっくに案文を練っており、一気呵成に情理を尽くした文面を書き上げて、すぐに偽の書状が王必の目の前に現れた。そこで董昭は突然立ち上がり、まるで全身の力を腕に込めたかと思うと、筆を竜や蛇のごとく舞わせて、「兗州牧曹操」の落款《らっかん》を書き記したのであった。

「残念だが印がない……だが、印を加えない書状はより謙遜の意を表すことができよう」董昭はそう言うと、最初から最後までざっと黙読してから、王必に声をかけた。「さあ、これでよいかね」
王必は手に持つことさえためらわれ、首を伸ばしてのぞき込むようにして読んだ。

吾 将軍の与《ため》に名を聞き義を慕い、便《すなわ》ち赤心《せきしん》を推す。今 将軍 万乗《ばんじょう》の艱難《かんなん》を撥《のぞ》き、之《これ》を旧都に反《かえ》さしめんとし、翼佐《よくさ》の功、世を超えて疇《たぐ》い無し。何ぞ其れ休《よ》きかな！　方《まさ》に今 群凶《ぐんきょう》 夏《か》を猾《みだ》し、四海未だ寧《やす》らかならず、神器《しんき》 至重《しちょう》にして、事は輔《たす》けを維《つな》ぐに在り。必ず須《すべか》らく衆賢 以て王の軌《みち》を清めるべきも、誠に一人の能《よ》く独り建てる所に非ず。心腹四支《しんぷくしし》、実《まこと》に相恃頼《じらい》し、一物備わらざれば則ち闕《けつ》有り。将軍 当《まさ》に内にて主と為《な》り、吾 外にて援《たす》けと為るべし。今 吾 糧有り、将軍兵有り、有無相通ずれば、以て相済《すく》うに足る。死生契闊《けっかつ》、相与《とも》に之を共にせん。
「わたくしは将軍の名声をお聞きし大義をお慕いして、ここに衷心よりお伝えいたします。いま将軍は天子の艱難を救い、もとの都にお返しになろうとしています。天子輔弼《ほひつ》の勲功は世に類いなく、なんと素晴らしいことでしょう。まさにいま、多くの悪人が中華の地を乱し、天下はまだ安定していませんが、帝位はこのうえなく重要で、輔弼を維持することが欠かせません。諸賢は天子のたどるべき道を清めなければなりませんが、決して一人で成し遂げることはできません。胸、腹、四肢は頼り合うもので、一つでも欠けていれば欠陥があることになります。将軍は朝廷で主となり、わたくしは外から支援いたしましょう。いま、わたくしには兵糧があり、将軍は兵をお持ちです。互いに欠けているものを融通し合えば、ともに助け合うことができますゆえ、死生と労苦をともにいたしましょう」

王必は目を通し終えると、冷や汗が背中を伝わってきた。その書状の筆跡は、曹操直筆の上奏文と仔細に見比べても見分けがつかないばかりでなく、言葉遣いにも見事に曹操の風格が表れていた。「董大人、この書状なら本物として通ります。貴殿は本当に……なんてすごいお方だ」

「王主簿、書状ができたからには、ご苦労だが、曹兗州のためにひとっ走りしてくれたまえ」

「もちろんですとも」王必は汗をぬぐった。「董大人にこのような才能がおありだとは想像だにしませんでした」

「これしきのことで大げさな。それに一度や二度のことではないからのう」董昭は手を揉みながらぽろりと打ち明けた。「かつて袁紹がわたしを鉅鹿太守に任じたとき、郡の孝廉《こうれん》である孫伉《そんこう》らが背いて公孫瓚を迎えようとしたので、袁紹の公文書を偽造してやつらを斬首にしてやったこともある」

王必は思わず寒気を覚えた——士大夫《したいふ》というのはまったくたいしたものだ。筆を動かすだけで、人の命を手玉に取ることができるとは。

董昭は俯いてまた偽の書状をしげしげと眺め、うなずいたり、かぶりを振ったりしている。どうもまだ気に食わないところがあるようで、残念そうにぶつぶつとつぶやいた。「曹孟徳の筆跡は力強く覇気に満ちている。字は体《たい》を表す。形を真似ることはできても、その精神的高みにまで達することはできぬな……」

「これで十分でございます。楊奉のような粗忽者を欺くには十分すぎるほどです」王必はそう言いながら竹簡を巻こうとした。

「慌ててはならん。墨が乾き切ってからにしなさい」董昭は厳しい口調で制止した。

「はっ、仰るとおりにいたします」王必はすっかり態度を改め、慌てて手を放した。「董大人はもしやどんな筆跡でも真似られるのですか」

董昭は天幕のなかをゆっくりと行きつ戻りつした。「いやいや。わたしにも真似できぬ筆跡が、天下には三つある」

王必は使者としての役目がひと段落したとみて胸をなで下ろし、ゆっくりと腰を下ろして出された水で喉を潤すと、董昭の話に付き合った。「その三派とはどなたでしょう？」

「まず、かつての名将張奐《ちょうかん》と、息子の張芝《ちょうし》、張昶《ちょうちょう》だ。張親子の草書は章《しょう》帝にも劣らず、気宇壮大にして流麗、並び立つ者はおらぬ。わたしはこの目で見たことがあるが、どこから書けばいいかすらわからぬほどであった」董昭はかぶりを振り、口惜しげに続けた。「その次は、師宜官《しぎかん》と梁鵠《りょうこく》の師弟。二人の篆《てん》書は最高の域に達している。その道の極致に達したものは往々にして特徴を見出せず、特徴がなければ真似しがたい」

特徴がなければ真似しがたいとはけだし名言である。王必はそう思うと、董昭の話に興味を抱きはじめた。「それで最後の一人は？」

董昭は笑った。「おぬしも知っておろう、尚書僕射《しょうしょぼくや》の鍾繇《しょうよう》だ。鍾元常《げんじょう》の文字には独特の風格がある。その奥深さには果てがなく、古《いにしえ》の雅びやかな趣に溢《あふ》れている。わたしも何度か臨書してみたが、とうとう真似できなかった」

そこで鍾繇という名を耳にして、幸い王必はもう一つの重要な任務を思い出した。「董大人、こたびのわが使君の用件では、鍾繇殿、劉邈《りゅうばく》殿、丁沖《ていちゅう》殿にもご協力をいただかねばなりません」この三人はかつて曹操のために長安の朝廷と渡りをつけて力を貸してくれた者たちである。

きっと董昭の賛同を得られると思ったが、案に相違して董昭はかぶりを振った。「その必要はなかろう。みなが一時に褒めそやすようなことを口にすれば、かえって明るみに出てしまう。いまは互いを見守るにとどめ、曹使君が朝廷内で力を持っていると董承や韓暹に悟られぬようにせねば」董昭には明るみに出したくない思惑があった。ほかの誰とも、曹操の前で功績を分け合いたくなかったからである。

王必はそこまで考えが及ばなかった。「ごもっとも。やはり策は秘しておくべきかもしれません……おっ、墨も乾いたようですね」王必は誰かに見られるのを恐れ、書状を巻こうとした。ところが、董昭は突然王必を制し、墨が乾いたばかりの竹簡をつかんで地べたに放ると、足で踏みつけ、力任せに何度も踏みにじった。

王必は呆気にとられた。「ようやく書き上げたのに、何をなさるのですか」

董昭はかがんで拾い上げ、表面のほこりをふうっと吹いて、竹簡のあちこちにいくつもの踏み跡ができたのを見ると、ようやく満足げに巻いた。そして振り返ると、大きな卓上で一番ぼろぼろの絹布を選び、竹簡を包んで王必に手渡した。「こたび安邑を訪れた際、誰かに姿を見られなかったか、よくよく考えてみたまえ」

「誰にも……絶対に誰にも見られてはおりません」

「よろしい」董昭は王必をしげしげと見ておもむろに言った。「上奏文のことはわたしに任せなさい。おぬしが気を揉む必要はない……では、いまから地べたに横たわり、のたうち回りなさい」

「何ですって⁉」王必は董昭が冗談を言っているのかと思ったが、董昭は至って真面目な顔をしている。

「楊奉への書状はわざと汚したのだ。おぬしも少しみずぼらしく装う必要がある」董昭は髭をなでつけた。「一つには、おぬしが道中苦労してやって来たのだと楊奉に思わせ、曹使君の誠意をいっそう明らかに示すため。二つには、おぬしもいくらか作り話をせねばならぬ。楊奉にこう告げるのだ。董承だけでなく、韓暹もおぬしの行く手を遮り、楊奉とおぬしの使君がつながることを阻もうとしたとな。そうしてやつらのあいだに諍《いさか》いの火種をまいておくのだ」

「そのようなでたらめ、楊奉が韓暹に尋ねさえすれば、すぐにぼろが出ます」

「安心したまえ」董昭は冷やかに笑った。「おぬしの話を楊奉があえて韓暹に尋ねると思うかね。たとえ尋ねたとしても、韓暹が本当のことを答えるだろうか。さらに韓暹が本当のことを言ったとして、楊奉がそれを信じるとも思えぬ。互いに警戒心を深めるはずだ」

「董大人は本当に素晴らしい」王必は親指を立て、今度こそ心から尊敬の念を抱いた。

「おぬしはまだいまの情勢を理解しておらぬ。譬《たと》えるなら、今上陛下は金の碗、李傕、郭汜は無知な子供、楊奉、韓暹、董承らは市井のならず者で、曹兗州だけがまともな役人だ。いま二人の無知な子供が金の碗を持って繁華街を歩いているとしよう。二人はその碗が高価であることは知っているが、なぜ価値があるのかはわからない。そして市井のならず者たちも交えての奪い合いになる。こうした輩は雪だるま式に増え、奪った奪われた、殴った殴られたの派手な立ち回りで、結局は収拾がつかぬ騒ぎになる。そこへぶらりとやってきた役人がその金の碗を押収し、ならず者は全員牢獄に放り込まれてしまう。最後は……」董昭はそこで斬首の仕草をして見せた。

「はっはっは……その譬え話はぴったりですね」王必は天を仰いで大笑いした。

「やつらの人数や気勢などは案ずるに及ばぬ。むしろ人数は多ければ多いほどよい。五つの勢力はおろか、十だろうと、二十だろうと大歓迎だ。こうした輩はみな小賢しい悪人に過ぎず、曹兗州と戦う資格すらないのだ。本当に一番厄介な相手は……」

「そ、それは誰ですか」王必は強い関心を寄せて尋ねた。

本当の相手はほかでもない、今上陛下である。この十六歳の若き皇帝はこれまでの惰弱な主《あるじ》とは雲泥の差がある。劉協は幼いころに両親を失ってから、宦官の世話も受けず、憂いのなかで育った。神経をすり減らし、飢えに耐え、災難に遭い、戦を目の当たりにしてきた。そのため非凡な知恵と魅力とを備えている。しかも、長安の老臣をみな味方につけ、民草の苦しみも知り抜いている。

こうした皇帝が、董卓や李傕の傀儡《かいらい》になったあとで、また曹操を自らの上に置くことをよしとするだろうか。皇帝はまだ十六歳であり、これからめぐってくる好機も少なくない……董昭は心の内ではよくわかっていたが、王必にありのまま伝えることはできず、ただかぶりを振って苦笑した。「そのときになればおぬしもわかるだろう。難しいのはそちらのほうだ。曹使君には心積りするようお伝えしてくれ」

「はあ、わかりました」王必はよく飲み込めなかったが、なおざりに返事をした。だが王必は、董昭その人については十分にわかっていた——董昭は決して伝統的な士大夫ではない。権謀術数に長け、顔すら見たことがない曹操のために動くことも厭《いと》わない。一見、のろまに見えても危険を冒す勇気があり、出世の野心は大漢王朝への忠誠をはるかに上回っている。「胸に城府《じょうふ》の深きを有し、暗に山川の険を蔵《かく》す［警戒心が強く、陰険である］」とは、董昭のような者を指すのだ！

第二章　豫《よ》州奪還

虎痴《こち》との邂逅《かいこう》

　曹操の大軍が南下するにつれ、豫《よ》州の黄巾《こうきん》は総崩れとなった。曹仁《そうじん》、于禁《うきん》、楽進《がくしん》の三隊の勢いを止めることができず、多くの県城が曹操軍に降伏した。ただ、劉辟《りゅうへき》だけは頑なに抵抗していた。また、袁術《えんじゅつ》は劉備《りゅうび》と徐《じょ》州を争うことに躍起になっており、豫州に救援を送るつもりはないらしく、袁術配下の袁嗣《えんし》も戦《いくさ》の決着がつく前から曹操に投降してきた。こうして劉辟は孤立無援に追い込まれ、終始曹操の主力部隊に追撃され、最後には挙兵した根城――新蔡《しんさい》県の葛陂《かっぴ》［河南省南東部］へと逃げ込んだ。

　葛陂は豫州の黄巾にとって重要な地である。葛陂にある大きな湖には鮦水《とうすい》(1)が流れ込み、東は淮河《わいが》に通じている。湖の周囲は三十里［約十二キロメートル］あり、四方を段々畑に囲まれた、起伏のある要害の地である。湖の中央に浮かぶ島には豫州じゅうから奪い集めた大量の食糧が蓄えられ、守備兵を一、二年食わせるにも十分な量があり、黄巾兵の家族もここに居を構えていた。黄巾軍はこの場所を守るため、湖のほとりに大小数えきれぬ砦を築き、一万を超える守備兵を置いていた。

　曹操は葛陂を目の前にして頭を悩ませた。砦を壊そうと力ずくで攻め込めば自軍の損害は計り知れない。黄巾軍は船の用意も万全で、食糧はいつでも島から補給できる。対して自軍は、潁川《えいせん》から食糧を運ばねばならず、先に食糧が枯渇するのは目に見えている。だが葛陂を捨て置けば、劉辟という頭痛の種を残すことになり、豫州の黄巾の禍根は永遠に取り除けない。曹操は陣を構えたものの軽々しくは手を出せず、曹仁、于禁、楽進の三隊が揃《そろ》うのを待って再び評議することにした。

そしていま、幕舎《ばくしゃ》のなかはしんと静まり返り、進んで発言する者はいなかった。いつもは勇猛かつ傲慢な夏侯淵《かこうえん》と曹洪《そうこう》もおとなしく、巧みな機智で献策する荀彧《じゅんいく》と程昱《ていいく》にも妙案は浮かばず、よくしゃべり笑う卞秉《べんぺい》でさえ押し黙っていた。戦が膠着状態に陥り、誰もがぐったりとして気力を失いかけていた。曹操はこのたびの出兵に妻子を連れてきていたので、その悩みもひとしおだった。幕舎の奥では環《かん》氏と秦《しん》氏、二人の夫人が身ごもっていて、とくに秦氏はもうずいぶんと腹も目立っていた。ぐずぐずしていると、幕舎のなかで赤子を産むことになる。安邑《あんゆう》へ上奏文を届けに向かった王必《おうひつ》は、一月《ひとつき》あまり経つのにまだ帰ってこない。朝廷でまた何か起こったのか。梁《りょう》国の王子劉服《りゅうふく》も、帰順してからというもの身命を賭して戦おうとはせず、無駄飯を食っている。劉服はいったい何を考えているのか。こうした悩みが一緒くたになって曹操を煩わせていた。

突然、薛悌《せってい》が評議の場の長い沈黙を破った。「曹使君《しくん》［使君は刺史《しし》の敬称］、大軍で葛陂を目の前にしても攻め込めないなら、いっそ兗《えん》州に引き返しましょう」

曹操は密かに身震いした。まさに恐れていたことが起こったのである。薛悌のような兗州の出の者が軍の引き上げを建議してきたとき、それを却下すれば不満が広がり、豫州へ将軍府を移すという曹操の計画が失敗に終わってしまう。曹操は薛悌の意見を言下に退けようとしたが、一人の口を塞《ふさ》いだところで何にもならない。兵士の半分は兗州の者が占めているのである。そう考えると、曹操はそれとなく咎めるにとどめた。「孝威《こうい》、兵を退《ひ》くのはいかがなものか……この葛陂という要所を奪わねば、袁術はきっと黄巾の残党に乱を起こすようけしかけるだろう。袁術が攻め込んでこずとも、あちこちで賊に荒し回られたら、それだけでも十分に禍《わざわい》となる」

「それは考えすぎではありませんか」薛悌は笑った。「実際、完璧を求める必要などございません。ただ陳留を経て西へ行く道を確保し、成皐《せいこう》［河南省中部］の邪魔を突き破れば、陛下を兗州に奉迎するのもたやすいかと。遠く寿春《じゅしゅん》［安徽省中部］にいる袁術が陛下を奪おうとしても、その力は及びませぬ」

曹操は黙りこんだまま、しばし苦笑いした――薛悌、おぬしにわしの考えがわかるか。陛下を兗州に迎えるつもりなど毛頭ないのだ。袁紹と近すぎるからな。やつがどれだけの兵力を持つと思っている。万一、黄河を渡ってきて天子の奪い合いになったら、勝ち目はないではないか。

曹操が押し黙ったままなので、諸将は声を落として議論をはじめた。兗州人の何人かは即座に薛悌の意見に賛同した。荀彧はよく心得ていて、すぐさま曹操に助け舟を出した。「みなさん、ご静粛に。まずはわたしの話をお聞きください」荀彧はしっかりとした人物で、曹操の陣営でもとりわけ人望がある。口を開くと、みなすぐに静まり返った。「大軍ではるばるここまで追撃しに参ったのは、まさに十年かけて剣を鍛造《たんぞう》してきたようなもの。一時の困難のために最後の仕上げを怠ってはなりませぬ。もし兵を退《ひ》けば、賊を根絶やしにできぬばかりか、何儀《かぎ》や何曼《かまん》の率いる兵がまた寝返るかもしれませぬ。まして兗州は蝗害《こうがい》と干ばつ、陳宮《ちんきゅう》の謀反により、民草は疲弊し、糧秣《りょうまつ》に余裕はなく、数年のちも元どおりになるとは限りませぬ。しかし、葛陂の賊はかなりの糧秣を溜め込んでいます。われらが打ち負かせば、それを余さず手中にできるうえ、わが軍の補給という悩みも消えるのです」

荀彧の話を聞いて多くの者はうなずいたが、薛悌だけは釈然としない様子で、ぶつぶつとつぶやいた。「葛陂から力ずくで奪うのは引き合いませぬ。大軍で小事をなすなど大げさです」

実際、薛悌の言うとおりで、兗州を中心に見れば、このたびの葛陂攻めはまさに大軍で小事をなすものである。しかし、豫州を中心に考えると、黄巾を平定する意味は異なる。とはいえ、いまはまだ秘事を公にするわけにもいかず、曹操はただ兗州人たちをなだめるしかなかった。

そのとき、外から賑やかな笑い声が聞こえてきた。どうやら二人の若者がふざけ合っているらしい。重苦しい雰囲気に響くその声は甚だしく場違いであった。曹操はそれが曹昂《そうこう》の声だとわかると頭にかっと血が上り、薛悌に対する腹立ちもあってか、いきなり外に向かって怒鳴った。「中軍の幕舎の前で騒ぐ命知らずは、どこのどいつだ！」

その途端、表の笑い声がぴたりと止み、曹昂と、曹徳《そうとく》の息子の曹安民《そうあんみん》がうなだれて入ってきた。二人が腰をかがめて拝礼しようとすると、曹操がまた怒鳴りつけた。「出ていけ！　名乗りもせずに何様のつもりだ！」

軍の決まりでは、将校が謁見を願い出る際には中軍の侍衛《じえい》に取り次いでもらう必要があるものの、側近の将校は直接幕舎に入れた。ただ、罪将《ざいしょう》や俘虜《ふりょ》は、自ら身分を名乗る必要がある。曹操がわが子と甥に名乗るよう命じたのは、明らかに二人に対する懲罰を意味した。二人はおとなしく頭《こうべ》を垂れて出ていくと、幕舎の入り口で拳に手を添え、包拳《ほうけん》の礼をとりながら名乗りを上げた。

「末将の曹昂、お目通り願いたく存じます」

曹昂は声高に叫んだが、曹安民はもじもじとして声が出ず、しばらくしてようやく声を張り上げた。

「甥の曹安民、お目通り願いたく存じます」

軍営にて甥はないだろうに——その場の一同は幕舎の天井を仰ぎ、奥歯を噛み締めて笑いをこらえた。曹操は苛立ちを募らせたが、これは致し方ない。曹安民は軍職についておらず身内として来ているので、名乗りを上げるにもこう述べるしかなかったのだ。

「入れ！」

二人はようやく幕舎に入ったが、諸将が揃い踏みしているのを目にすると拱手《きょうしゅ》の礼をする勇気もなく、地べたに跪《ひざまず》いた。曹昂は鎧を身に着け、胸に兜を抱き、曹安民は布衣《ふい》を着て、皮弁《ひべん》［白鹿の革で作った冠］をかぶっている。

曹操は「どん」と総帥用の卓を叩いた。「中軍の幕舎の前で騒ぐとは許せぬ。引っ立てて、鞭打ち二十ずつくれてやれ」

一同は曹操をなだめようとしたが、口を開く前に曹操がそれを遮った。「誰一人として情けを乞うことは許さん。いま一度、軍紀を正す必要がある！」

とはいえ、相手は曹操の近親である。鞭打ちせよと言われたところで、進んで恨みを買おうという者はいない。典韋《てんい》でさえ聞こえないふりをした。曹昂は温厚な人物で、ほかの者を困らせるに忍びなく、身を起こして自ら刑を受けに出ていこうとした。ところが、曹安民が思いがけず口を開いた。

「わたくし、申し上げたき儀がございます」

曹操は白い目を曹安民に向けた。「何だ」

「わたくしはもとより軍の者ではございませぬゆえ、軍法はわたくしの与《あずか》り知らぬことでございます」曹安民は顔を上げると、目を細めて伯父に笑みを向けた。

曹操はむかむかしてきた。もとは曹操も曹安民を罰するつもりはなかった。曹徳にはこの跡継ぎしかおらず、それを鞭打つのは死んだ弟に申し訳ない。しかし曹操にも面子《めんつ》があるので、鞭を振り上げてから甥を許してやろうと思っていたのだ。それなのに、曹安民が詭弁《きべん》を弄したことで、曹操の怒りはますます燃え上がった。「与り知らぬだと。では、そもそも軍の者でないなら、中軍の幕舎になど入るべきではなかろう」

「でも伯父上が……」

「黙れ！　軍中に伯父も甥もない！」曹操はまた「どん」と卓を叩いた。

曹安民は形だけ自分の頬を張ると、言い直した。「将軍、わたくしは幕舎に入るつもりはありませんでした。将軍が名乗って入るよう命じられたのです」

みな曹安民が屁理屈をこねるのを聞いて、いよいよ笑いをこらえきれなくなった。曹操は手を振って制した。「お前に入れと言ったのは表で騒いでいたからだ。中軍の幕舎の入り口で笑い転げるなどもってのほか、違うか」

しかし、曹安民はなおも言い返した。「将軍のなさりようは不公平です」

曹操の怒りは頂点に達した。「痴《し》れ言《ごと》を！　いったい何が不公平か」

「軍営に家族を連れてくるのはそもそも軍法に反します。それなのに、いまわたくしの罪を咎めようとなさるのは、これが不公平でなくて何でしょう」

「それは……詭弁だ……」曹操は返す言葉に詰まった。「わが甥よ、わしはただ……」

「軍中に伯父や甥はありませぬ」曹安民はぴしゃりと曹操の話を遮った。

一同はとうとうこらえきれず、最初に夏侯淵がぷっと噴き出すと、それにつられて夏侯惇《かこうとん》、曹純《そうじゅん》、任峻《じんしゅん》、卞秉ら、曹操の親族がどっと笑った。親族が笑ってくれれば、ほかの者も遠慮は要らない。感情の起伏が激しい程昱、薛悌、満寵《まんちょう》らも一斉に笑いだし、幕舎のなかはたちまち明るい笑い声に包まれた。平素は物静かな荀彧も、このときばかりは小さく口元を緩ませた。

曹操はどうしていいやらわからず、手で追い払った。「もういい、出ていけ。退《さ》がれ。評議が終わったら家訓に則り懲らしめてやる！」

それでも曹安民は跪いたまま食い下がった。「将軍のなさりようは不公平です」

曹操は顔を真っ赤にした。「今度は何だ」

「わたくしへの罰が家訓に則るのであれば、なぜ子脩《ししゅう》のみ軍法に照らされるのでしょう」曹安民がこう言い返すと、みな思わずうなずいた――なるほど曹安民は曹昂を救おうとしていたのか。こやつの親愛の情はなかなか見上げたものだ。

「やつは軍職についておる」曹操もむきになって言い返した。

「しかし、子脩は将軍のご子息で、わたくしは将軍の甥です。将軍はかような不公平をなさってはいけませぬ。もし処罰するなら、わたくしも子脩とともに鞭を受けるべきです」

「ならば揃って打たれるがよい」

曹安民は口を尖らせた。「しかし、わたくしはもとより軍の者ではございませぬ。軍法は与り知らぬことでございます」

曹操はまんまと曹安民の口車に乗せられた。「軍の者でないのなら、中軍の幕舎に入ってくるべきではなかろう」

「将軍が名乗って入るよう命じられたのです」

「幕舎の入り口で騒ぐからだ」

「将軍のなさりようは不公平です」

「あっはっは……」今度こそみな大声を上げて笑ってしまった。曹安民は一周して、また話を戻してしまったのだ。一同が笑い、曹操もわかった。このまま言い争っても永遠に甥を言い負かせない。

思わず笑みが漏れた。「こいつめ、こざかしい真似を。いったいどこでそんな詭弁を覚えたのだ」

曹安民は臆することなく、卞秉を指さした。「幼いころ伯父上の義弟君《おとうと》に習ったのです」

曹操は義弟に一瞥をくれると、眉をしかめて甥を睨んだ。「黙れ！　幕舎でいたずらに人を指さしてはならぬ。『伯父』だの『義弟』だのと呼んでもならぬ」

「尋ねられたのに、答えないわけにはまいりません」曹安民の屁理屈はとどまるところを知らない。

「もし答えなければ軍法に背きますし……」

「もういいから出ていけ」

「まだ子脩がお許しを得ていません」

荀彧は見かねて口を挟んだ。「将軍、ひとまずは二人の従兄弟《いとこ》思いと仲の良さに免じて許してやりましょう」

長らく騒いだためか曹操の怒りもすっかり収まり、曹安民の鼻を指して最後に言いつけた。「文若《ぶんじゃく》の顔を立てて今日のところは許してやる……だが、次はないぞ」

二人は礼を述べて身を起こした。そこで曹昂が口を開いた。「将軍にご報告申し上げます。われらはゆえなく騒いでいたわけではございませぬ。ただ、先ほどわたくしと安民が兵を連れて敵の陣営を探りに行きましたところ、おかしなことに気づいたのです」

「よくも安民まで連れて勝手に斥候《せっこう》になど出かけたな」曹操は大いに不満だった。この二人の若者は危なっかしすぎる。安民が敵に傷つけられでもしたら、死んだ弟に顔向けできない。

「わたくしがどうしても連れて行けと申したのでございます」曹安民は急いで兄貴分のために助け船を出した。

曹操は弁の立つ甥と言い争いをするのが面倒くさくなり、釘を刺すにとどめた。「お前は軍職ではなかろう、次は許さぬぞ……それで、いったい何に気がついたのだ」

曹昂は拱手した。「葛陂の西側に巨大な砦がありまして、これが要所に位置しております。大きな石を積み上げて周りを囲み、見るからに堅固でほかよりも大きく作られています。さては劉辟の居るところかと思い、近づいて探ってみたのですが、そこには『許』と大書された大旆《たいはい》が掲げられていました。そして黄巾賊が通るたびに、義勇兵のような格好をした男が、敵が来たとばかりに砦の上から投石機で石を投げつけるのです。あれは黄巾賊ではない別の一隊でしょう」

曹安民も付け加えた。「その砦は葛陂のちょうど西の沿岸に立ち、周囲一里［約四百メートル］以内にほかの陣営はありません。これは好機です」

この話に一同は色めき立った。もし黄巾に敵対する勢力がほかにもいるのなら味方に引き込めばいい。何しろその砦は要所に位置しているのだ。これを利用して葛陂の沿岸に突破口を開けば、戦局を一気に打開することができる。

「その話はまことか」曹操は卓に手をついて立ち上がった。

「これは軍の大事、伯父上に嘘をつくなどありえません」曹安民はまたしてもうっかり口を滑らせた。だが、いまの曹操にとって、伯父だ甥だなどはどうでもよかった。曹操は興奮して立ち上がり、大きな卓の前に回り込んで二人に命じた。「子脩と安民は道案内をせよ。三百の虎豹騎《こひょうき》［曹操の親衛騎兵］とともにわしも偵察に参る」

「将軍は危険を犯してはなりませぬ」荀彧は慌てて諌めた。かつて寿張《じゅちょう》［山東省南西部］で、曹操と鮑信《ほうしん》はわずかな兵とともに地形の視察に出かけたが、その際に黄巾賊の襲撃に遭い、鮑信は討ち死にした。それからというもの、みなは曹操が少数の兵で陣を出ないよう警戒していた。

「かまわぬ！」曹操はさっと手を振って制した。「あのときはあのときだ。いまは賊の防備が上回り、こちらが攻めあぐねている。行ってみるのもよかろう」

曹安民はまた前に歩み出て目配せした。「わたくしは軍職がございませんので、お供できませぬ」

曹操は安民の額を小突《こづ》いた。「こやつめ。では、ひとまず陣中の書佐《しょさ》［文書を司る補佐官］に任じる」

「感謝いたします、将軍」曹安民は態度を改め、地べたに跪いた。

「ぐずぐずせず、早く案内せよ」曹操は笑みを浮かべつつ、周りを見回して命じた。「わしがおらぬあいだはしっかりと陣営を守り、気を緩めるな」

「はっ」一同は立ち上がって命《めい》を受けた。

曹操は幕舎を出る前にふと夏侯惇を呼び寄せ、耳元でささやいた。「劉服にはくれぐれも用心してくれ」

曹操の親衛隊である三百の虎豹騎は、まさに精鋭中の精鋭である。輝くばかりの鎧と兜に身を包み、長柄の槍を手にして駿馬に跨っていた。典韋も全身を軍装で整え、曹操父子が葛陂の西側へと駆けるのを護衛した。敵は守りに徹して出てこないだろうが、用心のために旗指物は巻き取り、南から大きく迂回して、一風変わった砦の近くまで来たところで急に向きを変えた。ちょうど坂になっている密林があったので、曹操は林のなかに身を隠して遠巻きに様子を探るよう命じた。

巨大な砦は周囲が半里［約二百メートル］あまり、葛陂の西の山の斜面に突き刺さるように築かれており、たしかに周囲一里以内には黄巾賊の土塁はなかった。全体に大きな石が積み上げられ、柵状の門が一つあった。外には騎馬の侵入を阻む逆茂木《さかもぎ》が設置されている。砦の石塁の高さは不揃いだが、低いところでも一丈五尺［約三・五メートル］はあり、多くの人の力で積み上げたに違いない。石塁の上部には木製の柵が張りめぐらされ、義勇兵のなりをした者が大刀を手に守っている。石塁の向こうには、「許」と大書された錦繡《きんしゅう》の大旆がはためいている。

黄巾賊の砦でないことは曹操にもわかった。振り返って曹昂に話しかけようとしたそのとき、突然がやがやと声が聞こえてきた。曹操らの北側を一隊の黄巾賊が通りすぎてゆく。四、五十人からなるその隊は、一台の大きな荷車を押しながら山肌の砦に向かっていた。

「どうやら食糧を運んでいるようです」曹安民が告げた。

「もしあの砦に運び込んだら、やつらも一味ということか」曹操は肩を落とした。

「まさか。先ほどやつらが賊に石を食らわすのを、この目でしかと見たのです。今度はなぜ賊がやつらに食糧を運んでいるんだ」曹安民は低い声でつぶやいた。

賊軍は砦に近づいたものの、まだ少し距離のあるところで止まった。たしかに石を投げられるのを恐れているようで、何人かの兵が振り仰いで守備兵に叫んでいる。はっきりとは聞き取れないが、誰かを出せと叫んでいるようだ。ひとしきり叫ぶと、黄巾兵は座り込んだ。

それきりしばらくは何の動きもなく、曹安民はこらえきれなくなった。「将軍、賊のやつらが座り込んだこの隙《すき》に、食糧を奪ってあのろくでなしどもを始末しましょう」

曹操は甥に一瞥をくれた。「あんなわずかな食糧が何だというのだ。お前は砦の守備兵が一人奥に下りたのを見なかったのか。あれはきっと誰かに知らせに行ったのだ」

伯父と甥が話をしていると、がらがらという音が響いた。曹操はすぐさま目を向けたが、あやうく驚いて落馬するところだった――大きく開かれた砦の門から棍棒を持った二十人ほどの義勇兵が出てきて、鶴翼《かくよく》状に広がったかと思えば、その真ん中からいかにも恐ろしげな黒い顔の巨漢が現れたのだ。

身の丈は八尺［約百八十四センチ］あまり、年齢は定かではないが、腰回りも十囲《い》［約一メートル二十センチ］はある。四肢は太くたくましく、上にはゆったりとした黒の長衣をまとい、下には股引《ももひき》のようなものを穿いている。春は名ばかりという肌寒さだというのに、この男は胸をはだけて立派な胸毛を露わにし、色黒で筋骨隆々とした体つきはあたかも巨岩を思わせる。黒々とした広い額の大きな顔、髪は団子に高く結い上げ、大きな口を真一文字に結んでいる。濃い眉に大きな鼻、両の眼《まなこ》は瞼から飛び出んばかりで、ぎょろぎょろと睨みを利かせていた。長く伸びた鬢《びん》は耳を覆って頬までつながり、さながら体じゅう真っ黒に覆われた怪物のようである。

その大男が肩をいからせて出てくると、黄巾兵も度肝を抜かれたが、みな刀を握って立ち上がり、我先にと話しはじめた。そしてまたしばらくすると、その黒い男の合図で、誰かが砦のなかから肥えた立派な体躯の役牛《えきぎゅう》を牽《ひ》いて出てきた。

「わかりました」曹昂が口を開いた。「賊は食糧とあの大男の牛を交換するつもりです」

曹昂が考えたとおりだった。黒い男と黄巾兵は長々と値段の掛け合いをしているようだ。一頭の牛を荷車一台分の食糧と交換するのは、普通なら割に合わない。一台分の食糧は食べきればそれでおしまいだが、役牛がいれば食べきれないだけ広く耕すことができる。だが、戦乱収まらぬこのご時世では耕作もできず、役牛は砦のなかでは使い物にならない。一頭の牛をつぶしても、一台分の食糧にはならない。暖かくなってくれば肉は保存できないので、いっそ食糧に交換したほうがよい。黒い男の砦にはたいした食糧も残っていないのだろう。

そのうち両者の話がまとまり、牛は黄巾側へ、食糧は荷車ごと黒い男へと渡った。双方、笑みを浮かべ、二言三言、挨拶も交わしたようである。黄巾兵は牛をなだめながら歩きだし、黒い男も手下に荷車を押すように言いつけた。荷車がゆっくり砦の入り口に吸い込まれていく――しかしそのとき、驚くべきことが起こった。

黒い男が急に大股で黄巾兵を追いかけたのである。男が何をするのかわからず、曹操らも呆気にとられて見ていると、男は飛ぶような足取りであっという間に黄巾兵に飛びかかり、右に左に突き飛ばした。七、八人が立ちどころに倒れ込む。男は黄巾の命は取らずに、大きな手で牛の尻尾をぎゅっとつかむと、なんと身をかがめて牛の下半身を肩に担ぎ上げ、そのまま引きずりながら砦へと走った。

その大きな牡牛は見たところゆうに九百斤［約二百キロ］はある。腹を立てて暴れたが、黒い男の手にかかれば抗《あらが》うこともできず、易々と引きずられた。牛の鳴き声と言えば低く響くものだが、いまは痛さのあまり甲高い悲鳴を響かせた。牛は大きく目を見開き、頭を振って四肢をばたつかせたが、大男に担がれて前足だけでは立ち上がれず、そのまま砦に引きずり戻されていった。

そしてなんと牛の頭の先にはさらに一人、黄巾兵がずるずるとついていた！　驚いて縄から手を離すことも忘れ、牛と一緒にいいように引きずられている。そのうち縄が手に巻きついて起き上がれず、犬の死骸よろしく引っ張られていた。黒い男の額には青筋が浮き上がり、ふんふんと低く荒い声を出しながら一歩一歩足を踏み出している。何としても一頭と一人を引きずって百歩あまりを駆け戻ろうというのだ。まもなく砦の入り口にたどり着こうというところ、恐れおののいて呆然と立ち尽くしていた黄巾兵も我に返り、慌てて刀を振り上げて追いかけた。しかし、その四、五十人の誰も大男に近づく勇気はなく、ただ刀を虚しくちらつかせ、少しずつ近寄って罵るだけだった。黒い男は牛を引きずって砦まで帰り着くと、おもむろに振り返り、鈴のように大きな目をむいて凄んだ。「死にたいやつはかかってこい！」雷のようなその声は林に潜む曹操たちの鼓膜をも振るわせ、すくみ上がった黄巾兵はじりじりと後ずさりした。

曹操は息子と並んで林のなかで唖然《あぜん》と見つめていたが、大男の叫び声でようやく我に返り、思わず息子と顔を見合わせた――これは故郷の、譙県《しょう》［安徽《あんき》省北西部］の訛《なま》りだ！――曹操は再び顔を向けると、「許」の字の大旆を見ながらおぼろげな記憶を探った。

砦の前では大男が吼えるやいなや、血気盛んな若者たちが大勢飛び出してきて、一気に騒がしくなった。刀、槍、棍棒、みな思い思いの得物《えもの》を手にしている。黄巾兵は形勢不利と見るや、牛に引きずられた仲間をあっさり見捨て、刀すら投げ捨てて逃げ出した。牛を連れて帰れず、荷車一台分の食糧と一人の兵士をみすみす分捕られたとなれば、この取引は黄巾賊にとって大損である。もっとも憐れなのは牛を引いていた兵士で、引きずられて半死半生、服はぼろぼろに破れて顔じゅう血だらけ、義勇兵にきつく縛られて砦のなかへと連れ込まれていった。

黒い大男が自ら黄巾兵の捨てた武器を拾い上げるのを見て、曹操はかすかに笑みを浮かべながら振り返り、馬のそばにいた典韋に声をかけた。「牛担ぎとは耳にしたことはあったが、今日はいい物を見せてもらった。まったく天下無双の怪力だな」

典韋のふくよかな顔がうなだれた。「何が天下無双なものですか。あれくらいわたしにもできますとも」

曹安民はそれを聞いて興味をかき立てられた。「典殿、あいつと力比べする勇気はありますか」

「もちろんですとも」典韋は口を尖らせた。「この双戟《そうげき》を持ち歩くぐらいですからな」

「では、試しにどうです?」曹安民は典韋を焚きつけるつもりらしい。

「やつには何の恨みもありません、何を競うことがあるのです」

「どちらの力が強いか試してみるのです」

「力比べなどして何になります」典韋は一顧だにしない。

曹安民は懐手《ふところで》しながら挑発した。「さては怖じ気づいたのでは？」

「まさか！」

「やはり怖いんでしょう」曹安民は見下すような視線を典韋に送った。「勇気がないなら仕方ありませんね」

「なにを！」典韋は曹安民に馬鹿にされていきり立った。

曹昂は安民がそそのかしているのを見てやめさせようとしたが、すぐに曹操に鞭で止められた。曹操は甥がけしかけるのに任せようというのである。典韋は元来、思慮深い男ではない。曹安民は画眉鳥《ほおじろ》よりも口が達者で、典韋に絡んでまんまと典韋の怒りに火をつけた。典韋は曹操からの命も出ていないのに、地面に突き刺してあった八十斤［約十八キロ］の大きな鉄の双戟を引き抜くと、勢い良く飛び出していった。

曹安民はうれしくてたまらないようだ。「面白くなってきたぞ。あの二人の力は互角だ。子脩、どっちが勝つと思う？」

曹昂は腹を立てた。「お前は遊びと勘違いしているんじゃないのか。下手をすると命取りになるぞ……」

曹操は少しも焦らずに笑った。「そうかっかするな。相手も向こう見ずな男だけに一騎打ちが関の山。寄ってたかって典韋に怪我を負わせることはなかろう」

典韋は大股でどんどん近づいていった。筋骨隆々の体躯に加えて八十斤の得物、一歩踏み出すごとに大地が揺れるかのようである。黒い巨漢が砦へと入ろうとする背中に向かって大声を上げた。「おい待て、戻ってこい！」

典韋の怒鳴り声にあたりは静まり返り、誰しもが振り向いて典韋を凝視した。その大男でさえ驚きを隠せなかった――典韋は身の丈九尺［約二メートル七センチ］、大男より頭半分ほど大きい。身には鉄の鎧、頭には房のついた兜、そして何より目を疑うほど大きな双戟を手にしている。やや黄ばんだ大きな顔に大きな目、あぐら鼻に菱の実を思わせる口、頭は大きな冬瓜《とうがん》ほどある。とりわけ目を引くのはやはり手中の得物である。短い戟はよく見かけるが、これほど極太で、これほど横刃《よこは》の大きな戟は見たことがない。

「お、お前は……何なんだ」さしもの黒い巨漢も言葉に詰まった。

「俺たちのどちらがすごいか比べようではないか」

「いったい誰だ、お前は。俺と何を比べるというんだ」典韋が黄巾賊でないのは一目瞭然だったが、かといってどこの馬の骨とも知れない。

「因縁があろうとなかろうと力比べをするんだ。お前は一頭の牛を引きずったに過ぎん。腕が立つなら俺のこの戟と勝負しろ！」典韋もとんだ命知らずである。「逃げるのか？　このくそったれの間抜け野郎！」

こいつは気が触れているに違いない、誰しもがそう思い、大男の手下らはすかさず刀や槍を構えた。ところが、その大男はそれを制して呵々《かか》大笑した。「おもしろい、受けてやる！　俺がお前を怖がるとでも思ったか……武器を持ってこい」曹操が予期したとおり、この男もやはり向こう見ずだ。

二人の若者が見るも大きな長柄の武器を運んできた。鋲《びょう》を打ちつけた柄の太さはゆうに家鴨《あひる》の卵ほどもあり、あまりの重さに二人がかりでもよろめいている。刃先は尖っておらず大きな十能《じゅうのう》のようで、口金《くちがね》のあたりに黒い房を提げている。虎頭覇王矛《ことうはおうぼう》――曹操はこの武器を知っていた。それを操るには大きな力が必要とされ、言い伝えでは、光武帝麾下《こうぶきか》の雲台《うんだい》二十八将の一人銚期《ちょうき》が得物として以来、ほとんど誰も使っていない代物である。

その黒い巨漢は微塵も重さを感じさせずに矛をつかみ、刃先を突き出して声を張った。「おい、白いの、どうやるんだ」

典韋はかまうことなく双戟を振るってきた。「黒いの、受けてみろ！」

がちゃんという音がしたかと思うと、双戟は大きな矛にぶつかり、黒い男は小刻みに身を震わせながらこらえたが、後ろに数歩押し込まれた。もし背後で支える者がいなければ倒されていた。

「やるじゃないか……」黒い男は体勢を整えると、矛の柄をぐっとしごいた。「今度は俺の番だ。食らえ！」その操法は珍しく、手を出す前にまず声をかけた。

「食らえ」と言ったが大男はそのまま突き出しはせず、勢いをつけて飛び上がると、矛を振り上げて叩きつけた。これは項羽《こうう》の槍術の一つ、覇王摔槍《はおうしゅっそう》で、確実に相手を叩き斬る。典韋はすぐさま戟を持ち上げて受け止めた。耳元でがんがんと音が響く。矛はどうにか防いだものの足元がふらつき、片方の膝を地べたにつけてしまった。この際、重い鎧は典韋にとっていささか不利である。ならばいっそと左手の戟を投げ捨て、右の戟一本で戦うことにした。

大男が矛を叩きつければ、典韋が戟を突き出す。二人の力はまったく互角で、勝負が決する気配さえなかった。林のなかの者も砦の者もすっかり見とれ、最初のうちは勝負の行く末を注視していたが、そのうち笑いをこらえきれなくなってきた――これでは勝負というより、鉄を打ちあって鍛造しているようなものだ。

かんかんという二人の打ち合いは二十回あまりも続き、最後には二人とも疲れ果ててしまった。得物を下ろしてぜいぜいとあえぎながらも、二人の大きな目は睨み合って火花を散らしている。そのとき、曹操が馬に鞭をあて、轡《くつわ》の鈴の音を響かせながら二人のあいだに割って入ると、大男を指さして尋ねた。「そなたは沛《はい》国譙県の許仲康《きょちゅうこう》ではないか?」

「なんだ!?」黒い大男は驚き、息を整えてひと息をついた。「なぜ俺の名を知っている? それにその訛り……おぬしも譙県の者か」

「はっはっは……」曹操は大喜びで、すぐに拱手の礼をした。「壮士よ、わしはそなたと同郷の曹孟《もう》徳《とく》。いまは兗州牧《しゅうぼく》の職にあり、乱を鎮めるために兵を率いてやって来たのだ」

がらん――呆然と立ち尽くす許褚《きょちょ》の手から矛がするりと落ちた。かと思うと、許褚は突然空を仰いで号泣しはじめた。その後ろでは、血気盛んな若者たちも一様に涙を流していた……

(1) 現在の安徽省臨泉《りんせん》県。

豫《よ》州平定

許褚《きょちょ》、字《あざな》は仲康《ちゅうこう》、沛《はい》国譙《しょう》県の生まれで、曹操とは同郷である。許褚は若いころから怪力で名を馳せ、弱きを助け強きをくじくことから、地元では知らぬ者がいなかった。ただ、許家は士大夫《したいふ》の家柄ではなく、曹家の家格とは大きな隔たりがあった。そのうえ許褚は曹操より十も若かったので、互いに名前だけは耳にしていたが、これまで一度も会ったことはなかった。

初平《しょへい》の天下大乱で、西涼軍《せいりょう》が豫州《よ》を蹂躙《じゅうりん》したとき、許褚は千人あまりの同郷の者を引き連れて汝南《じょなん》へと逃げ落ちた。そして、葛陂《かっぴ》の沿岸に砦を築き、戦乱から身を守ることにした。のちに西涼軍が関内《かんだい》［函谷関《かんこくかん》以西で、渭水《いすい》盆地一帯］に入ると、豫州の黄巾《こうきん》がまた蜂起し、大挙して葛陂に押し寄せた。人数ではとても敵わない。黄巾が砦を築いて周囲を開墾するのを、許褚は黙って見ているほかなかった。黄巾軍が攻め込んでくれば、許褚は仲間とともに反撃して追い払った。許褚は誰よりも勇ましかった。率いる者も譙県の勇士ばかりである。こうして双方の睨み合いがはじまった。

許褚は同郷の者とともに、戦《いくさ》と和睦を繰り返しながら、三年ものあいだこの砦を守り抜いた。外部とは隔絶され、外で何が起こっているのか知る由もなく、食糧が底をついても誰かが助けに来てくれる望みなど抱いていなかった。そこへ、同郷の曹操が乱を平定しにやって来たのである。これが泣かずにおれようか。

曹昂《そうこう》と曹安民《そうあんみん》も曹操のあとを追ってやって来たが、あたりで男たちが泣き崩れている様子を見て目を丸くした。だが、曹操はすぐに事態を飲み込んで、曹昂らに命じた。「お前たちは兵馬を連れて陣に戻れ」

「将軍は……」

「わしは許仲康の砦に入り、黄巾を破る策を相談する。陣中でのことはいつもどおりにせよ」曹操が陣中にいなければ、臨時の総帥は夏侯惇《かこうとん》が担うのが、曹操陣営の決まりであった。

曹安民はどうも気がかりらしい。「しかし、こちらの義士を信じぬわけではありませんが、もし黄巾の賊が突然この砦を包囲したら、伯父上は……」

許褚は涙をさっとぬぐうと、苛立たしげに反発した。「黄巾のやつらなどたいしたことはない。やつらはこの砦を三年も攻め落とせずにいるのだ。それが今夜一晩でどうにかなるものか。試しに俺の矛を食らってみるか」

曹安民はおどけるように舌を出して黙り込んだ。しかし、典韋《てんい》は引き下がらない。「黒いの、俺もお前のことが信用できん。俺は残って将軍を護衛する」

「信用できぬなら全員残ればいい」許褚は腹を立てた。

曹操は肩をすくめて諭した。「そう騒ぐでない。ここらにはまだ黄巾の斥候《せっこう》がおるだろう。お前たちまで残ればわが軍の大事が露見するかもしれん。せっかく敵を破る策を思いついたというのにな」

一同は諍《いさか》いをやめ、あたりを見回した。たしかに遠くではまだ黄巾兵の姿が見え隠れしている。

「仲康、わしを生け捕って砦に連れ帰るのだ」

「なんですと!?」

「生け捕るふりをするだけだ。黄巾にそう見せつけるのだ」曹操は振り返って典韋に言いつけた。

「おぬしは仲康がわしを生け捕ったのを見て、後ろから追いかけ、そのまま砦に入れ」

「はっ」典韋は納得はしていなかったが応じた。

「子脩、安民、おぬしらはしばらく攻めるふりをしてすぐに退き、陣に戻ったら元譲《げんじょう》に安心して守りを固め、こちらからの知らせを待つように伝えるのだ」

「はっ」二人の若者も承知した。

曹操は大きく息を吐きだすと、許褚に促した。「さあ、わしを捕えるのだ。それらしくな」

許褚はひと言「失礼」と言ってから、わざと大声を上げた。そして軽く腕を伸ばすと、片方の手で曹操の太ももをつかみ、もう片方の手で曹操の腰のあたりを探った。許褚の手はまるで五本の鉤爪《かぎづめ》のように、ちょっとつかんで引っ張るだけで曹操を肩の上へと担ぎ上げた。

「将軍が捕まったぞ！」曹安民が声を張り上げた。

許褚が曹操を担いで駆け出すと、典韋が双戟《そうげき》を振り上げてそのあとを追った。ほかの義勇兵は曹昂らの兵馬と戦うふりをしながら退いていった。許褚、曹操、典韋の三人が砦の門をくぐり、義勇兵らもそれに続いたが、この「戦い」はそれで終わりとはならなかった。事態を把握していない砦の守備兵が、曹昂らの兵馬に石を投げて追い返そうとしたのだ。もちろん演技ではない。危うく石をぶつけられて怪我をするところだったが、曹昂はちょうどころおいとばかりに大声を上げた。「将軍が捕らえられた！　直ちに陣に戻って援軍を求めるのだ」曹昂の命令一下、曹安民らも慌ただしく撤退した。

曹操は許褚に担がれたまま砦に入ったが、そのときには全身が痺れていた。捕らえるふりとはいえ、許褚の力が強すぎたのである。許褚は曹操をそっと下ろすと、周りの者を跪《ひざまず》かせて揃《そろ》って拝礼した。

「曹使君にお目通りいたします」

曹操は故郷の訛《なま》りを聞いて気分が落ち着いた。

「体を起こしてくれ。みなの者、本当にご苦労であったな」曹操は傍らの者を一人ずつ支え起こした。

許褚は立ち上がって説明した。この砦には、譙県の有力な一族の長をはじめとする老若男女がいるという。なかには曹操のよく知った顔もいくつかあった。石室《いしむろ》に住む者、藁葺《わらぶ》き小屋に暮らす者、あるいは天幕で寝起きする者などさまざまである。農夫から読書人、さらには官吏や三老《さんろう》［教化を司る長老］まで、まさに臨時の譙の県城である。郷里の年長者が曹操を取り巻き、黒布の幕舎《ばくしゃ》のなかへと通した。

幕舎は意外にも様になっていた。外には纛旗《とうき》［総帥の大旆《たいはい》］が高く掲げられ、入り口では何名かの「武将」が出迎えた。全身を鎧兜に包んだ者もいれば、まったく身につけていない者、兜だけの者もいて、ひと目で鹵獲《ろかく》したものだとわかる。許褚はさっそく兄の許定《きょてい》や、段昭《だんしょう》、任福《じんふく》、劉岱《りゅうたい》(1)、劉若《りゅうじゃく》ら若い将を曹操に引き合わせた。みな二十歳前後の血気盛んな者たちである。長く籠城して神経をすり減らしていたのだろう、みな曹操の姿を目にすると感動し、それぞれに泣きながら挨拶を交わすので、なかなか本題に入ることができなかった。

「使君にお恥ずかしいところをお見せしてしまいました」許褚は肩を落として言った。「われらが無能であるばかりに黄巾の賊を撃退できず、ひたすら守ること三年、食糧もほとんど底をついています」

「おぬしらの数はわずか千あまり、そのうえ戦える者は限られている。砦を守り通しただけでも素晴らしいことだ」曹操は許褚の大きな手を握って慰めた。

「先ほど将軍は敵を打ち負かす策があると仰いましたが、お聞かせ願えませんか」

「かつて、わしには一人の同僚がいた。西園《せいえん》の下軍校尉《げぐんこうい》だった鮑鴻《ほうこう》という男だ。中平《ちゅうへい》のころ、やつは葛陂の黄巾を破ったことがある」曹操はよどみなく話しはじめた。「当初やつには西園の軍二千しかなく、呼応する郡の兵も千あまり。相手は何万という多勢だ。このときも黄巾は湖沿いに砦を築き、食糧を島から補給していた。鮑鴻は夜陰に乗じて奇襲を仕掛け、黄巾賊の船を焼き払って補給路を絶った。すると黄巾は統制を失い、たった半日で壊滅したのだ」

「鮑将軍は真の勇将ですな」許褚は感心した。

「勇ましい将なのは間違いない。残念なのは、勝利の吉報を朝廷に持ち帰ったその日に、宦官の蹇《けん》碩《せき》に殺されてしまったことよ……それに、鮑鴻には三人の弟がいたが、のちにみな国に命を捧げることになった……」鮑家の兄弟を思い出すと曹操は胸を痛め、ため息をついてから続けた。「それを教訓にしたのだろう。袁術《えんじゅつ》は黄巾が葛陂に戻るよう仕向けたが、こたび黄巾は湖の岸に多くの砦を築いて守りを固めている。いま劉辟《りゅうへき》の勢力は当時ほどではなく、わしの兵馬は鮑鴻より多い。それなのに勝ち鬨《どき》を上げられぬのは、黄巾が堅く守り、糧道《りょうどう》をしっかりと確保しているからだ。劉辟はわしが軍を撤退したら、また勢力を盛り返そうというのだろう」

「どうすればよろしいのでしょうか」

曹操は許褚の肩をぽんと叩いた。「劉辟の船はどれくらいある?」

許褚はぼそぼそと答えた。「劉辟はずる賢いやつです。注意深く食糧を運ぶためか、船はわずか二十艘しか用意しておらず、しかもすべて島に泊めていて、補給のときを除けばこちらに来ることはありません」

「思ったとおりだな」曹操はにやりと笑った。「仲康、おぬしは劉辟に使いを出せ。曹操を捕らえたゆえ、二十艘分の食糧と交換してやると伝えるのだ」

「なんですと!?」許褚はまったくわけがわからない。

曹操は許褚の訝《いぶか》しげな顔を見て、その意図を教えてやった。「劉辟はわしに潁川《えいせん》からずっと追われ、憎くて仕方ないのだ。それゆえ必ず食糧との交換に応じてくる。おぬしはやつと明日の晩三更《さんこう》ごろ［およそ午前零時］に交換すると約束を交わし、船をこの裏の岸へ着けさせるのだ。そこへわが軍が奇襲を仕掛け、やつらの船を奪って糧道を断つ。さらに夜陰に乗じて攻め込めば、葛陂の陣を攻め落とすことができよう」

「素晴らしい」許褚らはこの策に興奮した。ちょうどそのとき、義勇兵の一人が入ってきて、大軍が砦の西側に駐屯していると報告した。万を越す兵士たちは激しい剣幕でいきり立ち、まっすぐに砦を目指しているという。みな色めき立ったが、曹操だけは悠然と笑いつつ諭した。「落ち着け。それはわしの軍だ……典韋、おぬしは今夜こっそりと部隊に戻って将兵らに策を知らせよ。明日の晩三更ごろ、一斉に攻めかかるようにとな」

典韋はかぶりを振った。「わたくしは将軍をお守りせねばなりませぬ。この黒いのもまだ信用なりません」

「なんだと？　それはこっちの台詞だ」許褚は振り返って命じた。「では段昭と任福、おぬしらが伝令に行ってくれ。この太った御仁につまらん疑いを持たれたくないからな」

曹操は笑いをこらえた。典韋と許褚は反目しているようで実は似た者同士だ。もし二人を自分の傍らにおけば、かつての楼異《ろうい》と王必《おうひつ》よりも頼もしいに違いない。

砦の前で打った芝居はやはり効果があった。黄巾の斥候が曹操の生け捕り劇を目にしていたため、頭目の劉辟は許褚からの申し出に疑念を持たなかった。曹操を片づけてしまえば兗州の大軍は烏合の衆と化し、葛陂の危機も瞬く間に消えてなくなる。許褚の条件に二つ返事で応じたが、劉辟も老獪な男である。二十艘の船を用意するにはしたが、食糧を入れる草囲いには、まず硫黄と硝石《しょうせき》を入れたあと、その上を食糧で覆った。劉辟はこれを砦へと運び込んだところで火を放ち、三年も煩わされた宿敵の許褚を排除しようと考えたのである。双方がそれぞれの思惑を胸に秘めて準備を整え、そうしてあくる日の夜半三更を迎えた。

二十艘の小舟がわずかな松明《たいまつ》だけを掲げて葛陂の西岸に着いた。劉辟はすでに馬に跨がり五百の兵を連れて岸辺で待ち構えていた。ほどなくして、許褚もわずか百人ばかりの義勇兵とともに、約束どおり男の身柄を護送しつつ砦から出て対峙した。

劉辟は何度か矛を交えた際に曹操をちらりと見かけたことがあるだけで、顔まではっきりとは覚えていなかった。許褚に捕えられた俘虜《ふりょ》の姿が松明の灯りに浮かび上がる。鎧を剝《は》ぎ取られて体じゅうは傷だらけで、顔は血まみれ、口には猿轡《さるぐつわ》を嚙まされている。背丈はそれほど高くなく、短い髭に大きな目――これが曹操か……

許褚は大声を上げた。「お前らよく見ろ。こいつが曹操だ。早くわれらに食糧を渡せ」

劉辟は悪賢く、許褚の奇襲を案じて、すぐに駁毛《ぶちげ》の馬を兵士らの後ろに下げた。劉辟は許褚を曹操もろとも殺すつもりだったが、許褚の勇猛さを恐れ、ひときわ大きな声で告げた。「許義士、おぬしは曹操を捕らえてきた。こちらも約束を果たすため、食糧をおぬしの砦へと運ばせよう……だが、すべて運び込むまで、おぬしは曹操とここにいるのだ」劉辟は許褚を兵で取り囲み、その一方でうまく砦に入り込んで、硫黄と硝石に火をつけようと考えていた。

「ならん！」許褚は手を振って制した。「お前たちなど信用できん。うちの者に運ばせるぞ」許褚は劉辟の返答を待つことなく、船に乗って食糧を運ぶよう手下に言いつけ、一艘につき五人を乗り込ませた。

劉辟は危うく笑いだすところだった――なんと愚かな。手下どもに食糧を抱えさせたら、わしがお前を討てと命じたときに誰が反撃してくれるんだ？――劉辟は許褚の申し出に異議を唱えず、手にしっかりと剣の柄《つか》を握った。号令をかけるのは、食糧に取りついている敵が船を下りてからだ。

ところが、薄闇のなかから許褚の部下の弱音が聞こえてきた。「許の兄貴、この食糧の入った囲いは重すぎて、運べませんぜ」

許褚は怒鳴り声を上げた。「役立たずめ、二人がかりでそんなものも運べないのか」

部下も負けじと減らず口を叩いた。「何かと言えば、俺たちのことを役立たずとなじりますが、許仲康ならこれを運べるってんですか」

「この野郎、俺に口答えするのか。ただで済むと思うなよ」許褚は激昂すると、突然劉辟に向かって叫んだ。「劉辟、曹操を先に渡してやる。お前と方《かた》をつけるのは、こっちの生意気な野郎を懲らしめてからだ」その言葉と同時に、劉辟は闇のなかを何か黒いものが飛んでくる気配を感じた。ついで黄巾兵たちの驚きの声が響く。なんと許褚が放り投げたのは「曹操」だった。劉辟は生きた人間が宙を舞うとは思いも寄らず、飛んできた「曹操」にぶつかって馬から転げ落ちた。黄巾の手下らが慌てて駆けつけ、劉辟を助け起こした。

ちょうどそのとき、悲鳴が上がった。許褚の手下が二十人の船頭を湖のなかに次々と叩き落としたのである。黄巾兵がどたばたと騒いでいるうちに、船に乗り込んだ許褚の手下らは急いで櫂《かい》を漕ぎ、二十艘の船を岸から離れさせた。劉辟はようやく起き上がると、大声で怒鳴った。「許褚、どういうつもりだ」

暗闇のなか、許褚の声が湖面のほうから聞こえてくる。「劉辟よ、お前の船はこの俺がもらい受けたぞ！」

劉辟は地団駄を踏んで悔しがった。「このくそ野郎、戻ってきやがれ、貴様の砦をぶち壊してやる」許褚の姿はすでに遠く、その声も半ば水音にかき消された。「お前にかまって……暇はない。俺は島に……お前の食糧を焼かねばならんからな！」

劉辟はあまりの驚きで肌が粟立った。船がなくては防ぎにも行けない。そこへ一人の兵が走ってきた。「将軍に報告します。曹操は偽物です……あれはおととい牛を牽《ひ》いていた兵です。先ほど投げられて、ちくしょうめ、死んでしまいました」劉辟もさすがは長らく遊撃戦を戦い抜いてきた黄巾賊の頭目である。すぐに許褚が曹操と結託していることに気がついた。頭を上げ、漆黒の湖面を望んだ。許褚が火を放てば食糧を失う。そうなれば沿岸の大小すべての砦が混乱に陥り、それを鎮める術はない。劉辟は低い声でつぶやいた。「葛陂は終わりだ……逃げるぞ」

「逃げるですって!?」護衛らは驚いた。「ほかの者はどうするんですか」

「やつらの面倒まで見ていられるか。いま逃げださねば手遅れになる。南へ行って袁術を頼ろう……」劉辟は歯ぎしりして悔しがった。「曹孟徳《もうとく》、見てろよ。この落とし前はいずれつけさせてもらうからな」

曹操軍に囲まれる前に、劉辟は五百ばかりの兵を従えて葛陂から逃げ出した。劉辟が離れてすぐ、湖の中央の島は大きな炎に包まれた。天地を覆う果てしない闇夜に燃え上がる炎は眩しく、黄巾の各砦の者も食糧が燃やされ、そのうえ総帥が行方知れずと知るや混乱を極めた。また、炎は曹操軍の総攻撃開始の合図でもあった。曹操軍の鬨《とき》の声が大地をどよもすと、松明の火が西のほうからまるで蛍のように湧き出してきた。

黄巾軍は島の炎を目にすると震え上がり、戦う気力も失せて、多くの砦は進んで投降した。わずかに要害の地に立てこもって抵抗する者もいたが、この地に三年あまりもいる段昭、任福、劉岱、劉若らが曹操軍の道案内を買って出たことで、それらもなんなく落とされた。三十里にわたる葛陂の沿岸には、あちこちで戦火が広がり、悲鳴、怒号、許しを乞う声が地平の彼方まで響きわたった。わずか一夜のあいだに、中原における黄巾の最後の拠点が曹操軍に平定されたのである。そして、この戦の終焉により、豫州全土に曹操軍の旗が翻ることとなった。

曹操が本隊の兵馬を率いて陣に戻ると、吉報が待っていた。王必がすでに戻り、董昭《とうしょう》による書状の件を報告したのである。楊奉《ようほう》は偽の書状を信じて喜び、部下で騎都尉《きとい》の徐晃《じょこう》も、楊奉に曹操と協力するよう勧めた。その結果、楊奉は曹操と手を結ぶことに同意したばかりか、曹操を鎮東《ちんとう》将軍、そして費亭侯《ふっていこう》に封じるよう自ら朝廷へ上奏したのであった。

陣営じゅうの文官、武官はみな地面に跪き、曹操に祝いの言葉を述べた。しかし、曹操は硬い表情のまま費亭侯の詔書を端へ放ると、筆を執り、みなに説明しながら上奏文を書きはじめた。「思えば、かつてわしの祖父は桓《かん》帝の即位を助けたため、朝廷から費亭侯に封ぜられた。そしていま、わしに同じ爵位を与えようとしている。しかし、わしが四方で戦をしているのは、上は天子のため、下は万民のためであり、爵位を受けんがためではない。将軍はかまわぬが、この爵位を受けることはできぬ」

上奏文をしたためて筆を戻すと、曹操は荀彧《じゅんいく》に声をかけた。「文若《ぶんじゃく》、目を通してくれ」

東の上座に座っていた荀彧は、立ち上がって両手で上奏文を受け取ると、俯《うつむ》いて目を通した。

臣 暴逆を誅して除き、克《よ》く二州を定む。四方 来《きた》りて貢《こう》し、以て臣の功と為す。蕭相国《しょうしょうこく》は関中《かんちゅう》の労を以て、一門 封《ほう》を受く。鄧禹《とうう》は河北《かほく》の勤を以て、城を連ねて邑《ゆう》に食《は》む。功を考え実を効《いた》すに、臣の勲に非ず。臣の祖父中常侍侯《ちゅうじょうじこう》、時に但《た》だ輦《れん》に従い、左右を扶翼《ふよく》せしのみ。既に首謀に非ずして、又《ま》た戟《げき》を奮《ふる》わざるに、並びに爵と封を受くること臣三葉《さんよう》に曁《およ》ばんとす。臣聞くならく、『易《えき》』「豫卦《よか》」に曰《い》わく、「侯を建て、師《いくさ》を行うに利《よろ》し」と。功有らば乃《すなわ》ち当《まさ》に進め立て以て諸侯と為すべきなり。又《ま》た「訟卦《しょうか》」六三に曰わく、「旧徳に食《は》み、或いは王事に従う」と。謂《おも》えらく先祖に大徳有り、王事に従い功有るが若《ごと》き者は、子孫乃ち其の禄を食《は》むを得るなり。伏して惟《おも》う、陛下 乾坤《けんこん》の仁を垂れ、雲雨の潤いを降《くだ》すは、遠く先臣の扶掖《ふえき》の節を録《しる》し、臣の戎《じゅう》に在りて犬馬の用あるを採《と》る。優策もて褒崇《ほうすう》し、光曜《こうよう》の顕量《けんりょう》なるは、臣 尫頑《おうがん》にして克《よ》く堪《た》うる能《あた》う所に非ず。

［わたくしは逆徒を討って二つの州を平定しました。これをわたくしの功労として、四方から貢ぎ物を持った使者が遣わされて参ります。かつて蕭相国（前漢の政治家蕭何《しょうか》）は関中（関内）での働きによって、一族が諸侯に封ぜられました。鄧禹（後漢初期の武将）は河北での働きによって、多くの領地を与えら

れました。官の功課は実績に基づくべきであり、わたくしの手柄など無いに等しいと言えましょう。祖父である中常侍侯は、ただ皇帝の御車《みくるま》に従って、左右でお助けするのみであり、智謀に長けた重臣でもなければ、戦功もありませんでしたが、いま、そのお陰を蒙り、わたくしに至るまで三代にわたって爵位と領地を与えようとされております。『易経《えききょう》』の「豫卦」には、「侯を立て軍を動かすによろしい」とあるのを聞いたことがあります。つまり功労者を立てて諸侯とするべきなのです。また「訟卦」六三爻《こう》辞《じ》には、「祖先の遺徳によって禄を食む、あるいは君王のために仕事をする」とあります。すなわち祖先に大きな功徳があるか、もしくは君王のために働いた者が、俸禄に与《あずか》れるのだと存じます。謹んで考えますに、陛下がわたくしに天地のごとく大きなお情けをかけ、慈雨のような恩沢《おんたく》を施してくださるのは、わたくしの先祖が皇帝をお助けした忠節をお忘れにならず、また、戦においてはわたくしでも役に立つと選んでくださったためでしょう。ありがたき詔書を賜って褒めてくださるのは、まばゆいばかりの身に余る光栄、わたくしごとき愚昧にどうして受け止めることができるでしょうか」

ひと通り目を通すと、荀彧には気になるところがあった。一方では、「先祖に大徳有り、王事に従い功有るが若き者は、子孫乃ち其の禄を食む《は》を得るなり」とあり、曹操は自分が爵位を受けるのは当然だと明らかにほのめかしている。しかしまた一方では、「臣 尩頑《おうがん》にして克《よ》く堪《た》うる能《あた》う所に非ず」などと遠慮している。ここにはいったいどんな意図があるのか。荀彧が曹操をこっそり見ると、冴えない表情をしている。荀彧はそこではたと気がついた。曹操の祖父は宦官であり、桓帝劉志《りゅうし》が帝位につくのを助け、費亭侯に封じられた。しかし、劉志が皇帝になったからこそ、外戚の梁冀《りょうき》が大漢の天下に十三年にも及ぶ禍《わざわい》をもたらし、続いて党錮《とうこ》の禍が生じた……つまり、曹操も爵位を受けるにやぶさかではないが、祖父の爵位を継いで費亭侯になるのは面白くないというのであろう。

「どうだ、文若?」

荀彧は曹操に問われ、すぐに上奏文を総帥の卓上に戻して答えた。「いまだ相当する功績を挙げずして先に爵位を賜るのは、やはり穏当ではないように思われます。ただ、これから使君が功を挙げて別の爵位を受けるのでしたら、何も問題はないかと」

実に聡明なことよ……曹操は荀彧が自分の意図を理解したのを知ってうなずいた。

そこへ許褚と許定の兄弟が、段昭、任福、劉岱、劉若ら若い将を率いて戻り、幕舎に入って跪いた。

曹操は自ら許褚を助け起こそうとした。「仲康、ご苦労であったな」

許褚は跪いたまま返答した。「われらはみな将軍の民でございます。これからは将軍に付き従い、戦場で力を尽くしとう存じます」

「よかろう!」曹操は許褚の肩をぽんと叩いた。「おぬしが連れていた兵馬は引き続き自分で率いるがよい」

許褚はかぶりを振った。「わたくしは、力は強くとも所詮はただの匹夫に過ぎません。もともと生き延びるため、みなとともにこの地に陣取っていました。いまとなっては名君にこの立場をお返しすべきです。ほかの者にも将軍の采配に従うよう申しつけます。わたくしは……」そこで許褚は顔を上げて卓の後ろに立つ典韋をちらりと見た。「典韋殿と同じように、将軍のおそばで護衛の任につきたく存じます」

この申し出は曹操の考えと同じであった。「おぬしこそわが樊噲《はんかい》［前漢の武将］だ……おぬしを都尉《とい》に任ずる。付き従っていた者たちは許定に任せよう。それから段昭、任福、劉岱、劉若、おぬしらはみな司馬《しば》とする。部下を率いて各部隊に属するのだ」

「将軍、感謝いたします」みな喜色を満面に浮かべ、一斉に立ち上がった。無位無官だった若い段昭、任福らも、これで一躍司馬という立派な階級についたのである。だが、もっとも喜んでいたのは、実は曹操本人であった。なんとなれば、こうして自然に豫州の者を各部隊に増やせたからである。

そこでまた幕舎の表が騒がしくなった。曹仁、于禁、楽進の三人が兵を率いて戻ってきたのである。三人は順調に各県を奪い返し、豫州六郡の潁川、汝南、沛国、梁国《りょう》、陳国《ちん》、魯国《ろ》はすべて落ち着いたという。曹操は目を細めて髭をなでつけ、三人に尋ねた。「おぬしらは豫州の諸県を鎮めて帰ったが、もっとも堅固で被害が少なかったのはどこの県城だったと思う？」

三人はしばし顔を見合わせると、于禁が前に進み出て答えた。「お答えいたします。潁川の許《きょ》県がもっとも堅固でした」

――許県か。中原にあって袁紹の矛先から逃れることができ、洛陽からも遠くない。これはまさしく天意だ……曹操はかすかな笑みを浮かべながら告げた。「許県が安定しているのなら、投降してきた黄巾の家族や仲康らの家族を、しばらくそこに住まわせるとしよう」

「承知いたしました」許褚は命《めい》を聞き届けると、さっそく曹操の後ろに回り込んで典韋とともに侍《じ》立《りつ》した。

曹操はまた何か思いついて、今度は従妹《いとこ》の夫である任峻《じんしゅん》に命じた。「伯達《はくたつ》、豫州の六郡が安定したからには、ご苦労だが、各地の糧秣《りょうまつ》を許県へと移してくれ」

任峻は軍中にいたが戦には参加せず、これまでもっぱら曹操陣営の糧秣の管理を任されていた。糧秣は軍においてきわめて重要であり、曹操は事実上、大軍の命綱をこの従妹の夫に握らせていたのである。任峻は豫州の人間で曹操の近親でもあり、本拠地を兗州から豫州へ移す計画にもうすうす気づいていた。任峻は立ち上がると、おもむろに口を開いた。「当然力を尽くす所存ですが、糧秣の輸送はできるだけ早く進めねばなりませぬ。もし滞れば余計な面倒が生じましょう」任峻は遠回しに言葉を選んだが、余計な面倒とは袁術の軽騎兵の襲撃だけでなく、兗州人の反対も指していた。「ですから、元譲殿から二人ばかり人を借りることを将軍にお許しいただきたいのです」

「ほう」夏侯惇は笑みを浮かべて応じた。「伯達殿、誰でもかまわぬぞ。わたしを使いたいならこの命を捧げよう」

「滅相もございません」任峻は驚いて目を見張った。「将軍の部隊にいる棗祗《そうし》と韓浩《かんこう》をお貸しいただけないでしょうか。三人がそれぞれ二つの郡の糧秣を運べば、時間を縮めることができます」

任峻がこの二人を選んだのには深い考えがあった。棗祗は豫州の潁川の出で、かつて陳宮《ちんきゅう》が反乱を起こした際、夏侯惇の命を助けたことがあり、曹家に対する忠誠は明らかである。韓浩、字は元嗣《げんし》は河内《かだい》の出で、袁術の麾下《きか》から投降してきた人物である。この二人に食糧の管理を手伝わせれば、どちらにせよ兗州人は関わらない。

夏侯惇は笑って応じた。「お安いご用。しばらく二人はおぬしに預けよう」

「では、おぬしら三人で行くがよい」曹操はそう言うと、またため息をついた。「それにしても、昨夜の一戦で葛陂の食糧を燃やしたのは、実に惜しいことをしたな……」

許褚はすぐさま曹操に耳打ちした。「食糧は燃やしておりませぬ」

「なんだと!?」曹操は目を見開いた。「では、昨晩のあの炎は……」

許褚はいたずらっぽく笑った。「劉辟は硫黄に火をつけ、わたしを殺そうとしていました。わたしが燃やしたのはその硫黄です。火の勢いを保つため五艘の船も燃やしましたが」

「はっはっは……そうだったのか。では、その食糧も一緒に許県へ運び入れよ」曹操は大笑いした。

許褚は大ざっぱに見えて用心深さもあり、典韋より一枚上手だった。

夏侯惇がまた口を挟んだ。「将軍殿、昨晩、誰が一番多くの敵を斬ったと思われますか」

曹操は夏侯淵を見やった。「また妙才《みょうさい》であろう」

夏侯淵はかぶりを振った。

「では、子廉《しれん》か」

曹洪もかぶりを振り、苦笑いを浮かべて答えた。「残念なのは、その人物がわれらの幕舎にいないこと」

なんとあの王子の劉服《りゅうふく》か……曹操は意外に感じたが思い当たる節もあり、幕舎のなかの文官、武官を見回して語った。「天下の大義とはなんと重いものか。みなの者、考えてもみよ。王子であろうと民であろうと、豫州人であろうと兗州人であろうと、天下の民のために生死をともにすべきであろう。天下とはみなの者の天下であり、私利私欲によって大義を忘れてはならんのだ」この説教じみた話は、きわめて意味深長であった。

「はっ」幕舎の誰しもが一斉に賛同し、深々と拝礼した。
兗州から豫州に移ることはもはや覆しがたい。どんなに愚かな人間でも、そろそろその事実に気づきはじめていた。

（1）ここの劉岱は、のちに曹操の幕府で長史《ちょうし》に任じられる人物で、兗《えん》州刺史《しし》の劉岱とは別人。

天子の帰京

曹操が豫《よ》州の平定に忙しくしていたころ、皇帝の劉協《りゅうきょう》は六年も離れていた漢の都洛陽《らくよう》へと、群臣に守られながら戻ってきた。だが、旧都への帰還は劉協に喜びをもたらすことはなく、さらにいくばくかの悲しみを添えただけであった。

洛陽は、もはや天下第一を誇ったあの洛陽ではなかった。堂々たる南宮《なんぐう》と北宮《ほくぐう》、高々とそびえる白《びゃっ》虎闕《こけつ》、歴代の典籍で埋め尽くされた東観《とうかん》［史料庫］、賑やかな金市《きんし》、厳かな明堂《めいどう》［国家の重要な典礼を行う殿堂］などは、いずれも董卓《とうたく》の放った火によって跡形もなくなり、一帯は瓦礫の山と雑草が茂るだけの焦土と化していた。大司馬《だいしば》の張楊《ちょうよう》は皇帝が起居《ききょ》する場所をつくるため、南宮のあった場所に形ばかりの正殿を建てたが、自分の功績を顕彰するため、臆面もなくこの宮殿を「楊安殿《ようあんでん》」と名づけた。

虎も山を下りれば犬にさえ侮られると言うが、皇帝の劉協も楊安殿の扁額《へんがく》を戴いて耐え忍ぶしかなかった。皇后と貴人《きじん》［妃《きさき》の称号］ですら、ほかに落ち着く場所はなく、三公九卿《さんこうきゅうけい》の暮らし向きも安邑《あんゆう》にいたころのほうがまだましであった。安邑は小さな県ながらも、列侯《れっこう》や関内侯《かんだいこう》、老臣にあてがう家屋くらいは用意できた。しかし、いまの洛陽ではそれすら望むべくもない。広い河南尹《かなんいん》のどこにも鶏や犬の鳴き声は聞こえず、完全に荒れ果てて食糧も見当たらない死の大地である。大漢の都とはすでに名ばかりで、いまや実際には洛陽に何の意味もなかった。

劉協は楊安殿で腰を下ろして、侍中《じちゅう》の种輯《ちゅうしゅう》が長々と上申するのを聞いていた。白波賊《はくは》の一派と西涼の故将の対立が解消されず、韓暹《かんせん》が兵を率いて董承《とうしょう》を襲撃し、董承は敗れて野王県《やおう》［河南省北西部］の張楊のもとへ逃れたという。その後、董承は楊奉《ようほう》と匈奴を抱き込み、韓暹との一戦に臨もうとしているらしい。情勢は緊迫していたが、劉協は心ここにあらずで、その視線は种輯の頭を飛び越え、雑草が生い茂る表の庭を見渡していた。脳裡に浮かぶのは、生前、父の霊帝《れい》劉宏《りゅうこう》が贅《ぜい》を尽くし、宦官に信を置き、鮮卑《せんぴ》を征伐し、民を虐げ、庭園をむやみに造り、忠良を排除したことだった。親の非道によって自分が辛酸をなめ、その罪を償うことになる。親の因果が子に報ゆというものかもしれない。

侍中の种輯は殿上で跪《ひざまず》いて頭《こうべ》を垂れたままだったが、皇帝がうわの空であることには気づいていた。注意を促すために声を上げるのもためらわれ、口を閉ざすとやるせなく床石の隙間に指を這《は》わせた。

劉協はしばらくしてから种輯が黙り込んでいることに気づき、咳払いをして退席を促した。「もうよい、退《さ》がれ」

「はい？」种輯はつい上目になって、すぐまた俯いた。「韓暹がゆえなく董承殿を攻めた件について、陛下のお考えは……」

「朕《ちん》は知らぬ」劉協は唇を震わせ、大儀そうに手を上げて制した。「朕は誰のこともももう知らぬ……

韓暹、董承、楊奉、張楊、好きに騒がせておけ。朕はもう疲れた」

「しかし、董承殿は董貴人のお父上、陛下のお舅さまでございます」劉協の答えに慌てた种輯は、面《おもて》を上げて率直にその点を指摘した。

劉協はそれにかまうことなく、ゆっくりと身を起こした。皇宮《こうぐう》と皇帝を護衛する虎賁郎《こほんろう》がすぐに寄り添った——宦官は何進《かしん》の手の者に皆殺しにされ、宮女は董卓や李傕《りかく》にさらわれていた。天子の身の回りの世話もいまでは虎賁郎の役目だった。劉協は虎賁郎に支えられながら奥へ戻ろうとし、衝立《ついたて》を回り込むところでふと足を止めてつぶやいた。「种侍中、おぬしは董承と同郷であろう。だから先ほどは董承の肩を持った。朕の言うことは間違っておるか」

种輯は十六歳の若い皇帝がこうした言葉を投げてよこすとは思いも寄らず、身を縮めて頭を下げ、それ以上何も言えなかった。じっと顔を伏せていたが何も動く気配がない。恐る恐る上目であたりを見回すと、もうそこに皇帝の姿はなかった。

劉協は奥の帳《とばり》まで行くと、寄り添っていた虎賁郎に命じた。「退がれ。特段のことがなければ入ってくるな」

「あの……」虎賁郎は少し困ったようであった。

劉協は冷やかに笑った。「戻っておぬしのまことの主人である韓暹に告げよ。陛下はいまおとなしくしている。そちらのことに手を出しはしないとな……去れ！」虎賁郎が身震いしながら立ち去るのを見て、劉協はようやく息をつき、帳の奥へと入っていった。

そこでは輔国《ほこく》将軍の伏完《ふくかん》、侍中の楊琦《ようき》、太僕《たいぼく》の韓融《かんゆう》が待ちわびていた。三人は皇后の従者に姿を変えて奥まで入っていたのである。皇帝が戻ってきたのを見ると、さっと身を起こして拝礼した。

「儀礼はかまわぬ。座りたまえ」劉協は三人の拝礼を制すると、ためらうことなく彼らのあいだに腰を下ろした。「このご時勢、君臣の礼などよかろう。わが大漢王朝の忠良はおぬしらを残すのみだ」

この言葉は賞賛でもあり、また落胆でもあった。十六歳という若者の口にする台詞ではない。老臣らは黙ってそれを受け止めた。

侍中の楊琦は四代にわたって三公を輩出してきた弘農《こうのう》の楊氏の出である。安《あん》帝の御代、太尉《たいい》であった楊震《ようしん》の曾孫であり、いまの太尉楊彪《ようひょう》とは同族である。長安《ちょうあん》では、この楊琦が李傕配下の宋曄《そうよう》を寝返らせ、劉協の洛陽帰還に一役買った。この一件により、劉協は楊琦のことを全幅の信頼を置ける腹心だと考えていた。

太僕の韓融は威光と人望を兼ね備えた老臣である。かつて少府《しょうふ》の陰脩《いんしゅう》や執金吾《しつきんご》の胡母班《こぼはん》、将作《しょうさく》大匠《たいしょう》の呉脩《ごしゅう》、越騎校尉《えつきこうい》の王瓌《おうかい》とともに関東《かんとう》［函谷関《かんこくかん》以東の地］を慰撫しようとしたが、ほかの四人は袁術《えんじゅつ》と王匡《おうきょう》に殺され、韓融だけが平生《へいぜい》の人徳により難を逃れたのだった。命からがら逃げ延びた韓融は、陛下と憂いを分かち合わんと自ら望んで戻り、劉協の信頼を勝ち得ていた。

輔国将軍の伏完は皇后の父であり、当然劉協も深く信頼を寄せていた。琅邪《ろうや》の伏氏はこれまで政争に関与したことがなく、「伏不闘《ふくふとう》」［伏氏は争わずの意］と呼ばれていた。しかし、この非常時にあっては、伏完も朝堂に立たないわけにいかない。とはいえ、輔国将軍とは名ばかりの職に過ぎず、部下も百あまりの雑役夫がいるだけである。せいぜいが危急の際には身を挺して陛下の盾になるくらいで、実際のところはまったく戦力にならなかった。

楊琦は上奏文を捧げ持ち、皇帝の目の前へと差し出した。「これは曹操が書いたものです。侯に封じられるのを辞退すること、これで三度目になります。曹操は費亭侯《ふっていこう》の爵位をなんとしても受け取る気がないようです」

劉協は受け取ると、さっと目を通した。

陛下 乃《すなわ》ち臣の祖父の功臣に廁豫《そくよ》し、克《よ》く寇逆《こうぎゃく》を定め、孝順《じゅん》皇帝を援立《えんりつ》せしを尋ぬるを悟らず。操を謂《い》いて忘れず、茅土《ぼうど》に封ぜらるるを獲《う》。聖恩 明発にして、遠く桑梓《そうし》を念《おも》う。日び臣を以て忠孝の苗《びょう》と為すも、復《ま》た臣の材の豊否《ほうひ》を量らず。既に勉めて爵邑を襲い、厥《そ》の祖考《そこう》を忝《はずかし》むるに、復た上将斧鉞《ふえつ》の任に寵《ちょう》され、兼ねて大州万里の憲を領せしむ。内 鼎臣《ていしん》に比べ、外 二伯《にはく》に参《さん》し、身は紱《ふつ》を兼ねるの栄を荷《にな》い、本枝《ほんし》は無窮の祚《さいわい》に頼るなり。昔 大彭《たいほう》は殷《いん》を輔《たす》け、昆吾《こんご》は夏《か》を翼《たす》け、功成り事就《な》り、乃ち爵錫《しゃくし》備わる。臣 束脩《そくしゅう》に称無く、統御《とうぎょ》に績無きに、比《しき》りに殊寵《しゅちょう》を荷い、策命《さくめい》もて績を褒めらる。未だ一時に盈《み》たざるに、三たび命 交至《こもごも》る。双金重紫《そうきんちょうし》、顕《あらわ》すに方任《ほうにん》を以てす。義を識らざると雖《いえど》も、幾《ほと》ど尤《とが》むる所を知る。

「わたくしは、わが祖父が功臣の一人として逆賊を討ち、順帝の即位をお助けしたことにまで、陛下が思いを致されているとは考えておりませんでした。陛下はわたくしめのことをお忘れにならず、領地を与えてくださいます。天子のご恩は燦然と輝き、わたくしに祖先を思い出させてくださいます。常々、陛下はわたくしを忠孝の子孫と考えられ、わたくしの才能が優れているかどうかは考慮されておらぬようでございます。わたくしはようやく爵位と領地を受けんとして祖父の名をけがすほどでありますのに、また一方では、目をかけていただいて将軍として征伐の任を拝命し、のみならず州内の役人らを統《す》べさせていただいております。朝廷にあっては重臣に、朝廷を出ては斉《せい》の桓《かん》公や晋《しん》の文《ぶん》公になぞらえられ、印綬を身につける栄誉に浴し、一族の者も多大なご恩を蒙っております。その昔、彭祖《ほうそ》（伝説上の天子尭《ぎょう》の臣下）は殷を助け、昆吾（伝説上の天子顓頊《せんぎょく》の後裔）が夏を助け、功を挙げ、爵位と財を賜りました。しかし、わたくしは修養を積んだという名声もなく、軍の統御においても実績が足りないのに、立て続けに格別な寵愛を受け、詔書によって手柄をお褒めいただきました。それも短い時間のうちに、三度も高位を授けてくださろうとしています。金印紫綬でもってわたくしの功績を顕すために地方長官の職をくださるとのこと。道義をわきまえぬ身ではありますが、わたくしがその任に堪えないことは自ら承知しております」

「要らぬならそれでよかろう。どうせ楊奉がしつこく望んでいるだけのこと。曹操はすでに豫州と兗州の二州を手中に収めているのだ。こうした有名無実の位はどうでもよいのだろう」劉協は上奏文を放り出した。「韓暹と董承はいったいどうなったのだ」劉協は決して董承の安否を気にかけていないわけではない。宮中の各派の目があるなかでは表立って种輯に本心を明かすことができず、ああして取り合わないふりをするしかなかったのだ。

韓融はため息交じりに答えた。「韓暹は勝手に白波の部下を抜擢して近衛軍にしようとしたので、董将軍が制止しました。すると韓暹は兵を率い、夜陰に乗じて董将軍の幕舎《ばくしゃ》を襲ったのです。董将軍は敗れて野王へと逃がれ、楊奉と匈奴に書簡を出し、力を合わせて韓暹を討とうと決めたようです」

劉協はしきりにかぶりを振った。「舅殿は朕を守らんとする思いはあるが、耐え忍ぶことを知らぬ。後先考えずに動いては、大事は成し遂げられまい。韓暹、楊奉は二匹の狼、張楊では役に立たぬ。匈奴はなおさら期待できぬ。われらで打開策を探らねば」

韓融が答えた。「聞くところによれば、董将軍は洛陽へ来て韓暹を討つようにとの書簡を曹操に送ったとのこと。曹孟徳《もうとく》は頼りになるかもしれませぬ」

劉協は体をびくっと震わせ、また上奏文を手に取るとよくよく眺めた。「功成り事就《な》り、乃《すなわ》ち爵錫《しゃくし》備わるか……この者は胸に大志を抱いているようだな。黄巾《こうきん》を平定し、董卓とも一戦を交えた。楊奉や韓暹よりも多くを成しておるが、しかしこの曹操は……」徐《じょ》州での虐殺という蛮行を思い出し、劉協はまたかぶりを振った。「事を成す者は、朕にとってより大きな脅威ともなりうる」

伏完が口を挟んだ。「福をもたらそうと禍《わざわい》をもたらそうと、いまは試みに曹操を用いてみるしかありません」

劉協は苦笑いした——ずいぶん遠回しな物言いだ。朕が曹操を用いるのではなく、曹操が朕を利用するのだろうに。だが、曹操のほかに誰がいる？　河北《かほく》の袁紹《えんしょう》はどうだ。あれは近ごろ勝手に息子の袁譚《えんたん》を青州刺史《せいしし》に任じ、北海《ほっかい》の相《しょう》の孔融《こうゆう》を完膚なきまでに打ち破った。口先だけで仁義、道徳を語るような者は当てにできぬ。では、淮南《わいなん》［淮河《わいが》以南、長江以北の地方］の袁術はどうだ。朕の死を心底願っている輩ではないか。やつを頼るなど、自ら虎口に飛び込むようなもの。益《えき》州では劉焉《りゅうえん》が死に、いまは息子の劉璋《りゅうしょう》が跡を継いでいる。おそらく朕よりも安泰なのであろうな。荊《けい》州の劉表《りゅうひょう》というのは悪くない選択だ。だが、襄陽《じょうよう》［湖北省北部］へ行くには曹操の地を通らねばならぬ……

思案を重ねたが、やはり曹操を選ぶ以外にないようである。劉協は一つ息をつくと、さっと召し物の下から錦の緞子《どんす》を取り出した。

「陛下、どうなさるおつもりで」

劉協は筆を執った。「朕は呂布《りょふ》に迎えを命じる」

「呂布ですと!?」三人の老臣には意外だった。

劉協は筆を揮《ふる》いつつ、つぶやいた。「呂奉先《りょほうせん》には董卓を誅した功績がある。それに、曹操に兗州を奪われた恨みがあり、この二人は不仲であろう」

「それでは、なぜ呂布を招くのですか」韓融には理解できない。

劉協の虚《うつ》ろな目に突然光が宿った。「二人が不仲だからこそ、呂布に曹操を牽制させる。一人を抑え込むのは難しい。だからこそ二人なのだ」そう話しているうちに短い密書が書き上げられ、劉協はそれを楊琦に手渡した。「楊侍中、おぬしに任せた。何としてもこの書状を送り届けるのだ」

「しかし……」楊琦は難色を示した――曹操に敗れた呂布がまた戦うだろうか。戦うにしても、いまの呂布は徐州で劉備《りゅうび》、袁術と三つ巴の睨み合いの最中だ。そもそもすんなり徐州を抜け出せぬのではないか……

むろん劉協もそれを知ったうえである。楊琦の冷えた手を握って念を押した。「呂布も簡単には来られぬだろう……だが、朕はいま、曹操に従って動くしかないありさまだ。河南尹の地は荒れ果て、ここに身を置くのは難しい。まずは腰を落ち着けるべき場所を探さねば、今後を見据えることもできぬ。曹操を頼るにしても、権力を一手に握らせてはならぬ。誰かやつと朝廷内で争う相手を作ってこそ、朕はそのあいだで漁夫の利を得て、漢室を復興させられるのだ」劉協は話しながらじっと楊琦を見つめた。「朕は天子である。だがな、天命は動かせぬ。人事を尽くすのみだ……」

天子と目を合わせるなど礼を欠いた行為だったが、楊琦は礼法になどかまっていられなかった。眉目秀麗ながらもどこか物憂げな劉協の顔を見つめ、胸をえぐられるような思いだった――この天子こそ紛う方なき名君よ。かつて三輔《さんぽ》［長安を囲む京兆尹《けいちょういん》、左馮翊《さひょうよく》、右扶風《ゆうふふう》］では李傕に威圧され、己の身すら危ういのに罹災した民を案じておられた……才も徳も情も思慮も兼ね備えながら、天下統一の福運にだけ恵まれぬとは……たった十六歳でかくも多くの苦難に遭われて……ああ、先の天子劉宏さまは、なんと罪つくりなお方なのだ！

老いた楊琦の目からは覚えずして涙が流れ落ちていた。伏完は絹の手巾《しゅきん》をそっと手渡した。韓融は不安げに劉協に尋ねた。「呂布が馳せ参じられないときは、いかがいたしましょう」

「そのときはこの密書を燃やし、朕が今日、申したことを忘れるのだ」劉協はやつれた顔に気迫をみなぎらせた。

三人の老臣は一様に黙り込んだ。目論見の成否にかかわらず、まもなく都を訪れる曹操には決して知られてはならない。万が一にも事が露見すれば、三つの老いた命はおろか、陛下までもが危険にさらされてしまう……

第三章　皇帝を謀《たばか》り拐《かどわ》かす

洛陽《らくよう》での拝謁

衛《えい》将軍の董承《とうしょう》は、韓暹《かんせん》に攻められて洛陽にいられなくなったため、野王《やおう》県［河南省北西部］に身を寄せ、諸軍をかき集めて反撃しようと考えた。だが、匈奴《きょうど》の右賢王《ゆうけんおう》の去卑《きょひ》は客分のようなもので、厄介なもめごとに足を突っ込む気などさらさらなかった。楊奉《ようほう》や張楊《ちょうよう》は、口では応じたものの兵を動かす気配すらない。なす術のなくなった董承には、曹操を召し寄せる以外に手は残されていなかった。

最終的に詔書の偽造までして自分を都に招き入れたのが、かつて行く手を阻んだ董承であったとは、曹操にとっても意外なことであった。即座に動かねば不測の事態が生じかねない。曹操は時を移さず曹洪《そうこう》に先鋒を命じ、八千の兵馬を率いて韓暹を討つよう命じた。そして、自身も大軍を率いて許《きょ》県から洛陽へとまっすぐ駆けつけることにした。

韓暹は皇帝の長安《ちょうあん》脱出を助けたが、その功を笠に着て好き勝手を働いていた。曹操が許県を発ったその日にも、朝廷の旧臣が次々と上書してその罪を弾劾し、董承も残った兵を率いて韓暹に反攻した。韓暹は肝を冷やし、曹操軍との交戦を避けようと、百人ほどの従者だけを連れて洛陽から逃げ出した。このたびは長らく付き従ってきた李楽《りらく》や胡才《こさい》でさえ韓暹を見限った。すると韓暹は梁《りょう》県［河南省中部］

へと逃げ、臆面もなく楊奉のもとに身を投じた。楊奉は馬鹿がつくほどのお人好しで、先だっては曹操に位を授けるように上奏文を書いておきながら、いまはまた旧知のよしみから韓暹を受け入れたのである。白波《はくは》の頭目と西涼《せいりょう》の故将には先を見据えた戦略などなく、おのおの兵を擁して盟友を抱き込もうと必死だったのである。曹操の大軍は誰にも邪魔されず順調に西へと進んだ。それどころか、道中の新鄭《しんてい》県［河南省中部］では県長《けんちょう》の楊沛《ようはい》に歓迎され、糧秣《りょうまつ》を補充してすんなりと洛陽に到着した。

かつて曹操が皇帝劉協《りゅうきょう》にまみえたのは、劉協が董卓《とうたく》によって擁立されたころだった。当時はまだ九つ、乳臭さが抜けない子供に過ぎなかった。いまでは幾多の辛酸をなめ、十六になった劉協は堂々たる気概を身にまとった立派な男子へと成長していた。

劉協の顔はやつれ気味であったが肌は抜けるように白く、凛々しい目に立派な眉、高い鼻に赤い唇、あごの下にはまだ短く柔らかいひげが生えていた。劉協は父霊《れい》帝の気品と、母王貴人《おうきじん》［貴人は妃《きさき》の称号］の美しい相貌を受け継いでいた。その身にまとう天子の御衣は染め直されたものであり、冕《かんむり》の旒《りゅう》［冕の前後に垂らす玉飾り］も最高の珠玉ではない。伝国《でんこく》の玉璽《ぎょくじ》さえ手元になく、ましてや座するところはまがい物の楊安《ようあん》殿である。それでも、やはり血筋は争えないということか、曹操は劉協の姿に曰《いわ》く言いがたい帝室の高貴な威厳を感じ、一陣の烈風が正面から吹きつけてくるような錯覚を起こした。

曹操は礼を失することがないよう、象牙の笏《しゃく》を手に小走りで進み出た。忘れかけていた朝見の儀礼を思い出しながら順を追って行い、皇帝の御前に跪《ひざまず》いた。その曹操のすぐ後ろには梁《りょう》国の王子劉服《りゅうふく》が控えていた。劉服は官職についておらず、擁する兵馬もわずか五百に過ぎないが、宗室《そうしつ》の血筋を引くことから優遇されたのである。

「面《おもて》を上げよ。忠義を尽くすため、遠路はるばるご苦労であった」劉協は微笑みを浮かべている。呂布《りょふ》への密書を出す暇《いとま》はなかったが、それを残念がるそぶりなど微塵も見せず、優しく穏やかに声をかけた。

「お助けに参るのが遅れました。聖恩に浴していながら万死に値します」曹操は謙遜によって信頼を得ようと、まずは己の非を詫びた。

劉協はゆっくりと語りかけた。「曹将軍、そちには功あれど非はない。董卓の乱よりこのかた、一朝一夕に平定しうるものではない。かつてそちは酸棗《さんそう》［河南省北東部］で孤軍奮闘してくれた。汴水《べんすい》［河南省中部］で敗れたとはいえ、社稷《しゃしょく》に対する忠義の心は天にも明らかであろう。各地を転戦したため三輔《さんぽ》［長安を囲む京兆尹《けいちょういん》、左馮翊《さひょうよく》、右扶風《ゆうふふう》］への迎えには遅れたが、兗《えん》、豫《よ》の両地において黄巾《こうきん》の賊を滅ぼし、大漢の天下のために駆け回ったのだ。朕《ちん》と群臣は曹将軍に話が及ぶたび、口々に賞賛しておったのだ」太尉《たいい》の楊彪《ようひょう》、司徒《しと》の趙温《ちょうおん》、司空《しくう》の張喜《ちょうき》らをはじめとする重臣もみなうなずいた。劉協は少し前に乗り出し、いっそう親しげな口調で続けた。「曹将軍、朝廷は再興したとはいえ、いまだ苦境を脱してはおらぬ。貴軍をねぎらう糧秣や資財もない。朕こそおぬしに許しを乞わねばならぬ……」

この言葉に曹操の胸はじんと熱くなり、慌てて叩頭した。「陛下と憂いを分かち合うのは臣下の務め、ねぎらいなどもったいのうございます。陛下のお言葉まことに畏れ多く、かえって恥じ入るばかりでございます」

劉協は手を振って制した。「謙遜する必要などない。そちにはひとまず司隷校尉《しれいこうい》を兼務するよう命じる。河南尹《かなんいん》の諸軍を監督してくれ」

「ありがたき幸せ！」曹操はためらうことなく承った。司隷校尉は京畿七郡の官が法を犯していないかを監察する。河南尹の地では曹操の兵馬が最大勢力であったが、鎮東《ちんとう》将軍は決して地位が高いわけではない。司隷校尉を拝命すれば、身分が格段に上がるだけでなく、三公《さんこう》や衛将軍の董承に対してもいくらか口を利くことができる。

「はっはっは……」劉協は笑った。「曹司隷校尉、早く席につきたまえ。長旅で疲れておろうに、かくも長く跪かせて、朕も胸中忍びないのだ」

陛下はことさらに好意を示そうとしている、曹操には百も承知のことであったが、それでもやはり気持ちは舞い上がり、再び深く拝礼してから、ゆっくりと立ち上がった。曹操はそこでようやく、衛将軍の董承と輔国《ほこく》将軍の伏完《ふくかん》が朝堂での最上位であり、三公はその下位であることに気がついた。そして、董承と伏完の二人のあいだに席が一つ空いている。これが曹操のために空けられているのは明らかだった。非常時には兵権を握る者こそ地位が高く、朝堂においてもそれは同じである。曹操は遠慮することなく席についた。

劉協はそれを見届けると、今度は劉服に目を遣って微笑んだ。「そちが梁王の嫡子か」劉服は朝堂に参内したことがなく、曹操を真似て、ぎこちなく笏を掲げて答えた。「わたくしは父王の一人息子にて、兄弟はおりませぬ」

本来であれば、諸侯王の子孫には朝廷への自由な出入りは認められていないが、いまは些細なことにこだわっている場合ではない。劉服は宗室の子弟として忠義を尽くすため、危険を顧みずに駆けつけた。それだけでも称えるに値する。劉協にとっては、曹操より劉服に会えたことのほうがずっと喜ばしく、口早に尋ねた。「梁王は息災か」

「父王は日夜社稷の危機を案じております。病にかかる暇もございませぬ」口八丁とはこのことである。劉服は父王の健在を伝えるのに、朝廷を気にかけていることまでさらりと言い添えた。朝堂の忠臣たちは賛嘆し、曹操でさえもいくらか羨ましげに劉服を見た――よくもまあ、如才ない受け答えを思いつくものだ。

劉服は役に立つ人間かもしれぬ――劉協の眼がきらりと光った。そして、指折り数えて尋ねた。「そちは梁の節《せつ》王から五代、明《めい》帝から数えれば六代下か。朕も粛宗《しゅくそう》皇帝から六代下、するとそちは朕と同世代にあたるのだな」

普天《ふてん》の下、王土《おうど》に非ざるは莫《な》く、率土《そつど》の浜《ひん》、王僚に非ざるは莫し［この天下に王のものでない土地はなく、地の果てまで王の臣下でない者はいない］。皇帝自らが一国の王孫《おうそん》をわざわざ劉家の同世代であると認めるなど、並大抵のことではない。劉服はすぐさま叩頭した。「恐縮にございます」

「朕はそちを偏《へん》将軍に任ずる。兵を率いて都を守ってくれ」これはいよいよ尋常ではない。劉服は一介の諸侯王の王子に過ぎないのに、将軍の位についたのである。単なる雑号将軍だとしても、前代未聞だった。

劉服が梁国から兵を挙げたのは、まさにこのためであった。だが、劉服は軽率な男ではなく、ちらと曹操を見やり、すぐに辞退した。「わたくしはたまたま富貴な家に生まれついた子弟に過ぎず、才徳に欠けております。梁国で兵を起こして以来、曹使君《しくん》……いえ、曹将軍のおかげでここに至りました。そのわたくしにかような官職はとても務まりません。陛下、どうかお考え直しください」

曹操はほっと息をついた——こやつも恩義は知っていたか。

だが、劉協はかぶりを振った。「天下が乱れ、子孫が零落しているいま、そちのように宗室の一人として朕のために命を捧げる者は得がたい。朕はそちを同族と考えるからこそ、とくに将軍の職を授け、劉家の手本になってほしいのだ。固辞はならぬ」劉協は、曹操に対してはずいぶん遠慮があったが、劉服にはかなり強気であった。だが、その遠慮が必ずしも本気ではないように、強気な態度も見せかけに過ぎなかった。

劉服にとって、劉協が簡単に引き下がらないことは予想どおりだった。劉服は頭を下げたまま、曹操をまたこっそりとのぞき見た。曹操が不愉快そうな顔をしていないのを確かめると、劉服はその気のないそぶりをしながらも内心喜んで叩頭した。「それでは僭越ではございますが、命《めい》を拝受いたします。陛下の恩寵に感謝申し上げます」身を起こすと、殿中での陪従《ばいじゅう》が劉服を席へと案内した。劉服の席は末席に設けられていた。

曹操はその後もじっと一つひとつの上奏に耳を傾けていたが、内心ではがっかりしていた。いまや朝廷では何も解決できないことは明らかで、すべての問題は内々に処理され、みなもっともらしく演じるだけである。李傕《りかく》や郭汜《かくし》の罪についてざっくばらんに話す者もいたが、いまの朝廷には二人を平定する力がなく、糾弾するだけにとどまっていた。また、偽の青州《せい》刺史《しし》の袁譚《えんたん》が北海《ほっかい》の相《しょう》の孔融《こうゆう》を攻撃したことについても取り上げられたが、それが袁譚の父である袁紹《えんしょう》の差し金であることについては一切触れられず、討議の結果、孔融に参内するよう勅命を下すこととなった。これは事実上の敗北であり、北海を袁家の手に明け渡すしかないと認めたのである。続いて、折衝《せっしょう》校尉の孫策《そんさく》が江東《こうとう》［長江下流の南岸の地方」をわが物とし、会稽《かいけい》太守の王朗《おうろう》を攻めたことが取り沙汰されたが、朝廷はとても江東にまで手が回らなかった。また、曹操が来たからにはもう遠慮は要らぬとばかりに、自らの名を宮殿に冠した不敬罪で河内《かだい》太守の張楊を指弾する者もいたが、それも皇帝を助けた功績に免じて罪に問わないことになった。いずれにしても、痛くも痒くもない無駄話ばかりである。格式張っているだけで中身のない評議は一刻［二時間］あまりにも及び、正午になってようやく散会となった。

特殊な立場にある曹操は誰とも挨拶を交わさなかったが、王必《おうひつ》には董昭《とうしょう》を軍営に招くよう密かに言いつけた。曹操がゆっくりと幕舎《ばくしゃ》に戻ったところで、面会したいという者がやってきた。なんと昔なじみの友人で議郎《ぎろう》の丁沖《ていちゅう》だという。急いで幕舎に招き入れると、賓客に対する礼でもてなした。夏侯《かこう》淵《えん》、曹洪、卞秉《べんへい》も顔を見せにやって来た。

「わしにそんな虚礼は要らんぞ」丁沖は幕舎に入ってくるなり曹操の髭を引っ張ってからかった。「洛陽まで来るには来たが、ずいぶん遅かったじゃないか。兄貴の文侯《ぶんこう》［丁斐《ていひ》］はどうしている」丁沖が尋ねたのは丁斐のことだった。

丁家の二人はかつて曹操とともに兵を挙げたが、丁沖は、朝廷で司徒についていた一族の丁宮《ていきゅう》に仕えようと、単身函谷関《かんこくかん》を越えて長安に入った。丁宮はすでに世を去り、丁沖も朝廷の議郎になっていたため、曹操は丁沖とかなり疎遠になっていた。だが、親しげに自分をからかう様子を見るに、曹操に対する友情は以前と少しも変わっていないようである。曹操も笑いながら丁沖に答えた。「文侯は許県に駐屯して元譲《げんじょう》［夏侯惇《かこうとん》］や子孝《しこう》［曹仁《そうじん》］を助けてくれている。おぬしら二人が再会できるよう、すぐに呼び寄せよう」

「まあ文侯のことはいいさ。それよりここに酒はあるか」酒飲みなのは相変わらずのようだ。「ここ何年もまったく苦労しっぱなしだった。董卓のころはまだ飲める酒があったんだが、長安では飯すらまともに食えず、酒などもちろんありつけん。もう三年も酒の匂いをかいでいない。これでは死ねというようなものだ……」話すうちに目に涙をたたえはじめた。

見るからに満足に食べていないようだったが、丁沖がそれでもまず酒を飲みたがるので、曹操も笑いをこらえきれなかった。「幼陽《ようよう》よ、わしの軍営には酒はないんだ。だが、慌てるな。糧秣をこちらに運ぶとき、いくらか持ってこさせよう。だが、こっそり飲めよ。河南尹ではいま一粒の米も獲《と》れないのだ。朝廷の百官はわしの尽力によってようやく飢えずにすむだけの食糧にありついたばかりだ。それなのに、おぬしが公然と酒など飲んでおったら、みなの怒りを招くからな」

「ふん、度量の小さいやつだ」丁沖は袖を払った。「その気があるなら、許県まで連れて行って思う存分飲ませてくれ」

曹操は思わず身震いした――どういうことだ。まさかこいつは朝廷を許県へ移すつもりだと気づいているのか。

丁沖は幕舎内にいるのが身内だけなのを確認すると、ふふんと鼻で笑った。「河南尹はいたるところ荒れ果てて、たいしたやつもおらぬ。ならば百官とともにわしを許県へ連れて行き、心ゆくまで酒を飲ませてくれても良さそうなもんだがな」

「はっはっは……」曹操は笑うしかなかった。「それはいい考えだ」

そこへ兵士が報告に来た。「守宮令《しゅきゅうれい》［宮中の筆墨、尚書《しょうしょ》の封泥などを司る］の董昭殿がいらっしゃいました」

丁沖は驚いた。「あいつを呼んだのか」

「河南尹の地に入るには、ずいぶんと世話になった」曹操は包み隠さず打ち明けた。「楊奉を説得し、わしを鎮東将軍にするよう上奏してもらったのだ」

「わしは董昭という人間が好かんのだ」丁沖は口をへの字にした。「朝廷の者なら誰でも、董昭が策略を用いて政《まつりごと》をもてあそんでいるのを知っている。張楊に厄介になっておきながらおぬしと謀《はかりごと》を企てようなど、とても褒められたものではない」

曹操は丁沖をいささか頭が固いやつだと思い、手を振って遮った。「やつの才を買うのであって、徳を買ったわけではない。その昔、韓信《かんしん》［漢の劉邦《りゅうほう》の建国に貢献した武将］は物乞いをし、陳平《ちんぺい》［秦末、前漢の政治家］は兄嫁と密通したが、高祖《こうそ》を助けて大業を成した。志に基づいて動く董昭を徳行の面から責めるのは無意味なことであろう」

「わしは朝廷の議郎だ。おぬしの軍が恥知らずなことをするのには関わらん。好きにしろ」丁沖はそう言って立ち上がった。「権謀術数の相談なら董公仁《こうじん》とするんだな。わしはほかの幕舎に退散する。飲む酒がなくても肉がいくらかあるだろう。入り口にいた白いのと黒いの、あんな大男を養えるからには、食い物だってさぞかしたっぷりあるに違いない」

「お前は俺らのところへ飯を食いに来たのか」夏侯淵が笑いながら言った。「俺の幕舎に来い。のんびり話でもしよう」

「よし、わかった」丁沖はうれしそうに笑みを浮かべてから、さっと曹操の耳元でささやいた。「もう一つ……元雄《げんゆう》［丁宮］のおじが乱軍のなかで被災した母と子を助けたのだが、その尹《いん》夫人が言うには、かつて曹孟徳《もうとく》の恩を受けたことがあるのだとか」

曹操は思わず頰を染めた――何進《かしん》の息子と死に別れた尹氏か。

「わしはその夫に先立たれた女子《おなご》に礼儀正しく接しているぞ。そのうち連れてきておぬしに会わせよう。尹氏の息子は晏《あん》という名でな、まだ幼いがなかなか愛嬌がある。まとめて養ってやったらどうだ」言い終わるや、丁沖は身を起こして大きな声で笑い、夏侯淵の手を引いて出ていった。

世故に長けている卞秉は、曹操と董昭の密談を邪魔するのも気が引け、さっと曹洪を引き寄せた。

「将軍、幼陽とは何年も会っていませんでした。わたしと子廉もちょっと話をしてきます」

「うむ」曹操はうなずいて二人が出ていくのを見届けると、尹氏の親子のことも気になったが、手を叩いて護衛兵を呼び、董昭を幕舎に招き入れた。

しばらくすると、典韋《てんい》と許褚《きょちょ》が帳《とばり》を上げ、そのあいだから身なりの整った中年の官が入ってきた。

曹操は立ち上がって出迎えた。「公仁殿、今日はついに対面がかなったな」

「将軍にお目通りいたします」董昭は正式の礼をとった。

「そのように堅苦しくせずともよい」曹操は董昭の袖を引いて卓のところまで連れていくと、肩を並べて腰掛けさせた。董昭も遠慮することなく、丁寧に礼を述べた。「ありがとうございます。では、失礼して」

「わしに礼など申さずともよい。礼を言わねばならぬのはこちらのほうだ。まだ会いもせぬうちから幾度も世話になり、ずっと申し訳ないと思っていたのだ」曹操は髭をしきりになでて礼を述べた。

「その昔、光武帝《こうぶ》は降伏したばかりの銅馬《どうば》軍に単身で乗り込み、信頼を得た。わしらは一面識もなかったが、すでに誠意を持って接している。公仁殿はわしを浅はかな輩でないと認め、情けをかけてくれた。感謝に堪えぬ」曹操の口ぶりはすこぶる謙虚だった。

「身に余る光栄です」董昭はわずかに頭を下げた。「群雄ひしめくこの天下、先を見据えているのは将軍を措《お》いてほかにいらっしゃいませぬ。それゆえに奔走したまで」

曹操は世話になったと言い、董昭は奔走したと返した。それぞれの持つ意味合いはまるで違う。曹操はめざとく董昭が自分に取り入ろうとしているのに気づき、うれしそうにうなずいて話を進めた。

「黄巾をはじめて平定したころ、宦官は賂《まいない》を受け取って官爵を売っていた。稀代の廉吏《れんり》たる賈琮《かそう》が冀《き》州の刺史になったとき、貪官汚吏《たんかんおり》はことごとくおののき逃げ出した。ただ癭陶《えいとう》県［河北省南西部］の県長だったおぬしだけが使君を出迎えたという。そのときからわしは公仁殿を高く評価していたのだ。われらは漢室のために腹を割って話そう」

「はっ」董昭はうなずいて賛同した。

「張邈《ちょうばく》兄弟が破れて以降、弟君の董訪《とうほう》殿は帰郷しているとのことだが、荀文若《じゅんぶんじゃく》や程仲徳《ていちゅうとく》もたびたび弟君の才を褒めておった。わしも重用できればと思っておる」そこで曹操は、董昭の品のあるふくよかな顔を見据えて本題に入った。「わしは洛陽に参ったばかりだが、天下を安定させたいと考えておる。公仁殿の策を聞かせてくれんか」

董昭は、曹操が自分の弟の面倒までみると言うので、ようやく安堵して進言した。「将軍は義兵を起こして暴徒を征伐し、天子に参内して漢室をもり立てようとなさっています。これは春秋の五覇に並ぶ勲功です。しかし、洛陽にいる諸将の思惑は入り乱れ、必ずしも心服しているとは言いがたい。洛陽にとどまって天子をもり立てるのは、状況からして好ましくないでしょう。そこで……」

「そこで何だ。かまわず続けてくれ」

「そこで、天子を許に行幸させるのはいかがかと」

「はっはっは……」曹操は髭をなでて大笑いした。「さすがだ。おぬしもそう考えておったか」

「しかし……」董昭は話を続けた。「朝廷はようやく旧都に戻ったばかりで、誰しもが腰を落ち着けることを願っています。いままた天子に行幸を願い出れば、百官は必ず非難を匂わせることでしょう。とはいえ、非常の行いをしてこそ常とは異なる功を立てられるというもの。どうか将軍はそのこともお含みおきください」董昭は都を許県に移す利弊《りへい》を洗いざらい述べ、曹操に判断を委ねた。

「わしはとっくに豫州に糧秣と資財を準備しておる。許県への遷都はわしの従来からの願いだ」曹操はためらうことなく決断した。「移るとなれば人心の動揺を招こう。だが、長引く痛みより一時の痛みのほうがまだましというもの」

ほかの者が曹操の前に座っていれば、「ご英断です」などと合いの手が入ったであろう。だが、董昭はそうした言葉は口にせず、小さくうなずいただけであった。追従《ついしょう》にも優雅と卑俗の別がある。董昭の首肯《しゅこう》は無数の賞賛にも勝るものだった。

曹操は大いに奮い立ったが、憂慮がないわけではなかった。「董承は兵馬が足りず難渋している。だが、近辺の梁県にいる楊奉は精鋭を抱え、韓暹が補佐にあたっているとか。それに河内には張楊もいる。わしの足を引っ張ることはないか」

董昭は自身の見立てを述べた。「楊奉は朝廷内に味方が少なく、将軍に臣従しようとしています。将軍が鎮東将軍や費亭侯《ふっていこう》に封じられたのも、みな楊奉が主導したこと。しかも、将軍が都に入った際には、楊奉は兵卒に乱を起こさぬようにと厳命しています。将軍を信頼しているのは明らかでしょう。こちらも使いを遣って手厚く答礼し、楊奉の気持ちを落ち着かせるのがよろしいかと。そして使者にこう言わせるのです。『都には食糧がないので、ひとまず魯陽《ろよう》［河南省中西部］に行幸する。魯陽は許から近いため食糧の輸送に至便で、食糧不足に悩まされることもない』と。洛陽から魯陽へは、必ず楊奉の駐屯している梁県を通ります。楊奉は勇猛ですが思慮の浅い男、疑いを抱くことはないでしょう。使者を行き来させることで、やつを欺くことができます。適当な場所まで来たら、将軍は一転東へと向きを変えるのです。さすればやつは追いつけず、将軍の邪魔などできますまい」

「それは妙計だ！　公仁殿の策どおりにしよう」

「張楊に至っては大志などございません。郡の一つでも手に入れてのんびりしたいと思っているだけです。先には洛陽で宮殿を建てておきながら、都で政を執るのは御免だと、河内に戻ってしまいました。まったくもって無知蒙昧《もうまい》、将軍と争う気などあろうはずがありません」董昭は自らがかつて袁紹のもとから逃げ出し、張楊のためにしばらく力を尽くしたことをすっかり忘れているようだ。

曹操は深く追及せず、しきりにうなずいた。「公仁殿の話はどれも素晴らしい。もし天子を許にお連れしたとして、わしはどのように人心を掌握すればよいのだ」

董昭は拱手《きょうしゅ》した。「功を立てた者には褒美を取らせ、罪を犯した者は粛清し、節《せつ》に殉じた者は顕彰するのです。そして優秀な人材を募り、兵権を一つにまとめれば、百官を統《す》べて政を執れましょう」

百官を統べて政を執る――なんと不穏な言葉であろうか。曹操の麾下《きか》にも多くの智謀の士がいる。荀彧《じゅんいく》は冷静で、程昱《ていいく》は狡猾、毛玠《もうかい》は洞察力があり、満寵《まんちょう》は率直で、薛悌《せってい》は剛毅である。だが、「百官を統べて政を執る」などと露骨に口にする者は一人としていなかった。曹操は訝《いぶか》しげに董昭を見た。このたったひと言により、董昭の命運は決まった。曹操のもとでこき使われることはあっても、高官として重用される望みは消え失せたのである。

董昭もいささか露骨な発言だったと思い、すぐに話題を変えた。「将軍の遷都の意志はすでに固まっていらっしゃいますが、いまの時点ではまだ軍の力でもって百官に無理を強いてはなりません。議郎の丁沖や劉邈《りゅうばく》さまが将軍と親しくなさっていることはよく存じ上げています。尚書僕射《しょうしょぼくや》の鍾繇《しょうよう》も、かつて李傕の前で将軍を弁護したことがありました。将軍は丁沖らに遷都について触れ回らせてはいかがでしょう。朝廷の文官、武官に説いて、ついていきたいと思わせるのです」

「丁幼陽はわしの昔なじみ、莫逆《ばくぎゃく》の友と言ってもよい。劉大人《たいじん》には揚《よう》州にいらっしゃったときから世話になっている。後日、お訪ねせねばなるまい。鍾元常《げんじょう》には……公仁殿からうまく伝えてくれぬか」

「かしこまりました」董昭は静かに一礼した。

曹操は立ち上がって数歩歩くと、懇《ねんご》ろに言い含めた。「朝廷の方々は長らく大義のために身を捧げ、天子が死線をさまよおうとも付き従った。まことに敬慕すべきことである。老臣の方々にはこちらからご挨拶せねばならぬ。それから、太傅《たいふ》の馬日磾《ばじってい》殿は使者となって他郷で命を落としたが、棺を迎えに行って顕彰せねばならぬ」

「ご報告いたします！」突然、兵士が帳の向こうで声を張り上げた。

「何ごとだ、そこで述べよ」

「はっ。太尉の楊公の使者がお見えになり、楊公の幕舎で催される宴にお招きしたいと申しております」兵士は告げた。

曹操は呆気にとられた——ちょうど老臣に挨拶せねばと言っていたところへ、楊彪のほうから声をかけてきたのである。

振り返ると董昭は眉をひそめつつ、両手を振って断るよう身ぶりで示した。曹操もその意を汲み取り、兵に向かって告げた。「太尉殿の使いの者に告げよ。わしはまだ多くの軍務を片づけねばならぬ。日を改めてお会いしに伺うと」

「はっ」

「待て」曹操は言いつけた。「使いとは言え三公の部下だ。丁寧に言葉を選ぶのだぞ。いささかでも怠ろうものなら、その首はないと思え」

「滅相もございませぬ」兵士は怯《おび》えた返事を残して立ち去った。

董昭は曹操に向かってうなずいた。「河南尹の困窮はここ数日だけのことではございませぬ。美酒佳肴《かこう》などありもせぬのに、宴席など言わずもがなです。おおかた宴席にかこつけて、将軍に説教しようとでもいうのでしょう」先ほどは言葉が過ぎたためか、今度は遠回しな物言いをした。説教で済めばまだよい。実際は伏兵が待ち構えているかもしれないのである。

むろんそれは曹操もわかっていた——天子は一見頼りにしているようで、実はよそよそしい。重臣たちも警戒している。毛玠が言った「天子を奉戴して逆臣を討つ」にはまだほど遠い。だが、道は一歩ずつ歩むもの、飯はひと口ずつ食べるもの。いまは慌てず耐え忍ぶのだ。瑣末《さまつ》な問題はすべて脇に置き、まずは朝廷を豫州の許県に移す。あとのことはそれからだ。まだ時間はたっぷりとある……

許《きょ》県への遷都

建安《けんあん》元年八月庚申《こうしん》(西暦一九六年十月七日)、曹操が洛陽《らくよう》に入り司隷校尉《しれいこうい》となってから九日目、皇帝の劉協《りゅうきょう》が腰を落ち着けてからでもわずか一月《ひとつき》と経たないうちに、また朝廷ごと遷《うつ》ることになった。このたびの目的地は魯陽《ろよう》県であると、曹操らはあらかじめ説明していた。

魯陽は荊《けい》州の南陽《なんよう》郡にある。魯山《ろざん》の険がそびえ、文字どおり天下の中心であった。春秋時代においては楚《そ》国の北部の要衝で、曹操が治める豫州の治所《ちしょ》の許《きょ》県からもそう離れておらず、糧秣《りょうまつ》の運輸にも都合が良かった。地理的には非常に利を占めた場所といえる。このたびの遷都にあたり、董昭《とうしょう》、鍾繇《しょうよう》、劉邈《りゅうばく》、丁沖《ていちゅう》らは、おのおの名望によってほかの官僚を安心させようとしたが、ほとんどの官は不安をぬぐいきれなかった。むろん南下すれば食糧不足の問題は消え、宮殿もより良くなるであろうが、襄陽《じょうよう》[湖北省北部]には劉表《りゅうひょう》が、寿春《じゅしゅん》[安徽《あんき》省中部]には袁術《えんじゅつ》がいる。魯陽に遷れば、この二人との距離も俄然近くなる。劉表と袁術が、天子と曹操に対してどう出るかはわからない。また、西涼《せいりょう》の張済《ちょうさい》の勢力が近ごろ広成関《こうせいかん》を出て南陽に達したと聞くが、ことによると一戦交えることになるかもしれない。朝廷じゅうの文官武官は何度も遷都の利害得失を勘定していたが、遷都自体に疑義を呈する者はほとんどいなかった。

遷都を滞りなく進めるため、曹操は幾度か使いを梁県《りょう》の楊奉《ようほう》のもとに派遣した。そして具体的な事務について相談し、曹操を鎮東《ちんとう》将軍につけるよう上奏してくれた労に報いるため、数箱分もの珍宝を贈った。洛陽から魯陽に向かうには、必ず太谷関《たいこくかん》を出て梁県を通らねばならないので、楊奉も当初から天子を迎える準備に奔走した。兵に命じて駅路を修築し、通りを掃き清め、部隊を北上させて関所で天子を出迎えさせることにした。しかし、楊奉の昔からの仲間である韓暹《かんせん》は曹操を心底憎んでいたので、伏兵を置いて曹操と董承《とうしょう》を討ち、天子を梁県にとどめて、白波《はくは》賊の一派で朝廷を掌握しようと楊奉に持ちかけた。天子と曹操を出迎えようという楊奉、かたや急襲しようという韓暹、二人の意見は一致せず言い争いとなったが、最終的には楊奉の意見に従うことになった。

かつて劉協が西の都長安《ちょうあん》から逃げ出した際には、文武百官が大勢で皇帝を取り巻いていたが、李傕《りかく》や郭汜《かくし》の度重なる追撃を受けたあとは多くの馬が失われ、天子の儀仗さえ揃《そろ》えられず、戈《ほこ》を手に抵抗できる虎賁《こほん》軍の衛士《えいし》は百人に満たなかった。のちに白波の賊軍が護衛にやってきたものの、韓暹や李楽《りらく》、胡才《こさい》らは部下が三公九卿《さんこうきゅうけい》の財産を略奪するに任せ、随行する重臣たちは物乞い同然に落ちぶれた。追っ手から逃れるため、天子は曹陽《そうよう》［河南省西部］の北から大河を渡ろうと、ただ数葉の小舟に先を争って乗り込み、車駕《しゃが》を残らず捨ててしまったので、最後には牛車に乗って安邑《あんゆう》［山西省南西部］へとたどり着いた。

このたびは、そのときとはずいぶん趣が異なっていた。曹操自ら率いる部隊が先導し、皇帝の御車《みくるま》と三公九卿を一行の中ほどに挟んで、曹洪《そうこう》率いる大部隊が後衛を務めた。隊列は大掛かりなもので、先頭が明堂《めいどう》［国家の重要な典礼を行う殿堂］の廃墟を通り過ぎるころ、後方はまだ洛陽城を出たばかりだった。

曹操の準備はきわめて周到で、まず許県より大量の物資をかき集め、皇帝、皇后、貴人《きじん》のために急いで御車を作り、三公九卿や側近の重臣のために馬車と衛兵を手配した。梁国の王子劉服《りゅうふく》は宗室《そうしつ》かつ偏《へん》将軍の身分で五百の兵馬を率い、自ら皇帝の御車の周りを護衛した。荀彧《じゅんいく》、曹純《そうじゅん》、丁斐《ていひ》らも許県から駆けつけて随行し、朝廷にいる旧友とそれぞれ旧交を温めつつ馬を進めた。そして何より意味深長だったのは、曹操が衛《えい》将軍の董承を自分の近くに招き、轡《くつわ》を並べて進んだことであった。

洛陽城を出てからというもの、曹操は景色を指さしては和やかに談笑していたが、董承は呑気に耳を傾けることもできなかった。周りがすべて立派な鎧兜を身につけた虎豹騎《こひょうき》［曹操の親衛騎兵］で、手には長柄の槍を握り、腰には剣を佩《は》いていたからである。さらに、曹操の後ろには典韋《てんい》と許褚《きょちょ》という二人の大男が続いていた。この白いのと黒いのはいずれも凶悪な顔つきで、恐ろしい武器を手に董承を睨みつけている。董承は西涼人と半生にわたって付き合ってきたが、これほどの輩は目にしたことがなかった。心臓がどくどくと脈打ち、手綱を取り落とさないように握り締め、曹操と打ち解けて語らう余裕などなかった。

「董国舅《こっきゅう》殿、ご覧になりましたかな。先ほど通り過ぎたのが太学《たいがく》［最高学府］です」曹操は董承を将軍ではなく国舅と呼び、言葉のはしばしに恭《うやうや》しさをにじませた。「建物は焼け落ちましたが、外の石碑はまだ残っております。かつて楊賜《ようし》や馬日磾《ばじつてい》、堂谿典《どうけいてん》、蔡邕《さいよう》といった博学の重臣が六経《りくけい》［儒教の経典で、『易経《えききょう》』『詩経《しきょう》』『書経《しょきょう》』『春秋《しゅんじゅう》』『礼記《らいき》』『楽経《がくけい》』のこと］を校合《きょうごう》した際、表に碑を立てて字句を刻んだのです。かの賢人らもみな世を去ってしまいました。まったく残念なことです」

「将軍の仰るとおりですな」董承はなんとか言葉を絞り出した。

曹操は不意に手を伸ばすと、遠くの小高い丘を指さした。「あのあたりはよく存じております。初めて官途につき、洛陽北部尉《らくようほくぶい》［洛陽北部の治安を維持する役職］になったころ、橋玄《きょうげん》さまや蔡邕さま、それに汝南《じょなん》の王儁《おうしゅん》や南陽の婁圭《ろうけい》とともに遊びに参ったのです。橋公のご高説を拝聴し、蔡公がつま弾く『広陵散《こうりょうさん》』の調べに耳を傾けました。終生忘れられない思い出です」

曹操の話はどこまで本当かわからなかったが、董承も形だけ相槌を打った。それよりも、後ろの長《ちょう》戟《げき》や槍に突かれるのではないかと気が気でなく、ちらちらと振り返っては典韋と許褚に目を遣らずにはいられなかった。曹操は横目でそんな董承を盗み見て、内心ほくそ笑んだ。曹操の狙いどおりである。咳払いをして、素知らぬふりで尋ねた。「国舅殿、どうかなさいましたか。なにゆえ後ろばかり気にされるのです」

董承は赤面するも、曹操に見下されまいと見栄を張った。「陛下の御車がついてきているか気になりましてな。兵に怯《おび》えていらっしゃらなければいいのですが」

曹操は不快なふりをした。「国舅殿はなぜそんなことを仰るのです。わが兵が軍紀を守らぬとでも？」

董承はびっくりして身をそらした。「こ、これは失言でしたな……」

「しかし、さすがに国舅殿はお国の忠臣でいらっしゃる」曹操は董承の顔が蒼白になったのを目にすると、すぐに笑みを浮かべて褒めちぎった。「いつ何どきであろうと天子の安否を気にかけておられる。感服いたしました」

董承は賞賛を素直に受け取らず、自らへりくだった。「曹将軍はお笑いになるかもしれませぬが、わたしの娘は貴人で、その栄辱はすべて天子にかかっております。つまり、陛下がご無事であればこそ、娘も息災に過ごせるのです」

董承の発した何気ないひと言に曹操は考えをめぐらせた。曹操にも娘が何人かいる。まだ輿入れする歳ではないが、いずれ自分が朝政の大権を掌握したら、一族の繁栄のため天子に嫁がせるという手もある。

「国舅殿、実は折り入ってお伺いしたいことが」

「何なりとお話しくだされ」どのみち董承に拒むという選択肢はない。

「わたくしは久しく朝堂を離れ、天子への拝謁も疎《おろそ》かにしておりました。今上《きんじょう》はどのようなお方でしょうか」

これは名誉を挽回する好機とばかりに、董承は即座に答えた。「陛下は宣《せん》帝、順《じゅん》帝と肩を並べるだけのお方だと存じます」前漢の宣帝劉詢《りゅうじゅん》は外戚の霍禹《かくう》を誅殺して民をいたわり、好戦的で豪奢を好んだ武《ぶ》帝劉徹《りゅうてつ》以来の気風を改めた。後漢の順帝劉保《りゅうほ》は権勢を誇った宦者《かんじゃ》を押さえ込み、優秀な人材を集めて北郷侯《ほくきょうこう》のときの腐敗を正した。この二人の皇帝は、それぞれを取り巻く情勢が似ていただけでなく、ともに幼いころ苦難に見舞われている。宣帝は漢の武帝の戻《れい》太子劉拠《りゅうきょ》の孫であり、巫蠱《ふこ》の獄によって民間で育ち、十八で皇宮《こうぐう》に戻って位を継いだ。順帝はもともと太子の地位にあったが、外戚の閻《えん》氏に母を殺されて太子の座を奪われた。だが、のちに孫程《そんてい》ら十九人の宦官による政変で、十二の歳に帝位につけられた。二人とも多難な少年時代を送った皇帝で、董承は劉協をこの二人と比べることにより、暗に難局を乗り越えて社稷《しゃしょく》を立て直すと言っているのである。

「なるほど」そう聞くと、曹操は遠慮なく重ねて尋ねた。「それで、どのようなことをなさったのでしょうか」この投げかけは容赦のないものだった。劉協はまともに天下を統治したことがないのだから、目立った業績などあるはずもない。

ところが、董承は意外にも微笑んで語りはじめた。「二年前、干ばつによって関中《かんちゅう》［函谷関《かんこくかん》以西で、渭水《いすい》盆地一帯］の田畑が不作となり、李傕や郭汜の非道もあって、人は相食《あいは》み、白骨は野ざらしになりました。そして、粟《あわ》が一斛《こく》［約二十リットル］五十万銭、豆や麦が一斛二十万銭にまで釣り上がったのです。このとき陛下は太倉《たいそう》［都の穀倉］の穀物を残らず施すよう勅命を下し、侍御史《じぎょし》の侯汶《こうぶん》に兵を率いさせて、飢えた民のために粥《かゆ》を作らせたのです。しかし、数日経っても餓死する民が後を絶ちませんでした。陛下は何か不正があると疑い、御前において量をはかって粥を作らせました。すると、水気ばかりで穀物の少ない粥が出来上がり、これでは腹を満たせないとお気づきになりました。尚書令《しょうしょれい》らは侯汶の罪を咎めて罰するよう上奏しましたが、陛下は侯汶も太倉を空にしてしまうのが忍びなかったのであろうとして重罪には問わず、ただ鞭打ち五十を科したのです。これ以降、被災した民への施しはごまかしがなくなり、粥は箸が立つほどとなって多くの民が命を救われました。これは美談と言えましょう」

取るに足りない話のようだが、劉協のことを知るうえでは大きな意味を持っていた。太倉の穀物の施しからは、劉協が民草を気遣っていることが推察される。侯汶を重罪に問わなかったことからは、官に対する思いやりが推し量れる。そして、鞭打ち五十を科したことからは信賞必罰を旨としていることがわかる。すべてが妥当な処置であり、しかもまだ十四歳にもなっていなかったことを考え合わせると驚くに値する。

曹操は董承をしげしげと眺めながら、それもいくらか理解できる気がした。目の前にいるこの男にしても、いまでこそ永楽《えいらく》太后の甥君、貴人の父君などとごたいそうな呼ばれ方をしているが、かつては董卓麾下《きか》の一介の将に過ぎなかった。西涼の将がどんな非道を行ってきたかは誰もが知るところであり、董承も徐栄《じょえい》や胡軫《こしん》、李傕、郭汜らと比べてそう差はあるまい。だが、そんな男でさえ、皇帝の権力が衰え、虎賁の衛士が百人にも満たない状況だというのに、皇帝に救いの手を差し伸べているのだ……どうやら年若い皇帝劉協の徳は尋常ではないらしい。

「大漢の天下は崩壊の危機に瀕していましたが、それほどに聡明な君主がいらっしゃれば、復興の望みもございますな」曹操はしきりにうなずき、ごく自然なふりで感嘆して続けた。「昔、霍光《かくこう》や金《きん》日磾《じつてい》は亡くなる武帝に後事を託され、昭《しょう》帝を輔弼《ほひつ》し、天下を安定させました。われわれはいまこそ古人に倣《なら》って天子のために奔走し、漢室の社稷をもり立てていきましょう」

だが、この譬《たと》えには別の意味も込められていた。漢の武帝は霍光と金日磾の二人に後事を託したが、実際は霍光の権勢が補佐の金日磾を大きく上回り、金日磾はほとんど実権を持っていなかった。その二人を引き合いに出したのである。では董承と曹操、いったいどちらが霍光でどちらが金日磾だと言うのか。董承はその意味に気づくと冷や汗をかき、いまにも禍《わざわい》が降りかかることを恐れて拱手した。

「及ばずながら、わたくしめは曹将軍に従います」しっかりとした口ぶりとは裏腹に、董承は緊張でがたがたと震え、危うく体勢を崩して馬から振り落とされそうになった。

董承の後ろにいた許褚はさっと近づくと、董承の鎧の襟のあたりをつかんで、まるで雛鳥でも持ち上げるかのように鞍の上に引き戻した。董承は後ろから急に鎧をつかまれて、思わず叫び声を上げそうになった。

「国舅殿、きちんと跨がってくだされ」鐘のように響く許褚の大声に、董承はたまげて兜を地に落とし、拾うことすらできずに恐る恐る礼を述べた。「将軍、かたじけない」

「国舅殿、国舅殿の兜です」また雷が落ちたかのような声が耳に轟いた。董承が振り返ると、典韋が長戟の先に自分の兜を引っかけて目の前に差し出してきた。

董承は受け取るべきか迷った。手を伸ばして兜を取れば、そのまま戟の切っ先が自分の喉元に突きつけられる。ちらりと曹操を見ると、曹操は愉快げに笑っていた。「国舅殿、兜はおかぶりになりませんと。君子は死すとも冠を脱がずではありませんか」

死すとも冠を脱がずだと!? 董承は恐怖に凍りついた。唾を飲み込むと、覚悟を決めて目を閉じ、手を伸ばして兜を受け取りかぶった。しばらくしても何も起こらず、再び目を開けると、典韋はとっくに曹操の後ろへと下がっていた。思わず大きく息をつき、馬を前へと急《せ》き立てた。曹操はそんな董承の挙動を見逃さなかった——ふん、これぐらいで十分か。

二人はまた轡を並べると、互いに何を話すでもなく馬を進めた。それから半刻［一時間］ほどで塢《お》郷《きょう》に着いた。ここまで来れば太谷関はもう目と鼻の先である。そのとき突然、早馬の一隊がこちらに向かって駆けてきた。先頭にいるのは曹操の義弟卞秉《べんへい》である。卞秉は勢いよく曹操の馬前へと飛び出して拱手の礼をした。「将軍に申し上げます。楊奉、韓暹が謀反を企てております。関所に兵馬を潜ませ、陛下のお命を狙っております」

楊奉と韓暹が背いただと⁉　董承はつかの間驚いたが、それはすぐ疑念に変わった――かつて一緒に関中で陛下をお助けした際は二心《ふたごころ》を抱かなかったのに、どうしていまになってそんな愚行を起こすのか――

「白波の賊め、性懲りもなく悪事を起こしおって！」曹操は報告の真偽を確かめもせず、すぐさま振り返って董承に告げた。「国舅殿、太谷関には兵が伏せられ、魯陽への南の道は危険極まりありません。天子に万一のことがあってからでは遅い。愚見によれば、東の轘轅関《かんえんかん》を通り、まず許県にとどまるのが上策かと。いかがですかな」

この知らせは曹操の作り話だ――董承はそのことに気づいたが、すでに洛陽を離れ、前後は曹操軍の兵に固められている。いまさら異論を挟むこともできず、董承はおずおずと答えた。「ならば、将軍のご意向に従いましょう」

「国舅殿はまことに謙虚でございますな」曹操は手綱を緩めて続けた。「とはいえ、許県もなかなかの土地です。平坦で開けていて、宗廟《そうびょう》を建てることもできます。何より十分な食糧を準備してありますからな……卞秉、すぐに伝令せよ。次の分かれ道で東に向きを変え、歩みを速めるぞ」

ほどなくして轘轅関へと向かう分かれ道に行き当たった――こんなに都合の良いことがあるか？どうやらすべて計画どおりらしい……許県に着いたら、まな板の鯉よろしく始末されてしまうのではないか――董承は空恐ろしさを覚え、曹操に探りを入れた。「しかし、ここまで来て道を変えるのなら、やはり陛下にお伺いを立てるべきかもしれません」

「いや、ぐずぐずして逆賊に追いつかれでもしたら、それこそ面倒です」曹操はふふっと笑った。「このまま進みながら陛下にもお伝えするとしましょう……わたしは兵を率いているのでここを離れられません。国舅殿にご足労願えませぬか」

曹操らから離れたい一心で董承はさっと拱手すると、九死に一生を得たかのように馬に鞭打ち、後方へと駆けていった。ぞろぞろと続く兵士の群れを通り過ぎると、遠くに真新しい天子の御車が見えた。上は鳥の羽で覆われ車輪は朱漆《うるし》塗り、横板には鸞《らん》［伝説上の瑞鳥《ずいちょう》］が描かれており、ことのほか目を引く。董承は馬に鞭を当てて御車に近づこうとしたが、護衛の小隊長に阻まれた。「止まれ！天子の御車であるぞ、みだりに近づいてはならぬ」

「わしは陛下の舅である。大事のご報告だ。邪魔立てすれば、おぬしの素《そ》っ首が飛ぶぞ」董承は気色ばんで怒鳴った。

だが、その小隊長も一歩も引かなかった。「われらが王子は宗室の近親、洛陽を発つに際してこう命じられました。こたびは劉姓の宗室以外、何人《なんぴと》たりとも御車に近づけてはならぬ。貴人の父君は言うに及ばず、たとえ皇后の父君であろうとも近づけてはならぬと」

董承は頭をがつんと殴られたような気がした――曹操はとっくに劉服と示し合わせていたのである。

これ以上何を言っても埒《らち》が明かないと悟り、董承は慌てて馬首を回《めぐ》らして、ほかの重臣に相談しようと考えた。首を伸ばして見渡すと、輔国《ほこく》将軍の伏完《ふくかん》、太尉《たいい》の楊彪《ようひょう》、司徒《しと》の趙温《ちょうおん》、司空《しくう》の張喜《ちょうき》、太僕《たいぼく》の韓融《かんゆう》、そして大長秋《だいちょうしゅう》の梁紹《りょうしょう》らの姿が見えた。いずれも九卿かそれに並ぶ官僚で、朝廷の礼典に則って美しい装飾を凝らした馬車に乗っていた。しかし、それはみな曹操から供与されたものである。そのうえ御者も、馬車のそばの衛兵も、すべて曹操軍の兵で固められている。

董承は馬に鞭を入れると御車を迂回してさらに後ろへと駆け、ほかの官の隊列へと向かった。そこには侍中《じちゅう》や議郎《ぎろう》、赴任前の郡県の官吏がいた。困窮した状況では車も足りず、みな自ら馬に跨がって鞭を当てている。三々五々、賑やかに雑談しながら進み、董承を見つけると次々に拱手してきた。だが董承はのんびり挨拶をするつもりなどなく、その者らを押しのけながら、自分が信を置く侍中の种輯《ちゅうしゅう》を探した。幾度も行ったり来たりした挙げ句、ようやく种輯の姿を見つけた——左には董昭、右には曹純がぴたりとついて、談笑しながら种輯にまとわりついている。

その後ろはもう曹洪が率いる後衛の大部隊だった。黒々と広がる大部隊が揃って武器を手にし、まるで文武の百官を追い立てているかのようである。董承のわずかな兵馬もすっかりそのなかに呑み込まれており、董承は背筋が寒くなった。そうして慌ただしくしているうちに、ずいぶん無駄な時間を食ってしまっていた。顔を上げると、すでに轘轅関をかすかに望むことができる。この関所を抜ければそこは豫州の領内、つまり、一人残らず曹操の手中に落ちてしまうことを意味する。

同じころ、楊奉と韓暹も異変に気づいていた。二人は朝早くから皇帝を迎える支度に励み、三公九卿らに笑いものにされぬよう、不慣れな朝廷の礼儀についても繰り返し練習していた。だが、早馬の知らせによると、皇帝は塢郷から東に向きを変え、轘轅関へと進んでいるという。二人はそこでようやく騙《だま》されたことに気がついた。

韓暹は優柔不断な楊奉のせいで機を逸したと責め立て、楊奉は皇帝の身柄を奪うなどという考えが曹操を警戒させたのだと韓暹に愚痴をこぼした。二人はすぐに兵を呼び集めて梁県を出た。皇帝を追いかけるあいだずっと言い争っていたが、二人の思いは同じだった——いまならまだ間に合う。関所を出て追いかけ、天子の御車を奪い取りさえすれば、曹操はそのまま許県に戻らせて、後日また相手をすればよい。

楊奉ら白波軍はほとんどが幷州《へい》人であり、武芸に長けている。三輔《さんぽ》での実戦を経て、いまや戦《いくさ》に秀でた精鋭部隊となっており、曹操の部隊にも決して引けを取らなかった。韓暹と楊奉は自ら隊を率いて太谷関を抜けると、東に向かって天子を追いかけた。道中にはまだはっきりと轍《わだち》が残っており、半日のうちに轘轅関へとたどり着いた。関所は開け放たれて人っ子一人見当たらず、駅路には土煙がまだ舞っている。皇帝はさほど遠くには行っていない。楊奉と韓暹ははやる気持ちを抑えきれず、全軍を率いて急ぎ轘轅関を飛び出した。そして全速力での追撃を命じたとき、突然両側の山の上から無数の岩が転がり落ちてきた。

「伏兵だ！」楊奉は危うく大きな岩に激突する寸前、さっと馬を操り駅路の真ん中に逃れた。そのとき鬨《とき》の声が湧き起こり、左右から一群の兵馬が突進してきた。曹操は楊奉らの追撃を予想し、于禁《うきん》と楽進《がくしん》の部隊に待ち伏せを命じていたのである。

楊奉と韓暹は知らせを受けてから駆け通しで、すっかり疲れ果てていた。それに対して于禁と楽進は早くに命《めい》を受けていたので、隊を率いてゆっくりとこの地で皇帝を出迎え、さらには昼餉《ひるげ》を取り、山の麓《ふもと》でしばし休息する時間まであった。これぞ絵に描いたような待ち伏せ攻撃である。白波軍は無理を押しての長駆がすでに失策であったうえ、思いがけない落石に驚き、ついには敵の伏兵の一斉攻撃を目にして完全に浮き足だった。

白波軍はろくに反撃もできないまま退《ひ》き、来た道を通って逃げ帰ろうとしたが、曹操軍は容赦なく追撃し、多くの兵が殺された。楊奉と韓暹は後ろを振り向く余裕すらなく、一目散に太谷関へと逃げ込んだ。しっかりと門を閉じ、胸壁《きょうへき》で矢を調え、曹操軍に食らわす丸太や石を関所の上まで運び終えたとき、曹操軍の姿はすでに影も形もなかった。

楊奉と韓暹は顔を見合わせると、揃ってため息をついた。互いに対する不満などもうすっかり消えていた。皇帝のいない洛陽はもぬけの殻であり、太谷関を押さえていても何の意味もない、二人はそのことにずいぶん経ってから思い至った。と同時に、梁県には配下の徐晃《じょこう》しかいないことを思い出した。曹操は狡猾で智謀に長けている。いますぐにでも敗残兵をまとめて引き揚げねばならない。意気込んで出かけたときとは打って変わって、帰りは誰もががっくりとうなだれていた。梁県に戻るころにはあたりも暗くなり、明月《めいげつ》が高く空にかかっていた。

「明日もう一度兵を出したところで皇帝は許県にたどり着いているだろうな。もう奪い取ることはできん」韓暹は夜空を見上げて思わずかぶりを振った。それから一時は敵でもあった腐れ縁の男を見て苦笑いした。「やれやれ、曹孟徳《もうとく》の小賢しさにまんまと一杯食わされたな」

「『罪を天に獲《う》れば、禱《いの》る所無きなり［天から見放されれば、どこで祈りを捧げても同じである］』か……このたびは曹操に皇帝をさらわれた。これで皇帝をお守りしたわれらの功労は無に帰したわけだ。いや、それどころか次は不運に見舞われるかもしれん」楊奉はくすりとも笑わなかった。「やつは『天子を奉戴して逆臣を討つ』と言っていた。もしかすると、最初に試し斬りされるのはわれらかもしれぬぞ……」

第四章　大権を握り、劉備《りゅうび》を容れる

百官を統《す》べて政《まつりごと》を執る

天子と朝廷の百官は曹操の大軍に「護衛」され、潁川《えいせん》郡の許《きょ》県へとたどり着いた。許県に入る前、年若い皇帝劉協《りゅうきょう》はまず自ら曹操軍の本営を訪れ、大勢の前で曹操を大《だい》将軍に任じ、武平《ぶへい》侯の爵位を与えて節鉞《せつえつ》［軍権の印《しるし》である割り符とまさかり］を授け、録尚書事《ろくしょうしょじ》を兼ねさせた。二十歳で官界に飛び込んだ曹孟徳《もうとく》は、四十二歳にしてついに万人を従える大将軍に上り詰め、幕府を開く権限を手に入れたのである。天下は乱れ、群雄が割拠しているとはいえ、曹操は実勢はともかくも名義の上では優位に立った。これよりのちは堂々と「天子を奉戴して逆臣を討つ」という旗印を掲げ、いかなる征戦にも大義名分を伴うことができるようになったのである。

天子が許県に落ち着いて以降、朝廷は新たに宗廟《そうびょう》を建て、宮殿や役所の建物も次々に建てられた。袁紹《えんしょう》はそれを聞き知ると、喜ばしくもあったが嫉妬を覚えた。しかし、何もしないわけにはいかず、部下の徐勛《じょくん》を遣わして祝いの品々を献上した。梁《りょう》国の王子劉服《りゅうふく》も多大な貢献をした。先祖である節《せつ》王の陵墓に植わっていた上等な木材を伐《き》り出して、それで新しい都を造営することに同意したのである。流浪していた多くの官も噂を聞きつけ、朝廷へ戻ろうと考えた。そして、曹操が大将軍になって三日と経たないうちに、長らく待ち望んでいた二人が姿を現した。

「わたくしは潁川の郭嘉《かくか》でございます。大将軍にお目見えに参りました」

「おお、袁本初《ほんしょ》の幕舎で剣を落としてみなを驚かせた郭奉孝《ほうこう》ではないか。やっと来おったな」曹操は郭嘉が気さくな質《たち》だと知っていたので、わざと軽口を叩いて自ら助け起こした。「戯志才《ぎしさい》殿が病で亡くなったとき、わしは文若《ぶんじゃく》に、潁川の士人《しじん》で才智が傑出し、重用するに足る者は誰かおらぬかと問うた。すると文若はすぐにおぬしの名を挙げたのだ」

郭嘉は振り返って荀彧《じゅんいく》をちらりと見ると、大笑いした。「文若殿、褒めすぎです。わたくしは袁紹の麾下《きか》でたいした評判も上げられず、誰からも目をかけられず、取るに足りない一介の書佐《しょさ》[文書を司る補佐官]に過ぎませんでした。それを才智の士とは恐れ多いことでございます」

曹操は軽く手を振って制した。「奉孝、謙遜するな。文若の目に留まるほどの者が凡庸なはずなかろう。さあ、早く座れ」

郭嘉は深く一礼すると、さほどかしこまることもなく席に着いた。この二十七歳の若者は曹操に特別な印象を抱かせた。細く美しい眉につぶらな瞳、左目の下にはほくろがあり、鼻は高く口は小さく、八の字型の髭は綺麗に整えられている。生まれつきの女顔は、衆人環視のなかでよりいっそう垢抜《あか》けて見えた。来たばかりだというのに、長椅子にのんびり腰を下ろすと、姿勢を崩し、両腕で左膝を抱え込んでいる。肩肘張ることなく人懐こそうでいて、上品な居住まいである。

郭嘉とともにやって来た荀衍《じゅんえん》は、郭嘉に比べてずいぶんと慎み深かった。面長で髭も長く、かしこまった態度で身じろぎもせずにいる。潁川の荀氏は声望高き名門で、一族の子弟はいずれも礼儀を重んじるようだ。荀彧も慎み深く威厳すら感じられるが、数歳年上の兄はより堅苦しく、いささか年寄りじみていて、郭嘉とは対照的であった。

曹操はいましがた郭嘉と談笑したことで荀衍を粗略に扱ったと誤解されぬよう、急いで付け加えた。

「いまや奉孝《ほうこう》のみならず、休若《きゅうじゃく》を得たことは実に喜ばしい限りだ。荀家の兄弟がともにわが大将軍府に加わるからには、必ずや大業を成し遂げられよう」

荀衍は顔を赤らめて拱手《きょうしゅ》の礼をとった。「大将軍、これは過分なお褒めのお言葉を。ですが、弟の友若《ゆうじゃく》［荀諶《じゅんしん》］は河北《かほく》［黄河の北］にいるため、将軍を補佐することがかなわず、まことに残念です」

荀氏の一族のうち、荀衍は字《あざな》を休若、荀諶は友若、荀彧は文若といい、もとは三人とも河北のために尽力していた。なかでも荀諶は韓馥《かんふく》を説得して冀《き》州を譲らせることで袁紹に重用され、田豊《でんほう》、沮授《そじゅ》、逢紀《ほうき》らとともに冀州の軍を司っている。荀彧と荀衍は曹操に付き従ったが、荀諶だけはやって来ず、いまも袁紹のために懸命に尽くしているのである。

「人にはそれぞれ志がある。無理強いすることはできぬ」曹操は寛容な態度を見せた。「友若は袁本初の厚遇を受け、それを恩に感じて報いようとしている。それは人情の常というもの。昔、微子《びし》［殷《いん》の王族］は殷を去って周《しゅう》に降り、箕子《きし》［殷の王族］は捕らわれて監禁されても、己の志を曲げなかった。二人とも大いなる賢徳《けんとく》を有していたが、それぞれの選択は違っていたではないか」

荀家の者を微子や箕子になぞらえるのは、いささか評価が過ぎる。荀彧と荀衍は心が慰められたものの、肩をすくめて謙遜した。すると郭嘉が笑い声を上げ、手を叩いてそれに賛意を示した。「大将軍、その譬《たと》えはお見事です。微子は殷を去って武《ぶ》王を輔佐し、宋《そう》国の領地を切り開きました。箕子は紂《ちゅう》王を強く諫めたが聞き入れられず、ひどい苦しみを受けました。賢愚の別はおのずから明らかでしょう」

曹操は密かに笑いをこらえた。思いつくままに譬えただけだが、結果的に愚昧の名を袁紹にかぶせられたのである。それは袁紹に対する曹操の見立てそのものであったが、いまはまだ表立って対立するほどの力はなかった。

そうしたことは気にも留めず、郭嘉は呑気に続けた。「袁本初の度量はうわべだけで、実は猜疑心が強い。ご列席のみなさまもご承知と存じますが、温和な顔つきをしていても腹黒いのです。かつて張導《ちょうどう》は韓馥を説得して冀州の地を譲らせましたが、西の都長安《ちょうあん》から召し出され、さらに爵位を賜ったことで袁紹の不興を買い、一族は皆殺しの憂き目に遭いました。劉勲《りゅうくん》は忠孝に篤い人物でしたが、使者として出かけるも期限に間に合わず、袁紹に殺されました。呂布《りょふ》は黒山《こくざん》賊を破るという手柄を立てましたが、兵士の監督を疎《おろそ》かにしたとかで、兵の増員を聞き入れてもらえませんでした。そのため自ら去ろうとしたのですが、好きに行かせればよいものを、袁紹は呂布に刺客を放ったのです。容赦のない悪辣な行為は枚挙にいとまがなく、天下の才人をかように扱ってはどうして大業を成せましょう」郭嘉の発言は袁紹の首根っこを押さえるもので、どれも袁紹が兵を挙げて以来の、隠しきれない致命傷と言ってよかった。

荀衍もそれに同調した。「人を用いるという一点においても彼我の差は明らか。程仲徳《ていちゅうとく》や毛孝先《もうこうせん》、満伯寧《まんはくねい》、薛孝威《せつこうい》らはみな貧しい出であり、大将軍がその才によって登用されたのは一目瞭然、家柄の貴賎とは無関係です。一方、袁紹は四代にわたって三公《さんこう》を輩出する家柄で、用いる者も多くが権威を笠に着る名門の子弟ばかり。家柄によって人を判断すれば、不公平が生じるのは避けられません。それに、河北の者ばかりを用いて、よそから帰順してきた者を蔑《ないがし》ろにしていては、人心を掌握すること も難しいでしょう」最後のひと言は嘘偽りのない本音であった。袁紹は冀州に落ち着いてから河北の士人と手を組み、古参の者らの首をすげ替えた。郭図《かくと》や辛評《しんぴょう》、荀諶といったよそ者の重用は稀有なことで、大部分は河北生まれの士人が占めていた。いま荀衍がここにいるのも、建前上は朝廷に赴いて天子を輔佐するためだが、実のところ河北ではすでに出世する見込みがなく、昇進を勝ち取れないと判断したので、家名を上げようと曹操のもとへ身を寄せたのである。

郭嘉や荀衍が袁紹について辛辣に語るのを聞いて、曹操は内心とは裏腹に、わざとおざなりに答えた。「わしと袁本初は同僚であり、友人でもある。かつてはともに義兵を挙げて逆臣を討ち、このところは互いに助け合って頼り合う仲だ。そう邪険にせずともよかろう」

郭嘉は、曹操がまだ自分と荀衍に対して胸襟を開いていないと見て取るや、姿勢を崩したまま笑った。「では、大将軍にお尋ねします。袁紹は陳宮《ちんきゅう》や呂布が造反した際、妻子を人質に差し出すよう大将軍に求めたうえ、兗《えん》州の東《とう》郡の地を横取りしましたが、これが互いに助け合い、頼り合う仲なのでしょうか」

曹操は顔を赤らめて恥じ入り、自分の話が誠意を欠いていたことに気づいた。郭嘉は曹操の顔色が変わったのを見ると、身を起こして拝礼し、明るく笑いながら素知らぬ顔で重ねて尋ねた。「わたくしには一つ解《げ》せぬことがあるのです。将軍は豫《よ》州のお方ですが、兗州で狼煙を上げて以来、兵馬や官吏もかの地の者が少なくありません。こたび天子を奉迎するに際しても、天子を陳留《ちんりゅう》郡ではなく、許県に遷《うつ》したのはなにゆえでしょう」

袁紹の矛先をかわすために決まっておろう！――胸の奥に秘め、誰も尋ねようとしなかったそのわけを、郭嘉がいきなり問いただしてくるとは、さすがに曹操も虚を衝《つ》かれた。

荀衍は曹操が押し黙っているのを見ると、髭をなでつつ畳みかけた。「大将軍は大義を天下に掲げ、天子を戴いて立ち上がり、割拠する群雄を抑え込んで、四方の戦火を一掃しようとなさっています。しかし、すでに袁紹は冀、青《せい》、幷《へい》の三州を占拠しており、公孫瓚《こうそんさん》がかろうじて耐え、黒山の張燕《ちょうえん》が要害の地で踏みとどまっているほかは、誰も袁紹と争えません。将軍、遅くとも三年、早ければ二年のうちに、幽《ゆう》州の地も必ずや袁紹のものとなりましょう。そうなれば、袁紹は四州を擁することになります。まさか天子が詔《みことのり》を下せば、袁紹がすぐに兜を脱いで入朝し、兵権を引き渡すとお考えでしょうか。将軍と袁紹は、近いうちに必ず一戦交えねばならぬのです」

「だがな……」曹操はため息をついた。「わしは兗と豫の二州を領しているが、先の戦乱以来、この地は戦場となり被害は甚大だ。そのうえ西涼《せいりょう》兵の略奪、袁術《えんじゅつ》の侵攻、蝗《こう》害《がい》と干ばつにより、民は去って土地は荒れ果てている。兵糧は取り立てられず、兵士にも事欠くありさま。県城は破壊され軍備も調わず、こんな兵力で袁紹に立ち向かうことはできぬ」

郭嘉は相変わらずにこにこしている。「大将軍、ご心配には及びません。天子を奉じるまでは袁紹に少しばかり及びませんでしたが、こたびはついに天子を戴いたのです。労少なくして成果を挙げられましょう」郭嘉はゆっくりと行きつ戻りつしながら続けた。「公孫瓚は追い詰められているものの必死に抵抗し、まだいくらか余力があります。黒山の張燕は長らく遊撃を繰り広げ、恐ろしいほど狡猾です。この二つの勢力が一朝一夕に打ち破られることはありません。将軍はこの機に乗じて南は袁術を倒し、東は徐州《じょ》を取り、西は関中《かんちゅう》［函谷関《かんこくかん》以西で、渭水《いすい》盆地一帯］を平定する。そして、四州を擁する勢力となったそのときこそ、大河を挟んで袁紹と雌雄を決するのです」

「言うは易く行うは難しだな」曹操は立ち上がって入り口へと歩いていくと、外の衛兵を退《さ》がらせてから、振り返って郭嘉に尋ねた。「奉孝、各地を占める勢力のうち、まず手をつけるべきは誰だと考える」

郭嘉は髭をなでつけて笑みを浮かべた。「それは南陽《なんよう》の張繍《ちょうしゅう》でしょう」

張繍は西涼の故将張済《ちょうさい》の親族にあたる。建忠将軍《けんちゅう》に任じられ、かつては張済に付き従って弘農《こうのう》に駐屯していた。天子が洛陽《らくよう》へ帰還する際には、張済は朝廷につくのか、李傕《りかく》と郭汜《かくし》につくのか、曖昧な態度で仲裁しようと試みた。しかし結局は、朝廷の覚えもめでたくなく、李傕と郭汜にも恨まれて協力を得られなかった。そのうえ、弘農郡では立て続けに災害が起こって糧秣《りょうまつ》が不足し、張済の部隊は日に日に衰えていった。京畿の一帯は土地が荒れ果てていたため、もはや南下して食糧を略奪するしか道は残されておらず、張済は兵を引き連れて広成関《こうせいかん》を出た。そして劉表《りゅうひょう》の領地へと押し寄せ、南陽《なんよう》郡の穣《じょう》県［河南省南西部］を荒し回った。その後、張済は流れ矢に当たって命を落とし、親族の張繍が代わって兵を指揮することとなったのである。劉表は張繍を追い払うことなく、かえって宛城《えんじょう》一帯［河南省南西部］に駐屯することを許し、北方勢力の侵攻を食い止めるための防波堤とした。

「あの張繍の小童《こわっぱ》か」曹操は張繍のことなど歯牙にも掛けていなかった。「挙兵して逆賊を討ち、大《たい》患《かん》を取り除こうというときに、どうしてあんなつまらぬ敵と戦わねばならんのだ」

「将軍、それは違います。関中に割拠している将は、李傕、郭汜、段煨《だんわい》をはじめ両の手では足りぬほどおり、西涼には馬騰《ばとう》、韓遂《かんすい》、宋建《そうけん》がいます。些細な動きでも局面に影響を及ぼすでしょうし、ましてや三輔《さんぽ》［長安を囲む京兆尹《けいちょういん》、左馮翊《さひょうよく》、右扶風《ゆうふふう》］は荒廃して取るべきものは何もありません。徐州の劉備は勢力も弱く、呂布を下邳《かひ》に駐屯させているものの、決して一枚岩ではありません。しかも袁術が虎視眈々と狙っていますから、この三人も案ずるには及ばぬでしょう。ですから将軍はこの機に乗じて南陽を平定し、まずは後顧の憂いを除くべきなのです」郭嘉はそこで指を三本立てた。「一つ、中原に割拠する群雄のなかで張繡の勢力はもっとも弱い。柿は一番柔らかいのからもぐものです。二つ、張繡は宛城に駐屯して日が浅い。かの地はまだ十分に安定していません。そして三つ、南陽は許県からもっとも近い。これはいま攻め落としておかなければ、いずれかえって大きな禍《わざわい》となるでしょう」

「そのとおりだ」曹操はすでに得心がいっていた。「さらに四つめがある。天子を戴き、朝廷の詔勅を手に不義の輩を討つ。その試し切りといこうではないか……」そう言いながら、曹操は思い出した。「だが張繡を討つ前に、楊奉《ようほう》と韓暹《かんせん》を除かねばならぬ。二人は許県と目と鼻の先、梁《りょう》県［河南省中部］に駐屯しておる。やつらをつぶしておかねば安心して出兵できんからな」

「そのことでしたら、心配なさらずともよいでしょう。楊奉、韓暹は白波《はくは》賊の出身、各地で略奪して回ることには長けていても、駐屯して兵を養うことについては素人です。将軍が兵を出し、気勢を上げて一戦を交えれば、やつらはすぐに恐れおののいて逃げだしましょう」郭嘉はいっそう楽しげに笑った。「張繡を退けたあとは、袁術について対策を講じましょう」

「袁術も手強い敵です」荀衍が口を挟んだ。「淮南《わいなん》［淮《わい》河《が》以南、長江以北］の地は豊かで民も多く、袁術の部下である孫策《そんさく》も勇猛で戦《いくさ》に長けています。孫策はまず劉繇《りゅうよう》、続いて会稽《かいけい》の王朗《おうろう》を打ち破っており、豫章太守《よしょうたいしゅ》の華歆《かきん》も危ういでしょう」

郭嘉は荀彧にちらりと目を遣った。「休若殿の話には誤りがあります。孫氏は袁家と一枚岩ではありません。袁公路《こうろ》は孫策をわが子のごとく見なしていますが、孫策のほうは自ら江東《こうとう》［長江下流の南岸］の地を拓き、その野心は日増しに大きくなっています。いつまでも袁術の配下でいるつもりはないでしょう。思うに、遠からず袂《たもと》を分かつのでは」

荀彧はうなずいた。「これは参った。奉孝の見識には敵わぬ」

郭嘉は手を振って謙遜し、荀彧を持ち上げた。「君子は徳を懐《おも》い、小人は恵みを懐うとか。孫策のような恩知らずの行いが理解できぬのは、休若殿が紛う方なき真の君子だからでしょう」

曹操は笑いを禁じえなかった――なんと口の上手いやつだ。荀彧に真っ向から反駁しておいて、気分よく笑わせるとはな。

「それに……」郭嘉は遠慮せずにそのまま続けた。「袁術は伝国《でんこく》の玉璽《ぎょくじ》を隠し持っています。やつが帝位の簒奪を目論んでいることを知らぬ者はいません。大逆を謀《はか》る者はみなの敵、道理に背いて支持を得ることはできません。袁術の歩む道は進むほどに険しくなるだけです。あるいはやがて勢力が衰え、大将軍が自ら手を下さずとも滅び去ることも考えられましょう」

曹操は郭嘉が自分の機嫌を取っていると思い、髭をなでつけて笑った。「わしはすでに天子を奉じて朝堂を立て直した。これよりは漢室の社稷《しゃしょく》も平穏無事であろう。袁公路はそれでも立ち向かってくるというのか」

「ええ」郭嘉は躊躇《ちゅうちょ》なく断言し、声を落とした。「将軍はまだご存じないかもしれませんが、あれは並大抵の者ではありません」

「ほう」この言葉に一同は興味を惹《ひ》かれ、曹操はすかさず尋ねた。「袁術とは長い付き合いになるが、やつにどんな非凡さがあるというのだ」

郭嘉はかぶりを振り、真面目くさった口調で続けた。「この世には人と畜生の別がございます。人とは、恥を知るも足るを知らぬもの。畜生とは、足るを知るも恥を知らぬもの。しかし、袁公路はそのいずれも知らぬのです」

「はっはっは……」曹操、荀彧、荀衍はこらえきれずに笑いだした――こやつめ、袁術は畜生にも劣ると罵倒しおったわ！

曹操は腹をさすりながらなんとか笑いを抑え、郭嘉を指さしてみなに言った。「わが大業を成就させるのは、きっとこの者に違いないな」

郭嘉は周りを笑わせておいて、自分は笑うことなく曹操の褒め言葉に恭《うやうや》しく拱手した。「大将軍こそわたくしのまことの主君でございます」

曹操は笑いが収まると、膝を打った。「よし！　すべて奉孝の言に従おう。われらはまず張繡を平定し、次に袁術、続けて呂布を押さえ、最後に河北の地について考えようではないか」

「大将軍、それは早計に過ぎるかと。張繡を平定し、袁術と呂布を押さえるのは、われらの当座の計画に過ぎません。計画は変化に追いつかぬもの。いざとなれば、計画とまったく異なってくるかもしれません」郭嘉はそう釘を刺すと、再び笑みをこぼした。「兵に常勢《じょうせい》なく、水に常形《じょうけい》なしです。臨機応変に対応するのが肝要でございます」

「それからもう一つ、見過ごしてはならぬことですが」そこで荀衍が口を挟んだ。「どう動くにせよ、将軍は袁紹とともに義兵を起こしました。天子がいらして日が浅いいま、袁紹と戦うことはできませぬ。高い位と厚い俸禄を与えるよう朝廷に願い出て、袁紹をなだめることも必要かと存じます」

曹操は黙り込んだ。袁紹は曹操にとって最大の悩みの種だが、その勢力は曹操よりはるかに大きく、いま衝突するのは絶対に避けねばならない。兗州を離れて朝堂に立ったとはいえ、袁紹の脅威は依然衰えていなかった。

そのとき、程昱《ていいく》と徐佗《じょた》が多くの竹簡を抱えて入ってきた。郭嘉と荀衍はそれに気づくと急いで立ち上がり、暇《いとま》を告げた。「大将軍にはまだ公務がございましょう。お時間を取らせるわけにはいきません。ひとまずこれにて」

「二人とも遠くからご苦労であった。しばらく休んでくれ。私邸はすでに用意してある。追って重要な任務を任せよう」曹操はそう言うと、自ら二人を広間の外まで送り出した。荀彧も兄を手伝うため一緒に退がろうとしたので、曹操は呼び止めた。「文若はしばらく残ってくれ。まだ相談したいことがある……徐佗、書簡は文若に渡し、おぬしは奉孝と休若が寛《くつろ》げるよう手伝ってやってくれ」

徐佗はそれを聞き、内心面白くなかった。自分は長らく曹操に従っているのに、一日じゅう書類の処理や雑事ばかりさせられている。荀彧や毛玠《もうかい》、程昱のように重用されていないことはもちろん、あとから抜擢された満寵《まんちょう》や薛悌《せつてい》、王思《おうし》らにも及ばない。郭嘉、荀衍は河北からやってきたばかりで何の功績もないのに、その世話を命じられて納得できるはずもない。しかし、あえて逆らう勇気もなく、書簡を荀彧の胸に押し込むと、郭嘉と荀衍を連れて出ていった。程昱が持つ竹簡は官の名簿であった。曹操は程昱と董昭《とうしょう》に命じて、朝廷のなかで誰が功を立てたか、誰が罪を犯したかを判別させた。「功を立てた者には褒美を取らせ、罪を犯した者は粛清し、節《せつ》に殉じた者は顕彰する」のである。程昱はそれから三日間かけ、あちこちを訪ねたうえで詳細な名簿を作り上げた。

「これが陛下の奉迎にあたって際立った功績を挙げた者か」曹操は名簿を受け取ると大きな卓上に置いた。「文若はどう褒賞を授けるのがよいと思う」

「列侯《れっこう》に封ずるのがよろしいかと」

曹操は俯《うつむ》き、名簿を仔細に眺めた。

衛《えい》将軍董承《とうしょう》、輔国《ほこく》将軍伏完《ふくかん》、侍中种輯《じちゅうちゅうしゅう》、尚書僕射鍾繇《しょうしょぼくやしょうよう》、尚書《しょうしょ》郭溥《かくふ》、御史中丞《ぎょしちゅうじょう》董芬《とうふん》、彭城《ほうじょう》国の相《しょう》劉艾《りゅうがい》(1)、左馮翊韓斌《さひょうよくかんひん》、東莱《とうらい》太守楊衆《ようしゅう》、議郎羅邵《ぎろうらしょう》、伏徳《ふくとく》、趙蕤《ちょうずい》。

曹操は目を通すと、何も言わずに筆を執り、最後に「丁沖《ていちゅう》」と付け加えてうなずいた。「この十三人だな」

曹操が自分の息のかかった者を書き入れたのを見て、荀彧が口を挟んだ。「丁幼陽《ていようよう》は皇帝の護衛に力を尽くしましたが、大きな功績を挙げたわけではございません。この者たちと肩を並べるのはいかがかと」

「功績がないと申すのか」曹操は苛立ちを隠せなかった。「丁沖は真っ先に天子の奉迎を勧める密書をよこしてきた。許県に朝廷を置くというのも丁沖の進言による。それらは功績ではないのか」

わが君にとっては功績なのでしょうが……荀彧には理不尽に思えたが、言い返すことはしなかった。

すると曹操は、さらに横車を押してきた。「鍾繇はすでに名簿にあるからよい。董昭はどうだ。年功が浅いとはいえ、河内《かだい》から来たのでなければ、列侯か関内侯《かんだいこう》を与えてやりたいところだが」

程昱は荀彧と違って物わかりが良く、すぐに合いの手を入れた。「それなら、劉邈《りゅうばく》殿も名簿に入れましょうか」

曹操は手を振って制した。「いや、劉大人《たいじん》は入れずともよかろう……琅邪王《ろうやおう》の子孫で身分は十分に高い。それにあのじいさんは偏屈だからな。わしが功績を上奏したら、下手をするとやぶへびになりかねん」だがそれは表向きで、曹操には公にできない理由があった――すでに梁国の王子の劉服が偏《へん》将軍となっており、これ以上宗室《そうしつ》の勢力を膨らませたくはなかったのである。

「それでは何か珍宝でも贈りましょうか」程昱は重ねて提案してきた。

「歴とした宗室の身、そんなものは見慣れておろう。贈ったはいいが気に入られなければ、かえってこちらに見る目がないと言うようなものだ……こうしよう、兗州から献上された梨と生の棗《なつめ》をまずは三公に贈り、それを劉大人にも贈るのだ」曹操は目を細めて得意げに続けた。「あのじいさんは名節を重んじる。自分が三公と同じ待遇を受けたと知れば、十台の車に金を満載するより喜ぶはずだ」

程昱と荀彧は顔を見合わせて感心した――曹孟徳はあの老人の勘所を的確に押さえている。今度は曹操が尋ねた。「功のある者はひとまずこれでいい。次は誅すべき罪人だ。誰か条件に合う者はいたか」

誅すべき罪人を選ぶとなると、これはきわめて難しい問題である。いま朝廷内にいる文官、武官は、誰しもが天子と命をともにして逃げ延びてきた者ばかりである。忠義に欠ける者などいるはずもない。程昱は群臣のもとをあまねく訪ね歩き、なんとか一人を探し出していた。「罪ある者は、羽林郎《うりんろう》［近衛兵］の侯折《こうせつ》です。官軍が弘農で敗北した際、射声校尉《しゃせいこうい》の沮儁《そしゅん》と侯折が俘虜《ふりょ》となりました。沮儁は死を恐れず李傕を罵り続けて最後には殺されましたが、侯折は跪《ひざまず》いて命乞いをし、死を免れるやどさくさに紛れて逃げ延びたのです。この者の罪は誅するに値しましょう」

しかし、これはやや牽強付会である。たしかに侯折は李傕に命乞いしたが、生きながらえて戻ってからは天子の護衛に尽力し続けた。それだけのことで処刑とは、やはり度を越している。ところが、曹操はまだ不満げであった。「侯折は羽林郎か……侯折一人では何の見せしめにもならんな」

「大将軍のお考えは？」

曹操は後ろ手に組んで何歩か歩いた。「官の名簿も見せてくれ」

誰がはずれを引くのか——程昱は数巻に及ぶ官の名簿を差し出した。曹操は秩《ちつ》六百石《せき》以上の名簿をつかんで広げると、しげしげと眺め、ついににやりと微笑んだ。「二人ばかり始末していない者がいるな。尚書の馮碩《ふうせき》と侍中の臺崇《たいすう》、狡猾な小物がまだ生きておるではないか。ちょうどいい、やつらを殺してわしのやり方を見せつけるとしよう」尚書の馮碩、侍中の臺崇は二人とも霊《れい》帝の御代における鴻都門学《こうともんがく》［霊帝の命《めい》で設立された書画技能の専門学校］の出身で、かつて宦官に媚びへつらい徒党を組んでいた。曹操の父曹嵩《そうすう》は一億銭をはたいて太尉《たいい》の位を買ったが、この二人は皇帝の寵愛により召《こ》し出されていた。その後、何進《かしん》が殺され、董卓《とうたく》が都に入ったことで、袁紹や曹操らが二人を始末する前に天下が乱れた。西の都長安の百官が皇帝に従って洛陽に帰還したとき、そのなかにこの二人も入っていたとは。

「二人はどのような罪を?」程昱は年功が浅く、事の詳細を知らなかった。

「この二人は六年前に死ぬべきだったのだ。こいつらを殺せば一石二鳥だ。清流の名士の恨みを晴らし、ついでに綱紀を粛正することになる」曹操は竹簡を閉じた。「では、この三人で決まりだな。尚書一人、侍中一人、それから羽林郎一人。よい見せしめになろう」

「はっ」程昱はあっさりと承諾した。

「それから先ほど名の出た沮儁だがな、その殉死を称えてやろう」曹操は感慨深げな表情を浮かべた。「沮儁は貧賤の出で、十数歳で兵になった。北軍の一介の司馬《しば》から粘り強く功績を挙げて出世したのだ。黄巾《こうきん》との戦でも乱の平定でも果敢に戦った。惜しい人物を亡くしたものよ。弘農で命を落としたゆえ、弘農太守を追贈し、その家族をよく慰めてやらねばなるまい。上奏文の起草はおぬしと董昭に任せた」程昱が出ていくのを見届けると、荀彧はようやく口を開いた。「わたくしにまだご用がおありでしょうか」

「尚書令《しょうしょれい》についてもらいたい」

「えっ!?」荀彧は呆気にとられた。尚書令は秩千石の官ではあるが、実際の職権は三公にも勝《まさ》る。主に上奏のことを司り、綱紀を統べる。録尚書事に次いで重要な官で、その地位は曹操の補佐を意味した。俗にも地位は実権にしかずというが、尚書令、司隷《しれい》校尉、そして御史中丞は「三独坐《さんどくざ》」(1)と呼ばれ、朝廷内の何ごとにも関わる。曹操がまだ戦に赴くであろうことを考えると、これは朝廷の実質的な主宰者として荀彧を任命したに等しい。

「決して遠慮はならぬぞ」曹操は目を細めて念を押した。「いまの朝廷は不安定で、わしが出兵した際、誰か朝政を統べる者が必要だ。おぬしは名門の出身、職務をよくこなして度量も広く、豫州と兗州で人望が厚い。尚書令にふさわしい者はおぬしをおいてほかにおらぬ」

荀彧は拱手して答えた。「わたくしは長らく朝廷での官職から遠ざかっています。年功もきわめて浅く、こうした要職は荷が重すぎます」

荀彧が辞退すると、曹操は声を落として尋ねた。「文若、すでに天子を奉迎してここまできたのだ。投げ出すことはできぬ。おぬしが尚書令にならぬというなら、ほかに誰がいるというのだ」

これには荀彧も答えに窮した。もし自分が断れば、結果は二通り考えられる。一つは、朝廷の以前からの官が引き受けることになる。そうすれば曹操の兵権は奪われ、配下の諸将が黙っていないだろう。二つ目は、曹操が自分以外の部下を任命する。程昱や董昭といった性根の曲がった者が尚書令になれば、天子は心安らかに過ごせまい。

「どうだ」曹操は笑みを浮かべて荀彧を見た。「おぬしをおいてふさわしい人物など、ほかにおるまい」

荀彧はやむをえず首肯《しゅこう》した。

「とくに異論がなければ、正式に侍中と尚書令につけるよう明日にも上奏する。陪乗《ばいじょう》の任についてももっぱらよろしく頼む」これはいよいよ尋常ではない。侍中は実権こそないものの秩二千石の俸禄があり、皇帝の寵臣が授かる職で、皇帝の車に付き従って仕える。なかでも特別なのは、この「陪乗の任」である。これは天子が御車《みくるま》で出かける際、多くの侍中のなかから学識を備えた者を一人選び、天子と同乗して地理や有職故実を話して聞かせる務めである。

通常、陪乗する者は定まっておらず、皇帝の意に沿って決められる。どの侍中を陪乗させるかは皇帝が決めるのである。だが、荀彧が専任として陪乗するのであれば、今後は荀彧以外の侍中はその機会に恵まれないことになる。むろん曹操には、荀彧に栄誉を与えると同時に、天子を監視させるという思惑があった。

官位と俸禄を手にし、面目も施されたが、荀彧はなぜか素直に喜べなかった。深く息を吸い込み、拱手して礼を述べた。「お引き立ていただき感謝いたします」

「何も悩むことはないぞ。おぬしが三綱五常《さんこうごじょう》や礼法を踏み外せないことはわしも承知しておる」そう言いながら、曹操は大きな卓上から上奏文をつかみ取った。「丁沖をわしの後任の司隷校尉に、鍾繇を御史中丞につけるよう陛下にお頼みする。『三独坐』の重責を二人にも少し分担させよう」

「感謝申し上げます」荀彧は重ねて礼を述べたが、曹操の意図は明白だった。天子を奉迎したからには、必ず権力を一手に握ることになる。御史中丞は監察を担当し、司隷校尉は罪人を罰し、尚書令は政務を統べる。三つの要職すべてを曹操一派に入れ替えるつもりなのだ。おそらく京畿の官も交代させられよう。

案の定、曹操は続けた。「あとは許都の県令だが、この天下第一の県令には誰を迎えようか」

「孝先はいかがでしょう」荀彧がまず思いついたのは毛玠であった。

「ならん」曹操は手を振ってはねつけた。「孝先はすでに大将軍府の東曹掾《とうそうえん》［太守や軍吏などの異動や任免を司る役職」に任命されておる。官吏を選抜する仕事は荷が重く、孝先にしかできぬ。孝先を動かすわけにはいかんな」

「では、万潜《ばんせん》を登用してはいかがでしょうか」荀彧は徳と度量を兼ね備えた者として万潜の名を挙げた。

しかし、曹操はやはりかぶりを振った。「万潜は兗州で並々ならぬ年功があり、かの地の人心を安定させるために欠かせぬ……どうだ、満伯寧と薛孝威の二人から選ぶのは」

荀彧は思わず息を呑んだ。満寵と薛悌はいずれも情け容赦のない酷吏《こくり》である。こうした人物を天下第一の県令にすれば、顕官《けんかん》を指弾するにはよいが、やりすぎてしまう懸念がある。曹操は、気乗りしない様子の荀彧を見て付け加えた。「わしがかつて洛陽北部尉《らくようほくぶい》［洛陽北部の治安を維持する役職］だったころ、蹇碩《けんせき》の叔父を叩き殺したことがある。すると、都の治安はにわかに良くなった。やはり都には公正無私で強硬な官が欠かせぬ」

曹操の胸の内ではすでに決まっているのだろう。それならばいっそ二人のうち、比較的ましなほう、善良なほうを選ぶしかない。「満伯寧ならばこの任に堪えられましょう」

「よし、では許都の県令は満伯寧に任せよう」

曹操は続けて冷たく言い放った。「職権をはっきりさせておけば、陛下の政令の公布もいくらか押え込めよう。董昭を符節令《ふせつれい》に任じる」符節令は秩六百石の官に過ぎないが、誰にも隷属せず、玉璽《ぎょくじ》や節《せつ》［使者などの印である割り符］、虎符《こふ》［兵を徴発するときの印である虎型の割り符］を管理する。朝廷が政令を公にする際の最後の関門であり、天子に代わって玉璽を保管する役職でもあった。

荀彧ははっきり同意を示すでもなく、曹操が続けるのを聞いていた。「七署《しちしょ》［皇帝を警護する南軍《なんぐん》］の者はほとんど死んで数十人しかおらぬゆえ、光禄勲《こうろくくん》の位はもらうまでもなかろう。旧臣の桓公雅《かんこうが》に残しておいてやる」光禄勲は天子の護衛を司る職であるが、南軍の七署が有名無実と化したいま、この地位を握っておいても実利はない。桓公雅、名は典《てん》、かつては宦官と争い、「芦毛《あしげ》の御史」と呼ばれた。声望が高く、体裁を取り繕《つくろ》うにはおあつらえ向きである。

これで尚書令に荀彧、司隷校尉に丁沖、御史中丞に鍾繇、符節令に董昭、許都の県令に満寵という体制となり、朝廷の中枢から京畿地方の官まで曹操一派が取って代わった。曹操は荀彧の手を引き寄せ、軽く叩いた。「文若、これからはあまり一緒におれぬかもしれん。軍からおぬしのような幕僚が欠けるのは実に惜しい」

「奉孝が参ったではありませんか」

曹操はかぶりを振った。「郭奉孝は若すぎる。軍にはやはり威光と人望が必要だ。文若、わしのために一人招いてはくれまいか」

「誰をです」

「おぬしの一つ下の世代に荀公達《こうたつ》がおろう」曹操はいまもまだ荀攸《じゅんゆう》を気にかけていた。

荀彧は少しだけむくれた。「下の世代とはいえ、公達はわたくしより年上です」

曹操は笑い、思いを馳せるような目をした。「わしが大将軍何進のもとに足繁く通っていたころ、あそこには多くの人材がおった。なかでも荀公達、蒯異度《かいいど》、田元皓《でんげんこう》は智謀の士と呼ぶにふさわしかった。いまでは蒯越《かいえつ》は劉表を助け、田豊は袁紹を補佐している。わしは公達を陣営に引き入れ、おぬしの代わりに軍で参謀となってもらいたい。噂では、公達は荊州《けい》に避難しているが、劉表に仕えているわけではないという。すでに書簡はしたためた。おぬしと休若がもう一通書き、親族からの勧めとして添え、公達を呼び寄せたいのだ」

「お安いご用でございます。実はわたしもそのつもりでした。公達だけでなく、仲豫《ちゅうよ》にも声をかけてみましょう。陛下は経書に興味がおありとのことですから、お相手を務めるにはまさに打ってつけです」

「ほう、それは願ってもないことだ」曹操は賛同した。荀仲豫、名は悦《えつ》、荀彧の従兄《いとこ》にあたる。十二歳にして優れた文章を書き、『春秋《しゅんじゅう》』に通じていたという、稀に見る文学の士である。曹操には一つおかしく思うことがあった。「のう、文若。仲豫とおぬしは従兄弟《いとこ》で、公達にすれば親の世代だ。三人でも十あまりしか離れておらぬのに、世代で言えば二世代になるのだな」

「わたくしどもは、世代に関わらず互いを字で呼ぶのです」荀彧も笑った。「朝廷の各役所がいよいよ動き出すのですから、多くの名士を召し出して、評判を高めるべきかと存じます」

「それはわしも考えておった。兗州にいたころも山陽《さんよう》郡の張倹《ちょうけん》殿を呼び寄せようと考えたが、相手にされぬと思いとどまった。いまなら張倹殿を召し出せるはずだ」張倹は「党人《とうじん》」の領袖であった。かつて「党人」で傑出した者は、三君《さんくん》、八俊《はっしゅん》、八顧《はっこ》、八及《はっきゅう》、八厨《はっちゅう》に分けられていた。これら三十七名の名士は、党錮《とうこ》の禁《きん》、黄巾の乱、群雄割拠を経て、いまでは張倹と劉表の二人しかこの世にいない。劉表はまさに壮年、張倹はすでに齢《よわい》七十に達している。曹操はやはり張倹を呼び出して新しい朝廷に花を添えたいと考えた。

「張倹殿はかなりご高齢ですので、やはりわたくしが何人か推薦しましょう」荀彧は少し考えてから提案した。「かつて会稽の太守であった王朗、豫章の太守であった華歆、汝南《じょなん》の許劭《きょしょう》、許靖《きょせい》の従兄弟はいかがでしょう」

「難しいな。孫策が江東で暴れ回ったことで、王朗は敗れ、華歆は動けずにいる。詔書を下しても召し出せまい。許劭と許靖の二人はのう……」曹操は奥歯に物が挟まったような物言いをした。かつて曹操は許劭を騙《だま》し、「治世の能臣《のうしん》、乱世の奸雄《かんゆう》」という人物評を手に入れていた。許劭はおそらく曹操を忌み嫌っているだろう。

荀彧は目を輝かせた。「昨日、北海《ほっかい》の相の孔融《こうゆう》殿が帰朝なさいました。この方は誉れ高く、推挙して重用なさるがよろしいかと」

曹操はそれを聞いて途端に不機嫌になった――孔融といえばかつて辺譲《へんじょう》と並び称され、懇意にもしていた。しかし、その辺譲を殺《あや》めたのはほかならぬわしだ。孔融を呼んでもうまくいくとは思えん。それに孔融は孔子の子孫、その名声を鼻にかけて出しゃばってくることも考えられる……そこで曹操はさりげなく言った。「では、ひとまず孔融殿を将作大匠《しょうさくたいしょう》(3)に任じ、折を見て昇進させるとしよう」そう言うや、曹操はさっさと話題を変え、高く積まれた竹簡のなかから一つを取り出した。「これは武《ぶ》平侯《へいこう》を辞退する上奏文だ。どこかおかしなところがないか見てくれんか」

曹操がこのたび封じられた武平侯は県侯《けんこう》であり、以前の費亭侯《ふっていこう》よりも一段高い。荀彧はいくらか噂を耳にしていた。このたびの爵位は曹操が密かに董昭に画策させたもので、しかもその威名を知らしめるためにわざわざ陳《ちん》国の武平県［河南省東部］を選んだという。武の力による天下平定を意味しているのであろう。もし噂が本当ならば、この上奏文は自作自演に過ぎない。荀彧は何も言わずに竹簡を取り上げ、おもむろに読みはじめた。

伏して自ら三省《さんせい》するに、姿質《ししつ》は頑素《がんそ》にして、材志は鄙下《ひげ》たり。進みては匡輔《きょうほ》の功無く、退きては拾遺《しゅうい》の美有るのみ。犬馬の微労有りと雖《いえど》も、独《ひと》り臣の力のみに非ず、皆部曲《ぶきょく》の将校の助けに由《よ》る。陛下 前《さき》に先臣の微功を追念《ついねん》し、臣をして爵土《しゃくど》を続《つ》ぎ襲《おそ》わしむ。祖考《そこう》 光照《こうしょう》の栄を蒙《こうむ》り、臣不貲《ふし》の分を受くるも、未だ糸髪《しはつ》の以て自ら報効《ほうこう》する有らず。昔 斉《せい》侯 晏嬰《あんえい》の宅を更《あらた》めんと欲すも、嬰曰《い》わく、「臣の先 容《ゆる》す、臣 以て之を継ぐに足らず」と。卒《つい》に公命《こうめい》を違《たが》え、以て私志を成す。臣 自ら顧省《こせい》するに、克《よ》く負荷《ふか》せず、旧を食《は》むを幸と為す。上徳《じょうとく》は弘《ひろ》きに在りと雖も、下 因《よ》りて割く有り。臣 三葉に寵を累《かさ》ね、皆 極位《きょくい》を統べる。義は殞越《いんえつ》に在り、豈《あ》に敢えて辞を飾らんや。

「自らを振り返って考えてみますに、容姿は凡庸でたいした素質もなく、才能も志も取るに足りません。陛下に対しては国を助ける功績もなく、わが身にはせいぜい罪を埋め合わせる程度の手柄しかありません。犬馬の労あるとも、それはわたくしの力だけではなく、すべて配下の将校の助けによるものでございます。先だって、陛下はわが祖先のわずかな功を思い出してくださり、わたくしに爵位と封土を受け継がせてくださろうとしました。祖先は輝かしい名誉をいただき、わたくしも計り知れぬお零《こぼ》れにあずかりましたが、いまだ毫《ごう》も聖恩に報いておりませぬ。昔、斉侯が晏嬰（春秋時代の斉の政治家）のために新しい家を造ろうとした際、晏嬰はこう申しました。「わたくしの祖先がこれでよしとしたのです。わたくしなどそれを継いで住むことすらもったいない」と。結局、斉侯の命令はおこなわれず、自分の願うとおりとなりました。わたくしも考えますに、先祖の功業を継ぐに能もなく、もとのままで十分に満ち足りております。天子の聖徳は広く大きいものでございますが、わたくしのような下々《しもじも》の者はその分によって聖恩に浴するだけでも十分でございます。わたくしは三代にわたって寵を受け、揃《そろ》って高い地位を授かりました。大義に照らしてこの命を捧げる所存、いかで文辞を飾ることなどいたしましょうか」

荀彧にははっきりとわかっていた。「犬馬の微労有りと雖も、独り臣の力のみに非ず、皆部曲の将校の助けに由る」とは、決して爵位を辞退したいと言っているのではなく、謙遜によって信頼を得て、さらには部下のためにも聖恩を引き出そうとの意図である。「臣の先 容す、臣 以て之を継ぐに足らず」というが、曹操の父や祖父にいったいどれほどの徳行があったというのか。この上奏文は徹頭徹尾偽りに満ちており、荀彧はどう評してよいかわからず、曹操の手に返しておざなりに言った。「晏嬰の典故を引くところなど、実に妙と言えましょう」

「そうか」曹操はそれを真に受けたのか、竹簡を受け取るとまたじっくりと読み込み、最後にうなずいた。「うむ、まあよかろう。残り二つの上奏文についても考えておかねば。『周礼《しゅらい》』に言う『三《さん》譲《じょう》して後廟門《びょうもん》に入る』だ。三たび辞退してから引き受ければ、他人にとやかく言われることもあるまい」

荀彧は曹操の意図を見抜いていた。辞退を重ねるたびに己の功績を明らかにしていき、座して己の価値が上がるのを待つというのだろう。だが、そんな見え見えのやり方でいったい何の意味があるというのか。

「将軍はすでに大将軍に封じられていますが、袁紹を何の役職につけるおつもりですか」これはきわめて筋の通った問いである。外戚の竇憲《とうけん》が北匈奴《きたきょうど》を平定し、大将軍に封じられて以来、大漢における大将軍の地位は長らく百官の筆頭であった。三公はむろん貴顕の身だが実権はなく、大将軍より高い官職は存在しない。そして、袁紹は河内で兵を挙げて以来、ずっと天下の群雄の筆頭を自任してきた。車騎《しゃき》将軍を自称し、天子に代わって詔書を出すなど、その実力はもっとも大きかった。このたび曹操が大将軍の座に着いたら、袁紹に何をあてがえばよいのか。

曹操は低い声でつぶやいた。「大司馬《だいしば》は張楊《ちょうよう》、衛将軍は董承、そして車騎将軍は楊奉がついているからのう。袁紹には太尉になってもらい、冀州牧《ぼく》を与えてはどうだ?」

「太尉ですと!?」荀彧は訝《いぶか》しんだ。「いま太尉には楊彪《ようひょう》殿がついていますが……」

「すぐに太尉ではなくなる」曹操は冷やかに笑った。「あの者は腹に一物あったのだろうな、洛陽でわしを宴会に招いたことがある。ところが、わしが顔を出さなかったので、あれから用心しておったのだろう。つい昨日、年を取って衰えたので罷免してくれと自ら朝廷に願い出てきたのだ」

荀彧は忠告した。「楊震《ようしん》、楊秉《ようへい》、楊賜《ようし》、楊彪と、弘農《こうのう》の楊氏は四代にわたって三公を輩出している家柄。まして楊彪はこたびの奉迎に尽力し、度重なる危険にも身を挺してきました。このまま罷免するわけにはいかぬかと」

「差し支えあるまい。ひとまず諫議大夫《かんぎたいふ》にしておいて、それからまた決めよう……わしに考えがある」曹操はまったく意に介さぬ様子である。

そうは言っても、いったいどんな考えがあるというのか。荀彧はさらに諫めようとしたが、そこへ満寵が入ってきた。

「天下第一の県令殿のお出ましだ」曹操は笑みを浮かべてからかった。

怪訝に思って何のことか確かめてくると思いきや、満寵は曹操の言葉を聞き流した。曹操が何を言ったのか気づいてもいないようで、拱手して報告をはじめた。「大将軍にお伝えします。徐州従事《じゅうじ》を名乗る孫乾《そんけん》と、同じく主簿《しゅぼ》を名乗る簡雍《かんよう》が謁見に参りました」

「なに⁉」曹操は耳を疑った。「そやつらは劉備の配下ではないか」

「そのとおりです」満寵はまた一礼した。「大将軍、おめでとうございます。劉備がわれらに身を寄せてきたのです」

（1）中央が任命した行政長官のなかには、戦乱のために赴任できない者もいた。彭城の相の劉艾、左馮翊の韓斌、東莱太守の楊衆らは、任地に赴けず朝廷にとどまっていたため、実権はまったくなかった。

（2）尚書令、司隷校尉、御史中丞はみな監察の権限を持ち、朝議に際して一列に並び、ほかの重臣とは同列に並ばないことから「三独座」の名がついた。

（3）将作大匠は九卿に次ぐ官で、宗廟や宮殿、陵墓、園林の造営を司る。功績を挙げやすく、この職につくことは出世の途についたと見なされた。

両雄の対面

曹操が朝廷の大権を掌握しようと奔走していたころ、徐州《じょ》では情勢が大きく変動していた。もともと劉備《りゅうび》は幽州《ゆう》の公孫瓚《こうそんさん》の部下で、青州《せい》で平原《へいげん》の相《しょう》についていた。のちに曹操は、父の仇討ちを目的として徐州に侵攻し、手当たり次第に県城を襲って民草を殺戮《さつりく》しつつ、陶謙《とうけん》のいる郯県《たんけん》［山東省南東部］を目指した。この徐州存亡の危機に、劉備はたった一万の雑兵《ぞうひょう》で曹操の侵攻に立ち向かった。結果は散々であったが、名誉ある敗北によって陶謙の信頼を得ると、豫州《よ》の刺史《しし》についた。その後、曹操が陳宮《ちんきゅう》の裏切りと呂布《りょふ》の侵攻のため兗州《えん》に引き返し、徐州は救われた。それからまもなくして陶謙は病に伏せり、死の間際に徐州を劉備に託した。別駕《べつが》の麋竺《びじく》、従事《じゅうじ》の孫乾《そんけん》、下邳《かひ》にいた陳登《ちんとう》、そして北海《ほっかい》の相である孔融《こうゆう》らがこれを後押しし、徐州は劉備が治めることになった。時に、曹操に敗れた呂布と陳宮が徐州へと逃れてきた。同じく曹操に敵対する者として、劉備は呂布らを快く受け入れ、駐屯することを許した。このような情勢の変化のなか、劉備らの主な敵は曹操から、寿春《じゅしゅん》［安徽《あんき》省中部］に腰を据えて「徐州伯《じょしゅうはく》」を自称する袁術《えんじゅつ》に変わっていった。

三か月前、袁術は徐州を奪おうと大軍を動かした。劉備も兵を率いて出ると、両軍は盱眙《くい》［江蘇《こうそ》省西部］と淮陰《わいいん》［江蘇省北部］の両県で干戈《かんか》を交えた。一か月あまり対峙しても勝負がつかず、袁術は正攻法では勝てないと見て、呂布に書簡を送った。食糧二十万斛《こく》［約四千キロリットル］の供与と引き換えに、劉備の背後を襲うよう持ちかけたのである。そのとき、下邳を守っていた丹陽《たんよう》軍がちょうど劉備の留守を狙って反乱を起こし、呂布の軍を城内に引き入れて下邳を占領した。これにより、劉備と呂布の関係が主客転倒した。劉備は軍備や糧秣《りょうまつ》をことごとく失い、家族も呂布の手中に落ちてしまった。そうして兵の戦意は一気に失せ、あっという間に袁術に打ち負かされた。劉備はほうほうの体《てい》で海西《かいせい》県［江蘇省北東部］に逃げ延びたが、食糧も底をついたため、生き恥をさらして呂布に投降を乞うた。一方、袁術は呂布の恩を忘れ、二十万斛の食糧を差し出すという約束を反故にした。呂布はたいそう悔やみ、即座に劉備の投降を受け入れて家族を返すと、劉備を刺史として迎え入れて小沛《しょうはい》［江蘇省北西部］に駐屯させた。両者は和解し、ともに袁術と戦うために手を結んだのである。

それからわずか二か月後、袁術は配下の将紀霊《きれい》に、三万の兵馬を引き連れて再び劉備を討つように命じた。呂布は、袁術が劉備を倒せば次は自分の番ではないか、袁術の機嫌を損ねれば自分に禍《わざわい》が降りかかると恐れた。それならばと、兵を率いて小沛に向かい、紀霊と劉備に和解を持ちかけ、軍門に立てた戟《げき》に遠くから矢を命中させるという神技を披露して、両軍に兵を退《ひ》かせた。しかしその後、劉備が自衛のために駐屯兵を増やすと、呂布も猜疑心を抱くようになり、二人は再び反目した。劉備は呂布に攻められてまたしても敗れ、今度こそなす術もなくなり、恥を忍んで曹操を頼ることにしたのであった。

劉備が許《きょ》に来る、そう聞いた曹操の胸の内に満ちたのは、曰《いわ》く言いがたい複雑な感情であった。

とはいえ、曹操は先遣隊の孫乾、簡雍《かんよう》を引見し、劉備の数百の敗残兵が許都の東に駐屯すること、そして必要な糧秣を支給することを許可した。そして、翌日中軍の幕舎《ばくしゃ》で劉備とその配下に会うことを約束した。

劉備に対する曹操の評価は、中山靖王《ちゅうざんせいおう》の後胤を自称し、一時徐州を占拠したとはいえ、せいぜいが張超《ちょうちょう》や王匡《おうきょう》といった小物に過ぎないというものであった。天子の洛陽帰還を助けたことで、ひところ名声を轟かせた楊奉《ようほう》や韓暹《かんせん》にも及ばなかった。しかし、この小物には何かしら惹《ひ》きつけられるところがあった。劉備は督郵《とくゆう》に盾突き、これを鞭打った挙げ句に官職をあっさりと捨てた。また、一万の烏合の衆で精鋭の大軍を阻止したかと思えば、自分を裏切った呂布に身を委ねることもした。もとはただの草鞋《わらじ》売りで、所詮は負け戦《いくさ》ばかりの夜盗崩れに過ぎない。それがどうして多くの大物に気に入られるのか。一代の大儒である盧植《ろしょく》が弟子に取り、北の猛将公孫瓚は郡国の任を授け、徐州の主《あるじ》だった陶謙は、臨終の間際に自らの支配地域を託した。傲慢な当代きっての名士孔融も、劉備を陶謙の後任にするよう上奏した。徐州の有力な地主の糜竺は、心から望んで劉備に尽くしている……また、劉備という逃げ足の速い将軍の幕下には何人かの勇将がいる。なかでも、十あまりの騎馬を率いて突撃してきた真っ赤な顔の大男が、この二、三年、曹操の頭からは離れなかった。

あくる日の早朝、曹操は身支度を整えて凛々しく装うと、新しく作らせた朱漆《うるし》塗りの車輪の馬車に乗り、許都の城外にある大《だい》将軍の本営にやってきた。曹操はかつての敵に威厳を示すため、幕舎の帳《とばり》を高くまくり上げさせ、幕僚や諸将をずらりと表に並ばせた。また、二十名の屈強な護衛兵を二列に並べて長剣を掲げさせ、背筋が寒くなるような通り道を用意した。そして自分は幕舎のなかで端座し、背後には武器を手にした恐ろしい形相の典韋《てんい》と許褚《きょちょ》を侍立《じりつ》させた。

準備万端整うと、曹操は伝令を遣って劉備を通すよう伝えた。ほどなくして、衛士《えいし》長が劉備の従事である孫乾と主簿《しゅぼ》の簡雍を引き連れてきた。曹操は昨日はじめて二人と顔を合わせたが、深い印象を抱いていた。孫公祐《こうゆう》［孫乾］は北海の名家の出で、立ち居振る舞いには威厳があり、度量が広く、悠然としていた。簡憲和《けんわ》［簡雍］は小吏の出であるが、その話しぶりは立て板に水を流すようで、気さくな質《たち》であった。劉備が先に遣わしたこの二人は、人となりは正反対であったがともに弁舌さわやかで、なかなかいい組み合わせに思えた。

孫乾と簡雍は長剣で作られた通り道の前までやって来ると、そこで立ち止まって小声で言葉を交わした。そして、左右に分かれ、恭《うやうや》しく自分たちの使君《しくん》を待った――臆病風に吹かれたな、うまいことしおって――曹操は密かにほくそ笑んだ。将帥用の卓に身を乗り出し、目を見開いて、劉備とやらがどんな人物か見てやろうと待ち構えた。しばらくして軍門から数名の男が入ってきた。先頭に立つ人物は、実に奇抜な出で立ちをしている。

身の丈はおよそ七尺五寸［約百七十三センチ］、皮弁《ひべん》［白鹿の革で作った冠］ではなく、楽人《がくじん》が身につける建華冠《けんかかん》をかぶっている。冠は高さ七寸［約十六センチ］、骨組みは鉄製で、上部には銅製の丸い飾りが九枚ついている。戴冠しているが、前のほうの髪は一つに束ね、漆塗りの簪《かんざし》を挿している。耳の後ろは結わず流れるに任せ、伸びた襟足が風に揺れている。杏子色の上着は格子柄《こうしがら》、金糸の縁取りに丸い花の紋様が刺繍されている。内には真っ白な肌着、上着はゆったりとしているが、下は体つきにぴたりと合うよう仕立てられ、均整の取れた体格を際立たせていた。人目を引く広い袖は三尺［約七十センチ］ほどあり、ひらひらと揺れる様は非常に洒脱な印象を与える。腰には幅半尺［約十センチ］の黒い布袋を結びつけている。帯は緩むことなくしっかりと締められ、小脇の蝶結びの下には膝まである長い房飾りが垂れていた――まったく風変わりな格好というほかない。

まさかこんな男が劉備、劉玄徳《げんとく》なのか——曹操は訝《いぶか》しさのあまり立ち上がり、卓を回って幕舎の入り口まで足を運んだ。すると、典韋と許褚も曹操のあとについて出たので、図らずもこちらから出迎える形になった。

その男はゆったりと歩いて長剣を掲げた通り道にたどり着くと、歩みを止め、地べたに跪《ひざまず》いて拱手《きょうしゅ》し、高らかに声を上げた。「不肖劉備、大将軍にお目通りいたす」心地よく通る声があたりに響いた。

曹操は威厳を誇示することなどすっかり忘れ、このおかしな身なりの男がいったいどんな顔をしているのか見たくなった。手を振って両側の長剣を掲げた護衛兵を下がらせると、小走りにそばまで近づいた。結局、劉備は長剣の下をくぐり抜けずに済んだ。

「劉玄徳、面《おもて》を上げよ」

「はっ」劉備は頭を上げて、曹操に自分の顔をはっきりと見せつけた。

美しい玉のような相貌で、肌はきめ細かい。黒く艶のある眉は墨で染めたように濃く、鶴翼《かくよく》の形に広がって鬢《びん》へと斜めに伸びていた。美しい切れ長の目、外に跳ねた長いまつ毛、きらきらと輝く眼差しは瞳がことのほか大きかった。きれいな鼻筋にそそり立つ高い鼻、広いあご、大きな口をしている。薄い唇は紅を引いたように血色がいい。丹念に手入れされた唇の上の髭はきちんと整えられ、黒々として両端が上を向いている。あご髭は長く、自然に垂れ下がっている。外側に張り出した大きな耳は、刀で切ったような鬢の毛とあいまってとりわけ人目を引く。福々とした白くみずみずしい耳たぶは、ほとんど肩に届きそうなほど長く垂れていた。

曹操は慌ただしく駆け抜けてきたその半生において、人並み外《はず》れた容貌の英雄たちに数多く出会ってきた。袁紹《えんしょう》、孫堅《そんけん》、鮑信《ほうしん》、呂布……しかし、この劉備に敵う者はいなかった。しげしげと睨《ね》め回すと、薄くせせら笑いを浮かべて声をかけた。「劉使君、さあ立たれよ」劉備がかつて徐州を手に入れた際、曹操は、劉備を単なる野盗に過ぎないと見下し、その地位をまったく認めていなかった。いまや劉備は立つ瀬がない身と知りながらあえて「使君」と呼んだのは、多分にあざけるためであった。

劉備も当然それに気づき、身を伏せると、また頭《こうべ》を垂れて弁明した。「わたくしは身の程知らずにも、かつて大将軍の官軍に逆らいました。それもすべては陶使君が死の床にあり、徐州の民がえさを求める雛のように泣き叫んだためでございます。そして、やむをえずとはいえ、己の分をわきまえずに刺史の地位を引き受け、ひとまず徐州を治めましたが、それも悪逆無道の袁術が謀反を企み、何度も兵を挙げて民を苦しめたため。かの地を守り、民草を安んじ、社稷《しゃしょく》に忠義を尽くすことだけを考え、決して二心《ふたごころ》はありませんでした。こたびは呂布、陳宮などの輩がまた反乱を起こし、わたくしは戦いに敗れて県城を失ったため、赤心《せきしん》をもって身を委ねに参った次第です。朝廷に従い、その命《めい》に服する所存。大将軍が寛容に受け入れてくださることを願うのみでございます」

そうだ、おぬしにどれだけ野心や度胸があろうと、いまはおとなしくわしに許しを乞うほかあるまい――曹操は満足げに答えた。「玄徳殿、昔のことはもうよい。いま許都ではやらねばならぬことが山積みで、朝廷は人手を欲している。誠意をもって駆けつけてくれたのだ。わしが拒むはずなかろう」そして手を伸ばし、劉備を助け起こそうとした。

しかし、劉備は遠慮深かった。「大将軍、恐れ多うございます」そう口にして自分で立ち上がると、自身の後ろに付き従う端正な容貌の男を紹介した。「こちらは徐州の別駕従事で、東海《とうかい》の麋竺、麋子《し》仲《ちゅう》と申します」

当時、糜竺の名は劉備よりもよく知られていた。東海郡朐県《くけん》［江蘇省北東部］の人物で、先祖は代々商いをし、その家に仕えて働く者は万に近く、資産は数億銭にも及んだ。さらに騎射に長け、財を軽んじて義侠心に厚かったため、交友関係はすこぶる広かった。劉備は河北の涿《たく》郡の人士であり、徐州ではあまり人望がなかったので、糜竺とその弟糜芳《びほう》の金銭的援助によって人心をつなぎとめていた。そのため、糜氏兄弟を賓客として遇していたのである。曹操も以前から糜氏の名を耳にしていたが、秀麗にして有徳者の趣がある糜竺の姿を目の当たりにすると、拱手して自ら声をかけた。「お名前はかねがね聞き及んでおります」

「光栄でございます」糜竺は口数少なく、恭しく頭を垂れた。

「なかで話すとしよう」曹操はそう誘って幕舎に入った。劉備と糜竺もすぐあとに従ったが、幕舎に入った途端、典韋の大声が轟いた。「止まれ！　おぬしらは何者だ。大将軍の幕舎はおいそれと出入りできるものではないぞ」曹操は振り返り、そこでようやく劉備と糜竺の後ろにさらに二人の若者がいることに気がついた。二人は護衛兵のようで、着込《きご》みを身につけ武冠《ぶかん》をかぶり、腰には刀を提げている。おもしろいことに、二人とも肩はがっしりとして身は引き締まり、眉目秀麗、白い歯に赤い唇、面立ちもどことなく似ている。年は若く、一対の銀細工の人形のようにさえ見えるが、目には明らかに武を尊ぶ気概が宿っている。

「大将軍の幕舎に立ち入ってはならん。早く退《さ》がらんか」劉備はすぐさま叱りつけた。

「待たれよ」曹操は興味を覚えて劉備に尋ねた。「この二人は何者だ」

劉備は慌てて拱手して答えた。「わたくしの陣中の名もない将でございます。いまはほとんど兵馬もおりませんから侍衛《じえい》の役を与えておりますが、もともと連れてくるつもりはなかったのです。それが、どうしてもと申すので……大将軍の威風を傷つけてしまい、申し訳ございません。どうかお許しを。さあ、早く出ていかんか」

「玄徳殿、待ちたまえ」劉備は部下のことをあまり探られたくないようだが、嫌がれば嫌がるほど尋ねたくなる。「二人の将軍は名を何と申す」

「わたくしは常山《じょうざん》の趙雲《ちょううん》でございます」

「わたくしは汝南《じょなん》の陳到《ちんとう》でございます」

一人は北方、もう一人は南方の出で、異なる訛《なま》りがあった。

「跪いて申さぬか」劉備はまた怒鳴りつけた。「まったくなっておらん」

二人は慌てて跪いた。

曹操は、若く凜々しい二人の将と典韋、許褚を見比べ、何とも口惜しかった。むろん見た目の良さが能力に比例するわけではないが、天下の垢《あか》抜けた者たちはどうして劉備になびくのか。糜竺、孫乾、簡雍といった掾属《えんぞく》［補佐官］のみならず、身辺に付き従う護衛の二人までがこの堂々たる男ぶりだ……曹操は目をかけてやりたくなったが、わざと顔をこわばらせた。「わしの幕舎に入るとは度胸がある。だが、見くびるな。大将軍たる者、幕舎のなかでこそこそとよからぬことなどせぬ」

「もちろんでございます」劉備は微笑んで言った。「こやつらは見識の浅い小人《しょうじん》ゆえお目こぼしを」

「さまで言わずともよい」曹操は手を振って制した。「忠誠を尽くしてこそ真の将、主君に対する二人の忠誠心は見上げたものだ……趙雲、陳到！」曹操はもうこの二人の若い将の名を覚えていた。「おぬしらの鎧はちと見劣りするな。虎狼《ころう》のごとき威風を示す助けとなるよう、鉄の鎧を贈ろうではないか」

曹操が自分の手下を取り込もうとしているのは明らかだったが、軒を借りている劉備としては断ることもできず、二人を急《せ》き立てるしかなかった。「お前たち、早く大将軍にお礼を申し上げぬか」

「大将軍、ありがたき幸せ」二人は拱手して礼を述べた。

曹操は声を上げて笑うと、劉備の手を引いて麋竺とともに席につかせた。だが、曹操陣営のほかの幕僚や将校はまだ立ったままである。とりわけ夏侯淵《かこうえん》、楽進《がくしん》、朱霊《しゅれい》ら気性の激しい者は目をむいて二人を睨みつけている。劉備はそれを見て見ぬふりで自然に振る舞い、麋竺も目を伏せて優雅な態度を崩さなかった。

「玄徳殿……」曹操は親しげに呼びかけた。「おぬしは長らく東にいて、呂布や袁術とも争った。この二人をどう思うかね」

劉備は初対面でこうしたことを尋ねられるとは思いも寄らず、ためらいを覚えつつも答えた。「呂奉先《ほうせん》は当世に比べる者なき猛将にして、馬に跨がり戟を手にすれば天下無敵、配下には我先にと敵陣に飛び込む高順《こうじゅん》や張遼《ちょうりょう》、さらには并《へい》州の選《よ》りすぐりの勇猛な騎兵もおり、きわめて強敵だといえるでしょう。また、袁公路は四代にわたって三公《さんこう》を輩出した名家の出として名高く、淮南《わいなん》の肥沃な土地を擁していいます。ただ、胸の内には謀反の心を抱く、大漢の天下の逆賊でございます」これは巧みな返答であった。かつて曹操はこの二人を打ち破ったことがある。劉備もそれを知ったうえでこの二人を評価した。こうすることで、曹操はさらにその上を行くと暗に持ち上げたのである。

ただ、曹操はそこまで思い至らなかった。劉備は戦となれば逃げてばかりの将である。他人の才能を高く見積もるのはむしろ当たり前だと考えた。「玄徳殿の申すことはもっともだ。だが、呂布は勇猛だが知恵がなく、袁術は野心を抱くも才能がない。二人とも真の雄才ではなかろう」

「まったく仰るとおりです」劉備はそう嘆きながら目を伏せて続けた。「もし民草を塗炭の苦しみから救って社稷を安んじ、天子を輔弼《ほひつ》して朝廷の権威を旧に復することができれば、その方こそ真の雄才であり、天下の柱石だといえましょう」いわゆる大智《たいち》は愚のごとく、大巧《たいこう》は拙《せつ》のごとしで、お追従《ついしょう》にも巧拙がある。劉備は曹操に何のお世辞も言わなかったが、雄才を評価する話のなかに曹操の天子奉迎と朝廷復興の功績を織り交ぜ、わざわざ恍惚とした表情を浮かべた。お追従としては拙に見えて、実に巧みな褒め言葉である。

むろん曹操も愚かではない。とりわけ仕える相手を何度も替えている人物に対しては、おのずと警戒心が頭をもたげてくる。だが、このたびはそれも劉備の凛々しく誠実な顔立ちと、自分に見とれるような表情によって薄れた。何か意図があって媚《こ》びているのかとも考えたが、劉備の朝廷に対する敬慕の念や、天子に対する忠誠心、そして官職を渇望する思いはたしかに本物である。何と言っても劉備はもともと一介の草鞋売りに過ぎず、長い時間をかけてようやく州の長官まで這《は》い上がったのである。あるいはあまりにたやすく徐州を得たため、かえって油断してかの地を失ってしまったのか。曹操は劉備の話題には乗らず、むしろ気遣うようにして尋ねた。「呂布のようなやつがどうやって徐州を奪ったのだ。差し支えなければ聞かせてくれぬか」

「それは……」劉備は深くため息をついて話しはじめた。「かつて刺史だった陶恭祖《とうきょうそ》［陶謙］殿が丹陽の人士であったため、徐州には数多くの丹陽兵がいました。しかし、これらの兵は下邳の相で同郷の曹豹《そうひょう》を恃《たの》みとして好き勝手を働き、指図に従いませんでした。袁術が突然兵を率いて戦を仕掛けて来ると、わたしは徐州を出てこれを迎え撃ったのですが、その曹豹や許耽《きょたん》らが下邳に残って留守を守るのを不服とし、突如、乱を起こしたのです。曹豹はわが軍が討ち果たしたものの、丹陽兵はすでに呂布を下邳に入城させており、その結果わたしは徐州の地を失ったのです」曹操が徐州に攻め込んだ際、陶謙は丹陽兵を動かして迎え撃ってきたので、曹操もその力はわかっていた。士気が低かったため呆気なかったが、陶謙ら同郷の官の勢力を笠に着て、徐州の士人《しじん》らを押さえつけていた。陶謙が曹操に敗北したのは、死戦を覚悟しなかっただけでなく、そういった外来勢力と地元勢力の軋轢を解決できていなかったためもある。そして陶謙は静かに息を引き取り、劉備に残されたのは混乱を極めて収拾しがたい状況だけであった。むしろ劉備は後事を託された新たな外来勢力として、旧来の二つの勢力に相対することとなり、かつての陶謙より面倒な状況にあった。

劉備から事の顚末を聞くと、曹操はわずかに同情の念を催した。かつて自分も兗州出身の陳宮や張《ちょう》邈《ばく》による反乱で痛い目に遭ったことがある。ただ、劉備より少々運が良かったに過ぎない。もし荀彧《じゅんいく》や程昱《ていいく》らが持ちこたえていなければ、いまの劉備さながらに袁紹のもとに身を寄せていたかもしれないのだ。そう思うと曹操も苦笑いするしかなかった。「玄徳殿、おぬしの身の上には同情を禁じえんな」

劉備は歯ぎしりして怒りを露わにした。「丹陽兵の反乱はともかく、恩を仇で返して火事場泥棒を働いた呂布は、実に憎うございます」

「まったくだ」曹操は呂布との宿怨を思い起こしていた。「以前にも呂布は兗州の裏切り者と手を組み、濮陽《ぼくよう》［河南省北東部］を占拠して被害をもたらした。われらは同じ立場にある」こうして胸の内を明かすうちに、二人の気持ちは打倒呂布で一つにまとまっていった。

劉備はさっと立ち上がり拝礼した。「わたくしは呂布、袁術にひどく苦しめられました。これよりは大将軍に付き従って遠征し、あの国賊らを根絶やしにしたく存じます」糜竺もそれに合わせて跪いた。

「はっはっは……」曹操は高らかに笑い声を上げた。「玄徳殿、堅苦しい真似はよせ。われらはともに朝廷に忠誠を尽くす身ではないか」相手の内情がまだ不確かなうちは、軽々しく約束などすべきではない。曹操はひとまず朝廷の名を持ち出して明言は避けた。「玄徳殿は半年のあいだ国賊の呂布、袁術と戦ってきたわけだが、いま兵はどれくらい残っている？」それに金はどれだけあるのだ――本当はそれこそ曹操がもっとも関心のあることだった。

劉備は気まずそうに答えた。「大将軍に笑われるのを承知で申しますと、呂布に下邳を攻め込まれた際、わたくしは糧秣や輜重《しちょう》をすべて失い、家族も呂布の手に落ちました」そこで糜竺を指さした。「幸いこの子仲が気前よく資金を出してくれたうえ、使用人から二千ほどを兵として提供してくれました。さらには妹をわたくしにめあわせてくれ、なんとか海西で持ちこたえられたのです。呂布がわたくしを小沛に迎えたあとも、やはり子仲兄弟の金銀で一万の兵を集めました。しかし、呂布のやつにまた追い散らされてしまったのです。兵の一部は投降を迫られ、ほとんどは徐州や豫州に落ち延びました。にわかに寄せ集めるのは難しいでしょう」

曹操は意味ありげな眼差しを麋竺に投げかけた――劉備が身の程知らずなら、この麋竺もたいした博打《ばくち》打ちだ。莫大な財産をすべて劉備に賭け、自分の妹まで嫁がせて義理の兄弟になったのだからな。この劉備という男にどれほどの利を見積もったのだ。少なくとも列侯《れっこう》の地位ぐらいは儲けさせてくれると踏んだのか。

曹操はふと劉備の大きな欠点に思い当たった。劉備は人より抜きん出た才気を備えた人物かもしれないが、根本的に天下の形勢に対する認識が欠けている。荀文若《ぶんじゃく》や郭奉孝《かくほうこう》、そして戯《ぎ》志才《しさい》のような智謀の士がそばにおらず、ただ気概に頼って突き進んできたに過ぎない。たとえ周到な謀《はかりごと》を胸に秘めてすり寄って来ていたにしても、曇った目では所詮たいしたことはできまい。しかし、劉備の気概にどこか懐かしいものを感じたのもまた事実であった。それは官界で奮闘していた十数年前の自分の姿を劉備に重ねたからであろう。

「玄徳殿、おぬしはいくつになる」

「えっ？」劉備はつかの間きょとんとしたが、すぐに微笑んだ。「而立《じりつ》から六年になります」

曹操は意外な答えに驚いた――三十六とな。養生に努めているのか。わしと六歳しか違わんのに二十歳過ぎにしか見えんが……曹操はしばらくぼんやりとしていたが、劉備という人間がわかってきたように思い、喜色満面で告げた。「玄徳殿、何日か許県にとどまっていてくれ。おぬしを再び登用するよう天子に上奏する。小沛からやってきて疲れているであろう。自分の幕舎に戻って休むといい」

劉備はこのたびの対面に満足した様子で、かしこまって礼を述べた。「大将軍のお心遣いに感謝いたします。本日ここへ参り、まるでわが郷里に帰ったかのようです」

まったく口が上手い……曹操は卓を回り込み、自ら劉備と麋竺を幕舎の外に送り出すと、わざわざ言い含めた。「朝廷はようやく落ち着きを取り戻したばかり。不便をかけるが、どうか理解してくれ。軍営で何か入り用があれば遠慮は要らん。直接、大将軍府のわしのところへ来るがいい」

「では、われらはひとまずお暇《いとま》いたします」そう言って拝礼した際、劉備は曹操の真新しい衣が少し汚れていることに気づいた。さっとそのほこりを軽く払うと、身を起こして微笑み、麋竺や孫乾らを連れて出ていった。

この何気ない行動に曹操は好感を抱いた。一瞬のことであり、曹操がずっと劉備を注視していなければ気づかなかったかもしれない。現にすぐそばの典韋や許褚でさえ気づいていない。これは媚びを売るためではなく、ごく自然な普段の生活から出た習慣であろう。不思議なのは、商人上がりの男がなぜあれほど身なりにこだわるのかだ。服装や顔立ちについていえば、曹操は劉備と比べて見劣りする。大将軍として紫の印綬や衣を身に着けているとはいえ、何も際立つところがなかった。劉備、劉玄徳は、かねてから謎に満ちた男だったが、顔を合わせたあともやはり謎のままだった。曹操はしばらく立ち尽くしたあと、ようやく城内へ戻る車の手配を言いつけた。

朝廷の礼制は厳しく、官位ごとに使う馬車も決められていた。大将軍、三公が乗る馬車は二頭立てで、黒の車蓋《しゃがい》と朱漆塗りの大きな車輪、赤い両側の轓《おおい》、金蒔絵《きんまきえ》の手すりには鹿が彫られ、漆塗りの横木には熊が描かれている。かつて、父の曹嵩《そうすう》は太尉《たいい》の位についていた。金で官位を買ったと陰口を叩かれ、曹操にとっては触れてほしくない過去だったが、その馬車は高貴なものとして記憶に刻まれている。当時、父は曹操が馬車に触わることすら許さなかったが、いまでは曹操自身が同じ馬車に乗るような身分になった。しかも、前方には白旄《はくぼう》(1)や、金鉞《きんえつ》(2)が掲げられ、天子の使命と生殺与奪の大権を帯びていることを示していた。天下はまだ安定していないが、曹操はこの馬車に乗りさえすれば、あらゆる悩みや憂いを一時忘れ、最高の権威を感じることができた。

曹操は歩みを進めて馬車に乗り込むと、手招きして誘った。「文若、奉孝、おぬしらも乗れ」

「大将軍のご好意に感謝いたします」郭嘉は僥倖《ぎょうこう》にじっとしていられず、笑みを浮かべて馬車に乗り込もうとした。しかし、荀彧はやんわりと断った。「大将軍の安車《あんしゃ》［年配の高級官僚などが座って乗る小型の馬車］に乗るなど、わたくしには恐れ多いことでございます」

「文若、辞退はならぬ。おぬしは侍中《じちゅう》の職にあり、天子の御車《みくるま》に乗ることすら許されているのだ。わしの車に乗れぬことなどなかろう」曹操は自ら郭嘉の手を引いてやりながら笑った。「奉孝を見てみろ。おぬしも早く乗れ。二人に話があるのだ」荀彧はこれ以上断れないと見て、馬車の後ろから向こうへ回ると、ゆっくりと乗り込んで腰を下ろした。

立派な馬車が動きはじめても、曹操はじっと一点を見据えたままひと言も発しなかった。まるでわざわざ二人に最高の栄誉を味わわせてやりたかったかのように思えた。郭嘉はきょろきょろ見回しては、あちこちを触っている。荀彧は伏し目がちにきちんとかしこまっていた。しばらく進み、もうすぐ許県の城門にたどり着こうというところで、曹操は突然尋ねた。「おぬしらは、あの劉玄徳をどう思う。重用してやるべきかのう」

荀彧は頭を垂れ、馬車の横木を見つめながら答えた。「わたくしが見るに、劉備は才智もあり、民心を得ることにも長けています。甘んじて人の下につくような男ではなく、早めに始末したほうがよろしいかと」

「文若が人殺しを勧めるなど、天地開闢《かいびゃく》以来、初めてのことだな」曹操は微笑むと、今度は郭嘉のほうを向いて尋ねた。「奉孝はどう思う」

「間違いありませぬ。劉備は英雄たらんとする野心を持った男でしょう」郭嘉は率直に言った。

「では、やつを殺して後顧の憂いを断つべきか」

「それは決してなりませぬ」郭嘉は曹操の思いをきちんと理解していた。「劉備は二心を抱いています。しかし、将軍は義兵を起こし、民草のために暴虐の輩を除き、渇きを癒すかのように誠意と信義に基づいて英傑を招いております。いま、英雄だという評判のある劉備が、困り果ててわれらに身を寄せてきました。これを軽々しく殺せば、それこそ賢者を害したと非難されましょう。さすれば智謀の士は猜疑の心を抱き、心変わりして別の主君を選びます。将軍は誰と一緒に天下を平定するおつもりですか。一人の心配な男を除くことで、四海における名望を失いかねません。安危に関わる重大事、よくよくお考えください」

「はっはっは……」曹操は髭をしごいて大笑いした。「奉孝はわしの考えをよく心得ておる。英雄を得ようというときに、一人を殺して天下の人心を失ってはたまらん」

「ですが……」郭嘉は鹿が彫られた金蒔絵の手すりをなでつつ、微笑みを浮かべて釘を刺した。「劉備はころころと態度を変える男ですから、用いたとしても気をつけたほうがよろしいかと存じます」

「わかっておる」

そこで郭嘉は劉備の叛服《はんぷく》について滔々《とうとう》と並べ立てた。「劉備はもともと幽《ゆう》州の公孫瓚《こうそんさん》の配下で、青《せい》州の平原《へいげん》の相を騙《かた》り、田楷《でんかい》の指揮下にありました。将軍が徐州の討伐に向かった際、劉備は兵を引き連れて徐州の救援に駆けつけて来ましたが、公孫瓚と田楷のもとを離れ、そのまま陶謙に身を寄せました。これが第一の叛服でございます。また、劉備はかつて北海《ほっかい》の相、孔融《こうゆう》を助け、青州の黄巾の乱を撃退しました。徐州に入ったあとは、孔融の世話を得てなんとか陶謙の地位を引き継ぎ、両者はそのころから密接な関係にありました。のちに、袁紹が子の袁譚《えんたん》を青州刺史にして、北海国に猛攻を仕掛けました。そのとき、劉備はまたもや昔のよしみなど捨て去り、袁紹の恨みを買うのを恐れて援軍を差し向けませんでした。その結果、孔融は朝廷に戻らざるをえなくなったのです。これが第二の叛服でございます」

ここまででもう曹操の胸はざわついていたが、郭嘉はなおも続けた。「それだけではありません。昨年、大将軍が呂布を撃破した際、呂布は徐州へと身を寄せました。そうして、劉備と袁術が対峙している隙《すき》に下邳を奪い取ったのですが、劉備は土地を奪われた怨みを忘れたばかりか、恥知らずにも呂布に投降したのです。これが第三の叛服でございます。その後も、軍門に立てた戟に遠くから矢を射当てた呂布のおかげで小沛を守り通し、懇《ねんご》ろに付き合っていました。それなのに、今度は糜竺の資財に頼って密かに兵馬を揃《そろ》え、ついには呂布の知るところとなり、再び拠《よ》って立つ地を失いました。これが第四の叛服でございます。さらには将軍もよくご存じのように、郯城の戦いでは劉備は将軍の敵でした。それがいまこうして身を寄せ、臆面もなく媚びへつらっているのです。これが第五の叛服でございます」

郭嘉は五度にわたる劉備の叛服を一気に語った。これは決して誇張ではなかった。荀彧はさらに付け加えた。「劉玄徳は戦に敗れて落ちぶれ、家族を呂布の手の内に握られましたが、華美な衣服は捨てませんでした。つまり、正妻よりも衣服のほうが大事だということです。あのような変わった出で立ちは礼法に適わぬだけでなく、世間の感覚からもかけ離れています。その志など知れたものでしょう。正常と言いがたいものは、疑ってかかるべきかと存じます」

曹操はしばし黙って胸の内で思案してから、おもむろに口を開いた。「たとえおぬしらの申すとおりでも、やはり軽々しく殺すわけにはいくまい。受け入れておきながら害しては、わしも手のひらを返す人間だとして信頼を失うであろう」

郭嘉は高らかに笑った。「あれこれ申しましたが、将軍の才といまの勢いをもってすれば、劉備を御すことはできましょう。劉備は名ばかりの豫州刺史ですが、やつを豫州牧へと一等引き上げるよう上奏してはいかがでしょうか」

いまの都は豫州の許県にあり、兵や地方の官吏はみな曹操の手の内にあった。劉備が豫州牧となったところで、それは有名無実、軍に動員をかけることなどできない。こちらとしては実権を握ったまで、投降者を優遇したという名声を得ることにもなる。曹操は賞賛の眼差しを郭嘉に向けた。「それは妙案だ。では、劉備を豫州牧にしてやろう。いや、豫州牧だけでは足りんな。わしがついていた鎮東《ちんとう》将軍の地位もやって安心させてやるか。糧秣はいくらか分け与えるが兵馬は与えず、小沛に戻って自分で昔の部下を集めさせることにする。われらの兵力にも限りがあるからな。そして劉備は呂布、袁術とのあいだに宿怨がある。劉備にはかの地で引き続き戦をさせるのだ。やつら三人が延々と死闘を続けてくれれば、張繡《ちょうしゅう》に兵を向ける余裕もできるというもの。その後にやつらを残らず片づけてしまえばいい」

「劉備は小沛に戻らせてよいと存じますが、糜竺は片づけるべきです」郭嘉は注意を促した。「劉備が糜竺の財力によって再び勢力を盛り返さぬように……」

「ふむ」曹操はうなずいた。「もう二、三日もすれば楊奉と韓暹を討ちに出るが、そのときは劉備にも兵を率いさせよう。やつの麾下《きか》にどんな将校がいるのか見てみようではないか」曹操がそう提案したのは、一つ気になることがあったからだ――あの威風堂々とした赤ら顔の大男はなぜ姿を見せんのだ！

（1）天子の使節の象徴で、天子に代わって巡察するという意味がある。

（2）最高軍事指揮官の象徴で、生殺与奪の権限がある。

第五章　天子を擁して諸侯に令す

屯田を許す

建安《けんあん》元年（西暦一九六年）十月、曹操は梁県《りょう》［河南省中部］への出兵にあたり、ある勢力を引き込もうと画策していた――匈奴《きょうど》である。

中平《ちゅうへい》年間（西暦一八四―一八九）、漢の朝廷が幽州《ゆう》の反乱を討伐するにあたり、匈奴の羌渠単于《きょうきょぜんう》はこれに協力して兵を派遣した。しかし、内部では反対も根強く、結果的には十万人からなる大規模な反乱が発生し、羌渠単于は殺された。その子、於夫羅《おふら》は単于を自称するも本拠地に戻れず、兵を出して反乱の平定に協力してくれるよう、洛陽《らくよう》で漢の朝廷に求めた。しかし、ちょうど董卓《とうたく》が入京して天下が混乱していたため願いは叶えられず、於夫羅は漢の北方の州郡を転々とし、略奪しながら生き延びるしかなかった。その後、河東《かとう》郡の平陽《へいよう》県［山西省南部］に腰を据えると、各地に割拠する勢力らと合従連衡《がっしょうれんこう》を画策しはじめた。

三年前、袁術《えんじゅつ》は袁紹《えんしょう》をつぶそうと考え、自分は南陽《なんよう》から北上し、北方の公孫瓚《こうそんさん》との挟撃を目論んだが、その過程で黒山《こくざん》軍と於夫羅を仲間に引き込んだ。しかし曹操がこれを迎え撃ち、封丘《ほうきゅう》県［河南省東部］で連合軍を撃破した。その後も続けて三つの県城を落とし、驚いた袁術は揚《よう》州へと身を引いた。

於夫羅は戦《いくさ》に敗れて平陽に戻ったが翌年に病死し、単于の地位は弟の呼廚泉《こちゅうせん》へと渡った。のちに天子は洛陽へと帰還したが、その途上では、李傕《りかく》、郭汜《かくし》らが次々と追撃を仕掛けてきた。そこで朝廷は河東郡の白波《はくは》軍に救援を要請したが、呼廚泉も配下の右賢《ゆうけん》王去卑《きょひ》に命じ、一隊を率いて救援に向かわせた。

右賢王の去卑は三輔《さんぽ》［長安《ちょうあん》を囲む京兆尹《けいちょういん》、左馮翊《さひょうよく》、右扶風《ゆうふふう》］から駆けつけて以来、天子を護衛して安《あん》邑《ゆう》、洛陽へと移り、ついには新しい都である許《きょ》県まで随行してきた。その間、一途に忠誠を尽くし、董卓の故将と白波軍の争いに加わらなかったため、漢の朝廷の君臣からの覚えはめでたかった。去卑は漢の天子が落ち着きを取り戻し、朝廷のあらゆる機能が着々と回復しつつあるのを見て、自らの「帰国」を申し出た。新たな単于の呼廚泉を補佐するために平陽に戻りたいという。

当然ながら、朝廷の大事は天子に上奏するだけでなく、前もって大《だい》将軍である曹操に伺いを立てる必要がある。去卑は律儀に大将軍府を訪れた。曹操は去卑に会うと、いたく喜んで特別に酒宴を催して歓待した。

匈奴は光武《こうぶ》帝の御代に内地に移り住み、すでに幷《へい》州で百五十年あまりも暮らしていたので、生活習慣や言語はとうに漢人化していた。上背があり垂れ目で高い鼻をした匈奴の右賢王を目の前にし、曹操はどこかおかしさを覚えた。というのも、去卑の話す言葉は標準的な中原の訛《なま》りで、曹操よりかえって癖がなかったからである。

「大王、たいへんな苦労をなされたな」曹操は杯《さかずき》を手にして慰めの言葉をかけた。「漢室が不幸に見舞われてから、朝廷の綱紀は乱れた。この危難に際し、州牧《しゅうぼく》、太守《たいしゅ》、そして輔政《ほせい》の任にある者でも、怖気づいてお国の禄を食《は》んできたことを忘れた者は多い。それなのに、大王は異族の身でありながら、力を尽くしてわが大漢の天子を守ってくれた。なんとありがたいことか……大王に敬意を表して、乾杯！」そう音頭を取ると、杯を呷《あお》った。

去卑も勢いよく飲むと、調子を合わせて応じた。「大漢の天子がかつてわれらによくしてくださったからこそ、われらも天子のために力を尽くしたのです。その昔、秦《しん》の穆公《ぼくこう》［春秋時代の秦の君主］は馬を盗んだ三百人の野人《やじん》の罪を咎めず見逃してやりました。それに恩を感じた野人が晋《しん》との大戦《おおいくさ》で秦に力を貸し、そのため秦は土壇場で勝利を収めて晋の恵公《けいこう》を捕らえることができたのです。こたびのわれらもまさにそれと同じです」

この匈奴の王は意外にも漢族の歴史に通じているようだ。曹操は衣冠がずれるほど身をよじって笑い声を上げ、やっと息をついて答えた。「なるほど、なるほど……しかし、おぬしら匈奴は堂々たる草原の主、野人に譬《たと》えるのは卑下しすぎであろう」

「われらも野人に勝《まさ》っているとの自負はありますが、大漢も暴虐な秦朝に比べれば十二分に勝っていましょう」去卑は立ち上がると両腕を胸元で抱き、胡人の礼をして恭《うやうや》しく続けた。「先代の於夫羅単于はかつて逆臣の袁術に力を貸し、大将軍に刃を向けたことがありました。どうかわれらの過去の罪をご寛恕くださいますようお願い申し上げます」目下の情勢で曹操の恨みを買うことは、天子の恨みを買うより恐ろしいことである。

「於夫羅は死んだ。もう済んだ話だ。右賢王殿は平陽に戻り、大単于にこのわしが必ず漢王朝をもり立て、かつての領地を取り戻すと伝えてくだされ。われらはまた友誼を結ぼうではないか。しかし、のう……」曹操は話の矛先を変え、条件を突きつけた。「大王、手をつけたことは最後までやり遂げねばならんぞ」

去卑はその真意がわからず、ぽかんとした。「何か手抜かりでも……」

「まあまあ、座りなされ」曹操は笑って手を振り、もう一度腰を下ろすように促した。「大王に何ら手抜かりはござらぬ。ただ、天子を助けに駆けつけたのであれば、帰る前に全うすべきことがあろう。梁県にはまだ楊奉《ようほう》と韓暹《かんせん》がおる。右賢王殿はわしと一緒に出兵し、社稷《しゃしょく》に害を及ぼす賊を一掃してから平陽に戻るほうがよいのではないか」

もとより曹操の兵馬は楊奉や韓暹より多い。匈奴がよこした数百人など物の数にも入らなかったが、わざわざそうするには理由があった。去卑が白波軍とともに天子を助けに来たことでもわかるように、匈奴と白波軍の関係は密接である。一方で、朝廷に弓を引いたとして、いま曹操が掃討しようとしている楊奉と韓暹はもと白波の頭目であり、さらに河東には李楽《りらく》、胡才《こさい》といった白波の部隊が居座っている。河東は地理的に匈奴の呼廚泉単于とかなり近く、聞けば双方のあいだには行き来があるらしい。いつか匈奴が再び白波軍と手を結ぶことにでもなったら面倒である。かりに去卑が楊奉と韓暹の討伐に向かえば、それは匈奴と白波軍の事実上の訣別を意味し、二つの勢力はしばらく結託しないであろう。

むろん、聡明な去卑は曹操の胸の内を見抜いていた。去卑は頭《こうべ》を垂れてしばらく白波軍と曹操を天秤にかけると、笑みの浮かんだ面《おもて》を上げた。「大将軍が兵を出されるならば、わたくしも当然お供いたします」

「よし、決まりだな」

ちょうどこのとき、知らせが入った。「荀彧殿《じゅんいくどの》、任峻殿《じんしゅんどの》、棗祗殿《そうしどの》、韓浩殿《かんこうどの》がお目通りを願っています」

去卑は邪魔をしてはまずいと思い、さっと立ち上がって礼をした。「大将軍には公務がございましょう。わたくしはこれにて失礼いたします」

曹操も強いて引き止めることはせず、手を引いて去卑を広間から送り出した。そして振り返ると、酒宴の後片づけをして荀彧ら四人を入れるよう命じた。

当の四人は片づけが終わる前に入ってきた。任峻は宴席の跡を見ると、思わずかぶりを振った。「食糧が不足しているのに、こうした浪費はいかがなものでしょう」

「これくらいたいした量ではない。残りは下男たちに分け与えればいいではないか」曹操は微笑んだ。「とはいえ、酒はたしかに無駄にできんな。数日前にも丁沖《ていちゅう》が一気に二十もの酒甕《さけがめ》を持っていきおった。あの呑兵衛め、おかげで賓客をもてなす余裕がなくなったではないか」

「本当に立ち行かなくなれば、禁酒令を出すべきかと存じます」荀彧が口を挟んだ。「朝廷の百官をここへ迎えてから、出費は倍増しています。豫州《よ》の収穫高は非常に少なく、葛陂《かっぴ》［河南省南東部］で手に入れたものや、楊沛《ようはい》が差し出してくれた食糧もいずれ尽きてしまいます。至急、兗州《えん》より食糧を調達せねばなりません」そう話しながら、荀彧は任峻をちらりと見た。荀彧は朝廷の尚書令《しょうしょれい》となったため、曹操幕下の官吏や将とは行き来が少なくなっていた。

曹操は髭をしごき、低い声で言った。「皇帝の奉迎にはやはり難もあるのう。政令を掌握できるのはいいが、百官を養う出費が大きすぎる。葛陂であれほど多くの食糧を得ながら、あっという間に底をつくとはな。これで得心がいった。なぜ張楊《ちょうよう》が朝廷を掌握する機会に恵まれながら、天子をおとなしくわしに譲り渡したか。やつには養いきれなかったのだ」

そこで任峻、棗祇、韓浩の三人が顔を見合わせて笑いを漏らした。

「何がおかしいのだ」曹操は理解できずに尋ねた。

任峻は拱手《きょうしゅ》して答えた。「われら三人がここに参ったのは、まさしく大将軍の食糧に関する憂いを除くためです」

「ほう。まあ、座れ。文若《ぶんじゃく》、おぬしもだ」曹操はそう促すと、自らも上座には戻らず、そのまま四人と車座になって座った。

任峻は笑った。「わたしが考えついたことではありませんので、棗祇、元嗣《げんし》、おぬしから話すがよい」

棗祇は拱手し敬意を表そうとしたが、曹操はその手を軽く押さえた。「本当に大事な話をするときに、そうした煩わしい礼儀は要らぬ」

「はっ」棗祇はわずかに身を寄せて進言した。「屯田制《とんでん》を試してみてはいかがでしょう」

「屯田？ できるのか？」曹操は疑いの眼差しを投げかけた。屯田制そのものは古くからある。前漢の景帝《けい》の御代、鼂錯《ちょうそ》が「守辺備塞疏《しゅへんびさいそ》」を上奏して屯田による自給を主張しているほか、光武帝の全国統一を助けた伏波《ふくは》将軍馬援《ばえん》も隴西《ろうせい》で屯田を行ったことがある。先にも徐州刺史《しし》の陶謙《とうけん》は、陳登《ちんとう》を典農《のう》校尉に任じてもっぱら屯田に当たらせたという。しかし、一般に屯田制は辺境の地に限られ、主に軍の兵糧不足を解消するために行われる。朝廷で必要となる巨額の出費をまかなえるものではない。

なんといっても朝廷の主たる収入は国の税である。

棗祗は説明した。「戦続きのこの世の中、戸籍のあった民は行方知れずとなっており、多くの地域では蝗害《こうがい》と干ばつにたびたび見舞われて、土地はあるも人がおりませぬ。かたや、穏やかな地域では人手はあるも田畑が足りておりませぬ。そして流民には、役所も田畑を与えることができぬのです。豫州を例にとっても、うち続く戦乱で民は逃げて田畑は荒れ放題、ほとんど収穫もないありさまです。開墾できる土地はいくらでもあるのに、ここで耕そうという者がいないのです」

「たしかにそうだな」曹操はいかにも無念といった様子でうなずいた。

棗祗は続けた。「大将軍は幾度も黄巾《こうきん》の賊を破り、青《せい》州の百万の民を受け入れました。壮年の者だけで三十万近くおります。兗州の反乱でいくらか逃亡したとはいえ、流民もまだ数多くおります。さらに、汝南《じょなん》で破った葛陂の黄巾から帰順した者もいます。そこで、田畑を耕す民を募り、『軍屯《ぐんとん》［軍による屯田］』ではなく『民屯《みんとん》［民による屯田］』をはじめられてはいかがでしょう」

「荒れ地と流民、両方を利用するというのだな。なかなか良い考えだ」曹操は目を細め、髭をしごいた。「おぬしらには何か具体的な策があるのか」

韓浩が話を引き継いだ。「なにぶん初めてのことゆえ、まずは許都の近くで試してみるのがよろしいかと。いちおうの案を練ってみました。まず青州の流民をこちらに移住させ、組織的に開墾、耕作に当たらせます。そして、佃科《でんか》［官田における租税の規定］に従い役所から役牛《えきぎゅう》を貸し出して、役牛の頭数に応じて穀物を徴収し、余った穀物は田畑を耕した流民が自分たちで分配するのです。そうすれば、役所の費用もまかなえますし、民の食糧難も解決するでしょう」

「よし。ひとまず試してみるか」

そこで任峻が笑みを浮かべつつ口を挟んだ。「世の中が乱れてから、官民とも食うに困るという憂き目に遭ってきました。割拠する諸軍が挙兵しても食糧についてはわずか一年の見通しさえなく、飢えれば奪い、余れば捨ててきました。食糧がないことで瓦解し、戦わずに自滅した軍は枚挙にいとまがありません。袁紹の軍は河北《かほく》［黄河の北］で桑の実を食べて命をつなぎ、袁術の軍は淮南《わいなん》［淮河《わいが》以南、長江以北の地方］で川の貝を獲って飢えをしのぎました。民は互いに食らい合うまでになり、村からは人の姿が消え、すっかり荒れ果ててしまいました。われわれは呂布《りょふ》を追い払って勝利を得ましたが、いまになって考えると、呂布も食糧が足りずに怯《ひる》んだという面があったのでしょう」反乱を平定した理由を呂布の食糧難に求めるなど、任峻だからできる物言いである。ほかの者には、軽々しく曹操の戦功を汚すような真似はできない。任峻は曹操の従妹《いとこ》の夫であるため、あけすけに言えるのである。

だが、そのことは曹操も先刻承知だった。かつて東阿《とうあ》［山東省西部］に移ったころにも食糧が底をついたことがあった。その際、程昱《ていいく》は賊軍を倒し、密かにその人肉を干して兵士に食わせた。誰しも薄々気づいていたが、自分に牛の肉だと言い聞かせて食べたのだった。思い返すだけでも身の毛がよだつ。少し前、右扶風の王忠《おうちゅう》は郷里の仲間を引き連れて帰順してきたが、その道中でも人肉を食らってきたという。もはや天の理《ことわり》や人の道などどこにもない。曹操は思わずため息を漏らした。「そもそも国の安定は、強大な軍の育成と充分な食糧の備蓄にかかっている。秦は農事を重んじて天下を統一し、前漢の武《ぶ》帝は屯田によって西域を平定した。かような前例こそ鑑《かがみ》とせねばな」

「それだけではございません」荀彧は思わず口を挟んだ。「黄巾を根絶やしにできぬ理由は、かの者らの暮らしが立たず、略奪するしかないからです。屯田を進めて耕地を与えれば生計も立つというもの。佃科に従い徴収した残りが自分のものになると知れば、田畑は自らの命に関わるものとなり、以後は農事に励んでいたずらに乱を起こさなくなるでしょう。それに、流民と荒地に対していま手を打たねば、地方の豪族が手を出してくるでしょう。さすれば、土豪と朝廷が食糧と土地のことで争うこととなり、逆賊をはびこらせるもとになります」

荀彧の分析は一段と深いもので、曹操は大いに満足した。「そうと決まればすぐに始めよう。任峻、お前を典農中郎将《てんのうちゅうろうしょう》に任ずるよう上奏する。棗祇、韓浩も協力して事に当たってくれ」

「ははっ」三人は立ち上がって拝礼した。

曹操は任峻の肩を軽く叩いてからかった。「今後、腹が膨れるかどうかはすべてお前次第だからな」

ところが任峻は冗談で返す余裕もなく、不安を口にした。「しかし、青州の流民たちをどうやって移住させればよいのでしょうか」

それこそが最大の問題である。曹操はしばし考え込んで答えた。「李氏にやらせよう」

李氏と聞いて、任峻は深いため息をついた。「大将軍、昨日万潜《ばんせん》の書簡を受け取ったのですが、李《り》整《せい》は重い病で、おそらくもう幾月も持たないとのことです」

鉅野《きょや》［山東省南西部］の李氏は、曹操の兗州平定に際してあずかって力があった。李乾《りけん》はかつて曹操に従い徐州の征討に赴いたが、のちに一族の者を落ち着かせるため乗氏県《じょうしけん》［山東省南西部］へ帰還した際、呂布によって殺された。その後、一族の李進《りしん》、子の李整、甥の李典《りてん》らは曹操陣営で力を尽くしてきた。とりわけ困窮していたときには、大量の糧秣《りょうまつ》を提供してくれた。李進は定陶《ていとう》［山東省南西部］

で呂布配下の将張遼《ちょうりょう》の手によって重傷を負わされ、ほどなくして世を去った。そして李整も治る見込みのない病に侵されていると聞いて、曹操は顔を曇らせた。「美丈夫に長寿なしといわれるが、李整を青州刺史に任ずるよう上奏してやろう」青州は曹操の支配地域ではない。むろん病重篤の李整に任を果たせないことも明らかである。これは李整に報いてやりたいという曹操の慰めの気持ちであった。

「では、流民を移住させる件は……」

「李典に任せよう」

「李曼成《まんせい》ですか」任峻は眉をひそめた。「少し若すぎやしませんか」

曹操は手を振って否定した。「あれはほかの子弟と違って経書に通じ、年の割に老成している。この大任をきっと全うできよう。かまわずあやつに任せればよい。それから棗祗、おぬしを陳留《ちんりゅう》太守に昇任させる。流民を募り、李典を助けよ」

「はっ」棗祗は命《めい》を受けると立ち上がった。荀彧は何やら大事な用事があるらしく、袖口から詔書をのぞかせている。棗祗、任峻、韓浩の三人はそれを見ると、急いで暇《いとま》を告げた。

三人が去ったのを見て、荀彧は詔書を取り出した。「大将軍がお命じになった袁紹への詔書に目を通したのですが、言葉がいささかきついように思えます」そう指摘して一部を読み上げた。『地広く兵多けれど専《もっぱ》ら自ら党を樹《た》て、勤王の師《し》を聞かず、但《ただ》擅《ほしいまま》に相討伐し……［広い土地と多くの兵を有していながら、もっぱら徒党を組んで勤王の軍に加わらず、ただみだりに討伐し……］』かように厳しく叱責しては、袁紹が激昂するのではないでしょうか」

「言葉がきついか」曹操は鼻で笑った。「この詔書の言葉に嘘はあるか。やつは謀反を企んでおるのだぞ」

「それはそうですが、しかし……」

荀彧が言い終える前に、曹操は遮って続けた。「わしは袁本初《ほんしょ》の度量がいかほどか知りたいのだ。やつはすでにわしを敵と見なしているのか、やつの心の澱《おり》はいったいどれくらいか。太尉《たいい》の位にせよ、冀《き》州牧にせよ、それは朝廷からの恩寵ではあるが、何よりわしがやつに贈ってやるものなのだ。そして、もはや歴とした朝廷がある以上、『邟郷侯《こうきょうこう》』の印で日がな一日詔書を偽造する必要はないのだと、やつに教え込んでやらねばなるまい」

荀彧はやはり曹操の意見には賛同できなかった。「いま袁紹ともめごとを起こすのは得策ではありません。もし袁紹が詔書に従わなければ、どうなされるおつもりですか」

「まずはやってみようではないか。袁紹はわしを長らく押さえつけてきたのだ。わしも少しくらい鬱憤を晴らしてもよかろう」曹操は袖を翻して席を蹴立てると、去り際にきっぱりと言い放った。「尚書に命じ、もう一度草稿を練らせよ。それからわしは衛《えい》将軍の董承《とうしょう》、偏《へん》将軍の劉服《りゅうふく》、匈奴右賢王の去卑、豫州牧の劉備《りゅうび》とともに出兵し、楊奉と韓暹を討つ。天下の朝廷は許都ただ一つ、世の者にそう知らしめねばならん！　天子だけではない。宗室《そうしつ》も外戚も、匈奴も士人《しじん》も、すべてがわしとともにあるのだ！」

梁《りょう》県の戦い

人生山あり谷ありというが、楊奉《ようほう》と韓暹《かんせん》の浮き沈みはいささか激しすぎた。もともと二人は謀反によってのし上がった白波《はくは》賊の将に過ぎず、朝廷に対してひたすら刃向かっていた。それが、董卓《とうたく》の入京、群雄の割拠、天子の洛陽《らくよう》への帰還といった世の流れが幸いし、謀反人から一転、天子を救った大功臣になったのである。絶頂期にはそれぞれ車騎《しゃき》将軍と大《だい》将軍にまで上り詰め、麾下《きか》の頭目はこぞって校尉《こうい》か騎都尉《きとい》になった。

しかし、栄枯盛衰は世の習い、その僥倖《ぎょうこう》も許《きょ》県への遷都とともにわずか一年で終わりを告げた。遷都後、二人は官職や功績をあっさりと剝奪され、幕府の開設を許された将軍からまたしても逆賊の身へと戻った。大将軍の曹操、衛《えい》将軍の董承《とうしょう》、梁《りょう》の王子にして偏《へん》将軍の劉服《りゅうふく》、匈奴右賢王《きょうどゆうけんおう》の去卑《きょひ》、豫州《よしゅう》牧《ぼく》にして鎮東《ちんとう》将軍の劉備《りゅうび》、これら五つの部隊が、天子の命《めい》により一斉に攻めて来るとの知らせを受けたのである。楊奉と韓暹は一歩も動けぬほどにすくみ上がった。

梁県に駐屯している軍の内部でも、戦おうという者、投降すべきだと叫ぶ者、逃げようとする者が出て、上を下への大騒ぎとなった。しかし、戦うにしてもどう戦えばいいのか、投降するにしても受け入れてもらえるのか、逃げようにもどこへ逃げればよいのか、それは誰にもわからなかった。八方塞《ふさ》がりのなか、楊奉と韓暹は致し方なく、部下の徐晃《じょこう》に県城を守らせて、自分たちは兵馬の半分とともに県の東にある霍陽山《かくようさん》の道沿いに陣を構えた。官軍の糧秣《りょうまつ》が尽きるまで山谷の入り口を塞ぎ、県城の兵とで敵を挟撃できないかと考えたのである。

曹操は五つの部隊からなる大軍勢を率いて許都を発つと、全速力で進み、すぐに霍陽山の正面に陣を構えた。五つの部隊と称してはいたが、実際には董承、劉服、去卑、劉備の兵をすべて合わせても三千人あまりしかおらず、曹操の軍の小隊にも及ばなかった。中軍の幕舎《ばくしゃ》では曹操が上座の中央に座り、敬意を示すため四人の将軍にもそれぞれ将帥の卓と席を用意したが、腰を下ろそうとする者はいなかった。

曹操は一人ずつ顔を見回すと、考えあぐねるように眉をひそめて尋ねた。「敵は要所に陣を構えている。われらはどのように敵に向かい合うべきでしょうな」

血気盛んな劉服が我先にと答えた。「経験豊かな大将軍なら尋ねるまでもないはず。官軍はやっと敵が拝めていよいよ意気盛ん、長引かせて兵の士気を下げるのは愚策だな。われらの優位は明らかなのだ。やつらがどう動くかに関わらず、一気に敵陣を突くべきだろう」

たしかにそのとおりではあるが、劉服の態度が鼻につく。いまだに身の程をわきまえず気炎を揚げ、傍若無人に振る舞う劉服を目の前にして、曹操は強いて笑みを浮かべた。「王子のお考えはわが意にも適う。ほかの将軍方に異論はないかな」

もちろん董承、去卑、劉備にも異論はなく、三人は拱手《きょうしゅ》して答えた。「大将軍のお指図のままに」

「よし」曹操は卓を叩いた。「では、われらはまっすぐ敵陣に……」

話し終えないうちに、楽進《がくしん》、朱霊《しゅれい》、夏侯淵《かこうえん》というせっかちな三人が進み出てきた。しかし、名乗りを上げようとする三人を、曹操はすぐさま叱りつけた。「将軍方を前に、しゃしゃり出るではない。

下がれ！」三人は声も上げずにもとの位置へと戻った。

曹操は柔らかい笑みを浮かべて劉備に目を向けた。「玄徳殿《げんとく》、敵陣への突撃は、やはりおぬしに任せたい」今日は鎧を身につけているが、それでも劉備の凛々しさは覆い隠せなかった。「むろんご下命に従います。ただ……」

「わしの軍から五千の精兵を与えよう。おぬしの配下の将に指揮を執らせよ」曹操は劉備の不安を汲み取り、増兵してやった。

「かしこまりました」劉備は深く一礼した。

「王子と右賢王は玄徳殿を後ろから援護してくれ」

「ははっ」劉服と去卑は一歩進み出て命を受けた。

董承は何と言っても国舅《こっきゅう》である。曹操も軽々しくは出陣命令を下せず、穏やかに声をかけた。「衛将軍はわしと一緒に戦況を見守りながら、陣太鼓でも打ち鳴らして若者を鼓舞しようではありませんか」

「え、ええ、そうですな」董承は何を言うでもなく、おとなしく従った。

軍議はそれで散会となり、劉備、劉服、去卑はそれぞれ自身の兵営に戻っていった。典韋《てんい》と許褚《きょちょ》は一千の虎豹騎《こひょうき》［曹操の親衛騎兵］を率いて霍陽山に登り、曹操と董承が戦況を見守るのを護衛した。眼下には、五千の先頭部隊が細長い山あいの道を、一直線に敵の本営へと進むのが見えた。戦意のかけらもない楊奉と韓暹は、陣の守備にばかり気を遣っていた。周囲には多くの逆茂木《さかもぎ》を配し、大勢の兵士で要害の地に立てこもっている。

曹操は興奮を押さえきれず、董承に語りかけた。「国舅殿、とくとご覧くだされ。劉備の配下には二人の勇将がいます。いまに姿を現すでしょう」

ところが董承はそれどころではなく、後ろばかり気にしていた。典韋と許褚がまたもや自分の背後に控えているからだ。いま戦《いくさ》のどさくさに紛れて自分を葬ったとしても、陛下には国舅が戦死したと報告するだけで事はうやむやになる。董承は身震いし、俯《うつむ》いたままおどおどと答えた。「そ、そうですな……一緒に見物しましょう」

案の定、黒山の人だかりのなかから一人の武将が飛び出した。かなり遠くではあったが、その姿は曹操の脳裏に焼きついていたあの男に違いなかった。身の丈は九尺［約二メートル七センチ］、鎧の上にもえぎ色の戦袍《せんぽう》を羽織っている。腰から下は色を揃《そろ》えた草摺《くさずり》を垂らし、しっかりと白馬に跨がるその足には脛当《すねあて》をつけ、虎頭《ことう》の軍靴《ぐんか》を履いている。広い額の赤ら顔に大きなあご、切れ長の目に太く濃い眉、唇は紅を引いたように赤く、左右の頬と口の両側、そしてあごからも長い髭を垂らしていた。掲げた大刀は長さ一丈［約二メートル三十センチ］あまり、刀身は偃月《えんげつ》のようにそり返り、ぞっとするほど冷たく輝いている。

天から降り立った武神のごときその猛将は、手にした大刀で逆茂木をなぎ払い、敵兵を片っ端から斬りつけて、まさに当たるべからざる勢いである。とりわけ長く立派な髭が揺れると、見る者にどこか洒脱で軽やかな感じさえ与えた。曹操は腰掛けから立ち上がって大声で叫んだ。「早くご覧くだされ、やつです！」

興奮冷めやらぬ曹操の視界に、また一人、黒い戦袍をまとった将が映り込んだ。その武将は手に一丈あまりもある長柄の矛を持ち、突き出しては敵の前線に穴を空け、なぎ払っては敵兵を一瞬にして吹き飛ばした。あたり一帯を馬で駆けながらひたすら矛で敵兵を突き刺し、跨がる軍馬の色もわからないほど血みどろになっていた。かと思うと、その武将は長柄の矛を手放し、なんと両腕で大きな逆茂木を担ぎ上げ、敵兵に投げつけた。そして、すぐにまた長柄の矛を手に円を描くように振るうと、大声で叫んだ。「逆茂木を突破したぞ、俺に続け!」

竜が唸《うな》り、虎が嘯《うそぶ》くようなその声に、騒々しい喊声がつかの間ぴたりとやみ、叫び声は遠く谷あいに響いてこだました。曹操は驚きのあまり身震いした。「まさしく万夫不当《ばんぷふとう》の強者《つわもの》よ!」そして瞬く間に突破口が開かれると、二人の猛将が真っ先に突入し、全軍の兵が続いてなだれ込んだ。

曹操は額ににじみ出た汗をぬぐい、山の上から見下ろして劉備を探した。目を皿にして見回すと、戦場から遠く離れた山の麓《ふもと》にようやくその大旆《たいはい》を認めた。劉備はまだ年若い趙雲《ちょううん》と陳到《ちんとう》をそばに従え、わずかな兵とともにそこに隠れていたのである。劉服と去卑の兵馬もあとに続いて敵陣に突入したというのに、劉備は動く気配すらなかった。

曹操の顔に蔑《さげす》むような冷たい笑みが浮かんだ――劉玄徳……志ばかりで力が伴わず、ねずみがごとき臆病者。たとえ百人の猛将を従えていようと、こんな無能の主《あるじ》にいったい何ができる――

「大将軍、おめでとうございます。見事な勝ち戦ですな」董承はすかさずお追従《ついしょう》を述べた。

「国舅殿、なぜそんな言い方をなさるのです」我に返った曹操の目は笑っていなかった。「これは官軍の勝利、お祝いなら陛下に申し上げるべきではありませんかな」

冷や水を浴びせられた董承は歯切れ悪く謝った。「こ、これは失礼を……大将軍、どうかお許しくだされ」

「堅苦しいやり取りはやめにしましょう」曹操はうれしそうに董承の腕を取って促した。「さあ、下山して幕舎に戻るのです。敵軍を追撃して、一気に梁県を攻め取ってしまいましょう」

しかし、県城にまで攻め込む必要はなかった。敵陣を占領したところで、県城の敵軍がこぞって投降してきたとの知らせが入ったためである。楊奉と韓暹は県城に戻れず、すでに兵を率いて南へ逃亡したという。まもなく敵将の徐晃が陣門までやって来て、投降の意思を伝えた。梁の県城にはまだ二千の人馬がおり、糧秣もいくらか残っていた。喜んだ曹操は、幕舎の外で名乗るという罪将《ざいしょう》の儀礼を免除し、徐晃がそのまま幕舎に入ることを許した。

「敗軍の将徐晃、大将軍にお目通りいたします」徐晃は幕舎に入ってくるなり跪《ひざまず》いて許しを乞うた。

曹操は主君を裏切る人間を忌み嫌う。加えて徐晃の見た目の凡庸さにも興ざめした。黄ばんだ顔にまばらな眉毛、下がった目尻に腫れぼったい涙袋、鷲鼻に菱の実を思わせる口、生気なく縮れた頬髭……見ているだけで不愉快になり、眉をひそめて皮肉った。「ずいぶんあっさり降参したものだな」

そこで主簿《しゅぼ》の王必が曹操の耳元で何ごとかささやいた。

「ほう」意外に思った曹操は語気を和らげた。「おぬしが天子をお守りして曹陽《そうよう》［河南省西部］で奮戦し、李傕《りかく》を退けたという徐公明《こうめい》か」

「恐縮でございます。天子のために力を尽くす、ただ当然のことをしたまでです」

徐晃の謙虚な口ぶりに、曹操は顔をほころばせた。「以前、わしに官職を授けるよう楊奉に上奏させ、わしを都に引き入れたのもおぬしか」

「それは決してこの罪人の手柄ではありません」徐晃の受け答えは依然として慎み深かった。

「おぬしに罪はない。立ちたまえ」曹操はしきりにうなずいて感心した。「おぬしはなぜ県城を明け渡して投降したのだ」

徐晃はゆっくり立ち上がると、拱手して答えた。「公のためでもあり……また、己のためでもあります」

曹操は興味を惹《ひ》かれた。「それはどういうことだ」

「白波が兵を起こしたのは、宦官による乱れた政治の害が及んだからです。それはあくまで悪党を掃討して民を安んずるための挙兵であり、やむにやまれなかったのです。のちに天下が乱れると、楊奉と韓暹は領地を守りおおせず、誰かに仕えざるをえませんでした。そして天子が洛陽に戻られる際、幸いにも功績を立て、うまく朝廷に帰順することができたのです。しかし、許へ遷都するという大事に際しては、楊奉と韓暹は自前の兵を擁して守りを固め、さらには天子を奪おうとまで企みました。死線をさまよってきた仲間たちは、また賊に戻るなど誰も望んでおりません。このままでは良からぬ結果を招くのは明らか、いまは大将軍におすがりすることが朝廷をお守りするための最良の選択だと考えました。公のためとは、かようなわけでございます」徐晃はそこでいったん言葉を切ると、またおもむろに話しはじめた。「己のためというのは……わたくしめももとは良家の子弟として生まれ、郡の役人を務めたこともございますが、結局は落ちぶれて賊に成り下がりました。しかし、『良禽《りょうきん》は木を択んで棲み、良臣は主を択んで仕える』といいます。つまり、楊奉や韓暹につき従って死にたくはなかったのです」

「なるほど、公のためでもあり、己のためでもあるか……」曹操は舌を巻いた。「では、梁県に駐屯している兵はそのままおぬしに率いさせよう。いまの官職は？」

徐晃は言いにくそうに答えた。「いちおう騎都尉ですが……官印はございません」

朝廷の官職制度からいえば、騎都尉は秩《ちつ》二千石《せき》の武官であり、曹操も黄巾《こうきん》鎮圧に際してその職についたことがある。本来の位は十分に高いが、徐晃のそれは肩身の狭いものであった。以前、天子を助けた際、韓暹は勝手に側近を推挙し、手下の頭目を騎都尉や校尉に任命した。当時、朝廷はまだ流浪の道中で、官印が足りず、ときにはただ印綬を描いたものを渡して官に封じたことさえある。徐晃の官もそうした類いであった。

「ならば印綬を賜われるよう、わしが朝廷に上奏しておく。おぬしはこれより県城に戻って兵馬を調えよ。そして、もし北の巻《かん》県と原武《げんぶ》県［ともに河南省中部］の逆賊を平定した暁には、さらなる褒賞を与えようではないか」

「大将軍に感謝いたします」徐晃は深く一礼し、県城へ戻ろうとした。

そのとき、傍らに立っていた于禁《うきん》がふいに進み出た。「大将軍、梁県の引き渡しがまだ済んでおりません。徐都尉にはしばらく留まってもらい、軍務についての説明をしてから兵を調えてもらうのがよろしいかと」

軍務についてことさら説明すべきことなどない。ただ、徐晃を県城に戻らせれば心変わりするのではと案じ、接収が済むまでここに拘束しておこうというのだ。見え透いた口実である。曹操はちらりと于禁を見て、かすかに微笑んだ。「そうだな……」

そばにいた朱霊が徐晃の手を引いた。「公明殿、さあこちらに」そう誘って上座を譲った。徐晃は遠慮したが、朱霊としばし譲り合ったあと、ようやく上座に並んだ。朱霊と于禁の視線がぶつかった。互いに何も言わなかったが、一丸となって敵に立ち向かう曹操陣営にあっても、その内部ではせめぎ合いが絶えない。于禁は曹氏以外ではわれこそが筆頭であると自任しており、ほかの将も于禁と同じ兗《えん》州出身がほとんどであった。朱霊だけは自ら望んでとはいえ袁紹《えんしょう》の幕下から加わった将である。平素はみなから除《の》け者にされていたが、そこへ自分と同じ外様の人間が来た。朱霊としては、なんとしても自分の仲間に引き入れたかった。

だが、そんなことは曹操のあずかり知らぬことである。「いますぐ偏将軍、右賢王、鎮東将軍に参るよう伝えよ」

兵士が次々と伝令に走り、ほどなくして劉服、去卑、劉備が幕舎に入ってきた。三人が膝をつく前に、曹操は手を上げてそれを止めた。「三将軍、ご苦労であった。こたびの手柄はまこと大漢の忠臣というにふさわしい」褒賞を渋る気持ちからか、かえって大仰な言葉が並んだ。

「朝廷のために尽力するのは当然のことでございます」三人の返答はおおよそ同じであった。

三人が列に並ぶと、曹操は劉備をじっくり眺めた。「玄徳殿、いまの戦ではおぬしの部隊から二人の将が切り込んでいったな。ことに勇猛果敢であったぞ。その二人をここへ連れてきて、みなに引き合わせてくれぬか」

劉備に断れるはずもなく、拱手して応じた。「もちろん問題ございません」すぐに幕舎の入り口に向かい、二人を呼びに行くよう趙雲に伝えた。

曹操の胸は激しく高鳴った。手を卓上で組んだまま首を伸ばして外を見た。待つのがじれったい。一日三秋の意味を噛みしめた。それはもう単に気に入ったという程度ではない。好奇と敬慕の念といってよかった——来た！　あの赤ら顔の大男と、黒い戦袍の将がやって来た。

二人は幕舎に入ると拝礼をして曹操の前に跪き、頭《こうべ》を垂れたまま声を揃えて挨拶した。「大将軍にお目通りいたします」

謎に満ちていたあの将が、いま念願かなって自分の目の前に跪いている。しかし、あろうことか曹操は喉を締めつけられるような緊張を覚え、声を絞り出すこともできなかった。まじまじと赤ら顔の男を見下ろしながら、いつかこの男が自分のために力を尽くすことを夢見ていた。その間、二人は微動だにせず、じっと跪いていた。

王必が曹操の様子に気づいて空咳をした。曹操はそれでようやく我に返り、ぎこちない笑みを浮かべた。「二人とも早く立ちたまえ」

「ありがとうございます」

左の赤ら顔の大男は前にも見たが、見るたびに思わず感嘆してしまう。切れ長の目、太い眉、そして立派な髭、その非凡な相貌はたいそう凛々しかった。右の黒い戦袍を着た将はこれが初めてである。身の丈八尺［約百八十四センチ］、まだ二十四、五かという若者で、浅黒く額の広い大きな顔、眉目は形よく粋な感じを与える。高い鼻に大きな口、垂れ下がるほどの大きな耳たぶ、そしてあごには縮れた髭……この男もまた十分に人目を引く面相である。

曹操は二人を気に入るあまり嫉妬を感じ、それが疑惑に変じて、ついには憤りを覚えた——なぜ天下の凜々しく才を備えた者が、揃いも揃って劉備の配下に加わるのだ――

曹操は思わず居並ぶ自分の配下を順に見やった。まずは于禁、老練にして慎重、何ごとも安心して任せられる将だ。しかし、容姿は月並みで立ち居振る舞いは堅苦しく、文人よりも陰気だ。次に楽進、常に先陣を切る勇猛な将だが、その容姿といったら、身の丈は六尺〔約百三十八センチ〕にも満たず、目鼻立ちは真ん中に寄って均衡が取れていない。さらに朱霊、知勇と忠義を兼ね備えて称賛に値するが、ぎょろりとした目、しゃくれたあごは、まるで人に喧嘩を売っているように見える。その奥の徐晃はもう取り立てて言うまでもない。向かいに並ぶ身内に視線を移しても、背が高いのや低いの、太っている者に痩せている者、どれもこれも褒められた容姿ではない。夏侯惇《かこうとん》と任峻《じんしゅん》はなかなかのものだが、許都の留守に残してきたのでここにはいない……曹操はため息を漏らして振り返ると、典韋と許褚が目に入った――この二人に至ってはもはや人のなりをしておらん！

「名は何と申す」曹操は矢も盾もたまらず、まず赤ら顔の大男に尋ねた。

男はあごの下の長い髭をなでつけると、さっと拱手して名乗った。「わたくしは関羽《かんう》、字《あざな》を雲長《うんちょう》と申します」

「その訛《なま》りからすると、河東《かとう》の生まれだな」

「河東の解《かい》県〔山西省南西部〕でございます」

曹操は美酒を飲んでいるかのように笑みをたたえてしきりにうなずいた。「『関東《かんとう》〔函谷関《かんこくかん》以東の地〕は相を出し、関西《かんせい》〔函谷関以西の地〕は将を出す』というが、なるほどそのとおりだな。こたびわが軍に帰順した徐公明も河東の者だが、すでに騎都尉の職についてもらうことになっている」関羽を手なずけようとしているのは明らかであった。

関羽は押し黙ったままである。諸将の前ではひいきもできず、かといって同じ話を繰り返すわけにもいかず、曹操は話題を切り替えた。「将軍は河東の出なのに、なぜ劉豫州の軍におるのだ」

関羽は再び拱手して答えた。「実を申しますと、わたしは貧賤の生まれでして、もとより戦に出るつもりなどございませんでした。ただ、郷里の豪族が権勢を恃《たの》みに民を虐げたため、わたしは憤りのあまり、その悪党を斬り殺してしまったのです」当時を思い出したのか、ふと関羽の切れ長の目がかっと見開かれ、にわかに殺気を帯びた。曹操は思わずびくりとしたが、関羽はすぐに穏やかな顔つきに戻った。「そう……わたしはいわば主を殺した小作人、味方になってくれる人はどこにもいませんでした。そこで他郷に出奔するよりほかなかったのです。その後、黄巾が蜂起し、わが使君《しくん》［刺史の敬称］がちょうど涿《たく》郡で兵を募っておりましたので、その義勇軍に身を投じたのでございます」

「大漢が今日のように衰えているのは、豪族が田畑を召し上げ、民を虐げるからだ。雲長は怯《ひる》むことなく悪人を成敗したのだ。豪傑と呼んで差し支えなかろう」曹操はじかに関羽の字を呼んで距離を縮めようとした。「そしてこたび、またもや豪傑と呼ぶにふさわしい働きをしてくれた」

「恐れ入ります」およそ性格とは生まれつきのものであり、それは関雲長も同じである。小作人の出で、しかも流浪のお尋ね者とくれば、関羽がきちんとした教養を身につけていないのも仕方ない。ただ、この場で恭《うやうや》しく謙虚に跪いていても、その威厳と強情さは隠しようもなかった。その意味では劉備といくらか通じるところがある。

「雲長、おぬしとはいちおう一面識があるのだが、覚えておるか」曹操は郯城《たんじょう》［山東省南東部］の戦いで、関羽が十数騎の騎兵を率いて急襲してきたことを思い出していた。

しかし、関羽には思い当たるところがなかった。一つには、関羽は纛旗《とうき》［総帥の大旆《たいはい》］の下に曹操陣営の総大将がいると考えていたものの、曹操本人をまったく知らず、慌ただしいなかで顔さえはっきり見えなかったため。そして二つには、関羽は従軍してから、劉備にずっとつき従ってきた。黄巾を平定し、烏丸《うがん》を攻め、袁紹と戦い、袁術《えんじゅつ》と矛を交え、呂布に裏切られるも抗《あらが》い、戦場を転々としてきたのである。当然、すべての戦を覚えているわけがなかった。関羽は恥じ入るように答えた。「どうしても思い出せませぬ」

曹操は幕舎じゅうの者たちを見回した。「みなの者、覚えておるか。郯城の戦いでのことだ。わずか十数騎で山の頂に駆け上がって来た武将がいたであろう。わしも危うく討ち取られるところであった。その武将こそ、この関雲長だ！」

「なんですと⁉」一同はそう聞くなり剣の柄《つか》に手をかけた。

「いい加減にせよ！　昨日の敵は今日の友、いまはあのときと事情が違う」曹操は手を振って制した。「雲長、書物を読んだことはあるか」

「わたくしは文字に疎《うと》うございまして、ただ『春秋《しゅんじゅう》』は好きでございます」関羽の答えは謙虚であった。『春秋』が読めて国史に通じていれば、それだけでたいしたものである。

「一つ昔の話を思い出したぞ……かつて晋《しん》国には六卿《りくけい》がいた。知っておるか」

「韓《かん》、趙《ちょう》、魏《ぎ》、智《ち》、范《はん》、中行《ちゅうこう》でございます」関羽はすらすらと答えた。

「そうだ。まず、智氏が范氏と中行氏の両家を滅ぼし、次に、韓康子《かんこうし》、魏桓子《ぎかんし》、趙襄子《ちょうじょうし》が智瑶《ちよう》を滅ぼした」曹操はそこで本題に入った。「ときに豫譲《よじょう》という男がいた。もとは范氏の臣下であり、主君を討った智瑶を恨んでいたが、智瑶はそれにこだわらず優遇した。のちに智瑶が死ぬと、豫譲は趙襄子を二度暗殺しようとしたが失敗に終わった。捕らえられた際には趙襄子の命の代わりにとその衣を求め、趙襄子が与えてやると、豫譲は衣を三度切りつけてから自決したという……このことからも、およそ天下のことは機に臨んで変に応じるものとわかるであろう」曹操は自分の配下に加わるよう関羽にほのめかしたのである。

関羽も曹操の考えがわかったものの、また拱手して辞退した。「豫譲は死に臨んで『忠臣は身の死を憂えず、明主《めいしゅ》は人の義を掩《おお》わず』と申しました。国士の礼を以て相対してくれた智瑶を褒め称えたのです……このことを考えるにつけ、わたしは感動を禁じえません。いま劉豫州はわたしを国士として、そして兄弟として、篤くもてなしてくれています。それゆえわたしもこの身の死を憂えず、誰かに己の義を覆い隠されることのないようにと考えております」関羽の考えは明確であった。あくまで劉備につき従い、たとえ死んでもほかの者に身を寄せることはないというのである。

「ほう」曹操は眉をひそめた。これから口説くはずが、その文句を先に封じられたのである。

そのとき、黒い戦袍の将が出し抜けに大声を上げた。「われら三人は兵を挙げて以来、兄弟のように心を通わせておる。他人がこの仲を割けるものか。大将軍、まったく余計なお世話だぜ！」耳をつんざくような大声で、あまりにも不遜な口ぶりである。諸将はみな怒り心頭に発し、典韋や許褚などは思わず足を踏み出した。劉備は慌ててこの男の前に身を投げ出し、必死でかばった。「この末弟はいつも口が過ぎるのです。大将軍、どうかお許しを！」

曹操は典韋らを手で制しながら尋ねた。「おぬしの名は何と申す」

黒い戦袍を着た将は腹立たしげに名乗った。「それがしは燕《えん》の張飛《ちょうひ》。劉豫州、関雲長とは兄弟の契りを交わしておる。われら三人は主従であるが、絆は実の兄弟にも勝《まさ》る。同年同月同日に生まれなかったことは是非もないとしても、願わくは同年同月同日に死のうと誓ったのだ！」

曹操は天を仰いで大笑いした。「はっはっは……同年同月同日に生まれなかったことは是非もないが、願わくは同年同月同日に死のうとな。まったく怖いものなしの忠義な男よ」

劉備は刑に処されるのではないかと恐れ、二人の頭を押さえつけて許しを乞うた。

「はっはっは……」曹操はひとしきり大笑いすると、最後にはやるせない苦笑いを浮かべ、劉備に目を向けて命じた。「玄徳殿、これほどの得難き将を二人も手元に置くとは羨ましい限りだ……二人を陣に帰らせ休ませてやるがよい」召し抱えられず、殺して気晴らしもできないのであれば、目の前に置いておく意味はない。

人の縁は天による。もともと自分の配下ではないのだから、思い悩んでも仕方あるまい……曹操は自分にそう言い聞かせると、ようやく頭を上げて告げた。「四人の将軍方、こたびわれらは勝利を収めたのだ。ともに帰朝して天子にお祝いを申し上げようではないか」

「ははっ」董承、劉服、去卑、劉備は頭を垂れて従った。

大軍勢は凱歌を揚げながら許都へ戻ると、城外に駐屯した。皇帝劉協《りゅうきょう》も放っておくわけにはいかず、五人の功績を称えるための宴席を急いで皇宮《こうぐう》に設け、百官も同時に参集するよう命じた。席上、みな曹操を取り巻いて拝礼し、祝いの言葉を述べた。齢《よわい》七十になる張倹《ちょうけん》でさえ駆けつけるというので、曹操は官用車で出迎えるよう兵士に言いつけた。張倹はただ禍《わざわい》が子や孫に及ぶことを恐れて祝いに駆けつけたのだが、許都を訪れるとすぐさま衛尉卿《えいいけい》に任命された。

曹操は片方の手で衛尉の張倹の手を引き、もう片方の手で光禄勲《こうろくくん》の桓典《かんてん》の手を引きながら、劉服に言い渡した。「これで朝廷の諸卿は決まりました。天子は衛尉と光禄勲が守ってくれるのですから、王子の兵は安心して城外に駐留することができますな」劉服は梁国の陵墓に植わっている木材を提供して新しい宮殿を建て直した。そして、天子を「護衛」して遷都する役目を終えたのである。曹操にとって劉服の利用価値はなくなった。あとは多めに褒賞を与えて養っておけばそれでいい。

宴の最中に決議が下されていった。匈奴の右賢王である去卑は国に帰る。豫州牧にして鎮東将軍の劉備は小沛《しょうはい》［江蘇省北西部］に、偏将軍の劉服は許都の城外に駐屯する。衛将軍の董承に至っては、曹操の引き立て役として国舅の看板を掲げることになった。こうして各軍はばらばらとなり、許都は曹操一人の支配下に置かれた。

散会して曹操が大将軍府に戻ったときには、空はもう真っ暗になっていた。だが、広間では兗州から戻ったばかりの薛悌《せってい》と李典《りてん》の二人が静かにその帰りを待っていた。曹操はすぐに灯《あか》りを持ってこさせると、二人の報告にじっくりと耳を傾けた。

「曼成《まんせい》、こたびは流民を移り住まわせて屯田を開くという大任を滞りなくやってくれたようだな」

灯火《ともしび》が徐々に明るくなると、曹操は李典の頬に涙の跡を認めた。「どうしたのだ」

李典は消え入りそうな声で答えた。「従兄《いとこ》の李整《りせい》が亡くなりました」

そう聞くと、曹操もしきりに嘆き悲しんだ。「兗州を平定した際の李家の功績はきわめて大きかった。李整は若くして亡くなったが、もしかすると天がその才を妬《ねた》んだのかもしれぬな……曼成、くよくよしてはならぬぞ」

「天下はまだ安定しておらず、くよくよしている暇などございません」そう気張って返事をしたものの、まだ嗚咽する声が交じっていた。李氏は兗州屈指の豪族である。以前は相当な勢力を築いていたが、いまや李乾《りけん》、李封《りほう》、李進《りしん》、李整が世を去った。一人残された李典が悲しみに暮れるのも無理はない。

「おぬしの従父と従兄の部隊は、今後すべておぬしが率いよ。それから……」曹操は卓上の上奏文を手に取ると、軽く振って見せた。「わしは離狐《りこ》［山東省南西部］と乗氏《じょうし》［山東省南西部］、濮陽《ぼくよう》［河南省北東部］などの県を合わせて一郡とする。おぬしには離狐郡の太守《たいしゅ》を任せようと思うのだが、どうだ？」

これには薛悌も驚きを隠せなかった。李典はまだ十七である。いくら曹操が李家の人間を取り立ててやりたいと思っても、李典には荷が重すぎる。

「わたくしは若輩者にて、才も徳もございません。そのような立派な官職をいただくのは恐れ多うございます」李典は慌てふためいて跪いた。

「曼成、勘違いするな。太守に任命するのは、決しておぬしらの貢献に報いるためではない」曹操は李典の前に歩み寄ると、自分の息子といくらも違わない若者を見つめた。「以前、呂布とわしで兗州を争ったとき、濮陽城は戦乱、火災、蝗害《こうがい》に見舞われ、兗州第一の県城が見るも無残な姿になってしまった。おぬしを離狐郡の太守にするのは、おぬしなら民を安んじ、流民を募り、再び濮陽一帯を落ち着かせられると考えたからだ。おぬしは書物に通じ、礼儀も心得ておる。歳は若いが、陣中の諸将より冷静で度量がある。孫策《そんさく》は若くして江東《こうとう》［長江下流の南岸の地域］にその名を轟かせた。おぬしもきっとうまく治められるはずだ」曹操はさらに身を寄せると李典の肩を軽く叩いた。「わしはおぬしを信頼している。李家の声望にはなおのこと信を置いている。李家の声望に頼らねば、あの地をもとのようにはできぬのだ。わかるな」

李典は曹操の言葉を聞くと、よく響く声で答えた。「大将軍のため、そしてわが李家の名誉のため、粉骨砕身して尽くします」

「よし、……」それから曹操はふと李典の耳元でささやいた。「劉備を豫州牧に封じ、小沛に駐屯するよう言いつけた。東にも目を光らせておくのだぞ」

李典はすぐに含意を理解した。「承知いたしました」

「よし。さあ、戻って休め。もうくよくよするでないぞ。詔書を受け取ったら、すぐ赴任するようにな」

李典が出ていくと、薛悌は万潜《ばんせん》がよこした竹簡を捧げた。すべて兗州の政務に関する報告である。曹操はそれを広げて目を通すと笑みを浮かべた。「呂虔《りょけん》は泰山《たいざん》で悪党退治にかなりの成果を挙げたようだな」

「呂子恪《しかく》は勇猛かつ乱暴な男、無法な輩には残忍な手を用いたのでしょう。ときには殺してしまうのも効き目があります」薛悌は生まれついての酷吏《こくり》で、その言辞は容赦なかった。

曹操は竹簡を閉じると、冷たく言い放った。「孝威《こうい》、わしは劉備の勢力をそいでおきたい。そこで、泰山郡の嬴《えい》県［山東省中部］など西側五県をまとめて嬴郡とし、麋竺《びじく》をそこの太守に任命する。任城《じんじょう》国はわずか三県だが、麋芳《びほう》をそこの相《しょう》につけよう。劉備に莫大な財を投じた兄弟がこの恩に感謝して尽力してくれるといいのだがな。だが、もしわしのために働かなければ……」

「ならば始末するのみです」薛悌が獰猛《どうもう》な目であとを継いだ。

曹操の目に不敵な光が宿った。「おぬしを泰山太守に、呂虔を泰山都尉に任ずる。二人で協力し、麋家の兄弟をしっかりと見張ってくれ」

「はっ」

「それから……わしは袁紹との関係も保っておかねばならん」袁紹に話が及ぶと、曹操の眼光がさらに鋭くなった。「やつの従弟《いとこ》の袁叙《えんじょ》を済陰《さいいん》太守にするつもりだ。この袁叙と袁紹の関係にも目を配っておいてくれ」

「御意。少しでも妙な動きがありましたら、これもすぐさま始末いたします」

一切の迷いがない薛悌の表情に、曹操は大いに満足した。残る不安はただ一つ、河北《かほく》で車騎将軍を自称する袁紹である。もうしばらく袁紹がおとなしくしていてくれれば、心置きなく張繡《ちょうしゅう》を討つことができる……

しかし、明日にも都を離れる劉備のことを思い出すと、曹操の胸にはやはり憂いが満ちるのであった――それにしても、関雲長はなぜわしのために働いてくれぬ……

子連れの出征

袁紹《えんしょう》は朝廷の詔書を受け取ると、大いに憤った。兵を擁しながら天子に忠を尽くしていないと、曹操が天子の名を借りて責め立ててきたからである。さらに我慢がならないのは、かつて自分の鼻息を窺っていた者が、大《だい》将軍という大任についていることだった。袁紹が着任する太尉《たいい》は三公《さんこう》の筆頭ではあるが、朝廷での地位は曹操よりわずかに低い。袁紹は思わず恨み言をこぼした。「これまで何度も危地に陥ったとき、いつも助けてやったのは誰だ。それがいま天子を擁してわしに命令してくるとは、断じて許せん！」とはいえ、朝廷が再興されたからには、袁紹も「邟郷侯《こうきょうこう》」の印で詔書を発布することは当然できない。袁紹は幕僚たちと長らく相談し、十分に斟酌して一通の上奏文をしたためた。自分が天子を奉迎しなかった件を釈明するとともに、ひとまずは太尉の職を辞退することを申し出た。謙遜によって信頼を得ようというのである。

　袁紹からの上奏は、許都に届けられるとすぐに大将軍府へと回された。このたびは荀衍《じゅんえん》が皇帝の使者を引率して入ってきた。荀衍は曹操の大将軍府で掾属《えんぞく》を務めているが、かつては袁紹に仕えていたこともある。荀衍は袁紹からの上奏が記された竹簡を捧げ持つと、曹操、荀彧《じゅんいく》、郭嘉《かくか》の三人の前で、袁紹の上奏を高らかに読みはじめた。

「忠策《ちゅうさく》未だ尽くさざるに元帥 敗を受け、太后《たいこう》質《しつ》とせられ、宮室《きゅうしつ》焚焼《ふんしょう》し、陛下 聖徳《せいとく》にして幼沖《ようちゅう》、親《みずか》ら厄困《やくこん》に遭う。何進《かしん》既に害を被り、師徒《しと》喪沮《そうそ》せしも、臣 独り家兵《かへい》百余人を将《ひき》い、戈を承明《しょうめい》に抽《ぬ》き、剣を翼室《よくしつ》に竦《あ》げ、群司を虎叱《こしつ》し、凶醜を奮撃し、曾て浹辰《しょうしん》ならずして、罪人 斯《ここ》に殄《つ》く。此れ誠に愚臣 効命《こうめい》の一験《いっけん》なり［天子をお助けする忠義の策がいまだ尽くされぬうちに元帥の何進は敗れ、何《か》太后は人質にとられ、宮殿は燃えてしまい、陛下はご立派ながらまだ幼いというのに、御自ら困難に遭われました。何進はすでに殺害され、立ち上がった兵の士気も下がりましたが、わたくし一人が百あまりの家兵を率い、承明堂で戈を抜き、正殿のあたりで剣を振るい、百官を叱咤し、凶悪かつ醜悪な者どもを討ち、十日ほどで悪人は滅んだのです。これはわたくしめが尽力した証しにほかなりません」……」

そこまで聞いて曹操が遮った。「文若《ぶんじゃく》、聞いたか。袁紹は自分のことをまるで世を救った英雄かのごとく吹いておるわ」

荀彧はうなずいた。「功績や年功を並べ立てるのは袁本初《ほんしょ》の終始一貫して変わらぬやり方です」

「しかしな、やつのその功績とやらも、事情に明るい者を騙《だま》すことはできん」曹操は冷たい笑みを浮かべた。「そもそも董卓を都に招き入れようと袁紹が何進に入れ知恵していなければ、天下が混乱することもなかったであろう。それに、兵を挙げて皇宮《こうぐう》を攻め、宦官を誅殺する第一の矢を放ったのは袁術だ。やつはそれも自分の手柄にしている。『群司を虎叱し、凶醜を奮撃し』とは、またとんだ自画自賛だな。よくもまあぬけぬけと口にできたものだ」

荀衍は曹操が文句を言い終えるのを待ってまた続けた。「董卓《とうたく》 虚に乗じ、不軌《ふき》を図る所に会《あ》いて、臣の父兄親従《しんじゅう》、幷《なら》びに大位に当たるも、一室の禍《わざわい》を憚らず、苟《いや》しくも寧国《ねいこく》の義を惟《おもんみ》る……故に遂に英雄を引きて会《かい》し、師《し》を興すこと百万、馬を孟津《もうしん》に飲《みず》かい、血を漳河《しょうが》に歃《すす》る「董卓が隙《すき》に乗じて謀反を企てる事態に遭遇し、わたくしの父兄や親族はみな高位についておりましたが、一族に降りかかる禍を恐れず、お国を安んぜんとする義に思いをめぐらしたのです……それがため英雄を集め、董卓を打倒せんとする百万の兵を起こし、孟津に攻め寄せ、漳河で血の誓いを立てました」」

「もうよい！」曹操が勢いよく立ち上がった。「やつがどんな戦《いくさ》に繰り出したというのだ。王匡《おうきょう》に命じて胡母班《こぼはん》を殺したかと思えば、わしを利用して王匡を殺させた。韓馥《かんふく》の冀《き》州を奪ったかと思えば、張邈《ちょうばく》をわしに殺害させようとした。それが『師を興すこと百万、馬を孟津に飲かい』ということか」

曹操は広間を行きつ戻りつすると、荀衍に尋ねた。「功績をひけらかすくだらん話は、あとどのくらい続くのだ」

荀衍も袁紹がどれだけ書いたのやらと竹簡をすべて広げて先を見たが、ざっと目を通しても、袁紹の手前味噌な話には終わりが見えなかった。曹操はためらうことなく荀衍の手から上奏文をつかみ取った。「やつが何をほざいているか、わしが見てやろう」

荀彧と荀衍は思わず互いに顔を見合わせた——つまるところ、二人は似たもの同士なのだ。労せずして名声を得るために一再ならず爵位を辞退した曹孟徳《もうとく》と、上奏文で太尉を辞退しつつも自らの功績をひけらかしている袁本初とは、まさに好一対ではないか——

「はっはっは、おぬしら、ちょっと聞いてみろ。『……是《ここ》を以て忠臣 肝脳《かんのう》 地に塗《まみ》れ、肌膚《きふ》 横分《おうぶん》すれども悔心《かいしん》無き者は、義の感ずる所の故なり。今賞は労無きに加えられ、以て有徳を携《はな》れ、忠功を杜《と》ざし黜《しりぞ》け、以て衆望を疑わしむ。斯《こ》れ豈《あ》に腹心の遠図《えんと》ならんや。将《は》た乃ち讒慝《ざんとく》の邪説、之をして然らしむるや』「……このため、忠臣たちが肝臓や脳漿《のうしょう》が泥にまみれ、皮膚が切り裂かれようとも後悔しないのは、義に感じるからこそなのです。いま褒賞は功労なき者に与えられ、有徳の者から離れています。忠義は軽んじられ功労は退けられ、多くの者の信頼を損ねております。これがどうして心の奥底から出た遠大な謀《はかりごと》といえましょうか。あるいは悪人の邪《よこしま》な説がそうさせたのでしょうか」』」曹操は蔑《さげす》むような笑いを浮かべて憤った。「袁紹のやつ、遠回しにわしを奸臣だと罵っておるな」

郭嘉は荀彧や荀衍ほど品が良くない。傍らに腰掛け、嬉々として耳を傾けていたかと思うと、声を上げて笑い皮肉った。「やつに大将軍を奸臣と罵る資格などあるものですか。いったい何様のつもりだ。たしかに兵力は最強、支配地は最大、身分はもっとも高貴でしょうが、勝手に彫った印で毎日のように詔書を偽造し、陛下の生死にさえ知らん顔をしていました。それが今日、朝廷が落ち着き、天子の安全も確かになってから、あることないことを言いふらして大将軍を奸臣だと罵る。わたしからすれば、袁本初こそ正真正銘の似非《えせ》君子です」

曹操もわが意を得たりとうなずいた。「わしはようやくわかった。世の中にはこれほどまでに嘘をついて平気なやつがおるのだ。これを聞いてみよ。『……太傅《たいふ》の日磾《じつてい》位は師保《しほ》と為り、任は東征に配せらるも、王命を耗乱《こうらん》し、所に非ざるを寵任《ちょうにん》し、凡そ挙用《きょよう》する所、皆 衆の捐棄《けんき》する所なり。而《しか》も其の策を容納《ようのう》し、以て謀主と為し、臣の骨肉兄弟をして、還《かえ》って仇敵と為し、交鋒接刃《こうほうせつじん》し、難を構《かま》えること滋甚《いよいよ》だしからしむ。臣 甲を釈《と》き戈を投ぜんと欲すと雖も、事 已むを得ず「……太傅の馬日磾《ばじつてい》は天子を善導する位となり、東征の任についていましたが、王命を破り、不適格者を重用し、登用した者はすべて役立たずばかりでした。しかも、その策を採用して参謀とし、わたくしの血を分けた兄弟の仇敵となって、兵刃を交え、状況はますます悪化していきました。わたくしは鎧を脱ぎ、武器を置きたいと思っておりましたが、やむをえずいまに至るのです」……ふん！ 袁術との諍《いさか》いについては口をつぐむ気だな。すべて馬日磾のせいにするつもりらしい。死人に口なしというやつか。まったく、やつのやり口には感服の至りだ」

郭嘉はぷっと噴き出した。「上奏には大将軍が目を通すということを、やつは忘れているようです。

袁術との醜い兄弟喧嘩、ほかの者は騙せても大将軍に隠しおおせるわけがありません」

「『邪諂《じゃてん》の論を絶ち、愚臣をして恨みを三泉に結ばしむる無かれ［邪でへつらう議論を断ち切り、わたくしが死んでなお恨むことがありませんように］』だと。最後までわしを腐すことを忘れておらん。やれやれ……」曹操は読み終えると、皮肉を言い疲れたとでもいうように長いため息をつき、上奏文を丸めて袖のなかにしまい込んだ。「読むものは読んだし、さんざん罵ってやった。さて、次はどうする？」

実際は、もし袁紹が敵に回れば曹操の手に負えるはずもなく、曹操にしてもいまは減らず口を叩くのが精いっぱいなのである。

荀彧は言うべきかどうかさんざん悩んだ末に、最後は腹案を口にしてみた。「愚見を申しますれば、大将軍の職を袁紹に与えるべきかと」

曹操はこれを聞いて眉をつり上げた。「ならん！　大将軍の職をやつに与えるなどしたら、わしはどのように百官を束ねればよいのだ。誰もがわしのことなど眼中に置かぬようになる」

荀衍も言い添えた。「袁紹はかねてより車騎《しゃき》将軍を名乗っていますが、大将軍より位が下であることが悔しく、大将軍の肩書が欲しくてならんのです」

「やつが欲しがるからこそ、やるわけにはいかんのだ！」曹操は袖を翻した。「この件はもう論ずる必要はない」曹操は一族の出が高貴でないことをずっと気にかけていた。そしていま、四代にわたって三公を輩出する家柄の袁紹をついに凌駕したのである。たやすく手放すわけにはいかない。それは天下を平定するためというより、あくまで個人的な地位に対する執着といえた。

曹操の意固地がまた顔を出したのを見て、荀彧と荀衍はどうなだめればよいかわからなかったが、郭嘉は傍らで楽しげである。「唐突ですが、大将軍の終生の志をお聞きしてもよろしいでしょうか」

「言うまでもなかろう」郭嘉が続きを待っているので、曹操は冷やかな視線を向けつつも答えた。

「この曹孟徳、漢室の天下を取り戻し、民草を塗炭の苦しみから救うことが望みだ。それが官位を譲ることと何の関係がある？」

郭嘉は身を起こして拝礼した。「かつての鴻門《こうもん》の会で、われらが高祖《こうそ》がもし一時の怒りに任せて無謀な行動に打って出ていたなら、いま大漢の天下はあったでしょうか」

高祖劉邦《りゅうほう》の名まで出され、曹操はつかの間言葉に詰まった。郭嘉は拱手《きょうしゅ》したまま続けた。「かつて偽帝の更始《こうし》帝が後を継いだ際、光武《こうぶ》帝が殺された兄の劉縯《りゅうえん》の仇討ちを急ぎ、朱鮪《しゅい》と朝堂で言い争っていたならば、光武帝は十代をも超える漢の御代を再興できたでしょうか」

「そんな昔話は知っておる」曹操は苦笑いした。「だがな、ただ我慢ならんのだ……」

郭嘉は曹操の顔色がいくらか和らいだので、鉄は熱いうちに打てとばかりに続けた。「『天の将《まさ》に大任を斯の人に降さんとするや、必ず先ず其の心志《しんし》を苦しめ、其の筋骨を労せしめ、其の体膚《たいふ》を餓えしめ、其の身を空乏《くうぼう》にす［天が大きな使命をある者に与えるときには、必ずその者の心身を苦しめ、飢えさせ、困窮させるもの］』です。かつて将軍は、河北《かほく》で窮屈な思いをなさって兗《えん》州へと移り、幾度も辛酸をなめてきました。千丈の堤も蟻《あり》の一穴《いっけつ》より崩れるというではありませんか。いま袁紹は河北の地を押さえ、兵馬は将軍の倍、糧秣《りょうまつ》も将軍より多く蓄えています。位のために袁紹めの怒りを買っては、将軍の身に瞬く間に禍が降りかかり、天子は蒙塵《もうじん》し、社稷《しゃしょく》に再び危機が迫りましょう。虚名一つのために実害を被るのはいかがなものでしょうか。将軍が社稷を暗闇から救い、天子を明堂《めいどう》［国家の重要な典礼を行う殿堂」に戻せば、その功績と徳行は天も人も知ることになりましょう。さすれば袁紹など将軍の足元にも及びませぬ。いまこそ己を押し殺して韜晦《とうかい》すべきかと存じます。壮士たる者は、毒蛇に腕を噛まれれば躊躇《ちゅうちょ》なく腕を断つといいます。まして取るに足りない虚名ではありませんか」平素はにこやかな若者に改まった顔つきで説かれると、曹操も胸を衝《つ》かれた。

荀衍もあとを受けて畳みかけた。「わたくしも以前は河北におりましたので、田豊《でんほう》や沮授《そじゅ》が、天子を魏《ぎ》郡まで奉迎するよう袁紹に勧めていたことを知っております。ただ、河北の諸将が当時ほとんどこの意見に賛同しなかったので、袁紹もあきらめました。いま、大将軍がもし朝廷の権威を恃《たの》みにして謙譲の意を示さねば、袁紹は先の失策を思い出し、大将軍から天子を奪おうとするやもしれません。しかし、将軍が袁紹を厚遇し、朝廷の内外で誰よりも高位にあると思わせれば、袁紹もそれで満足し、大将軍から天子を奪おうとはしないと存じます」

「一時の恨みに耐えて、とこしえの安逸を得よということか……」曹操は歯を食いしばり腹をくくった。「よかろう。大将軍の職は袁紹に譲ってやる。さらに弓矢と節鉞《せつえつ》[軍権の印である割り符とまさかり]、虎賁《こほん》軍の衛士《えいし》百人を与え、冀、青《せい》、幽《ゆう》、幷《へい》の四州を預けよう。爵位も邟郷侯から一等引き上げて鄴侯《ぎょうこう》にしてやる。やつに名ばかりの位をやれるだけやって、自惚《うぬぼ》れさせてやれ」

三人は即座に跪《ひざまず》き、満面の笑みを浮かべた。「大将軍、名案でございます」曹孟徳は横暴で頑な質《たち》ではあったが、たしかに他人の意見を聞き入れる度量がある。この一点こそ曹孟徳のすぐれて賢明なところであった。

曹操は手を振って遮った。「もう大将軍ではない、その地位は袁紹のものだ」

「将軍はすぐにでも太尉の職におつきになればよろしいかと」荀彧が助言した。

曹操は意外にもその提案を一笑に付した。「太尉はやめておく。大将軍の位を譲ったのだぞ。ここは一つ鷹揚《おうよう》に構え、司空《しくう》の位につくとしよう」太尉、司徒《しと》、司空は最高位にあって三公と称されるが、実権の大きさでいえば大将軍に及ばない。司空は名目上、国の土木造営を司り、三公のなかでも年功の浅い者がつく職であった。

荀彧はたいそう驚いて尋ねた。「現任の司空は、その兄も司空についていた名門の張喜《ちょうき》でございます」

「やつのような禄盗人《ろくぬすびと》は罷免して、わしがその位につく」これは言いがかりというものである。朝政はすべて曹操自身の手に委ねられ、いまや三公とは名ばかりである以上、誰がその任につこうとも禄盗人にならざるをえない。この論法に従えば、わけもなく朝廷じゅうの文官、武官を誰でも罷免することができる。

先ごろは太尉の楊彪《ようひょう》を、このたびは司空の張喜を罷免するという。荀彧は不満だったが、郭嘉はさらに付け足した。「司徒の趙温《ちょうおん》も暇に飽かしてわれらの邪魔をせぬよう、一緒に罷免してはいかがでしょう」

「いや、趙温はとどめておく」曹操は不敵な笑みを浮かべた。「趙子柔《しじゅう》は蜀《しょく》の人物だが、朝廷にいたほかの蜀の者は、みな劉璋《りゅうしょう》のいる益《えき》州へ逃げ帰った。やつ一人では波風を立てることもできまい。この司徒殿にはとどまってもらい、わしの引き立て役になってもらおう」

「ああ、忘れるところでした」荀衍は額をぺしりと叩いた。「わたしが袁紹のもとを立ち去るとき、袁紹は見送りのために腹心の逢紀《ほうき》をよこしたのですが、その逢紀が別れ際に密書を託してきたのです。大将軍にお見せするようにと」そう言って荀衍は懐から錦囊《きんのう》を取り出し、曹操の前に捧げた。

曹操が受け取った錦囊には封蠟《ふうろう》が施されており、たしかにまだ開封されていない。曹操はすぐに卓へ向かい、小刀で封を切ると、なかから一枚の帛書《はくしょ》を取り出した。

こうまでして秘匿された書信に何が記されているのか、荀彧ら三人は尋ねることさえ憚られた。曹操は密書を読み終えると、三人を見回して冷やかに笑った。「わしに宛てて袁紹が逢元図《げんと》に書かせた書信だ。なんでも、わしに殺してほしいのが三人いるそうだ」

「三人？」郭嘉は振り返って荀彧と荀衍を見ると、身震いしながら尋ねた。「まさか……われら三人ですか」

曹操はゆっくり、しかし深くうなずくと、重く沈んだ声で告げた。「おぬしらは朝廷に身を寄せているが、もともとは袁紹の部下だ。袁紹はわしに裏切り者を一掃してほしいと言っている」そう話しながら、長いため息を漏らした。「奉孝《ほうこう》、ついさっき、敵を欺くためにいまは韜晦すべきだと言ったな。壮士たる者、腕を断つしかあるまい……三人にはすまないが……」

荀彧と荀衍は驚きながらも半信半疑だったが、郭嘉は真っ青になって曹操のもとに駆け寄ると、帛書を引ったくって大慌てで目を通した。たしかにそこには三人の名前があった。だがそれは、かつての太尉楊彪、大長秋《だいちょうしゅう》の梁紹《りょうしょう》、将作大匠《しょうさくたいしょう》の孔融《こうゆう》であった。

「ああ、将軍、ご冗談が過ぎます」郭嘉は冷や汗をぬぐい、帛書を荀彧と荀衍に手渡した。「われら三人ではなく……」

「無礼者！」曹操は郭嘉が安堵の笑みを浮かべる前に、ぎろりと睨みつけた。「このわしへの密書をふんだくるとは、わかっているのだろうな？」

郭嘉はへなへなと床に跪いた。「こ、これは軽率な真似を……大将軍、どうか……」

「わしはもう大将軍ではない」曹操はわざと大声を出した。

郭嘉は慌てて改めた。「曹公、どうかお許しを」

「はっはっは……」曹操はこらえきれずに、腹を抱えて笑い転げた。「おぬしはいつも好き勝手に振る舞い、わしにも言いたい放題だが、死を前にしたらずいぶん態度が違うではないか。ちょっと驚かせて、ついでに鬱憤を晴らしただけだ」そう言いながら、驚き覚めやらぬ郭嘉を助け起こした。

「ああもう、体じゅう冷や汗でびっしょりです」郭嘉はわずかに口を尖らせた。

荀彧もほっとひと息ついて、曹操をたしなめた。「お戯れはおよしになってください」

「冗談だというに、そう目くじらを立てんでくれ」曹操は拱手して詫びた。「しかし、袁紹はこの三人の老臣に対して、どうしても死地に追いやらねばならない恨みでもあるのか？」

荀彧がその問いに答えた。「楊彪は袁家と同じく四代にわたって三公を輩出する家柄、加えて一族の者が袁術と縁戚関係にあるため、袁紹の嫉妬を買っているのです。大長秋の梁紹といえば、かつての太傅袁隗《えんかい》とは犬猿の仲でしたから、これはもう積年の恨みがあるといえましょう。それから北海《ほっかい》の相《しょう》孔融ですが……袁紹はわが子の袁譚《えんたん》を青州刺史《しし》に任命しました。しかし、孔融はおとなしく従おうとせず、両者は矛を交えるに至ったのです。袁譚はしばしば勝利を重ね、孔融の妻子を捕らえもしました。その後、朝廷が孔融に転任の詔書を下したため、孔融は生きながらえたのです。袁家親子にすれば、恨みを抱くのも当然でしょう」

郭嘉が口を挟んだ。「袁紹は息子の袁譚、袁熙《えんき》、袁尚《えんしょう》と甥の高幹《こうかん》に、それぞれ一州ずつを治めさせたいのです」

「そんなことをしては跡目争いが起きるだけだ。自ら禍を招き寄せるようなものではないか」曹操は帛書をまた手に取るとじっくりと眺め、冷やかな笑みを浮かべた。「わし宛ての密書を逢紀に書かせたのは、自らがこの悪事に関わったという痕跡を残さぬため。袁紹は自分が賢人を殺したと指弾されぬよう、わしの手を借りる腹づもりだろう。かつて王匡の手を借りて胡母班を殺したようにな」

荀彧は断固として反対した。「楊彪、孔融は当代きっての名士、梁紹は人望のある老臣です。決してこの三人を殺《あや》めてはなりませぬ」

「むろん殺してはならぬな」どこか含みのある物言いである。「この三人がわしにどんな態度を取ろうとも、袁紹が殺せというなら殺さぬ。奉孝、おぬしはわしから密書を奪い取ったな。罰として一つ言いつける」

「な、何でしょうか？」郭嘉は不意を突かれて驚いた。

「わしのかわりに袁紹に……いや、逢紀に返書をしたためよ。この三人を殺さぬと伝えるのだ。袁紹は自分の手を汚さぬため逢元図に書簡を書かせた。それゆえわしも奉孝に返信させる。帳越《とばり》しにやり取りするとしよう」

「はっ」郭嘉は命《めい》を受けるとすぐに竹簡を取り出し、卓にかじりついて筆を走らせ、あっという間に書き上げた。

当今《とうこん》天下 土崩瓦解《どほうがかい》し、雄豪《ゆうごう》并《なら》び起つ。君長《くんちょう》を輔相《ほしょう》せんとするも、人懐《いだ》くこと快々《おうおう》にして、各《おのおの》自為《じい》の心有り、此れ上下相疑うの秋《とき》なり。嫌い無きを以て之を待つと雖も、猶お未だ信ならざるを惧《おそ》る。如《も》し除く所有れば、則ち誰《たれ》か自ら危うしとせざらんや。且《か》つ夫《そ》れ布衣《ふい》より起こり、塵垢《じんこう》の間に在りて、庸人《ようじん》の陵陥《りょうかん》する所と為れば、怨みに勝《た》うべきか！ 高祖は雍歯《ようし》の讎《かたき》を赦し、而して群情 以て安らかなり。如何《いかん》ぞ之を忘れんや。

「現在、天下は土砂が崩れて瓦が砕けるがごとく、各地で群雄が立ち上がりました。君主を助けようとするも心は晴れず、みなが利己の気持ちを抱いており、上と下とが互いに疑い合うのがいまの世でございます。疑うことなく処遇したとしても、なお信が置けないことを案ずるのです。もし功臣を除いたりすれば、ほかの者は誰しも自分の立場が危ういと思うことでしょう。また、そもそも無位無冠から身を起こし、この濁世《だくせ》にあって、つまらない者に陥れられるとすれば、恨みにこらえきれぬでしょう。漢の高祖は自分を裏切った雍歯を許したため、人心も落ち着きました。この先例を忘れてはいけませぬ」

「よし、上出来だ」曹操は竹簡を荀彧に手渡した。「すぐに尚書《しょうしょ》の属官に詔《みことのり》をしたためさせよ。袁紹に大将軍の官位を授け、将作大匠の孔融を使者として河北に詔書を届けさせるのだ」

荀彧は覚えず身震いした。「それでは虎の口に羊を追いやるようなものでございます」

「そのとおり。わしは孔融を殺さぬが、やつを袁紹の前に差し出す。この密書を持たせてな。袁紹に孔融が殺せるかどうか、賢人を殺したと指弾されることも厭《いと》わぬかどうか、見てやろうではないか。

これならやつの顔をつぶしたことにはならぬし、一石二鳥というものだ……」

孔融の命で袁紹を試すなど、曹操の策はあくどすぎる。荀彧、荀衍は言うに及ばず、郭嘉でさえも驚いて言葉が出なかった。しかし、よくよく考えてみればたしかに妙案といえる。

ちょうどそのとき、曹昂《そうこう》が慌てて駆け込んできた。

曹操は息子をきつく睨んだ。「何しに来た！　目上の者に挨拶もなしとは、何たる無礼！」

曹昂はおざなりに荀彧らに向かって拱手の礼をすると、返礼も待たずに曹操の耳元でささやいた。

「父上、環《かん》おばさまに子が生まれそうです」

「なんだと？」曹操は途端にそわそわしはじめた。「家でめでたいことがあった。もろもう済んだな。散会だ」そう告げると、呆気にとられる荀彧ら三人を残して、いそいそと奥の間に戻っていった……

ときに奥の間はごった返していて、側室の卞《べん》氏、秦《しん》氏、尹《いん》氏が環氏の部屋の前でいまかいまかと赤子の誕生を待っていた。秦氏は二月《ふたつき》前に産んだばかりの息子曹玹《そうけん》を胸に抱き、尹氏は以前何《か》家で産んだ晏《あん》の手を引き、それぞれの侍女や女中もががやがやと騒ぎながら立ち回っている。曹操はその場にやって来ると、開口一番に大声で尋ねた。「男か、女か」曹操は息子が多く娘が少なかったので、実は娘を欲しがっていた。

「まだ生まれていませんわ」卞氏は手で口を覆って笑った。「お姉さまがなかで面倒を見ていますから、どうか安心なさって」

曹操は正妻の丁《てい》氏が部屋のなかで世話をしていると聞いて一安心し、手を伸ばして秦氏が抱いている曹玹を抱き取った。「よしよし、父さんが抱いてやろう。このところ忙しくてあやす時間もなかったからな」そう言いながら息子に頬ずりした。

秦氏は生来おっとりとした物静かな性格で、嫁に入るのも遅かったためか、何一つ不平をこぼすことはなかった。その秦氏に代わって卞氏が曹操をなじった。「自分が父親だって覚えていらしたのね。こんなに長いあいだ玹に会いにこないだなんて」

曹操は何も言い返さず、ただ声を上げて笑った。そして曹玹を左腕で抱きながら、何晏の小さな顔をなでた。「この子の肌はみずみずしいのう、まるで女子《おなご》のようだ」尹氏はもとは何進の息子の妻であったが、いまは前夫との息子を連れて曹家に身を寄せている。秦氏以上に何か言えるような立場ではなかった。

「何とまあ、悪い坊やだ。漏らしおったぞ」曹操が驚いて片腕を上げると、袖に黄ばんだ染みが広がっていた。秦氏は慌てて曹玹を抱きかかえた。卞氏はからかった。「ほらみなさい。服にかかるだけなんてまだ生ぬるいわ。お小水《しょうすい》で湯浴みしたって罰は当たらないわよ」

曹操は好奇心から袖を持ち上げて臭いを嗅いでみた。「ほう、赤ん坊の小便はたいして臭わんのだな」

卞氏は子供をあやしながら答えた。「自分の息子ならそう思わないのも当然よ」

袖が汚れたので服を着替えようとして、曹操は懐がぱんぱんに膨らんでいるのに気がついた。袁紹の上奏文であった。曹操は両手に力を込めて竹簡を引きちぎると、竹片を適当に選んで秦氏に手渡した。「子供の籌木《ちゅうぎ》にでもするといい」

秦氏は驚いた。受け取れるわけがない。

曹操はばらばらになった上奏文を床に投げ捨てた。「袁本初の戯言《たわごと》なんぞ、わが子の籌木にするくらいでちょうどいい」

そこへ曹昂がほかの兄弟を連れてやって来た。曹丕《そうひ》、曹彰《そうしょう》、曹植《そうしょく》、さらにその後ろには甥の曹安民《そうあんみん》や養子の曹真《そうしん》、曹彬《そうひん》までいる。身内が揃《そろ》っているのを見て、曹操はふとまた袁紹のことを思い出した。袁紹は息子と甥に冀、青、幽、并の四州を与えようとしている。曹操の胸に対抗心が湧き起こった。「子脩《ししゅう》、安民、わしと一緒に張繡《ちょうしゅう》を討ちにゆくぞ」

「はいっ」曹昂と曹安民は跪いて拝礼した。

傍らから曹丕と曹真、曹彬が居ても立ってもいられず話に割り込んできた。「僕たちも！　僕たちも行きます！」

卞氏が微笑みながら子供らをたしなめた。「戦は遊びではないのよ。子供がついて行って何をしようというの」曹丕は年が明けてようやく十一になる。曹真は十三、曹彬は十、三人ともまだ年端もいかぬ少年である。

しかし、曹操はそう思わなかった。袁紹は自分よりいくつか年上なだけで、三人の息子と甥はすでに元服している。自分もなるべく早く息子らを鍛えねばならない。曹操は声高に告げた。「真、丕、お前たちもついて来い。彬は残るんだ」張繡の討伐について成算はあるが、万が一ということもある。曹真と曹彬はなんといっても秦邵《しんしょう》の息子であり、二人ともを危険にさらすわけにはいかなかった。

卞氏はやはり母親である。これを聞いて慌てふためいた。「丕はまだ子供です。戦場に連れていくだなんて」そう抗議しながら息子を胸のなかに抱き込んだ。

「わしが本当にこやつらを戦場に立たせるわけなかろう」曹操は興が冷めた様子で卞氏に目を向けた。「いまから陣中で戦を見せておけば、いずれこの乱世にも慣れてくる。こやつらを思ってのことだ」

たとえそう言われても、子は母親の最愛の宝である。卞氏はやはり手放しがたく、目を真っ赤にした。曹操は意に介する様子もなく説いて聞かせた。「何を泣いておる。こたびの戦は本当にたいしたものではない。張繡などまったく取るに足らぬわ」このときの曹操は、張繡のことなど微塵も眼中になかった。

卞氏が目頭をぬぐうと、曹操は左に秦氏の手を引き、右に尹氏を抱き寄せて顔をほころばせていた。嘆くしかなかった。いまや自分も年を取って容色が衰えた。序列でいえば正妻の丁夫人に劣り、若さや見た目では環氏や秦氏、尹氏に劣る。夫とともにもっとも苦労し、三人の息子を続けてもうけたとはいえ、曹操の寵愛は日に日に薄れていた。あるいは曹丕に早いうちから苦労させ、経験を積ませるのもよいのかもしれない。「母の栄華は息子から」ということもある……

卞氏が考えをめぐらせているなか、産声が高く響き渡った。まもなく扉が開き、満面の笑みをたたえた丁氏が生まれたばかりの赤子を抱えて出てきた。「あなた、環氏がまた男の子を産んでくれたわ。白くて丸々として、なんて愛らしいんでしょう」

「遠くまでよく響く元気な泣き声だ。まるで天を衝くような声だな！」曹操は高らかに笑った。「よし、衝くの意味でこの子を『沖《ちゅう》』と名づけよう！」

第六章　張繡《ちょうしゅう》を降す

刃に血塗らずして勝つ

河北《かほく》［黄河の北］の巨大勢力である袁紹《えんしょう》との戦《いくさ》を避けるため、曹操は大《だい》将軍の職を袁紹に譲った。さらには袁紹を鄴侯《ぎょう》に封じ、弓矢、節鉞《せつえつ》［軍権の印《しるし》である割り符とまさかり］、百人の虎賁《こほん》軍の衛士《えいし》を授け、冀《き》、青《せい》、幽《ゆう》、幷《へい》の四州を任せた。その一方で、曹操は司空《しくう》の張喜《ちょうき》を罷免し、自らその地位につくと、執政の中心を大将軍府から司空府に改めた。また、汝南《じょなん》の袁氏のなかから、袁紹の従弟《いとこ》にあたる袁叙《えんじょ》を済陰太守《さいいんたいしゅ》に任命した。こうして自分がいかに友好的で、かつ信用しているかということを示し、ようやく袁紹の嫉妬をなだめたのである。すべてが落ち着いたところで、建安《けんあん》二年（西暦一九七年）正月、曹操ははじめて「天子を奉戴して逆臣を討つ」ことにした。その逆臣とは、群雄のなかでもっとも兵力が劣る、建忠《けんちゅう》将軍の張繡である。

張繡は武威《ぶい》郡祖厲《それい》県［甘粛省《かんしゅく》中部］の出で、もとは董卓麾下《とうたくきか》の将であり、亡くなった驃騎《ひょうき》将軍の張《ちょう》済《さい》を親族に持つ。張済が南陽《なんよう》を荒らし回って陣没すると、張繡が部隊を引き継いだ。その後、張繡は荊州牧《けいしゅうぼく》である劉表《りゅうひょう》の助けを得て、宛《えん》城［河南省南西部］に足場を築いていた。しかし、武勇の誉れ高い張繡も、曹操の大軍が押し寄せてきたと聞くと心中穏やかではなく、配下で唯一の策士を急ぎ訪ねて、対策を練ることにした。

その策士とは、かつて西の都長安《ちょうあん》を混乱に陥れた張本人——賈詡《かく》である。

賈詡は字《あざな》を文和《ぶんわ》といい、武威郡姑臧《こぞう》県［甘粛省中部］の出である。若いころ、漢陽《かんよう》の名士閻忠《えんちゅう》に高く評価され、孝廉《こうれん》に推挙された。賈詡も西涼《せいりょう》の故将の一人で、董卓の娘婿牛輔《ぎゅうほ》に付き従って陝《せん》県［河南省西部］に駐留し、討虜《とうりょ》校尉を拝していた。王允《おういん》と呂布《りょふ》が董卓を刺殺すると、牛輔も逃走の途中で殺害された。残った李傕《りかく》、郭汜《かくし》、張済、樊稠《はんちゅう》らは、朝廷の赦免状も長らく届かないため逃亡しようとしていた。その局面で立ち上がったのが賈詡である。賈詡は、董卓の仇を討つため長安に兵を向けるよう諸将に提案した。その結果、西涼軍は呂布を破り、司徒《しと》の王允をも処刑して、再び長安を占領した。

しかし、西涼軍が長安に入ると、賈詡は自らの提案を後悔した。李傕、郭汜という単細胞が財物をほしいままに略奪し、やがては天子と百官を拘留、さらには猜疑心のあまり仲間割れをして争いだしたからだ。そうして事態は行き詰まり、三輔《さんぽ》の地［京兆尹《けいちょういん》、左馮翊《さひょうよく》、右扶風《ゆうふふう》］の地は戦乱と略奪で見渡す限り荒れ果てた。賈詡は自らが尚書《しょうしょ》の地位にあることを利用して李傕と郭汜を和解させ、続いて密かに天子の洛陽《らくよう》への帰還を手助けした。そして今後の展開を見据えた。このまま李傕と郭汜のそばにとどまれば、遅かれ早かれ一緒に殺され、族誅の憂き目に遭うのは免れない。とはいえ、長安を脱する天子に付き従えば、長安を陥落させたという過ちを問題にする者が出てくる。そこで賈詡は第三の道を選び、西にとどまるでも東に行くでもなく、官職を退くことにした。それから中立を保っていた涼《りょう》州の将段熲《だんわい》を頼って家族の世話を頼むと、急いでその地を離れ、南へと下って張繡に身を寄せ、その参謀となったのである。

「叔父上、こたびは曹操にどう対処すればよいでしょうか」張繡は三十にも満たず、賈詡は亡くなった族父の張済と同世代である。西涼の者は多くが兄弟の契りを結んで羌《きょう》族に当たってきたため、平素から年功や序列を重んじる。張繡も親の世代に対する礼儀で賈詡に接していた。

「将軍はどのようにお考えですか」賈詡は逆に尋ねた。

張繡は頭をかきながら答えた。「われらはいま縁もゆかりもなかった南陽におり、糧秣《りょうまつ》は劉表に頼っています。兵は数千に過ぎず、支配下にある県城も宛、葉《しょう》、舞陰《ぶいん》、穣《じょう》［いずれも河南省南西部］のみです。将といえば、わたしと張先《ちょうせん》のみ。そして参謀は叔父上ただお一人です。この程度の力で官軍と争うのは難しいでしょう。しかし、兜を脱いで投降するにしても、叔父上はかつて董卓に仕えていました。謀反ならびに暴政を補佐していたとの罪に問われ、天子はお許しにならないかもしれません」

「官軍ですと？　天子ですと？　はっはっは……将軍はそんな見方しかなさらないのですか」賈詡は冷たく笑った。「天子を擁し諸侯に令すというのは、古くさい人間の絵空事です。董卓と李傕も天子を擁しましたが、天下を統《す》べたと言えますか。いまや朝廷とは、窮地に追い込まれた者がすがる最後の頼みの綱に過ぎません。零落した者が朝廷に帰順してその下僕となり、これが運命だとあきらめて、新たな主君ためにほかの者を征服する。そうしてすべての敵対する者を朝廷の下僕にしていく、これこそ王者が天下を統一する過程なのです」賈詡は他人の前では慎み深く押し黙っていたが、心根の素直な張繡の前では本音を隠さなかった。

さっぱりわからない張繡は目をしばたたかせて尋ねた。「そ……それはどのような意味でしょう」

「おわかりになりませんか」賈詡の顔から笑みが消えた。「大漢の天下はとっくに滅んでいます。それは董卓が都に入ったときに決したことです。われらがいま向かい合っている敵は、天子ではなく曹操なのです」

大漢はすでに滅んでいる――そう聞いて、張繡は思わず息を呑んだ。

「いまは亡き張済殿が長安に攻め入ったことは、いつ何どきでも認めねばならぬ罪でございます。しかし、それは天子に対してのこと。曹操に対しては何か罪を犯しましたかな」賈詡は断言した。「無罪です。張済殿に罪はないのですから、親族である将軍が罪に問われることもありません。いや、それどころか曹操は将軍を手厚くもてなし、朝廷に帰順して範を垂れたと喧伝するでしょう。将軍は劉備《りゅうび》と異なり、曹操とのあいだに遺恨もありませんから、うまくいけば重用されるかもしれません。これでおわかりでしょう。帰順することにいささかも問題はないのです」

「わたしに問題がないとしても、叔父上はいかがです。かつては李傕や郭汜に長安を攻めるよう知恵を授けられました。わたしが罪を免れたとしても、叔父上は危険です。下手をすれば曹操は叔父上を殺し、自らの威厳を示そうとするかもしれません」

賈詡は、張繡が自分を心配してくれることに大いに慰められた。「ご心配には及びませぬ。曹操に会えば弁解するまでのこと。二言三言ささやけば、わたしの罪を不問に付すでしょうな」話し終えると、賈詡はいわくありげに微笑んだ。

賈詡には何か策があるのだと知り、張繡は別の可能性を探った。「なるほど、帰順も一つの手かもしれませんが……では、兵を挙げて抗《あらが》うのはいかがでしょう。われらには劉表という後ろ盾もありますし……」

　賈詡はかぶりを振ってつぶやいた。「われらはこの地に来て日が浅く、功もなければ人心も懐《なつ》いておりません。劉表は平素より大漢の忠臣であることを誇っていますから、われらのために曹操や朝廷を敵に回すことは断じてありません。われらが苦しんで死のうと、劉表は見殺しにするだけです。しかし、もしわれらがこたびの戦に勝利すれば、劉表は曹操もたいしたことはないと思うでしょう。そのときには、こちらから助けを求めずとも、向こうから申し出てくるでしょうな。われらと同盟を結び、曹操に対する北の防波堤になってほしいと」

「つまり、やつはまったく当てにならぬということですか」張繡は拳をぐっと握り締めた。

「この先ずっととは言いませんが、しばらくは当てにできません」賈詡は張繡の発言を訂正した。

　張繡は賈詡の曖昧な物言いに眉をひそめた。「では、戦うべきなのでしょうか、それともやはり帰順すべきなのでしょうか」

「それは将軍がご決断ください。将軍が戦えというならわれらは戦いますし、帰順せよというなら帰順します。そして、帰順に関してはまず問題ありません。ただ逆らうとなると……」賈詡は指を三本立てた。「将軍の現在の兵力であれば、勝算は三割にも満たぬでしょう。ひとたび干戈《かんか》を交え、勝機が見えぬゆえ帰順するとなれば、それこそ身の破滅は免れませぬ。よくよくお考えくだされ」

　張繡は拳に力を込め、それをまた緩めた。「わかりました。危険を避け、安全策でまいりましょう。曹操に帰順します」

「将軍、それは違います。われらが帰順するのは曹操ではなく、朝廷です」賈詡は笑みを浮かべて立ち上がった。「少なくとも口ではそう仰いませんと」

「いやはや、頭が混乱してきました。曹操でも朝廷でも同じではありませんか」張繡はぶつくさとつぶやいた。

「大いに異なります。それがおわかりにならぬのは、将軍のお心が素直だからです」

張繡は手を振って否定した。「戦についてはまずまず自信もありますが、小難しいことを考えるのはまるで駄目です」

「将軍、そう気を落とすこともありません。素直な心もそれを極めれば、さらに道が開けましょう。この乱世にあっては深謀遠慮を極めるか、それとも裏表のない純粋さを貫くか、どちらかによってこそ己の居場所を確保できるのです。なまじ頭が切れる者ほど、いざというときに騒ぎ立て、ろくな目に遭いません。こうした輩は太平の世では歓迎されましょうが、乱世においてはただの凡人。たとえば劉表がそうです。太平の世にあっては三公《さんこう》になれる才もありますが、時勢の変化を見抜けず、猜疑心ばかり強くて決断力がない。あれでは何も成し遂げられぬでしょう」

張繡は興味をかき立てられた。「では、治世と乱世の両方で何ごとかを成せる者がいるとしたら、それはどのような人物ですか」

「それはきわめて稀でしょうな……」賈詡はかぶりを振った。「そのような人物はどこまでも無邪気になれ、また徹底的に腹黒い人間にもなれる。いわゆる『治世の能臣《のうしん》、乱世の奸雄《かんゆう》』でしょう。善政を施すこともあれば悪事を働くこともあるような人物です」

「なんですと!?　それは許劭《きょしょう》による曹操の人物評ではありませんか」

賈詡はぷっと噴き出した。「噂《うわさ》をすれば影、曹操の話をすれば曹操がやってくるのです。曹操軍はそろそろ葉県に到着しているころではないでしょうか。悠長に構えている場合ではございません」

張繡もうなずいた。「葉県と舞陰には、すぐさま曹操軍の通過を許し、抵抗してはならないと命《めい》を下します。そして、兵を揃《そろ》え、ともに淯水《いくすい》のほとりまで曹操を出迎えましょう。隊列を組んで勇姿を示し、われら涼州軍の威厳と気迫を見せつけてやるのです。たとえ投降するにしても、威風堂々たる姿を見せてやらなくては」

これほど順調に進軍できるとは、曹操にとっても意外なことだった。南陽に入ってからは何の抵抗にも遭わず、張繡も投降の意思を示してきた。朝廷の名はやはり伝家の宝刀、曹操率いる大軍勢は破竹の勢いで突き進んだ。

ほどなくして淯水の東岸にたどり着くと、対岸の様子が一望できた。向こう岸にそびえる堅固な宛城は、かつて朱儁《しゅしゅん》に付き従って黄巾《こうきん》賊を平定した際、血みどろの戦いを繰り広げた場所である。このたびも籠城されていたら、攻めあぐねて容易には落とせなかったに違いない。しかし、いまは城門が開け放たれて軍旗も伏せられ、宛城は静かにたたずんでいる。そして川のほとりでは、隊列の先頭で張繡が待っていた。

西涼の兵は噂に違わず、一人ひとりが威風堂々としている。全体の数は多くないものの見事な鎧兜を身につけており、軍馬までもが一糸乱れずに並んでいた。

当初、曹操は張繡のことを見くびっていたが、堂々と帰順するその様子を見て思わず感心した。「天険の淯水に堅固な宛城、それに優れた兵馬。張繡もなかなかやるではないか」

ちょうどそのとき、陣太鼓が鳴り響き、軍楽が奏でられはじめた。見れば臨時に架けられた浮き橋を、ただ一騎で渡って来る者がいる。年のころは二十歳あまり、身の丈は七尺［約一メートル六十一センチ］、色白の顔に長い髭を蓄え、銀白色の鎖帷子《くさりかたびら》を身に着けている。ただ、鋲《びょう》を打ちつけた兜に赤い房飾りはなく、白い布でくるまれていた。布は両側から耳に沿って垂れ下がり、風になびいてたいそう垢《あか》抜けて見える。曹操は思わず傍らの郭嘉に笑って語りかけた。「なるほど、あれが白馬銀槍の張繡というわけか。まだ張済の喪に服しているようだな」

張繡は浮き橋を渡り切ると、馬から飛び降り、腰に携えていた剣を地面に放った。そして、纛旗《とうき》［総帥の大旆《たいはい》］を目印に、曹操のいる中軍へとまっすぐに向かってきた。一連の動作は俊敏で迷いなく、伏し目がちに歩く張繡が丸腰だったこともあり、曹操軍の兵も遮ることはしなかった。張繡はそのまま中軍の虎豹騎《こひょうき》［曹操の親衛騎兵］の前まで来ると、跪《ひざまず》いて兜を脱ぎ、深く拱手《きょうしゅ》の礼をした。「わたくしは建忠将軍の張繡でございます。明公《めいこう》、官軍をお迎えに上がるのが遅れましたこと、どうぞお許しください」

張繡は賈詡にあらかじめ言い含められていた。もとより抵抗の意志がないことを示すため、曹操に対しては「帰順」ではなく「迎える」と口にすること。自分の立場を保つために、自ら建忠将軍という官職を名乗ること。許都の朝廷を認めていると表明するため、「曹軍」ではなく「官軍」と言うこと。司空という曹操の身分に敬意を表すため、曹操に対しては「将軍」ではなく「明公」と呼ぶこと……張繡はすべて賈詡に言われたとおりにし、曹操の面子《めんつ》を立てた。案の定、曹操は大いに気を良くし、馬に乗ったまま朗らかに答えた。「張将軍は大義をわきまえて朝廷に帰順した。何も詫びることなどない。面《おもて》を上げたまえ」

「恐れ多うございます。ただわが親族には、東は洛陽を混乱に陥れ、西は長安を攻め落とした罪がございますゆえ」張繡はこの流れで気まずい話を先に済ませようとした。

すると曹操も、自然と度量の広さを見せようとして答えた。「洛陽に混乱を招いたのは董卓であり、長安を攻め落とした罪は李傕と郭汜にある。おぬしの親族の張済殿とは関係ない。それにおぬしの親族は李傕と郭汜を和睦させ、天子が洛陽へ戻る道筋をつけた。手柄はあっても罪はなかろう。さあ将軍、早くお立ちなされ」この言葉で、張済と張繡が犯した罪は水に流された。董卓とともに豫《よ》州の民を襲ったことや、官軍が弘農《こうのう》郡で敗れた際にどっちつかずの態度をとったこと、戦の混乱に乗じて略奪を働いたことなどは追及されず、すべて帳消しになったのである。

張繡はほっと息をついた。「先の戦以来、われらはどこへ身を寄せるべきかわかりませんでした。天子のご帰還を護衛せねばと思っておりましたが、ほかの重臣から過去のことを指弾され、命を奪われるのではないかと案じて動けなかったのです。こたびは明公のお情けによってお赦しをいただきました。これでまた朝廷のために尽力できます」そう言って張繡は何度も頭を下げてから、ようやく体を起こした。

曹操はしきりにうなずいた。「若くして社稷《しゃしょく》を思うその気持ち、見上げたものだ」

「街道を掃き清めるよう、兵には申しつけてあります。どうか官軍を率いて川をお渡りください」

そう言って張繡は振り返ると、二本の指を口にくわえてぴゅーっと指笛を吹いた。川の西岸にいた兵士らは、これを聞くと馬を下りて剣を外《はず》し、すべての武装を解いた。

曹操は指笛で軍令を下すのを初めて目にし、思わず感嘆の声を漏らした。「ほう、張将軍の指揮は独特よのう」

「いえいえ、これはお恥ずかしいものを。われら涼州の田舎者にはこれが普通のやり方なのです」

張繡は曹操陣営の諸将に敵意がないと見て取ると、物怖じせずに数歩前に歩み出て、曹操の馬の手綱を握り、自ら馬を牽《ひ》いて案内しようとした。

典韋《てんい》や許褚《きょちょ》は即座に止めようとしたが、曹操はそれを手で制した。「張将軍は涼州の英傑、その英傑がわしの馬を牽いてくれるのだ。光栄なことではないか」

「ありがたき幸せ」

曹操は張繡の兜をさすりながら褒めそやした。「陣頭にあっても亡き張済殿のために喪章をつけているとは、感心なことだ」

張繡は馬を牽きながら説明した。「その生き様の是非は別にして、幼いころに両親を亡くしたわたしは親族の張済に育てられました。そして張済の妻子は羌族との戦いで亡くなりましたので、わたくしが喪に服してその霊を慰めなければならないのです」

これを聞くと、曹操はますますこの若者を気に入った。「戦わずして朝廷に帰順したのは忠の心、陣頭にあっても育ての親への恩を忘れぬのは孝の心。将軍こそ忠孝を兼ね備えた人物と言えよう」そこで曹操は思わず振り返り、曹昂《そうこう》、曹丕《そうひ》、曹真《そうしん》の三人に目を遣った。将来、この子らは忠誠と孝養を尽くしてくれるだろうか……

淯水の岸辺の雰囲気は和やかで、とても敵軍を受け入れたようには見えず、むしろ友軍同士が合流したようだった。曹操は麾下の将に張繡を引き合わせ、張繡もいそいそと賈詡を紹介した。

曹操は賈詡に対して、噂とはまったく異なる第一印象を抱いた。諸将を煽動《せんどう》して長安に禍《わざわい》をもたらした張本人は、きっと醜く貧相で、見るからに狡猾そうな顔つきだろうと思っていた。しかし、いま目の前にいる四十あまりの男は、やや猫背で背は低く、温和な顔つきをしている。色白の顔にはわずかに皺《しわ》が刻まれ、細長く髭を蓄えていた。文人が着る黒い服を身にまとい、やはり黒の頭巾を戴いている。生真面目で物憂げ、年寄りじみていて、いくらか頑固そうにも見える。曹操はこの男をしばらく観察し、真顔とも笑顔ともつかない表情を浮かべた。「あなたが名高き賈尚書でしたか。噂はかねがね耳にしています。これは失礼を」

「恐れ入ります」賈詡は軽く拱手し、頭を下げて答えた。「わたくしはすでに退官し、建忠将軍に頼って糊口《ここう》をしのいでいます。それを尚書だなどとは、いたたまれませぬ」

この男を殺せば、長安から来た士人《しじん》をうまく懐柔できるのではないか……曹操は密かに殺意を抱いたが、そんなことはおくびにも出さず、賈詡に出仕を勧めた。「許都の建都がようやくなったところで、朝廷ではなすべきことが山積しています。この人手が必要なときに、賈先生は朝廷に復帰する気がないと仰るのですか。賈先生も天子のご帰還に一役買った功臣だというのに」

賈詡はわずかに瞼を上げ、そのうわべだけの笑顔を一瞥すると、臆することなく断った。「わたくしは朝廷に上がることなどできません。許都に着けば、たちまち尚書の馮碩《ふうせき》や侍中《じちゅう》の臺崇《たいすう》、羽林郎《うりんろう》の侯折《こうせつ》らと同じ運命をたどってしまうでしょう」

曹操は呆気にとられた——なんという洞察力だ——だが、曹操は素知らぬ体《てい》で尋ねた。「賈先生、なにゆえそのように仰るのです？」

賈詡は今度は瞼を動かしもせず、長衣の裾をからげ、跪いて答えた。「かつて董卓の死により悪の元凶が取り除かれると、涼州の将らは許しを乞うため、こぞって朝廷に赴きたいと願いました。しかし、朝廷からの赦免状はなかなか届かず、郿《び》県［陝西《せんせい》省西部］の各部隊は不安に苛《さいな》まれていました。悪逆非道の呂布はゆえなくむごい仕打ちをし、朝政を牛耳り、朝廷をわが物とし、涼州の者を皆殺しにしようとしたのです」賈詡は熟考の末、王允ではなく呂布を槍玉に挙げた。王允はかつて曹操とともに黄巾賊と戦ったことがある。この二人の関係がわからないうちは、王允を誹《そし》るのは避けたほうがよい。一方、呂布と曹操が兗《えん》州で干戈を交えたのは周知の事実である。敵対していたからには、なんと罵ろうともかまわないだろう。「わたくしは郿県の将兵の命を守るため、兵を長安に向けて逆臣を討つよう提案しました。お上に逆らう悖逆《はいぎゃく》の策ではありましたが、致し方なかったのです。あにはからんや、李傕と郭汜は三輔に甚大な被害をもたらし、あろうことか天子を連れ去って百官を拘留しました。わたくしはやつらと悪事を働くつもりなど毛頭なく、それゆえ天子が洛陽にお戻りするのを陰からお助けしたのです。本来なら天子に付き従って力を尽くすべきでしょう。ただ、真っ当な方々には相手にされぬでしょうから朝廷に身を置くのは難しいと思い、遠く南陽に身を隠して、これまで生きながらえてきました」賈詡のこの話に嘘偽りはなかった。

曹操は賈詡の話を聞き終えると、かすかにうなずいた――こやつも根っからの悪人ではないというわけか……

賈詡は、まだ申し開きが足りないと考えて付け加えた。「『易伝《えきでん》』に、『仁人《じんじん》の言、其の利溥《ひろ》し［情け深い者の発言は大いに利益をもたらす」』とあります。では、わたくしはどうかと申せば、『不仁の言、害を天下に貽《のこ》す「冷酷な者の発言は、天下に害を及ぼす」』でございます。情け深い心は実りがたく、騒乱の芽は育ちやすいもの。禍根がひとたび芽を出せば、禍は百代のちまで続くのです。わが国は幾度も滅亡の危機に瀕し、民草は戦乱に巻き込まれて苦しんできました。明公がそれを立て直そうと尽力なさったおかげで、ようやく社稷を守り復興できました……」話が肝心なところに及ぶと、賈詡は曹操を持ち上げることを忘れなかった。「そして、天下大乱の芽を探せば、畢竟《ひっきょう》、すべてはわたくしのつまらぬひと言から起こったのです。禍を起こしてきた者は古《いにしえ》よりいますが、わたくしほどひどい輩はおりませぬ。古今の悪人のなかで、わたくしほど罪深き者はおりませぬ。どの面《つら》を下げて朝堂に立てばよいのでしょう……ああ、痛ましや、ああ、悲しいかな……」

　賈詡がどこまでも罪をかぶろうとするので、しまいには曹操も忍びがたくなってきた――長安の乱の張本人は本当にこの男なのか……もし王允が董卓の故将を赦していれば、天下が再び乱れることもなかったのではあるまいか……では、禍の張本人は王允か……いや、それも違う。王允はわれら関《かん》東《とう》「函谷関《かんこくかん》以東」の諸将が心を一つにして天子を助けるようにと願っていた。もしやわれらは、自分たちに疑いがかかるのを恐れて涼州の者に責任をなすりつけているのではないか……となると、乱を起こした張本人は袁紹に袁術《えんじゅつ》、劉表、そして公孫瓚《こうそんさん》か……ならば自分もそのうちの一人ということになる。われら五人がお国の禄を食《は》んできたことも忘れて戦を繰り広げたために、長安は陥落し、天子は再び都を離れる羽目に陥ったのだ。反省すべきはわれらのほうかもしれぬ……

「もうわかりました。賈先生、それではまるで貴殿が千古の罪人だとでも言うようなもの」曹操は慌てて賈詡の言葉を遮った。「まだ遅くはありません。これから道を誤らなければそれでよいのです。先生は過去を悔いていらっしゃる、それで十分ではありませんか。意図せずして悪事をなすは罰せずとも申します。さあ、体を起こしてくだされ」そう促すと、曹操は自ら賈詡の手を引いて立ち上がらせた。こうして長安を混乱に陥れた一件は、賈詡とは無関係となった。

すべての罪を許されると、賈詡はようやく会心の笑みを浮かべ、まるで客を迎える主人のように拱手して挨拶した。「遠路はるばるおいでくださった明公に、ささやかな酒宴を準備しております。酒と料理は明公の幕舎《ばくしゃ》まで運ばせましょう。明公と将軍方でどうぞお楽しみください」賈詡は曹操に疑われるのを避けるため、城内ではなく曹操の陣営で酒宴を開かせようとした。

「賈先生、それは違いますぞ。客のもとに出向いて酒宴を開く主人など聞いたこともありません。みな朝廷の者ばかり、わざわざ城外で設けることもないでしょう」曹操は後ろに向かって手招きした。「各将軍はわしに続いて城内に入れ」そう呼びかけると、馬にも乗らず、左手に張繡、右手に賈詡の手を引き、三人で手を携えたまま城内へと入っていった。

張繡はようやく心の底から安堵し、何の気兼ねもなく曹操と談笑した。

しかし、賈詡は終始曹操の発言や行動を観察し、心中で密かに思いをめぐらしていた——誠意をもってわれらを遇し、権勢を笠に着て威張り散らすこともない。なるほど、これはたしかに傑物だ。だが、惜しいかな……いかんせん軽率に過ぎる。それがいずれ命取りになるぞ……

有頂天

酒宴は宛城《えんじょう》の衙門《がもん》［役所］で開かれ、曹操はためらうことなく上座に腰を下ろした。東側［主人側］は上座のほうから張繡《ちょうしゅう》、賈詡《かく》、張先《ちょうせん》と並び、西側［賓客側］は郭嘉《かくか》以下、曹操陣営の諸将が順に続いた。曹操は何杯めかの酒を飲み干すとすっかりいい気分になり、張繡に向かって尋ねた。「建忠《けんちゅう》将軍、おぬしが官職についてからの手柄話を、この老生《ろうせい》に聞かせてくれんか」

曹操は無意識のうちに自分のことを「老生」と称していた。この気取った言い方は、自らの徳と人望を誇っていることの表れだった。周りの者はとくに変わった反応も見せなかったが、曹操の心はたしかに満ち足りていた。

張繡もかなり酒を飲んでいたが、頭はまだはっきりしていた。手柄ならこれまでにいくらか挙げており、なかには誇らしく思う戦《いくさ》もそれなりにあった。だが、それらはどれも親族の張済《ちょうさい》とともに、言ってしまえばすべて朝廷と兵刃を交えた戦だった。この場で語れるわけもなく、張繡は少し考えをめぐらすと、酒壺を持ち上げて答えた。「かつて辺章《へんしょう》や韓遂《かんすい》が涼《りょう》州で反乱を起こした際、その部下である麴勝《きくしょう》がわが祖厲《それい》の県令を殺《あや》めました。当時、わたしは取るに足りない県吏でしたが、十騎あまりの騎兵を率い、夜陰に乗じて麴勝の軍営に攻め込んだのです。そうして麴勝を刺し殺し、祖厲の乱を平定したことがあります」

「さすがは将軍、やはり本物の英雄だ」

「いえいえ、恐れ多いことです」口では慎み深かったが、張繡の顔には明らかに誇らしげな色が浮かんでいた。

「辺章と韓遂の乱のころ、将軍はまだ若者だったであろう」

張繡はそれを聞くとうれしそうに二本の指を立てた。「まだ二十歳になったばかりでした」

「涼州は武道を重んじ、その気風は猛々しいというが、昔から変わらないのだな」曹操は感嘆せざるをえなかった。

「ふふっ……あの愚かな董卓《とうたく》や凡庸な李傕《りかく》がどうして戦乱を引き起こせたか、明公《めいこう》はご存じですか」

張繡は気が大きくなってきたのか、自らその話題を口にした。

「ほう」曹操は興味を抱いた。涼州の戦乱については思うところもあったが、涼州の者たちの見方はこれまで聞いたことがない。そこで笑みを浮かべつつ続きを促した。「将軍の話を聞かせてもらおう」

張繡は手酌でなみなみと注《つ》ぎ、酒で唇を潤してから話しはじめた。「孔子は、『教えざる民を以て戦うは、是《こ》れ之《これ》を棄《す》つと謂《い》う［調練をしていない民を用いて戦うことは、民を捨てるようなものだ］』と言っています。中原の民は戦に疎《うと》く、関東《かんとう》の士は勇敢さに欠けます。しかし、われら西涼《せいりょう》の者は幼いころより武術を学び、戦に精通しています。騎射に長け、勇敢さではかの孟賁《もうほん》［戦国時代の秦《しん》の勇士］にも勝《まさ》り、俊敏さは慶忌《けいき》［春秋時代の呉《ご》の公子］のごとくです。血気盛んな男子はもとより、婦人でさえ戟《げき》や矛、弓を手に戦に加わります。西方の兵が関東の兵と戦うのは、虎が羊の群れに飛びかかるようなものです。関東の者が常日ごろ恐れているのは、幷州《へい》と涼州の騎兵、匈奴《きょうど》、屠各《とかく》［匈奴の一部族］、湟中義従《こうちゅうぎじゅう》［漢に帰順した河湟《かこう》地域（青海《せいかい》省東部）の少数民族］、それに羌人《きょう》でしょう。そして董卓は、丁《てい》原《げん》の兵を傘下に加えました。つまり、天下で戦に長けた兵がすべて董卓のもとに集まったのです。これでは関東の兵が勝てるはずもありません。考えてみれば、袁紹《えんしょう》は三公九卿《さんこうきゅうけい》の子弟として都に生まれ、婦人の手で育てられました。張邈《ちょうばく》は東平《とうへい》の有徳者でしたが、書斎にこもったまま勉学に勤しんでいたような人物。そして孔伷《こうちゅう》は、他人の批評やご立派な議論が得意で枯れ木に花を咲かすと称えられましたが、所詮それだけのこと。こうした者らは揃《そろ》いも揃って兵を指揮する器ではありません」そこで張繡は杯《さかずき》の残りを一気に呷《あお》り、楽しげに続けた。「ただお一人、明公だけは黄巾《こうきん》の乱を平定し、袁術《えんじゅつ》を退け、陶謙《とうけん》を打ち負かし、呂布《りょふ》を追い払いました。とはいえ、汴水《べんすい》［河南省中部］では負け戦となったようですが」

　賈詡は張繡が酔って口を滑らせたことに気づき、とっさに酒壺を捧げ持って曹操に向けた。「将たる方が重んずべきは勇猛さにあらず、深謀遠慮にございます。その点で明公に及ぶ者はおりますまい。胸に抱くは張良《ちょうりょう》の智、腹に蔵するは陳平《ちんぺい》［いずれも秦末から前漢時代の政治家］の策、さらには公平なるお心で天下の大事に当たられ、まさに向かうところ敵なし。さあ明公、わたくしの敬意をお受けください」

「はっはっは！　文和《ぶんわ》殿、わしを見くびってもらっては困りますな。汴水の戦いで負けたのは確かなこと。ごまかさずともよいではないか」曹操はすっかり警戒心を解き、昨日までは敵であった賈詡を分け隔てすることなく、字《あざな》で呼んだ。「西方の勇士はまこと素晴らしい。わしのほうこそおぬしらに敬意を表さねば」

曹操はあっさりとしたものだったが、麾下《きか》の諸将は不満たらたらであった。関東の将が西方の者に及ばないだと……何様のつもりだ。張繡は気でも触れているのか。夏侯淵《かこうえん》や楽進《がくしん》、朱霊《しゅれい》はぶつくさと悪態をついたが、歯がみしながら卓をひっくり返すのは我慢した。于禁《うきん》も、張繡の投降は歓迎すべきであり、不平不満は漏らさなかったが、また自分と勲功争いをする手ごわい相手が増えたと心中穏やかではなかった。そこで于禁は密かに典韋《てんい》に目配せした。典韋は于禁の意図がわからず、耳元で尋ねた。「文則《ぶんそく》殿、どうなされた?」

于禁は酒壺で口元を隠しながらささやいた。「張繡のやつめ、言いたい放題ではないか。関東の将をこけにしおって。われらの力を思い知らせてやらねばならん」

このひと言で典韋の心に火がついた。「わしもあの野郎を許せません。投降した将のくせに、あのように乱痴気《らんちき》騒ぎをして。どうしてやりますか。文則殿についていきますぞ」

于禁はにやりと笑った。「典殿、この愚兄に何ができるものか。だが、おぬしの腕っ節はわが軍でも随一。力比べは言うに及ばず、おぬしの双戟《そうげき》をここに持ってくるだけでも、あやつは間違いなく震え上がるぞ」

「わかりました!」単純な典韋は大股で宴席から出ていった。用でも足しに行ったのだろうと、曹操はとくに気にも留めなかった。

まさかその直後に、双戟を手にした典韋が怒りも露わに闖入してくるとは思いも寄らなかった。座の者たちは飛び上がらんばかりに驚いた。典韋はひと言も発することなく、ひたすら戟を振り回した。一対の得物《えもの》はそれぞれが四十斤［約九キロ］もある代物だったが、典韋はそれを軽々と持ち上げて舞い、その様は威風堂々たるものがあった。曹操陣営の諸将は典韋が喧嘩を吹っかけていることに気づき、「いいぞ、いいぞ」と囃《はや》し立てた。曹操も誇らしく感じ、咎めることはしなかった。武芸を愛する張繡と張先も、刺客ではないのだからと一心にこれを眺め、感嘆の声を上げた。だが、賈詡と郭嘉だけは不穏な空気を感じ、思わず目を合わせた。

しばらくして演武を終えると、典韋は背中を汗でぐっしょりと濡らし、息を切らしながらもけしかけた。「この戟は合わせて八十斤ある。建忠将軍に扱えるかな」そして、戟の先端を床に向けて力いっぱい突き立てた。地響きとともに黒煉瓦が割れ、戟は床に突き刺さった。

張繡は蔑《さげす》むような笑みを浮かべて言い返した。「わたしも軍を統《す》べる将。そんな無鉄砲な真似はできん」

そう言われて典韋は余計に腹を立てた。「無鉄砲かどうかなど、どうでもよい。関東の男がおぬしら涼州の者に及ばぬと申したな。おぬしの軍にこの戟を振り回せる者はおるか。さあ、誰か試してみよ！」曹操陣営の将たちもここぞとばかりに盛り上がった。

「無礼を働くな。静かにしろ！」曹操が杯を投げつけた。「典韋！　誰が戟など持ってこいと言った。さっさと退《さ》がれ！」

「お待ちください」張繡が手を上げてそれを制した。「この戟を振り回せる者がいなければ、わが軍中に人なしとなります」そう言って振り返ると、張先に耳打ちした。張先は立ち上がるとその場を出ていった。

曹操は典韋をぎろりとひと睨みすると、張繡に詫びを入れた。「張将軍、いまのは部下の戯《ざ》れ言《ごと》に過ぎん。気にすることはない」

憤懣《ふんまん》やるかたない張繡は異を唱えた。「わたしは明公に赤心《せきしん》をもって帰順しました。それなのに、わがほうに将兵がおらず、図々しくも生き延びようとしていると将軍方がお考えになるのなら、それは違います。いまこの戟を、わが兵に持ち上げさせてみましょう」

張先はすぐに大男を一人連れて戻ってきた。兵長の服を着ており、虎のような背に熊のような腰、垂れ目に高い鼻、縮れた赤毛の頬髭を蓄え、ひと目で胡人とわかる。男は宴席に入ってきても曹操に拝礼せず、張繡に向かって頭《こうべ》を垂れた。「将軍、何のご用でしょう」

「車児《しゃじ》よ、明公と将軍方の前でその双戟を振り回してご覧に入れよ」張繡はそれだけ言うと、車児には目もくれずまた酒を飲みはじめた。

双戟は八十斤あり、床に突き刺したものを引き抜くとなれば単に持ち上げる以上の力が要る。一本の戟を引き抜くだけでも大仕事なのに、それを振り回すとなれば至難の業である。だが、胡《こ》車児の腕力もかなりのものであった。両手で戟の柄をつかむと、上腕に力を入れてそれを引き抜き、その場で持ち上げたり振り回したりして、いくつかの所作を披露して見せた。もとより演武にはほど遠く、典韋と比べて見劣りしたが、それは胡車児が普段から戟を使わないため、その扱い方を知らなかったことも考慮せねばならない。

その場にいたのはいずれも素人ではなかったので、胡車児の腕力のすごさはすぐにわかった。曹操も好ましく思い、胡車児に近づいてその手を取った。「豪勇の士よ、おぬしはどこの出だ」

胡車児は無邪気に笑って答えた。「屠各の者で」

「なるほど胡人であったか。いまはどのような職についておる」曹操のいつもの癖がまた顔を出した。

胡車児は頭をかいた。「ただの伍長に過ぎません」

「それは惜しい……もっと重用されてしかるべきだ」曹操はそう褒めて腰のあたりから金子《きんす》を取り出すと、胡車児の手に握らせた。「取っておきなさい」

胡車児は喜んだが、素直に自分のものにするわけにもいかず、振り返って張繡に目を遣った。

「なぜ張将軍を見る？　いまはみな朝廷の人間ではないか。わしの褒美と張将軍の褒美になんら違いはなかろう」

張繡は面白くなかったが許した。「明公が取っておけと仰っているのだ。いただいておけ」

胡車児は感謝の念でいっぱいになり、何度も謝辞を述べた。曹操に叩頭の礼を、張繡には拱手《きょうしゅ》の礼をして、喜んで出ていった。張繡は俯《うつむ》いて酒を飲みながらも、曹操に苛立ちを覚えた——こんな席まで開いて長々と機嫌を取ってやっているのに、馬鹿にするのもいい加減にしろ。部下に命じてわたしを辱めるだけでなく、わが将を金子で抱き込もうというのか……

向かいに座っていた郭嘉は、早くから張繡が不機嫌な顔をしていることに気づいていた。そこで、にわかに立ち上がると散会を促した。「わが君、そろそろいい時間です。これ以上、張将軍を煩わせては……わが君はこたびの遠征でお疲れでしょうし、張将軍もずいぶんもてなしてくださいました。早めにお開きにして、帰って休むのはいかがでしょう」

「それもそうですな」賈詡も立ち上がった。「宴会は遊びに過ぎませぬ。南陽《なんよう》諸県を引き継ぐ明日の協議こそ本題ですからな」

曹操はなんとなく後味が悪く、張繡も気分が晴れないままであったが、宴席はここでお開きとなり、諸将はそれぞれの軍営に戻っていった。賈詡と張繡は曹操に対する親しみを示そうと、すでに衙門を曹操父子に明け渡していたため、衙門の西に構えた幕舎《ばくしゃ》へと下がっていった。

夜も更けてくると、曹操は酔いに任せて奥の間に足を運んだ。寝台が新調されていることに気づき、張繡や賈詡の行き届いた配慮に思わず感激した。そしてまた、三人の息子のことを思った。曹昂《そうこう》は城外の幕舎で軍務に当たっており、曹丕《そうひ》と曹真《そうしん》はすぐ隣の離れで眠っている。曹操はゆっくりと歩いて曹丕らの寝所に向かった。入り口では、段昭《だんしょう》と任福《じんふく》の若い二将が守衛についていた。二人は曹操を目にすると拝礼しようとしたが、曹操は声を出さないよう合図し、そっと扉を押し開けて隙間からなかをのぞいた。曹丕と曹真はもうすっかり寝入っている。二人ともやはりまだ子供である。ここ数日の行軍ですっかり疲れきっていた。軍営を離れてようやく上等な布団にありつけたからか、ぐっすりと眠り、小さな口をむにゃむにゃと動かしている。

曹操はふふっと微笑むと、扉を閉めて段昭と任福に申しつけた。「わしの息子はまだ子供、二人とも注意を払ってくれ。帰ったら手厚い褒美を取らせるぞ」

「ありがとうございます、将軍」二人の将はすぐに感謝を述べた。

二人が小声で礼を述べるのを聞き、曹操は満ち足りた気分に浸っていた。今日一日は曹操にとってすべてが順調だった。覚えず知らず、歌を口ずさみながら部屋に戻っていくと、渡り廊下を歩いているところで、闇のなかから誰かの忍び笑いが聞こえてきた。曹操は警戒して、低い声で尋ねた。「誰だ」

「伯父上、わたしです」甥の曹安民《そうあんみん》が闇に包まれた隅のほうから姿を現した。

曹操は大きくひと息ついた。「夜中にこんなところで笑っているとは、何かおかしなことでもあったか?」

「い、いえ……何も」曹安民はすぐさま取り繕《つくろ》った。

月明かりに照らされ、曹安民の服のあちこちが汚れているのが見えた。曹操は不審に思って問い詰めた。「いったいどこへ行っていたんだ。正直に話せ」

「どこにも行っておりません。さっきうっかり転んでしまって」

相手は名うてのほら吹き、曹操である。そんな嘘が通じるはずもなく、曹操は安民の頭を強くはたいた。「軍で書佐《しょさ》という大事な役職についておきながら、わけもなく外をぶらついていたのか? いまここで白状せんでもかまわん。だが明日、軍議の場で棒叩きにしてくれよう。それでも黙っていられるか見ものだな」

困り果てた曹安民は目配せしながら応じた。「伯父上の部屋に参りましょう。お話しします」

曹操はその様子から軍に関わる大事ではないかと思い、音も立てずに甥を連れて自分の部屋に戻った。曹安民は部屋に入るなり跪《ひざまず》き、身を震わせながら謝った。「伯父上、どうかお許しください。本当にわたしは何もしていないのです。軍のこととも関係ありませんので、何とぞ軍議の場で問い詰めるようなことは……」

甥がはっきりと言わないので、曹操はますます疑わしく思った。「どうしたというのだ。関係があろうとなかろうと話してみよ」

曹安民は顔を真っ赤にして恥ずかしがっていたが、これ以上黙っていることもできず、とうとう打ち明けた。「こたびわが大軍は勝利を収めて宛城を手にしました。わたしは命《めい》を受けて衙門の周りに伏兵がいないか見回っていたのですが……」

「いたのか」

「伏兵はいませんでした」曹安民は目をしばたたかせた。「ですが、二人の美しい女がおりました」

曹操はいささか腹を立てた。この甥はさほど真面目な質《たち》ではないとわかっていたが、まさか城内に入るなり女に目をつけるとは。「馬鹿者！　わが弟は韋編三絶《いへんさんぜつ》するほど経書に親しみ、礼儀にも通じておったのに、息子はこんなろくでなしに育ったか！」叱りつけると余計に腹立たしくなってきた。

曹操は甥の耳をつかむと、もう片方の手を振り上げた。

曹安民は痛さのあまり猿のような悲鳴を上げた。「あ痛《いた》た、伯父上、どうか聞いてください。その二人の女が張済の身内だとわかったので、ちょっと探りを入れてみようと思ったのです」

「何だと⁉」曹操は手を離した。「張繡によれば、張済の妻は羌族との戦いで死んだはず。それがなぜまた身内とやらが出てくるのだ」

曹安民は耳をさすりながら答えた。「たしかに張済の寡婦です。年のころは二十歳過ぎで、姓は王《おう》と申すそうです。侍女ともども喪服でした。わたしはこの二人について事細かに聞いてきたのです」

「この小僧め、女のことばかり気にしおって……」曹操の怒りはにわかにしぼんだ。「それで？　いったいどういうことか話してみろ」

「人のことが言えますか……伯父上だって同じではありませんか」曹安民は独りごちた。

「何をぶつぶつ言っておる」

「いいえ、何も」曹安民はすぐに作り笑いを浮かべると、声を潜めて説明した。「張済の本妻はたしかに死んでおり、この王氏はのちに張済が弘農《こうのう》でさらってきた女です。話によれば、この女をさらうために、やつは女の家族を皆殺しにしたのだとか。張済が死んだいま、張繡はその寡婦より年上なので、同じ屋根の下に置いてよからぬ噂《うわさ》が立つのを恐れ、衙門の東にある庭付きの小さな家に住まわせているのだとか。張繡がその屋敷を尋ねることはありませんし、将兵も誰一人として近づけさせず、ただ若い侍女に身の回りの世話をさせ、米や小麦、日用の品などを時々送り届けているそうです」

「本当にお前はつまらん才能があるのう。宛城に入って半日でそこまで聞いてきたのか」

「そんなふうに当てこすらないでください。これも伯父上の安全のためではないですか」

「馬鹿を言え。わしの身の安全となんの関係がある」曹操は甥に冷たい視線を浴びせた。「まあ、役に立たぬとまでは言わぬが……それで、お前はその夫人を見たのか」

曹安民は一瞬呆れ顔になったが、すぐに返答した。「見ましたとも。張繡は城内の動きについて何も二人に知らせていないようです。われらがこたび県城に入ったことに、夫人と侍女は驚いて、門の隙間から顔を出して外を窺っていました。わたしはその侍女を目にしたのですが、美人というにふさわしいかと」

「侍女のことなど誰も聞いておらん。その夫人をお前は目にしたのか」

「ええ、顔半分だけでしたが」曹安民は顔を赤らめた。「どう申し上げたらよいのか……本当に美しい方でした。張済がさらったのもうなずけます。わたしも同じ立場ならそうしたでしょう。もう一度でもひと目見られるなら、死んだってかまいません」

「ふん！　よくもぬけぬけと」

曹安民はその場に跪き、にんまりと笑った。「口幅ったいことを申し上げるようですが、あの夫人には瞼に焼きつく美しさがあるのです」

「瞼に焼きつく美しさだと？」

「ええ、あれは伯父上が想像しうる限りの美しさを備えていると言えましょう」

「でたらめをぬかすな！」口ではそう叱りつけたものの、曹操もそこまで言われては想像せずにいられなかった。瞼に焼きつく美しさとはいったいどれほどか……曹操は自分の額を軽く叩き、そこでまた甥の汚れた服を見た。「それで、その家の壁をよじ登ったのか」

「はい」曹安民はこくりとうなずいた。

「まったく前途有望なやつだ！　曹家の名もお前のせいで丸つぶれだな」曹操は立ち上がり、部屋のなかを行きつ戻りつした。食欲が満たされると性欲が生じるなどといわれるが、曹操も酒を飲みすぎていた。ふと振り返ると、甥に命じた。「わしを連れて行け」

「なんですって⁉」曹安民は困り果てた。「伯父上は天下の司空《しくう》ですよ。国じゅうの官の模範となるべき方です。それが真夜中に寡婦の家の門を叩くなんて……もしこれが人に知られたら……」

「門を叩く必要などあるか。張繡の使いのふりをして門を開けさせればいいではないか」

「やれやれ、伯父上と喧嘩しても勝てる気がしないな」曹安民もなんと返せばよいかわからなかった。「しかし、伯父上……もし張繡が……」

「お前もまだまだ子供だな。女子《おなご》を慈しむということがわかっておらぬ。われらが県城に入ったことでご婦人の気を揉ませたのだ。挨拶に伺って、詫びの一つでも申さねばなるまい」曹操はもっともらしい理由を述べた。「この衙門のすぐ東なのだろう。早く案内せよ」

「はい」曹安民は口を尖らせたが、逆らうだけの勇気はなかった。

「念のため申しておくが、わしとお前の二人だけで行くのだからな。もしこれがほかの者に漏れたら、お前の皮を剥《は》いでやるからな」

まったく好色家とは大胆である。伯父と甥は夜陰に紛れて衙門を出ると、張繡の部下を装って屋敷の門を開けさせた。侍女は門を開けるなり不審に思い、慌てて閉めようとしたが間に合わず、曹氏の二人に入り込まれてしまった。真夜中、それも寡婦が住む屋敷のことである。侍女は恐ろしさのあまり声も出なかった。「司空大人《たいじん》が夫人のご機嫌伺いに参った」と曹安民がすぐさま言い繕ったが、聞くに堪えない言い訳でしかなかった。

屋敷はこぢんまりとしていて三部屋しかなく、母屋にはまだ灯《あか》りがともっていた。兵士らが県城に入ってきたので、王氏は怖くて眠れずにいたのである。涼しい風に吹かれ、ほろ酔い機嫌の曹操は、「瞼に焼きつく美しさ」を持つ王夫人のことで頭がいっぱいだった。大手を振って堂々と敷地内を進むと、あっという間に母屋の前へたどり着き、扉を押した。しかし、扉には鍵が掛かっていた。曹操はすぐに機転を利かせ、一歩下がって礼儀正しく拱手の礼をし、大きな声で告げた。「司空、武平侯《ぶへいこう》の曹操が奥方にお目通りに参りました」

すると室内でかすかに驚くような声が上がり、すぐに灯りが消えた。扉越しに王氏の驚きうろたえる荒い息遣いが聞こえる。しばらくして王氏が言葉を発した。「自重なさってください。ここは寡婦が住まうところ。どうか早々にお引き取りを」

曹操は酔いがすっかり醒め、いたく感心した——自分にのぞかれるのを恐れ、先に灯りを消したのか……利口な女だ。

かつては卞《べん》氏をならず者から助けてそのまま囲い、環《かん》氏を力ずくでものにした。人目を忍ぶ色ごとは曹操の十八番だといえる。とはいえ、いまは己の身分も当時とは違う。曹操は落ち着き払って声をかけた。「本官の兵馬が宛城に進駐し、大いに驚かれたことと存じます。奥方さま、どうぞお出ましください。じかに謝罪したいのです」

すぐに室内から返答があった。「御自らご挨拶においでくださり感謝申し上げます。ですが、こんな夜更けにこっそり扉を開けるのは礼にもとること。どうあろうと従うわけにはまいりません。聞けばあなたさまは三公の尊いお方、史書にも残るご芳名を汚すような真似は、慎まれるのがよろしいかと」

なんと貞淑な女子であろうか。それに弁が立つ。もともとはほんの浮気心でここまで来たが、いまやこの寡婦に本気で惚れはじめていた。そこで曹操は、包み隠すことなく思いを口にした。「奥方は良家の育ちだと伺いました。西涼の悪党に連れ去られ、ここへ流れ着いたのということも。生まれながらに美しい奥方の噂を耳にして、この曹操、敬慕の念を抱いております。そこで、ご挨拶だけでもできればと願っているのです」

「挨拶」という言葉の含むところは言わずもがなである。

俗に、押しの一手に烈女も折れるというが、この夫人も、曹操の率直な言葉を受けて答えに窮した。

このとき、侍女が何かいい手を思いついたのか、曹安民を押しのけて曹操の前に飛び出した。「旦那さまは司……なんですって？」

曹操は目をしばたたかせた。「司空だが」

「なんだってかまいやしませんわ、高官なのでしょう？」侍女は単刀直入に尋ねた。

ぼんやりとした暗闇のなかでも、この侍女の美しさは相当なものだった。曹操は笑顔を浮かべた。

「わしは三公、最高位の官職にある。張繡殿もすでにわしに帰順した。お嬢さん、名は何と申す？」

「周《しゅう》と申します」

「周か、お初にお目にかかる」天下の司空の位にありながら、曹操はこの侍女に拱手の礼をした。

「奥方の名はかねがね伺っておる。どうか周よ、奥方に取り次いでくれぬか」

侍女は真正面から訴えた。「奥さまはこれまでおつらい目に遭ってきました。寡婦になってなお名を汚されるなど、とんでもないことです。旦那さまにもし本当にその気があるのでしたら、媒酌人を立てて正式に娶《めと》り、生涯連れ添う夫婦となるべきですわ」

侍女の言葉に、曹操ははたと気がついた。この主従はここから逃げ出すための算段をかねてよりしていたのだ。これはまさに天からの贈り物ではないか。曹操は興奮で小刻みに震える体を抑えつつ微笑んだ。「たやすいことよ。末永く寄り添うことこそ本意であり、望むところである」

侍女は曹操の言葉を聞くと大きく息を吐き、振り向いて扉に向かい跪いた。「奥さま、いいえ、お姉さまと呼ばせていただきます。わたくしたちは張済に連れ去られてここまで来ました。そしていままでは寄る辺なく、これで人生も終わりかと思っておりました。たしかに張繡は礼儀をわきまえ、目上の者としてお姉さまに接してくれました。でも、お姉さまはまだお若うございます。ここでいつまで寡婦として過ごすおつもりなのでしょう。それにこの乱れた天下で張繍が戦に敗れれば、無頼の輩がまた押し寄せて来ることになります。そうなったら、どうやってお姉さまをお守りすればよいのですか。いっそのこと、こちらの旦那さまに身を預けてはいかがでしょう。立派な官の方です。それに、わたくしも……」侍女の身でそのあとを口にするのはさすがに憚られた。夫人が寡婦でいる以上、侍女も独り身を貫くことになる。いまは年若い侍女だが、いずれ老女中となって、そのまま一生を終えることになる。夫人のことだけではない。侍女は自分自身のことも考えなければならなかった。

渡りに舟とはこのことである。曹操も、鉄は熱いうちに打てとばかりに畳みかけた。「周の申すとおりです。本官は身は三公の位にあります。『礼に非ざるは視《み》る勿《な》かれ、礼に非ざるは言う勿かれ「礼にもとるものは見てはいけない、礼にもとることは言ってはいけない」』です。ただ奥方を苦境からお助けし、末永く契りを結びたいと、心底から願っているだけなのです」礼に非ざる云々は自分の誠意を見せるためだが、そもそも自分のしていることは礼にもとらないというのだろうか。

王氏は部屋のなかで黙り込み、とうとう泣きはじめた。「あんまりだわ、こんなところに連れ去られ……今度はこんなことになるなんて……わたくしにどうしろと言うの……」

曖昧な言葉ではあったが、しぶしぶ承知したのであろう。侍女はすぐに曹操に頼み込んだ。「曹大人、ここ宛城はよろしゅうございません。曹大人がこちらにいらっしゃったことが張繍の耳に入ったら、きっとただでは済まないでしょう。それでも曹大人には軍があるので心配ないのでしょうが、わたくしたち主従は一巻の終わりです。どうか万一に備え、奥さまを県城の外へお連れください」

「それはたやすいこと。後日、小さな車をよこして密かに奥方を連れ出そう。むろん誰にも知られぬようにな」そこで曹操は話題を変えた。「しかし、今宵ここまで来たからには、奥方の顔をひと目拝ませてもらいたいものだ」

王氏は室内で慌てて拒んだ。「つかの間のお戯れでなく、末永く愛してくださるのであれば、わたくしを幕舎へと迎え入れてからでも遅くはございませんわ」

「ここまで来たのです。せめてひと目だけでも」

こんな夜更けに男たちに居座られ、王氏も侍女もどうしたものかと気が急《せ》いていた。男女のあいだで何かあれば、笑いものになるのはいつも女のほうである。班昭《はんしょう》の『女誡《じょかい》』七篇も繰り返し読んできた。こんな噂が広がれば、女として命取りと言っていい。

利口な侍女も焦りに駆られ、その場しのぎでつい口を滑らせた。「どうしてもと仰るのですか」

「これから長く連れ添うのだ。顔を拝まぬわけにはいかん」

「ひと目だけですか」

「今宵はひと目見るだけだ」曹操はうまく話を合わせた。

「お姉さま、どうか扉を開けてお姿をお見せください。ひと目見たらすぐに立ち去るそうですから」

「ご安心なさい」曹操は小さく笑った。

ほどなくして扉が開くと、王氏の白い肌と見目麗しい顔が月の光に照らし出された。眉をわずかにひそめてはいるものの、体つきはしなやかですらりとしている。喪服を身にまとっていることで、いっそう艶《なま》めかしく見えた。曹操はまさにひと目見た瞬間から欲望をかき立てられ、前言を翻し、王氏をぐいと抱き寄せた。

「あっ、旦那さま、話が違……」

「静かに！」侍女が声を上げようとした途端、曹安民がその口を塞《ふさ》いだ……

第七章　淯水《いくすい》の大敗

賈詡《かく》の計略

宛城《えんじょう》［河南省南西部］への入城は、曹操にとって満足のいくものであった。血を流さずに南陽郡《なんようぐん》を占領し、張繡《ちょうしゅう》の軍を取り込み、ついでに亡き張済《ちょうさい》の寡婦である王氏《おうし》をも手に入れたのである。曹操は人の目から遠ざけるため、曹安民《そうあんみん》に命じて小さな車を用意させると、夜陰に紛れて密かに王氏とその侍女を宛城から連れ出した。そして自分も軍を再編成すると称して、城外の陣に宿替えした。

それからというもの、曹操は日ごと王氏との快楽に耽《ふけ》るようになった。かたや願いが叶った喜びに浸《ひた》り、かたや生きることの喜びを取り戻し、二人は意外にも仲睦まじく過ごした。そのうち、侍女の周氏《しゅうし》もこの二人に仲間入りした。南陽郡の葉県《しょうけん》、舞陰《ぶいん》［ともに河南省南西部］などの地はまだきちんと接収されていなかったが、曹操は暇さえあれば女たちと楽しんだ。壁に耳ありというが、陣中に二人の女がいて隠しおおせるはずもない。しかし、将兵らは何も言わずに見て見ぬふりを通した。もとより郭嘉《かくか》は粋な質《たち》であったから、この件も何ら恥ずべきことではないと考え、むしろ使いをよこして祝いを述べた。曹昂《そうこう》は強い不満を抱いていたが、子たるもの、このようなことについて父と言い争うなど許されない。ただ胸の内で「安民め、要らぬことを」と毒づくのが精いっぱいだった。曹丕《そうひ》と曹《そう》真《しん》に至ってはまだ何もわからない年齢である。おばさまと呼ぶよう父に言われたからそう呼ぶ、ただそれだけのことに過ぎなかった。みながこうしておざなりにしているうちに、はや半月が経とうとしていた。

曹操は王氏とともに過ごすうちに、どうやら並大抵の女ではないと気がついた。美しい容貌と穏やかな性格に加え、教養があって礼儀正しく、文章を書くことにも長けていた。何人もいる曹操の妻妾のうち、沛国《はい》の名家の出である正妻の丁氏《てい》と、もとは歌妓《かぎ》であった卞氏《べん》の二人は詩賦《しふ》にいくらか通じていたが、王氏と比べれば二人の見識も遠く及ばなかった。妻妾の出身など気にしない曹操であったが、密通した寡婦が実は読書人の家柄だったとは思いも寄らなかった。まさに琴瑟相和《きんしつあいわ》す夫婦仲といえたが、それでも王氏の顔から憂いの色が消えることはついぞなかった。

「お前はなぜ毎日そう浮かぬ顔をしているのだ。美しい女は若い者しか愛さぬと申すが、老境に差しかかったわしに身を寄せたことがやりきれぬのか」曹操は頬づえをつきながら、しげしげと王氏を見つめて問いかけた。おかしな話だが、曹操は王氏の眉をひそめた顔も気に入っていた。かつて呉王《ご》は西施《せいし》［春秋時代の越《えつ》の美女］のしかめっ面《つら》をも愛したというが、それと似た感覚なのかもしれない。

「ああ……」王氏は言葉を発する前にため息をついた。曹操の年齢が気にならないと言えば嘘になる。王氏は女盛りの二十二、曹操はすでに四十三になっていた。しかし、高貴な身分の曹操に見初められたことに文句などあろうはずがない。王氏が気にしていたのは、何といっても体面であった。

「あなたは三公《さんこう》にして諸侯の列に加わる尊いご身分、わたくしたちには何の不満もございません。ただ、『礼に、夫に再娶《さいしゅ》の義有るも、婦《つま》に二適《にちゃく》の文無し［『儀礼《ぎらい》』には、夫には再婚する理由があると記されているが、妻の再嫁《さいか》については何も書かれていない」』と申します。わたくしはかつて張済に嫁いだ身、張済が亡くなったのですから、礼に背かないためには寡婦を貫かなければなりません。いまこうしてあなたに身を寄せているのは、婦人の徳にもとる行為。そのことが本当に恥ずかしく思われるのです……」

曹操が口を開く前に、もとは侍女だった周氏が話に割り込んできた。「お姉さまは生真面目すぎるわ、そんな些細なことを気にするなんて。何も恥じることなどありません。張済はお姉さまの家族を殺し、そしてお姉さまを妻にしました。これが礼に適ったことだとお考えなのですか。張家は仇《あだ》、一族根絶やしにされればいいのよ」周氏は覚悟を決めていた。もとは貧しかったが、いまでは贅沢な生活にどっぷりと浸かっていた。側女《そばめ》でもかまわない。裸足だった人間はどんな靴を履くかなど気にしないものである。曹操が四十三でも五十三でも、これからは衣食の心配をせずともよいのだ。曹家にいれば正妻には及ばずとも、かしずかれる立場でいることができる。

王氏はかぶりを振った。「いいえ、張繡は立派よ。少なくとも礼儀を欠くことはなかったわ。衣食の面倒もきちんと見てくれたでしょう。張済が犯した悪事を張繡に償わせるべきではないわ」

「お姉さまったら本当にお人好しね。世の中の罪が誰のせいかだなんて、いちいち決められないわ。でも、申し分のない名家のご令嬢だったお姉さまをさらうなんて極悪非道よ。死んで当然の極悪人がやっと死んだのに、一生その寡婦でいるだなんて。お姉さま、そんな人生に何の意味があるっていうの」そう諫めると、周氏は曹操を見た。「やるからには徹底的にやるべきです。張繡も除くのがよろしいかと。生かしておけば禍《わざわい》となるに違いありません。わたくしたち二人がいなくなってもう半月、きっともう噂《うわさ》になっているはず。事が知れたら面倒なことになります」

曹操は葛藤していた。張繡は勇敢で戦《いくさ》に長けており、配下の兵は精鋭揃《ぞろ》いである。それに、社稷《しやしょく》を思って城門を開き投降してきた。将来はきっと自分の片腕となるだろうに、女のために殺すのは惜しい。しかし、やつを生かしておいて万一反旗を翻そうものなら、宛城を取り巻く状況は一変する。気がかりは、張繡を殺すことが情と理の両面からして筋が通らないことだ。張繡はまったくの無抵抗で帰順してきただけでなく、酒食を振る舞って歓待してくれたのに、王氏を奪い、そのうえ殺したのでは道義にもとる。それにいま、「天子を奉戴して逆臣を討つ」という策がようやく緒《ちょ》についたのに、朝廷にはじめて帰順してきた男を殺したら、次に続く者が出てくるだろうか。

このままでは色事のために大事をしくじるかもしれない、曹操はそう思い至った。どんなに美しい女がいたとしても、それが何になるというのだ。女のために天下統一の志を失うなど、まったく割に合わない。とはいえ、いま自分が両手に抱いている女たち――王氏と周氏に目を遣ると、二人を手放すのも惜しまれる。ましてや司空《しくう》たるものが女をもてあそんだ末に捨てたとあっては沽券《こけん》に関わる。俗にも世間の口に戸は立てられぬという。あれこれと考えてみたが、曹操は困り果ててため息をついた。「お前たちの言うことはすべて理に適っている。だが、やはり張繡とよく話し合い、事の経緯を説明してみようと思う。正直に話せば、寡婦の再嫁とてわかってくれよう」

周氏は曹操に冷やかな目を向けると、腹立たしげに言い放った。「わかってもらえるわけありません。張繡の性格はよく知っています。頭が固くて融通が利かず、一度こうと決めたら梃子《てこ》でも動かないんですから。ああいう石頭は除くに限ります……」

「黙れ！」曹操は思わずかっとなり、周氏の腕を払いのけた。「やつを殺すかどうかは軍と朝廷に関わる大事。女の分際で口を挟むな！」

周氏は曹操が怒ったのを見て驚きで色を失い、慌てて王氏の陰に隠れた。王氏は周氏の頭をなでながら諭した。「駄目じゃないの。『辞を択《えら》びて説き、悪語《あくご》を道《い》わず、時ありて然る後言い、人に厭《いと》まれざるは、是れを婦言《ふげん》と謂う［言葉を選んで話し、悪言を吐かず、話すべきときに話し、人の機嫌を損なわない、これを「婦言」という］』。殿方のやり方に口出しするものではないわ。さあ、旦那さまにお詫びして」

「詫びなど要らぬ」曹操は周氏を睨み、ふんっと馬鹿にしたように鼻を鳴らした。「一度しか言わぬぞ。今後わしのやることに口出ししたら、お前を打ち首にしてやるからな」そう警告すると、立ち上がって卓上の水を口にした。

周氏は恐れおののき、頭を王氏の胸に潜り込ませた。泣きたかったがそれも憚られ、低い声でつぶやいた。「お姉さま、わたくし怖い……張繡が怖いの。張済のためにいまでも喪に服しているんですから、わたくしたちのことを知ったら怒り狂うに決まってるわ。きっと槍を構えてやって来るに違いない……本当に恐ろしい……」

王氏はなだめた。「あなたが言い出してこうなったのでしょう。いまになって怖がるだなんて。すべて旦那さまにお任せして、この話はもう終わりにしましょう」

二人に背を向けて卓の前に立っていた曹操には、二人のひそひそ話は聞こえなかった。きつく叱りはしたが、たしかに周氏の話にも一理ある。かつて張繡はたった十あまりの騎兵を率いて祖厲《それい》［甘粛《かんしゅく》省中部」の謀反人、麴勝《きくしょう》を暗殺したという。張繡がまた同じ手を使わないとも限らない。人に虎を狩る気がなくとも、虎は人を襲うものだ。いざとなれば、張繡はやはり始末せねばなるまい。

このとき、帳《とばり》の向こうから咳払いが聞こえた。たとえ側近でも幕舎に入る前には咳払いをする、これは王氏らがやって来てから加えられた決まりの一つであった。曹操が目配せすると、二人の女子《おなご》はさっと立ち上がり、寝台のほうにある衝立《ついたて》の陰に身を隠した。

「誰だ」曹操は寝台のほうに戻って腰を下ろした。

「王必《おうひつ》でございます。お耳に入れておきたいことが……」

「入れ」

王必は先だって長安《ちょうあん》に赴いたときから行軍主簿《こうぐんしゅぼ》［軍中における文書管理者］の任につき、曹操陣営の諸将を監督し、彼らに関する情報の収集を任されていた。王必は慎重に帳をかき分けて入るなり、あたりに目を遣ることもなく、すぐに頭を下げた。「わが君に報告いたします。張繡は淯水より東の地に柵を設け、幕舎を張るよう兵に命じました」

「何?」曹操は驚いた。「やつは宛城を手放すつもりか」宛城はすでに曹操陣営のものになっていたが、張繡側の多くの人馬はまだ城内にとどまっていた。手放すとなれば大勢は決したも同然、今後は曹操を脅《おびや》かすこともないはずだ。

王必は文官の職についてから、以前より慎重な物言いをするようになっていた。「どうも張繡は完全に城を明け渡し、淯水の東岸に軍営を築くことにしたようです」

「こんなに早く引き払えとは命じていないがな」曹操は自分の額を軽く叩いた。「まさかやつはわしがまだ疑いを抱いていると思い、自ら城を捨てて誠意を示そうというのか」

「そうかもしれません。それから、張繡はわが君にと箱を一つ送ってまいりました。ご自身で開けて確認してほしいとのことです」

「持ってこい。あやつがどんな趣向を凝らしたのか、見てやろうではないか」

即座に典韋《てんい》と許褚《きょちょ》が大きな箱を運んで入ってきた。ここは曹操の寝所ゆえ長居はできない。二人は箱を置くと、王必と一緒にそそくさと出ていった。曹操は箱の周りをぐるりと周り、錠《じょう》がかかっていることに気がついた。鍵は箱の蓋の上に置いてあり、蔡侯紙《さいこうし》で包んで封までしてある。そこには「司空曹公　親展」と書かれていた。

曹操は封を破って鍵を開け、蓋を開けてちらりと中を見ると、こらえきれずに笑いだした。「はっはっは……わが美女たちよ、早く来て見てみろ」

王氏と周氏は曹操に呼ばれ、ようやく衝立の後ろから出てきた。そして箱のほうを見ると、その中身が目に飛び込んできた。そこには簪《かんざし》や玉環、女物の金めっきの小箱、色とりどりの絹糸《けんし》、さらには四季ごとの服まで入っていた。

「まあ、これはお姉さまが宛城でお使いになっていたものですわ」周氏が気づいた。

王氏は呆気にとられた。「あの方はいったいどういうつもりで……」

曹操は興味深そうに小間物を手に取った。箱の底を見ると、なんと日々の無聊を慰めるための書物や、さいころ、碁盤も入っているではないか。曹操は大いに喜んだ。「おぬしらがここにいることを張繡はもう知っておったのだ。普段遣いの小間物や服を残らず送ってきたのは、黙って送り出すということだろう。こたびのことに異を挟《さしはさ》まず、けじめをつけることにしたらしい。もうこの件について口を出してくることはなかろう」

「意外だわ。お日さまが西から昇るようなものよ。張繍がこんなに物わかりがいいなんて、初めてのことだわ」周氏は簪や玉環をなでながら、小躍りせんばかりだった。「あら、お姉さま、この小間物をご覧になって。これらはお姉さまのものじゃないわ。もしかして嫁入り道具を添えたつもりかしら」

王氏ははにかみながらも箱のなかから書物を手に取った。それは班昭《はんしょう》の著した『女誡《じょかい》』であった。王氏は恥ずかしさで顔が真っ赤になった。「なんということを……」

曹操は王氏を片手で抱き寄せると、天を仰いで大笑いした。「案ずるな。張繍も納得した、それでいいではないか。大丈夫たるもの枝葉末節《しようまっせつ》にこだわらず、縦横無尽に天下を駆けめぐることを志とする。その昔、韓信《かんしん》［漢の劉邦《りゅうほう》の建国に貢献した武将］は若者に股をくぐれと挑発され、その辱めを受け入れた。また食うものに困ったときは、洗濯を生業《なりわい》とする老女に飯を恵んでもらった。寡婦の再嫁など何もたいしたことではない」

そのとき、また帳の外で咳払いが聞こえた。隠しごとはすでに公になっている。曹操は二人を隠れさせず、大声で尋ねた。「今度はなんだ、もう遠慮は要らんぞ」

帳の外から許褚の重苦しい声が聞こえてきた。「張繍が面会を申し出ております」

「ほう？　わしもちょうどやつに会いたいと思っていたところだ。中軍の幕舎で待つように伝えよ。ぞんざいに扱うでないぞ。わしもすぐに行く」そう命じると、曹操は身だしなみを整えた。

周氏は曹操の皮弁《ひべん》［白鹿の革で作った冠］の紐をしっかりと結び、笑顔を浮かべた。「どうかわたくしたちの代わりにお礼を言ってください」

「やれやれ、わかっておらんな。こうしたことはみなまで言わぬものだ。互いに承知しておればそれでいい。言葉にするだけ野暮であろう」曹操は青釭《せいこう》の剣を差し、機嫌よく寝所を出ると振り返って笑った。「安心して待っておれ。何かあれば戻ってからまた話そう」

中軍の幕舎の入り口まで来ると、すでに張繡が待っていた。張繡は先になかへ入るのは気が引けたのか、礼儀正しく頭《こうべ》を垂れている。曹操は親しげに張繡の肩を軽く叩いた。「将軍、ここまで来ていたのなら先になかへ入っていればいいものを」

張繡は決まり悪そうに言葉を返した。「わが君がいらっしゃらないのに、そんな出すぎた真似はできません」

「われらの仲だ、そうかしこまることはない」曹操はそう言葉をかけると、典韋と許褚も従えずに張繡を幕舎へと引き入れ、自ら張繡を腰掛けまで連れていき座らせた。

曹操が口を開く前に張繡が切り出した。「わが君が宛城に駐屯されてからずいぶん経ちました。舞陰や葉県なども落ち着きましたし、できるだけ早く兵とともに宛城を引き払おうと思っております」

「そんなに急ぐことはなかろう」曹操は慌てて手で制した。「ほかの地の輜重《しちょう》はまだ移し終えておらぬし、あと数日くらいたいした違いはない。それに、おぬしの陣営には宛城で生まれ育った者もいるはずだ。この地を離れるとなったら、そうした兵らをなだめる時間も必要だ」

張繡は拱手《きょうしゅ》して答えた。「思いがけぬことが起こりまして、どうにも心が休まらないのです。やはり早く引き払うべきかと存じます」張繡は遠回しに言ったが、「思いがけぬこと」とは、当然張済の寡婦だった王氏が曹操のもとにいることを指す。

曹操もいささか決まり悪かったが、あえて慰留した。「それはもう済んだこと。わしはおぬしを信頼しておるし、頼りにもしている。些細なことでおぬしを疑ったりはせぬゆえ、安心して軍をとどめておくがいい。互いに助け合い、敬い合う模範となって、袁術《えんじゅつ》と呂布《りょふ》に見せつけてやろうではないか。そしていずれはともに朝廷のために力を尽くし、戦火を一掃し、漢室を復興するのだ。うむ、それがいい」

涼州《りょう》の暴れ馬の異名を取る張繡であったが、いまはまるでおとなしい羊のごとく、愛想笑いを浮かべながら答えた。「朝廷のために尽くすことにやぶさかではありませんが、これ以上宛城に居座り続けるのは具合が悪うございます。実を申しますと、兵にはすでに淯水の東に軍営を築くよう命じており、午後にはそちらに向かう所存です。一日でも早く宛城をお渡しすれば、わたしもそれだけ安心できますので」

正直なところ、張繡に早く出ていってもらったほうが曹操も安心できる。ただ、それを無理強いすればこちらの面子《めんつ》が立たない。張繡自ら引き払ってくれるというのであれば、波風も立たず願ったり叶ったりである。曹操はそれ以上の説得をやめた。「ともに朝廷の人間だというのに、将軍もまったく遠慮が過ぎる……わかった。将軍がすでに決めたのであれば、兵を率いて城を出るがよかろう」

「はっ」張繡は立ち上がって暇《いとま》を告げると、幕舎の出口で振り返って尋ねた。「曹公、昨日葉県へと輜重を運んだ轅車《えんしゃ》［荷馬車］は戻りましたか。しばしお借りしたいのですが」

「そんなに早く戻るわけなかろう。あと二、三日はかかる」

張繡は不満を漏らした。「そうですか。城内にはまだ多くの武器や鎧があり、轅車の数が足りておりません。それを運ぶために兵士に何往復もさせていては、時間を無駄にしてしまいます」

曹操はぷっと吹き出すと教えてやった。「張将軍、おぬしも長らく武官を務めていればわかりそうなものだがな。たいしたことではなかろう。兵士らが武器を手に持ち、鎧兜を身に着けて行けば、一度で運び終えられるではないか」

「それはなりません」張繡はせわしなく手を振って拒んだ。「宛城の外にいるのはすべて曹公の兵馬、その幕舎が連なるなかを、わたしの兵が武装して進めば、双方が誤解してもめごとが起こりかねません」

張繡は王氏の件で気兼ねしすぎているようだ、曹操はそう考え、張繡の警戒心を解いてやった。「案ずることはない。おぬしは自分の兵馬の移動だけを考えておれ。わが軍には動じることのないよう、わしから伝令しておく」

「曹公に感謝いたします」

「まったく……おぬしは気を遣いすぎだ。われらはもはや家族同然、わしの兵もおぬしの兵も違いなどない。安心して自分のことに専念せよ。許都《きょと》に戻ったら、必ずや朝廷に上奏して官職を与えてやるからな」

「曹公のお引き立てに感謝いたします」張繡は深々と拱手の礼をし、喜色満面で幕舎をあとにした。

楽《らく》極まりて悲《ひ》生ず

正午ごろ、兵士たちが飯の支度に取りかかった。戦《いくさ》のないのどかな日はめったになく、曹操陣営のあちこちからゆらゆらと炊煙が立ち上った。兵士らは、司空大人《しくうたいじん》が宛《えん》城から撤兵して袁術《えんじゅつ》を奇襲するかもしれず、そうなれば長江以北、兗《えん》州以南の広大な地域はすぐにでも朝廷のものになるなどと噂し合った。

王《おう》氏と周《しゅう》氏を得てからというもの、曹操は中軍の幕舎《ばくしゃ》ではなく、寝所にしている幕舎で二人と一緒に食事を取っていた。ときには料理番に命じてちょっとした料理を準備させることもあり、鶏の羮《あつもの》や、油通しした魚を夫婦三人で向かい合って食するのは、陣中のことゆえ酒はないにしても、やはり特別な趣があった。今日は王氏の再嫁《さいか》を張繡《ちょうしゅう》が黙認したので、王氏にとっては祝いの日だった。曹操は料理番に普段より何品か多く準備するよう命じ、三人で語らいながら食事をしていた。

「あと数日で南陽《なんよう》の準備も調う。そうすれば揃《そろ》って許都《きょと》に引き上げることができよう」曹操はにこやかに笑みを浮かべながら告げた。「許都に着いたら司空府でのんびり過ごすといい。わしはまだ戦に行かねばならんからな」

王氏は口を開くことなく曹操に料理を取り分けていたが、世間知らずの周氏が尋ねた。「張繡が投降したというのに、まだ戦わなくてはいけないのですか」

「天下で狼煙の上がっていないところはない。ようやく小さな南陽郡を制したに過ぎんのだ。揚《よう》州の袁術や徐州《じょ》の呂布《りょふ》、河北《かほく》の袁紹《えんしょう》や荊州《けい》の劉表《りゅうひょう》、それに益州《えき》には劉璋《りゅうしょう》もいる。ほかにも漢中《かんちゅう》の張魯《ちょうろ》に遼東《りょうとう》の公孫度《こうそんたく》、江東《こうとう》の孫策《そんさく》、さらには関中《かんちゅう》［函谷関《かんこくかん》以西で渭水《いすい》盆地一帯］と涼州《りょう》の諸将まで……近いうちにやつらをわが麾下《きか》にひれ伏せさせねばならん」

「まあ、そんなにたくさんの戦、きりがありませんわ。わたくしとお姉さまはこれまで生ける屍《しかばね》として過ごしてきました。やっとのことでそこを逃れたというのに、旦那さまにお会いできなくなったら、またずっと帰りをお待ちする日々になってしまうのね」学のない周氏は恐れというものを知らず、ずけずけと物を言う。

しかし、曹操はそれを喜びこそすれ、咎めることはなかった。「屋敷では気が塞《ふさ》ぐようなことはない。わが家にはほかにも妻妾がいる。一緒に話をして過ごすのも悪くなかろう」

周氏は白い目を曹操に向けた。「旦那さま、いったい何人のご夫人がいらっしゃるのですか」

「はっはっは……」曹操は髭をしごきながら得意げに語った。「天下の美女をかき集めて妻とするのも、わが生涯における大いなる願いだからな」

そこで帳《とばり》が持ち上げられ、料理番が慎重に鶏の羹を運んできた。羹は器になみなみと満たされており、料理番は息を殺して羹を捧げ持ちながら、ゆっくりと摺《す》り足で近づいてくる。曹操はまた朗らかに笑うと王氏に勧めた。「鶏の羹だ、たくさん飲むといい。春もまだ寒いゆえ、とくに軍中では体を大事にせねばな。また許都に戻ったら……」

そのとき、ばさっと音がして帳がはねのけられ、大男が飛び込んできた——許褚《きょちょ》である。許褚はためらうことなく料理番を押しのけたが、その拍子に料理番は持っていた羹をすべて曹操の頭の上にぶちまけてしまった。あまりの熱さに曹操は悲鳴を上げ、王氏と周氏は驚いて飛びのいた。

「許褚！」曹操は顔をぬぐった。「貴様、謀反でも起こす気か！」

「もう起こっております」許褚は大きな卓を蹴り飛ばし、曹操の袖を引いて外へと向かった。「わが君、早く逃げるのです。張繡が謀反を起こし、すでに陣前まで迫っております！」

「なんだと!?」曹操は頭をがつんと殴られたような衝撃を受けた。あたりからは鬨《とき》の声が響いてくる。許褚に引きずられるまま幕舎の入り口までやってくると、大混乱に陥った陣中の様子が目に飛び込んできた。料理番らは鍋や碗、包丁、柄杓《ひしゃく》を放り出し、慌ただしく武器を探している。

実のところ、張繡の我慢はすでに限界に達していた。曹操らは宛城に入って以来、酒宴で武力を誇示したかと思えば、金子《きんす》で張繡の部下を引き抜こうとしたり、張繡にとっては腹立たしいことばかりであった。張繡は何といっても涼州の気骨ある男であり、ともすれば人を血祭りに上げる気性の荒さを持っている。しかし、賈詡《かく》の面子《めんつ》を保つため、そうした些事には目をつぶり、広い度量でもって曹操に付き従おうとしていた。だが、図に乗った曹操は、こともあろうに喪中にある張済《ちょうさい》の寡婦を娶《めと》ったのである。張繡は怒髪天を衝《つ》かんばかりに怒り、すぐさま挙兵して決着をつけようとした。賈詡も曹操を懲らしめるべきだと考え、張繡には血気にはやらず、密かに計をめぐらすことを勧めた。東岸に軍営を築くと見せかけつつ、王氏の小間物や服を送ることで曹操を安心させ、移動に際して兵が堂々と軍装に身を包む好機を狙ったのである。賈詡と張繡は相談が済むと、正午ごろ、陣変えの名目で自ら兵馬を再編整備し、宛城を出て曹操の陣を通過する際に奇襲を仕掛けたのである。

曹操陣営の将兵は曹操の命《めい》を受けていたので、それを単なる移動だと思い込んでいた。その張繡軍がいきなり矛先を向けてくるとは予想だにしていなかった。陣の門は開け放たれ、櫓《やぐら》には人がおらず、張繡軍はいともたやすく攻め込んできた。兵士といえど常に武器を手にしているわけではなく、戦わないときには当然気も抜ける。加えて飯どきとあっては、敵が突進してくるのを目にしても一矢報いることさえままならなかった。張繡軍は人と見れば殺し、車と見ればひっくり返し、曹操の陣で暴れ回ること羊の群れに放たれた虎のごとく、あっという間に中軍の本営にまで攻め寄せてきた。

曹操は目の前の光景を見て、一瞬頭のなかが真っ白になった。息子の曹昂《そうこう》が慌てふためいて駆け込んできた。「父上、中軍の入り口には百の虎豹騎《こひょうき》［曹操の親衛騎兵］しかおりません。ここを捨てて早くお逃げください」

典韋《てんい》が両腕に曹丕《そうひ》と曹真《そうしん》を抱えてやって来た。「早く陣の裏門を抜けて川を渡ってください。東岸にもわれらの陣があります。そこまで行けば安全です」そう勧めると、二人の子供を馬に押し上げた。驚いて呆気にとられている曹安民《そうあんみん》や段昭《だんしょう》、任福《じんふく》は自分の馬を探す暇《いとま》もなく、馬を牽《ひ》いて子供を連れて逃げだした。

曹操は窮地に追い込まれても夫人たちのことを忘れていなかった。「二人の夫人も先に行かせろ」危険が差し迫っているときに男も女もない。許褚は二人の夫人を犬の死骸でも引きずるかのように連れ出すと、あとを典韋に託した。「典韋殿、ご主君のことは任せた」そう言って夫人たちを馬に乗せると、数人の兵とともに去っていった。

「わが君、さあ早く！」典韋はそう促すと、曹操の愛馬白鵠《はくこく》を牽いてきた。

息子と夫人が残らず逃げたのを見届けると、曹操は落ち着きを取り戻した。やはり宛城外の本営を守り、東岸の兵が救援に駆けつけるのを待つべきだと考えたが、事態の急変はそれを許さなかった。陣中は上を下への大騒ぎで、身に寸鉄も帯びない兵がわんさと陣の奥に向かって逃げている。曹昂はそれを阻止しようと刀を抜いて大声を張り上げたが、まったく効果がなかった。一介の兵にしてみれば、こんなときは軍令よりも三十六計逃げるに如かずである。

誰もが慌てふためいている最中、曹純《そうじゅん》と王必《おうひつ》が二十あまりの騎兵とともに駆け寄ってきた。「正面の門が破られ敵がなだれ込んできます。わが君、早くお逃げください」

もはやためらっている暇はない。おのおの馬に跨がり、曹操親子を守りつつ裏門へと逃げ出した。張繡軍がその背後を追う。曹操軍の兵士らも刃向かったが、張繡軍に次々となぎ倒された。西涼《せいりょう》の騎兵が執拗に曹操らの背中を追う。さすがは西涼の精鋭、飛ぶがごとく詰め寄せてきたかと思うと、矢をつがえて前方に放った。雨霰《あられ》と降り注ぐ矢に、数人の虎豹騎がばたばたと落馬した。曹操らは右に左に矢をよけながら、天幕や輜重車《しちょうしゃ》のあいだを擦《す》り抜け、そこらじゅうを逃げ惑う兵士など目もくれず、何とかして裏門までたどり着いた。だが、追手の勢いはとどまるところを知らず、生きている兵を踏み倒しながら、いよいよ迫ってきた。

「わが君、先にお逃げください、わたしが足止めしているあいだに！」典韋はそう声を張り上げると、勢いよく馬首を回《めぐ》らし、近づいて来た敵に向けて手中の双戟《そうげき》を横ざまに振り回した。

追っ手でもっとも曹操らに肉薄していた兵は、いきなり大きな戟が眼前に迫ってくるのを見た。しかし、全速力で駆ける馬を急には止められない。その瞬間、無数の桃の花が開いたかのように脳漿《のうしょう》が飛び散った。返す刀で再び双戟を払うと、また五、六騎が馬から打ち落とされたが、何騎かはそれをからくも躱《かわ》して突き進んだ。

典韋といえど目の前の敵を食い止めるのに精いっぱいで、後ろまではかまっておれず、ひたすら双戟を振るい、追っ手の騎兵を次々となぎ倒した。一人倒れれば周りの者も巻き込まれ、あっという間に何十もの西涼の騎兵が人馬もろともひっくり返り、典韋の足元で呻《うめ》き声を上げながらのたうちまわっていた。典韋がとどめを刺そうとしたそのとき、背後から悲鳴が聞こえた。十あまりの虎豹騎がまだ逃げずに残っており、たったいま典韋が取り逃がした敵を残らず討ち取っていた。

典韋は雄叫《おたけ》びを上げた。「命知らずどもよ、われとともにこの門を死守せよ。わが君が撤退するまで守り通すのだ！」

「喜んでこの命を捧げましょう！」その場に残った虎豹騎は一人として逃げ出すことなく、全員が典韋のもとに集まると一緒になって敵を防いだ。衆寡敵せず、そんなことは百も承知で、時間を稼ぐために命を投げ出したのである。死に物狂いで得物《えもの》を振るい、叩き斬り、なんと西涼の騎兵をじわじわと押し返した。

しかし、その後方から地をどよもす鬨の声が響いてきた。それと同時に、曹操陣営の幕舎が一つ、また一つと倒されていく。ついに後続の歩兵の大軍が追いついてきたのである。叫声とともに最前列の兵が何十もの長柄の矛を繰り出してきた。それも、あろうことか敵味方を一切かまわず、馬の首めがけて突き出した。典韋と周りの騎兵も張繡軍の騎兵も一人残らず地べたに突き倒された。それでも典韋は怯《ひる》むことなくすぐさま跳ね起きた。しゃにむに双戟を振り回すと、続けざまにがきんと大きな音を立て、十あまりの長柄の矛が折れた。典韋はすかさず敵の歩兵との距離を詰め、さらに手当たり次第に振り回した。一対八十斤［約十八キロ］にもなる双戟の横刃は、その上にひらひらと落ちた羽毛さえすっぱりと切れてしまうほど鋭利に磨かれている。その鋭い戟を人混みのなかで弧を描くように振り回したのである。張繡軍の兵は触れただけで真っ二つになり、ずるずると漏れ出たはらわたが地面に戟の軌跡を描いた。

典韋とともに死を覚悟した十あまりの虎豹騎も立ち上がり、揃って前へと突き進んだ。得物の長さは不揃いでも、対峙する敵が何人いようとも、一人殺せれば御の字、二人殺せれば儲けものと、力の限り得物を繰り出した。だが、まだ敵の最前列を倒しただけである。二列目の兵が味方の屍を踏み越えて突進し、またもや何十もの長柄の矛を一斉に突き出してきた。典韋は再び戟を振り回して敵の攻撃を食い止め、十数本もの敵の矛を叩き壊した。そして前方へと身を乗り出し、戟を繰り出しては敵の脳漿を撒き散らし、また勢いに乗じて戟をなぎ払っては、七、八人の敵の腹を切り裂いた。

二列目の敵を倒し切る前から、三列目の兵が押し寄せてくる。典韋は同じように戟を振り回したが、さすがに敵もそこまで馬鹿ではない。典韋の戟で矛を折られた兵は、すぐさまその場を離れて逃げ出した。そうして一進一退を繰り返すうちに、敵は軽々しく向かって来なくなったものの、冷たく光る得物を向けつつ大勢で扇形に典韋らを取り囲んだ。一瞬でも気を抜けば一気にやられる。典韋は戟を横に構えながらゆっくりと後ずさりし、陣の裏門まで退いたところで立ち止まった――ここを死守して時間を稼ぐだけでいい。典韋はふと左腕に強い痛みを感じた。気づかぬうちに刺されたらしい。さっとあたりを見回すと、短い得物を使っていた者は残っておらず、わずかに長柄の槍使いが四人いるだけだった。典韋とその四人は得物を横に持ち、これ以上は一歩も通さぬと身構えた。

陣門に押し寄せてきた敵兵は右から左まで見渡せない。正面に陣取る数十もの弓手《きゅうしゅ》が矢をつがえて放ってきた。形勢不利は誰の目にも明らかである。しかし典韋は、数知れぬ長柄の矛も、空を埋め尽くして降り注ぐ矢も物ともせず、大声を張り上げて敵軍に突進し、あらん限りの力で敵を討った。あたりには首や腕が乱れ飛び、典韋の行くところ、敵の隊列はそこだけがぽっかりと穴が開いた。張繡軍は震えおののき、またしてもじわじわと後退した。しかし、典韋もあちこちを刺され、もう鎧はぼろぼろになっていた。鉄の破片が肉にめり込み、肩には矢が突き立ち、息は乱れて全身血まみれだった。振り返って味方を見ると、すでに四人ともが針ねずみとなって事切れていた。

恐れをなした張繡軍の兵は、手を出すことも矢を放つこともできず、ただ目を見開いて、門の前に立ち塞がる血まみれの怪物を見つめた。そのあいだも血は止めどなく流れ、典韋は目の前がだんだんとぼやけてくるのを感じた。両手の戟が持ち上がらない……

「この典韋、ここを死に場所と心得た！」典韋は大声でそう吼《ほ》えると、最後の力を振り絞り、一対の双戟を敵兵に向かって投げつけた。八十斤の得物があたりの兵をなぎ倒すと、その混乱に乗じて典韋は敵陣へと突進した。両腕を広げて二人の敵兵を鷲づかみにし、その体と体をぶつけた。敵は絶叫して足をばたつかせたが、血を吐いてすぐに事切れた。典韋は腕を振り回し、二人の屍を放り投げた。人は戟よりなお重く、さらに二人が躱せずに真っ赤な血をほとばしらせた。それを機に敵がまたもや矛を突き出した。典韋にはもはやそれを受ける得物がない。二本の矛が腹に突き刺さった。典韋はその柄をつかんで引き抜いた。はらわたが刃先に連なって漏れ出てきた。二人の兵は驚きのあまり、柄を握った手が固まって放すこともできない。典韋は兵士ごとその柄を持ち上げると、怒号とともに敵兵のなかに投げ飛ばした。すぐさま怖いもの知らずの二人が矛を構えて襲いかかってきた。今度は胸に突き刺さった。典韋は腰を落として両腕に力を込め、矛をへし折った。そして一歩踏み出し、二人の喉元を締め上げた。

血色のよかった男たちの顔が、首を絞められてみるみる真っ青になっていく。表情をゆがめ、口から白い泡を吹き出した。ほかの兵らは思わず後ずさりし、目を塞いだ。だが、そのおぞましい悲鳴だけは遮ることができず、誰もが背筋の粟立つのを覚えた。恐ろしさのあまり、多くの兵が覚えず涙し、手にした矛を震わせ、なかには失禁する者さえいた。典韋は二人を絞め殺すと、ようやく手を放して大きく息をつき、また陣門まで後ずさった。

この男を前にして、誰が進んで足を踏み出すだろうか。いまや典韋を取り囲むのは張繍軍の累々たる屍だけであった。典韋の体についた傷は数知れず、肩には矢が突き立ち、腹からはだらりとはらわたが垂れ、胸には二本の折れた矛が突き刺さっている。典韋は陣門に手をつこうとした。しかし、その手は空を切り、血走った大きな眼《まなこ》を見開いたまま、とうとうその大きな背中を地につけた。そして、二度と動くことはなかった——惜しいかな、当代きっての猛将典韋は、ここ宛城に息絶えた。

典韋は死んだ。しかし、それを目の当たりにしても、張繍軍の兵士らは顔を見合わせるばかりで、誰も近づこうとはしなかった。そうしてしばらく立ち尽くしていると、馬の鈴の音とともに張先《ちょうせん》がやってきた。張先は四か所もの軍営を攻め落とし、いま追手に加わってきたのである。そこで兵士らが微動だにせず突っ立っているのを見ると、怒髪天を衝かんばかりに怒鳴った。「間抜けども、何をぼさっとしている！　さっさと曹操を追いかけんか！」この声で兵士らもようやく我に返り、陣門へと押しかけたが、典韋の死体は遠巻きにして進んだ。この化け物がまた息を吹き返すのではないか、そんな恐怖がどうしてもぬぐえなかったのである。

典韋が命をかけて守ったおかげで、曹操は追っ手から逃れることができた。曹純、王必、曹昂らも、曹操を守りながらかろうじて陣から逃げおおせ、馬を飛ばして淯水《いくすい》のほとりにたどり着いた。しかし浮き橋は、軍営を移すと言って出た敵の手で、午前中にすでに落とされている。やむをえず曹操らは水に入って東の岸へと渡りはじめた。一行のなかには、許褚が牽く馬に乗る二夫人の姿もある。曹操はようやく落ち着きを取り戻しつつあった。しかし、気を休める間もなく、今度は北の方角から鬨の声が響いてきた。曹操は慌てて振り向いた。

賈詡は、曹操が陣の裏門から逃げ出すことを読み切っており、張繡に五百の弓手を率いさせ、曹操の軍営を迂回して北から淯水の岸辺に向かわせていたのである。ちょうど張繡が岸辺に着いたとき、川を渡る曹操の姿が見えた。何度も顔を合わせた二人である。遠目にも互いの姿をはっきりと認めることができた。

張繡は驚喜した。「早く矢を放て！　白馬の男を狙うのだ！」

曹操は形勢不利と見て、ほかの者と一緒に川のなかを突き進んだ。虎豹騎が自ら盾となり、雨霰と降り注ぐ矢から曹操らを守った。ばちゃんばちゃんと水音が響き、五、六人が立て続けに倒れた。曹操は無傷であったが、白鵠は三本の矢を食らった。そのうちの一本が目に命中し、白鵠は首を激しく振って曹操を振り落とした。

二の矢が射かけられると、曹操はとっさに潜って白鵠の腹の下に隠れた。ぶくぶくと音がして白鵠が倒れてきた。白鵠も力尽きたのだ。曹操は慌てもがきながら、馬の下から顔を出した。馬も失ったところで三の矢が襲ってくる。曹操はもはやこれまでかと覚悟した。

そのとき、血まみれの手が曹操をつかんだ——息子の曹昂である。

「早く馬に！」曹昂は迷うことなく曹操を栗駁毛《くりぶちげ》の馬に押し上げ、馬の尻を思い切り鞭打って走らせた。

曹操は無我夢中で馬首にしがみつき前へと進んだ。矢が次々と体をかすめ飛ぶ。突然、左腕に鋭い痛みが走った。矢が突き刺さっている。だが、幸いにも三の矢をくぐり抜けた。対岸のざわめきが聞こえてきた。見れば自軍の兵が曹操を出迎えている。そこには夏侯淵《かこうえん》に郭嘉《かくか》、朱霊《しゅれい》らもいた。先頭に立つ将は楽進《がくしん》である。王必と曹純はすでに岸に上がり、一緒になって声を嗄《か》らして叫んだ。「わが君、早く！　早くこちらへ！」

助かった……曹操はようやく体を起こし、馬に鞭を当てて仰天した——これは昂の愛馬絶影《ぜつえい》！息子は自分の馬を譲ったというのか！

曹操は思い切り手綱を引いて振り返った——昂はどこだ？　視線の先に、全身に矢を受けてゆっくりと沈む曹昂の姿があった。

「わが君、ちくしょう、こっちです」楽進は慌てるあまり、罵声交じりに叫んだ。

張繡の兵馬はすでに岸辺に揃い、四の矢を放とうとしていた。曹操は涙を流す暇もなく、ただ必死に馬を駆って東岸の援軍のなかに飛び込んだ。

張繡は川の西岸で恨みがましく天を仰いだ。「はらわたが煮えくり返るわ。天はなぜあのような奸《かん》賊《ぞく》をお助けになる」曹操軍はすでに対岸に集結しており、これ以上の追い討ちは不可能である。張繡は、まだ川を渡り切っていない兵を射殺《いころ》すよう部下に命じると、自身は馬上で背筋を伸ばし、いらいらしながらあたりを見回した。すると、はるか南に人馬が見えた。馬上に跨がる二人の子を、三人の将と十数人の兵が前後を護衛しつつ、いまも淯水の岸に向かっている。

曹安民、段昭、任福の三人は、曹丕と曹真の護衛についていた。しかし、混乱のうちにみな自分の馬を見失ってしまった。そのため、捕まえた馬に二人を乗せたが、まだ十かそこらの子供に大きな馬は乗りこなせない。一行はそろそろと逃げ出しはじめた。そこで曹安民が機転を利かせた。幕舎の連なる南門を出ると、ぐるりと戦場を避けて遠回りをし、淯水を目指していたのである。

曹安民らは誰にも気づかれていないと思っていた。しかし、川岸まであと少しのところで、背後から蹄《ひづめ》の音が聞こえてきた――張繡だ！　服喪を示す白い布でくるまれた兜がひときわ目を引く。張繡はたった一騎で白馬を駆けさせ、銀の槍をしごきながら迫ってきた。

曹安民はその様子を見て、みなに声を掛けた。「張繡は単騎だ、返り討ちにしてやろう！」

「よし、やつを討てば一気に形勢も変わる！」段昭はそう応えると、すぐさま周りの十数人の兵を止め、おのおの長剣を抜いて張繡を迎え撃つよう命じた。

瞬く間に張繡が近づいてきた。張繡はひと言も発することなく、槍を揺らめかせながら突き出した。段昭は度肝を抜かれた。眼前に迫る切っ先が五、六本にも見える。誰もがそれを見て後悔したが、もはや後の祭りである。得物を手に叫声を上げる張繡、耳元でびゅんびゅんと風を切る音がする。かと思うと、気づけば五人の兵がその場に倒れていた。段昭も太ももに槍を食らったが、張繡のほうはまったくの無傷である。残った兵はようやく張繡の恐ろしさを思い知り、一目散に逃げ出した。張繡は段昭にかまうことなく、馬を駆って子供たちを追いかけた。

曹丕らを守れるのは自分と任福しかいない、そう悟った曹安民はその場で立ち止まり、剣を抜いて猛然と身を翻した。しかしその瞬間、張繡の槍が曹安民の喉元を貫いた。曹安民は両目をむいて倒れ、みるみる血だまりが広がっていった。

「安民兄さん……うっうっ……」曹丕と曹真は驚いて泣き出した。もはや任福に立ち向かう勇気はなく、馬を牽いて命がけで走った。張繡はすかさず追いかけ、その背後で槍を構えた。このひと突きで、二人の短い一生が終わる。

「お待ちを！」突然、誰かが横に並んだ。馬上のその男は手を伸ばし、なんと張繡の槍の柄をつかんで止めた。賈詡である。

張繡はつかの間啞然《あぜん》としたが、すぐに叫んだ。「叔父上、離してくだされ」

「殺してはなりませぬ」

「殺さねばならんのです」

「殺してはなりませぬ……決してなりませぬ……」力で張繡に勝《まさ》るはずもなかったが、賈詡は両手で張繡の槍を取り上げようとした。そして押し合いへし合いするうちに馬から落ちてしまった。

張繡は賈詡が落馬したのを見ると狼狽《ろうばい》し、慌てて馬から飛び降りた。任福は、これ幸いと子供を引き連れ、川のなかへ駆け込んだ。段昭も刀を杖にしながらあとを追い、主従四人はあたふたと逃げていった。

「ああ……」張繡は大きなため息を漏らした。そして賈詡を引っ張り起こすなり詰問した。「なぜ畜生の子を逃がすのです？」

幸い賈詡に怪我はなかった。賈詡は土をはたき落とすと、おもむろに語った。「もし曹操を捕らえていたのであれば、息子らも殺してかまいません。ですが、曹操は逃げおおせています。将軍はすでに曹昂を討ち取ったのですから、これ以上その息子を殺してはならぬのです」

「そんな道理があるものですか」張繡は腹立たしげに言い返した。「わが親族の張済が亡くなってまだ喪も明けていないというのに、曹操めはその妻を強奪したのですよ。こんな話が広がれば、男として世間に顔が立ちません。やつの一族を皆殺しにしてこそ、雪辱を果たせるのです」

「将軍、あなたはいま宛城の地に拠って立っています。このたびは南陽郡の半分を失ってしまったのですから、これ以上、曹操とのあいだに仇《あだ》を結んではならんのです」

「すでに息子を一人殺したのですから、もう十分に不倶戴天の敵でしょう」

「いえ、曹昂は配下の将で押し通せます。しかし、実子を殺してしまったとなれば話は別です。このたび曹操がかような愚行をしでかさなければ、わたくしもこうした下策を勧めることはありませんでした」賈詡は髭をなでると、意味深長なことを言った。「将軍は決して天命を受けた方ではありません。この乱世、勝手放題に振る舞って自らの前途を閉ざしてはならないのです」

張繡は握り締めていた拳をゆっくりと緩めた。「まあいいでしょう。やつの兵馬もだいぶ削り、わたしの鬱憤もいくらか晴れました。それで、このあとはどうしますか？」

「まずは散り散りになった兵馬をすぐに立て直しましょう。将軍は宛城に戻って残る曹操軍の兵を処罰し、張先には曹操を追撃するよう命じてください。わたくしは南へと赴き、劉表に会わねばなりません。この戦では勝利を得たものの、劉家と手を組まねば道は開けません。曹操の兵馬は強うございますが、劉表の助けがあれば渡り合うこともできましょう」

「わかりました。劉景升《けいしょう》は信ずるに足る人物、友好な関係を結べば、ならず者の曹操にも勝てるというわけですね」そう言い終えたときには、張繡はもう馬に跨がっていた。

「いいえ、そうではありません」賈詡は張繡の手を借りながらゆっくりと馬の背に跨がると、引き潮のように去っていく対岸の曹操軍に目を遣り、穏やかに言った。「この世に永遠の友などおりませんが……また永遠の敵というのもおらぬものです」

第八章　袁術《えんじゅつ》、皇帝を名乗る

許都《きょと》への引き上げ

宛《えん》城における失態は、完全に曹操個人の不始末が引き起こしたもので、曹操は深く後悔するとともに恥じ入るしかなかった。この敗戦で兵馬や輜重《しちょう》を失ったばかりか、わが子の曹昂《そうこう》や甥の曹安民《そうあんみん》、そして愛将の典韋《てんい》さえ戦死させてしまったのである。

張繡《ちょうしゅう》はしばしの休息を取ったが、一方では曹操軍が淯水《いくすい》の東岸で足場を固めないよう、張先《ちょうせん》に追撃を命じた。曹操軍は絵に描いたような総崩れであった。寡兵の敵に対して浮き足立ち、戦っては逃げ、戦っては逃げ、舞陰《ぶいん》［河南省南西部］に至りようやく陣を築いた。

県城に入って兵馬が腰を落ち着けると、曹操はやっと心ゆくまで泣くことができた。曹昂は、難産で死んだ側女《そばめ》の劉《りゅう》氏が残した子である。正妻の丁《てい》氏があとを引き取り、わが子のように慈しみ、手塩にかけて育ててきた。曹昂は負けず嫌いで、七歳で書を読み、九歳で武術を学びはじめた。家では孝行息子であり、軍では立派な将であった。それがたった十八歳にして戦場で命を落としてしまうとは……しかも、父を救うために亡くなったのだ。どのようにして丁氏に伝えればよいのか、曹操には皆目見当がつかなかった。

曹安民は、曹操の弟曹徳《そうとく》の息子である。父の曹嵩《そうすう》と曹徳は徐《じょ》州から兗《えん》州に向かう際、陶謙《とうけん》の部下張闓《ちょうがい》に財物を略奪され、ほとんど一族皆殺しの憂き目に遭ったが、曹安民はそのなかを生き残った。生真面目というよりは聡《さと》いところがあり、なんと言っても曹徳の血を引く実の甥である。自分の不始末から弟の血筋を途絶えさせたのだから、まったくもって亡くなった弟にも顔向けできない。

典韋は天下随一の勇猛な臣である。その勇ましさは古《いにしえ》の孟賁《もうほん》や夏育《かいく》［いずれも戦国時代の秦《しん》の勇士］にも劣らず、ずっと曹操のそばに付き従い、兵士たちからも慕われる猛将であった。呂布《りょふ》と兵刃を交え、黄巾《こうきん》を平定し、幾度にもわたる激しい戦いにも傷一つ負わなかったのに、宛城でその命を落としたのである。しかも、曹操が張済《ちょうさい》の寡婦を側女にしたことで張繡は怒りに打ち震え、いったんは帰順したのに反旗を翻した。曹操の不行跡によって典韋を無駄死にさせたと知れば、兵士らも怒り心頭だろう。陣中の将兵たちにどう伝えたものか……

考えれば考えるほど、曹操は激しい後悔に苛《さいな》まれた。一人前の男が涙をぽろぽろとこぼして泣いている。その姿に、王《おう》氏と周《しゅう》氏も何と声をかければよいのかわからなかった。王氏と周氏、いわば二人は全軍に敗戦をもたらした元凶である。面と向かって罵る者はいないが、誰もが二人を白い目で見ている。とはいえ、そもそも妻となることを強いられたのだから、二人も気の毒ではある。多くの将兵を死なせたことは措《お》くとしても、曹家に入る前から正妻が手塩にかけて育てた息子を死に至らしめたのだ。今後どんな日々が待ち受けていることか……二人は曹操に二言三言慰めの言葉をかけると、そそくさと隅へと下がった。このような変事を前にしては、自分たちに怒りの矛先が向くのを恐れるばかりだった。

た。夏侯淵《かこうえん》、楽進《がくしん》、朱霊《しゅれい》らの将は、取るものも取り敢えず曹操に寄り添い、代わる代わるにいたわった。許褚《きょちょ》のような無骨者さえ、慰めの言葉を口にした。曹操は涙をぬぐい、顔を上げて許褚を見ると、重苦しい口調で話しかけた。「息子や甥が死んだだけではここまで心も傷まぬ。ただ、典韋を失ったことだけが心残りだ。当代きっての勇将が戦場で命を落とすとは、なんと悲しいやら、痛ましいやら……」この言葉は決して本心ではなかった。典韋がどんなに戦上手であったとしても所詮は他人である。曹昂や曹安民を亡くした痛ましさに及ぶはずもない。曹操が言葉を選んだのは、諸将に自分の情け深さを印象づけるためだけでなく、自らの過失に対する恨みを減じるためでもあった。

むろん、それを見抜ける許褚ではない。息子らよりも部下の死を悼む曹操の姿を目にし、不屈の豪傑も堪えきれずに涙をこぼした。「わが君、戦場で命を落とすことこそ男子の本懐、改めて兵を挙げて張繡と戦い、典韋の仇を討てばよいのです」

夏侯淵も嘆いた。「戦場にて命を落とす、か……しかし、典韋の亡骸はまだ敵陣だ」

曹操はここぞとばかりに告げた。「わしはこれから敵軍に触《ふ》れを出す。典韋の亡骸を持ってきた者には手厚い褒美を取らせると。何としても典韋を故郷へ帰らせてやらねばならん」

曹操のこのひと言にみな多少なりとも慰められ、涙をぬぐいはじめた。と、そのとき突然、郭嘉《かくか》が息せき切って駆け寄ってきた。「わが君、逃げ戻ってきた青州兵《せいしゅうへい》が申すには、于禁《うきん》が謀反を起こしたそうです。曹仁殿《そうじん》が率いる青州兵を攻撃し、いまはここ舞陰にすさまじい勢いで迫っているとか！」

「何だと!?」あまりの驚きで曹操の涙も止まった。兵もまだ戻りきっていないのに、于禁が造反したとなればどうしたものか。戦に負ければ兵は浮き足立つものだが、于禁は曹操に長年仕えてきた将ではないか。それがいきなり謀反を起こすとは信じがたい。曹操はすぐに城門を閉じて警戒するよう命じ、自らは諸将を引き連れて舞陰城の城楼に登った。

ひと目見下ろすなり、一同を混乱が襲った。遠くで喊声が轟き、于禁の兵馬が追撃してきた張先の兵と戦っている。両軍の力は拮抗《きっこう》しており、どちらが優勢か判断しがたい。しかし、曹操は内心ほっとしていた。于禁の謀反が誤報であれば言うことはない。たとえ謀反が事実であっても、それなら張先と殺し合ってくれればよい。張先が負ければ外患を鎮めることになり、于禁が敗れれば内乱を防ぐことになる。

曹操は高みの見物で漁夫の利を得ることにし、声を発することもなくこの争いを見守った。于禁が引き連れている兵馬は惨敗した軍とはいえ、一糸乱れず陣形を整え、攻撃も防御も秩序立っている。かたや張先の軍は、勝ちに乗じて追撃して来たものの、優勢を占めるに至っていない。しばらくすると、張先は勝ちきれないと見たのか、あるいは舞陰城からの援軍を危惧してか撤退していった。于禁はそれを追わずに隊列を整え、戦場に落ちている武器などを拾うと、ようやく兵を連れて舞陰城へと向かってきた。城壁の上で戦況を見ていた者たちは、于禁が兵を率いて城に攻め込むのではないかと、その動きを息を殺してじっと見つめた。しかし、于禁の兵は堀のあたりまで来たところで停止し、慌てることなく陣を張り、炊事の支度まではじめた。造反の気配は微塵もない。

曹操は黙ってその様子を見ていたが、しばらくして命《めい》を下した。「すぐに城門を開き、于将軍に入城するよう伝えよ」

「門を開けてはなりません」人混みをかき分けて前に出てきたのは朱霊である。「まだ于禁が謀反を起こしたかどうか定かではありません。城門を開いて于禁の兵馬が攻め込んできたらどうなさるのです」

朱霊と于禁の確執は曹操も承知していたが、いまは朱霊の訴えにかまっている場合ではなかった。「文博《ぶんはく》、疑うことはない。于文則《うぶんそく》は謀反など起こしておらん。わしが請け合おう」朱霊は何も言わずに引き下がったが、心中には不満が渦巻いていた——張繡が刃向かうことはないと仰っていたのに、現にこんなところへ追い詰められたではありませんか——

ほどなくして城門は開かれたが、于禁の兵馬は入城せず、于禁だけが城門をくぐった。于禁は落ち着き払っており、城楼に登ってくると、遠くから曹操に向かって跪《ひざまず》いて詫びた。「兵の集結に時間を要し、駆けつけるのが遅れましたこと、どうかお許しください。わが君はご無事でおられたでしょうか」

曹操は、わが身の無事を于禁が真っ先に尋ねてきたことで、すっかり疑いを解いた。「文則、早く立つがよい。ここにいる将らが命がけで守ってくれたおかげで、わしはたいした傷も負わずに済んだ。追っ手の撃退、大儀であったぞ」

于禁は立ち上がって諸将の列に加わると、青州兵を攻撃したことについてはひと言も触れず、ただ左右の将にささやいた。「わが君がこの難を逃れられたのは、まこと朝廷の幸い、天下の幸いだ」声の大きさは絶妙で、ちょうど曹操の耳に届くほどだった。

朱霊は于禁が猫をかぶって曹操に気に入られようとするのを見て苛立ちを覚えた。髭をしごく曹操に目を遣りつつ一歩踏み出し、于禁に向かって拱手《きょうしゅ》した。「文則殿、なにゆえ部隊を率いてわれらが青州兵を攻撃したのですかな」

于禁は朱霊には目もくれず、曹操に向かって答えた。「撤兵する際、青州兵が混乱に乗じてほかの部隊の輜重を奪おうとしたため、少々懲らしめてやったまででございます」朱霊が口を挟む前に、于禁は間髪入れずに続けた。「青州兵はもと黄巾の衆、ですが、わが君に帰服したからには、賊のような行為を見逃すことはできません」于禁はこのひと言で朱霊を黙らせた。曹操に恭順の意を示しつつ、暗に自分を蔑《ないがし》ろにする于禁を見て、朱霊は歯がみするほど憎らしく思ったが、どう反論すべきかわからなかった。曹操は冷静に尋ねた。「文則、ここに逃げ込んだ青州兵がおぬしの謀反を訴えてきたが、それは知っていたのか?」

「すでに存じておりました」于禁は拱手して答えた。

「では、なぜ早く申し開きに来ず、のんきに城外で陣を張っていたのだ」

「いつ何どき敵が追手をよこしてくるかわかりません。備えなくして敵を防げましょうか。それに、わが君がご聡明であることは平素より存じております。ありもしないでっち上げに耳を貸すはずがありません」于禁の言葉は筋が通っているだけでなく、うまく追従《ついしょう》も含んでいた。

曹操は思わず感心した。「淯水の敗戦ではわしさえ周章狼狽したのに、文則はよく部下を束ね、敵を撃退して陣を築いた。何ごとにも動じぬその忠節は、古の名将にも勝《まさ》る。おぬしを讒言《ざんげん》した者を始末し、朝廷へ戻ったら、上奏しておぬしに亭侯《ていこう》の位を授けよう」

于禁は喜びを押し隠し、すぐにそれを辞退した。「列侯《れっこう》の位は望むところではありません。ただ、讒言した者に寛大なご配慮をお願い申し上げます。青州兵はわが軍に帰順した者であり、恩徳をもって安心させてやるべきかと。いわんやわたくしと同じ、わが君と朝廷に仕える兵なのですから。わたくしとしましても、些細な私怨からその者が処断されるのは堪えかねます」于禁はこうして曹操に度量の大きさを印象づけた。

曹操はいっそう感心した。「たしかにそのとおりだ……しかし、功績はやはり褒め称えねばならん。封ずべきものは封じねばな」

このたびの撤退で于禁が立てた功績はたしかに大きかったが、そのわざとらしいやり方や媚《こ》びへつらう態度は、そばにいた者たちの反感を買った。楽進や朱霊らは追手を撃退できなかったとはいえ、ずっと曹操の身の安全を守ってきた。危急の際に総帥を守った功労は、于禁より大きいはずではないか。もともと于禁に対する反感が一番大きかったのは朱霊だったが、于禁が列侯に封じられることになり、ほかの者も不満を抱きはじめた。

このとき、南のほうに砂塵が巻き上がるのが見えた。青州兵をまとめて引き上げてきた曹仁の部隊である。これで各隊の兵馬がなんとか舞陰に移動し終えた。曹操は安堵の息をついて振り返ると、笑みを作って諸将に語りかけた。「張繡らの投降を受け入れておきながら人質をとらず、こうした事態に陥った。敗因はこれに尽きよう。このことに鑑みて、以後同じ失態は繰り返さんぞ」

人質をとらなかったですと？　人質なら将軍の寝所にいるではありませんか……諸将は苦虫を噛みつぶしながらも、口々に「勝敗は兵家の常です」などと当たり障りのないことを口にした。とにかく曹操軍はどうにか落ち着きを取り戻したのである。

舞陰に駐留して散らばった兵の帰還を待っているあいだに、張繡が兵を率いて穰《じょう》県［河南省南西部］

に移り、劉表《りゅうひょう》と同盟を結んだという知らせが入った。しばらくは大きな動きを見せることはなかろう。曹操としても打つ手なく、ひとまず討伐を中断し、兵を連れて許都へと引き上げた。重賞の下には必ず勇夫ありというが、十分な褒美を約束したため、典韋と曹安民の亡骸が密かに送られてきた。曹操は、二人をきちんと棺に収め、故郷に送り届けて葬ってやるよう命じた。しかし、淯水の流れに飲まれた曹昂の亡骸だけは、とうとう戻ってこなかった。

本来なら幕下に加わるはずだった張繡をみすみす劉表の側へ押しやり、南陽《なんよう》郡の半分も取り戻せなかっただけでなく、かえって禍《わざわい》の種を残してしまった。さらには、「天子を奉戴して逆臣を討つ」と勢い込んだその初戦で、曹操は物の見事に敗れた。これでは各地に割拠する者が朝廷を軽んじて従わないことはもちろん、許都で「百官を統《す》べて政《まつりごと》を執る」ことにも差し障りが生じる。そしてさらなる内憂外患が、いままさに曹操の身に迫りつつあった……

多事多難

許都《きょと》に戻った曹操がまず越えなければならない壁、それは天子でも文武百官でもなく、正妻の丁氏《ていし》であった。

丁氏に対する曹操の情は、愛おしむといった類いではなく、言うなれば敬意である。丁氏は曹操より一つ年上で沛《はい》国の名門の出であるが、その容貌は取り立てて人目を引くほどではなく、性格も内向的であった。そのため、曹操は結婚当初から丁氏を愛らしく感じたことはなく、丁氏もその寵愛を受けるには至らなかったが、ただ曹家のためによく尽くした。とりわけ曹家が宋《そう》皇后の廃位の巻き添えを食ったときなどは、丁氏が中心になって家をもり立てた。さらに立派だったのは、劉氏の忘れ形見である曹昂《そうこう》をわが子のように可愛がり、十八年ものあいだ苦労して育て上げたことである。

もとより曹操は慎重に言葉を選んで、曹昂の死を丁氏に伝えようと考えていた。王《おう》氏、周《しゅう》氏との関係は伏せ、息子の壮烈な最期のみを伝えるつもりだった。しかし、曹丕《そうひ》、曹真《そうしん》という子供がいたことを忘れていた。あれだけの災難に遭ったのだから、二人は家に戻れば細大漏らさず卞《べん》氏に告げるだろう。そうなれば、卞氏が丁氏を慰めないはずはない。こうして卞氏の口から事の次第が丁氏に伝わり、すべてが明るみに出たのである。

丁氏は四十も半ば、曹操と一緒になってからというもの、小言は口にしても、面と向かって罵るようなことは絶えてなかった。だが、今度ばかりは司空府《しくう》がひっくり返るほどの大騒ぎとなった。

この日、曹操は皇宮《こうぐう》に参内して天子に報告するため、朝服《ちょうふく》に着替えたところであったが、すさまじい勢いで部屋に乗り込んできた丁氏に袖をつかまれ、奥の間に引きずり込まれた。丁氏は涙ながらに曹操を叩いた。「わたくしが前世でどんな悪行をしたというの……あなたのような恥知らずに嫁ぐなんて。女狐《めぎつね》のために実の息子を死に追いやったというの……このろくでなし！　息子が死んだのに、どうして自分はのうのうと生きているの。あの子を返して、わたくしの息子を……」

曹操は自分に非があることは百も承知していたから、何も言い返せなかった。打《ぶ》たれるままにまかせ、丁氏の肩を抱いて慰めた。「わしが悪かった。死んでしまった者はもう生き返らぬ。わしらの息子ならほかにもおるではないか……」

丁氏は話を聞きいれるどころか、この言葉を聞いて曹操の頬を平手打ちした。「あなたには山のように子供がいるでしょうよ。でも、わたくしには昂ただ一人だったの。あなた、わたくしに顔向けできると思って？　昂を残して死んでいったわたくしの妹に顔向けできて？　この恥知らず、八つ裂きにしてやりたい……これが前世の因果なの？」丁氏は叩き疲れたのか、床にへたり込むと、手がつけられないほど大声で泣き喚《わめ》いた。

丁氏に打たれて目がちかちかした曹操は、顔を覆ったまま何も言えずにいた。事の発端となった王氏と周氏は口を挟めるはずもなく、ただ突っ立って見ていることしかできなかった。そこへ秦《しん》氏と尹《いん》氏が駆けつけ、丁氏を助け起こした。「お姉さま、お体に障りますわ……」しかし、丁氏の悲痛な泣き声がやむことはなく、秦氏らの手を握りながら、曹操を罵り、泣き喚き続けた。秦氏らも涙もろい女である。はじめこそ丁氏を慰めていたが、ついには一緒になって泣き出した。環《かん》氏も泣き喚く声を聞きつけ、曹沖《そうちゅう》を抱いて部屋から出てきたが、今度は騒ぎに驚いた曹沖まで泣き出す始末である。部屋では大人となく子供となく泣き喚く大騒ぎとなり、曹操の心は乱れた。肝心なときに頼りになるのはやはり卞氏である。卞氏はその場の混乱を見て取ると、速《すみ》やかに曹操に耳打ちした。「ぼんやりしていないで、早く馬車を準備して。お姉さまの娘を夏侯《かこう》家から呼び戻して慰めてもらうのよ」

「いや……」どんな朝廷の大事でも怯《ひる》まない曹操ではあったが、さすがにこのときばかりはうろたえた。「娘にはなんと言えばいいんだ？」

「あなたって人は」卞氏は曹操が外でしでかした放蕩ぶりに腹を立て、強く腕をつねった。しかし、やはり情に厚い卞氏のこと、困り果てた夫を見ると、ため息をついて助け船を出した。「わたしだってわからないわよ。あなたは早くご自分の仕事に戻ってください。わたしが夏侯家に行って、お姉さまの娘に来てもらうようにするから」

曹操は藁《わら》にもすがる思いで、急いで娘を迎えにやる馬車を準備させた。秦氏と尹氏が丁氏を支え、おぼつかない足取りで部屋に戻るのが見えた。丁氏は涙をぬぐいながら、いつまでも怨嗟の言葉を吐いていた。「昂が……息子が……もうわたくしには何も残っていないわ……もう何もないのよ……」そう嘆きつつ、呆然としたまま去っていった。王氏と周氏も隅に隠れて抱き合いながら涙を流していたが、曹操の視線に気がつくと、驚いて後ずさった。だが、これはすべて曹操自身が引き起こしたことであり、この二人を責めることはできない。

曹操は考えるほどに己が恨めしく、思わず自分の横っ面《つら》をはたいて、表へと向かった。部屋を数歩出たところで、朝服が着崩れていることに気づいた。こんななりで天子の御前に出るのは礼儀にもとる。部屋に戻って新しい服に着替えることにした。幸い、夫人たちもそれぞれに忙しく部屋を出ていたため、その場にいた新入りの侍女が着替えを手伝ってくれた。

ようやく着替えを終えると、笏《しゃく》を手に門を出て馬車で皇宮へと向かったが、曹操の心はいまもまだ散り散りに乱れていた。

許都の皇宮は遷都後にかりに建てられたものであり、迫力も規模も洛陽のそれには遠く及ばなかった。事実上、朝廷を支配しているのは曹操である。そのことは誰もが知っていたので、馬車は一度も遮られることなく進んだ。差し出した名刺［名前を記した竹木《ちくぼく》］が奥に届くなり、皇帝の劉協《りゅうきょう》が殿上に現れて曹操を招き入れた。

天子が曹操に何か意見をしてくることはないが、やはり会わないわけにはいかない。曹操は敗戦についていかに釈明すべきか俯《うつむ》いて考えながら、宮殿へと足を向けた。なかに入ってはじめて、そこに多くの虎賁《こほん》軍の衛士《えいし》がいることに気がついた。鋭利な金鉞《きんえつ》を持ち、左右に分かれて列をなしている。曹操は肝をつぶした——しまった！ うかつだった、まさか陛下はわしを亡き者にしようと！

身を翻して立ち去ろうにも、すでに殿中に足を踏み入れている。いまさら曹操がどんなに速く駆けようと、衛士らを振り切れるわけもない。曹操は跪《ひざまず》き、どうにか気力を奮うと高らかに挨拶した。「司空曹操、陛下にお目通りにまいりました。陛下万歳、万々歳！」

曹操の拝礼を受けると、劉協は立ち上がって手を上げた。「曹公、早く身を起こされよ」

曹操も慌てて立ち上がり、思わず左右の衛士に目を遣った。曹操が口を開く前に、劉協がねぎらった。「曹公、こたび南陽《なんよう》へ向かい、舞陰《ぶいん》、葉《しょう》［いずれも河南省南西部］の二県を鎮めたこと、朕《ちん》はうれしく思う」好事《こうじ》門を出《い》でず、悪事千里を走るというが、宛《えん》城での惨敗は、とうに尾ひれがついて許都でも広まっていた——曹操は張済《ちょうさい》の寡婦と関係を持ったあとでこれを娶《めと》り、寝所に閉じ込めただとか、張繡《ちょうしゅう》に槍で尻を突き刺され、窓から飛び出してようやく命拾いしたなど、なんでもありだった。劉協もすでに曹操の敗戦を聞き及んでいたが、宛城でのことについては触れず、舞陰などを取り戻した小さな功労を称えた。

曹操は、それが本音とも皮肉とも判断がつかず不安に駆られた。鋭利な刃がいまにも振り下ろされるのではないかと恐れ、とっさに笏を掲げて詫びた。「臣はたいした功績も挙げずに引き返してまいりました。まったく慚愧に堪えず、陛下のご教示を仰ぐ次第でございます」曹操は謙遜しつつ探りを入れた。

「曹公、なにゆえそのように申す?」かたや劉協も曹操には恐れを抱いている。かしこまった様子で曹操を慰撫した。「そちは朕のために二県を取り戻してくれた。感謝に堪えぬというのに、かえって朕に教示を垂れよと申すのか。かような謙遜はやめよ。朕のほうがかえって恐縮する」これは劉協の本音であった。曹操の庇護を得て以来、衣食の面では董卓《とうたく》や李傕《りかく》のもとにいたころとは比べものにならない。しかし、天子として口に出せることはますます少なくなっていた。

この天子に謀略を弄する度胸はない、曹操はそう見て取ると、ここは逃げるが勝ちとばかりに再び笏を掲げて切り出した。「さようでございますか。陛下の広いお心に深甚なる感謝を捧げます。それから、今日はいまいち気分がすぐれぬゆえ、これにて失礼させていただきとうございます」

劉協はずっと曹操を恐れ、避けてきた。だが、曹操がろくに話もせず退《さ》がろうとするのを見て訝《いぶか》しんだ。よく様子を窺うと、曹操の目はやや泳ぎ、左右の衛士をちらちらと窺っている――曹操め、怯《おび》えておるのか――劉協は覚えず笑みを浮かべ、わざと厳しい声で曹操を呼び止めた。「曹公、待たれよ」

「え⁉」曹操の体に震えが走り、膝の力が抜けた。曹操はしどろもどろに答えた。「へ、陛下、まだ何か」

「そちは朝廷の柱石、くれぐれも体を大事にするのだぞ」劉協はそう言葉をかけて、薄笑いを浮かべた。「もし司空府に戻っても具合が治らなければ、侍医を遣わそう。朕の天下のために、そちが体を壊しては元も子もない」

朕の天下のために……棘《とげ》のある物言いだが、危地に長居は無用である。曹操はそそくさと皇宮を出た。玉の階《きざはし》を下りる際、曹操は思わず振り返った。するとまた得物《えもの》を持った虎賁の衛士が目に入り、心臓が縮み上がった。曹操は冷や汗をかきながら密かに独りごちた。「やれやれ、今後は安易に謁見できんな」皇宮を出て馬車に乗ると、曹操の恐怖は憤慨へと変わり、馬車のそばにいた王必《おうひつ》に向かって不平をこぼした。「荀彧《じゅんいく》は何をやっておる。なぜ皇宮の衛士を増やしたのだ」

王必は、曹操が忘れていると気づいてすぐに説明した。「この件につきましては、将軍が宛城にいらっしゃるときに荀大人《たいじん》が書簡でお伺いを立ててまいりました。たしか将軍は、古くからある制度ならもとに戻せばよいと仰っていたかと」

そのころの曹操は、まさに王氏らと睦まじく過ごしている最中で、そんな問い合わせなど気にもかけていなかった。曹操は自分の額を軽く叩いた。「わしとしたことが……王必、早くわしの名刺を持って、尚書令《しょうしょれい》の荀彧と御史中丞《ぎょしちゅうじょう》の鍾繇《しょうよう》に司空府に来るよう伝えてくれ」いまや荀彧は朝廷の大官であり、曹操でもむやみに呼びつけることはできない。用事があっても、誰か人を遣って招かねばならないのだ。

まもなく司空府に帰り着いたが、気分はむしゃくしゃとしたままだった。家でも朝廷でも、何一つとして順調にいかない。曹操は広間に座り、徐佗《じょた》に言いつけてここ何日かの公文書を持ってこさせた。なかには袁紹《えんしょう》からの書簡も交じっていた。ほかの文書は脇によけ、まずその書簡を見ることにしたが、広げて目を通した途端、曹操は腹立たしさのあまり歯ぎしりした。袁紹は、曹操が張繡に負けたと聞き及び、わざわざ辱めの手紙をよこしていた。書簡には、曹操が戦陣に臨んで怖じ気づき、野心が大きいわりに能力が欠け、聖恩に背いているなどと書き連ねてあった。要するに、以前詔書によって曹操が袁紹を非難した意趣返しだった。

「袁紹め、わしを侮辱しおって！」曹操は怒りのあまり、竹簡を広間の外に向かって思い切り投げつけた。

ちょうどそこへ御史中丞の鍾繇が到着し、ゆっくりと俯きながら広間に入ってきた。鍾繇は突然何かが顔に向かって飛んできたので、慌てて頭を低くしてよけた。顔には当たらなかったが、ばしっという音とともに冠が落ち、髪がざんばらに乱れた。

曹操は驚いて腰を抜かした。鍾繇は曹操の属官ではなく、「三独坐《さんどくざ》」といわれる朝廷の要職にある大官だ。その冠を叩き落とすとは、顔を殴ったにも等しい。曹操は慌てて立ち上がって詫びた。「なんと、元常《げんじょう》殿、失礼した……お許しくだされ」そう言って何度も拱手《きょうしゅ》して詫びた。

鍾繇は仰天し、胸を何度もさすってどうにか息を落ち着けた。曹操が詫びてばかりいるので、かえっておかしみを覚え、床に落ちていた竹簡を拾い上げた。さすがに内容にまで目を通す勇気はなかったが、丁寧に巻き直して曹操に手渡すと、温かい言葉をかけた。「曹公もうっかり文書を取り落とすことくらいありましょう。かまいませぬ」

取り落とした竹簡が空中を飛んでいくはずもない。度量の広い鍾繇の言葉に救われた曹操は、その手を引いて客人の席につかせると、自ら冠を拾いにいった。冠の梁《りょう》［冠の上部にある芯］が折れてしまっている。もし竹簡が顔に当たっていたら、鼻の骨が折れていたかもしれない。曹操は卓のそばで侍立《じりつ》している徐佗に毒づいた。「おぬしの目は節穴か？　何を突っ立っておる。さっさと奥から新しい冠を持ってこんか」

「はっ」徐佗もついていない。八つ当たりも甚だしいが、徐佗は司空府の掾属《えんぞく》［補佐官］である。

このような決まりが悪い場面では、曹操の面子《めんつ》を立てるしかない。徐佗は平謝りで、奥の間へと冠を取りにいった。

曹操は、立ち上がって礼を言う鍾繇を長椅子に座らせた。「まことに失礼いたした」

「いえいえ、かまいません」そうは言いつつも、鍾繇は自分の散らかった髪を思わずなでつけた。

官たるもの深衣《しんい》［上流階級の衣服］を身にまとい、冠をかぶってこそ様になる。深衣を着て冠をかぶ

らないのはやはり不格好で、漢の大官としては人に会うことさえ憚られる。

すぐに徐佗が冠を捧げて戻ってきた。曹操にまた小言を言われぬよう、櫛《くし》や剃刀《かみそり》、簪《かんざし》から、盥《たらい》に

張った水まで運ばせてきた。

「ふん、まあよいだろう」曹操はこれを一瞥すると、自ら櫛を手に鍾繇の髪を整えようとした。

「なんと恐れ多い」鍾繇は驚いた。他人のために梳る《くしけず》三公《さんこう》など聞いたこともない。鍾繇は立ち上がっ

て辞退しようとしたが、曹操に押しとどめられた。「どうかそのまま。これしきのこと、すぐに終わ

りますゆえ」

鍾繇もそれ以上は断りにくく、曹操が盥の水に髪をつけて梳《と》かし、徐佗が冠をかぶせて簪で留める

のを待った。鍾繇は感謝の言葉を述べようとしたが、曹操が先に話を切り出した。「元常殿、貴殿は

皇宮に虎賁軍の衛士が増員されたのを知っておいでか」

「存じております」鍾繇はわずかに身を乗り出した。「これは従来からある制度でして、三公にあっ

て兵権を有する者が昇殿して天子に目通りする際は、虎賁軍の衛士に協力を求めるのです」鍾繇はそこで言葉を切った。この制度は、権臣が謀反を起こして天子を暗殺するのを防ぐためのものである。制度自体はもとからあったが、竇憲《とうけん》や梁冀《りょうき》、鄧騭《とうしつ》、閻顕《えんけん》、竇武《とうぶ》、何進《かしん》といった、光武《こうぶ》の中興以来、大《だい》将軍などについた外戚で、虎賁軍の衛士の手にかかった者は一人としていない。これはむろん、自身の配下を虎賁軍の衛士に登用していたからである。

「元常殿、余計な気を回す必要はない。古来の制度であれば、わしも反対はせん。先人の知恵というものだ。もとに戻せばよかろう……」そう安堵させておいて、曹操は口調を一変させた。「しかしだ、一つだけ知っておきたい。そもそもこれは誰が言い出したことなのか。まさか文若ではあるまいな？」

鍾繇は隠しごとができない質《たち》であった。「決して荀令君《れいくん》［荀彧］の考えではございません。これは議郎《ぎろう》の趙彦《ちょうげん》が言い出したこと。長らく朝議にて議論したのですが、諫議大夫《かんぎたいふ》の楊彪《ようひょう》さまの強い後押しで決まりました。虎賁軍の衛士は、夏侯《かこう》将軍がご自身の軍営から選《よ》りすぐった者たちで、いずれも曹公の同郷でございます」

曹操は、夏侯惇《かこうとん》が選んだ同郷の者と聞いて安堵したが、それを押し隠して切り返した。「元常殿、貴殿にお越しいただいた理由はお察しか」

鍾繇も聡明な人物である。監察と弾劾をその職務とする御史中丞を呼び出したということは、曹操がこの一件で誰かを指弾するつもりなのは明らかであった。高位にある楊彪をこの程度のことで処分に問うのは難しいが、趙彦なら適当に罪を着せることができる。鍾繇は俯いて考えをめぐらせ、慎重に言葉を選んだ。「議郎の趙彦は日ごろから才を鼻にかけ、驕り高ぶっているところがあります。目下、朝廷にはやるべきことが山積しているというのに、こうした煩わしいだけの上奏をしたことは、罪に問うべきかもしれません」

鍾繇ははぐらかしたが、曹操はごまかされなかった。「朝廷には、高貴な身分を笠に着る老臣もいる。元常殿はこうした輩をどうすればいいとお考えかな」これが楊彪を指しているのは間違いない。

鍾繇は顔を上げ、さりげなく答えた。「誰が罪を犯そうとも追及すべきですが、犯していない罪を追及することはできません」楊彪を追及するなら、わずかでも過失を犯してからであろうと、鍾繇は遠回しに言い返したのである。

曹操も鍾繇の含意には気づいたが、あえて何も答えず、なんとなく目の前にあった竹簡を手に取った。それを開いて目にするなり、曹操はまたいらいらがぶり返してきた——なんとぞんざいな文だ、直すべきところばかりではないか——よく見てみると、それは司空府の西曹掾《せいそうえん》［府吏の採用などを司る役職］の推挙者名簿であった。曹操は徐佗に向かって声を荒らげた。「これを毛玠《もうかい》のところに持っていけ。どの令史《れいし》［属官］が書いたか調べさせるのだ。誰かわかったら引っ立てろ。きつく灸を据えてやる！」

「はっ」徐佗には二つ返事で命《めい》を聞く以外の選択肢はない。すぐにそのいい加減な竹簡を受け取った。

鍾繇は、張繡に敗れたことをまだ引きずっているのだろうと思い、長居する気にもなれず、立ち上がって拱手した。「ほかに何もないようでしたら、わたくしは戻って趙彦の弾劾の準備を進めたいと思います」

冷静さを欠いていた曹操は引き留めることもせず、眉間を押さえつつ答えた。「では元常殿、気をつけて。わしはまだ仕事があるので、ここで失礼する」

「お見送りなど結構でございます。では、これにて失礼いたします」鍾繇は挨拶すると、そそくさとその場をあとにした。

曹操にとって、今日は散々な一日である。家では丁氏に、皇宮では天子に気分を害され、朝廷の同僚や河北《かほく》の袁紹にまで苛立たされた……挙げ句の果ては、取るに足りない下っ端の役人にまで馬鹿にされているようだ。だが、丁氏との件では自分に非がある。天子が何を言おうと自分の立場では逆らえない。楊彪もいまのところは罪に問えぬだろうし、袁紹に至ってはなおさら自分の力は及ばない。だが、いい加減な文書を書いたこの令史だけは、きつく懲らしめておかねばならない。曹操は広間を行きつ戻りつし、すべての怒りをこの運の悪い男にぶつけようと考えた。しばらくすると、徐佗が小吏を連れてやってきたので、曹操は激しい口調で叱りつけた。「たいした度胸だな。そこへ跪け！」

「面《おもて》を上げろ！」

大きな怒声に、その小吏のみならず徐佗までも跪いて頭を深く下げた。

小吏はわずかに頭を上げた。曹操は男をしげしげと眺めた。年のころは二十あまり、立派な容貌の男だが見覚えはなかった。それもそのはず、曹操は春先から戦《いくさ》に出ていたので、そのあいだに毛玠が雇った者を知るわけもない。ましてや令史ともなれば、曹操が自ら会うこともない、秩《ちつ》百石《せき》の下っ端役人である。

「名を申せ」

「陳国《ちん》の梁習《りょうしゅう》と申します」男は礼儀正しく拱手した。

曹操は冷やかに笑った。「司空府にやって来る前はどんな役職についていた？」

梁習は低い声で答えた。「以前は陳国の主簿《しゅぼ》［庶務を統轄する属官］でございました」

「ほう？」そう聞いて曹操は皮肉った。「道理でな。陳国の相駱俊《しょうらくしゅん》の配下であったか。では、わが司空府の西曹掾は何を司るか知っているか」

「司空府の属吏の選抜、任用を任されております」

「よく言った……」曹操はそこで例の竹簡を梁習に投げつけてやろうと思ったが、竹簡が手元に戻っていないことに気づき、徐佗に目を遣った。すると、徐佗は竹簡を捧げたまま梁習の横で跪いている。徐佗への怒りがふつふつと湧き上がってきた。「立て、何を一緒になって右往左往している。出ていかんか」

「はっ」徐佗は立ち上がって出ていこうとした。

「待て、竹簡は置いていけ」

徐佗は今日一日曹操に浴びせられた罵声のおかげで、目眩《めまい》がするほど頭がくらくらしていた。恐る恐る竹簡を卓上に置くと、大赦に感謝するかのように後ずさりし、敷居に足を引っ掛けてもんどりを打ちそうになりながら広間を出ていった。曹操は竹簡をつかむと、梁習の前に投げつけて怒鳴った。

「目を開いてよく見ろ、お前が書いてよこした名簿だ。このなかに一つでもはっきり読める名前があるか。お前のような者が陳国の官吏だったとは、駱俊は目が腐っておるのか。お前など陳王さまに射《い》殺《ころ》されてしまえばよかったのだ！　自分で書いたものを読んで聞かせてくれ。わしももっと学ばねばならん。この『章草《しょうそう》』［書体の一つ］が何と書いてあるのかな！」

梁習は跪いたままにじり寄り、竹簡を手に取ってしばらく目を通したが、何と書いてあるのかわからなかった。

書いた本人も読むことができないと知って、曹操はおかしみすら覚えた。「どうだ、見事だろう。あまりに立派すぎて我ながら見とれたか？」

梁習は慌ててぬかずいた。「わたくしの不注意でございます。誤って草稿を提出したようで……」

「ふん」曹操はばんっと卓を叩いた。「今日はお前が、明日はまた誰かが不注意を犯す。国を治めるのに、そんないい加減なことでどうする」

「どうか、罰をお与えください」

「むろん罰するとも。お前のような無礼者には……」そのとき、王必が荀彧を連れてやってくるのが目に入り、曹操は語気を緩めて言い渡した。「自分の書いた甲骨文字を持って中庭で跪いておれ。あとで灸を据えてやる」

荀彧は司空府に入ったところで鍾繇に出くわし、表でしばらく話をしていたので、曹操の機嫌が悪いことはとうに知っていた。荀彧は曹操について六年になる。曹操の喜怒哀楽が激しいことは承知していたので、さして驚くこともなく、微笑みながら声をかけた。「お帰りになったばかりですのに賑やかですな。どうされましたか」

「少し気に食わぬことがあっただけだ」曹操は小さく手で合図して荀彧を座らせた。荀彧とのあいだに虚礼は必要ない。

荀彧は腰を下ろすと、曹操の両の眼《まなこ》をのぞいてつぶやいた。「先ほど鍾元常殿と少し話をしたのですが、わが君が宛城で負けてまだお怒りだと言うので、わたしから諭しておきました。『わが君はご聡明で、過ぎ去ったことをいつまでも引きずらぬ。ほかに何か気がかりがあるのでしょう』と。そうではございませぬか」

「やれやれ……我を知る者は文若よ」曹操は一つため息をつくと、王必に退がるよう命じ、袁紹の書簡を荀彧に手渡した。「これを見てみよ」

荀彧はざっと目を通し、書簡を脇に置いた。「袁紹の戯《ざ》れ言《ごと》など気にする必要はございません」

曹操は頭をかきむしった。怒りは収まりつつあったが、その代わりに疲れが押し寄せてきた。「わしが大将軍の位を袁本初《ほんしょ》に譲ってやったのは、やつが軽々しく背かぬようにするためだ。ところが実際はこのとおり、良かれと思ってやったが、相手はそうは受け取らなかった。いま勝負を決するとなれば太刀打ちできぬ。どうしたものやら」

荀彧は広間に入ったときから曹操の様子を注視していたが、ここは鼓舞すべきだと考え、髭をしごきながらゆっくりと語り出した。「古《いにしえ》より勝敗を決するのは将才でございます。将に才あればいまは弱小でも必ず強大になりますし、才がなければいまは強大でもいずれ弱小になります。高祖劉邦《こうそりゅうほう》さまと項羽《こうう》の戦いを見れば明らかでしょう。いまや曹公と天下を争うのは袁紹のみ。袁紹は度量があるようでいて実は気が小さく、人を用いてもその心を疑ってかかるありさま。しかし、曹公はご聡明にして些事に拘らず、才があればよしとして人材を登用しております。つまり、曹公は度量において袁紹に勝《まさ》ります。袁紹は腰が重く果断さに欠け、機を逸することがあります。ですが曹公は、大事において果断に動き、臨機応変に対応できます。これは、謀略においても袁紹に勝るということ。袁紹は軍の統率が緩く軍令も甘く、これでは大軍を擁しても用いることはできません。曹公の軍令は厳格で賞罰も明確、兵の数は少なくとも命をかけて戦う者ばかりです。つまり、武を用いる点でも曹公に軍配が上がります。さらに言えば、袁紹は家柄を鼻にかけ、知を衒《てら》うことで名声を得ようとします。そのため、周りは無能で口が上手いだけの取り巻きばかりです。かたや曹公は仁の心で人を慈しみ、真心を明らかにして虚飾に趨《はし》らず、ご自身は勤勉で慎ましくありながらも、功を立てた者には惜しみなく褒美を与えます。そのため、忠義に厚く実務に秀でた天下の者は、誰しも曹公のために力を尽くしたいと考えます。これはつまり、徳においても曹公が優れているということです」そこで荀彧は立ち上がり、まっすぐに曹操の目の前までやってくると、卓に手をついて曹操の目を見つめた。「曹公はこの四つで袁紹に勝り、天子を輔弼《ほひつ》し、正義の戦いに挑んでおります。その曹公に、天下で従わない者などおりません。いまの袁紹の強大さなど何になりましょう」

これまで曹操は、自分の優れた点についてそれほど深く考えてみたことはなかった。しかし、荀彧の真摯な眼差しに疑いを挟む余地はない――むやみに人をおだてたりしない文若のことだ。その男が言うからには、わしには袁紹より優れた四つの美点があるに違いない。文若が天下を平定できると言うからには、わしは必ず成し遂げられる！

そう考えると、曹操は今日一日の悪運や煩悶がすべて霧散したような気になった。ただ、いまでは慎むということも知っている。曹操は小さくうなずき、薄く笑みを浮かべるにとどめた。

荀彧も曹操に合わせて笑顔を浮かべた。荀彧は自分の発言が奏功したと知り、席に戻って改めて報告した。「曹公、実は曹公がいらっしゃらないあいだに、朝廷では喜ばしいことが少なからずありました。まず屯田の件ですが、任峻《じんしゅん》が素晴らしい成果を上げました。ご帰還の際にお気づきになられませんでしたか。近くの荒れ地は残らず開墾されました。立秋を過ぎるころには、蔵いっぱいの食糧を目にすることができましょう。まだ天下には群雄が割拠しております。しかし、かくも十分な糧秣《りょうまつ》を蓄えられるのは曹公のみ。このやり方を潁川《えいせん》全体、さらには豫《よ》州全体で推し進められれば、数十万の軍を養うことができましょう。想像もしなかったような数ではありませぬか」

まさかそんなことが実現するとは思ってもみなかったが、夢にまで見たことでもある。曹操は喜びを隠しきれずにうなずいた。

荀彧は報告を続けた。「それから離狐《りこ》では、李典《りてん》がなかなかの働きを見せました。兗《えん》州の県城は再建されつつあり、遠からず反乱以前の光景を取り戻すでしょう。郡県が落ち着けば、流浪していた民も戻ってきます。民が戻れば、税、兵、食糧、守備のすべてにおいて面目を一新できます。これよりのち、豫、兗の二州は必ずや天下でもっとも豊かな土地となることでしょう。そしてここを拠点とすれば、官軍は天下に向かうところ敵なしとなります」

「補給を十分に行えても、戦の勝ち負けや国の盛衰は、やはり戦場での行動如何《いかん》によるであろう」

曹操は髭をしごいた。「張繡は少しばかり戦に勝ったとはいえ、南陽の一部を失って劉表《りゅうひょう》を頼るほどだ、当面は問題にならぬ。淮南《わいなん》［淮河《わいが》以南、長江以北の地方］の袁術《えんじゅつ》は豪奢淫逸《ごうしゃいんいつ》をむさぼり、徐《じょ》州の呂布《りょふ》は国家百年の計を持たず、ともにたいした敵ではない。やはり袁紹か……手強い相手だ」袁紹という底知れない存在は、曹操の心から片時も離れることはなかった。

「まず呂布を討たねば、河北の攻略は難しいかと」荀彧は自身の見立てを語った。

「そのとおりだ。袁譚《えんたん》はすでに青《せい》州の地で勢力を築いておる。徐州を押さえておかねば、東と北の両面から攻め込む機会を与えてしまう」そう話すと、曹操の目はまた暗く沈んだ。「いまもっとも恐るべきは、袁紹が関中《かんちゅう》［函谷関《かんこくかん》以西で、渭水《いすい》盆地一帯］に攻め入ることだ。高幹《こうかん》がすでに并《へい》州で足場を固めている。もし袁紹らが羌《きょう》族と結託し、その一方で、南は蜀《しょく》の劉璋《りゅうしょう》や江漢《こうかん》［湖北省中部と南部］の劉表にも攻め込むよう声をかけたら、わしは兗と豫の二州だけで、天下の六分の五を相手にすることになる。四方を敵に囲まれたら万事休すとなろう」

「関中には大小さまざま、十を超える数の将が割拠しておりますが、互いに牽制し合うばかりでばらばらです。ただ、韓遂《かんすい》と馬騰《ばとう》だけは侮れません。この二人が山東《さんとう》［北中国の東部］での戦を知れば、きっと兵を擁して自らの守りを固めましょう。いま恩恵を施して二人を慰撫するとともに、使いを遣って和平を結んでおけば、いつまでも無事ということはありえませんが、曹公が関東《かんとう》［函谷関以東の地］を平定するまではおとなしくしているでしょう」

「ほう？　成算があるのか」

荀彧は話を続けた。「関中については鍾繇にお任せになるがよろしいかと。鍾繇は西の都長安《ちょうあん》にいたころ、李傕や郭汜《かくし》らと表向きは調子を合わせて付き合っておりましたから、いまもこのつながりを利用できます。袁紹については、まず程昱《ていいく》を兗州に戻して軍務を統《す》べさせ、河北の動きに目を配るよう命じてはいかがでしょうか。わが兄の荀衍《じゅんえん》も河北に友がおりますので、私信を送って袁紹陣営の内情に探りを入れてみましょう」

「よし。では程仲徳《ちゅうとく》と荀休若《きゅうじゃく》にやらせよう。だが、鍾繇のほうは少し待ってくれ。議郎の趙彦の件を片づけたら、鍾繇を司隷校尉《しれいこうい》に転任させ、持節《じせつ》［「節」とは皇帝より授けられた使者などの印《しるし》。持節を授けられると、非常時には刺史《しし》、太守《たいしゅ》以下を上奏せずに処罰できる］を与えて関中の軍事を任せよう」曹操は楊彪と趙彦の件をまだ忘れていなかった。

荀彧は趙彦の件には触れたくないのか、先ほどの話を続けた。「それから、朝廷の名のもとに関西《かんせい》［函谷関以西の地］の名門の子弟を取り立て、朝廷の誠意を示すべきかと存じます。いま京兆尹《けいちょういん》の出の厳象《げんしょう》や河北の出の衛覬《えいき》が関西から許都へ参っております。それに陳留郡が孝廉《こうれん》に推挙した路粹《ろすい》を加えて、この三人に尚書《しょうしょ》の位を与え、朝政に携わらせるのです。朝廷は私情を交えずに賢人を求めていると、天下に示すことができます」

「よかろう。関中で足場を固められれば、三方から敵に囲まれることはない。そして呂布を除けば、東方の憂いもしばらくは和らぐ。われらの敵は多すぎるゆえ、一つひとつ片づけていくほかないな。すべてを一度に相手にするのは無理というものだ」曹操の眼光が鋭くなった。「ただ、張繡の一件を通してわしも学んだことがある。天子を奉迎して許都にお連れし、天下の士人《しじん》を招聘したとしても、各地に割拠する者や戦好きの武人を心から帰順させることはできん。しかも、やつらに掣肘《せいちゅう》を加えようとすれば、かえって力を合わせてわしに刃向かってくる。誰か共通の敵が一人おれば、みなの目はそちらに向くのだがな……」

言い終わらぬうちに、王必が慌ただしく入ってきた。「ご報告いたします。先ほど淮南からの知らせで、逆臣の袁術が皇帝を僭称したそうです」

「袁公路《こうろ》め、よくぞ天下の大罪を犯してくれた」王必の知らせを聞いても、曹操は憤慨するどころか、興奮した顔つきで手を振って王必を退がらせた。

荀彧は拱手して尋ねた。「逆賊が名乗りを上げたというのに、何か喜んでいるようにも見受けられますが……」

「はっはっは……みなの共通の敵がとうとう現れたのだ」曹操は声を出して笑った。「袁公路がわざわざ攻め込む口実を作ってくれたのだ。ろくでもないことばかりしでかしおって。この偽帝の顔を立ててやるためにも、天下の諸将と力を合わせて攻め込まねばなるまい」

「御意」荀彧は俯いて応じたが、人の不幸を喜ぶ曹操の態度は、あまり好きになれなかった。

そのとき大きな音がして、曹操と荀彧は驚き身をすくめた。見ると、広間の入り口で小吏が転んでいる。どうやら慌てて広間にやってきて敷居でつまずいたようだ。男は身を起こすこともままならず、曹操の近くへ這《は》ってくると、叩頭して懇願した。「どうか曹公、粱習を許してやってください。あの竹簡はわたくしが書いたものなのです」

西曹の令史王思《おうし》であった。この司空府でせっかちさを競うとなれば、残念ながら曹操は二番手に甘んじなければならない。王思こそもっともせっかちな男だからだ。王思は兗州時代から曹操の幕下に加わっている。相応の年功があり、能力も兼ね備えてはいたが、ひねくれた性格のため、満寵《まんちょう》や薛悌《せってい》が出世したのに対して、王思は令史のままであった。あるときなどは、文書を書いていたら蠅が飛んできたので、王思は腹を立てて筆を投げつけ、蠅を追い払おうとした。しかし、一発で仕留められず、かっとなって竹簡から卓まで一切合切をひっくり返したこともある。蠅一匹に対してさえこのようであったから、いかにせっかちで落ち着きがないかは推して知るべしである。王思が草稿を間違えて提出したと聞いても、何ら意外なことではなかった。

「おぬしはどうしてそうせわしないのだ。驚かせおって」曹操は眉をひそめた。「梁習はどうした。ここに連れてこい。おぬしが犯した過ちなら、なぜ他人に罪をかぶせたのだ」

王思はぬかずいて弁明した。「わたくしごとがございまして、慌てて文書を書き終えたあと梁習に提出を頼み、外出していたのです」

「ふん、まったく落ち着きのない男だ。失態をやらかすのはこれで何度目だ」曹操は梁習が広間に入ってきたのを見ると、今度は梁習を叱責した。「道理で読めないはずだ。自分が書いたものではないのに、どうして罪をかぶったのだ」

梁習は拱手して答えた。「頼まれておきながら提出前に目を通さなかったのですから、当然わたくしが責めを負うべきと考えた次第でございます」

王思も慌てて口を挟んだ。「いいえ、これはわたくしの過ちです。人に罪を着せることはできません」

先ほどまでの怒りはどこへやら、それどころか曹操は思わず噴き出した。「競い合って罪をかぶろうとするとはな。わが司空府に二人の義士がいたということか……もうよい。早く清書した文書を持ってこい。なすべきことをすればそれでかまわぬ」

梁習と王思は顔を見合わせて首をひねった。よくわからないが曹操の怒りは収まったようである。そこで王思は、すぐに袖のなかから竹簡を取り出すと、曹操に手渡した。「これが清書した推挙者の名簿でございます」曹操が開くと、一行目に三人の名前が記されていた。潁川郡は定陵県《ていりょう》［河南省中部］の杜襲《としゅう》、同じく陽翟県《ようてき》［河南省中部］の趙儼《ちょうげん》、それに繁欽《はんきん》であった。曹操はその名を指さしながら荀彧に尋ねた。「この者らはおぬしと同郷だが、知っておるか」

荀彧はかぶりを振った。「名を耳にしたことがあるだけで、会ったことはございません。聞くところでは、この三人は戦乱が起こってから金子《きんす》を融通し合い、揃《そろ》って江淮《こうわい》［長江と淮河の流域一帯］に避難しているそうです」

「よろしい」曹操は竹簡を端に置いた。「ほかはひとまず措いておく。朝廷の名において、いますぐこの三人に官職を授けて入朝させよ。江淮に避難しているだけとはいえ、袁術の内情を知っておろう。数年会わぬうちに袁術がどれほど力をつけたのか……こんなときに皇帝を名乗るからには、よほど自信があるのであろうな」

第九章　呂布《りょふ》を籠絡して袁術《えんじゅつ》を討つ

人の太刀で功名する

後将軍《こうしょうぐん》袁術《えんじゅつ》はかつて曹操とともに洛陽《らくよう》を脱出し、ともに董卓《とうたく》討伐を誓ったが、伝国《でんこく》の玉璽《ぎょくじ》を手に入れてからというもの、その心には自ら帝位につくという野望が芽生えはじめていた。

袁術は淮南《わいなん》［淮河《わいが》以南、長江以北の地方］一帯を根拠地として、集めた兵馬はまずまず多く、兵力をそこそこに蓄えてきたが、曹操にだけは一目を置いていた。したがって、曹操が劉協《りゅうきょう》を迎えて許《きょ》を都に定めたとき、袁術は皇帝になる夢をほとんどあきらめた。しかし、のちに宛城《えん》［河南省南西部］で、曹操が兵力では劣るはずの張繡《ちょうしゅう》に敗れたと聞くと、袁術の野心に再び火がついた。大漢王朝の権威はすでに失墜しており、たとえ曹操であってもこれを立て直すことはできないと考えたのである。そのようなおめでたい考えと権勢欲に駆られて、建安《けんあん》二年（西暦一九七年）二月、袁術はついに皇帝を僭称した。国号を仲《ちゅう》と定め、寿春《じゅしゅん》［安徽《あんき》省中部］を都とし、天下が乱れて以来、皇帝を自称したはじめての群雄となったのである。

この変事は曹操にとって願ったり叶ったりであった。なんとなれば、「天子を奉戴して逆臣を討つ」という曹操の大義名分に喧々囂々《けんけんごうごう》として向けられていた矛先が、すべて淮南に向れられたからである。

曹操にとっては、自分に代わって敵役を買って出てくれたに等しい。その袁術を討つために、さらに言えば、それに名を借りてほかの群雄を抱き込むために、曹操と荀彧はすぐに手を打った。袁術についての詳しい情報を集めるため、かつて動乱を避けて江淮《こうわい》［長江と淮河の流域一帯］に移った杜襲《としゅう》と趙儼《ちょうげん》、繁欽《はんきん》を許都に召し出したのである。

杜襲、字《あざな》は子緒《ししょ》、趙儼、字は伯然《はくぜん》、繁欽、字は休伯《きゅうはく》、三人はいずれも潁川《えいせん》郡の出身で、戦乱を避けるため一緒に南下し、そのまま荊《けい》州に入って劉表《りゅうひょう》のもとに身を寄せていた。そして、天子が許都に落ち着いたと聞くや、三人は朝廷に戻って尽力したいと、また一緒に北上した。三人は経済面で助け合い、出処進退をともにしたが、これは単に同郷という関係から便宜的にそうしていたに過ぎない。実際、三人の人となりや処世に対する考え方はそれぞれ異なった。杜襲は大らかで豪放、その言辞は舌鋒鋭く、剛毅の気がある。趙儼は事の大小に関わらず慎重に考える質《たち》で、家を切り盛りする女中頭のような人物である。繁欽はというと、詩賦《しふ》に巧みで名高く、老獪なところがある。いわば三人はそれぞれが異なる道を行く馬車のようで、いささかも交わるところはない。ただ、艱難に満ちたこの世の中が三人を無理やり一緒にしたと言えよう。

曹操は三人から自己紹介を受けると、目を落としておもむろに詩を吟じはじめた。「世俗に険易《けんい》あり、時運に盛衰あり。老氏は其の光を和らげ、蘧瑗《きょえん》の懐《おも》う可《べ》きを貴ぶ［世の中には治乱《ちらん》があり、時運には盛衰がある。それゆえ、老子のいう道は自らの光りを和らげ、蘧瑗（春秋時代の衛《えい》の政治家）は自省することを貴んだのである］」繁欽は呆気にとられた。というのも、たったいま曹操が吟じた詩は、繁欽が荊州に寄居していた際、戯れに作ったものだったからである。まさか曹操がそれを知っているとは思いも寄らず、得意げな表情を浮かべながらも、かしこまって謙遜した。「わたくしめの駄作が、大家のお耳を汚してしまうとは恐れ多い」

もとより曹操は、詩賦の持つ力に強く惹《ひ》かれている。かぶりを振って繁欽の言葉をすぐに否定した。

「駄作とはまたご謙遜を。ただ、そなたはなにゆえ和光同塵《わこうどうじん》の考え方をいつも胸に抱いているのでしょう」

「荊州の劉表は、この乱世にあって凡庸な人です。荊州の襄陽《じょうよう》［湖北省北部］を領有しながら、たいしたこともできません。孫策《そんさく》が不当にも江東《こうとう》［長江下流の南岸の地方］の地を占めているのにこれを牽制することもなく、袁術が皇帝を僭称したのにこれを討つこともせず。かように平々凡々な男にどんな大事がなせましょうや。そのような男のもとに身を寄せていた以上、おのずから和光同塵、つまりは身を慎んで日々を過ごすしかありません。ただ、いまや曹公のもとにまいったからには、この文才を大いに発揮して、微力を尽くす所存でございます。ええ、それはもう……」そう言うと、繁欽は最後に思わず笑みを漏らした。

太鼓持ちの文人……その言葉が曹操の脳裏にはっきりと浮かんだ。歴代のどの王朝にも、このような人物は必ずいる。名士の肩書を後生大事に押し戴き、もっぱら字句をひねくり回して、時の為政者の功績を褒めそやすお追従《ついしょう》の詩文を作る。繁欽も同じ穴の狢《むじな》に違いない。実際、繁欽が滔々《とうとう》と話しているとき、杜襲と趙儼が繁欽に白い目を向けているのを、曹操は見逃さなかった。尋ねるまでもない、いまこの場では口を酸っぱくして劉表を罵っていたが、荊州にいたときは、劉表の功績を吹聴する詩文をせっせと作っていたのであろう。

曹操は繁欽の話を笑って受け流すと、話題を変えた。「かつて袁術を追って揚《よう》州に至ったことがあります。聞けば、寿春は土地がよく肥え、袁術はそこで多くの兵馬を集め、また勢いを盛り返しているとのこと。しかも劉備《りゅうび》を続けざまに破り、いまでは皇帝を僭称しています。わたしは遠く許都にいて、その力はいったいどれほどのものか、よく存じません。お三方は戦乱を避けて江淮のあたりにおられたとか。何かこの逆賊を除くご高見を持ち合わせてはおりませぬか」

話題が核心に触れると、繁欽の先ほどまでの威勢はどこへやら、途端に俯《うつむ》いて指をいじりだした。きちんとした独自の見解など、微塵も持ち合わせていないことがよくわかる。そこで杜襲が切り出した。「かつて楚《そ》王は力ではなく、徳によって天下を窺ったと聞きます。袁術は当地の民に何の恩徳も施しておらず、大漢の士人《しじん》に対してはなおさらです。偽りの朝廷を開きましたが、それも土豪や匪賊、方術士といった輩の集まりにほかなりません。配下の橋蕤《きょうずい》や張勲《ちょうくん》に用兵の才はなく、陳蘭《ちんらん》や雷薄《らいはく》は灊《せん》山《ざん》［安徽省中西部］に巣食う賊の成り上がり。しかも朝廷に弓を引いて落ち延びた楊奉《ようほう》や韓暹《かんせん》もその配下にいます。帝号を僭称した日、揚州の民は怨嗟の声を上げ、江淮の士人はみなこれを唾棄しました。過日、袁術は馬日磾《ばじってい》さまの節《せつ》［皇帝より授けられた使者の印《しるし》］を奪い取り、偽朝《ぎちょう》の三公《さんこう》につくよう迫ったため、この屈辱がもとで馬日磾さまは憂憤のうちに黄泉路《よみ》につきました。さらには、かつて沛《はい》国の相《しょう》を務めた陳珪《ちんけい》殿の幼子陳応《ちんおう》を人質に取り、自分のもとで官職につくことを求めましたが、陳珪殿はこれを拒み、かえって袁術を辱め罵る書簡を送りつけたそうです。それからも、京兆尹《けいちょういん》の名士である金尚《きんしょう》［字は元休《げんきゅう》］殿を太尉《たいい》につけようとしました。金元休殿もその命《めい》に従わず、許都に逃げようとしましたが、あえなく袁術に捕まって害されました。皇帝を僭称したその日に名士の命を奪ったのです。これで天下の人心がつかめるでしょうか」

話が金尚のことに及ぶと、曹操にも後ろめたさがこみ上げてきた。かつて兗《えん》州刺史の劉岱《りゅうたい》が黄巾賊に殺されたとき、鮑信《ほうしん》や陳宮《ちんきゅう》、それに万潜《ばんせん》らの支持を得て自ら兗州牧《しゅうぼく》についたが、西の都長安の朝廷から正式な任命の詔書を持ち、兗州刺史の職を引き継ぎにやって来たのが、まさにその金尚であった。ただ、曹操は兗州を根拠地にして覇を唱えるために、無理やり金尚を兗州から追い出した。そうして行く当てを失った金尚は、袁術のもとに身を寄せたのである。いわば金尚の不幸は、曹操がその種をまいたともいえる。

その金尚が壮烈な死を遂げたと聞いて曹操も感極まるところがあり、振り返って荀彧に尋ねた。「金元休がこれほど漢室に忠義であったとは。かつて、むやみに兗州から追い出したりしなければ、そんな禍《わざわい》に遭うこともなかったろうに。兄弟などはまだ北に残っているのか」

「弟の金旋《きんせん》が黄門郎《こうもんろう》として勤めています」

「では詔書を起草して、金旋を議郎《ぎろう》に昇任させせよ」曹操はそう命じながら、これは一挙両得であると考えていた。つまり、自身の善良さを示すことができるとともに、同時に関西《かんせい》［函谷関《かんこくかん》以西の地］の勢力を安心させることにもつながるからである。荀彧に命ずると、曹操はまた杜襲に向き直った。「袁術は恩徳を施して人心をつかんだわけではないが、その兵力は江淮一帯を押さえるに足る。これを捨てておけば、いずれ禍となるのでは？」

杜襲はそれに答えるというより、自身の知るところを述べた。「袁術は見かけ倒しです。曹公の官軍に恐れを抱いているのはもとより、呂布《りょふ》の勇猛さにも怖気づいています。と言いますのも、二度徐《じょ》州に兵を出して呂布の強さをよく知ったからで、いまは互いの子供同士の縁談を進めている様子。呂布の娘を自分の息子の袁燿《えんよう》の妻に迎えるつもりで……」

「それは決まったのですか」曹操は思わず口を挟んだ。

「呂布の娘が幼いので、まだ話はまとまっていません」

曹操は一つ大きく息をついた。荀彧のほうにちらりと目を向けると、以心伝心で小さくうなずいた。俗に「他人は身内のことに口を挟むべからず」と言うが、かりに呂布と袁術が子供の結婚によって盟友となれば、その力は倍増し、東南における脅威となる。だが、正式に決まっていないのであれば、まだ付け入る隙《すき》はある。

杜襲は二人の考えを見抜いたかのように、声を上げて笑った。「わたくしめの見るところでは、袁公路は滅びへの道を進む賊、呂奉先《ほうせん》は裏切りを繰り返す小人《しょうじん》、ともに自分の首に値をつけて売っているような輩です。一隊の兵馬をお貸しいただければ、一月《ひとつき》もせぬうちに賊どもの首をご覧に入れましょう」

大風呂敷を広げるにもほどがある。いますぐに兵を挙げることはおろか、かりに準備ができたとしても、一月のうちに袁術と呂布の二人を討てるはずもない。しかし、眼中に人なきがごときその傲慢さ、あるいは決して実際には即していない物言い、いずれにしろ居丈高に景気のいい文句を並べる杜襲を見ては、その熱気に水を差すのも憚られた。曹操は唾を飲み込んで言葉を選んだ。「杜子緒殿の勇気は賞賛に値します。ただ、その件は朝廷での評議を経たあとで、また決めるとしましょう」これはむろん遠回しに拒絶したのであるが、杜襲はそれを真に受けたようで、拱手《きょうしゅ》して答えた。「では、このまま許都に身を置き、朝廷より命が下るのを待って、時を置かずに兵を率いて出発いたします」

　これまで曹操の周りには、杜襲のような人物はいなかった。曹操は二の句が継げず、相手が待つと言う以上は、期限を切らずに待たせるしかなかろうと考えた。荀彧も気まずい雰囲気を感じ取ったのか、助け舟を出すかのように話題を変えた。「現状、淮南の民生はいかがでしょうか。袁術の攻勢を何年ほど支えるに足るのでしょう」

「その点ですが……」今度は趙儼がしかつめらしい顔つきで、おもむろに答えた。「淮南はもともとよく肥えた土地ですが、袁術が入ってからは好き放題に豪奢淫逸《いんいつ》をむさぼり、民の苦しみは言うまでもありません。皇帝を僭称してからは、九江《きゅうこう》太守を淮南尹《わいなんいん》［尹は都が所在する行政区画の長官］と改め、宮殿や宗廟《そうびょう》を建設し、寿春の南郊と北郊において天地を祀《まつ》る儀礼を執り行いました。いくら費やしたかはわかりません。しかも聞くところでは、後宮に妻を含めて数百人の女性を入れているとか……」

趙儼はそこで突然曹操に尋ねた。「袁術が皇帝を名乗って誰を皇后に立てたか、曹公はご存じですか」

「よく知りませぬが」曹操にとってはどうでもいいことだった。

「曹公もよくご存じの者の娘です。袁術が皇后に立てたのは、なんとあの西園校尉《せいえんこうい》馮芳《ふうほう》の娘ですよ」

「なんだと！」曹操はにわかに怒りがこみ上げてきた――かつて袁術は虎賁中郎将《こほんちゅうろうしょう》、馮芳は西園八校尉の助軍右校尉《じょぐんゆうこうい》を拝命し、二人は実の兄弟以上に深い友情で結ばれていた。袁術が洛陽から落ちたときも、馮芳は手を尽くして袁術をかくまったほどである。その後、馮芳は不幸にも病により若くして亡くなったが、臨終の際には、妻子の面倒を袁術に託したと聞く。ところが袁術は、託されたその娘を自分の後宮に入れたというのである。かつては英気溌剌《はつらつ》としていたあの袁公路が……果たして、人はそんな急に変わってしまうものなのか。

趙儼はさらに続けた。「後宮にいる妻や側女《そばめ》は数百人、みな絹織りのきらびやかな服を身にまとい、山海の珍味を食しているというのに、士卒は衣食に事欠いて飢えと寒さに耐え、民はほとんど相食《は》まんとするほどに貧窮しています。あれは去年の冬でしたか、わたくしめが一族の者を連れて淮南の荒れ果てた寒村を通りがかったときのことです。四つ五つほどの子供が何人か道ばたで物乞いをしていました。どの子も顔色が悪く痩せ細っていて、何か恵んでやろうと思ったのです。ちょうど味付けをした鶏が一羽ありましたから、それを……」

曹操と荀彧は、趙儼の話がどんどん本題から遠ざかっていくのを感じていた。ついには鶏まで出てきてしまった。しかし、無下に切り上げるのもすまない気がして、曹操は一つ小さく咳払いをした。

さすがにそれで趙儼も話がずれたことに思い至ると、すぐに真面目くさって言い訳しはじめた。「ああ、これは申し訳ありません。ただ偶然あったことなのですが、あまりに深く印象に残ったものですから、つい……まあ、話しても話さなくてもかまいません。話したとて何かの役に立つわけでもなし。しかし、わたしとしてはぜひお耳に入れたいので、やっぱり話したいのですが……明公《めいこう》(1)と令君《れいくん》［尚書《しょうしょ》令《れい》に対する敬称］はお聞きになりたいですか」

そこまで言われては、曹操としても断り切れない。無理に首を縦に振って、趙儼に話を促した。「伯然殿がお望みとあらば……ただ、少し手短かにお願いしましょう。わたしも荀令君も、まだ公務が山積みですので」

「わかりました」趙儼はしっかとうなずいた。「あのとき……で、どこまで話しましたかな」

「鶏の話です」曹操は腹立たしさをこらえて教えてやった。

「おお、そうでした。わたしはちょうど煮込んだ鶏を持っていたのです。そこで腿《もも》のところを二本分けてやりました。子供たちは飢えていましたから、奪い合うようにがっついて食べたのです。それを見たわたしは惻隠《そくいん》の情を催しまして、結局まるまる鶏をやりました。ところがです、子供たちはそれを食べ終わったあとも離れようとせず、ずっとわたしの馬についてきました。なぜ戻らんのかと尋ねたところ、何と答えたと思いますか」

曹操はおざなりに答えた。「わかりませんな。もう一羽欲しかったのでは」

「いいえ」趙儼は苦渋の表情でその答えを告げた。「腿をもう二本くれというのです」

「どういうことですか」曹操にはわけがわからなかった。

趙儼は細く小さな目を突然大きく見開いた。「あの子らは鶏の足が四本あると思っていたのですよ」

馬鹿げた話のように思えるが、よくよく考えてみると空恐ろしくなる。つまり、その子らは四、五歳にもなるというのに、まだ鶏を見たことがなく、驢馬《ろば》のように四本足の動物だと思っていたのである。江淮の民がいかに困窮しているか、この一件からでも十分に推し量れる。袁術はそんななかで享楽をむさぼり、まさに現実とかけ離れた皇帝という夢に溺れていたのである。

曹操は思わずかぶりを振って大きなため息をついた。「かつて袁公路とともに洛陽を出たときも、力を合わせて大義の兵を挙げ、董卓を討つと思っていた。ところが、ふとしたことから伝国の玉璽を手に入れ、そのせいでここまで身を持ち崩すとはな。天下を統《す》べる皇帝どころか、紛う方なき暗君ということか。大漢の朝廷と社稷《しゃしょく》のため、そして江淮の民のため、この欲にまみれた悪人を始末せねばならん」そこでふと曹操の脳裏にかつての関東《かんとう》［函谷関以東の地］の義士たちの顔が浮かんだ。河北《かほく》［黄河の北］で大官の印を手にしてうぬぼれ喜んでいるであろう袁紹《えんしょう》、自らの手で葬った張邈《ちょうばく》に王匡《おうきょう》、そして陳留《ちんりゅう》で首をくくった韓馥《かんふく》。いずれも平生《へいぜい》より抱いていた志はこの乱世の渦に飲み込まれ、それぞれが異なる道を進み、相容れることのない敵に別れてしまった。曹操はにわかに感極まり、胸に鬱々たる気持ちが満ちてくるのを覚えると、立ち上がって広間の入り口のほうへそぞろに歩きながら、詩を詠み上げた。

関東に義士有り、兵を興して群凶《ぐんきょう》を討たんとす。
初め盟津《もうしん》に会するを期す、乃《なんじ》の心は咸陽《かんよう》に在り。
軍合うも力斉《ととの》わず、躊躇《ちゅうちょ》して雁行《がんこう》す。
勢利《せいり》　人をして争わしめ、嗣《つ》いで還《ま》た自ら相戕《そこ》なう。
淮南弟は号を称し、璽を北方に刻む。
鎧甲《がいこう》に蟣虱《きしつ》生じ、万姓　以て死亡す。
白骨　野に露《さら》され、千里　鶏鳴《けいめい》無し。
生民《せいみん》百に一を遺す、之《これ》を念《おも》えば人の腸《はらわた》を断たしむ。

「函谷関の東の地に、挙兵して董卓一味を討つべく義士が立ち上がった。
かつて周の武王が孟津で諸侯と同盟を結んだように、団結して心は長安を案じていた。
しかし、軍はそろっても力を合わせられず、雁が飛ぶように斜めに進むありさま。

権勢と利益に人々は目がくらみ、互いに損害を与えることとなった。
淮南で袁紹の従弟《いとこ》の袁術は皇帝を僭称し、北方では袁紹が玉璽を作って劉虞《りゅうぐ》を皇帝に立てようとする。
兵士の鎧には虱《しらみ》がわき、民はその多くが命を失った。
白骨は葬る人もなく野にさらされ、千里四方、鶏の鳴き声すら聞こえない。
生き延びたのは百人に一人。これを思えば断腸の思いを禁じえない」

「お見事!」繁欽は曹操の詩を聞くなり、待っていましたとばかりに機嫌をとった。「明公のこの一首は時弊を鋭く見つめ、天下を俯瞰し、まこと千古の絶唱でございます」

「それは大げさというもの」曹操の気持ちは沈んだままだった。「一時に感極まって発しただけで、字句も洗練されておらず、上品な席に出せるような作ではありません」

「いいえ、とんでもない」繁欽は大仰に感嘆して見せた。「素朴な字句に深い意味が込められ、ありきたりな事柄に新たな意味が芽生えています。いわば、価値のない粗い麻を精緻に織り上げ、見事な逸品としたわけです、それも即興で。さながら石を金に変えてしまったかのようです」

「これは恐縮の至りです」曹操には、媚《こ》びを売るにも度が過ぎるように思われた。

「およそ感情が動いて言葉となり、理《ことわり》が発して文が現れます。思うに、文とは隠れていたものが現れたもの、内面を外に示すものでしょう。しかれども、文を書く者の才には凡庸と俊英、気性には激しさと穏やかさ、学には浅薄さと奥深さ、品格には優雅と卑俗があり、しかも天賦のものに薫陶を受けて、ようやく成るのでございます」そこで繁欽はその道理を曹操にあてはめた。「曹公の才は俊英、気性は激しく、学は奥深く、品格は優雅、それゆえにこそかような佳作を生み出せるのです。一見、優雅とは言いがたく妙とするところはないように見えて、そこに込められた報国の赤心《せきしん》は、まさに天下の鑑《かがみ》とすべきもの。実にお見それいたしました」そう言うと、繁欽は厳粛な面持ちで深々と拝礼した。

曹操も内心では繁欽を称賛していた――天下広しといえど、ここまで風雅なおべっかを使える者はいない。媚びを売っているのも確かだが、詩句の分析は実に核心を突いている。この男も要は使い方次第だな、しばしとどめておくとするか……そう考えながら、三人に退去を促した。「お三方、ご足労いただきありがとうございました。ひとまずは駅亭でお休みください。わたしが天子に奏上して、みなさんに官職についていただきましょう」

「ははっ」杜襲と趙儼、繁欽は一斉に立ち上がると、小走りに立ち去っていった。

三人の姿が見えなくなると、荀彧が小さく笑みを浮かべた。「杜子緒はあまりに一本気、趙伯然は細かすぎ、繁休伯のへつらいは度を超しています。いずれも優れた人物とは申せぬようで」

曹操の見方は違った。「孔子は人材によって民の教化をはかった。われらも人材によって官職を与え、適材適所を心がけねばならん。すでに腹は決まったぞ。杜襲は南陽《なんよう》郡西鄂《せいがく》県［河南省南西部］の県長《けんちょう》にあてる。ここは劉表と張繡の治める地にほど近い。強気な質の杜襲なら命がけで守り抜くに違いない。趙儼は兗州朗陵《ろうりょう》県［河南省南部］の県長に任ずる。朗陵は土豪が多く、法が行き渡っていない。趙儼ならば大きな度量で煩瑣を厭わず、民を安んじることができよう。繁欽はここにとどめて書佐《しょさ》［文書を司る補佐官］としよう。あれは文章を練るのが趣味のようだからな。わしの代わりに文書を書かせておけばいい」

まさに適材適所の差配である。荀彧が興味深く耳を傾けていると、続けて曹操が尋ねてきた。「ところで文若、袁術のことだが、何かいい考えはないか」

「近ごろわが軍は敗退したばかりで、兵士は疲れ果てています。いわんや張繡も討ち滅ぼしたわけでなく、いま南陽を平定するのは不可能です。軽率に出兵すべきではありません。もし明公が寿春に兵を進めれば、呂布にわが軍の後ろを取られ、両面から攻められます」荀彧はそこで髭をしごいた。「出兵して戦をはじめるよりは、むしろ……」

「むしろ呂布に袁術を討たせる……か」曹操が話を引き取った。「二人のうちどちらが勝とうとも、利するのはわれわれだ。共倒れになってくれたら言うことはない」

「わたしも同じ考えです」

「よし、呂布はいま奮威《ふんい》将軍だったな。やつの官を一等上げ、平東《へいとう》将軍にしてやろう」

荀彧は思案顔を浮かべている。「たかが平東将軍ぐらいで、袁術と手を切らせることができるでしょうか」この時代、将軍という職位はすでに名目だけとなっており、何の実権もない飾りとして将軍号を持つ者は掃いて捨てるほどいた。

「わしも考えておる」曹操は文机《ふづくえ》に近づいて筆を執った。「呂布は勇猛だが知恵が足りんからな。わし自ら筆を執って丸め込んでやる」

荀彧も興味深げに近づいてのぞき見た。その文面には次のようにあった。

山陽《さんよう》の屯《とん》将軍の失いし所の大封《たいほう》を送る。国家に好《よ》き金無く、孤《こ》自ら家の好き金を取り更に相為《あいため》に印を作らしむ。国家に紫綬《しじゅ》無く、自ら帯ぶる所の紫綬を取り以て心を籍《か》らん……

［山陽の軍営から失われた将軍への詔書が届けられました。ただ、お国に良質の金がないため、わたしが自ら家の良い金を使って印を作らせました。またお国には印を結ぶ紫綬もないため、わたしが身につけている紫綬を外して送ります。それでわたしの心を示す所存です……］

むろんこれは真っ赤な嘘である。呂布に対する曹操の恨みは骨髄に徹するほどなのに、わざわざ官職を上奏することなどありえない。使者が山陽の軍営で詔書を失ったなど、実にまことしやかである。たしかに朝廷は立ち上がったばかりで余裕はないが、金印や紫綬は常に用意してある。それを曹操は、とくに自分が用意した金印と紫綬を呂布に送るというのである。

荀彧はそばで見ていておかしくなった。「このような書簡のみで、呂布とのわだかまりが解けるでしょうか」

「呂布はかつて董卓を害しただろう。公私いずれのためかはともかく、お国にとって功績を挙げたのは間違いない。温侯《おんこう》の爵位まで賜ったのに、袁術のような逆賊についたため、ますます遠ざかっていっただけだ。しかも、この二人のあいだには間隙がある。かつて呂布が長安から逃げ出したとき、はじめは袁術のもとに身を投じようと考えていた。ところが、袁術は呂布を迎えるどころか、これを体良く追い払い、その挙げ句、呂布は徐州の地を占めるに至った。すると今度は袁術のほうから縁談を持ちかけた。こんな関係がずっと続くと思うか。呂布はただわが身を守るためだけに袁術と手を組んでいる。誰から守るためか、それはわれわれだ」曹操はそこでかすかに笑った。「そこでだ、もしこちらから手を差し伸べて呂布を安心させてやれば、必ずや警戒を解いてこちらと手を組むだろう。そうなれば、今度こそ袁術が共通の敵となる」

「呂布は容易に欺けましょうが、向こうには知恵者の陳宮《ちんきゅう》がおります」荀彧は曹操に思い出させるかのようにその名を挙げた。

「かまわん。その昔、伍子胥《ごししょ》［春秋時代の呉《ご》の政治家］は呉王夫差《ふさ》のために忠を尽くしてこれを輔佐した。范増《はんぞう》［秦《しん》末の武将］は楚の覇王項羽《こうう》のためにさまざまな謀《はかりごと》を授けた。しかしだ、智謀の士がいてもその言を容れなければ、いったい何になる」曹操は竹簡の墨跡に息を吹きかけて乾かした。「この短い書簡は千軍万馬に値する。さあ、速《すみ》やかに詔書とわしの親書を徐州に送り、詔《みことのり》を伝えて呂布を平東将軍に任じてやれ」

「では、直ちに。奉車都尉《ほうしゃとい》の王則《おうそく》は呂布と同郷ですから、この者を使いに立てましょう」荀彧は併せて提案した。

「よかろう。それから……」曹操はそこで劉備のことを思い出した。「小沛県《しょうはい》［江蘇《こうそ》省北西部］の劉備にも書簡を出すのだ。しばらくは呂布といざこざを起こさぬようにとな。これで自ら手を下さずに、他人の刀で敵を討つことができよう」

（1）曹操がついている司空《しくう》は三公の位に属するため、「明公」との尊称で呼ぶ。「三公」とは太尉《たいい》、司空、司徒《しと》のこと。太尉は軍事を、司空は土木を、司徒は民事を司る。

陳登《ちんとう》の接触

呂布《りょふ》はたしかに優れた武勇を誇り、戦《いくさ》に長けているが、裏切りを繰り返すことからもわかるように、やはり確たる考えのない男である。朝廷からの詔《みことのり》と曹操の親書を落手すると、これを真に受け、急いで曹操にすべて承服する旨の返書をしたためた。「布めは罪を得た者として刑を受けるべきところ、手ずからしたためられた玉翰《ぎょっかん》を賜り、慰めとお褒めの言葉をいただきました。また、袁術《えんじゅつ》の捕縛に報償をかけられた詔書も拝見。布めは命がけで尽力する所存でございます」それからわずか一月《ひとつき》ばかりが過ぎたころ、韓胤《かんいん》が袁術の使者として徐《じょ》州を訪れた。いわく、呂布の娘を淮南《わいなん》に輿入れさせたいとのことである。すると呂布はまた悩みはじめた。しかも陳宮《ちんきゅう》は曹操とのあいだに軋轢があるため、呂家と袁家の縁談を強く勧めてくる。結局、呂布は娘を韓胤に預けて送り出した。

ちょうどこのような動きがあったときに、かつて沛《はい》国の相《しょう》を務めた陳珪《ちんけい》が突然顔を出した。先に陳珪は袁術が授けた官職を拒絶していたため、いま徐州と揚《よう》州が手を結べば、自身に害が及ぶことを危惧したのである。陳珪は大慌てで呂布を説得するために駆け込んできた。「曹公は天子を迎え入れて国政を輔佐し、その威光は天下に遍《あまね》くして、四海を鎮めようとしています。将軍、どうか謀《はかりごと》を曹公とともに進め、身の安泰を図るべきです。いま袁術との縁談をまとめれば、天下より不義の謗《そし》りを受けるのは免れません。その危うさたるや、まさに累卵のごとしです」もとより定見のない呂布は、陳珪の話を聞くとまた考えを改め、すぐに早馬を出して娘の馬車を追いかけるよう命じた。そして縁談を断っただけでなく、使者の韓胤には枷《かせ》をはめ、これを許都《きょと》に護送した。曹操は韓胤を斬首して市にさらすと、呂布を左《さ》将軍に任命して、呂布が袁術と決裂するよう手を打った。

韓胤が斬られたとの知らせを聞いた袁術は怒り心頭に発し、麾下《きか》の総大将張勲《ちょうくん》と、朝廷に背いて新たに帰属してきた楊奉《ようほう》および韓暹《かんせん》に、一軍を率いて徐州に攻め込ませた。すると陳珪が、楊奉と韓暹を籠絡するよう再び呂布に献策した。それが功を奏し、楊奉と韓暹が戦の最中に突然寝返ったため、張勲は一敗地にまみれ、十数人の配下の将と兵のほとんどを失った。呂布は勝ちに乗じて水路と陸路から追撃し、そのまま淮水《わいすい》のあたりまで攻め込んだ。これにより、袁術は渡河をあきらめて、ひたすら南岸の守りを固めた。呂布は通りがかった郡県からありったけの糧秣《りょうまつ》や財貨を巻き上げ、引き上げる際には袁術を侮辱する親書を残し、さらには兵士たちに命じて淮水の北岸から散々に罵声を浴びせ、凱歌を揚げながら帰っていった。この一戦に敗北してからというもの、袁術は自身の「帝位」が針のむしろのように思えてきた。呂布はといえば、戦には勝ったものの、気づかぬうちに曹操の仕掛けた陥穽《かんせい》に落ちていた。にもかかわらず、陳珪の子の陳登《ちんとう》を許都に派遣して、自らを徐州牧《しゅうぼく》につけるよう働きかけた。

陳氏一族に対して、曹操は下にも置かぬ扱いをした。それというのも、彼らはかつて大宦官の王甫《おうほ》を誅殺した名臣陳球《ちんきゅう》の一族だからである。陳珪はもと沛国の相でもあり、曹操の故郷の長官にあたる。その従弟《いとこ》の陳瑀《ちんう》［字《あざな》は公瑋《こうい》］は西の都長安《ちょうあん》の朝廷より正式に任じられた呉《ご》郡太守で、彭沢《ほうたく》［江西《こうせい》省北部］一帯において袁術や孫策《そんさく》と鍔《つば》迫《ぜ》り合いをしている。そして陳登は、陶謙《とうけん》のために徐州で屯田を開き、広く人望を得ていた。その陳登が来たと聞いて、曹操の喜びはひとしおであった。これを味方に引き込むべく、天子への謁見を許したほか、司空府に招いて宴席を開き、厚くもてなした。

「元竜殿、こたびは左将軍のために徐州牧の位を求めに来たのだったな」曹操は手を振って左右の者を退《さ》がらせると、陳登をそばに招き寄せ、自ら酒を注《つ》いだ。陳登はいささかも遠慮せずに受け取ると、何憚ることなく直言した。「呂布のような裏切りを繰り返す小物、それをことさら左将軍などと」

曹操は呆気にとられ、あやうく酒をこぼしそうになった。「元竜殿、なぜそのようなことを」

陳登はますます曹操を驚かせるようなことを口にした。「率直に申せば、われら親子は漢室の臣、呂布ごとき盗人風情に与《くみ》するつもりはありません。こたび許都へ来たのも、表向きは呂布のためですが、その実は曹公を助けて賊を除くため」

わざわざ手助けを申し出に来たというのか。曹操は慎重な態度を崩さず、探りを入れた。「呂奉先は力を尽くしてお上のために賊を誅したのだ。朝廷としても罪に問うつもりはない」

陳登はそれを聞くと、ひとしきり冷やかに笑った。「曹公はわれらが徐州に人なしとお思いですか。ちょっとした離間の計で呂布は欺けても、おそらく陳宮は騙《だま》しおおせません。先だって韓胤を捕縛したのは呂布と陳宮の考えではなく、わが父が呂布を説得したからです。ご存じありませんでしたか」

「何？」曹操はもとから陳登を引き込もうとしていたが、陳登の話ぶりからすると、はじめから敵対するつもりはないようである。酒を注いでいた匙《さじ》を放り出すと、曹操は高らかに笑った。「酔えば本音が出るというが、元竜殿はひと口も飲まぬうちから、そこまで本音を吐き出すとはな」

「明公《めいこう》とわたしには酒がありますが、徐州で待つ父にはそんな酒はありません」陳登はまっすぐに曹操の目をのぞき込むと、さらに突っ込んで聞き返した。「曹公には、徐州を取り、往時の沛の話を肴にわが父と痛飲するお気持ちはございませんか」

曹操は陳登の容貌をじろりと見回した。浅黒い肌の大きな顔、墨のように黒い眉、すっと通った鼻筋、立派なあごに大きな口、黒々と蓄えた豊かな髭、しかしその目にはどこか凶悪さを宿している。陳登の目は、朝廷のために忠義を尽くす士人《しじん》とは違う、いわば飽くことを知らない危険な野獣だ。曹操は何も言わず、ただ目を伏せて酒をなめると、ゆっくりと口を開いた。「いま淮南には袁術が割拠し、南陽では張繍《ちょうしゅう》が機会を窺っている。ゆえに朝廷には呂布を討つ力はまだない。あまりにも時期尚早と言わざるをえまい」

「わたしは誠心誠意をもって、いまこの場にいるのです。曹公は疑り深いにもほどがある」陳登は杯《さかずき》を卓上に投げ出した。「呂布が袁術と戦って共倒れになれば一番よかったのでしょうが、実際には呂布が袁術を破りました。このままではいずれ徐州がより大きな力を持つでしょう。琅邪《ろうや》の国相《こくしょうしょう》蕭建《けん》は一帯の州郡を押さえて呂布の指図を撥《は》ねつけましたが、呂布が袁術を破ったと聞くや、兵糧や資財を送って帰順の意を示しました。青《せい》州と徐州の沿海を占める臧覇《ぞうは》や呉敦《ごとん》、孫観《そんかん》といった土豪らも、次々と呂布に恭順の意を伝えています。世の趨勢とは目まぐるしく変わるもの、袁術は時間の問題でしょうが、今度は呂布が徐州に根を張るはずです。曹公は天子を奉戴しながら、今日は討たず、明日も攻めずと仰る。よもや天の裁きがこの賊を滅ぼすまで座して待つおつもりですか」

呂布に関する多くの機密を教えてくれたが、それにしても無礼極まりない物言いである。司空に着任して以来、曹操に対してこのような口の利き方をする者はいなかった。ただ、いまのような情勢にあっては、これしきで陳登の非を咎め立てすることもできず、むしろ曹操はより下手に出て尋ねた。

「では、元竜殿の考えによれば、徐州はいかように処理すべきなのだ」陳登はずいぶんと語気を和らげて答えた。「明公が一郡をお任せくださるなら、わたしは将兵を集め、朝廷が呂布を討伐するために内より呼応いたしましょう」

「なんと！」曹操はまた陳登の両の眼《まなこ》をのぞき込んだ――どこまでも野心に溢《あふ》れた男よ！　この親子は、先には劉備を徐州の主《あるじ》に推し、いまは呂布という船の舳先からこのわしを手招きし、しかも一郡を与えてくれと言う。ならば、呂布が滅んだときにはどう動くのか。ただこの乱世、とにかく目の前のことから手をつけるしかない。まずは陳父子を楔《くさび》として呂布の前に打ち込み、この親子をどうするかはまたそのときに考えるか……そこまで思い至ると、曹操は目の前の皿から魚を箸でつまんだ。

「元竜殿、魚の羹《あつもの》は好きか」

「いいえ」陳登は気を使うでもなく即座に否定した。「わたしは生で食べるのが好きです」

「それでは生臭かろう」

「男たるもの乱世に生まれたからには、血腥《ちなまぐさ》い戦の場すら恐れるものではありません。それに比べれば小魚の生臭さなど知れたものです」

血を浴びることも恐れぬか……この男を使うとなれば、こちらも度量を見せておかねばなるまい。曹操は率直に尋ねた。「望むのは徐州のどの郡かな」

「広陵《こうりょう》の太守にしていただきたいと存じます」ここに至って陳登は真の来意を告げた。

広陵郡と聞いて、曹操はやはりこの陳登は人並み外れた男だと感じた。もともと広陵の太守を務めていたのは張邈《ちょうばく》の弟張超《ちょうちょう》である。その張超が董卓《とうたく》討伐の連合軍に加わったため、董卓は徐州の功曹《こうそう》であった趙昱《ちょういく》を後任に任命した。当時、陶謙の配下には笮融《さくゆう》という計り知れないほどの野心を持つ無頼の徒がいた。笮融は西域《せいいき》を遊歴したことがあり、仏教の宣揚を名目として、広陵、下邳《かひ》、彭城《ほうじょう》において資財を集め、ひそかに兵馬を買い集めていた。曹操が徐州を攻めたとき、笮融は陶謙を助けるどころか、手下の「仏教徒」を率いて南下し、趙昱を謀殺すると、広陵を焼き払って略奪の限りを尽くした。さらにその後、彭城国の相薛礼《せつれい》と豫章太守の朱皓《しゅこう》を殺害したが、最後はいまは亡き揚州刺史の劉繇《りゅうよう》に攻め滅ぼされた。つまり広陵は、笮融によってもっとも荒らされた土地であり、しかも、いままた薛州《せつしゅう》とかいう海賊が殺人、放火など悪事の限りを尽くしているという。より重要なことは、広陵の淮河以南の一帯はすでに袁術の勢力下に属するということで、陳登が欲したのは実質的には一郡の半分に過ぎない。

曹操の頭には、陳登は開口一番で彭城などのまともな土地を要求するだろうという読みがあった。ところが、陳登の口から挙がった名は、すでにぼろぼろに踏み荒らされた広陵である。曹操は気遣う体《てい》でその真意を探った。「広陵はひどく荒らされ、何につけても窮乏している。とても兵馬を集められるような場所ではない。元竜殿、そんなところを選んでも大事は成し遂げられんぞ」

「それは違います」陳登は手酌で酒を呷《あお》ると、きっぱりと言い返した。「わたしは太平の世の官に甘んじるつもりはありません。挙兵して賊を討つのが願いです。いま、富める者は安楽をむさぼり、貧しい者は流浪を余儀なくされています。みなの憤りを集めてこそ兵を挙げることができるのです。広陵に入れば農事を督励し、信賞必罰を守り、海賊を掃討します。これに加えて、わが父の威望があれば、一年のうちには必ずや疲弊しきった民の信望を取り戻せるでしょう。そのときこそ、広陵の民は進んでわたしのために働いてくれるはずです。そうして曹公率いる官軍と協力すれば、呂布を討ち亡ぼすのもたやすいこと。それに……もしそういった場所を選ばなければ、呂布がわたしに疑念を持つに違いありません」

この陳登という男、まったくもって等閑に付すべき人物ではない。もう十年生まれるのが早ければ、曹操にとって呂布や袁術よりいっそう手強い相手となっていただろう。曹操は完全に気を許したわけではなかったが、その物怖じしない話しぶりに私心のない豪放さを感じ取り、清々しい気分になった。

「よかろう。明日にも朝廷に上奏し、そなたを広陵の太守に任命する」

「ありがたき幸せ」陳登は満足げな表情を浮かべると、立ち上がって拝礼した。

「ちょっと待て」曹操はその腕を取って引き止めた。「呂布のような野心の塊は長く手なずけておくことはできぬ。その心情を察することができるのは、そなた以外におらん。ご尊父はいま下邳にいるのであったな。呂布を説得して韓胤を捕縛した功績もある。すでに致仕《ちし》しているが、秩《ちつ》中二千石《せき》の俸禄を加えることとしよう」秩中二千石は九卿《きゅうけい》の位についてはじめて届く俸禄である。さすがに陳登も曹操がこれほどの厚禄を与えてくれるとは思っておらず、慌てて固辞した。「そのような必要はありません。父はすでにいい歳ですし、今後はこれといって朝廷のために尽くすこともできないでしょうから」

曹操は手を振ってそれを遮ると、ことさらに度量の大きさを見せつけた。「元竜殿、そなたも一郡の太守につく。その父が息子より俸禄が低いのもまずかろう。それにさっきそなたが言ったではないか。わしが徐州を取った暁には、そなたの父と心ゆくまで杯を交わすのはどうかと。これはそのほん

かった。

「そうまで仰っていただけるなら、父子ともどもありがたく拝領いたします」今度は陳登も断らなかった。

官位も厚禄も与えた。そこで曹操は呂布にも思いを致した。「そなたら父子に褒美を取らせたからには、ひとまず呂布も徐州牧に祭り上げておくか。やつを安心させておかねばな」

「それは断じてなりません」陳登は言下に反対した。「東方で呂布の足が地に着いていないのは、何の名分もなく劉備《りゅうび》の土地を強奪したからです。それに、呂布に尻尾を振る者は并《へい》州や兗《えん》州の出の者、そして徐州の者にも数多くおりますが、部下には内輪もめが絶えず、決して一枚岩ではありません。そこへもし明公が徐州牧の官印を与えたなら、みすみすやつに名分を与えることになります。いわんや明公は天子の名のもとにいずれ呂布を討つのですから、いまそんなことをすれば朝令暮改することとなり、朝廷内でのもめごとにつながるかもしれません」

呂布は徐州牧を請うために陳登を遣わしたのに、よもやその使者に横槍を入れられるとは思いも寄らなかったであろう。曹操にはそれがおかしく感じられた。「元竜殿、むろんわしも望んで呂布に官位を与えるわけではない。しかし、そもそもそのためにおぬしを遣わしたのに、そなたら父子だけが褒美をもらい、自分の願いが叶わなかったとなれば、呂布は疑念を深めるであろう。遠からず命の心配をする羽目になるぞ。もし徐州牧が適当でないなら、やつのついている左将軍の位を一等引き上げるのはどうだ」

「明公、どんな官位であっても、やつにくれてやる必要はありません」そこで陳登はかすかに笑った。

の酒代だ」

ぬか」

「なに、造作もないことです。呂布に会ったら、わたしが言いくるめておきましょう」

「ほう」曹操は興味を持った。「どう言えばそんなにうまくいくのか、わしにも詳しく聞かせてくれぬか」

陳登は喜んでまた腰を下ろし、曹操になみなみと酒を注いで笑顔を向けた。「戻って呂布に会ったとき、もしやつがわたしに怒りの矛先を向けてきたら、見事に欺いてやりますよ。つまり、わたしが曹公に、『呂将軍を扱うのはたとえば虎を養うがごとしです。肉で腹が満ちればいいのですが、満ち足りねば人をも食らいます』と言うと、曹公がこう答えたと言うのです。『それでは足りんな。呂将軍を扱うのはたとえば鷹を養うがごとしだ。腹を空かせていれば役に立つが、満ち足りれば飛び去ってしまう。狐や兎がいまもあちこちにいるのに、いま鷹を飛び去らせるのは実に惜しい』と。呂布は自身の武勇に絶対の自信を持っています。もしいまのやりとりを呂布が聞けば、明公は自分を頼りにしているのだと思うでしょう。ただ、明公が呂布を手厚く遇する期間もそう長くはないはず。ゆえに徐州を渡してはならんのです。いざそのときになって、これでも呂布がわたしに手を出せると思いますか……はっはっは」

曹操もつられて笑った。笑いすぎて杯の酒がすべてこぼれてしまった。「呂布は頭だけでなく、目も悪いと見える。徐州牧をもらうためにそなたを遣わしたのに、それがかえって手を拱《こまぬ》いて徐州をわしに差し出すことになるとはな」曹操は天を仰いで酒を飲み干すと、陳登の手をしっかと握った。「元竜殿、東のことはすべてそなたに任せたぞ。呂布の一挙手一投足を細大漏らさず報告してくれ」

「はっ」陳登は短く返事をすると、また別のことを提案してきた。「実は明公にご検討いただきたいことがあと二つあります。まず、明公と敵対していた楊奉と韓暹ですが、いまは呂布の陣営についています。二人はともに并州の出で呂布とは同郷、これを野放しにしておけば、いずれ朝廷にとっても面倒なこととなるでしょう。速《すみ》やかに除かれるのが賢明かと」

「それはたやすいこと。すぐ劉備に知らせて手を打つとしよう。もう一つは何だ、申してみよ」

「袁術の征討もあとに回すのは得策ではありません。いま孫堅《そんけん》の息子の孫策が江東《こうとう》の地を次々と切り取っています。揚州刺史の劉繇はいくたびか孫策に敗れ、彭沢において病没しました。わたしの親族で呉郡太守の陳公瑋が、残された数千人を指揮してなんとか持ちこたえていますが、とても孫策と争う余力はありません。そして袁術が帝位を僭称した日、孫策もまた袁術に絶交の書を送っています。それゆえ、いま袁術を討つならば、明公はまず揚州刺史に誰かを赴任させてください。わが一族の陳公瑋と一所《ひとところ》にて協力すれば、一つには袁術征討にあたって孫策をこちらに引き込むため、二つにはそのまま兵馬を蓄えて孫策を牽制するために役立ちます。そうすれば、朝廷にとって南方の憂いは消えることでしょう」

「孫伯符《はくふ》か、やつの武勇は父をも凌ぐと聞く。遅かれ早かれ朝廷の禍《わざわい》となるに違いない」曹操はこの孫策に対して、かなりの恐れを抱いていた。二十歳を過ぎたばかりで江東の地を占領し、その前途は実に計り知れない。河北の袁紹と並んで、いずれ大きな敵として立ち塞《ふさ》がるであろう。ただ、いまはまだ中原さえ平定されていない。とても江東にまでは手が回らないため、曹操としても懐柔策に頼るしかなかった。

「ふん、あんな若僧、見るべきところもありません」陳登は孫策をまったく眼中においていないようである。「もしわたしが広陵を押さえれば、西は朝廷の官軍と通じ、南は陳公瑋の揚州の軍とつながります。江淮《こうわい》一帯には一歩も立ち入らせません」

「孫策のことはひとまず措《お》くとしよう。いまはまだ江東は味方とすべきで、敵対するわけにはいかぬ」すでに曹操も陳登の能力には一目を置くようになっていたが、それだけに、勝ち気が強すぎることを案じてもいた。「この件は荀令君《じゅんれいくん》ともよく相談せねばならん。揚州刺史の件は、すぐに文武両道の者を遣って引き継がせるので、元竜殿も安心するがいい」

陳登はどうやら曹操の警戒心を嗅ぎ取ったようである。臣下たるもの、慎みを忘れれば身に禍が降りかかることをよく心得ていて、杯を置くと自嘲気味に笑った。「わたしにはまったく他意はありません。ただ一つ望みがあるとすれば、江東の虎と真正面からぶつかって力比べをしたいものです」曹操はその言葉にも真剣には取り合わなかった。「近いうちに袁術と呂布を滅ぼせれば、元竜殿のその望みも、あるいは実現するかもしれんな」

陳登は曹操が切り上げようとしているのを見て取ると、すぐに酒を手に取った。「すでに遅くなりましたが、もう一杯お注ぎしましょう。願わくは明公が諸侯を一掃し、天下を統一されますように」

「元竜殿、それは違うな」曹操はしばし意味ありげに陳登を凝視すると、突然呵々《かか》と笑いだし、杯を持ち上げて言い直した。「こう言うべきだ。割拠する群雄を一掃し、漢室の天下を再興するようにとな」

「これはわたしの口が滑りました」陳登はそう言いながらも、目にはやはり不敵な色を浮かべていた。

陳登が去ったあと、曹操は一人庭に立ち、飽くこともなく星空を仰いだ。この乱世はまさに漆黒の夜空、そして、戦いに明け暮れる群雄はそこにまたたく星屑だ。四方に光を発する者もいれば、闇に溶けて潜む者、あるいは明滅している者もいる。強い光を発しているのは、さしずめ袁紹や呂布か。光を放たず闇夜に紛れているのは袁術や張繡。明滅しているのが、おそらく陳登のような者だろう。いまは呂布の麾下に身を潜めているが、いつかは目を奪われるような眩しい輝きを放つかもしれぬ……そこまで考えると、曹操は少し卑屈になった。たしかに朝廷を主宰し、堂々たる三公《さんこう》の位についているが、陳登のような小物にまで妥協し、徐州のことも頼らざるをえない。いったいこの許都を一歩離れれば、司空の椅子に何の意味があるというのだ。

曹操は苦笑が漏れるのを禁じえなかった。そしてまた見上げると、雲が晴れて皓々《こうこう》と輝く月が姿を現した。そこで曹操ははたと思い至った。明月《めいげつ》は星を輝かせてその光を奪わず、星々は月にかしずいてその永遠なるに及ばず。この曹操、なにゆえ唯我独尊を求めて群星の光を奪わねばならん。自分が明月となって、すべての星に周りで光を放たせればよいではないか。なにも陳登や劉備をのちのちの敵と決めつけることはない。ただ自分が月のように永遠なる存在であれば、彼らを周囲で光らせておくことに何の問題もない。一人では天下平定がかなわぬのであれば、ほかの者に抱負を遂げる機会をやればいい。それは同時に、自分に機会を与えることにほかならない……

そう考えると、胸のつかえがすっと取れたような気がした。いまなすべきことは、揚州へ刺史を送って孫策と手を結び、偽帝袁術の包囲を完全に固めることだ。その後、自らの手でとどめを刺せば、宛《えん》城で失った名声を再び取り返すこともできよう。

宛城での敗戦は、いまになっても曹操にとっては癒えない傷であった。宛城でのことを振り返るたびに、死なせてしまった息子曹昂《そうこう》のことが思い出される。正妻の丁《てい》氏はいまもまだ自分のことを怒っているのだろうか……

夜もすっかり更けた。もう休まねばなるまい。曹操は使用人らに声をかけることもなく、一人で裏庭のほうへ回っていった。すると、視線の先にまだ灯《あか》りのついた丁氏の部屋が見えた。なかからはかすかに機を織る音が聞こえてくる——もう息子はいないのに、お前はいったい誰のために服を作っているというのだ。

司空ともあろう男を旦那に持つ女の住まいとは到底思えない。部屋の造りは質朴で飾らず、普段は童僕も侍女も一切使わず、何から何まで自分でする。ただ機織りだけが生活のすべてで、富も栄誉も手にしたはずなのに、丁氏が毎日機織りに勤しむのはいったい何のためなのか。

曹操はもうずいぶん丁氏と夜をともに過ごしていなかった。二年、あるいは三年になろうか、もはや曹操自身にも思い出せない。いま、この気持ちの沈んだ夜更けに、息子を失った悲しみを分かちあえるのは、長年連れ添ってきた妻だけだ。曹操は扉に手をかけた。鍵がかかっている。曹操は静かに呼びかけた。「開けてくれ。入れてくれないか……」突然、織り機の音がばたりと止んだ。しかし、扉が開く気配はない。

「まだ気に病んでいるのか。昂のことは俺が悪かった。この死に損ないが、お前の子を殺してしまったんだ。俺は万死に値する。しかしだ、昂はもちろん俺の子でもある。俺だって悲しくないわけがなかろう……やっぱりここを開けてはくれんのか」

そのままじっと待ってみたが、やはり扉が開くことはなかった。曹操がまた何か言おうとしたそのとき、部屋の灯りがふっと消えた。

ああ……人の死は取り返しがつかない。それと同じく、冷え切った気持ちも容易にはもとに戻らない。あるいは、あの日言ったように、子供以外は何人《なんぴと》も、何物も丁氏の心を動かすことはないのだろうか。曹昂が世を去り、丁氏はすべてを失った。もう丁氏には何も残っていない。曹操はしばしのあいだ悲しみに暮れると、眠気もどこかへ吹き飛んだので、また広間に戻って山積みとなった公務に没頭した。しかし、しだいに自分でも気がつきはじめた。男と女としての感情の高ぶりも、本当に平凡な日々の暮らしも、いまの自分にはずいぶんと遠いものになってしまった。人の一生には取捨選択がつきものである。そして曹操の選択は、やはり戦場と朝廷だったのだ。

妻に対する後ろめたさ、それは日々の忙しさに紛れて、澱《おり》のように胸の底にゆっくりと溜まっていった……

第十章　兵糧監督官を殺《あや》めて士気を保つ

再びの出征

曹操は上奏して陳登《ちんとう》を広陵太守《こうりょうたいしゅ》につけ、その父の陳珪《ちんけい》には秩《ちつ》中二千石《せき》の俸禄を与えることで、この親子を後日、呂布《りょふ》を討つための布石とした。その後、荀彧《じゅんいく》の推挙により、尚書《しょうしょ》の厳象《げんしょう》を南にやって揚《よう》州刺史《しし》を引き継がせた。これは一つには、呉《ご》郡太守の陳瑀《ちんう》ら劉繇《りゅうよう》の残党をまとめるため、また一つには、江東《こうとう》［長江下流の南岸の地方］の孫策《そんさく》をして朝廷の命《めい》に従わせるためである。曹操は時機を見て、許都《きょと》から議郎《ぎろう》の王誧《おうほ》と劉琬《りゅうえん》を勅使として派遣し、孫策を騎都尉《きとい》に任じ、烏程侯《うていこう》の爵位を継がせて、会稽《かいけい》の太守を兼任させることにした。さらに左《さ》将軍の呂布、呉郡太守の陳瑀と協力して、袁術《えんじゅつ》を討つことを命じた。

これと同時に、曹操は朝廷の名で、荊州牧《けいしゅうぼく》の劉表《りゅうひょう》と益《えき》州牧の劉璋《りゅうしょう》にも、袁術討伐に協力を命じる旨の詔書を発した。この二部の詔書のとおりに動くことはありえなかったが、少なくとも袁術側につこうとする考えを断念させるには十分であり、天下の矛先はすべて淮南《わいなん》［淮河《わいが》以南、長江以北の地方］に向けられた。こうして袁術は、皇帝を僭称してたった三月《みつき》あまりで、四面楚歌に陥ることとなった。

袁術は先の戦《いくさ》で呂布に敗れた際、淮南各地の糧秣《りょうまつ》をことごとく奪われた。その後、包囲を固められたため、無理を承知で徴兵するほかなく、蓄えてあった兵糧だけでは到底その軍を維持するのは不可能であった。淮南のどこを探し回っても、油一滴搾り出すこともできないありさまで、やむをえず袁術は、厚かましくも豫州《よ》の陳国《ちん》に物資の支援を求めた。陳国の王劉寵《りゅうちょう》は漢室の血を引き、陳国の相《しょう》を務める駱俊《らくしゅん》も朝廷に対する忠義が厚い。その二人が偽帝という敵に塩を送るわけがない。それどころか、袁術の使者を痛めつけたうえで陳国から放り出した。袁術は激怒したが、陳王の武勇を前に軍を繰り出すことは自重した。再三ためらった挙げ句にとうとう刺客を放ち、劉寵と駱俊の暗殺に成功すると、それから陳国に攻め込んで食糧を強奪した。

陳王劉寵が暗殺されたとの知らせは許都にも届いた。天子から文武百官まで肝を冷やさない者はなく、天下のいたるところで偽帝に対する非難の声が日増しに強まっていった。袁術への憎しみが最高潮に達したところで、曹操は時機到来とばかりに速《すみ》やかに将兵を揃《そろ》え、禍根を完全に断ち切るべく、寿春《じゅしゅん》［安徽《あんき》省中部］攻略の用意を急いだ。このたびの出征のために、曹操は豫州と兗《えん》州に配する直属の部隊を呼び寄せ、許都の兵馬と合流させた。その兵力は三万を超え、これは曹操が旗揚げして以来、もっとも大きな規模であった。そこまでしたのは、この戦が単に曹操と袁術の関係に終始するものではなく、大漢の朝廷と袁家の偽朝《ぎちょう》という正統性を争う側面を持つからである。曹操は味方を鼓舞し、敵の士気をくじくため、漢の天子にも閲兵を請うて、許都で大々的な出陣の式典を挙行した。

皇帝の劉協《りゅうきょう》は許都の城楼で五色の絹傘の下に端座し、その左には司空《しくう》の曹操、右には尚書令《しょうしょれい》の荀彧が侍立《じりつ》していた。ほかの文武百官もその両側にきちんと整列し、それぞれの後ろには斧鉞《ふえつ》［斧とまさかり］を手にした虎賁《こほん》軍の衛士《えいし》が護衛に立っていた。眼下に居並ぶ威風堂々とした「官軍」を眺めると、劉協の心はかえってどんよりと深く沈んだ。虎賁軍による護衛の復活を提議した議郎《ぎろう》の趙彦《ちょうげん》は、すでに無理やり罪を着せられて処刑を賜り、いまや劉協のために献策する者は一人としていなかった。

荀彧、董昭《とうしょう》、丁沖《ていちゅう》といった曹操の腹心を除けば、劉協はもうずいぶんと長いあいだほかの朝臣と接触さえしていない。三公九卿《さんこうきゅうけい》は言うに及ばず、たとえもっとも身近なはずの皇后の父伏完《ふくかん》や、貴《き》人《じん》［妃《きさき》の称号］の父の董承《とうしょう》、梁国の王子劉服《りゅうふく》であっても、皇宮《こうぐう》に入ることは許されなかった。衛尉《えいい》の張倹《ちょうけん》や光禄勲《こうろくくん》の桓典《かんてん》らは、もはや名ばかりの飾りと成り下がっていた。宮中の侍衛《じえい》、虎賁はすべて夏《か》侯惇《こうとん》が選《よ》りすぐった沛《はい》国の男で固められ、曹操の指示は遵守するが、劉協の言には耳を貸さないようなありさまであった。つまり、皇帝であるはずの劉協が、完全に蚊帳の外に置かれるようになっていたのである。

にもかかわらず、大漢王朝に対する曹操の忠誠を、劉協はまるで疑っていなかった。いや、少なくとも現段階では疑うには至っていなかった。曹操はなぜ自分を自由にさせてくれないのだ……何より自分は天下に君臨する皇帝のはずではないか……そんなことを考えながら、劉協は城壁の下に整然と立ち並ぶ旗指物や兵士を眺めやり、そのまま視線を左右に移してみた。曹操は姫垣《ひめがき》に手を乗せて微笑みを浮かべ、荀彧はややあごを引いて立ち、まっすぐに正面を見つめている。後ろの董昭や丁沖はみな得意満面で、興奮を隠さない。司徒《しと》の趙温《ちょうおん》、太僕《たいぼく》の韓融《かんゆう》、諫議大夫《かんぎたいふ》の楊彪《ようひょう》といった面々は、一様にしょげ返って浮かぬ表情をしている。その一方で、少府《しょうふ》の孔融《こうゆう》は憚ることなく悠然と構えて、何か話しをしている。そして劉協が探していた伏完と董承の姿は、とうとう目に入ることがなかった。二人は曹操によって、皇帝からずっと遠くに離されていたのである。

「陛下……陛下……」

曹操の呼ぶ声にようやく我に返ると、劉協は慌てて笑みを作った。「曹司空、朕《ちん》に何用か」

曹操も笑みを返しつつ、大仰に腕を広げて眼下の軍馬を指し示した。「陛下、この官軍は実に見事だと思われませぬか」

「そちが選りすぐって鍛えた兵、おのずから向かうところ敵なしであろう」

明らかに芝居じみていたが、曹操はどうしてももうひと言付け足しておきたかった。「臣が戦火を鎮め、四海を平定するのも、すべては陛下のおためを思ってのこと。何とぞ臣の独断という非礼をご海恕いただきますよう」

またわざとらしいことよ。劉協はそう思ったものの、やはり重ねてねぎらいの言葉をかけた。「何を申すか。独断の非礼などと。孔子も『力を陳《つら》ねて列に就く「与えられた場所で職分に励む」』と申しておる。そちには大局を見極めて治める才と、漢室を復興する志とがある。ならば、官軍を動かして内乱を鎮めよ。朕は喜び褒め称えこそすれ、横槍を入れることなどない」

「恐れ多いことでございます。臣は全身全霊を傾け、必ずやご期待に応えます」曹操は深々とお辞儀をした。「陛下、どうか将兵たちにもお気持ちをお示しいただき、全軍の赤心《せきしん》を慰撫くださいますよう」

劉協が立ち上がり、右腕を挙げて城壁の下にいる兵士らに手を振ると、たちどころに耳をつんざく「万歳」の声が湧き起こった。兜を脱いで敬意を示す将もいる。劉協は、将兵たちがここまで自分を尊崇してくれていることに大いに慰められ、先ほどまでとは打って変わって、気分よく席に戻った。

ところがそのとき、曹操も突然城壁の下に向かって手を振り出したのである。すると、にわかに将兵らの歓声は一段、また一段と盛り上がり、その熱気に、たったいまの「万歳」の声はすっかりかすんでしまった。感動に打ち震えたばかりの劉協の心は、あっというまに冷え切った――曹孟徳《もうとく》は袁術を震え上がらせるだけでなく、この朕を、百官を脅しているのだ。「いずれの者も忠勤に励め、出兵に当たっては露ほども分不相応な考えを持ってはならぬぞ」、劉協はそう一喝したい気持ちに駆られた。

　目の前の情景が意味するところを悟ると、劉協は暗澹たる気分になり、うなだれて静かにため息を漏らした。荀彧はめざとくその姿を認めると、すぐに近づいてきて深く腰を折った。「憚りながら、陛下に申し上げます。今日は暑く、ここは兵馬の往来で砂ぼこりもひどうございます。陛下の長居すべきところではありません。皇宮にお戻りになり、十分にお休みになられるのがよろしいかと存じます」

「よかろうぞ。朕も疲れた。では皇宮に戻るとしよう」劉協は無理に笑みを浮かべてうなずいた。尚書令の荀彧――劉協もこの男には好意を持っていた。曹操側の者には違いないが、振る舞いは正しく上品で、君臣の礼にもとることもない。いかなる政務に当たっても中庸を守り、推挙する者はみな直接朝廷の命をよく聴く。かつて李傕《りかく》と郭汜《かくし》が長安を混乱に陥れた際にも、尚書を務めた賈詡《かく》は、西涼《せいりょう》の出身であったとはいえ、よく聖意《せいい》を重んじて忠良を庇護した。この荀彧は、賈詡に比べても一段上回る。荀彧を自分の味方につけ、ともに曹操の権力が増大するのを防ぐことはできないだろうか、このところ劉協はそのことをずっと考えていた。

劉協は皇宮に戻ると伝えたが、虎賁軍の衛士らは曹操の許可がなければ馬車を用意することができない。一方の曹操は、いまもなお閲兵の熱気のまっ只中で、ひたすら城壁の下に向かって手を振っている。皇帝を馬車に乗せようと進み出る衛士は誰一人としていない。荀彧は劉協の顔に悲しみと憎しみの色を見て取ると、決まりの悪い思いで眉をしかめ、すぐさま曹操の袖を軽く引いてささやいた。

「陛下が皇宮へお戻りです」

曹操はようやくそれに気がつくと、振り向いて跪拝《きはい》した。「臣曹操、謹んでお見送りいたします。万歳、万々歳」それを見てほかの百官もばたばたと跪いた。

「朕は先に戻るが、こたびの出征、またそちに苦労をかけるな」劉協としては慰労の言葉をかけねばならない。

「もとより身を尽くす所存でございます」曹操は俯《うつむ》いたまま周りに命じた。「すぐに陛下を御車へ」

虎賁軍の衛士もやっと天子の乗車を助けるために近づいてきた。劉協は馬車に向かう際、荀彧の手を取って皇宮までの陪乗《ばいじょう》を促し、二、三歩進んだところで突然振り返って曹操を見た。「曹司空、一つそなたに許しを得たいことがある」

曹操は慌てて叩頭した。「陛下のお命じとあらば、万事において臣が違《たが》うことはございません。許しを得たいなどとは、あまりにもったいないお言葉」

劉協は曹操からその言葉を引き出すと、速やかに自身の要求を訴えた。「伏《ふく》皇后と董《とう》貴人は後宮に住んでおり、二人の父はもうずいぶんと長いあいだ顔も見ておらぬ。朕の願いとしては、二人がいつでも後宮に会いに行けるよう取り計らってくれ。皇后らに寂しい思いをさせないでやってくれぬか」

「陛下がそのようにお考えなら、臣曹操、邪魔をするつもりは毛頭ございませんし、お二方が後宮を訪ねるのは至極当然のこと」曹操はそこでまた一つ叩頭すると、口調を変えて釘を刺した。「ただ、漢朝には中興以来、外戚による乱が後を絶ちません。昔日の竇憲《とうけん》、鄧騭《とうしつ》、閻顕《えんけん》、梁冀《りょうき》など、その禍《わざわい》は甚だしいものでした。何とぞ陛下にはこの点のみご賢察を」

劉協は、これはとても一筋縄ではいかぬと見て取り、それっきり口をつぐんでしまった。そこに助け船を出したのは荀彧だった。「曹公もそれはあまりに心配が過ぎるというものです。伏完さまと董承さまは、ともに陛下を支えてこられたお国の忠臣、悖逆《はいぎゃく》の心など微塵もあるはずがありません。曹公もどうか聖意を慮《おもんぱか》って、お二人には少し寛大になって差し上げるのがよろしいかと存じます」

荀彧にまでそう言われると、曹操はつかの間考えてやや譲歩した。「臣はもとよりお二人が悪心を抱いているとは思いませんが、ただ陛下には過去のことをお忘れにならぬよう申し上げたかったのです。お二人はともに陛下のご親族、後宮に入ることは臣も今後はお止めしません。しかし、あまりに頻繁に会いに行かれますと、あらぬ疑いを持つ者がいるやもしれませんこと、陛下もご承知おきください」

「それもそうだな。そちの言、しかと胸に刻んでおこう」曹操がいくら余計なことを付け足したところで、ともかく認めさせたのだ。劉協は感謝の眼差しを荀彧に向けると、その手をきつく握ったまま、衛士に守られ去っていった。

朝廷の儀礼に照らせば、皇帝がその場を離れるときは、奉車都尉《ほうしゃとい》や駙馬都尉《ふばとい》「皇帝の車の副《そ》え馬を司る官職」、侍中《じちゅう》らが皇帝の車に付き従う。しかし、いまの中心は曹操である。皇帝は幸いにも皇宮へ帰れたが、そのほかの文武の重臣はまだこの場を離れるわけにはいかなかった。年齢と官位とにかかわらず、誰もが身じろぎもせず一刻［二時間］ばかりも立ち通しだった。曹操の将兵は相も変わらず目の前で演武をしていて、それに水を差すような態度は厳に慎まねばならない。議郎の趙彦が流した血は、いまもまだ乾いていないのだ。

騒々しいほどの出陣式は延々正午近くまで続けられた。ようやく曹操の許可が下りると、百官は次々と曹操に辞去の挨拶を申し出に来た。曹操も十分に礼儀をわきまえている。一人ひとりに返礼をして送り出し、年老いた重臣には城楼の下まで従者に送らせた。そして曹洪《そうこう》だけを最後まで残した。曹洪もいまや官は諫議大夫《かんぎたいふ》を拝命している。曹家と夏侯家の多くの男たちのなかで、官界に多少なりとも関わったことがあるのは曹洪くらいであった。

あらかた人が去ったところで、曹操もようやく城楼を下りながら、曹洪に話しかけた。「もうまもなく寿春に出兵するが、まだ解決を見ていない後顧の憂いがある」

「安心してくれ。もし董承のやつが何か怪しい動きを見せたら、俺が始末してやる。あのくそっ……」曹洪はすんでのところで普段の口汚い言葉を飲み込んだ。諫議大夫たるもの、官としての礼儀を重んじるべきで、何でも好き勝手に話すわけにはいかない。

曹操はかぶりを振った。「わしが気にしているのは内憂ではない、外患だ。先ごろ入った知らせによれば、張繡《ちょうしゅう》が宛《えん》城や葉《しょう》県、西鄂《せいがく》［いずれも河南省南西部］などで動きを見せているらしい。おそらくは、わしが寿春に軍を進めるのを見計らって北上する気だろう。それは何としても防がねばならん。お前は荊州のあたりで勤めていたこともあるから、一帯の地理には詳しいはずだ。五千の兵馬を率いて南下し、各県の者たちとも協力して防備に当たってくれ。やつが北上して許都が混乱に陥らぬよう、その前に防ぎ止めるのだ」

「よしっ」曹洪は足元の石段に目を落としながら尋ねた。「しかし、東と北にも気を配るべきではないのか？」

「陳登《ちんとう》からも知らせがあった。呂布はすっかりわしが頼りにしていると思い込んでいる。いまは下邳《かひ》にどっかりと腰を据えているそうだが、こたびの袁術討伐には兵を出してくるかもしれんな。河北《かほく》［黄河の北］だが、公孫瓚《こうそんさん》がまた敗北を喫して、完全に守勢に回っているらしい。袁紹《えんしょう》はその追撃に大わらわだそうだ。こちらのことを気にかけている暇はなかろう。関中《かんちゅう》［函谷関《かんこくかん》以西の渭水《いすい》盆地一帯］では鍾繇《しょうよう》が手を尽くしていて、すでにその効果が出はじめている。とくに厳象を揚州刺史に遷してからは、関中の士人《しじん》らも右へ倣《なら》えでな。いまでは李傕と郭汜も鳴りを潜め、馬騰《ばとう》と韓遂《かんすい》でさえおとなしくしている」曹操はそこで足を止めて曹洪に目を向けた。「これはまたとない好機だ。郭嘉《かくか》をお前につけてやる。その献策をよく聞き入れて、張繡さえ押さえ込んでくれたら、袁術を滅ぼすのも時間の問題だ。ほかにも不安があれば、何なりと言え」

「いや、出兵に関してはとくに何も……」曹洪は頭をかきながら続けた。「ただ、これは身内としての個人的な頼みごとなんだが、実は少し前に……」

曹洪の話の途中で、にわかに高らかな笑い声が響きわたってきた。「はっはっは、孟徳、まだいたのか」

いまや曹操のことを字《あざな》で直接呼ぶような者はいない。曹操がきっと目を遣ると、その先には少府の孔融の姿があった。

孔融は四十五になるがまったく老けておらず、四角張った面長の顔に柔らかな髭を蓄えている。それに加えて華美で凝った深衣《しんい》［上流階級の衣服］を羽織り、その佇まいは端正にして優雅なものがある。かつて袁紹は、曹操の手を借りて孔融を殺そうとしたが、曹操は巧みにそれを断った。そのうえで当時は将作大匠《しょうさくたいしょう》であった孔融を河北への使者に立て、袁紹に大《だい》将軍の印綬を授けさせた。袁紹もさすがに賢人を害したという汚名をかぶるのを嫌い、十分に孔融をもてなして、無事に送り返してきた。こうして孔融は危険を免れ、また使者の務めを果たした功もあり、戻ってからは皇室の日用品や財政を司る九卿の少府に転任していた。

敵の敵は味方となるべきだが、四歳のときには兄を敬い、進んで小さな梨を取ったというこの聖人の後裔は、曹操にとっても目障りな存在であった。一つには、曹操が激情に駆られて殺した辺譲《へんじょう》と親しかったためで、坊主憎けりゃ袈裟まで憎いである。また一つには、孔融は性格が傲慢で、許都の朝廷にあっても曹操のことを何とも思わず、自分のやりたいように大声で笑いながら話すためである。もっと言えば、孔融という人間はいまの時勢に合っていなかった。上奏すれば、その文は浮華《ふか》にして高遠な論を書き連ね、漢室の有職故実《ゆうそくこじつ》や氏族の名望、経書と学問を侃々諤々と論じ立てる。それらはいわば太平の世の役人がする小手先の芸に過ぎない。しかも高尚すぎて理解されず、実際にも即さないだけでなく、朝廷に多くの不必要な手間をかけさせた。ときには、まるで重要でない礼儀の問題について、延々半日も朝議の場で議論を続けたほどである。

このように孔融には問題も多いが、とくに勢力を擁しているわけでもなく、聖人孔子の末裔というその名声は申し分ない。朝堂を飾り立てたい曹操としては、これを利用しない手はなかった。ここは自ら進んで挨拶しておこう。曹操は曹洪をそっちのけで小走りに階段を下りると、笑みを作って拱手《きょうしゅ》した。「文挙《ぶんきょ》殿、城楼で長らく演武を見て、さぞやお疲れでしょう。ここでわたしをお待ちとは、何か陣形でも教えてもらえるのでしょうか」

これは実は孔融に対する皮肉である。孔融は文才はあるものの、兵法の心得は一切ない。かつて北《ほっ》海《かい》国の相《しょう》を務めていたときも、まず青《せい》州の黄巾賊にさんざんに打ちのめされ、その後は袁譚《えんたん》に迫られて城に閉じこもったほどである。陣形を語る資格などあろうはずもない。

しかし、曹操の皮肉は孔融には通じなかったようで、曹操の冷たい手をぎゅっと握り締めてきた。「おい孟徳、今日は目を見張ったぞ。思えば先々帝が張温《ちょうおん》殿を西涼の討伐に遣わしたときも、威勢はすさまじく士気はきわめて高かった。あれから何年になる。今日は再び訓練の行き届いた官軍の勇姿を見ることができて、大いに朝廷の気勢を上げたたな。かような軍隊が陛下をお守りしてこそ、天下を縦横に駆け回って逆賊を打ち滅ぼし、天子の威風をなびかせ、陛下も朝廷の綱紀を正すことができ……」

曹操はしだいに腹立たしくなってきた。まるで今日集まった精鋭はすべて天子が揃えたもので、この曹操とはまったく関係がないような口ぶりではないか。心血を注いだ長年の苦労をなかったことにするつもりか。しかし、孔融とはそもそもこのような人物なのである。曹操もなす術がなく、ただ微笑みながらその高論を遮った。「文挙殿、まだ公務が山積みでして、一つ手短かにいきませんか」

孔融も曹操が焦れているのに気づき、すぐに本題に入った。「曹公、わしが数日前に出した俊英を推挙する上奏文、あれはもう見てくれたか」

「ここのところ公務に忙殺されていて、気がつきませんでしたな」曹操はとっさに嘘をついた。実はその上奏があったのは曹操も知っていたが、どうせまた有職故実についてのくだらぬ一文だろうと、目を通していなかったのだ。「それで、こたびはどのような才徳の士を推挙してくださったのです」

「禰衡《でいこう》だよ。平原《へいげん》の禰正平《せいへい》だ」

曹操はその名を聞いて訝《いぶか》った。孔融が禰衡の名を挙げるのはもう三度目になる。孔融の人を見る目には確かなものがある。凡人と交わるようなことは決してない。ここまで褒めそやすとは、もしや禰衡とは、どこか人並み勝《すぐ》れたところがあるのだろうか。そこで曹操はすぐに返答した。「文挙殿、その者のことは覚えておきましょう。ぜひ一度許都へお招きください。これから出征で暇は取れませんが、袁術を破って凱旋したら、その者と会うことにしましょう」

孔融はしきりにうなずいた。「よいよい。では孟徳、くれぐれも忘れんでくれよ。禰正平は実に得難い人材だ。善良にして誠実、その英才は抜群、もしこの者を重用すれば、文武百官に彩りを添えることになり、さらに天子の有能な輔佐を得れば、朝廷の誉れ高く、まことに……」

「わかりました、わかりました。しっかり覚えておきますとも」曹操はみすみすこれ以上の時間を無駄にすることはできぬと、さっさと拱手して別れを告げると、曹洪を呼び戻して一緒に司空府へと向かった。二人が馬車に乗ると、曹操はそこでやっと大きくひと息ついた。「あの孔文挙だけは、ぶつくさと話が長すぎて耐えられんな」

曹洪も鼻で笑った。「その推挙なら、禰衡とやらも使い物にならんのだろう」

「いや、文挙は文挙、禰衡は禰衡だ。いまはいくら賢才を求めても足りないくらいなのに、それを門外に放っておけるか。機会があれば一度は会ってみねばな」そこで言葉を切ると、ふと曹洪の話を思い出した。「そういえば、さっきの個人的な頼みごとというのを、まだ聞いていなかったな」

曹洪は話を向けられると、決まり悪そうに追従笑《ついしょう》いを浮かべた。「それか……実は俺のところにいた食客の一人がある土地を取り上げてだな、満寵《まんちょう》に捕らえられたんだ。そこで、そっちから満寵にちょっと話をつけてくれないか。もう少し大目に見て、そいつを放してやってほしいんだ……」

曹操がその地位を確固たるものにしてから、多くの宿将《しゅくしょう》たちは許都一帯で身代《しんだい》を築くようになっていた。そのなかでももっとも財力に富むのが曹洪である。曹洪が抱える多くの食客は大半が土地の匪賊出身で、いまではそういった連中が曹洪のために働いている。都の近くの土地を不当に占拠したり、密かに酒や肉を売ったり、高利貸しをしている者さえいる。曹操は曹洪の顔をつぶすようなことはしたくなかったが、目をつぶって見逃してよいものか決めかねていた。それというのも、曹洪の食客たちはとどまるところを知らず、土地を無理に奪って民をいじめたり、借金の取り立てで刃傷沙汰《にんじょうざた》になったり、三日とあげず何かもめごとを起こしており、看過できぬほどになっていたからである。

曹操はちらりと曹洪の顔を見て、つぶやくように言った。「お前はわしに何を言わせたいのだ。そんなに多くの金を集めてどうする。どうひっくり返ったって、一生かかっても使い切れまい。すでに諫議大夫の位についたというのに、いまもひたすら蓄財に励むとは、そんなくだらないことでわしに面倒をかけんでくれ。この許都でわしらの関係を知らぬ者はおらぬ。お前が体面を気にせずとも、わしにとっては大きな問題だ」

曹洪にはうまく通じなかったようである。「それはそのとおりだ。帰ったらそいつに厳しく言い聞かせておく。ただ、そいつはいまも県の牢獄に入れられているんだ。それに、あいつらはみんな陳《ちん》留《りゅう》で旗揚げしたときからついてきている。俺の顔を立てるんじゃなく、あいつらのこれまでの頑張りにも目を向けてやってほしいんだ」

「お前を助けんわけではないが、満伯寧《はくねい》ほどの堅物ともなれば、容易には折れてくれんぞ」曹操はそこで一つため息をついた。「あの許都令は、法のもとでは誰であっても容赦せんからな」

曹洪はなお媚《こ》びた。「自分で解決できれば世話はない。あの満寵ってやつは、てんで俺の顔を立ててもくれず、だからこうして頼んでいるんだ。何とか手を貸してくれんか」

曹操もたしなめはしたが、そうは言っても曹洪はやはり親戚であり、汴水《べんすい》［河南省中部］の負け戦では、曹洪のおかげで九死に一生を得たのも事実である。曹操もさすがにそのまま放っておくのは忍びなかった。「では、試してみるか。ちょうど満寵を呼んでいるから、じきに会えるだろう。詫びの言葉は自分で入れろ。わしはせいぜい横から仲裁するだけだからな」

「安心してくれ。そういうことなら慣れたものさ」

それから二人は口をつぐんで、曹操はこれからの出征のことを、曹洪は満寵に言うべき言葉を黙って考えた。ほどなくして司空府に着き、正門をくぐると、ちょうど夏侯惇と満寵が庭で立ち話をしているのが目に入った。曹操はすぐに二人を広間に招き入れた。

四人が席につくなり、曹洪は眉をひそめたり口を曲げたりして曹操に合図を送り、一方の満寵は不満げな表情で視線を落とし、見て見ぬ振りをしている。

曹操は内心それがおかしく、二人の件はあえて話題に挙げず、まずは孔融からの上奏を探しはじめた。机の上にうずたかく積まれた竹簡の下からそれを見つけると、すぐにそれを繰ってしばし眺めた。

窃《ひそ》かに見るに、処士《しょし》平原の禰衡、年二十四、字正平は、淑質貞亮《しゅくしつていりょう》にして、英才卓礫《たくらく》なり。初めて芸文に渉《わた》るに、堂を昇りて奥を睹《み》る。目にする所一見にして、輒《すなわ》ち口に誦《そら》んじ、耳にする所瞥聞《べつぶん》にして、心に忘れず。性 道と合し、思い 神《しん》有るが若《ごと》し。弘羊《くよう》の潜計、安世《あんせい》の黙識、衡を以て之に準《なぞら》えるも、誠に怪しむに足らず。忠 正直を果たし、志 霜雪《そうせつ》を懐く。善を見ること驚くが若く、悪を疾《にく》むこと仇の若し。任座《じんざ》の抗行《こうこう》、史魚《しぎょ》の厲節《れいせつ》……

「私見によれば、在野の平原の禰衡、歳は二十四、字を正平という者は、善良にして誠実、その才能は抜群である。典籍を学ぶや、かなりの段階に達しその深奥の意味も悟っている。一度目にすれば暗唱し、一度聞けば忘れることはない。生まれついて世の道理に適い、その考えは計り知れない。桑《そう》弘羊（前漢の政治家）の暗算力、張《ちょう》安世（前漢の政治家）の記憶力、禰衡の才能はこれらに比肩しうると言っても決して過言ではない。その忠心は曲がることなく、その志は気高い。善行を見ては己の戒めとし、悪行は己の仇のように憎む。任座（戦国時代の魏《ぎ》の政治家）の直言、史魚（春秋時代の衛《えい》の政治家）の忠諫《ちゅうかん》……」

このあとにも延々と禰衡を賞賛する文辞が続き、孔融はほとんど天に届くかと思われるほど禰衡を持ち上げていた。曹操は読み続ける気にならず、孔融の上奏をそのへんに置くと、夏侯惇に向き直った。「今日は孔文挙がわれらの軍容を誉めそやしてきたが、これが実に腹立たしくてな。そこでだ、他人にあれこれ言わせぬよう、これからは朝廷の軍と自前の軍をはっきり分けようと思う。元譲《げんじょう》、お前は戻ってその方法をちょっと考えてくれ。それから、南軍《なんぐん》［皇宮《こうぐう》を警護する七署《しちしょ》］と北軍《ほくぐん》［都を防衛する五営《ごえい》］の生き残りにも気を配ってくれ。そのなかにもし役立ちそうな者がいたら、すぐに引き抜くんだ。わが軍のほうで登用できれば、それに越したことはない」

夏侯惇は笑みを浮かべて答えた。「それなら、俺もずっと気にしていたところだ。実際、北軍のなかには史渙《しかん》や賈信《かしん》、扈質《こしつ》、牛蓋《ぎゅうがい》、それに張憙《ちょうき》など、まだ若い司馬《しば》がいる。もう少し鍛えてやれば、われらの軍中でも役に立つはずだ」

「よかろう。では、この件はお前に任せたぞ。念のため、朝廷の軍からこちらに引き抜くときは一気にやらぬようにな。ゆっくりと、その影響を見極めながらやるんだ」曹操の思慮は実によく行き届いており、文人については自分たちのなかから朝廷に送り込んで官職につけ、武人については朝廷の軍から有能な者を自分たちのもとへ引き入れた。このように人材を動かすことで、すべての権力がしだいに手中に収まるよう画策したのである。

曹洪はいつになっても曹操が自分の話を切り出さないので、何度も咳払いを繰り返した。これ以上引き伸ばすと、曹洪がいまにも出て行きそうな勢いだったので、曹操はひと睨みしておとなしくさせてから、やっと満寵に問いかけた。「ところで伯寧、近ごろ子廉《しれん》の食客を捕まえたそうだが、どんな罪を犯したんだ」

満寵は不満げな表情を浮かべながら、ひときわ大きな声で答えた。「あの賊徒は許都の西の地を不当に占拠したのです。そこは任峻《じんしゅん》殿が整備した屯田、あやつの頭には王法というものがないのでしょう」

「それはけしからん。厳しく懲らしめてやらねばな」曹操もいったんはそう言って調子を合わせたが、語気を和らげて続けた。「とはいえ、いちおうは子廉の食客だ。過去には手柄を立てたこともある。どうだ、そこを……」

満寵は最後まで言わせなかった。「明公《めいこう》、みなまで仰る必要はありません。その者ならすでに処刑しました」

「処刑しただと！」曹洪は飛び上がって驚いた。「いつだ、いつやった？」

「明公がお呼びだと知ったとき、こういうこともあろうかと思って、門を出る際に縊《くび》り殺すよう言いつけました」

曹洪は怒り狂い、満寵の鼻先を指さして責め立てた。「き、貴様、わざとだな」

「そうです。仰るとおり」満寵は悪びれもせずに認めた。「これは曹大夫《たいふ》のためを思ってのこと。曹大夫がその賊徒のために私情で動いたと謗《そし》られるのを避けるためなのです」

「きれいごとをぬかすな」曹洪は満寵に殴りかからんばかりである。「何が俺のためだ、自分自身の売名のためだろうが」

満寵は鷹のように鋭い目で曹洪をきっと睨みつけた。「これは都の民を守るためです。曹大夫の食客さえも裁けぬようであれば、どうして不法を働く高官や貴顕を罪に問えますか。それに……」そこで曹操にちらりと目を向けた。「より重要なのは、これが明公の名声のためでもあるからです。かつて宦官の親戚を打ち殺した洛陽北部尉《らくようほくぶい》［洛陽北部の治安を維持する役職］が、ある罪人に限っては私情を挟んだとなれば、それはご自分の名誉を自ら傷つけることにほかなりません」

戦場では次々と敵をなぎ倒す曹洪であっても、このときばかりは、目の前の酷吏《こくり》の気勢に完全に飲まれた。相手の理屈は至極もっともで、曹洪には言い返す言葉など何もない。「はっはっは……」曹操が大きな笑い声を上げた。「これぞ天下第一の県令よ。事を裁くのは、こうでなくてはならん」

内心ではむしゃくしゃしていたが、曹洪はつぶやくように訴えた。「これでは俺の面子《めんつ》は丸つぶれじゃないか」

「仕方あるまい。そもそもお前らのほうに非があるのだからな。残されたその男の家族によくしてやれば、それでよかろう」曹操はそこで軽く手を払って退《さ》がるように促した。「これも教訓だ。以後は手下どもにも気をつけさせろ」

「ははっ」曹洪はそう答えたものの、やはり怒りは収まらず、憎々しげに満寵を睨みつけた。当の満寵はどこ吹く風で髭をしごき、曹洪には目もくれなかった。

曹操は立ち上がると、満寵の前まで歩み寄った。「子廉の食客の件、そなたの裁きは見事であった。ただ、今日そなたを呼んだのは、もっと大きな仕事をやってもらおうと思ったからだ」

「詳しくお聞かせください」

曹操はさらに身を寄せた。「楊彪は袁術と姻戚にある。その袁術がいまや帝号を僭称している。楊彪を捕らえてその罪を問うのだ」

満寵は何も答えず、相変わらず髭をしごきながら長いあいだ黙り込み、声を抑えて答えた。「それはおそらく不当ではありませんか。たとえ袁術と姻戚にあっても、その謀反に手を貸す可能性はほとんどありえません」

「証拠があれば梃子《てこ》でも動かぬ満伯寧が、これはまた異なことを」曹操は意味ありげに笑った。「たとえ罪がなくとも、その疑いさえあれば問いただすべきではないか。わしが見るに、この件は廷尉《ていい》を通さずとも、すべてそなたに任せればよいと考えているのだがな」

満寵は目を光らせた。「それはつまり……」

「尋問という手順は踏まねばならん」曹操は後ろ手に組み、笑いながら続けた。「もし何の罪もなければ、わしが戦より帰ってきてから釈放すればいい」

満寵はどうやら曹操の腹を探り当てた。「では、刑を執行してもよいと？」

「それは些細な問題だな。そなたが臨機応変にやればそれでいい。わしは口を挟まん」

「承知いたしました」

曹操は満足げにしきりとうなずいた——趙彦はすでに除いてやった。楊彪は、命までは取れずとも、一つ懲らしめてやらねばならん。そして、この際はっきりと知らしめてやる。わしはたとえ許都を離れていても、自分より上の重臣さえ捕らえることができるのだとな。

蘄《き》県の戦い

建安《けんあん》二年（西暦一九七年）九月、曹操は自ら大軍を率い、袁術《えんじゅつ》の討伐に打って出た。部隊が許都《きょと》を出発すると、道行くごとに袁術軍から逃げ出してきた兵士らが続々と投降してくる。沛《はい》国内に入ったころには、その数はゆうに千人を超え、袁術軍は交戦する前から自滅への道をたどっているようであった。はじめに投降してきたのはやはり逃亡兵だったが、のちには袁術配下の将だった戚寄《せきき》や秦翊《しんよく》が、自身の率いる部隊ごと兜を脱いで帰順した。そのわけを聞くと、同郷の沛の劉馥《りゅうふく》に曹操への投降を勧められたからだという。

曹操は大いに喜んで、軍中ですぐに劉馥を司空の掾属《えんぞく》［補佐官］に任命し、敵情の説明を請うた。それによると、袁術は陳《ちん》国で略奪を働いていたとき、突然曹操が自ら攻め込んでくると聞きつけるや、雍丘県《ようきゅう》［河南省東部］での敗戦を思い出して恐れおののき、将兵らを捨て置いて一人真っ先に淮南《わいなん》へ逃げ帰ったという。そのため、部隊はばらばらになり、多くの兵士が北上して曹操に身を投じたらしい。一方、橋蕤《きょうずい》や李豊《りほう》、楽就《がくしゅう》、梁綱《りょうこう》といった配下の将らは、すでに袁術の開いた偽朝《ぎちょう》より高官を授かっていて、帰順が受け入れられるとは考えられない。そこですぐさま蘄《き》県［安徽《あんき》省北部］を占拠して高い防塁と深い塹壕《ざんごう》を築き、兵をかき集めて曹操軍の進軍を阻む作戦に出た。

敵の動向を知ると、曹操も急いで部隊を立て直し、まっすぐ蘄県を目指した。その道すがら、目にし耳にすることに、全軍の兵士は誰彼となく嘆き悲しんだ。陳国はもともと豫《よ》州のなかでも豊かな土地であった。陳王の劉寵《りゅうちょう》はその弓術でもって勇名を馳せ、国相《こくしょう》の駱俊《らくしゅん》は善政を敷いていた。そのため、黄巾の乱以来、ここ陳国の地を踏み荒らすような者は現れなかったほどで、袁術は偽の陳の国相を任命したが、それも結局は武平《ぶへい》県［河南省東部］に置くしかなかった。

ところが、その劉寵と駱俊が刺客の手で殺された。袁術はその虚をついて兵を挙げると、ほしいままに略奪を繰り返し、わずか半月ののちには、この豊かな土地が見るも無残な姿に変わり果てた。作物はどこもかしこも奪い去られ、田畑には民の死体が横たわり、刈り切れなかった麦は百姓の家ともども火をかけられた。橋蕤や李豊らは、堅壁清野《けんぺきせいや》［城内の守りを固め、城外は焦土化する戦法］により、曹操軍が糧秣《りょうまつ》を調達できないようにしようと考えたのである。

　曹操の怒りは激しく、当初は投降してきた淮南軍の兵士を一人残らず殺そうと思ったが、あたりを見て回って状況を知るにつけ、同情を覚えるようになった。ここ数年、袁術は一人享楽をほしいままにし、民や軍の生活など考慮したこともなかった。呂布との一戦で精兵の大半が死傷すると、いまでは淮南の民を無理やり引っ立てて兵士としている。彼らは腹も満たせぬどころか、着る服もないありさまで、顔色も悪く痩せこけ、年寄りや子供、なかには病んだ者さえいた。ほとんど流民同然で、実際、曹操軍に駆け込んで食べ物を目にしたときは、まるで親の顔にでも会ったかのような喜びようだった。偽朝の兵士とはいえ、かくも悲惨な姿を目の当たりにしながらこれを殺戮《さつりく》すれば、一気に民の信望を失うことになる。曹操は怒りも冷めやらぬまま、蘄県の県城をぐるりと包囲し、立てこもる袁術軍を掃討し、城中の食糧や物資を奪い取るよう下知した。

　蘄県の県城はもともと強固な造りで、しかも袁術軍は城外一帯の民家をことごとく壊し、そこに幾重にも塹壕をめぐらしたため、その守りはますます堅固になっていた。橋蕤は端《はな》から打って出る気はなく、城壁の上には弩《ど》［機械仕掛けの弓］を設置し、曹操軍に食らわす丸太や石を蓄え、徹底抗戦の構えを見せた。曹操にもとりたてて奇策はなく、投降してきた淮南軍を最前線、直属の兵馬をその後ろに配して、ひたすら強攻した。三日三晩攻め続けたが、曹操軍の被害が膨らむばかりで、県城を落とすどころか、敵の必死の守りもあって、もっとも内側の二本の塹壕さえ埋められずにいた。

このたびは一気に袁術軍を掃討できると踏んでいたが、ここまで攻めあぐむとは曹操自身思いも寄らなかった。県城を攻め落とせない日が続くと、しだいに軍中の士気も下がっていった。まったく打つ手が見当たらず、曹操は中軍の幕舎《ばくしゃ》のなかで独り業を煮やしていた。ちょうどそのとき、王必《おうひつ》と繁欽《はんきん》がさらに悪い知らせを持ってきた。孫策《そんさく》が袁術の討伐に加わるとの盟約を反故にしたというのである。

曹操は驚きを禁じえなかった。「いったいどういうことだ。まさか孫策のやつめ、朝廷に逆らって堂々と逆賊の肩を持つつもりか」いま曹操がもっとも懸念しているのが、まさに孫策の出方だった。

「いえ、まだそこまでは」王必が早馬の知らせを差し出した。「どうやら陳瑀《ちんう》が騒ぎを起こしたようです」

曹操は卓を強く叩くと、声を荒らげて罵った。「陳瑀はなんだかんだ言っても朝廷が派遣した呉郡の太守だ。孫策のやつが首を突っ込むことか」

「孫策がすべて悪いわけでもないようです」王必は唾を飲み込むと、両手でその知らせを曹操の面前に捧げた。

先に朝廷は孫策を騎都尉《きとい》に任じ、烏程侯《うていこう》の爵位を継がせるため、議郎《ぎろう》の王誧《おうふ》と劉琬《りゅうえん》を勅使として遣わした。しかし、孫策はすでに会稽《かいけい》と豫章《よしょう》を占領していたため、たかが騎都尉など自分に対する軽蔑だと捉え、この勅命を拒絶したのである。やむをえず王誧は「明漢将軍《めいかん》」という将軍号を急ごしらえして与え、孫策はしぶしぶながら出兵を約束した。

当初の計画では、孫策は朝廷が任命した正式の呉郡太守である陳瑀とともに、袁術を討つはずであった。ところが、はじめからこの二人には、それぞれに思惑があった。孫策は陳瑀の勢力を自軍に飲み込もうとし、陳瑀のほうは密かに祖郎《そろう》や焦己《しょうき》、厳白虎《げんはくこ》といった江東の豪族らと手を組んで、江東における孫策の地盤を覆そうと画策していたのである。その結果、孫策は秘密裡に部下の呂範《りょはん》と徐逸《じょいつ》を突撃させ、陳瑀の勢力を大いに破ると、軍民合わせて四千人あまりを自軍に取り込んだ。その後も寿春《じゅしゅん》には矛先を向けげず、軍を南下させて、自分に刃向かう豪族らを討ち滅ぼしていった。

「どっちも何を考えているんだ！」曹操はその密報を読み終わると、怒りも露わに放り投げた。「陳瑀は気構えだけで繊細さが足りぬ。孫策は野心のままに進むだけ。まったく二人ともろくでもないやつらだ。これで袁術を逃がしでもすれば……」

「われわれも軍を退きますか」繁欽はびくびくしながら尋ねた。

「馬鹿を言え！　やっと蘄県を包囲したのに、そう易々と撤退できるか」曹操は繁欽をひと睨みすると、話題を転じた。「厳象《げんしょう》のほうはどうだ」自分の派遣した揚州刺史《ようしし》にまで攻撃してきたとなれば、それは完全に朝廷に弓を引く行為である。

王必は曹操の顔色を窺いながら答えた。「厳象のところはまだ何もありません。そこまで動かせるほどの兵はないのでしょう」

揚州刺史はいまや名ばかりの存在になったとはいえ、孫策が反目しさえしなければ、まだ挽回の余地はある。曹操は大きく息をつくと、眉間のあたりを揉みほぐした。いまもっとも重要なのは、ほかに敵を作らないことだ。急《せ》いては事を仕損ずる、曹操は繰り返し自分を戒め、ずいぶんと経ってからようやく顔を上げた。「これで南北から袁術を挟撃する態勢は崩れた。袁術にとっても後顧の憂いがなくなり、兵馬を再び整えてここの救援に来るかもしれん。しかし、われわれは何があっても退かぬ。退却すれば、それこそ袁術に再起する機会を与えてしまう。そなたらはいますぐ許都に戻ってわしの命《めい》を伝えよ。要件は二つだ」

文筆のこととなれば繁欽の出番である。王必がまごついているあいだに、繁欽はもう竹簡を広げて筆を手にしていた。

「一つ、淮南の投降兵が増えたことで、おそらくは兵糧が足りぬ。任峻《じんしゅん》に命じて速《すみ》やかに兵糧を届けさせよ。二つ、孫策を討逆《とうぎゃく》将軍とし、呉侯《ごこう》の爵位を与えるよう、荀彧《じゅんいく》に上奏文を書かせるのだ。いま孫家の若造を敵に回すことはできぬ。いちいち細かな手続きを踏んで上奏が批准されるのを待つまでもない。とにかく大至急、使者に印綬を持たせて孫策に届けるよう伝えるのだ」曹操はそう言いつけたあとも、恨みがましく不満をぶつけた。「王誧め、まったく余計なことをしおって。孫策は将軍の肩書きを喉から手が出るほど欲していたのだ。見返りもなしにやるだけやって、ご丁寧にもろくでもない名前までつけてやるとはな。よりにもよって『明漢将軍』だと。これはどういう意味だ。孫策が大漢の社稷を照らすということか。なら、わしはどうなる。まったく使えんやつばっかりだ。てんで何も考えておらん……」

繁欽は曹操の恨み言をよそにてきぱきと筆を進め、竜が舞い踊るかのような達筆で文書を仕上げた。それを恭《うやうや》しく捧げ持ち、へつらい笑いを浮かべながら曹操の面前に差し出した。「どうかお目通しを。文辞はかようなものでいかがでしょう」

曹操は白い目で繁欽を見た。「いまがどんなときかわかっているのか。詩を作るでもあるまいに、意味がわかればそれでいい！　王必、おぬし自ら馬を飛ばして届けてこい」

王必は奪い取るようにその書簡を手にすると、あたふたと幕舎から出ていった。繁欽は曹操の機嫌が一向になおらないのを見ると、これ以上おべっかを使っても逆効果になると、やはりそそくさと幕舎をあとにした。一人になると、曹操はますます苛立ちがこみ上げてきた。荀彧は許都で朝政を取り仕切っており、程昱《ていいく》は兗州《えん》で河北《かほく》に睨みを利かせている。郭嘉《かくか》も曹洪《そうこう》につけてやった。いま身の回りには自分に献策してくれる者は誰もいない。夜の帳《とばり》が下りれば、あっというまにまた一日がはじまる。そして蘄県は相も変わらず攻め落とせずにいる。曹操は許褚《きょちょ》を連れて、敵情を視察しに出かけようかと考えた。ちょうど幕舎を出たそのとき、うなだれて向かってきた軍官と真正面からぶつかった。入り口を守っていた許褚が、その軍官を引っつかんで勢いよく立たせると、今度はそのまま仰向けに倒れてしまった。

「貴様、どこを見てほっつき歩いている！」許褚は厳しく責め立てた。

その軍官はのろのろと手をついて起き上がってきた。「申し訳ありません。どうかお許しください。ご主君にお知らせすべき軍機がございまして……」

曹操はその見慣れない顔をじろりと睨《ね》め回した。その姿や話し振りからは、朴訥で誠実な人柄がうかがえる。ぶつかったことは大目に見て、曹操は声をかけた。「では、なかで聞こうか……お前はどの隊の者だ」

男はすぐさま跪《ひざまず》いた。「わたくしめは王垕《おうこう》と申します。中郎将《ちゅうろうしょう》任峻さまの部下で、兵糧管理の校尉《こうい》でございます」

兵糧の監督官と聞いただけで曹操はぴんときた。周りには許褚のほかに誰もいないのを確かめると、慌ててまた幕舎に入り、すぐさま帳を下ろしてから、やっと振り向いてその軍官を見据えた。「兵糧が足りぬか」

王垕は任峻に引き立てられたばかりで、面と向かって曹操と話をするのはこれがはじめてであったから、ひれ伏して身じろぎもせず、声を押さえて答えた。「こたびの出兵、もとより兵糧は十分のはずでした。しかし、淮南から多くの投降兵があり、その数はおよそ二千人以上。これを余計にまかなわねばならぬうえ、しかも数十里四方の田畑は、麦一粒も獲れぬほど橋蕤の手で焼き払われております。これでは到底、全軍の糧《かて》を用意できません」

「いまある分で、あと何日もつ?」

「五日ももたぬでしょう」

王必が許都に着いて兵糧を催促し、任峻がそれを調達するにしても、輸送のための荷車の用意なども考えれば、どんなに早くても七日以上はかかる。兵卒らがおとなしく従軍するのは、そこにいれば食っていけるからである。それが飯にありつけないとなれば、戦《いくさ》どころか、いつ反乱が起きてもおかしくない。

曹操は帳のなかを行きつ戻りつすると、ふと目を細めて王垕を見た。「このことをほかに知っている者は?」

「事は士気を左右します。わたくしめはむろん誰にも口外しておりません。ただ……」王垕は逃げ道を作るように知るところを伝えた。「兵糧を配給している兵士らは当然わかっているはずです。とはいえ、いずれも任大人《たいじん》の配下の者、たとえ糧食が残り一粒となっても、むやみにそれを漏らすことはないと思われます」

「うむ……それでよい……」曹操はずっと髭をしごいている。

「余計なことまで申したかもしれませんが、とにかくわが君におかれましては、急ぎ糧食の手配をお願いいたします」

「糧食ならいくらでもある。ただし、すべて蘄県の県城のなかだがな」

王垕はかすかに視線を上げた。「では、いったいどうすべきでございましょうか」

曹操は帳を開けてあたりに人がいないのを確かめると、王垕のそばに身を寄せてささやいた。「用いる升を小さなものに替えるんだ……」軍中の糧食は、すべて升で量って分け与えられる。各部隊にそれぞれ一定の量が配分されるため、升を小さなものに替えれば、一回の配給に際して升を用いて食糧を取る回数は同じでも、実際に分け与えられる分量は少なくて済む。要は配給の量をごまかして減らせというのである。

「配給の量を減らせと仰るのですか」王垕は思わず立ち上がりかけた。

「声が高い」曹操はすぐにその口を押さえた。「ちょっと升を替えるだけではないか」

「量を減らせば、みなの怒りを買うだけです。死んでもそんなことはできかねます……」王垕はなぜか体の震えが止まらなかった。

「心配するな。わしが言い出したことだ。お前はただ言われたとおりにすればいい。ここさえうまく乗り切れば、すぐ任峻に命じて、お前をもっと昇任させてやる」

「しかし……」根っからの正直者である王垕は、かなり迷った挙げ句に答えた。「わかりました。では、ご命令のとおりにいたします。ただ、いくらかは兵士の数を減らすことも、ぜひお考えください」

「余計なことまで口を出さんでいい」曹操はさっと手を振って制した。「もう二、三日もあれば蘄県が落ちる。そうなれば、何もなかったことになるんだ。お前はとにかく言われたとおりにするだけでいい」

「御意」王垕はそれ以上もう何も言わず、立ち上がって暇乞いを告げた。

すると曹操は笑みを浮かべつつ、その肩をぽんと叩いた。「このことはくれぐれも口外するでないぞ。わしの考えだと絶対に気取られてはならん。さもなくば、貴様のその首が落ちることになる……」

王垕は驚きと恐れでぶるっと身震いした。「も、もちろんですとも。誰にも決して話したりはいたしません」

「まあ、そう固くなるな。もう少し気楽に考えろ」曹操は自ら幕舎の帳をかき上げてやると、王垕を送り出した。このときすでに曹操の胸には蘄県を落とす策が練られていたことを、王垕は知る由もなかった。

あくる日のちょうど昼ごろ、兵糧の配給が行われるや否や、兵士たちのあいだで騒ぎが起きはじめた。小をもって大に変えることなど到底不可能で、配給の量が減っていることは誰の目にも明らかである。ここのところ強引に攻めるだけの日が続いており、そのうえに降って湧いた食糧の減量は、胸に溜め込んでいた兵士たちの不満を爆発させるに十分であった。軍営のなかで大騒ぎとなり、なかには中軍の軍門の前まで来て、執拗に不平不満をぶつける兵士もいた。

王垕は取るものも取り敢えず、状況を知らせるため中軍の幕舎に駆け込んだ。ところが曹操のほうは慌てるでもなく、笑みさえ浮かべながら王垕の報告を聞くと、その肩に手を乗せて尋ねた。「お前はどこの出だ？　家族は？」

そんな話をしている場合ではないはずだが、曹操に尋ねられては王垕も答えないわけにはいかない。

「陳留《ちんりゅう》の出で、家には老母と妻、それに子が一人おります。わが君、それよりも早く兵士らを抑える手立てをお教えください」

曹操は一つ息をつくと、近づいて王垕を真正面から見据えた。「この焦眉の急を乗り切るために、お前に貸してもらいたいものがある」

「何でございましょう」

「お前のその首だ」

「えっ」王垕は足腰の力が抜け、尻もちをついた。「わ、わたくしに……何の罪があるのです」

曹操はかっと睨みつけた。「お前は密かに升を替えて、浮いた兵糧をくすねた。これは罪だ、そうだろう」

「そ……それはまさか……」

「わしとて万やむをえず決めたことだ」曹操は一つため息を漏らすと、王垕にささやいた。「王君よ、壮士たる者は腕の一本も惜しまぬと聞く。袁術という逆賊を討つためには、こうするより仕方ないのだ。案ずるな、そなたの家族は必ず許都で面倒を見てやる。この曹操、決して不義理はせぬ。いますぐ安心して行くがいい」

「そ……そんな……」王垕は驚愕の表情で目の前の悪魔を見た。そのままじりじりと後ずさり、にわかに身を翻して立ち上がると、幕舎の外へと駆け出した。

すかさず曹操は大声で叫んだ。「刺客だ！」

許褚はその声とともに、王垕が慌てて駆け出してくるのを認めると、その二の腕をぐっとつかまえ、力いっぱい後ろに引き倒した。許褚は王垕が立ち上がる前にはもう剣を抜き、その場で王垕の胸に剣を突き立てた。

曹操はおもむろに幕舎を出てくると、王垕の亡骸に深々と礼をしてから許褚に命じた。「首を落として軍門に高く掲げよ。それから、すべての兵糧を軍営の前に運ばせ、太鼓を打って兵士らを集めよ。わしから話をする」

ほどなくして王垕の首が軍門に掲げられ、太鼓が響くと、各陣営の兵士らが中軍の軍門の前に集まって人だかりを作った。曹操は輜重《しちょう》車に登って立ち上がると、王垕の首を指さして叫んだ。「諸君、わが軍のなかに悪人が出た。こいつは兵糧監督の王垕だ。王垕は軍の資財をくすねて私腹を肥やし、升を勝手に小さなものに替えてみなの配給の量をはねていたのだ。よって、わしがすでに刑に処した」

「いいぞ、そんなやつは殺されて当然だ！」にわかに兵士たちは沸き返り、大声を上げて鬱憤を晴らした。

曹操は手を挙げて兵士らを静まらせた。「これで獅子身中の虫は除かれた。しかし、同時にわが軍の兵糧はその多くが失われ、いま残っているのは諸君の目の前にある輜重車の分だけだ」そう言って、今度は足もとに並ぶ何台かの車を指さした。「許都にはたっぷり蓄えもあるが、ここに届くまでは半月ばかりかかるかもしれぬ」

それを聞くと、兵士らはしんと静まり返り、互いの顔を見合わせた。

曹操は一段と声を張り上げた。「そこでだ、わしは残りの兵糧をすべて諸君に分け与えようと思う。これがどういうことかわかるか。この兵糧を食い尽くす前に、何としても蘄県を落とさねばならんのだ。県城に入れば、われわれは助かる。しかし、もしそれができなければ、われわれは一人残らずここで飢え死にすることになる」

兵士たちがまたざわめき立った。

そこで曹操は高々と腕を挙げ、淮南の投降兵の群れを指さして声を荒らげた。「淮南兵よ、聞いたか。お前たちに言っておく。この陳国はもともとよく肥えた土地だった。お前らが逆賊の肩を持ち、一帯を焼き尽くしたせいで、いまや兵糧も調達できぬのだ。わしはそれを水に流し、お前らを罪には問わなかった。それどころか、お前たちにも腹いっぱい食わしてやってきた。しかし、その兵糧もまもなく尽きる。もしこの兵糧がなくなれば、わしは断じて貴様らを許さんぞ。必ずや一人残らず処刑してくれる。もしくは貴様らを淮南へと突き返す。そうなれば、どのみち袁術のもとで飢え死にするだけだ。どうだ、わかったか！」

当然、曹操が引き連れてきた部隊に比べれば、淮南の投降兵は数も少ない。周りから憎々しげな目で睨みつけられ、淮南兵らは立っていることもままならず、一人また一人と跪いて曹操に許しを乞うた。

曹操は厳しい表情を崩さなかったが、そこで口調を改めた。「処刑も飢え死にも嫌だというのなら、一つだけ生き延びる方法を教えてやる。それは、われわれと心を一つにして蘄県を攻め落とすことだ。わしはお前らを最前線に置く。兵糧さえ手に入れれば、全員が助かることができる。兗州の者も豫州の者も、揚州の者も、われわれはみな同胞だ。力を合わせてこの強固な県城を手に入れるのだ。このわしとて、司空が何だ、いまはお前たちの仲間の一人だ。今日はわしも自ら出陣する。何としても蘄県を落とすのだ。このわしも、命をかけて戦に出る。さあ、お前らはどうする！」

どこからともなく叫び声が上がった。「わが君が出陣するってんだ、俺もどこへだって行ってやるぜ。行かねえ理由なんてあるもんか、こうなりゃ命がけで戦ってやるまでよ！」そのひと声について、誰もが口々に声を上げ、瞬く間に、兵士たちの心は打倒袁術に向けて一つにまとまった。

「そうだ！」曹操は剣を抜いて、高く天を指し示した。「これより蘄県を攻める。全軍出陣！」

出陣にあたってのこの訓話で、曹操軍の士気はにわかに高められた。とりわけ淮南の投降兵にとっては、もはや失うものは何もない。全軍が一体となって、県城を飲み込まんばかりの勢いで攻めかかった。もう何日も奮戦してきた県城の守備兵だったが、このたびは曹操軍が目の色を変えて攻めてきたのを見て、大慌てで弓に矢をつがえて防戦の態勢を整えた。曹操軍は全員命がけである。城を落とせねば死あるのみと、向かってくる矢を物ともせずに突き進んだ。塹壕を埋める者と突撃をかける者、誰もが必死である。曹操自身、虎豹騎《こひょうき》［曹操の親衛騎兵］に守られながらも手ずから土嚢《どのう》を持ち、兵士たちと一緒になって塹壕を埋めるために放り込んだ。一刻［二時間］も経たないうちに、最後の二本の塹壕が土砂で埋められると、兵士たちはまるで何かに取り憑かれたかのように、雲梯《うんてい》をよじ登って城壁にしがみついた。敵もさる者で、李豊や梁綱、楽就らが城楼から指示を出し、次々と丸太や石を投げ落とさせた。投げ落とすたびに、曹操軍の兵とひと塊になって落ちていく。

攻城戦は午《うま》の刻［午後零時ごろ］から申《さる》の刻［午後四時ごろ］まで続き、そろそろ陽も傾いてきたというのに、両軍は一歩も相譲らず戦いを繰り広げていた。曹操は陣太鼓を持ってくるよう命じると、陣前で自ら桴《ばち》をとって叩きはじめた。曹操軍の兵士は文字どおり味方の屍《しかばね》を踏み越えて進み、日ごろは冷静沈着な于禁《うきん》までもが、落石のあいだを縫って城壁のもとで指揮を執っていた。兵卒が一人、また一人と雲梯を登り、最後には楽進《がくしん》と朱霊《しゅれい》、それに淮南から投降してきた秦翊と戚寄が城壁を登り、ついに矢の雨を冒して城壁の上に躍り出た。

守備兵は城壁の上に曹操軍の兵士を認めると、にわかに浮き足立った。そして、そのなかには多くの淮南軍の兵が交じっていたことから、いつの間にやら同士討ちをはじめた。李豊、梁綱、楽就らの指揮も伝わらず、三人はその場で斬り刻まれ、曹操軍は勢いに乗じて城楼を駆け下り、城内へとなだれ込んだ。主将の橋蕤は敗勢を立て直せないと見て取るや、大急ぎで南門を開け、千人ほどを引き連れて血路を開いて逃げ出した。曹操軍の全軍が一気に城内へと突進し、蘄県を完全に制圧すると、逃げ遅れた数千に上る淮南軍はことごとく投降した。

曹操は、敵軍が蘄県を捨てるにあたって火をかけていないかをもっとも案じていた。虎豹騎を従えてすぐに城内に入ると、県の衙門《がもん》［役所］などに防備の兵を置き、ようやく情勢が落ち着きを見せはじめたころ、衙門の蔵には糧秣がそのまま大量に保管されていることがわかった。曹操の顔にもやっと安堵の色が浮かんだ。そしてつかの間の休息をとり、態勢を整え直して、いまにも橋蕤の追撃を命じようかというそのときに、早馬の知らせが飛び込んで来た。

何と、穣県《じょう》［河南省南西部］にいた張繍が出兵して南陽《なんよう》を奪い、劉表《りゅうひょう》もこれを援護するために、配下の鄧済《とうせい》を出して湖陽《こよう》［河南省南西部］に陣取らせたという。さらに章陵《しょうりょう》［湖北省北部］、陰県《いん》［湖北省北部］、西鄂《せいがく》［以下、河南省南西部］、宛城《えん》、博望《はくぼう》、舞陰《ぶいん》などの各地でも反乱が起こり、曹洪は衆寡敵せず、葉県《しょう》まで撤退したらしい。

「やはりそう来たか」曹操は額の冷や汗をぬぐった。「これはまずい。一晩、城内で休息したら、明日にはすぐに南陽の加勢に出発するぞ」

「袁術はどうなさいます」于禁が思わず口を挟んだ。

曹操はひと目くれるとすぐに指示を出した。「では、おぬしに三千の兵を与える。橋蕤を追撃せい」

「ははっ」于禁は拱手《きょうしゅ》して答えた。「寿春まで攻め落としてみせましょう」

「その必要はない。橋蕤さえ破れば、淮河まで渡ることはない」

「それはいったい……」

曹操はかすかに笑みを浮かべた。「ここ蘄県を落とされたことで、袁術にしてみれば、完全に頼みの綱を失った。陳国を荒らしたときの糧秣もここに残したままゆえ、いまや袁術など兵もなければ金もなく、人心さえも失ったと言えよう。もはや波風を立てることさえできん。あとは放っておいても淮南で死んでいくだけだ」

于禁はいささか不満げである。「もう少しだけ兵馬をお貸しいただければ、必ずや袁術を生け捕りにして、淮南を平定してまいります」

「いや、やはりいまはやめておこう」曹操はにやりと笑った。「もはや袁術などどうでもいい」

「しかし……」

曹操は于禁の頭に軽く手を乗せて叩いた。「見方を変えるんだ。淮南という緩衝の地を残しておけば、孫策のことも対岸の火事で済む。いま淮河を渡って袁術を滅ぼせば、あの若造とじかに接することになるのだ。飯はひと口ずつ食べるもの。わしらは東にも北にも敵を抱えている。いまはまだ孫策と争うときではない。どうだ、わかったか」

「わかりました」于禁は頭をかきながら、曹操の機嫌を取るのも忘れなかった。「さすがはわが君、神機妙算と深謀遠慮に敬服するばかりです」

そのやりとりを横で見ていた朱霊は、このままでは手柄をすべて于禁に持っていかれると思ったか、いきなり口を挟んできた。「南陽の件は大至急手を打たねばなりません。それがし休息は無用でございます。昼夜を分かたず救援に向かいとう存じます」

「文博《ぶんはく》、その意気込みは買おう。ただな……」曹操は朱霊の右腕にある矢傷に目を止めた。矢尻は抜けたがまだ血が止まっていない。曹操は自身の羽織っている戦袍《せんぽう》を引き裂くと、自らの手でその傷に巻いてやった。「この腕の傷、浅くはあるまい」

「これしきは傷のうちにも入りませぬ。それがし一刻も早く駆けつけとうございます」

曹操は落ち着くよう諭した。「文博よ、おぬしの勇猛果敢さはわしがよく知っている。しかしだ、数日ものあいだ蘄県を強攻し続けた。おぬしが平気でも、兵士らは疲れているはずだ。南陽への救援も、何も今宵のうちにというほどではない。明日揃《そろ》って出発するとしよう」曹操はそう言葉をかけつつも、朱霊と于禁が目を合わせて火花を散らせていることに気がついた。いずれも一歩も引かぬ様子だったので、すかさず遠回しに付け足した。「今日の戦だが、たしかに二人は大きな手柄を立てた。しかし忘れてはならん。淮南の投降兵の功はもっと大きい。わが指揮下に入ったからにはみな同胞だ。やれ古参だ新参だ、どこの生まれだなどということは一切関係ない」

于禁と朱霊は揃ってうなだれた。

「この出征から戻れば、わしは戚寄と秦翊にも官職を与えるつもりだ。ただ……実はもう一人、もっとも大きな功績を挙げた者がいる。やつに官職を与えてやることはもうできんがな……」

「ほかに誰がいるのですか」

曹操はかぶりを振るだけで、黙して何も語らなかった。戦には勝った。しかし、曹操の耳の奥には王垕の断末魔の叫び声がこびりつき、いまもなおこだましているのだった。

蘄県の戦の終わりは、並び立つ群雄から袁術が落伍したことを意味していた。陳国をさんざんに荒らし回ったが何ら利益を上げることもなく、それどころか多くの兵馬を失ったのである。こののち、于禁の激しい追撃は苦《く》県［河南省東部］にまで及び、橋蕤も戦のうちに斬り捨てられた。この年の冬は厳しい寒さに襲われたが、雪はまったく降らなかった。淮南では疫病が大流行し、兵にも民にも数え切れないほどの死者が出た。土地はますます荒れ果て、袁術の部下も食っていけないとなると、次々にそのもとを去っていった。陳蘭《ちんらん》や雷薄《らいはく》などは部下を引き連れ、また灊山《せんざん》［安徽省中西部］に戻って山賊稼業に落ちぶれた。そして、がらんとした宮殿のなかには、伝国《でんこく》の玉璽《ぎょくじ》を胸に抱いた袁術が、一人ぽつねんと座っていた……

第十一章　劉表《りゅうひょう》を破り、張繡《ちょうしゅう》を退ける

敵の目を欺く

建安《けんあん》二年（西暦一九七年）十一月、蘄《き》県［安徽《あんき》省北部］で勝利を収めたばかりの曹操は、休む間もなく南陽《なんよう》へと軍を転じた。このたびは一人張繡《ちょうしゅう》のみならず、荊州牧《けいしゅうぼく》の劉表《りゅうひょう》もその相手となる。張繡は荊州軍の先手《さきて》として、もとの本拠地である宛《えん》城［河南省南西部］を中心に猛威を振るい、また、劉表が差し向けた配下の鄧済《とうせい》は、勢いに乗じて章陵《しょうりょう》［湖北省北部］や湖陽《こよう》［河南省南西部］といった地をじわじわと侵し、その地盤を拡大していた。

そのあいだ曹洪《そうこう》もただ手を拱《こまぬ》いていたわけではなく、しばしば張繡と矛を交えた。しかし、曹洪が打って出ると張繡は城に閉じこもり、軍を退くとその後ろを突いて攻めかかり、避けて軍を進めようとすれば、その道を遮ってくる。要するに、曹洪は進むも退くもままならず、足止めを食らわされていたのである。そしてその隙《すき》に、鄧済がためらうことなく次々とあたり一帯を攻め落とし、気がつけば、南陽郡のほとんどはすでに敵の手に落ちていた。曹洪は、許都《きょと》へと通じる要路だけはなんとしても死守せんと葉《しょう》県［河南省南西部］まで退却し、曹操の援軍がやって来るのを待つほかなかった。

いざ曹操が到着したとの知らせが入ると、曹洪の胸に不安がこみ上げてきた。南陽郡のほぼすべてを失って、いかなる責めを受けるのか。曹洪は急いで迎えに出ると、曹操の姿を見るなり、状況の説明もせずにいきなり跪《ひざまず》いた。「それがし、張繡との戦いで力及ばず、南陽の県城をいくつも失ってしまいました。甘んじて刑を受ける所存でございます」

それを聞いた曹操は怒るどころか、かえって微笑みさえ浮かべた。「勝敗は兵家の常だ。いわんや、たった五千の寡勢で二手の敵を相手にしたのだから、兵馬を失わなかっただけでも十分であろう。あとは県城に入ってから話を聞こうか」

曹洪はようやく胸をなで下ろすと、自ら曹操の馬の轡《くつわ》を取って県城へと入っていった。しかし、曹操は県の衙門《がもん》［役所］に入って腰を下ろすなり、真っ先に郭嘉《かくか》を眼前に呼びつけ、卓を叩きながら思い切り怒鳴りつけた。「郭奉孝《ほうこう》よ、なんたる無能ぶりだ！　何が曹洪を支えて南陽を守るだ。郡県のほとんどを敵に奪われて、おぬしの罪は免れんぞ！」

すでに曹洪は、このたびのことはお咎めなしと思い込んでいた。ところがいま、先ほどとは打って変わって曹操が怒り出したので、ほっとしたのもつかの間、またどぎまぎしはじめた。ただ、目の前の郭嘉はなんら悪びれる様子もなく、跪くと、曹操に笑顔さえ向けて口答えした。「南陽の失策はわたくしめの罪ではありません。その罪はすべて将軍にあります。かりに将軍がもう少し早く蘄県を落としてこちらへ回られていたら、張繡と鄧済がかような狼藉を働くこともなかったでしょう」

「な、なんだと！」曹操は目をむいて睨みつけた。「南陽の県城を失っておいて、そのうえ罪をわしになすりつけるというのか！　斬れ、引きずり出して斬ってしまえ！」

郭嘉ほどの智謀の士を、どうしてそう簡単に斬り捨てることができよう。曹洪は大いに驚き、身震いしながらも慌てて進み出て跪いた。「こたびの用兵、罪は奉孝ではなく、すべてそれがしにあります。何とぞご容赦いただきますよう」

慌てふためいて跪き罪をかぶる曹洪を見て、曹操はとうとうこらえきれず、天を仰いで大笑いした。すると郭嘉も一緒になって笑い出し、曹洪だけが狐につままれたような表情をした。郭嘉はぽんぽんと曹洪の背中を叩きながら話しかけた。「子廉《しれん》殿は本当に正直者でございます。わが君のお言葉はお戯れですよ」

「芝居にもほどがある。おかげでびっしょり冷や汗をかいたぞ」曹洪はぶつぶつと文句を言った。

郭嘉はかぶりを振って答えた。「わが君は長らく戦《いくさ》の場に身を置き、そのうえ事理《じり》にも通じておられます。ここの形勢がわからぬはずはありません。また、かように致し方のない落ち度で、人を罪に問うことも考えられません。子廉殿はわが君のご一族にあたられる、もっとわが君のお気持ちを察してしかるべきですぞ」

「うむ」曹洪は思わずそれを認めたが、一方でいささか嫉妬も覚えていた。曹操は日ごろから嘘かまことかわからないことが多すぎる。それなのにこの若造ときたら、どうしてそれをあっさりと見抜けるのだ。

曹操は腹を抱えてしばらく笑うと、手で着座を促した。「二人とも大儀であったぞ。さあ、早く座れ。そうだ……言っておくが、わしの狙いはもちろん速戦即決にあった。ただ蘄県のほうでは、防塁を築いて塹壕《ざんごう》をめぐらせたばかりか、一帯に火をかけておった。それゆえ時間がかかったのだ。そなたらは、たった五千の兵では敵と渡り合うだけでも難しいのに、ここ葉県を死守して敵の前進を食い止めた。それだけで十分だ」

曹洪は顔を真っ赤に染めながら答えた。「これはすべて奉孝の考えです」

「さもありなん。ひたすら突っ込むばかりのお前に、そんな深慮遠謀はなかろう」曹操はまた郭嘉相手にふざけた。「奉孝よ、さっきはずいぶんと盾突いてくれたな。死罪は免じるが罪は消えんぞ。罰として敵の情勢を詳しく説明せい」

「承知しました。わたくしの見るところでは、張繡と鄧済、二人ともたいへんな威勢ではありますが、容易に打ち破れるでしょう」郭嘉は懐手《ふところで》して呵々《かか》と笑った。「張繡と劉表は所詮は同床異夢、張繡が兵を出したのはもとの本拠地を取り返して足場を固めるため、劉表が鄧済を差し向けたのは己の地盤を広げるためでございます。つまり、張繡は穣《じょう》県［河南省南西部］で他人の禄を食《は》み、顔色を窺っておとなしくしているつもりはありませんので、われわれも一戦交えねばならないでしょう。一方の劉表は胸に大志も野心もなく、ただ襄陽《じょうよう》［湖北省北部］を守るため、混乱に乗じて南陽を切り取ったまでです。劉表はわれわれがいつか攻めてくるのではないかと案じていたので、南陽を緩衝の地としたのでしょう。それに、張繡とは違って、われわれと何も仇はありません。常日ごろ、大漢の忠臣を自任しているほどですから、公然と朝廷に弓を引くことも考えられません。かように目的が異なる以上、二人が力を合わせることも当然ありえないはずです」

「よかろう」曹操は髭をしごきながら続けた。「張繡は勇はあるが、兵も兵糧も多くはない。劉表のほうは余力はあっても野心はない。もし二人が気脈を通じて勝負に出ようとするなら、おそらくいまごろはとっくに葉県を包囲して、北上の道を探っているはず……奉孝、そちの考えではどう対応すべきだ」

「すでにその点も練ってあります。ただ、兵が少なく手が打てなかったのです。いま、わが君の大軍が到着したからには、四、五日もあれば敵を破れるでしょう。わが君が現れるや、張繡は宛城に逃げ込み、籠城の構えを見せております。思うに、宛城は後回しにして、まずは南下して湖陽に陣取る鄧済を急襲すべきでしょう。張繡軍の兵糧は劉表頼みです。鄧済が敗れれば、おのずと劉表も兵を退いて守勢に回り、張繡軍は孤立無援に陥ります。そうなれば、われわれが手を下さずとも、張繡のほうから勝手に兵を収めるでしょう」

「たしかにそのとおりだ」曹操はさらに付け加えた。「ただ、張繡も歴戦の強者《つわもの》、それに加えて向こうには謀《はかりごと》に長けた賈詡《かく》がついておる。こちらも相応の手は打たねばならん。われらが総力を挙げて宛城を攻めるよう見せかけるのだ。それでこそ安心して鄧済を討ちに向かえるというもの」

「それは妙計です。さすがはわが君、わたくしなど足元にも及びません」郭嘉は曹操の機嫌を取るのも忘れなかった。

曹操はにんまりと笑みを浮かべ、郭嘉の頭を軽くはたいた。「奉孝め、心にもないことを言いおって。ともかく、兵を一日休ませて、明朝には全軍淯水《いくすい》に臨むと伝えよ。張繡の目の前に軍営を構え、このわしが決戦に来たと、やつにはっきり知らしめてやる」

あくる日、曹操は自ら大軍を率いて淯水の東岸に臨んだ。そこは年頭に苦い敗戦を喫した場所でもある。再びその戦場に身を置くと、曹操は感傷に襲われるのをいかんともしがたかった。前の戦で命を落とした将兵を悼むため、士気を一つにして鼓舞するため、そして張繡を惑わせるために、曹操は川岸に祭壇と供え物を並べさせ、大々的に慰霊の祭祀を執り行った。

曹操は黒牛と白馬を用意させると、わざわざ鎧兜を脱いで深衣《しんい》［上流階級の衣服］と爵弁《しゃくべん》［玉飾りのない礼冠］を身につけ、手には香を持ち、一番前に立って哀悼を捧げはじめた。この祭祀には張繍の目をごまかすという目的もあったが、曹操はあくまで真摯に取り組んだ。曹操自身がもっとも目をかけ、おそらくは自分の跡を継いだであろう長子の曹昂《そうこう》は、この淯水に沈み、その亡骸はいまも曹操のもとに戻ってはいない。これが悲しまずにおれようか。それだけでなく、甥の曹安民《そうあんみん》、愛将の典韋《てんい》、そして名も知らぬ多くの兵士たち……覚えず知らず、曹操の頬にははらはらと涙が流れていた。思えば思うほどにこらえきれず、最後には地面に突っ伏して泣き崩れた。その姿に、全軍の将兵も二度と会えない仲間のことを思い出し、淯水の岸に男たちの泣きじゃくる声が広がった。曹昂、曹安民、そして典韋に哀悼を捧げると、各隊の将が順に進み出て陣没した兵卒を弔い、最後には何本もの矢を食らって死んでいった白鵠《はくこく》まで供養した。そうして供物と酒を淯水に沈めると、全軍の兵士が復讐の誓いを声高に叫び、ようやく陣の設営に取りかかった。

宛城は淯水から五里［約二キロメートル］も離れていない。川岸に立って向こう岸を望めば、おぼろにその姿が認められる。曹操軍が祭祀を執り行っているとき、張繍の斥候《せっこう》も対岸からその様子を窺っていた。慟哭の声と復讐の叫びに、その斥候も肝を冷やした。慌てて宛城に戻ると、敵軍の士気の高さを伝え、守りを固めて備えるべきことを提案した。

曹操は袁術を破り、一万にも上る淮南《わいなん》［淮河《わいが》以南、長江以北の地方］の兵を自軍に加えていた。その兵力はもはやかつてとは比べものにならず、流れに沿って延々と連なる陣は見るからに意気盛んである。旗指物は所狭しと立てられ、軍門は幾重にもなり、とりわけ飯どきの炊煙は、その殺気を示すかのごとく、幾筋もゆらゆらと立ち上っている。曹操軍の威勢は、兵は少なく兵糧にも事欠く張繍を怯《おび》えさせるのに十分であった。

諸事にわたって適切に指示を与えると、曹操はひととおり陣のなかを見て回った。そして曹洪と郭嘉を幕舎《ばくしゃ》に呼び入れ、いよいよ作戦を打ち明けた。「いまごろは張繍もわしが攻めてくると思い込んでいるはずだ。淯水に浮き橋をかけるよう命じて、攻め込む姿勢を打ち出すのだ。蘄県から連れて来た負傷兵らは、ここでしばらく休ませることとする。さらに精兵五千を選《よ》りすぐって集めよ。兵には干《ほ》し飯《いい》を持たせ、駿馬をできるだけかき集めるのだ。わし自ら兵を率いて湖陽に南下し、鄧済の軍を蹴散らしてくれる。留守のあいだは二人がここを取り仕切ってくれ。長くて三日か四日、早ければ一日か二日で帰ってくる。そしていよいよ宛城に攻め込む。何か問題はあるか」

曹操の計略は一分の隙もないように思えたが、郭嘉は万一のことを考えて指示を仰いだ。「わが君、われわれは淯水を渡って陣を敷き、一度ぐらい攻め寄せたほうが、より真に迫ると思われますが」

張繍の武勇と賈詡の智謀は、曹操にとってはやはり侮りがたいものがある。しかし、曹操はかぶりを振って答えた。「いや、そこまではやめておこう。くれぐれも軽率に淯水を渡ってはならん。それでもしやつらが謀をめぐらしたら、目も当てられんことになる。そなたらは時間をかけて兵士らに浮き橋をかけさせるのだ。陣中には旗指物を多く立て、歩哨《ほしょう》の数を増やせ。そして一番重要なのは……」曹操はそこで卓を一つ叩いた。「わしが湖陽に向かっても、飯どきの竈《かまど》の数を減らさぬことだ。炊煙の数から、こちらの動きを気取られてはならんからな。それから、葉県は北へと向かう要路、舞《ぶ》陰《いん》［河南省南西部］には兵糧を蓄えてある。敵に隙を見せぬよう、この二箇所はしっかりと見張っておけ。そのほかのことは、そなたらに任せる」

「ははっ」曹洪は即座に軍命を承知すると、曹操に尋ねた。「それで、わが君はいつ発たれるので」

曹操はかすかに笑みをたたえて答えた。「昼間は動かず、今宵出発する。張繡の目を欺くとともに、鄧済を油断させねばならん。気を抜いたところを一気に叩く」

軍令が次々に伝わると、曹操軍の将兵らは川岸で武器の手入れをしたり、草を刈って馬に与えたり、あるいは着衣を洗ったりと、見るからにてきぱきと動いたが、実のところ、これは単なる時間つぶしであった。そうして真夜中になると、曹操は曹仁《そうじん》や楽進《がくしん》を連れ、闇夜に紛れて湖陽へと出発した。一方で、朱霊《しゅれい》には別に一隊を率いさせ、敵の目を欺くために淯水を渡って西岸を駆け回らせた。曹操率いる五千の精兵は、人は枚《ばい》を銜《ふく》み、馬の蹄《ひづめ》には袋をかけてこっそりと陣を出ると、夜を日に継いで淯水に沿って南下していった。

一方、鄧済はというと、劉表の指示で張繡を助けるために一万の軍を率いて出てきていたが、張繡が曹操軍を足止めしているあいだに、何憚ることなく次々と各地の県城を落としていった。のちに、曹操自身が軍を引き連れて動き出したと聞くと、その顔にいささか緊張の色を浮かべたが、曹操が全軍を宛城に向けたと聞き及ぶや、ほっと胸をなでおろした。宛城と湖陽は百里［約四十キロメートル］も離れているうえ、張繡の牽制もあり、自軍には一万の勇猛な軍がいる。鄧済は曹操がこちらに向かってくるなど露ほども考えていなかった。かりに来たとしても、その前に必ず知らせが入ると踏んでいたのである。それゆえ鄧済は、大胆にも軍を湖陽以南のいくつかの県に分けて向かわせ、そこから湖陽へと糧秣《りょうまつ》を運び入れさせただけでなく、章陵などの地には役人まで派遣して治めさせた。むろん、これは張繡を側面から援護するためなどではなく、劉表のために地盤を広げるのが目的である。

その日のちょうど正午ごろ、鄧済は北門の城楼に立ち、牛肉を頰張りながら、自軍の兵が兵糧を運び入れるのをのんびりと眺めていた。近隣の村からはほとんど食糧を集め終え、さらに丸太や石などもどんどん集めさせた。輜重《しちょう》隊が食糧をすべて県城に入れ、城壁に丸太や石を運び上げれば、湖陽は難攻不落の城となり、ここより南の広大な土地は余さず劉表の支配下に入るであろう。鄧済はそう考えただけで得意になり、自分の手柄に酔い痴れた。しかも、そのあと兵馬を率いて北上し、宛城の包囲を打ち破れば、張繡軍とともに曹操軍を挟撃できる。そうすれば、曹操を生け捕りにすることも夢ではないと考え、鄧済はいっそう胸を膨らませた。

そうして鄧済があれこれ妄想していると、そばにいた小隊長が突然遠くを指さした。「将軍、あれは何でしょうか」

一面に広がる平原に、小さな黒い点がいくつか見える。鄧済はにわかに眉をしかめ、口に含んでいた肉をぺっと吐き出すと、姫垣《ひめがき》に身を乗り出して目を凝らした――どうやら自分が遣わせた兵士のようである。鄧済はほっとして笑い出した。「なんでもない、あれはこちらの兵だ。丸太を伐《き》り出しに行って戻ったんだろう」

その小隊長は注意を促した。「曹操軍がいきなり攻めて来ることはありませんかね」

「やつらは張繡の軍に足止めされておる。こっちには来れまいて」そう言いながら、鄧済は足元の城門を指さした。「この何十台かの食糧を運び入れて城門を固く閉ざせば、曹操軍はおろか、蠅一匹とて入って来ることはできんわい」

鄧済が大見得を切っている最中、平原のはるか向こうにいきなり騎兵の一団が姿を現した。ざっと見積もっても一千は下らない。立派な鎧兜に身を包んでおり、明らかに自軍の兵卒ではなかった。なんと、先に見えた自軍の兵は、その騎馬隊にあとを追われて逃げて来ていたのだ。鄧済は口に放り込んだばかりの肉切れをまた吐き出すと、そばの小隊長に毒づいた。「くそったれ、貴様がそんなことを言うから、本当に曹操軍がやって来たではないか！」

「す、すぐに城門を閉めましょう」

「馬鹿を言え、いま門を閉めたら食糧はどうなる。丸太を伐り出しに行った兵も戻れんではないか」

鄧済はしばし敵の様子を眺めやった。「一千かそこらしかおらん、こっちも兵を出して防ぐんだ。四、五人で一人相手にすれば勝てるはず。やつらは本隊の兵馬ではなく、騎馬の遊撃隊だ。そんなにびびる必要はないわい」

鄧済の命令一下、すぐに東西の門から自軍の兵士が湧き出てきて、曹操軍に向かっていった。敵の騎兵ははっきりと見えるが、実際にはまだ相当の距離がある。北門にはなお食糧を運び込む車が長蛇の列をなしているが、なんら影響はあるまい、鄧済はそう考えた。

しかし、鄧済は曹操軍の力を見くびっていた。その騎馬隊を率いるのは、戦となればいつでも命をなげうって突っ込む楽進である。楽進も迎え撃ってくる敵兵の姿を捉えた。自軍よりもかなりの大人数である。楽進は敵が多ければ多いほど燃え上がる。口を真一文字に結んでますます馬を駆けさせると、敵が目の前に迫ったところで長柄の槍を構え、一気に敵軍のなかに突っ込んでいった。右へ左へと立て続けに槍を繰り出し、次々に敵兵をなぎ倒した。一方、鄧済の兵は襄陽を出てからというもの、ろくに戦などしたことがない。通りかかった県城には軍というほどの備えもなく、ほとんど抵抗もせずに降伏してきた。それが今日、飯もまだ半ばだというのに、敵を防ぐため急に駆り出され、いきなり命知らずの敵に当たらされたのでは、まったくなす術もなかった。しかも、人馬もろともに喜び勇んで暴れ回る敵の一千騎に対して、鄧済の軍はすべてが歩兵である。数の上では数倍にも上ったが、なんとか渡り合うのが精いっぱいだった。

一進一退の攻防となったそのとき、また別に鬨《とき》の声が聞こえてきた——あろうことか、騎兵の後ろから歩兵の大軍が押し寄せてきたのである。さらに近づいてくる敵の大軍を見て、鄧済の兵士らはすっかりたまげて目の前が真っ暗になり、とうとう混乱しはじめた。四方八方から曹操軍に囲まれたと思い込み、ついに踵《きびす》を返して逃げ出したのである。一人が逃げ出すと、我先に次々と逃げはじめ、気づけば数千の兵士はみな戦意を失い、一斉に湖陽の県城へと駆け出した。楽進は兵を率いて追い討ちをかけ、背後から槍をひっきりなしに突き出し、数え切れぬほどの兵を討ち取った。曹操自らが率いる歩兵の大隊もすぐあとに続いている。湖陽の城門が閉まる前に、ついに目と鼻の先まで迫ってきた。

鄧済も敵の大軍を認めるなり、真っ青な顔で逃げ込もうとする味方のことなどかまわず、地団駄を踏んで大声で叫んだ。「すぐに城門を閉めろ！　矢だ、矢を放て！」

東西の門は号令一下すぐに閉ざされたが、北門だけは食糧を運ぶ車がまだ列をなし、遅々として進まず混み合っている。鄧済の兵士は実に自分勝手で、突撃と言われれば手を抜いて走るくせに、逃げるとなれば我先にと、がむしゃらである。城門の守備兵が道を塞《ふさ》ぐ輜重車をのける前から、もっとも逃げ足の速い数十人が早くも北門に駆け込んできた。そのせいで守備兵らの統率が乱れ、さらにそのすぐあとから、多くの敗残兵が波のように押し寄せてきた。むろん、大急ぎで城門を閉めようとしたのだが、こうなっては閉じるにも閉じられない。なかには城門が輜重車と人とで塞がっているのを見て、食糧を積んだ車の上を渡ってくる者もいる。そしてついに、その後ろから曹操軍までもが次々に殺到してきた。驚天動地の叫び声、北門の一帯は押し合いへし合いで混乱を極めた。

「矢を放て、矢を放つんだ！」鄧済はすっかり気が動転して、ひたすら叫んだが、十分な数の弓手《きゅうしゅ》を城壁の上に配したにもかかわらず、誰一人として矢を放つ者はいなかった――敵味方が入り乱れ、もはやどれが敵でどれが味方か、見分けて狙いを定めることなど不可能だったのである。

城壁の上で鄧済の弓手が狙いを定められず、誤射を恐れて躊躇《ちゅうちょ》しているあいだにも、城壁の下からは曹操軍の容赦ない矢が次々と放たれてきた。一歩でも出遅れれば、どんどん後手《ごて》に回ってしまう。城壁の上では、多くの兵がいきなり矢を受けて倒れるか、あるいは慌ててしゃがんだものの、頭上を飛び交う矢の音に怯えて立ち上がれずにいた。鄧済も自分の兜の房に矢が当たると、頭を抱えて姫垣より低くしゃがみ込んだ。もはや鄧済には手の打ちようがなかった。

楽進は、城内まで押し込んでいくよう騎馬隊に命じた。敵の兵卒を散々に踏みつぶしていくと、立錐の余地もないほどに混み合って進めなくなったが、そこで思い切り槍を振り回して周りの兵をなぎ倒すと、ついに城門の真下までやってきた。楽進は敵か味方かもいっさいかまわずに、そばの者に向かって車をのけよと叫んだ。いまや門を塞ぐ輜重車は共通の敵である。かけ声とともに力を合わせると、輜重車はあっという間にひっくり返って横によけられた――その途端、鄧済の兵も曹操軍も、水が流れ込むように湖陽城へとなだれ込んでいった。

間の抜けたことに、鄧済はいつまでも姫垣に隠れてしゃがみ込み、湖陽の県城が持ちこたえられないことに気がついたのは、しばらく経ってからだった。かといって、まだ立ち上がることもできない。とうとう這《は》ったまま城楼を下りてみると、城内はすでに大混乱で、自軍の兵、曹操軍の兵、そして民までが右へ左へと駆け回っていた。鄧済は自分の馬を見つけて跨がると、数十名の腹心の兵を連れ、通りを突っ切って南門まで駆けた。そのまま章陵か襄陽まで落ち延びようと考えたのである。

ところが、やっと人が通れるほど南門が開いたそのとき、その隙間を縫うように一騎の将が駆け込んできた。馬上に跨がるのは真っ黒の顔に頰髭を蓄えた将で、手には虎頭覇王矛《ことうはおうぼう》を握り締め、見るからに凶悪な顔つきである。鄧済がはっと我に返って目の前の状況を理解したときには、黒い顔の将が覇王捽槍《はおうしゅっそう》の槍術で矛を振り下ろしてきた。いかにも重そうな一撃が、鄧済の頭に狙いを定めて襲いかかってくる。鄧済は必死で馬首を回《めぐ》らそうと体をよじった。その刹那、槍はかろうじて顔をそれたものの、鄧済の馬の頭に命中した。真っ赤な鮮血がほとばしるのを目にした次の瞬間、鄧済は衝撃を受けて目の前に星が飛び、全身に痛みを覚えた。気がついたときには、すでに地面に突っ伏しており、わずかに顔を上げると、大きく開いた南門の向こうに、隙間なく押し寄せる曹操軍の姿が目に入った。そして鄧済は、がんじがらめに縛られた。

四方の叫び声がだんだんと静まり、鄧済の兵には兜を脱いで降参する者や、混乱に乗じて一目散に襄陽へ逃げ出した者もいた。許褚《きょちょ》は鄧済を担ぎ上げて城楼に登ると、乱暴に下ろした。鄧済は受け身も取れずしたたかに全身を打ちつけた。ようやく顔を上げると、目の前にはわずかに白いものが交じった髭を蓄えた中年の将が腰掛けていた。両側に居並ぶ男たちは、みな自分のほうに目を落としている。鄧済は勇気を振り絞って尋ねた。「も、もしや……あなたが曹公……」

「いかにも」曹操はかすかに笑った。「これ、いつまで鄧将軍を縛っておるつもりだ」

その声とともに兵士が進み出て、すっかりしょげ返った鄧済の縄目を解いたが、みだりに動けぬよう首筋にはぴたりと刀が押し当てられた。

「鄧将軍、そなたは実に用意周到だな。われらを歓迎するために、かくも糧秣を蓄えておいてくれるとは」曹操は笑い飛ばして当てこすった。「ここまでどうやって駆けつけたと思う?」

事実、鄧済には思いも寄らぬことであった。それにわが身可愛さも手伝って、鄧済は慌てて恭《うやうや》しく答えた。「官軍の到来は、天の将兵が天より降りたか、天雷が山頂を打つがごとくで、天威《てんい》には抗いがたく、天の与えたお力で、天の、天の……つ、つまり、天のみぞ知るところでございます」

諸将は鄧済の狼狽ぶりを見て一斉に笑い出したが、曹操は手を挙げてそれを静めると、鄧済を落ち着かせようとした。「鄧将軍にはねぎらうべき手柄がある。さあ、早く座を用意せよ」

兵士はすぐに腰掛けを持ってきたが、鄧済に座れるわけもない。すると許褚が進み出て、鄧済の襟首をひっつかんで持ち上げ、有無を言わせず腰掛けの横に立たせた。自分はいったいどうされるのか……鄧済にしてみれば、座るより跪いていたほうがまだ気が楽である。とはいえ、腰掛けを出されて立ち続けるわけにもいかず、結局は縁《へり》にちょこんと腰掛けた。

曹操はかすかに笑みを浮かべ、しばらくその姿を睨《ね》め回すと、唐突に尋ねた。「鄧将軍、そなたは主君の劉荊州［劉表］とわしの関係を知っておるか」

鄧済は俯《うつむ》いてしばし考えてから、かぶりを振った。「それがし若輩にて、曹公と主君の間柄は存じませぬ」実は、鄧済は二人にもともと付き合いがあったことを知っていたが、あえて口にするのを避けた。それというのも、曹操がその話題を持ち出して劉表の過ちには一切触れず、南陽への出兵をすべて自分のせいにしてきたら、何を言い返したところで万事休すだからである。

曹操はわざとらしく髭をしごき、いかにも自慢げに答えた。「かつて大《だい》将軍の何進《かしん》が朝政を取り仕切っていたとき、わしは西園典軍校尉《せいえんてんぐんこうい》、劉荊州は北軍中侯《ほくぐんちゅうこう》として、ともに何進のもとで高位にあり、洛陽《らくよう》の治安を守ったのだ。もうかれこれ十年前の話だがな」

「そうです、そうでした」鄧済もそこで相槌を打った。「お二人は古くからのご友人でございました」

「劉荊州は海内の名士、朝廷が正式に任じた州牧《しゅうぼく》でもあるからには、その期待に応えて務めを果たさねばなるまい。天に二日《にじつ》なく、士《ど》に二王なしというが、いま袁術は皇帝を僭称し、偽帝討伐の声が天下に満ちておる。このときにあたって南陽へ兵を出すとは、劉荊州ともあろう者が、知者の一失というべきか。これでは朝廷とみすみす傷つけ合うことになる」そこで曹操は鄧済にもただした。「どうだ、わしの言っていることはおかしいか」

「いえいえ、まったくそのとおりでございます」鄧済は腰まで曲げて深々とうなずいた。首に刀を当てられて、そもそも反駁できるはずもない。

曹操も大きくうなずいた。「当然だ。こたびの戦はほとんどが誤解によるものだ。おそらくは張繡がわれらを仲違《たが》いさせようとして、何か悪さをしたに違いない」

「さすがは曹公、ご明察でございます。すべては張繡が離間を計ったために違いありません」鄧済は渡りに船とばかりに、責任を逃れようと話を合わせた。

それが出まかせなのは、もとより曹操自身が百も承知だが、実際いまはまだ劉表と表立って敵対すべきときではない。そこで曹操は鄧済のために救いの手を差し伸べてやった。「張繡の借りはわしが自ら張繡に返す。劉荊州には首を突っ込んでもらいたい。それに荊州には昔なじみも多くいるしな。襄陽で劉荊州が頼りにしているのは蔡瑁《さいぼう》や蒯越《かいえつ》であろう？　蔡徳珪《とくけい》は若いころからの友人だ。蒯異度《いど》も何進の大将軍府で東曹掾《とうそうえん》［太守《たいしゅ》や軍吏などの異動や任免を司る役職］を務めていた。それに婁圭《ろうけい》、字《あざな》は子伯《しはく》という友もいる。いまは荊州で避難してきた士人《しじん》らの世話をしているはずだが、非常によく知った仲だ。そなたは帰って劉荊州やわしの友人らに伝えてくれ。たかが張繡のために、みなが不愉快な目に遭うことはないとな。朝廷が荊州を困らせるようなことは断じてない。それにひと段落したら、わしのほうから使者を遣わすつもりだ。わしとしてはこたびの誤解を解いて、また、よしみを結ぶことを願っているのだ」

帰ってよいと聞かされ、鄧済はうれしさのあまり跪いて叩頭した。「それがし、必ずやこのお話を主君に伝え、二度と朝廷に敵対せぬよう申しておきます」

すると、曹操がすぐに訂正した。「鄧将軍、それは違うぞ。もとより敵対するしないという話ではないのだ。こたびのことは、ほんの誤解からちょっとした騒ぎになっただけだ」

「誤解、誤解でした。すべては誤解です」鄧済は何度も額を打ちつけると、わずかに上目遣いで聞いた。「それで、それがしは……」

「かまわん、もう退《さ》がってよいぞ」曹操は軽く手を振って退がるよう促した。「ただ、すまんが食糧はすべてもらっておくぞ。それに武器と馬もだ。兵士らは帰るなり、ここに残るなり、好きに選ばせるがいい」

「それはもう、もちろんでございます。では、それがしはこれにて……失礼いたします……」鄧済はそう言い終えると立ち上がり、慌てふためきながら城楼を駆け下りていった。その行くところ行くところ、強烈な臭気に見舞われた――なんと、鄧済は怯えのあまり小便を漏らしていたのである。

曹操は兵馬の整備を言いつけると、姫垣に手をかけて城外に目を遣った。一千ほどの荊州兵を連れ、徒歩で荊州へと逃げ帰る鄧済の姿が見える。曹操は冷笑を禁じえなかった。「将に見識なく、人に志気なし。あんな役立たずを使うとは、劉表もいずれ淘汰されるに違いない」将たる者の才、そこでふと思い浮かんだのは、やはり張繡の姿だった。曹操は振り向いて指示を出した。「こうしてはおれん。兵を半分残して、あとのことは曹仁に任せる。ほかの者は、わしとともにすぐ宛城へ帰るぞ。張繡を破らねば、いつまでたっても枕を高くして眠れぬからな」

湖陽を曹仁に託すと、曹操はすぐさま兵を引き連れ、宛城へと取って返した。またもや一昼夜をかけての強行軍であったが、淯水まで戻ってみると状況に変化が生じていた。

賈詡はやはり底知れぬ智謀の持ち主である。曹操が去ったあくる日には、様子がおかしいことに気がついた。曹操軍の陣ではずいぶん気勢を上げているが、どうやらそれはうわべだけで、浮き橋をかけるのも遅々として進まず、まるで城を攻める気がないように見える。賈詡はそこで謀られたことを確信したが、いまさら湖陽へ早馬を飛ばしても間に合わない。こちらから追撃をかけたとしても、もはやその影さえも見えぬだろう。曹操が行けば鄧済に勝ち目はない。鄧済が敗れれば、曹操軍の背後を突く援軍を失うことになる。そうなれば劉表は守りに徹し、張繡も宛城を捨てて逃げざるをえない。しかし、さすがは賈詡である。この危機に当たって、まったく同じ方法で仕返しすることを献策した。張繡も宛城に多くの旗指物を挿したまま、夜陰に乗じて城門を出て淯水を渡り、南陽の兵糧を備蓄してある舞陰を攻め落としたのである。

曹操の兵が宛城に戻ってきたときには、すでに曹洪と郭嘉も裏をかかれたことに気づいて大軍を東へ転じ、再び舞陰に押し寄せて、ちょうど丸一日が過ぎていた。張繡にすれば兵糧の心配がなくなったとはいえ、兵力は格段に少なく、頼みの援軍も来ない。そのうえ、曹操が軍を率いて戻ってきたとあっては、もはや大量の食糧を運ぶこともままならない。やむをえず張繡はまた劉表を頼ろうと考え、兵士らにできるだけ多くの米や麦を持たせると、南門から抜け出て穣県を目指した。曹操軍は幾度もの強行ですっかり疲弊しており、これを遮ろうとしたが止め切れず、みすみす敵を逃してしまった。こうして張繡と鄧済はいずれもほうほうの体《てい》で逃げ帰り、宛城を足場にして曹操を叩く目論見は完全に失敗に終わったのである。二人が一度は手に入れた諸県の県城も、余すことなく曹操の手に戻ることになった。

ただ、曹操にしてみても、決して納得のいく戦ではなかった。たしかに勝ちを収めはしたが、張繡には何の損害を与えることもできず、とうとう憂いの種を取り除くには至らなかったからである。そしてまた一年の終わりが近づいてきた。袁術と劉表から奪った兵卒も、新たに自軍に組み込まなければならない。曹操は、曹洪を引き続き南陽の守備に残し、取り戻した諸県の慰撫を申しつけると、後ろ髪を引かれながらも、ひとまずは許都へと帰っていった。

孔融《こうゆう》、司空《しくう》府を騒がす

袁術《えんじゅつ》に続いて劉表《りゅうひょう》をも破り、このたびの凱旋は年頭の帰還とは比べものにならなかった。許都《きょと》まであと十里［約四キロメートル］というところ、すでに多くの士人《しじん》たちが、通りの両側で曹操を出迎えている。賑やかに鳴る笛太鼓、威勢よく風にはためく旗指物、そしてその先頭に立つのは、尚書令《しょうしょれい》の荀彧《じゅんいく》である。

ただ曹操は、その出迎えの行列にすっかり気分を害していた。まっすぐ前に向かって馬から飛び降りると、挨拶をしてくる者には目もくれず、ずかずかと荀彧に詰め寄った。「文若《ぶんじゃく》、初陣というわけでもないのに、なんだこの騒ぎようは」

荀彧は拱手《きょうしゅ》の礼をして答えた。「曹公のお気持ちは重々承知しております。ただ今日は、天子の命《めい》を奉じてのお出迎え、決してわたしの考えではありません」

曹操が周囲に目を遣ると、なるほどここに集まっている多くは皇帝のそばに仕える侍中《じちゅう》か護衛の虎賁《こほん》軍の将兵、あるいは許都の有力者などばかりである。九卿《きゅうけい》や列侯《れっこう》らの姿が見えないのは、おそらく荀彧が押しとどめたのだろう。曹操はぱっと笑顔を浮かべ、周囲の者にぐるりと拱手の礼をすると、荀彧に向き直って感嘆した。「文若は陛下のお言葉をよく守り、こちらの事情もよくわかってくれている。実にありがたい。そなたを除いて、この尚書令を勤め上げる者はほかにおるまい」

「これしきのこと、当然でございます」実は荀彧には一つ気がかりなことがあった。もとの太尉《たいい》楊《よう》彪《ひょう》の件である。いま、許都はそのことで持ち切りであるが、衆目の面前でそれを口にするわけにもいかず、とりあえず曹操に別の者を紹介しはじめた。「曹公、実は今日のお出迎えには、名望あるお二人の方がさらにお見えです」

「ほう」曹操はあたりを見回した。「どなたかな」

荀彧が一人をそばに引き寄せ、自ら紹介の労をとった。「この方こそ、陳《ちん》国に名の知れ渡った何叔《かしゅく》竜《りゅう》殿です」

何叔竜、名は夔《き》、陳国は陽夏《ようか》［河南省南東部］の名士で、徳行と清廉さによってつとにその名を知られている。袁術の一族で山陽《さんよう》の太守《たいしゅ》を務めていた故袁遺《えんい》と縁戚であったため、戦乱を淮南《わいなん》に避けていた。のちに袁術は帝位を僭称すると、何夔にも官職を与えようとした。何夔は頑として拒んだが、結局はそのまま引き止められてしまった。ところが、このたびの曹操と袁術の戦いで陳国が混乱に陥ると、何夔はその隙《すき》を見て寿春《じゅしゅん》を抜け出し、袁術の追っ手から逃げ延びるため、長らくのあいだ山里に身を隠していたという。その後、袁術が敗れて人心も離れ、淮南一帯が混乱を極めていると聞くに及び、とうとう何夔は淮河《わいが》を渡って許都に入ったのであった。曹操は南陽《なんよう》を転戦しつつ許都へ戻ったため、帰還が何夔より遅れたというわけである。

曹操もかねてより何夔の名は聞き知っていたが、顔を合わせるのは今日が初めてであった。年は三十を過ぎたころ、背は八尺三寸［約百九十一センチ］ほどもあり、端正な面立ちにきらびやかな装いをしている。とても難を逃れてきたようには見えず、曹操は内心密かに感心していた。何夔が礼をするより先に、曹操のほうから拱手した。「何先生はこの数年ずっと危地にあったとのこと、いまようやくそれを脱したわけですな。実にめでたいことです」

　普通、背の高い者が曹操に対するときは、誰でも頭を下げて背を丸くするものだが、この何夔はどうあっても他人に頭を下げない質《たち》らしく、ただ手を拱《こまぬ》いただけで答えはじめた。「これは曹公、ご丁寧なことで痛み入ります。もしあなたが袁公路を打ち負かしていなければ、わたしなど逃げ帰っても来れませんでした」

　曹操はすぐにかぶりを振った。「いやいや、実を言うと、わしが蘄《き》県に着く前から、もう袁術は自滅していたのです」

　そのとき、議郎《ぎろう》の趙達《ちょうたつ》という男が人だかりをかき分け進み出てきた。この若者は幼少のころから学問を積んでおり、曹操に近づいて出世したいと、常々その機会を狙っていた。趙達はここぞとばかりに媚《こ》びた笑みを浮かべてごまをすった。「曹公、そこまでご謙遜なさらずとも。これほどまでの大功をお立てになったのに、それを袁術の自滅だなどと仰る。たとえそうであったとしても、思うに袁術は、曹公の威名に腰砕けになったのでございましょう。みなさんもそうは思いませんか」どんなに鈍感でも気づくような、あからさまなおべっかである。その場の誰もがしらけた目で趙達を見やり、一人として相槌を打つ者はいなかった。

　むろん曹操も聞き流すだけで、趙達のほうには目もくれず、また何夔に話しかけた。「何先生は、わしの話を信じるかな」

　無理に引き止められたとしても、何夔が袁術のもとにいた事実は変わらない。そればかりか、袁家とは姻戚関係にある。曹操が自分を試しているのは、何夔も十分承知していた。そのうえで、おもむろに髭をしごきながら曹操に答えた。「『天の助くる所の者は順、人の助くる所の者は信なり［天が助けるのは天道に従っている者、人が助けるのは誠実な者である］』と申します。袁術には順も信もないのに、天と人の助けを望みました。これで天下に志を立てることができましょうか。進むべき道を失った主君は、親戚すらこれに背くというに、いわんや将兵がなつくことなどありましょうか。わたくしめの考えでは、乱となるのもまた必然……」

曹操は、何夔の口から順やら信やらと道徳臭のする言葉が出てくるのを聞いて古くさい人物だと感じたが、口では賞賛を惜しまなかった。「袁術は自分勝手に皇帝を僭称して一国を立てましたが、賢人を失えば国は滅びます。何先生ほどの高名な賢人を引き止められなかったのですから、袁術の失敗はやはり時間の問題だったと言えましょう」

何夔は手を振って謙遜すると、そのまま道端に立つ別の男を指さした。「わたくしなどは名ばかりで、実が伴っておりません。むしろ、あちらの方こそ、あなたが首を長くして待っていたお人のはず」

曹操は何夔の指さすほうに視線を向けた。そこには黒の衣に黒の綬《じゅ》［印を身につけるのに用いる組み紐］をした役人が立っている。まだ四十手前のように見えるが、よほどの辛酸をなめてきたのか、顔はすっかり皺《しわ》だらけである。広い顔もかなり痩せこけ、薄い眉に落ちくぼんだ目、髭も全然艶がない。よく見知った顔のはずだが、曹操はすぐに思い出せずにいた。

すると、男のほうから拱手してきた。「曹公、かつてはともに客人として大将軍府《だいしょうぐんふ》に詰めておりましたが、あなたが洛陽《らくよう》を突然発たれてからは、それぞれ天の一方にあり、お会いすることもかないませんでした。それでもあなたは、わたしに便りをくださったり、昇任の機会を与えてくださいました。

のこのこと顔を出すのもどうかと思いましたが、もうお忘れでしょうか」

「こ、公達《こうたつ》……公達殿か！」それでもにわかには信じられなかった。

荀攸《じゅんゆう》は痛ましい顔に笑みを浮かべた。「ここ幾年、わたくしはさまざまな苦しみを背負い続けてきたため、顔もすっかり変わってしまったようです」

これはあながち大げさではなかった。以前、荀攸は大将軍何進《かしん》の掾属《えんぞく》［補佐官］を務め、のちに黄《こう》門侍郎《もんじろう》に移ったが、当時の瀟洒なさまは、いまの郭嘉《かくか》に勝《まさ》るとも劣らないものだった。ただ時運に恵まれず、董卓《とうたく》が洛陽に入って朝政を牛耳ると、その後は西の都長安《ちょうあん》へ連行された。それというのも、何顒《かぎょう》［字《あざな》は伯求《はくきゅう》］とともに董卓誅殺を企てたからで、一年以上も牢獄に閉じ込められたのである。何顒は病を得て獄死し、荀攸は筆舌に尽くしがたい苦しみを味わったあと、王允《おういん》と呂布《りょふ》の政変を陰ながら支えた。しかし、禍福は糾《あざな》える縄の如し、ほどなくして西の都は賊の手に落ちた。荀攸はとうとう官を捨てて帰郷しようと考えたが、今度は河南尹《かなんいん》へと向かう手立てがない。その後も、幾度か地方の官を拝命したものの、天下のいたるところで戦乱が起きており、無事に赴任することさえかなわなかった。

のちには戦乱を避けるため蜀《しょく》郡への赴任を願い出たが、益《えき》州の劉焉《りゅうえん》、劉璋《りゅうしょう》父子は、蜀に通じる道を遮断してほとんど独立しており、漢中《かんちゅう》は五斗米道《ごとべいどう》の首領である張魯《ちょうろ》によって占拠されていた。荀攸は関西《かんせい》［函谷関《かんこくかん》以西］の地で困難な旅を続けたものの、結局蜀に入ることはかなわず、かといって長安に戻るつもりもなかったので、やむをえず荊《けい》州に身を投じた。その後、天子が許都に入ると、曹操、荀彧、荀衍《じゅんえん》が、荀攸を呼び寄せようと相次いで書簡を送り、朝廷からも詔《みことのり》を下して汝南《じょなん》太守に任じた。

さらに、その詔勅に従って動く前から、荀攸を尚書《しょうしょ》という要職につけた。むろん荀攸もすぐにでも駆けつけたかったたが、あいにく南陽の一帯は戦《いくさ》で混乱に陥っている。そこで荀攸は武関《ぶかん》［陝西《せんせい》省南東部］を抜けて河南尹を経て、やっと許都にたどり着いたのである。振り返れば、ここ何年かは獄につながれているか、そうでなければ野宿しているといったありさまで、実に想像を絶する艱難辛苦をなめ続けてきた。曹操も気づかないほどに容貌が変わってしまったとしても、なんら不思議はない。

曹操はまるで魅入られたように荀攸を見つめた。何進の大将軍府にいたころからその見識には一目を置いていた。その荀攸がいま目の前にいる。「公達殿の深謀遠慮は余人をもって代えがたい。貴殿の力を借りられるなら、もはや天下に憂えることなど何もない」

「董卓の暗殺を企むも果たせず、かえって牢獄につながれた身です。それを深謀遠慮などとは歯がゆいばかりです」荀攸は苦笑いを浮かべた。「何伯求殿が獄中で亡くなり、当代きっての士人がきちんと葬られることもなく西の都で眠りにつきました。それ以来、わたしもすっかり意気消沈し、ただ生を偸《ぬす》んでいるのみです」

「何を仰るか。やっと朝廷に戻ってきたのです。これよりまた発奮して、かつての洛陽での輝きを取り戻せばよいではないですか」曹操の荀攸を見る目はきらきらと輝いている。「すでに鍾繇《しょうよう》の計画が功を奏し、関中《かんちゅう》［函谷関以西の渭水《いすい》盆地一帯］の情勢も変わりはじめています。おそらくそう遠くないうちに、伯求殿の棺を持ち帰って改葬できるはずです」

そこで荀彧が口を挟んだ。「わが叔父の荀爽《じゅんそう》の棺もまだ長安にあります。どうか一緒にお持ち帰りください」

曹操はそれぞれの手で荀攸と何夔の手を取って笑った。「今日はわしの凱旋、そのうえ両名は危地を脱してここまでたどり着いた。興を削ぐようなことは申すでないぞ。まずは許都に入って心ゆくまで飲むとしよう。さあ行くぞ」威勢のよいかけ声とは裏腹に、馬に跨がる者は誰もおらず、曹操もみなとともに歩いて許都に向かった。あとに続く大部隊の将兵らもずいぶんと寛《くつろ》いだ様子である。諸将は馬の疲れを取るため轡《くつわ》を牽《ひ》いてゆっくり歩き、もとからいた兵士らは新たに加わった仲間に土地の風習などを教えてやった。楽しげに笑いさざめく声を上げながら、気がつけばもう許都は目の前であった。

許都城のすぐ外側に軍営を築くと、兵士たちはそこでそれぞれ荷を下ろし、曹操と諸官は許都の城内に入っていった。大通りのいたるところで民が跪《ひざまず》き、家の屋根に登って手を振る者も大勢いた。曹操を出迎えた役人は、こぞって司空府まで曹操を送り届け、さらに天子に勝ち戦の報告をするまで同道するつもりのようである。曹操にとってはおそらく出仕して以来、もっとも気分のよいひとときであった。それというのも自らが戦に出て奮闘したことで、ついに役人たちの信頼を勝ち取り、民たちの尊敬を一身に集めたからである。苦心の末に目に見える成果を挙げたからには、もはや曹操にあれやこれやと不満をぶつけるような輩はいないように思われた。

長々と続く行列が司空府の前に着くと、曹操もとうとう感極まり、石段の上でしきりに拱手の礼をして、高らかに挨拶した。「おのおの方、見送りご苦労である。この曹操が袁術を破り、張繍《ちょうしゅう》を追い払えたのも、すべてはみなが力を尽くして助けてくれたからにほかならぬ。許都で天子を支えて朝政を執り行ってくれたからこそ、何の不安もなく戦に出ることができた。これよりのちは、わしもおのおの方と心を一つにして、ともに天子を輔佐する所存である。みなの者をぞんざいに扱うことは断じてせぬ。無実の罪で誰かを裁くことは断じてせぬ……」

「しばし待たれよ！」なんと、曹操のこの堂々たる誓いの真っ最中に、大声で邪魔をする者がいた。みなが訝《いぶか》しんで振り返ると、その男は通りの西から息急き切って駆けてくる——少府《しょうふ》の孔融《こうゆう》であった。

孔融は曹操が帰京したと聞きつけると、深衣《しんい》に着替えて冠を載せることもなく、着の身着のままで駆けてきた。さらに二、三歩進み出ると、いきなり大声で叫んだ。「曹公、もと太尉の楊彪殿を速《すみ》やかに釈放したまえ！」

孔融のこの言葉は、さながら衆目の面前で曹操の頬を張ったに等しかった。ちょうどいま、「無実の罪で誰かを裁くことは断じてせぬ」と誓ったそばから、自分が引き起こした冤罪を突っ込まれた格好となったのである。その場の者は気まずさから一様に黙り込んで俯《うつむ》き、曹操はにわかに顔を真っ赤に染めたが、これ以上何か都合の悪いことを言われてはまずいと、すぐに続きを遮るよう声をかけた。「文挙《ぶんきょ》殿、そう慌てずとも、話があるならまたゆっくりとお聞きしますから」

「そんな悠長なことを言ってはおれぬ」孔融はがばっと曹操の腕をつかんだ。「そなたの用いているあの満寵《まんちょう》だが、あいつはどうかしている。露ほどの情けもない酷吏《こくり》だ。衙門《がもん》の広間で楊公を棒叩きにしたのだぞ。古《いにしえ》より、『刑は大夫《たいふ》に上らず［刑罰は官僚に適用されない］』と言うではないか。いったいどういう了見だ」

孔融を静かにさせるはずがかえって逆効果となり、曹操はますます決まりの悪い思いをした。ちょっと楊彪を懲らしめてやろうと思い、満寵にはたしかに「臨機応変にやれ」と命じたが、まさか本当に痛めつけるとまでは考えていなかった。しかし、いまとなっては押し通すしかない。曹操は途端に厳しい表情を浮かべた。「文挙殿、あの楊彪は偽帝袁術と姻戚関係にあります。その罪をまさか見逃せと仰るのですか」

孔融も一歩も譲らない。「楊公が四代にわたって徳を積んできた家柄なのは衆目の知るところ。『周書《しゅうしょ》』には父子兄弟に罪は及ばずと言うし、『易経《えききょう》』には、『積善の家に必ず余慶有り』とある。そなたは経典の言葉をただのお題目にするつもりか」

道理から言えば、非はもとより曹操にあるため、いま諸官の面前で言い争っても、自分の顔に泥を塗ることにしかならない。やむをえず曹操は孔融の袖を引き寄せてささやいた。「これはお上の考えなのです」

明らかな詭弁《きべん》である。いまや曹操の言葉は天子の詔勅、つまりはお上の声に等しい。しかし、孔融もそのひと言で我に帰ったようである。刺すような周囲からの視線に気づくと、慌てて口調を和らげた。「もし成王《せいおう》［周《しゅう》の王］が召公《しょうこう》［周の政治家］を害そうとすれば、周公《しゅうこう》［周の政治家］が知らぬ存ぜぬでは通らぬ。いま天下の士大夫《したいふ》たちがそなたを明公《めいこう》と仰ぐのは、その聡明さと仁智とで漢朝を輔佐し、賢良を登用して奸邪を遠ざけているからだ」曹操を周公と同列に論じ、その聡明さと仁智を賞賛したのは、曹操の顔を立てるためである。

曹操は切り上げどころと見て取るや、すぐにその場を収めにかかった。「わかりました。文挙殿、ご安心ください。この件は天子に上奏して、すぐに楊公を釈放いたしましょう」

「上奏などかまわんではないか。楊公は怪我をしておるのだぞ。いますぐ釈放してくれんか」

曹操は孔融のすがるその手を離すと、ほとんど頼むような口ぶりで言って聞かせた。「許都に戻ってからまだ天子に謁見もしておらず、礼儀を欠いております。楊公のことは一刻を争うほどでもありますまい」

「なんてことを。実際に刑を受けているのに、礼儀がどうのと言っている場合ではなかろう」孔融は、曹操が先延ばしにしようとしているのに感づくと、いきなり人だかりのなかに割って入り、大声で訴えた。「いままさに無実の罪で殺されようとしている人がいる。天下の者がこれを知れば、みな肩を落として離れていくに違いない。この孔融とて魯《ろ》の国の堂々たる大丈夫、もし今日にも楊公を釈放しないのであれば、明日には袖を翻して許都を去り、さんばら髪で山にこもって二度と朝廷には顔を出さん！」

その場の官たちは、場違いな孔融の大騒ぎを目の当たりにして、曹操に折れるよう勧めざるをえなかった。「もう楊公を放してやりましょう。孔文挙にいつまでも騒がせておくわけにもまいりません。多くの民らの目もありますし、これではわたしたちがみな面目丸つぶれです」

荀彧も進み出た。「楊公のことは、文挙殿が仰らずとも、わたしから申し上げるつもりでした。満伯寧《はくねい》の仕置きは度が過ぎております。この件がもし広まれば、明公の声望をも傷つけてしまいます」

孔融のせいで、曹操は顔を真っ赤にし、ついで真っ青になり、そしてまたしだいに白くなったが、なおも目の前で騒ぎ続ける孔融を見ていると、曹操は怒りに打ち震えてきた。最後には歯を食いしばって足を踏み鳴らし、手を振って叫んだ。「釈放だ、釈放してやる！　罪があるかどうかなど、もうどうでもいい！　これ以上わしを煩わさんでくれ！」

孔融は騒ぎ立てて言い分が通ったと知るや、たちまち笑顔を浮かべてお辞儀した。「曹公は大義をわかっておる。融めは感謝に堪えん……」

曹操はもはや相手をする気にもなれず、孔融には目もくれずに中庭へ入ろうと背を向けた。考えるほどにますます腹が立ってくる。今日は本当なら気分よく過ごせるはずが、すべてはこの疫病神のせいで台無しにされ、面目丸つぶれだ。

孔融のほうは楊彪の釈放を約束させたからには、曹操の気持ちなど我関せずとばかりに、後ろからまた叫んできた。「曹公、感謝いたすぞ。それから、わしが薦めた例の禰衡《でいこう》だが、きっと会ってくれたまえ……」その場にいた官らは孔融とは裏腹に気持ちが晴れなかった。いずれも曹操に付き従って天子にまみえ、勝ち戦の報告の場に居合わせるつもりであったが、この様子では、下手についていくと不機嫌の煽りを食うかもしれない。そこで、一様に黙り込んだまま、みなとぼとぼと帰路についた。

第十二章　軍政分権、荀攸《じゅんゆう》を軍師《ぐんし》に

司空《しくう》府を固める

中原の戦火は一向に鎮まる様子を見せない。こうなると、糧秣《りょうまつ》の円滑な補給が重みを持つのは当然のことである。曹操が推し進めた屯田制の効果は、いよいよ誰の目にも明らかとなってきた。この一年、朝廷は幾度も出兵を繰り返したが、年末に至っても、太倉《たいそう》［都の穀倉］には余裕があった。許都周辺の屯田から収穫される食糧は、前線に供給してもなお余りあるほどで、典農中郎将《てんのうちゅうろうしょう》の任峻《じんしゅん》は、屯田制をさらにほかの地域にまで拡大しようとしていた。

民にとっても食糧は大切だが、軍にとっても兵糧は欠かせないものである。後方から途切れることなく兵糧が補給されるため、曹操の軍隊は続けざまの出兵にも疲弊の色を見せず、支配地域を広げると兵糧も増えるという好循環を生み出していた。それに引き換え、中原に割拠するその他の勢力は日に日に力を失っていった。袁術《えんじゅつ》の占める淮南《わいなん》［淮河《わいが》以南、長江以北の地域］は土地も痩せて一面が荒れ地となり、穣県《じょう》［河南省南西部］に陣取る張繡《ちょうしゅう》は兵力にも食糧にも事欠き、すでに自力ではいかんともしがたい状況であった。呂布《りょふ》は徐《じょ》州を擁するとはいえ、部下は決して一枚岩ではなく、徐州、幷《へい》州、兗《えん》州の三派に分かれ、食糧を確保するためのせめぎ合いが絶えなかった。

とりわけ、涼《りょう》州出身の将として久しく勇名を馳せていた張繡の挫折は、関中《かんちゅう》［函谷関《かんこくかん》以西で、渭水《いすい》盆地一帯］ないし西涼一帯に計り知れない影響を及ぼした。董卓《とうたく》が誅されてのち、弘農《こうのう》以西はずっと武人が治めており、大小さまざまな数十の勢力が存在した。誰でも数千も兵を集めれば一端《いっぱし》の勢力として旗揚げし、猫の額のような土地で合従連衡《がっしょうれんこう》して殺し合いを繰り返していたのである。そのため、これまで関東《かんとう》［函谷関以東］の情勢に目を向けたことなど絶えてなかった。ところが、張繡の敗戦を聞くに及び、関中の諸将も曹操の力を意識せざるをえなくなった。さらに鍾繇《しょうよう》の働きが奏功したこともあって、段煨《だんわい》をはじめとする関中の諸勢力は、しだいに許都へと接触を図るようになった。そして、多くの者が朝廷に使者を派遣するようになり、天下を乱した元凶の李傕《りかく》と郭汜《かくし》は、孤立無援の局面に陥ることとなった。

曹操と朝廷の勢いは足並みを揃《そろ》えるように増大し、許都一城が意気盛んな雰囲気に包まれるなかで、建安《けんあん》三年（西暦一九八年）を迎えた。国家の大事といえば祭祀と軍事である。いまや朝廷には潤沢な物資があり、長らく廃れていた各種の儀式や典礼も少しずつ再開され、この年のはじめには、元旦を祝う儀式が百官総出で執り行われた。

除夜の子《ね》の七刻［午前零時四十五分ごろ］、宮門は開け放たれ、皇宮では鐘や太鼓が鳴り響き、上は列侯《れっこう》や三公九卿《さんこうきゅうけい》の重臣から下は属官まで、みな一様にまっさらな朝服《ちょうふく》に身を包み、捧げ物を持って宮廷へ朝賀に訪れた。百官の朝賀には明確な決まりがあり、列侯らは玉璧、九卿や秩二千《ちつ》石《せき》の官員は子羊、秩千石から秩六百石の官は大雁《おおがり》［菱喰《ひしくい》］、秩四百石以下の者は雉《きじ》を捧げなければならない。

百官は列をなして進むと、二の門を過ぎたところで次々にさっと跪《ひざまず》いて祝いの言葉を述べた。秩二千石以上の官は宮殿にまで進み、万歳を唱えた。皇帝の劉協《りゅうきょう》も珍しく心から喜び、黄門侍郎《こうもんじろう》に先導されて玉座に着くと、百官に酒を振る舞った。雅びな調べの響くなか、宮女たちが酒席に侍し、山海の珍味が所狭しと並べられ、宮中秘蔵の美酒が精巧な杯《さかずき》に注がれた。まさに豪華絢爛の至りである。

伝統的な礼制に則《のっと》れば、元旦の祝賀の席に三公九卿を欠くことはできない。皇帝の食事は大司農《だいしのう》によって差し出され、羹《あつもの》の用意は司空《しくう》が行い、太尉《たいい》や司徒《しと》、その他の九卿が順に従って皇帝に酒を勧めることになっている。その点で、このたびの年賀の儀式は異なっていた。太尉の楊彪《ようひょう》はとうに罷免されたばかりか、役所の牢獄で満寵《まんちょう》によって棒叩きにされた。釈放されてからも明け透けに足を悪くしたと吹聴して引きこもり、これほど大きな式典にも参加していない。衛尉卿《えいいけい》の張倹《ちょうけん》も門を閉ざして一切の面会を謝絶しており、太僕卿《たいぼくけい》の韓融《かんゆう》も耳を悪くしたと言い張って家に閉じこもっている。

玉座のそばできぱきと動いているのは、曹操と荀彧《じゅんいく》、それに鍾繇や董昭《とうしょう》など数人のみであった。司徒の趙温《ちょうおん》と輔国《ほこく》将軍の伏完《ふくかん》は引き立て役として侍らされていたが、その他の重臣に至っては、軒並み酒甕《さけがめ》を手に階《きざはし》の下で跪いている。漢の礼制は叔孫通《しゅくそんとう》のころには定められていたが、実際にはやはり現実の政治的立場を反映していた。

式典が終わって宴席が散ずると、百官は曹操の前に列を作り、挨拶をしてから退席していった。そのあいだも曹操は一切気を緩めることなく、皇帝が皇宮へと戻り、諫言をする者が誰もいないのを確かめてから、やっと荀彧と荀攸を従えて自分の安車《あんしゃ》［年配の高級官僚などが座って乗る小型の馬車］に乗り込んだ。

「荀令君《れいくん》［荀彧］、今日の式典はどうだった」曹操は得意げに尋ねた。

「見事なものでしたが、いささか財を注ぎ込みすぎたかと。いまもまだ天下は定まっておりませんのに、年賀のためにかくまで費やす必要はなかったように思われます」

「そうだ、ずいぶんと金をかけた」曹操も否定しなかった。「しかしな、これは無駄金ではないぞ。朝廷の権威と礼制が再び戻ったことを、天下に知らしめねばならん。今後も誰かがよからぬ企みを抱かぬようにな。とりわけ今日は関中からの使者も参列していたゆえ、朝廷の威厳を見せつける必要があったのだ」

曹操の言い分にも道理はある。それでも荀彧はあえて注意を向けさせた。「朝廷にとってまず除くべきは偽帝袁術ですが、ほかに李傕と郭汜もいます。この二人の武人は取るに足りない相手ではありますが、禍《わざわい》の元凶であるのは誰もが認めるところ。これを討たずして天下に正義を広めることはできません。いまがその好機、そろそろ決着をつけるべきでしょう」

「そのことはわしも考えておった」曹操は自分の考えを述べた。「暖かくなれば、わしは夏侯元譲《かこうげんじょう》を関中に差し向けて、一気に長安《ちょうあん》を突かせるつもりだ。必ずや逆賊二人の首を持ち帰らせ、歴代の陵墓に祀《まつ》らねばならん」

「夏侯将軍を遣わせるのは得策ではありません」それまで黙って聞いていた荀攸が、突然口を挟んだ。

「公達《こうたつ》は元譲の用兵の才を認めておらんのか」曹操は探りを入れるように尋ねた。

荀攸はかすかに笑みを浮かべた。夏侯惇《かこうとん》は軍の指揮管理には長けているが、最前線に立つのは不向きである。軍権を与えれば右に出る者はいないが、戦《いくさ》の先頭に立つとなればそれはまた別の話、荀攸の目にはそう映っていた。ただ、荀攸が曹操に意見した理由はそれだけではなかった。「曹公、李傕と郭汜は国賊です。天下を混乱に陥れた罪があり、張繡や呂布と同列に論じることはできません。朝廷の制度に照らせば、乱を鎮めるには当然朝廷の官、たとえば中郎将《ちゅうろうしょう》や謁者僕射《えっしゃぼくや》を遣わすべきです。夏侯将軍を送り込むのは、その点で筋が通らぬでしょう。これがその一でございます」

こういった物言いは、曹操にとっていささか堅苦しいように思われたが、「その一」と聞いて、すぐに続きを促した。「ほかにも理由があるのか」

「関中の諸将は互いにわだかまりがあって、一枚岩ではありません。そこへもし大軍を差し向ければ、彼らはかえって手を結び、共通の敵に当たろうとするでしょう。それゆえ、兵を起こして関中に攻め込むのは決して上策ではありません。これがその二でございます」

一つ目の理由は表向きのお題目に過ぎなかったが、二つ目は問題の核心を突いている。曹操はしばし考え込んでから答えた。「では、ひとまず二人の賊の命は預けておいてやるか」

「その必要もありません」荀攸はそれを即座に否定した。「兵に常勢《じょうせい》なく、水に常形《じょうけい》なし。天下の形勢とは彼此《ひし》の消長にほかなりません。曹公は許都において新たに朝廷を開かれました。つまり、李傕と郭汜は不倶戴天の敵でございます。ようやく関中の諸将がこちらへ使者を遣わせて来たのに、この好機を逃す手はありません。いま彼らを手なづけておかなければ、かりに中原で何か動きがあったとき、李傕と郭汜はもちろん、ひいては関中の諸将までもが誰に尻尾を振るかわかりません」

荀攸のいう「中原」とは、つまり袁紹《えんしょう》である。曹操もそのことに思い当たると、大きくため息をついた。「賊は除かねばならんのに兵は出せずか。では、どうすればよいというのだ」

荀攸はそこでようやく秘めていた腹案を披瀝した。「謁者僕射に節《せつ》［皇帝より授けられた使者などの印《しるし》」を持たせて派遣し、関中の諸将に朝廷から檄《げき》を飛ばして、李傕と郭汜を討たせるのです。これには三つの利があります。一つ、旧制に合致して名分を損なうことがありません。二つ、賊を除くも関中の地を奪わなければ、諸将の心を落ち着かせることができます。そして三つ、関中の諸将に手を下させれば、それはわれらの側についたのと同じ、いずれ関中を平定する日のために人心を安んずることにもつながるのです」

「見事だ！」曹操は思わず膝を打つと、今度は荀彧のほうに顔を向けた。「誰か適当な者はいるか」

荀彧はつかの間思いをめぐらすと、おもむろに答えた。「尚書《しょうしょ》の裴茂《はいぼう》、この者なら任に堪えうるでしょう。裴茂は河東郡聞喜県《かとうぐんぶんきけん》［山西省南西部］の人で、関中の諸将ともつながりが深いと言えましょう。初平《しょへい》四年（西暦一九三年）でしたか、裴茂は天子の詔《みことのり》を受けて長安で大赦《たいしゃ》を取り仕切ったことがあり、民からの信望も厚い人物です。のみならず、その息子の裴潜《はいせん》というのが、劉表《りゅうひょう》のもとで力を尽くして甚だ寵を得ているとのこと。それゆえ裴茂を使えば、劉表との関係もよくなるでしょう」

「それはいい。では、他人の刀を借りるとするか。令君は詔書を起草して裴茂を謁者僕射に任じよ。節を持たせて関中に入らせ、諸将に檄を飛ばして李傕と郭汜を討たせるのだ。国賊の二人を討ち取った者には恩賞と爵位を与え、将軍号も贈ることとする」ひと息にそう命じると、曹操は目を細めて左右に座る荀彧と荀攸に目を遣った。この二人は、かたや朝政を見事に取り仕切り、かたや軍略を授けてくれる。曹操にとっては、まさに天より与えられた両腕であった。

そうこう話しているうちに、安車は司空府まであと少しというところまで来ていた。曹操は早くも玉簾《すだれ》越しに、司空府の前に人だかりができているのを認めた。それは、皇宮を辞去しても家に帰らず、改めて曹操に年賀の挨拶をするため、まっすぐ司空府に足を向けてきた官たちであった。人情は実に移ろいやすく、世間は薄情なもの。楊彪が投獄されてから、みな小利口に立ち回ることを覚えたようである。

しかし曹操は、扉をつぶしそうな勢いで押し寄せる者たちの姿を見て、きつく眉をしかめてつぶやいた。「これではちっとも気が休まらんな、面倒くさい」曹操はそこで安車を止めさせると、荀彧に尋ねた。「どうやらしばらく収まりそうにない。どうだろう、しばし令君のところにお邪魔するというのは」

さすがに荀彧も驚きを隠せなかった。「こ、これは身に余るお言葉。ですが、拙宅では属吏が右へ左へと駆けずり回って、静かどころではありません。余計にご気分を害するだけかと」

「かまわん。それにわしとしては、令君が日々の膨大な数の仕事をどうやって処理しているのか見てみたい」曹操は笑いながら御者に馬首を回《めぐ》らすよう命じると、安車は荀彧の屋敷へと方向を転じた。動きだしてまもなく、後ろのほうから息急き切ってあえぐ声がしだいに近づいてきたので、曹操ら三人は気になって振り返ってみた。見れば、議郎《ぎろう》の色の服を着た役人がぜえぜえ言いながら安車を追いかけて走ってくる。

漢の官がもっとも重視するのは威儀である。いまではその意識もずいぶんと薄まっていたが、それでも真新しい朝服に身を包み、雲履《うんり》［先が雲の形をした履き物］を履いて大通りを駆けるとは、言語道断の醜い所業である。荀彧はひと目見て、それが議郎の趙達《ちょうたつ》だとわかった。「どういうつもりでしょう。何か喫緊の上奏でしょうか」

「ふん！」曹操はそれを鼻で笑った。「あいつにそんな用事などあるはずがない。もしそうなら、とっくに声を出して呼んでいるはずだ……さあ、急げ。かまうことはない」安車はしだいに速度を上げたが、なんと趙達はあきらめることなく、服が乱れるのにも一向かまわず駆けてくる。しまいには冠を外《はず》して頭巾を押さえながら必死で走って追ってきた。

安車はそのまましばらく駆けて、荀彧の屋敷に着いた。ちょうど兵士が玉簾をかき上げ、曹操が降りるのを手伝っていたとき、とうとう趙達が追いついた。その兵士を押しのけると、荒く息を吐きながら、すっかり暖まった手を差し出し、緊張に打ち震えつつも曹操が降りるのを手伝った。

「趙議郎、どういうつもりかね」曹操は趙達の取り乱したさまを眺めながら尋ねた。

趙達は冠を適当に載せると、一歩下がって跪き、息を整えながら答えた。「わ……わたしは……、曹公に……し、新年のお祝いを申し上げたく……」

「趙議郎、馬車を追いかけてまで年賀の挨拶とは、実にご苦労である……」曹操はこれまでにも多くの太鼓持ちを見てきたが、ここまで卑しい男を見たのははじめてで、皮肉の一つも言わずにはおれなかった。荀彧と荀攸はずっと眉をしかめている。

趙達は跪いたままようやく呼吸を整え、顔を上げると歯をむき出して追従笑《ついしょう》いを浮かべた。「先ほど安車が向きを変えたのを目にしまして、きっと何か急な要件だろうと思い、お邪魔をするつもりはありませんでした。しかし、よくよく考えますと、新年のご挨拶も差し上げないのでは、まるでわたしが尊卑の別をもわきまえていないように映ると思いまして、追いかけてきた次第です。曹公がご健康で万事めでたきことをお祈り申し上げます。それだけがわたしの願い……ほかには何もありません……では、これにて……」そう言いながら、趙達は立ち上がって去ろうとした。

「待ちたまえ！」日ごろ穏やかな荀彧が、このときばかりは声を荒らげた。「趙達、次はわたしが尋ねる番だ。堂々たる朝廷の議郎ともあろう者が街中を駆け回るとは、いったいどういう了見だ」

「まあ、そうかっかせんでもよかろう」曹操は真顔になって荀彧をなだめた。「笑顔の者には手を上げずと言うではないか。こんな些細なことで腹を立てるまでもない」そこで曹操はいまいちど趙達の様子を窺った。「趙議郎、『礼もて人に下るは、必ずや求むる所有り』という。そなたも腹を割って、正直に話してみたらどうだ」

趙達はおもねるような笑みを浮かべながら、先ほどと同じようにまた跪いた。「では、正直に申し上げます。わたくしを曹公の掾属《えんぞく》［補佐官］にしてくださいませ」これは実に奇妙な相談である。議郎は秩六百石とはいえ、歴とした朝廷の官員である。趙達はそれを捨て去るばかりか、食い扶持を減らしてまでして他人の下役になろうというのである。

「ほう」曹操もあざけって答えた。「これはこれは恐縮の至り。しかし、どうしてわしのことで趙大《たい》人《じん》の手を煩わせることができようか。またとんだ冗談を」

趙達は額を地面にぶつけて訴えた。「わたくしは本気です……出仕してから議郎を拝命しましたが、かような閑職、望むところではありません。男として世に生まれたからにはなすべきことがあるはずなのに、いまわたくしは議郎となって、何もせずにただ飯を食らうだけ。曹公、もしあなたさまの配下となれれば、わたくしにも少しはお手伝いできることがあるはずです。そうすれば、お国にも父祖にも、果ては俸禄にも恥じることはありません。いずれにしましても、いたずらに禄を食《は》むよりはよほどまし。曹公、お二方、これが道理というものではございませんか」趙達もはっきりとは指摘しなかったが、いまや朝廷の官となっても名目だけで実権はない。一方、曹操の掾属となれば官位は下がっても実権がある。司空府こそは朝廷のなかの小さな朝廷なのである。趙達は官位に取り憑かれた男であった。高官へとのし上がるためには、是が非でも曹操に取り入らねばならない。

三人はひとくさり趙達が話すのを聞いていたが、荀彧は耳が汚れるとばかりに、そっぽを向いて趙達を無視した。ところが曹操は、しばらく趙達の顔を凝視すると、おもむろに切り出した。「ふむ……なかなか思い切ったな」

趙達は一歩にじり寄ると、曹操の靴に手を添えていっそうへつらいの顔を浮かべた。「曹公のもとに置いていただけるのなら、わたくしめは轡《くつわ》取りでも、それこそ鐙《あぶみ》取りでも喜んでいたします」

そのあまりの厚顔ぶりに、曹操も思わず笑い出した。「よかろう。趙大人がそこまで言うなら、ひとまず司空府で令史《れいし》［属官］として務めてみてはいかがかな」令史は掾属よりさらに一段劣る、日常の用事をこなす下っ端役人である。「喜んで」趙達は何度も叩頭した。「令史はもとより、単なる雑用係でもかまいません。では、すぐにでも辞表を提出し、曹公からのご連絡を待ちたいと思います」

「さあ、もうよいな」曹操は面倒くさそうに手を振って退《さ》がらせた。「わしはまだ令君と相談せねばならんことがあるのだ」

趙達は小躍りして喜び、そそくさとその場を去っていった。すると荀彧がようやく向き直り、こらえきれずに不満をぶつけた。「なぜあんな厚顔無恥の輩を登用しようとなさるのです」

曹操は冷たく笑った。「趙達はたしかに恥を恥とも思わぬ小人《しょうじん》だ。しかし、媚《こ》びへつらうにも真っ正直だとは言えよう。わしに言わせれば、清廉ぶった似非《えせ》君子よりはよほどましだ。小人には小人の使い道がある……それに、やつが議郎の職を離れてくれれば、そのあとで実際にやつを用いるかどうかは、わしの腹一つではないか。いずれにしろ、自ら望んで辞めるのだ。おかげで朝廷からは小人が一人減り、今後わしが声をかけねば、やつは梯子を外され食い扶持も失う。そのときになってわしを恨んでもあとの祭りというわけだ」曹操の考えを聞くと、荀彧もようやく顔をほころばせた。そして、慌てて自宅の門前に立ち、恭《うやうや》しく曹操を迎え入れた。

曹操も笑顔で一つうなずいて足を踏み入れた。すると、その途端に奥から大声で怒鳴り合う声が聞こえてきた。何ごとかと思って庭に入ってみると、ちょうど二人の官吏が顔を真っ赤にして喧嘩をしている最中で、多くの部下らしき者が二人をなだめ、引き離そうとしていた。

荀彧も決まりが悪く、すぐに喧嘩をやめるよう命じた。「やめなさい！　いったいどういうつもりだ。曹公のお姿が目に入らないのか」そのひと声に、庭じゅうの者がいっせいにひれ伏した。尚書令の荀彧と政務について相談するためか、そのほとんどが何か文書を抱えている。

「そうかしこまらんでもよい。さあ立て、立て。ここではみな客人ではないか」そう言いながらも曹操は、いましがた喧嘩をしていたのが典農都尉《てんのうとい》の棗祗《そうし》と司空掾属の侯声《こうせい》であることを確かめていた。曹操は二人を手招きし、話を聞くためにともに広間へと入っていった。

たったいま目の前で起きた騒ぎも、曹操の気分を害するには至らなかったようである。曹操は興味深げに広間をしばし見て回った。虚飾もなく質素な屋敷のしつらえに曹操はいたく満足し、それからやっと客座に腰を落ち着けた。むろんここでは荀彧が主人であるが、大切な客とあっては無作法な態度は慎まねばならず、荀彧は少し前のめりに浅く腰掛けた。荀攸は曹操の下座に座っている。棗祗と侯声は自分たちの過ちを認め、腰を下ろすことさえできず、そばに立って処分を待っていた。

すでに屋敷の下男によって水が出されており、曹操はそれを軽く口に含むと、唇を湿らせてから切り出した。「侯声、さっきのは何だ?」二人とも自分が召し出したとはいえ、棗祗は腐っても都尉だが、侯声は掛け値なしの掾属である。官界における礼譲の精神に鑑みれば、まずは直属の部下を叱りつけねばならない。

侯声は慎重に言葉を選んで説明した。「実を申しますと、来年の屯田の件で棗都尉と言い争いになりまして……」

棗祗も直情径行の人であったから、侯声が言い終わるのを待たずに進み出て口を挟んだ。「現在の屯田制には欠陥があります。思い切って改めるべきです」

「あんなやり方では駄目だ」侯声もまた言い返した。

「なぜ駄目だとわかる。試してみねばわからんはずだ」棗祗も引き下がらない。

いまにもまた喧嘩をはじめそうだったので、曹操が一喝した。「侯声、黙れ! 棗祗に話させるんだ。わしはまだ事情がはっきりせん。今年の収穫はよかったが、何か欠陥があるというのだな」

棗祗は頭を下げて切り出した。「今年の収穫はたしかにそうですが、わたくしのやり方でやれば、朝廷の得分《とくぶん》をさらに増やすことができましょう」

「ほう?」曹操はさらに収穫高を上げることができると聞いて興味をかき立てられた。

棗祗は背筋を伸ばしてまっすぐに立ち、恭しく曹操に説いた。「朝廷の現在の佃科《でんか》［官田における租税の規定」では牛を数えて穀物を納める、つまり役牛《えきぎゅう》の頭数に応じて屯田を耕す民から食糧を徴収しています。これはたしかに計算しやすいのですが、おのずから徴収できる量には限りがあります。豊作でも十分に徴収できないばかりか、かりに干ばつや洪水でもあれば減らさざるをえず、これではまったく計算が立ちません。卑見では、いっそ田地を民に分け与えるのです。人の頭数によって田地を与え、取り分についても朝廷と民とで折半します。こうすれば、たとえ干ばつや洪水があっても朝廷の取り分は保証でき、豊作ならばもっと多く徴収できます」

これはまぎれもなく名案である。曹操は訝《いぶか》しげに侯声に尋ねた。「どうして反対しているのだ」

侯声は跪いて答えた。「わが君に申し上げます。佃科の制は祖宗《そそう》によって定められ、下々《しもじも》の民はその規定に従ってはや数百年になります。これを改めるのは国の礎を揺るがすこと、あるいは乱が起きるやもしれません」

曹操はそれを笑い飛ばした。「おぬしはなんて頭の固いやつだ。規定とはいえ、それも人が決めたこと。改めてはならぬという道理はあるまい。かりに古くからの慣例をみなが墨守していたら、天下はどうして興亡を繰り返すのだ」たしかに曹操が臣下の道を遵守していたら、いまのように朝廷を統《す》べることはできていなかっただろう。「棗都尉、面倒をかけるが任峻《じんしゅん》に伝えてくれ。去年の分はかまわんから、今年新たに開墾したすべての田地を、耕している民個人に区分けして与えるのだ。秋にはその田地に応じて穀物を徴収することとする」

しかし、侯声は自分に理があることを疑わず、なおも食い下がった。「どうか直言をお許しください。『大国を治むるは、小鮮を烹《に》るが若《ごと》し［大国を統治するには、小魚を煮るようにかき回しすぎてはならない」』といいます。佃科の法令のようなものは、やはり改めぬのがよろしいかと」前漢以来、天下を治める理念として道家の思想が声高に主張されてきた。文《ぶん》帝、景《けい》帝の治世では寛政が掲げられ、光武《こうぶ》帝は柔の道でもって天下を治めた。それゆえ、当時の為政《いせい》における理念に照らせば、法令は随時に改めてよいものではなかった。つまり、侯声と棗祗の衝突は、個人の考え方の問題のように見えて、実は天下を治めるための異なる理念の衝突でもあったのである。

曹操は髭をしごきつつ、しばらく考えてから語りだした。「大国を治むるは小鮮を烹るが若しとは、治世の策だ。いまはまさに戦乱の時代、乱世にあっては泰平の世の法に従うこともない。食糧をより多く収穫できてこそ戦える、戦ってこそ天下を鎮めることができるのではないか。それに、田地に応じて徴収するのが、牛の頭数に応じて徴収するより劣っているとも限らんではないか」そう言いながら立ち上がると、手振りを交えて話し続けた。「ここに田地があり、張家と李家が一頭の官牛《かんぎゅう》を使って耕したとしよう。張家が手を抜けば、当然李家も手を抜くだろう。どちらも必死になって働くことはあるまい。なぜだ？　いくらがんばって耕したところで、牛の数で徴収すれば、どうせ収穫は他人と分けねばならんからな。しかし、田地をそれぞれに与えれば、どちらも自分の仕事に精を出すだろう。自分のために働かねばならんはずだ……官牛が自分に回ってくる番を待つまでもなく、人力でも必死になって耕すだろう。半分を朝廷に収めるということは、多く獲れればそれだけ自分たちの取り分も多くなる。これでやる気を出さないわけがなかろう」

曹操のこの譬《たと》え話により、侯声の不安もほとんど払拭された。侯声は改めてぬかずいた。「わたくしが浅はかでございました。わが君の深慮には及ぶべくもありません」

「侯声、そなたも清廉な官吏であるからには、もっと民の生活に目を向けねばならんぞ。実地に出向いて、民が耕している様子もその目で確かめねばならん……さあ、立ちなさい」曹操は優しい笑顔を浮かべて、このたびのことには目をつぶることにした。「そなたら二人の諍《いさか》いは職務上のもの、日ごろの交情まで損なってはならんぞ」

棗祗と侯声の二人はその言葉に恥じて顔を赤らめ、友好の印に互いに拱手《きょうしゅ》の礼をした。そのとき、曹操の頭のなかはもうすでに別の問題に移っていた。「令君、屯田と糧秣のことは軍機に関わる。これらは朝廷のこととは分けて対処せねばならん」

荀彧は慌てて弁解した。「そう仰られましても、事の大小を問わず、結局は尚書を通して詔が下ることになっております。そして尚書台《しょうしょだい》で処理できることにも限りがありますから、彼らがここへ来ることはいかんともしがたいのです」

曹操はそれを聞いて眉をしかめた。「だがな、ここは人の出入りが激しすぎる。今日のことはまだしも、もし今後、戦略上のことで衝突が起きたら、機密が筒抜けになるぞ」

荀彧はかすかに不愉快さを感じた――もしや曹公は自分から軍事に関わる権限を取り上げるつもりだろうか――

果たして、曹操は振り向くと、荀攸に話しかけた。「公達、わしは朝廷に上奏して、そなたを軍師《ぐんし》に任じようと思う。郭嘉《かくか》、侯声、それに張京《ちょうきょう》らを軍師祭酒《ぐんしさいしゅ》としてそなたにつけよう。今後、軍事上のことはそなたらで責を負え。具体的な案が決まったらわしに知らせてくれ。わしがその可否を判断して、必要なら文若《ぶんじゃく》に回して詔書を起草してもらう。これでどうかな」

構想そのものについて反対などできるわけがない。荀攸はただ自身の登用のみ辞退した。「わたくしは新しい朝廷に入ってまだ日が浅うございます。名を挙げられた祭酒の方々を束ねるなど、分不相応でございましょう」

「そんなことはない。軍師はすなわち大漢の軍師、朝廷に新しいも古いもあるものか。これまでに積んできた年功は申し分ない。これはそなた以外には務まらん」曹操は左手で荀彧の、右手で荀攸の袖を取って続けた。「朝廷と軍が一体となるのだ。そなたら二人も必ずや力を合わせて事に当たることができよう」たしかに、軍事を荀攸に割り振るのは、荀彧との矛盾を回避するという点でもっとも妥当な人選である。

そこまで言われては、二人とも断ることはできなかった。そのとき、侯声が思い出したように口を挟んだ。「曹公、司空府の掾属を祭酒にするのであれば、当然ながら空きができます。その穴埋めも急務かと」

「たしかにそうだな」曹操も大きくうなずいた。「では、近ごろ加わった劉馥《りゅうふく》、何夔《かき》、それから路粋《ろすい》を辟召《へきしょう》して司空府で働いてもらおう。ほかにもう少し賢才の士を集めたいものだが……」

賢才の士と聞いて、侯声はにわかに禰衡《でいこう》のことを思い出し、つい不満を口に出した。「もう一つ思い出しました。孔融《こうゆう》殿が推挙した禰衡、禰正平《せいへい》ですが、われわれがすでに三度も呼び出したにもかかわらず、なおも顔を出してきません。三公からの辟召を断るのもどうかと思いますが、かといってとくに隠棲を決め込むわけでもなく、いまも都を去ってはおらぬのです。それで何をしているかと申しますと、日がな一日つまらぬことを吹聴して回っているというのですから、まったく手に負えません」

曹操は「孔融」の名前を聞くなり眉をひそめ、さらには禰衡の話を聞くにつけ、怒り心頭に発して声を荒らげた。「けしからん！　それで、なんと言っているんだ」

侯声は荀彧を一瞥すると、声を抑えて告げた。「荀令君は葬儀に参列してもらうのにうってつけだと……こ、これはおそらく悪態をついているのではなく、令君の容貌が端正であるため、客人をもてなすのによいということでしょうが……」侯声はよいほうに解釈をしてみせたが、荀彧はそれでも辱められたと捉えて顔を真っ赤に染めた。

「ほかには？」曹操はさらに答えを迫った。

侯声は自分の口の軽さを後悔したが、いまさら黙るわけにもいかなかった。「やつは、都は人なしで……ただ孔文挙《ぶんきょ》と楊徳祖《ようとくそ》がいるだけだと」

「ふん、ふざけたことを！」曹操はますます怒りがこみ上げてきた。「で、その楊徳祖というのは？孔融と肩を並べるほどの者か？」

荀彧が説明した。「楊徳祖とは、楊彪《ようひょう》の息子、楊脩《ようしゅう》でございます」

今度は楊彪の息子まで出てきて、火に油を注ぐ格好になった。曹操の気に入らない人間が勢揃いである。曹操は勢いよく立ち上がると、侯声に命じた。「おぬしはすぐに司空府に戻って、年賀の挨拶に来た官がまだいるか見てこい。もしいれば、官位や名声は問わぬ、そのなかからとにかく学識のある文人を選んで、その場に残ってもらうんだ。それから郗慮《ちりょ》、荀悦《じゅんえつ》、蔣幹《しょうかん》、何夔、ほかには孔融と謝該《しゃがい》も招いておけ。そして最後に禰衡だ。今日は許都の才子をずらりと並べて、たっぷりと恥をかかせてやる」

侯声が目をしばたたいて尋ねた。「あの、もし禰衡が来ないと言ったら……」
「来ない?」曹操は目をむいた。「何が何でも連れてこい! 縛り上げて、引きずってでも連れて来るんだ!」

禰衡《でいこう》、宴を乱す

新年早々、司空府《しくうふ》で宴が催された。曹操によって招かれたのは高位高官ではなく、都じゅうの才学を誇る士人《しじん》たちである。それはひとえに狂人禰衡《でいこう》の目の前で学問の何たるかを見せつけ、威厳を誇示するためであった。

若いころ、曹操も道に外れたことをしたのは一度や二度ではなかった。布衣《ふい》の身であったときは、官に対していくらか偏見を持っていたのも、また事実である。そのためか、心のなかでは禰衡のことを決して敵視しているわけではなかった。酒宴の席で少し禰衡を懲らしめ、その尖がった矛先を収めさせれば、この男を重用するにやぶさかではない、そう考えていたのである。

昼前には、招いた客はみな揃《そろ》った。ただ、今日の席次は官位の高低ではなく、各人の才学と名声によって決められた。曹操は若くして古典に通暁しているということで召されて議郎《ぎろう》についていたし、「蒿里行《こうりこう》」、「薤露行《かいろこう》」といった詩を作ったこともある。このたびの宴を主人として催すにふさわしいと自負していた。

東側[主人側]の上座には、曹操に続いて光禄勲《こうろくくん》の郗慮《ちりょ》が座った。郗慮、字《あざな》は鴻豫《こうよ》、経学の泰斗である鄭玄《じょうげん》自慢の門生《もんせい》である。かつて大《だい》将軍何進《かしん》が鄭玄を召し寄せたとき、鄭玄はしぶしぶ上京したが、何進と話を交わしたあとは、夜陰に乗じて去っていった。その際に、あとの説明を託されたのが郗慮その人である。郗慮は何進によって朝廷にとどめ置かれ、董卓《とうたく》と李傕《りかく》の乱にあたっては、天子および百官とともにこれを切り抜けた。いまは桓典《かんてん》に代わり、光禄勲として出仕している。当然ながら、桓典と同じように職位はあっても兵はおらず、七署《しちしょ》［皇帝を警護する南軍《なんぐん》］を管轄する役割は有名無実で、うわべを取り繕《つくろ》うためにあてがわれていた。ただ桓典とやや異なるのは、郗慮は兗《えん》州の山陽《さんよう》郡出身であったため、曹操とはより打ち解けた関係にあったということである。長い髭を蓄えた色白の顔で、襟を正して端座するその姿は、まことに大儒の風格を漂わせている。

郗慮の次に着席するのは荀悦《じゅんえつ》である。字は仲豫《ちゅうよ》、荀彧より十数歳上の荀氏本家の従兄《いとこ》にあたり、荀彧にしてみれば親の世代の親戚だ。史学に秀でて文章に優れ、官は侍中《じちゅう》を拝命している。普段は皇帝に読み書きを講じており、さながらその師という立場である。荀悦は驚くほどの素養を身につけていたが、その性格は暗く、覇気に欠けて年寄りじみており、口数もきわめて少ない。荀悦のさらに下座には何夔《かき》、字は叔竜《しゅくりゅう》と、蔣幹《しょうかん》、字は子翼《しよく》という、江淮《こうわい》［長江と淮河《わいが》一帯］に名を轟かせたいずれ劣らぬ賢才が並んでいる。

一方、西側［賓客側］の列の筆頭には孔融《こうゆう》が着いていた。たとえ曹操が気に入らずとも、畢竟《ひっきょう》、孔融は才学の士人であるし、なんといっても聖人孔子の後裔である。その孔融を筆頭に置かないのでは、やはり筋が通らない。その向かいで堅苦しいまでに端座している郗慮とは好対照で、孔融は何憚ることなく談笑しており、曹操は目を向ける気にもなれなかった。

孔融の隣は議郎の謝該《しゃがい》である。字は文儀《ぶんぎ》、南陽《なんよう》郡章陵《しょうりょう》［湖北省北部］の出身で、『春秋左氏伝《しゅんじゅうさしでん》』に明るい。謝該も孔融の推挙を得て出仕した一人である。恬淡《てんたん》とした人柄で、いわゆる学究肌の人物である。謝該のさらに下座には路粋《ろすい》、字は文蔚《ぶんうつ》と、繁欽《はんきん》、字は休伯《きゅうはく》がいる。ともに曹操の掾属《えんぞく》に過ぎないが、文章や詩賦《しふ》を作ることでは世に名高く、それゆえ今日はこの座に席を連ねている。

曹操はじっくり顔ぶれを眺めると、満足げにうなずいた――この八人が足並みを揃えれば、禰衡の才学がいかほどであろうと好きに振る舞えるはずがない。

しかし、その一点こそが泣きどころで、座に着いた八人にはこれといって共通の話題もなかった。路粋と繁欽は目をせわしなく動かして曹操の顔色を窺い、その気持ちを常に推し量りながら、迎合の言葉をかける機会を逃さないようにしている。何夔と蔣幹は声を潜めて言葉を交わしている。年の離れた二人が話しているのは、故郷淮南《わいなん》のことであった。郗慮と荀悦、謝該の三人は、端座したまま何やら深く考え込んでいる。ただ一人、孔融だけは膝を抱えて座り、ひっきりなしに笑い声を上げていた。場を取り繕うために、曹操自身がやむをえずその相手をしていたからである。

「ところで孟徳《もうとく》、朝廷でまためでたいことがあったらしいな」孔融自身はまったく気づいていないようだが、曹操に対するその話し方はいつも彼を苛立たせた。いまや朝廷の三公九卿《さんこうきゅうけい》、あるいは親族や兄弟といえど、曹操のことは「曹公」もしくは「明公《めいこう》」と呼びかけるようになっていたが、孔融だけは一人自惚《うぬぼ》れて、いまも曹操を字で呼びつける。

そうした反感はあるものの、それは取るに足りない問題で、曹操もとやかく言うつもりはなかった。ただ、軽く杯《さかずき》を持ち上げて返杯に代えると、とぼけて答えた。「さて、何かありましたかな」

「趙太僕《ちょうたいぼく》の上奏が届いたそうだ。めでたいことではないか」孔融の言う趙太僕とは、すなわち趙岐《ちょうき》のことである。かつて西の都長安《ちょうあん》が李傕と郭汜《かくし》の手に落ちたとき、太傅《たいふ》の馬日磾《ばじってい》と太僕の趙岐は、命《めい》を受けてともに関東《かんとう》一帯の慰撫に赴いた。馬日磾は袁術《えんじゅつ》に拘留され、節《せつ》を奪われて憤怒のうちに命を落としたが、趙岐のほうは荊《けい》州へと落ち延び、劉表《りゅうひょう》のもとに身を寄せた。先には劉表に説いて朝廷のために宮殿の修繕費を送らせたりもしたが、のちに張繡《ちょうしゅう》のことが原因で曹操と劉表が戦端を開くと、それっきり音信も途絶えていた。

その趙岐の上奏が朝廷に届いたというのである。これは曹操にとってもたしかに吉報であった。しかしその理由は、孔融とはまるで異なる。これはかつて劉表麾下《きか》の武将鄧済《とうせい》を逃がしてやったことが実を結んだのであり、朝廷と劉表との緊張が緩和されてきた徴候と受け止めたのである。曹操はそこまで考えると、笑顔を作ってうなずいた。「なるほど、たしかにめでたいですな。ただ……」

曹操が話し終わるのを待たずに、また孔融が口を開いた。「聞けば、趙太僕は荊州の食客である孫《そん》嵩《すう》を青《せい》州刺史《しし》に推挙しているそうじゃないか。孟徳、善は急げだ」

しかし、孔融の話は曹操の癇《かん》に障った。青州刺史は現在の情勢に鑑みて、すでに袁紹《えんしょう》に与えると約束しており、その地は実質的に袁紹の子である袁譚《えんたん》が支配している。空席を埋めるために任命されていた前任の李整《りせい》もすでに病没している。かりにいまここで孫嵩を送り込むようなことをしたら、それは袁紹に対する宣戦布告に等しい。それに誰かを送り込むにしても、それは曹操自身が信ずるに足ると選んだ人材であるべきで、なにゆえ趙岐のたったひと言で、顔も知らぬ孫嵩などという男を登用できようか。曹操は眼光鋭く孔融の表情を読んだ。どうやら本人は大真面目で、わざと面倒を起こそうとしているのではなさそうである。そこでひと口酒を呷《あお》ると、曹操の怒りもいくぶん和らいだ。

そんな曹操の気持ちなど露知らず、孔融がまた口を開いた。「孫嵩のことはしばし措《お》くとしても、趙太僕については早々に朝廷へ呼び戻すべきであろうな」

名臣をわざわざ遠方に置くことはない、この点では曹操も同じ考えである。「速《すみ》やかに手はずを整えましょう。明日にもわたしから上奏しますので」曹操はそこでふと探りを入れてみようと、口から出まかせに続けた。「趙岐殿は社稷の老臣で声望があり、三公の地位につくべきお方。みなさん、わしはこの司空の位を趙岐殿に譲ろうかと思うのだが、いかがお考えかな」

さほど大きな声でもなかったが、宴会の場が水を打ったように静まり返った——司空府はいまや朝廷のなかの朝廷であり、曹操がそう簡単に下りられるわけがない。繁欽はその意図に気がついて真っ先に答えた。「明公は社稷を救わんと朝廷を再建されました。これは不朽の功績でございます。そしていま、司空府が国家の大事を担っているのは、天子の御意に沿うばかりか、百官の望みでもあります。それをどうして他人に譲ることができましょうや。むろん趙岐殿は名望優れたお方ではありますが、天子が洛陽《らくよう》へ戻る際に護衛をするでもなく、かといって洛陽でお迎えしたわけでもない。百官の上に立つにはいささか徳に欠けておりましょう」繁欽はそう言いつつ杯を持ち上げると、わざと腹を立てた様子で一座の者をゆっくりと見回した。「天下を見渡してみても、大漢の社稷を安んじることができるのは、曹公を置いてほかに誰がいるというのです」

よくもここまで露骨に、それもすらすらとおべっかが言えるものだ——ほかの者は呆気にとられて言葉を失った。

路粋も曹操の提案が真意ではないことに気づいていた。繁欽に続いて話しはじめたが、その話しぶりはおもねりを押し出したものではなかった。「わたくしの記憶が確かなら、趙岐殿はもう九十歳に近いはずです。たとえ管仲《かんちゅう》［春秋時代の斉《せい》の政治家］や楽毅《がくき》［戦国時代の燕《えん》の武将］のような才能、あるいは伊尹《いいん》［殷《いん》初期の政治家］や呂尚《りょしょう》［周《しゅう》初期の政治家］のような志があったとしても、そのお年では思うままにもなりますまい。いま朝廷はすべてを再興したところ、そこでまたお年寄りにお出まし願うのでは、公私ともに何が起きるかわかりません」

これはきわめて道理に適っており、一同を首肯《しゅこう》させたばかりか、推薦した孔融さえも認めざるをえなかった。そのとき、郗慮が静かに話題を変えた。「趙岐殿がご高齢である以上、朝廷に呼び戻すのは一日でも早いほうがよいでしょう。馬日磾殿のように、病を得て客死するのは避けたいものです。他日、淮南の地を平定した暁には、どうか馬公の棺も都に持ち帰り、手厚く葬って差し上げていただきたい」

「ふん、鴻豫殿も見識が浅い」孔融の口調には遠慮会釈のかけらもない。「馬日磾は節を失ったのだ。朝廷が手厚く葬る必要などあるものか」

議論になって意見が食い違うのは大した問題ではない。しかし、「見識が浅い」とは、さすがに度を超えている。いわんや郗慮は鄭玄の門生にして、当代の名儒である。それが人前で面罵されたとあっては我慢できようか。しかし郗慮は容易に肺肝《はいかん》を披《ひら》くような人物ではなかった。むろん心の内では気を悪くしていたが、かえって恭《うやうや》しく孔融に答えた。「では、文挙殿のご高論をお聞かせ願えますかな」

孔融は険しい顔つきを浮かべ、よく響く声で語りはじめた。「馬日磾は太傅の位でもって節を携えて使いし、勅命を奉じて東方を安寧させようと向かったはず。それが奸臣の袁術に媚《こ》びへつらい、掣肘《せいちゅう》を加えられたのだ。しかも、袁術の出す上奏や任命状には、必ずその筆頭に馬日磾の署名があったとか。これは、下の者にへつらって上の者を蔑《ないがし》ろにし、邪《よこしま》な心で天子に仕えることにほかならぬ。昔、斉《せい》の国佐《こくさ》［春秋時代の政治家］は晋《しん》軍との講和に赴いて怯《ひる》むことはなかった。楚《そ》の宜僚《ぎりょう》［春秋時代の武人］は白刃を突きつけられても色を失うことはなかった。王室の重臣たるもの、脅されたとてそれを言い訳にしてよいものか。袁術の謀反は一朝一夕のことではないのに、馬日磾はずっと付き従って、その交際は数年にわたったであろう。『漢律《かんりつ》』によれば、罪人と三日関係を持てば、その内情を知っていることになる。つまりは馬日磾も罪人ということ。もう死んでしまったからその罪は問わぬとしても、これを朝廷が改めて厚く葬るなど言語道断であろう」

馬日磾と袁術の交際が長きにわたったのは、疑いを挟む余地のない事実である。しかし、馬日磾の本心は、袁術を忠義の道に引き戻すことにあった。まさか最後には節を騙《だま》し取られて憂憤のうちに命を落とすことになろうとは、当の本人さえ思いも寄らなかったであろう。「漢律」を持ち出したのは当《とう》を得ているが、その事情を酌《く》んで諒《りょう》とすべきところ、孔融の考えはあまりにも教条主義的である。郗慮はそれに反駁するでもなく、曹操に笑顔を向けて小声で答えた。「文挙殿のお言葉は時宜に合わぬとはいえ、やはりご高論というべきでございましょうな」これはむろん内心とは裏腹の言葉である。

曹操はかつて馬日磾とともに仕事をしたことがある。とりわけ議郎についていたときは馬日磾に目をかけてもらった。いま目の前で孔融の辛辣な非難を聞き、曹操はすっかり気分を害していた。そこへもって郗慮のひと言である。曹操の怒りの炎に油が注がれた。曹操が手中の杯をきつく握り締めながら孔融を睨みつけ、いまにも怒りを爆発させようとしたそのとき、広間の入り口から突然声が響き渡ってきた。「禰衡を連れてまいりました」

曹操を除く一同がみな呆気にとられた。禰衡を招いていたとは、誰も聞かされていなかったのである。みなが改めて見渡してみても、やはり空いている席はない。これはつまり、禰衡を辱めてやろうという曹操の魂胆に違いない。ようやく主役のお出ましである。曹操も孔融に対する怒りはひとまず措いて、冷たく言い放った。「ここへ通せ」

まもなく、がやがやと騒がしくなったかと思うと、一人の若者が胸を張って闊歩して広間へと進んできた――禰衡、身の丈は八尺［約百八十四センチ］、二十歳を越えたぐらいであろうか。つぎはぎを当てたぼろぼろの黒い服を羽織り、くすんだ粗布《あらぬの》の頭巾で髪を縛っている。耳のあたりには長さもまちまちの髪が垂れ下がり、顔には故意に幾筋か石灰を塗っている。ぼさぼさの髪に垢《あか》じみた顔をしているが、それでも端正な顔立ちであることが窺える。額は広くあごは細く、まっすぐな鼻ときりっと結ばれた口元、凛々しい眉に鋭い目つきは、文人ながらまるで武人のような印象を与える。

禰衡は広間に入ってぐるりと見回し、最後に視線を曹操のところで止めると、いきなり天を仰いで高々と笑い出した。そして、軽く拱手《きょうしゅ》して切り出した。「野人禰衡、曹公に拝謁いたします……惜しいかな、ああ惜しいかな。『城は隍《ほり》に覆《かえ》る』……」

郗慮が驚きのあまり杯を取り落とした――「城は隍に覆る」、これは『易経』の「泰《たい》」の卦《か》にある辞《じ》［卦に付された解釈の言葉］である。「泰」は上三断と下三連（☷☰）の乾下坤上《けんかこんじょう》［天が下で地が上］

の卦である。その辞には、「城は隍に覆る、其《そ》の命乱《めいみだ》るるなり［国を治める命令が乱れているから、堀の土を積み上げてできた城も崩れてもとの堀に戻る］」とある。つまり天地が転覆するという大凶の卦である。禰衡はこの卦を持ち出すことで、暗に朝廷の情勢を喝破してみせたのだ。上に立つのは天子だがこれは虚であり、下につく曹操こそが実であるという、いまの状況はまさに転覆の卦に合致していた。禰衡は曹操の面前に立つなり、このような言葉で思い切りからかったのである。

ただ、郗慮を除くほかの誰もがその真意を汲み取れず、きょとんとして訝《いぶか》るだけであった。博識を誇る郗慮だけがその点に思い至り、肝を冷やしたというわけである。郗慮はほかの者がその意味に気づいておらず、ここで何も答えねば禰衡に見下されると考え、すぐに冷静な顔つきを取り戻して切り返した。「いやいや、『小往《ゆ》き大来《きた》る、吉にして亨《とお》る［朝廷において小人は外へ行き、君子が内に来るので、天下は吉にして治まる］』と言うべきだろう」郗慮もあえて『易経』の吉兆を示す卦辞で応じた。

禰衡は、郗慮が自分の含意に気づいたと見るや、かしこまって拱手の礼を取り、笑顔ともつかぬ表情を浮かべた。「君においては吉、君においては吉とは限らず。ただ君の吉を念じ、君の吉を思わず。ああ、なんと恥ずべきことか……」

何が吉で何が吉でないというのか。単に人を惑わせるために、ことさら曖昧な言い回しをしたのであろう、曹操らはそう考えた。しかし、禰衡の言わんとするところを理解した郗慮は、独り顔を赤らめた。各句にある二つの「君」の意味は同じではない。いずれも最初の「君」は二人称の敬語、あとの「君」は君王、すなわち天子を指している――いまや曹操が権力を握り、天子はその操り人形となった。郗鴻豫殿、あなたのように曹操についている者にとっては喜ばしいが、陛下にとってはとくにめでたいことでもない。あなたは自分の富貴を願い前途を望むのみで、陛下の禍福を案ずることもない。それで恥ずかしいとは思わないのか……」

なおも曹操はちんぷんかんぷんだという顔を浮かべており、もっとも学問に通じた郗慮が出ばなをくじかれ、やり込められたことにさえ気づいていなかった。客が来たなら、当然立ち上がって礼をせねばならない。しかし、衣冠もろくに整えていない禰衡を見て、曹操は座席に座ったまま腰を浮かすこともしなかった。曹操が動かねば、ほかの者も動けない。ただ孔融だけは禰衡のことをよく知っていたので、高々と笑い声を上げながら、挨拶代わりにしきりにうなずいた。

曹操は禰衡の姿をじっくり睨《ね》め回してから尋ねた。「そなたも平原《へいげん》の名士であろうに、なぜそんな格好で参られたのか」

禰衡はぼろの服を軽く手で払うと、曹操に向かって笑いかけた。「国盛んなれば民も富み、さにあらずんば民も苦しむ。昨今の乱れに乱れた天下を見るにつけ、わたくしは片時もこれを気にかけぬことはございません。そんなときに、どうしてきらびやかに着飾ったりできましょう。ましてや贅を尽くした酒宴など……」

曹操はその皮肉には取り合わず、薄く笑って聞き流した。「文挙殿のご推薦でもあり、わしもそなたの高名は聞き及んでおる。よって三度も掾属を遣わしてお招きしたのだが、なにゆえ来られなかったのか」

すると禰衡はにわかに厳しい顔つきを浮かべ、拱手して拝礼しつつ答えた。「辞譲《じじょう》の心は礼のはじめとか。わたくしめは三度お断りしたのち受ける所存でございました」

この台詞はまっすぐ曹操の胸に突き刺さった。それというのも、曹操は常々自分に官爵を加えるときは、三度辞退するという形をとっており、禰衡はそれを逆手に取って当てこすったのである。曹操はそれでも腹を立てることなく、一笑に付した。「ふふ、何があっても礼制を守るというのなら、兵士に挟まれたから今日は顔を出すとは、いったいどういう了見かな」

すると、言下に禰衡の返事が返ってきた。「これはこれは慙愧《ざんき》の至り。天下が乱れてからというもの、経典や道理に通じた士人は絶えて少なく、兵を擁して一旗揚げようという輩ばかり。それゆえ郷に入っては郷に従え、わたくしめも身を隠すため盛り場に出て来るよりほかなかったのです」

この場にいる者はみな曹操の性格をよく知っている。ひと言、またひと言と鋭くなる禰衡の言葉に、今度こそ曹操が怒り出すに違いないと、誰もが慌てて俯《うつむ》き、息を殺して静かに待った。ただ、孔融だけは傍若無人な禰衡の性格を気に入っていたので、先の禰衡の言葉を反芻《はんすう》し、ついには、くすりと笑い声を漏らした。郗慮や路粋らは苛立ちの眼差しを孔融に向けた。

ところが、なんと孔融の笑いに続いて、曹操自身も笑いはじめた。そこで曹操は立ち上がると、にこやかに拱手の礼を取った。「都の士人たちから口々に、平原の禰正平《せいへい》の口達者に敵う者はおらんと聞いていたが、なるほど、果たして噂に違《たが》わぬな……これ誰か、禰先生に座を用意せよ……さあ、どうぞ」

曹操は感情の起伏が激しい。しかし、大事を成すには度量が何よりも肝要である。曹操もいまや官は三公に昇りつめた。かたや禰衡は布衣に過ぎず、恥をさらしてまで相手をするに値しない。さらに言えば、いまここで禰衡に座席を与えるのは、自分にとっての逃げ道でもあった。曹操が礼儀を示したからには、禰衡がまた不遜な口を利けば筋が通らないことになる。禰衡はすぐに曹操に対して返礼した。孔融は雰囲気がいくぶん和らいだと見て取るや、座の一人ひとりに禰衡を紹介していった。見知った者にも、初対面の者にも、禰衡はそれぞれに挨拶を述べ、ようやくきちんと席に着いた。

今日は舌戦である。繁欽は主君の前で手柄を挙げようと、禰衡が腰を落ち着けるのも待たずに勝負を仕掛けた。「正平殿は抜群の才智をお持ちだとかねてより耳にしていますが、天下に広く伝わった文章にはどのようなものがありましょうや」繁欽は文章の名手である。当然、この点から切り込んでいった。

禰衡はかぶりを振りながら答えた。「平生《へいぜい》よりわたしは文筆をもてあそぶことに興味がありません」

繁欽はその強弁を聞いてせせら笑った。「正平殿、なにゆえ興味がないなどと申されるか。そなたも懐には千言万語を抱いていように、いまだ一句も物しておらぬとは、同情いたしますぞ……」

禰衡は辱められたと知るや、かえって繁欽に尋ねた。「休伯殿にはさぞかしご自慢の文章がおありなのでしょうな」

繁欽は山羊髭《やぎひげ》をしごきながら笑って答えた。「わたくしは早くから詩賦を嗜《たしな》んでおりますが、みな戯れに作ったものばかり。文才というほどのものはとてもとても……ただ、幸い曹公は公明正大なお方、わたくしめのような非才をお見捨てにならず、書佐《しょさ》［文書を司る補佐官］の任を与えてくださった。いまでは書簡の起草をすること日に千字、まこと光栄の至りでございます」そう言いながら、繁欽は曹操に向かってうなずき、謝意を示した。

ところが禰衡はそれを鼻で笑うと、顔の前を手で扇《あお》いだ。「臭くてたまらん……」

「なんだと？」繁欽は言葉を失った。

「その見事なおべっか、嘘臭くて鼻が曲がるわ」禰衡は蔑《さげす》むような目つきで繁欽に一目くれると、真っ向から罵った。「繁休伯！　たしかにおぬしはいかほどかの文才を持ちあわせているようだが、しかし惜しいかな。文の才能はあれども文の胆力はないと見える。いたずらに文筆をもてあそぶだけの能を有して、俗に流れんとする己《おの》が弱さを正すこともなく、世渡りのために上役に媚びを売る術を学び、その場しのぎで生を偸《ぬす》んで、おべんちゃらにだけは長けているようだ。朝廷に仕えても百官の列に並ぶほどの徳と才は持ち合わせず、たかが文書係の分際でありながら、それを恥と思うどころか、むしろ光栄と宣《のたま》うとはな。わたしはおぬしにご自慢の文章はと尋ねたのにそれには答えもせず、一方でひたすらごまをすって人の機嫌をとることだけは忘れぬ。さしずめ文苑《ぶんえん》で飼われて尻尾を振る犬だな」

「わっはっはっは……」その場の一同は日ごろから繁欽の露骨な媚びへつらいを見ていたので、禰衡のひと言ひと言が壺に嵌《はま》り、叱責するどころか、口を揃えて大声で笑いだした。曹操さえもが、俯いて必死で笑いをこらえていた。繁欽は恥じて顔じゅうを真っ赤に染め、文字どおり穴があったら入りたい気持ちだった。

路粋も繁欽のそういうところは見下していたが、いまは同じ側の立場である。とりわけ自身も曹操の掾属となったからには、繁欽が目の前で禰衡に言い負かされたのを見て、指をくわえて黙っているわけにはいかない。そこでやにわに口を挟んだ。「正平殿の申されること、すべて首肯するわけにはいきませぬ。書佐とはいえ、それも三公の掾属、ただの文書係と同日に論ずるわけにはまいらぬはず。

その書簡のやり取りはお国の政務に関わるもの、そこらの文書係に務まるものではないでしょうに」禰衡はふふっと笑みを漏らしながら、かぶりを振った。「文蔚殿のお言葉、わたしには理解しかねます」

「何が理解できんというのだ」

禰衡はぼさぼさに結わえた髷《まげ》をなでつけながら答えた。「国の政務とはすなわち朝廷の大事であって、天子の命を奉じることから禁中に関わることまで、本来は尚書台《しょうしょだい》の仕事。それをなにゆえ司空府の小役人が手を出すのでしょうな。司空の掾属が禁中のことにまで横槍を入れるというのは、いったい誰が決めたのです。いやあ、まったくもって解《げ》しがたい……」

禰衡がそう言うや、一座から瞬時にして笑いが消えた。曹操が司空の幕府を開き、実質的に朝廷を牛耳っていることは、誰もが見て見ぬ振りをし、口をつぐんできたことである。事もあろうに禰衡はその禁忌をあっさりと破った。路粋は自分が口を滑らせたことに気づき、慌てて弁解した。「われらが曹公は朝政を担って以来、昼夜を分かたず身命を賭してお国に忠を尽くしておられる。屯田を開き、逆賊を誅し、進言を広く求め、賢良なる人材を集めてこられた。たしかに百官の上に立つ権威をお持ちだが、かといって僭越なる行いをしたことは絶えてない。正平殿、あまりにひどい言いぐさではないか」

「はっはっは、多言を弄して自ら墓穴を掘るとはな……」禰衡はひとしきり高笑いすると、路粋を見据えた。「おかしなことよ！　わたしはただ不思議に思って聞いただけなのに、何をひたすら必死になって曹公を持ち上げておる」

路粋は、自分が禰衡の口車に乗ってしまったことに気づいて言葉を失った。そして決まり悪そうに座を見回すと、うなだれて黙り込んだ。

「やはり臭くてたまらん……」禰衡はまた鼻の前を手で扇ぐと、追い討ちの手を緩めなかった。「路文蔚よ、そなたは若くして蔡邕《さいよう》のもとで学を積み、三輔《さんぽ》［長安を囲む京兆尹《けいちょういん》、左馮翊《さひょうよく》、右扶風《ゆうふふう》］の地でも名の通ったひとかどの人物であったはず。それがここに配されて以来、よもや繁休伯と同じ穴の狢《むじな》になっていたとは……臭いまですっかり身に染みついているぞ」

ちょうどその向かいには何夔が座っていた。何夔は平素より慎しみ深い人柄で称せられ、他人の是非をあげつらうようなことは一切なく、誰に対しても常に穏やかな物腰を崩すことはなかった。しかしいま、禰衡の出すぎた態度を見て、また曹操の顔に怒りの色が浮かんできたのを見て、このままでは禰衡が無事では済まないだろうと、慌てて仲裁に入った。「禰正平、文蔚殿はそなたをあざ笑ったわけでもないのに、かような話しぶりではあまりにも角が立つのではないか」

「これは失言でございました。何先生、どうかお許しを」禰衡は立ち上がって一礼した。「ところで何叔竜先生といえば、高潔なお人柄で雄才を胸に秘めており、古き良き風格をお持ちで、その徳行は天下に名高く、わたしもかねてより私淑しておりました」禰衡は話すに従ってどんどん早口になり、何夔に謙遜する暇も与えぬまま、話題を転じた。「実は理解に苦しむ典故がありまして、どうか直々にご指導願えませぬか」

何夔はどうせろくでもない話だろうと見当をつけたが、それでも穏やかに答えた。「何か問題があるなら何なりと。指導を願うなどと、ずいぶん大げさな」

禰衡は冷やかな笑みをたたえた。「その昔、かの伯夷《はくい》［殷《いん》代末期の隠者］は、殷の紂王《ちゅうおう》の臣下であるから、周《しゅう》の禄は食《は》まずと言って首陽山《しゅようざん》で飢え死にしました。こんな愚鈍の輩が、なぜ後世においてもてはやされるのでしょうな」

何夔は内心びくっとした。これは明らかにわざと反対のことを言ってきている。どうやら袁術の開いた偽朝《ぎちょう》のもとにいた点を突くために、伯夷を持ち出して貶《おとし》めるつもりのようだ。何夔はそこまで思い至ると、苦笑を禁じえなかった――せっかくこちらが梯子をかけてやったのに、かえってけしかけてくるとはな。馬鹿につける薬はない。自ら禍《わざわい》の渦に飛び込むというのなら、好きにさせてやるしかなかろう。

何夔はそれ以上禰衡にかまわず、またきちんと座り直したが、今度はすぐそばに座っていた蔣幹に火がついた。蔣子翼はまだ若かったが、江淮で随一の能弁の士である。これまでにも三寸不爛《ふらん》の舌でもって、数々の相手を論破してきた。都が許に遷ってからは、招きに応じて博士《はくし》［五経の教授などを司る］の任についている。いま、目の前で繰り広げられる禰衡の傍若無人ぶりを見て、蔣幹はこれ以上は何も言わせまいと、横から口を挟んできた。「いやいや、それは違う。『伯夷は隘《せま》く、柳下恵《りゅうかけい》［周代の魯《ろ》の政治家］は恭《うやうや》しからず［伯夷は度量が狭く、柳下恵は慎みが足りない］』とは、世俗の小僧っ子らがむやみに侮って言っただけで、孟子《もうし》も『虞《はか》らざるの誉れ有り、全《まった》きを求むるの毀《そし》り有り［思ってもみなかった名誉に浴することもあれば、完璧を求めてかえってそしられることもある］』と申している。人に完璧を求めるとは、禰正平よ、そなたは世の実際を知らんと見える。われらとて十全の才を持つ者ではないが、朝廷のために力を尽くし、民のためを思って励んでいるのだ。一日とて職務を疎《おろそ》かにして安逸をむさぼったことなどない。しかるに禰正平、そなたは天下万民のために犬馬の労をとることもせず、本来ならばこれを恥として家に引っ込んでおるべきなのに、ぬけぬけと顔を出しては好き勝手に弁を弄《ろう》し、労せずして名声を得ようとする。文挙殿のお引き立てと、曹公の三度の招聘に応じなかったのは、これは不義というものであろう。いま席に着いて、みだりに尊大な口ぶりで他人を傷つけるのは、これは不仁ではないか。『仁は人の安んずる宅なり。義は人の正しき路なり。安宅《あんたく》を曠《むな》しくして居《お》らず、正路《せいろ》を舎《す》てて由《よ》らず［仁は人にとって安らかな場所、義は人にとって取るべき正しい道筋である。その安宅を空けたままで居つかず、正路を捨て去ってそれに沿おうとしない］』という。何の面目があってこの天地のあいだに生まれ落ちたのだ。勝手ながら、そなたのことを恥ずかしく思うぞ」

さすがに弁舌の才で鳴る蔣幹である。この一席は千鈞《せんきん》の重みとともに朗々と響き渡った。曹操らも大いに感心し、これで禰衡もおとなしくなるだろうと、にやにや笑いながら禰衡に目を向けた。すると禰衡はしばし本当に黙り込み、ややあってから答えた。「人為さざる有り、而《しか》る後以《のる》て為す有る可《べ》し……［人は、為してはならぬことを為さない、それができてはじめて為すべきことを為せるのである］」

禰衡は蔣幹が『孟子』を多く引用してきたので、自身も同じく『孟子』の言葉を用いて返した。

「ふん！」蔣幹は鼻息を荒くして、露骨に嫌な顔を浮かべた。「すまぬが浅学非才の身ゆえ、そなたの申すことがわからぬ。何が為すべきで、何が為すべきでないと申すのか。よもや、そなたの為すことは為すべきことで、そなたにできぬことは為すべきでないとでも申すのかな。これこそ、『巧言令色少なし仁』ですな」

「蔣子翼殿、そうかっかなされますな。ぼちぼち説いてお聞かせしましょう」禰衡は蔣幹の舌鋒の鋭さを知り、強く出て張り合うべきではないと考えると、途端に語気を和らげて、おもむろに話し出した。「その昔の太公望呂尚《たいこうぼうりょしょう》と伯夷はともに賢人でございます。いずれも周の国を出て、いずれも武王《ぶおう》にまみえました。そして呂尚は総帥を拝命し、紂《ちゅう》を討って周を興し、斉《せい》の地に封じられたのです。一方の伯夷は臣道を頑なに守り、仁義を訴えて首陽山で餓死しました。いずれも大賢人でありながら、なぜ行く末に天と地ほどの開きがあるのでしょうか。それゆえ、『操行《そうこう》に常賢《じょうけん》有るも、仕宦《しかん》に常遇《じょうぐう》無し。賢なるか賢ならざるか、才なり。遇うか遇わざるか、時なり［身の処し方が賢明でも、仕官して必ず名君にめぐり逢うとは限らない。賢明かどうかは才能による。めぐり逢えるかどうかは時運による］』というのでございましょう」そう言いながら、禰衡は一座の者を見回した。「さらには、『高才潔行《こうさいけっこう》なるも、遇わざれば退けられて下流に在り。薄能濁操《はくのうだくそう》なるも、遇えば衆上に在り［才能があり行いが清らかでも、明君にめぐり逢えなければ下位に左遷される。才能がなく行いが汚れていても、明君にめぐり逢えれば人々の上に立つこともある］』とか。太公望は王佐の才、武王の世に生を受けたからこそ、水を得た魚のごとく周の創建に際して勲功を立てました。かたや伯夷こそは帝佐の才、時を同じくして生まれながらも、一人高潔を貫き、山あいにて飢え死にすることを選んだのです」

蔣幹は禰衡の言葉を聞くなり眉を吊り上げた。というのも、禰衡は明らかに自らを皇帝を輔佐する人材とする一方で、一座の者を王侯を補佐する人材として、一段見下したからである。蔣幹がさっそく言い返そうとしたところ、禰衡はそれを手で制止し、まだ続きがあることを示すと、ぐるりと拱手して再び話しはじめた。「お集まりのみなさまは、いずれも大漢の忠良にして博学の士ばかり。ある方は陛下とともに艱難辛苦を乗り越えてこの地へ、またある方は険阻の地をものともせずやはりここ新都へやって来られた。その所以《ゆえん》は、ひとえに朝廷の威厳を取り戻し、天下を再び鎮めんがため。そこでお尋ねしたい。みなさんは漢室の中興を支えるに足るのかと」この問いに、みな一斉に互いの顔を見合わせた。禰衡はさらに続けた。「いま天子の威光は別人の陰に隠れ、四方八方に広がる天下は分断され、さながら春秋時代のごとき乱れぶり。春秋といえば不義の戦《いくさ》ばかりで、尊王攘夷を掲げながらも、実際は自身が成り上がるために戦を起こす始末……」

禰衡が「尊王攘夷」云々と言い出したときには、曹操の怒りは頂点に達していた。曹操はすぐにでも目の前の狼藉者を斬り捨てたい衝動に駆られたが、かろうじてそれを抑え込んだ。そこで曹操の脳裏をよぎったのは、かつて辺譲《へんじょう》と袁忠《えんちゅう》、そして桓邵《かんしょう》を誅殺したときのことである。当時、この三人を誅殺したことで、兗州の士人は曹操に疑いを持った。その結果、張邈《ちょうばく》や陳宮《ちんきゅう》の反乱を引き起こし、曹操は危うく命を落とすところまで追い詰められたのである。いまや曹操はすでに朝廷の主宰者として君臨している。もしここで禰衡を誅すれば、また天下の人心を惑わせることにつながりかねない。つまりは禰衡を殺しても己に利することは何もない……そう考えていくうちに、曹操の怒りはしだいに収まってきた。そこで曹操は、もうしばらく蔣幹と禰衡のやり取りを静観することにした。

「古今の仁義なる者を見渡せば、『堯舜《ぎょうしゅん》は之《これ》を性《せい》のままにす。湯武《とうぶ》は之を身《み》よりす。五覇は之を仮《か》れり。久しく仮《かえ》りて帰さず、悪《いず》くんぞ其の有《ゆう》に非ざるを知らんや［尭と舜は仁義をその本性として有し、湯王と武王は身を修めてこれを体得した。春秋の五覇は仁義の名を借り、長らく借りてついに返さなかったため、自分たちが本当に仁義を有していないということにさえ気づかなかった］』と孟子は述べています。ましてや春秋の五覇や戦国の七雄より劣る者は何をか言わんやです」禰衡は炯々《けいけい》とした目に憐れみの気持ちを込めて蔣幹を見つめた。「蔣子翼殿、そなたは幼きころより学に励み、高潔なる志を胸に抱く方と聞き及んでおります。それがこの道徳の廃れた世に生まれ落ちて、いったい何を成しうるというのです。溢《あふ》れんばかりの経綸《けいりん》の才を秘めておられるはず。ならば、この天下が一部の博士や経典によって治められるとお思いか。かりにいつかそれで治まったとしても、かの尭舜の徳治の御代に復して天下万民を救うことができるとお考えか。子翼殿はいたずらに深い仁徳を有して虎狼《ころう》の列に並んでおられる。それでは木に縁《よ》りて魚《うお》を求めるに等しい」

先ほどまでの禰衡の舌鋒は個々の人に向けられていたが、このたびは世の中、それも尭、舜、禹《う》という伝説上の三代の帝王以降のすべての帝王に向けられた。これではまるで、天下の誰一人として仁義を有する者はいないと言わんばかりである。孔融、荀悦、謝該らはいずれも曹操の腹心ではない。彼らは禰衡の言葉を聞くと、自ずと世情を嘆き、感傷に浸るのを免れなかった。さらには弁舌の才を自負する蔣幹も呆然として聞き入り、まだ血気盛んなころ胸に抱いていた、天下の万民を教化するという志を思い出した。それがいまは世事に流されて行き詰まり、かすかに立ち昇る一筋の煙となってしまった。そのとき蔣幹は、胸の奥底から悲しみがにわかに湧き起こってくるのを感じた。蔣幹はつと立ち上がると、曹操に向かって拝礼した。「わたくしごとき浅学非才の身では何のお役にも立てそうもありません。朝廷を補佐し、万民を教化するなど、力不足も甚だしい。明公、どうか寛大なお心で、わたくしが郷里に帰り、さらに何年か学を積むことをお許しください」そう言うなり、冠を外して卓上に放り投げると、大手を振って見向きもせずに立ち去っていった。

曹操は不安に襲われた。禰衡が勝手に放言すること自体はとやかく咎める必要はない。多くの人を罵れば、そのぶん禰衡が自分で敵を作るだけの話である。しかし、たったいま開陳された禰衡の考えは、私心なく公明で、とりもなおさず曹操の「天子を擁して諸侯に令する」やり方に向けられたものである。この獅子身中の虫は、その弁舌で今日は蔣幹を衝き動かした。明日には別の者を刺激するかもしれない。そしてもしこのような禰衡の言論が広まってしまえば、天下の平定と朝廷の再興に、誰も進んで手を貸さなくなるのではないか。そこまで考えたとき、曹操は蔣幹の慰留もそこそこに禰衡に反問した。「正平殿が胸を痛めるのもわかるが、あまりにも大げさではないか。それでは世の人々の軒昂《けんこう》たる気概をくじくだけであろう」

禰衡は悲痛な面持ちをさっと改めると、いたって平静な様子で答えた。「かの屈原《くつげん》が胸を痛めたのは、滅びゆく楚《そ》を思ってのこと。かの賈誼《かぎ》［前漢の文筆家］が胸を痛めたのは、諸侯によって国が乱れるのを案じたため……」

荀悦はここまで無言を通してきたが、この期に及んでなおも渦中に飛び込もうとする禰衡を見て、とうとう助け舟を出した。「どうやら正平殿は歴史に深く通じておる様子。これは願ってもない。ちょうどいま、わしは国史を編んでおるゆえ、正平殿が出仕する気がないのなら、わしとともに国史を編纂し、祖宗《そそう》の御霊《みたま》を慰めつつ、後世に教えを残そうではないか」

禰衡はその誘いに憐れみの笑みを浮かべ、かぶりを振って答えた。「昔日の太史公司馬遷《たいしこうしばせん》は、宮刑に処されながらも『太史公書《たいしこうしょ》［史記《しき》］』を著し、時の武帝《ぶ》に対しても憚ることなくその暴虐を記しました。失礼ながら、荀仲豫《ちゅうよ》先生がお書きというのも、かような史書でありましょうか」

荀悦は禰衡のその問いに返す言葉を失った。荀悦はいわば今上陛下劉協《りゅうきょう》の教育係であり、しかも劉協を英明なる君主であると考えていた。ただ、一族の荀彧や荀攸、荀衍《じゅんえん》らは、みな曹操の執政を支持している。つまり、荀悦はきわめて難しい立場にあると言える。そのため、暇なときは門を閉ざして家に閉じこもり、『漢紀《かんき》』の編纂に取り組んでいた。荀悦は前漢の歴史に思いを馳せ、自身の胸の思いを史上に遊ばせることで、朝廷内の問題や現実の政治には首を突っ込まないようにしていたのである。それをどうしてかの司馬遷と並べて論ずることができようか。

そうしてとうとう広間に静寂が訪れた。口を開いて何か言った者は、おしなべて禰衡に言い負かされた。むろん孔融はもともと禰衡と親交があったので、その対象ではない。謝該も孔融に推挙された者であったから、右も左も甚だしくは禰衡に虐げられているようにさえ思えたが、さすがに言を控えた。こうして無残にも、一堂に会した俊才たちが、禰衡一人に大敗を喫したのである。

曹操は一座を見回した。がっくりとうなだれる者、ため息をつく者、さらには官を辞するに至った者さえいた。もとは禰衡を辱めてやるはずが返り討ちに遭うとは、泣くにも泣けない。とはいえ、結局のところ、今日は辟召の令によって禰衡を呼び出したまでである。そこで曹操はいちおう型どおりに尋ねた。「正平殿、そなたが望むならわしの掾属になるか」

すると禰衡は、ぶしつけにも曹操に向かって指を差した。「『鉤《かぎ》を窃《ぬす》む者は誅せられ、国を窃む者は侯となる』か。この禰衡、汚れきった宦官の後胤を支える気など毛頭ござらぬ！」

曹操は必死で怒りを飲み込んで、重ねて尋ねた。「そなたは遠大な志を有しているようだ。朝廷に出仕して官となり、一代の良臣として名を揚げてはどうだ？」禰衡は即座に言い返してきた。「いまの世のいわゆる良臣とは、古《いにしえ》でいう国賊にほかなりませぬ。民を害する国賊なら、ならぬがまし」

曹操も苛立ちを抑えて仁義を尽くしたといえよう。それでもこの禰衡の挑発はどうにもならなかった。禰衡を殺せばその影響は想像を絶する、都を追い出したところで禍根を残す。かといって、官をやろうとしても受け取ろうとしない。いま目の前にいるこの煮ても焼いても食えない輩だけは、さしもの曹操とて打つ手がなかった。

孔融は相手かまわずに口答えする禰衡を、しだいに見るに忍びなくなってきた。そこで、ことさらに笑い声を上げて切り出した。「禰正平、そなたもちと尊大すぎやせぬか。それでは天下を探してもそなたの心に適う者はおるまい。曹公が登用してくれるというのに、なぜ首を縦に振らん？　空威張りをして、自分を何様だと思っておるのだ。まさか顔回《がんかい》［孔子の第一の門弟］の生まれ変わりのつもりか」

すると禰衡は笑い出し、ふざけて答えた。「わたくしが顔回の生まれ変わりなら、文挙殿はさしずめ生ける仲尼《ちゅうじ》［孔子］でございますな」

孔融は呆気にとられた。生ける仲尼と生まれ変わった顔回——自分たちをかの孔子と顔回になぞらえる、そんなぶしつけな冗談を、いまこの曹操の面前で言うべきではない。死罪を言い渡されても文句の言えない冗談である。もともと孔融は軽い冗談のつもりで、禰衡を黙らせるために言ったのだが、なんと禰衡は人の気も知らず、恩を仇で返すようなことを言ってきた。孔融も普段は禰衡のそんな不遜ぶりを面白がっていたが、いまに至って、それが諸刃の剣であることに気がついた。

禰衡は単に無頓着なためか、あるいはわざとふざけたのか、気まずい雰囲気などどこ吹く風で、なんと笑い出した。「文挙殿は孔子の末裔にして聖人の遺風を継いでおられる。生ける仲尼と称しても過言ではないでしょう……」

孔融は作り笑いをしてそれを受け流すと、俯いてしまった。ちょうどそのとき、向かいでそれを聞いていた郗慮が、突然冷たく言い放った。「なるほど、聖人の末裔か……伯魚《はくぎょ》の学が子輿《しよ》に勝るとは絶えて聞かぬがな……」

伯魚とは孔子の子である孔鯉《こうり》のこと、子輿とは孔子の弟子の曽参《そうしん》のことである。孔鯉は孔子の子であるがこれといった功績はなく、一方の曽参は『孝経《こうきょう》』や『大学《だいがく》』を残したとされ、後世の人々から尊奉《そんぽう》されている。伯魚は曽参に及ばず、つまり郗慮は、聖人の末裔である孔融もまた有名無実だと暗に非難しているのである。孔融にとって、この言葉は鋭い刃のごとく胸に突き刺さった。顔を上げて憎々しげに郗慮のほうを睨みつけると、郗慮もまた鋭く睨み返してきた。そして視線が交錯したとき、二人は揃って顔を勢いよく背けた。

繁欽はその間もずっと曹操の様子を窺っていた。その話ぶりや顔つきから、曹操の機嫌が悪いのは火を見るより明らかである。繁欽は機転を利かせて、ある考えを述べた。「わたくしめが聞くところでは、禰正平殿は太鼓を叩くのが得意だとか。いまちょうど役所では太鼓を叩く者が一人足りておりません。そこで、正平殿にはそのまま太鼓叩きとしてとどまってもらい、有り余ったお力をすべて太鼓にぶつけてもらえばよいではありませんか」

太鼓を打つのは卑しい芸人が口を糊《のり》するための生業《なりわい》である。堂々たる名士にそのような役割を与えるとは、むろん侮辱にほかならない。ただ、曹操はこれが気に入ったらしく、ふふっと笑みを漏らした。「そういえば、蔡伯喈《さいはくかい》［蔡邕《さいよう》］も出仕して官につく前は、琴の名手として天下にその名を轟かせた。

いかがかな」

正平殿も太鼓を打って名を揚げれば、それもまた先賢のやり方に倣《なら》うというもの。禰先生のお考えは

するとと禰衡のほうも売り言葉に買い言葉で、懐手《ふところで》して曹操に答えた。「ありがたき曹公のご厚恩、かくなる大任を頂戴するとはかたじけない」禰衡はそう言うなり、腹立ちを隠すこともなく、拝礼さえせずに踵《きびす》を返して出ていった。

そもそも禰衡を懲らしめるはずが、見事に返り討ちに遭ってしまった。なんとかしてやっとこの疫病神を追い払うと、曹操は額を手で打ちながら不満を漏らした。「ええい、意固地な牛め、偏屈な驢《ろ》馬《ば》め。まったくなんという恩知らずだ」

郗慮や荀悦、何夔らは、曹操が正面切っては怒らずに影で文句を言うのを見て、内心では滑稽に思いつつ、立ち上がって暇乞《いとまご》いした。曹操も強いて止めようとはせず、適当に拱手の型を取った。「みなさんを不愉快にさせてしまいましたな。どうかもうすっかり忘れてお休みください……それにしても忌々《いまいま》しい……」

孔融も曹操に対して言いたいことはあったが、しかし、禰衡の推挙がうまくいかなかったこともあり、せいぜいそれをなだめるしかできなかった。「孟徳よ、禰正平は暴れ馬だ。いささか行きすぎた発言もあったかもしれんが、どうか大目に見てやって……」

そのとき、広間の入り口まで退《さ》がっていた郗慮が顔をもたげ、白々と言い捨てた。「駄馬を厩《うまや》に入れるのは、ひとえに伯楽《はくらく》の過ちですな」

そのひと言で、曹操は自分の気持ちがはっきりした。きつく孔融を睨みつけると、身を起こし、わ

ざとらしく深々とお辞儀した。「文挙殿、天下はなおも争いが絶えぬゆえ、そなたのご友人方といちいち会っている暇はまったくないのです。どうかくれぐれも余計な手間はかけさせないでいただきたい」そう言うと、忸怩《じくじ》たる思いで決まり悪そうにしている孔融を一人残し、曹操は袖を翻して奥の間へと姿を消した。

第十三章　禰衡《でいこう》、太鼓を叩き曹操を罵る

禰衡、太鼓を叩く

建安《けんあん》三年（西暦一九八年）三月、河北《かほく》［黄河の北］、関中《かんちゅう》［函谷関《かんこくかん》以西の渭水《いすい》盆地一帯］、徐《じょ》州から三通の上奏が、司空《しくう》の曹操と軍師《ぐんし》の荀攸《じゅんゆう》のもとに届けられた。

河北では、公孫瓚《こうそんさん》が再び袁紹《えんしょう》に敗れた。それは、先ごろ公孫瓚が幽州牧《ゆうしゅうぼく》の劉虞《りゅうぐ》を殺害した影響が、ここに至ってしだいに大きく現れてきたためでもある。生前、劉虞は東北の少数民族に対して懐柔策を採っていたので、各民族は劉虞に恩義を感じていた。そのため、燕《えん》国の勇士閻柔《えんじゅう》を烏丸司馬《うがんしば》に推挙し、漢族と烏丸、それに鮮卑《せんぴ》族からなる数万の義勇軍を起こして、袁紹の行動に呼応したのである。さらに、劉虞の故将で騎都尉《きとい》であった鮮于銀《せんうぎん》や、従事《じゅうじ》であった鮮于輔《せんうほ》、斉周《せいしゅう》といった者も次々に挙兵し、公孫瓚が任命した役人を追い払った。公孫瓚は兵馬をまとめ、事前に造築しておいた易京《えきけい》［河北省中部］の砦に退却する一方で、黒山《こくざん》の賊軍の首領である張燕《ちょうえん》に働きかけて手を結んだ。こうして袁紹と劉虞の故将が、公孫瓚と黒山賊の同盟に敵対することになった――河北における覇権争いが、いよいよ大詰めを迎えたのである。

また、関中では、謁者僕射《えっしゃぼくや》の裴茂《はいぼう》が節《せつ》［皇帝より授けられた使者の印《しるし》］を持って赴くと、それに応じ

て段煨《だんわい》や王邑《おうゆう》を中心に関中の諸将が立ち上がった。さらには鍾繇《しょうよう》の調略もあって、各地の兵馬が整然と長安《ちょうあん》を取り囲み、水も漏らさぬほどの包囲を敷いた。一方の李傕《りかく》と郭汜《かくし》は糧秣《りょうまつ》にも事欠き、脱走する兵士は後を絶たず、じりじりと追い詰められていった――二人の国賊にもいよいよ最期が近づいてきたといえる。

ちょうど同じころ、徐州では、広陵郡《こうりょう》に赴任した陳登《ちんとう》が大いにその手腕を振るっていた。徐宣《じょせん》や陳矯《ちんきょう》といった名士を登用し、荒れて痩せた土地を開墾して民に分け与えた。さらには、大悪党の薛州《せつしゅう》率いる一万戸あまりの海賊を、飴と鞭を駆使して兜を脱がせ、戦わずして勝利を収めた。これにより、広陵の軍勢は一気に増大した。そして、小沛《しょうはい》［江蘇《こうそ》省北西部］を守る劉備《りゅうび》も時機を見ては兵と糧秣の確保に努め、呂布《りょふ》の部下に密かに声をかけていった――朝廷の信任を得ていると思い込んでいた呂布であったが、本人の気づかぬうちに、包囲の輪は確実に狭められていたのである。

それぞれの上奏をじっくりと読み、曹操はことのほか満足を覚えた。各地の動きはほとんど自身の見通しのとおりである。三通の上奏を大きな卓上に置くと、それを中心にして何度も周りを歩きつつ、慎重に次の一手を考えた。そばに座る荀攸は押し黙ったまま、じっとその上奏を見つめている。しばらくして曹操は歩みを止めると、おもむろに切り出した。「袁紹は強大だが、いまは身動きが取れぬ。関中の諸将は軍を長安に向けている。愚鈍な呂布はすでにこちらの手の内だ。袁術《えんじゅつ》は暴虐の果てに苦境に立たされている。いま、われらの動きに注意を向けている者はいない。この機会に張繡《ちょうしゅう》を討って後顧の憂いを取り除こうと思うが、公達《こうたつ》、そなたはどう考える？」曹操はもともと張繡のことを吹けば飛ぶような相手だと思っていた。しかし、いまは違う。張繡は眠れる虎である。その支配地は一郡にも足りない小勢《こぜい》ではあるが、二度の戦《いくさ》を仕掛けても滅ぼせなかったばかりか、むしろ子を失い、甥を失い、そして最愛の将までも失った。このことは、いまでも曹操の胸の内にしこりとして残っていた。しかし、荀攸はそれに同意せず、やおらかぶりを振って答えた。「愚見によれば、張繡に戦を仕掛けるべきではありません」

「ほう?」曹操にとって、それは意外な返事であった。

荀攸は卓上の上奏文を両の眼《まなこ》でじっと見据えながら、そのわけを話しはじめた。「張繡と劉表《りゅうひょう》は二人で一つ。劉表は張繡の遊軍を頼りとし、張繡もまた劉表に兵糧を世話してもらっています。劉表がもし張繡への糧秣を断てば、張繡の兵馬は自然と離れていくでしょう。ここは軍をにわかには動かさず、様子を見るべきです。そうすれば、やがては張繡のほうから困窮の果てに降ってくるでしょう。いまもし攻め込めば、張繡と劉表は勢いしっかりと手を結び、かえって勝ちを得るのが難しくなります」

曹操は手を振ってそれを否定した。「中原の形勢はすでに変わった。劉表が張繡に手を貸すことはなかろう。先にはこちらから鄧済《とうせい》を見逃して帰してやり、向こうも趙岐《ちょうき》の都入りを認めた。荊州《けい》との関係はすでに和解が成り立っている。いまこそまたとない好機だ。劉表は朝廷の名節をもっとも重んじるゆえ、もう二度と反旗を翻すことはあるまい。それに、たかが張繡ごときにびくびくしているわけにはいかぬ。さらに言えば、もし袁紹が公孫瓚を破って河北四州を押さえれば、許都さえ危ういぞ」

曹操の見立てにもたしかに一理あるが、荀攸は髭をしごきながら、やはりかぶりを振った。「それは杞憂でございましょう。公孫瓚も武勇で鳴る男、そう一筋縄ではいきませぬし、黒山賊の張燕も烏合の衆とはいえ十万以上を擁する侮れぬ存在。かつて袁紹は于毒《うどく》と壺寿《こじゅ》を斬り、十《とお》あまりの黄巾《こうきん》の部隊をつぶしました。つまり、黒山の賊にとって袁紹は不倶戴天の敵です。また、闇柔や鮮于輔らはもともと劉虞の故将で、袁紹と心が一つというわけでもありません。それに幽州には烏丸族の三つの郡があり、遼東《りょうとう》の公孫度《こうそんたく》も軍を擁して荒らし回っていて、自ら平州牧《へいしゅうぼく》を名乗っています。また并《へい》州の地では、黄巾の残党張白騎《ちょうはくき》が転々としながら略奪を繰り返し、青《せい》州の沿海部では臧覇《ぞうは》に呉敦《ごとん》、孫観《そんかん》といった勢力がしきりに騒ぎを起こしています。いずれも袁紹にとっては悩みの種といったところでしょう」

「なるほど、たしかに微妙な情勢だな」曹操は嘆息した。「もしわれらが四方に打って出れば、袁紹はわれらが増大するのを恐れて、必ずやその矛先をすぐにでもこちらに向けてくるだろう。そうなれば実力では敵わぬ。かといって、ただ頑なに守っているだけでは、むろん袁紹が攻め込んでくることはなかろうが、今度は向こうに河北を固めさせる機会を与えてしまう。そうなれば、当然われらには手も足も出ない。進退ここに窮まれり、といったところか……」そうしてしばし考え込むと、突然剣の柄《つか》を握りしめ、ぎゅっと眉根をきつく寄せた。「大丈夫たるもの、この世に生まれたからには、おのずとなさねばならんことがある。多少の痛みを伴おうとも、打って出る策を採らねばならん」

荀攸は曹操の固い決心を見て、もはや出兵を止めることはできないと知り、折れざるをえなかった。「明公《めいこう》がそこまで仰るなら、わたしも止めはいたしません。張繡を打ち破るに越したことはありませんが、もし戦が長引くようであれば、早急にお戻りください。北方の動きに備えねばなりませんので」

「よかろう！　では直ちに命《めい》を出す。兵馬を整えて十日後、ここ許の地にて閲兵を行う。そして南へと下り、まっすぐ穣県《じょう》［河南省南西部］に攻め込むのだ」そこで曹操は太鼓叩きにあてがった禰衡のことを思い出し、思わず冷笑を漏らした。「閲兵では楽隊を用意せよ。笛太鼓の盛大に鳴るなか、大軍を率いて出発する。文武百官にも式典に勢揃《ぞろ》いするよう伝えよ。わが軍の威勢をみなに見せつけるのだ」

曹操の命令一下、緊張の走るなか戦の準備が着々と進められた。各軍営の将官は兵卒を揃え、典農《てんのう》中郎将《ちゅうろうしょう》の任峻《じんしゅん》は糧秣の用意を急いだ。夏侯惇《かこうとん》は近ごろ新たに選抜した賈信《かしん》、扈質《こしつ》、史渙《しかん》、牛蓋《ぎゅうがい》、蔡《さい》陽《よう》といった将らに働き場所を与えるため、曹操軍に推薦した。そんな折りに吉報が舞い込んだ。騎都尉の徐晃《じょこう》が巻《かん》県や原武《げんぶ》［ともに河南省中部］で黄巾賊の残党を殲滅したという。河東《かとう》に居座っていた白波《はくは》賊であるが、匈奴《きょうど》と距離を置くようになってからは日に日に勢力を弱め、首領の李楽《りらく》が病死し、胡才《こさい》が部下に殺されて、とうとう瓦解した。中原に鹿を逐《お》う勢力が、こうしてまた一つ消え去ったのである。曹操はすぐに徐晃を裨《ひ》将軍に任命し、自身の麾下《きか》に置いた。

そして閲兵の日、許都の城外に設営された曹操軍の本営はことのほか厳かで、旗指物は陽の光を覆い、槍や刀は密林のごとく隙間なく並んだ。軍営には三層の将帥台が築かれており、上層には鐘と太鼓が、下層には角笛《つのぶえ》が用意され、勇ましい大音声の軍楽が鳴り響いていた。朝廷の文武百官は、司徒《しと》の趙温《ちょうおん》、輔国《ほこく》将軍の伏完《ふくかん》、衛《えい》将軍の董承《とうしょう》以下、一人も欠けることなく見送りのため閲兵式に出ていた。曹操直々の召集である。これを拒む者などいなかった。決して自分が点呼を取られるわけではなくとも、誰もが早朝から起き出して、片時も遅れた者はいなかった。それどころか、療養中の楊彪《ようひょう》や張倹《ちょうけん》、韓融《かんゆう》さえも足を運んでいた。

卯《う》の刻［午前六時ごろ］になり、曹操が将帥台に登壇した。黄金の鎧に錦の戦袍《せんぽう》を羽織り、兜をかぶって、腰には青釭《せいこう》の剣を佩《は》いている。曹操は天地に誓いの言葉を捧げると、出征者の名簿を開いて点呼を取りはじめた。初めの点呼に遅れれば鞭打ち五十、二度目にも遅れれば降格のうえ罰する、三度目にも来ていなければ、軍門から放り出して斬首である。曹操は静かに腰を下ろし、流れるように次々と名を読み上げた。返事の声もまた春雷のごとく響き渡った。曹仁《そうじん》、曹洪《そうこう》、夏侯淵《かこうえん》、于禁《うきん》、楽進《がくしん》、朱霊《しゅれい》、徐晃、卞秉《べんぺい》、王忠《おうちゅう》、劉岱《りゅうたい》といった武将らが鎧兜に身を包み、意気盛んな様子で西側に並んだ。そして東側には、荀攸、郭嘉《かくか》、毛玠《もうかい》、徐佗《じょた》、路粋《ろすい》、繁欽《はんきん》、侯声《こうせい》、武習《ぶしゅう》、梁周《りょうしゅう》、王思《おうし》などの参謀が、颯爽と居並んでいた。

ほどなくして名前の読み上げが終わると、曹操は立ち上がって命令を伝えた。「この席と卓とを片づけよ。太鼓係を召し出せ。太鼓を打って士気をさらに高めるのだ」そう言うと、満足げな足取りで将帥台を下りていった。

将帥台の上で太鼓を打つ？　閲兵式に臨む者がみな訝《いぶか》るなか、軍門のほうから、何やら叱り飛ばすような声が聞こえてきた。鎧兜を身につけた兵士が無理やり一人の男を押しながら近づいて来る――傲岸不遜《ごうがんふそん》な顔つきにゆがんだ冠、身にぼろをまとい、おぼつかない足取りで歩いて来るのは、これぞ一代の賢人、禰衡その人であった。百官は耳打ちさえも憚って、顔を見合わせるばかりである。なぜ禰衡が太鼓係などという下っ端役人に身を落としているのか、誰も知らなかった。

主簿《しゅぼ》の王必《おうひつ》は禰衡のなりを見ると、一歩進み出て指さしながら叫んだ。「なんという太鼓係だ！　全軍と百官の揃うこの場所へ、よくもそんなぼろをまとって現れたものだな」

「ぺっ」禰衡は王必に向かって唾を飛ばした。「賊の手先め、貴様なんぞに説教されるいわれはない！」

王必は郗慮《ちりょ》や蔣幹《しょうかん》のような人物ではない。罵られるなり、袖をまくり上げて禰衡に殴りかかった。ちょうどそのとき、曹操がすぐ前まで来ており、手を上げて王必を遮った。「王主簿、そうかっかするな。新しい服に着替えさせればよいではないか」曹操はよくわかっていた。このまま禰衡に好き放題させればいい。ただ、百官の前で太鼓を叩くという卑しい役目さえさせれば、これまでの禰衡の名声も一朝にして失墜する。

そうして楽人《がくじん》の着る黒の羽織り物、肌着、建華冠《けんかかん》［楽人用の冠］が兵卒によって用意され、禰衡の足元にまとめて投げられた。王必が叫んだ。「さっさと向こうで着替えてこい。ちょっとでも遅れたら、ただでは済まんぞ！」

禰衡は眉をつり上げ、目を怒らせて王必を睨みつけた。周囲を見渡すと、鎧兜に身を包んだ兵士が自分を幾重にも取り囲んでいる。曹操軍の将兵はみな猛虎のごとくいきり立ち、かたや朝廷の百官は夏の盛りを過ぎた蟬のごとく黙りこくっていた。禰衡は思わず仰天して高笑いしだした。そして冠を脱いで地面に放り投げると、続いて身を覆っていたぼろぼろの服を脱ぎ捨てた。その場にいた誰もが、さしもの曹操でさえ、呆気にとられるしかなかった。いったいどこに白昼堂々、人前で着替える者がいるだろうか。

「き、貴様……」王必は驚きと怒りを隠せなかった。「いったいどういうつもりだ！」

禰衡は王必にはかまわず、薄く笑みを浮かべながら肌着まで脱ぎ捨てると、衆目の前でとうとう素っ裸になった。百官は禰衡のこのような振る舞いを見て、一様に袖で顔を覆い隠して俯《うつむ》いた。王必はついに我慢ならず、剣を抜いて禰衡に斬りかかろうとした。曹操はその腕を取り押さえると、冷たく鼻で笑った。「ふん、自ら恥をさらしているのだ。われらが強いているわけではない。気が触れておるのだ。好きにさせておけ」

禰衡は急いで服を着ようともせず、両手を腰に当てて何を隠すでもなく、まるでわが家の寝床にでもいるかのように、のんびりとしていた。そして曹操を見据えると、呵々《かか》と楽しげに笑い出した。「身体髪膚《はっぷ》、之《これ》を父母に受く。何ぞ之を辱じる有りや？　この禰衡、今日は天をば羽織り、地をば穿《は》く。さすればそなたとて、わが褌《ふんどし》のなかを這《は》い回るたかが一匹の虱《しらみ》に過ぎぬ。何をごちゃごちゃ騒いでおるか」堂々たる三公《さんこう》を褌のなかの虱になぞらえるとは、甚だしい侮辱である。しかし曹操は、このような禰衡の振る舞いにも慣れたせいか、まったく取り合おうとせず、口を尖らせて言い返した。「禰正平《せいへい》よ、天をまとい地を穿くだけでは足りんだろう。いつも大きな顔をするお前のことだ、いっそ天を髪とし、地を首とするとでも言ったらどうだ！　さあ、速《すみ》やかに着替えて台上に上がれ。百官を待たせるでない」そう言い捨てると、曹操はそれっきり禰衡にはかまわず、三公九卿《きゅうけい》の列へと向かって歩き、司徒趙温の次の席で立ち止まった。そこは司空の席次である。

禰衡は曹操のとった行動を見て、さらに天を仰いで高らかに笑った。「はっはっは、上は天子に逼《せま》り、下は群臣を圧するそなたが、なお百官の面前でしおらしく礼儀を守るふりとはな。よく人を欺くうえに、天をも欺くつもりか」

曹操が離れていくと、禰衡についていた兵卒たちももはや容赦はなかった。一斉に手中の長柄の矛を禰衡に向け、しきりに催促の声を上げた。「太鼓打ちのくせに何をだらだらしてやがる！　急げ、さっさと用意しろ！」

禰衡は冷たく光る矛先と、凶悪な顔で睨む兵士に目を向けた。こんな野蛮な輩に理詰めで説いても理解できんだろう。そう考えると、俯いて衣冠を手に取った。兵士らがいくら急《せ》かしても慌てず急がず、ずいぶんと時間をかけてようやく身なりを整えた。すると、さっそく兵士らは禰衡を取り囲み、無理やり押したり引きずったりしながら将帥台に上らせた。台上で禰衡はまた別の小役人から太鼓の桴《ばち》を受け取ると、台の下に勢揃いする人々を振り返って望まずにはおれなかった——百官のなかにはぼんやりと眺める者、蔑《さげす》んだ目で見ている者、同情している者、座視するに忍びないといった顔の者、さらには人の不幸を喜ぶ者もいたが、誰もが自分の一挙一動を注視している。人群れのなか、官僚の列に孔融《こうゆう》の姿が目に入った。不安げな顔を浮かべながらも、禰衡に向かってわずかに微笑んだ。禰衡もかすかにうなずいて笑みを返した。さらに視線を移すと曹操がいた。堂々と頭をもたげながらも両の眼は伏せている。怒るでもなく笑うでもなく、感情を押し殺した顔つきである。禰衡は心のなかで毒づいた——なるほど曹孟徳め、深謀遠慮の策士ほど感情を抑えるというわけか。

「さっさと太鼓を打て！　いつまで待たせるつもりだ！」王必の叫び声が響いた。

この期に及んでは、もはやこの屈辱から逃れる術はない。禰衡の憤慨は頂点に達した。禰衡は一つ大きく息を吸うと、いきなり台の下に向かって大声で叫んだ。「お集まりの諸賢、そして全軍の将兵たちよ、よく聞かれい！　これより『漁陽《ぎょよう》』の参撾《さんた》を披露する。このたびの出陣の速やかなる勝利を願って、みなの衆の栄えある前途を願って、いま太鼓を打たせてもらおう。富貴栄華、無病息災、子孫繁栄の願いを込めん。決して傷つき討ち死になされぬよう、決してこの身のごとく逆賊に拘束されぬよう、そして決してその白骨で荒野を埋めたりすることなどなきように！」禰衡は出陣に当たって到底聞き入れられないような言葉を吐き捨てると、太鼓のほうを振り返って腕を振り上げ、重々しく太鼓を打ちつけた。その一撃は天地を震わせ、誰もが度肝を抜かれた。

禰衡は一つ打ち終わると、今度は左腕で思い切り叩き、続けてまた右腕で強く桴を打ちつけた。三つ叩くと少し間を置き、さらに三つ力を込めて叩いた。

三つ打って一拍休む、これが参撾と呼ばれる打法である。そして、この「漁陽」という名にも込められた意味があった。かつて光武《こうぶ》帝劉秀《りゅうしゅう》が天下統一を進めたとき、漁陽の太守《たいしゅ》であった彭寵《ほうちょう》は土地を差し出して劉秀に従い、部下の呉漢《ごかん》と王梁《おうりょう》を戦線に派遣した。のちに天下が平定されると、呉漢と王梁は輝かしい戦功によって三公に任命されたが、彭寵のほうは功績がなく、官職はそのまま据え置かれた。その後、彭寵は不満と妬《ねた》みに衝き動かされ、とうとう反乱の兵を挙げた。自立して燕王《えんおう》を称し、匈奴と手を結んで北方の地を荒らし回った。しかし結局は、光武帝が遣わした朱祐《しゅゆう》、祭遵《さいじゅん》、耿弇《こうえん》、劉喜《りゅうき》の四将が率いる大軍に漁陽で敗れ、彭寵は根拠地を失って軍も壊滅し、最後は奴僕の手にかかって首を取られた。そして今日、禰衡はこの「漁陽」の曲を打って彭寵を引き合いに出すことで、曹操も必ずや同じような道をたどるであろうと当てこすったのである。

文武の百官と軍営を埋め尽くす将兵がじっと見守るなか、禰衡は胸を張って堂々と立ち、休むことなく桴を振り回していた。はじめは緩やかな拍子で力強く、さながら轟く雷鳴のごとく響いた。しだいに調子を速めながら打ち込む強さを揃えていく。その勢いはまるで駿馬が疾駆するかのようである。

太鼓の音は腹の底から響き、聞く者の気持ちを高ぶらせ、その一打一打は直接心を打つかのように感じられた。そこからまた転じて、今度は激しい雨が地面を叩くかのごとく連打しはじめたが、三打一拍の拍子は寸分のずれもなかった。禰衡は胸いっぱいに満ちた怒りをすべて太鼓にぶつけているかのようである。高々と両腕を振り上げて舞わせては、全身全霊を傾けて打ち込んだ。そうしてひとしきり打ち続けると、体じゅうの力を使い果たしたのか、太鼓の響きはしだいに小さくなり、禰衡の服も汗でぐっしょりと濡れていた。

日ごろ禰衡はどこでも他人をあざけったり、言いたい放題だったため、百官の大部分は禰衡に対して強い反感を抱いていた。しかし、この孤高の士が太鼓打ちにまで身を落としながらも、現にいま目の前で、渾身の力と技を振り絞るさまを目の当たりにしては、さすがに痛ましく思う気持ちをいかんともしがたかった。その姿を見るに堪えずうなだれて、嘆息する声がしきりに漏れ聞こえてきた。そんな折り、なんとまた台の上から叫び声が聞こえてきた。どこにまだそんな力が残っていたのか、禰衡は気持ちを奮い立たせると、再び太鼓を打つ速度を上げ、今度はその拍子に合わせて大声で歌いはじめた。

――漁陽の鼓《つづみ》、天を響《どよ》もす。身を潜めるは魑魅魍魎《ちみもうりょう》。荘周《そうしゅう》［荘子］は、死別に碗を叩いて歌い、馮諼《ふうけん》［戦国時代末期の斉《せい》の食客］は、剣を弾じて不平を鳴らす。雲をも凌ぐ志、露と儚《はかな》きわが宿命。赤心《せきしん》捧げ、咸陽《かんよう》望む。

咸陽望めば、涙が光る。世にはびこるは卑《いや》しき豺狼《さいろう》。簒奪たくらむ四世三公、横暴はたらく西涼《せいりょう》の将。宗室《そうしつ》が、反目し合って群雄割拠、朝政の、牛耳を執《と》るは宦者《かんじゃ》の子孫。

宦者の子孫、何たる僭越。玉座の天子に目もくれず。天子を擁して諸侯に号令、無法な振る舞い盛者必衰。賢良の士が鼓吏《こり》に落とされ、心痛めぬ者やあらん。

心痛まば、それもまたよし。太鼓にて、わが志を表さん。われの恥辱を笑うなかれ。諸君もわれと五十歩百歩。尭舜禹湯《ぎょうしゅんうとう》いずくにありや、王道教化の道も廃れり。

道廃れ、徳も消え、人と人とが刀と弓で向かい合う。三綱五常《さんこうごじょう》は糞土《ふんど》のごとく、民草のみが禍《わざわい》に。戦の果てに広がる血の海、これが狂わでおれようか。

狂、狂、狂、どんどんどん。栄誉も恥辱も一場の夢。古来より、驕れる者は久しからず。秋風に、いずれ舞い散る落ち葉とならん。光陰矢のごと梭《ひ》のごとく、世人はあくせく、頑迷にして悟るなし。朝露のごとき俗世の功名、瓦の霜か富貴に栄華。皇帝王侯、何にでもなれ。荒れ地に深く葬られるのはみな同じ。

漁陽の鼓《つづみ》よ、漁陽の鼓。いまこそお前に訴えん。昏冥《こんめい》の世に生まれ落ちたる潔白の玉、無双の国士の性は純良。惜しいかな、世を泰平に導くを得ず。膝屈し、空しきこの世にとどまれようか。三連打、鼓を打つ音どんどんどん、天下の逆賊、罵り尽くす狂、狂、狂。今生《こんじょう》は、死して冥土へ赴くも、後生にて、泰平の君にお仕えせん……


　太鼓を打ち続けながら歌う禰衡の声は、天涯《てんがい》まで響き大地を震わすかのごとくで、その悲壮な歌いぶりは、いまだかつて誰も聞いたことがないほどであった。軍営に集う将兵は一様に沈痛な面持ちを見せ、居並ぶ老臣たちは知るや知らずや涙を流し、旗指物は力なく垂れ下がり、陽の光さえ弱まり陰ってきた。禰衡は今日、決死の覚悟で臨んでいた。声の限りに叫び、力の限りに打つさまは、まるで正気を失ったかのようであったが、なんとそのまま三刻［四十五分］にわたり太鼓を打ち続けた。そしてとうとう力尽き、立っていることもままならず太鼓に覆いかぶさって倒れた。熱い汗が、みるみる鼓面に広がっていった。重々しい太鼓の響きがぴたりと止むと、台の下ではみな驚き訝しみ、曹操さえ身じろぎもせず、しばし立ち尽くした。誰もがこの世紀の奇人の姿を見ようと首を伸ばし、軍営のなかは静寂に包まれた。しばらくすると、禰衡は必死に息を整えて身を起こし、また思い切り太鼓を三つ打とうとした。そしていざ三つ目というとき、禰衡は桴をくるりと持ち替え、柄を太鼓に突き刺した。鈍い音とともに、きれいに貼られた牛革に大きな穴が開いた。

禰衡はもとより覚悟のうえであったから、いまとなっては死あるのみ。振り向いて桴を台の下に放り投げると、喉も引きちぎれんばかりに叫んだ。「曹阿瞞《あまん》！」

その叫び声に誰もが肝を冷やした——これで一巻の終わりだ。衆目の面前で人の幼名を呼ぶ者がどこにいる。曹操の怒りを買うことは免れまい。ところがなんと曹操は、穏やかな表情を崩さず小さく笑っただけで、よく響く声で答えた。「なるほど見事な太鼓であった。わが名を呼ぶのは、俸禄をよこせということか？」

禰衡はもはや遠慮なかった。「ぺっ、この汚れきった死に損ないめ！」曹操は大勢の前で思い切り面罵されて歯ぎしりした。しかし、また賢人を殺めたという評判を立てられるわけにはいかない。含みをもたせた視線を王必に向けた。「軍門から放り出せ！　あとは好きなだけ発狂させてやるがいい」

王必が左右の者に命じると、二人の兵士が牙をむいて台上に躍り上った。禰衡はそれに目もくれず、曹操を指さしてひたすら罵った。「賢愚を見極めぬ貴様の目は汚れておる。経書を読まぬ貴様の口は汚れておる。忠言を容れぬ貴様の耳は汚れておる。古今に通じぬ貴様の体は汚れておる。諸侯を許さぬ貴様の腹は汚れておる。簒奪を企む貴様の心は汚れておる。われこそは天下の名士なるに太鼓係を押しつけるとは、陽貨《ようか》［春秋時代の魯《ろ》の政治家］が仲尼《ちゅうじ》を軽んじ、臧倉《ぞうそう》［戦国時代の魯の人で、平《へい》公の嬖人《へいじん》］が孟子《もうし》を謗《そし》るようなものだ。曹阿瞞、貴様に度胸があるならわしを殺してみろ！」禰衡が言い放った六つの汚れは、深く考えず口から出まかせにまくし立てたものであり、すべてが正鵠を射ているわけではない。

　二人の兵士が禰衡を取り押さえて乱暴に押すと、禰衡はふらふらとよろめいて、台の下まで転がり落ちた。服は破れ、冠も外れたが、禰衡は這い起きると、なおも口を極めて罵り続けた。「曹阿瞞、この腐れ宦者の筋め。卑しい身分で何の徳も備えておらんくせに、上は天子を欺き、下は百官を押さえつけるとは。貴様の目には父もなく主君もないのか！　偽の仁義を振りかざして……」

　諸将は禰衡がなおも好き勝手にまくし立てるのを見ると、いきり立って剣を抜き、切り刻んでやろうと近づいていった。すると曹操が百官の列から進み出て叫んだ。「みな下がれ！　好きにさせておけ。好きに罵らせてやるがいい。むしろいつまで罵れるものか、見てやろうではないか」

　禰衡はもうとっくに死ぬ覚悟を決めていた。最初に槍玉に挙げたのはやはり曹操であったが、そのあとは誰彼かまわず、目に映った者を次々に罵り出した。司徒の趙温が百官の列の先頭に立っているのを見ると、口を開くなり罵った。「老いぼれの趙温め、何様のつもりだ！　三公の位にありながら、無為に禄を食《は》むこの穀つぶしめ。ちょっとでも気骨があるなら、天子を助けて逆賊を討つべきではないのか！　この天下の危難に、お前のような木偶《でく》の坊《ぼう》など何の役にも立たぬわ。老いて死なざるは賊に同じとは、まさにお前のことだ！」品行に優れ、名望のある老司徒は、禰衡に痛罵されて色を失った。
禰衡は引きずられながらも輔国将軍伏完の姿を目に止めると、すぐさま矛先を転じた。「伏完よ、お前は本当に皇后の父君か？　かつて衛青《えいせい》と霍去病《かくきょへい》［ともに前漢の武将］は戦場を駆け回り、竇融《とうゆう》と鄧禹《とうう》［ともに後漢初期の武将］は老いてなお国のために身を粉にした。彼らも外戚ならお前も外戚、まったく爪の垢《あか》でも煎じて飲ませてやりたいところだ！　ぺっ、大法螺吹きの琅邪《ろうや》の「伏不闘《ふくふとう》［伏氏は争わずの意味］」さんよ、いまでこそお前は将軍などについているが、覚えておけ。子々孫々、ろくな死に方をせんだろうよ」伏完は正直な人柄である。禰衡にそこまで言われて、全身を怒りでぶるぶると震わせた。

次に禰衡の目に入ったのは董承である。またもや姿を認めるなり罵りはじめた。「そこの董承とやら、お前はどの面《つら》下げて百官の列に並んでおる。もとは西涼《せいりょう》のならず者だろうが。董卓《とうたく》と一緒になって東の都洛陽《らくよう》を焼き払い、国と民とを禍に陥れおって。現に陛下は奇貨居《きかお》くべしと考え、お前が心を入れ替えて功臣になると見込んだのに、この国難だ。もとよりお前の責は免れんぞ。できることなら、この手でお前を切り刻んで釜茹でにしてやるところだ」董承はそれを聞くと、振り向いて密かに不愉快さをぶちまけた。

二人の兵士は、禰衡が目の前で勝手放題に罵るのを見て、強く押さえつけた。何人かの兵卒も一緒になり、両腕を取って抱え上げた。禰衡は足をじたばたさせながらも、視線の先に、あからさまに軽蔑の眼差しを向ける梁《りょう》の王子劉服《りゅうふく》を認めた。そしてまた罵った。「劉服の小僧め、よく聞け！　お前は宗室の血を引くはずなのに、自分の富貴のために祖宗《そそう》の偉業を手放し、曹賊めが天子を擁して遷都するのを手助けした。緑麗しき山河は、お前のせいで他人の手に渡ったのだ。人の顔をしたこの畜生め！　いまに見ていろ。いずれその首は落とされ、先祖の墓は荒らされ、骨も野ざらしになり、ろくな葬られ方はせんぞ！」劉服はまだ年若く血気盛んで、そのうえ自尊心も強かったから、禰衡に罵られると怒り心頭に発し、つかつかと進み出てきて禰衡に平手打ちを食らわせようと手を上げた。すると禰衡も負けてはいない。避けようがないと見て取るや、にわかに顔を飛んでくる手のほうに向けて、劉服の手に嚙みついた。劉服の悲鳴が上がると同時に、その手から鮮血が滴った。劉服は完全に頭に血が上り、すかさず腰に下げていた剣を抜き放った。

すぐそばにいた重臣らは死人が出ることを恐れ、慌てて駆け寄ると劉服を抱き止めた。引き止める者、なだめる者、剣を取り上げる者とが入り交じり、このときには百官の列もすっかり乱れていた。さらには笏《しゃく》を取り落とす者、冠を落とす者、なかには他人に踏まれて靴が脱げ、裸足になっている者さえいる。禰衡はというと、兵士たちに軍門のほうへ引きずられながらも、右を向き、左を向いては、なおも目に入る者を罵っていた。「荀文若《じゅんぶんじゃく》、お前などせいぜい弔問《ちょうもん》の客がお似合いだ。よくも朝政に携われるものよ……老いぼれ劉邈《りゅうばく》め、西の都長安《ちょうあん》ではずいぶん曹操を褒めそやしていたが、あれは何だ！……張倹、お前も老害だな。いつまで官にしがみつくつもりだ。曹操の名を飾り立てるために官にとどまる必要などなかろうに……楊沛《ようはい》の小童《こわっぱ》め、曹賊に糧秣を献じて取り立ててもらおうなど、この恥知らずめ……山陽《さんよう》の満寵《まんちょう》か、貴様のような酷吏《こくり》までが朝廷に取り立てられるとはな……郗慮《ちりょ》よ、お前のような気取って真面目くさった似非《えせ》君子まで弟子に取るとは、鄭玄《じょうげん》殿の目も節穴だったようだな……この飲んだくれの丁沖《ていちゅう》め、貴様など酒甕《がめ》に頭を突っ込んで死ぬがいい。どうせ死んでもただの酒臭い肉の塊だ……荀公達、このへぼ軍師が！……おい呉碩《ごせき》、貴様は李傕《りかく》の脛をかじっていただろう。わしが知らんとでも思っているのか！……韓融、棺桶に片足を突っ込んでいるくせに、家でおとなしく死ぬまで待っていたらどうだ！……下種《げす》の董昭《とうしょう》め、ころころと仕える相手を変えおって、面の皮の厚いやつだ。ちょっとでも羞恥の心があれば、穀水《こくすい》の川岸から入水したってよさそうなものだがな……」

禰衡は目に入った端から次々と朝廷の官たちを罵っていったが、とうとう軍門から放り出された。しかし、曹操はまだその次の命令を出さない。むろん兵士たちも勝手に禰衡を殺すわけにはいかなかった。かたや禰衡はもう軍門を入れないとなると、どかっと地べたに腰を下ろし、天に向かって叫び、地に頭を打ちつけて、怨嗟の声を上げ続けた。もはや賢人の風格や士人《しじん》としての威厳などすべてなげうち、聞くに耐えない罵詈雑言《ばりぞうごん》をあたりかまわず喚き散らした。生まれつき声が大きかったせいもあり、軍営の外で叫ぶ声は許都の城内にもかすかに聞こえるほどであった。その場にいた文武の百官は恥ずかしさのあまり袖で顔を覆い隠し、曹操軍の将兵は誰も彼もが殺気も露わに地団駄を踏んだ。この間、もっともいたたまれなかったのは、ほかならぬ孔融である。わざわざ禰衡を曹操に推挙するのではなかった……いまでは孔融は心の底から後悔していた。慌てて曹操のそばに身を寄せると、孔融は声を落として嘆願した。「禰正平のやつは普段から少しおかしなところがあってな……明公、どうか気を鎮めて、命だけは助けてやってもらえぬだろうか」

はじめ禰衡に面罵されたとき、言うまでもなく、曹操の怒りに火がついた。しかし、禰衡が誰彼かまわず文武の諸官を罵倒するのを見ているうちに、曹操の怒りはすっかり鎮まっていた。血の気を失った顔で懇願してくる孔融を見ると、曹操は冷たく笑って答えた。「禰衡ごときつまらぬ愚か者を殺すことなど、わたしにとってはねずみを殺すようなものです。ただ、この男は虚名だけは知れ渡っていますからな。わたしが案ずるのは、こいつを殺すことでわたしの度量にけちをつける輩が現れることです。たかがねずみ一匹、ひとまずは生かしておきましょう」そう言うと、王必を手招きして命令を伝えた。「禰衡を馬上に縛りつけて、荊州は劉表のもとへ送り届けよ。劉表がこやつをどう扱うか見てみようではないか」この禰衡の強烈な個性なら、荊州に着けばおそらく今度は劉表を罵り尽くすだろう。劉表は八俊《はっしゅん》［清流派の党人における格づけの一つ］と賞賛されて君子ぶってはいるが、そうなれば一時の怒りに任せて禰衡を誅するに違いない。曹操は、自らが賢人を害するという汚名を着るつもりはなかったが、煮ても焼いても食えないこの男を生かしておくつもりも毛頭なかった。

孔融は曹操の命令を聞くなり肝を冷やした。これでは禰衡にとっては冥土に赴くのと同じである。しかし、ここまで事を大きくしてしまっては、いまさら何が言えようか。同病相憐れむのみである。孔融はただ肩を落とし、悲嘆に暮れるばかりであった。

そんな孔融に一瞥をくれると、曹操は足早に将帥台へと登っていった。顔には微笑みを浮かべている。「諸君、静粛に！　禰正平は気が触れている。今日の戯《ざ》れ言《ごと》はどうか気にせず、諸君にあっては真に受けることのなきように。それに、やつにはすでに荊州へ赴き、劉表を説いて降伏させるよう申し渡した……早朝からこの閲兵式に参集いただいたうえ、不愉快な気分を味わわせてしまった。まずはみな帰って休むがよい。もしまだ余力があるというのなら、許都の南まで禰正平を見送ってやってくれても差し支えないぞ。なんといっても朝廷が遣わす使節には違いないからな、ちょっとは花を添えてやるのもよかろう、わっはっは……」ひとしきり笑うと、曹操は急に真剣な表情に戻り、打って変わった厳しい口調で命令を出した。「全軍の将兵よ、よく聞け！　今日は狂人の邪魔が入ったせいで、出兵が一日遅れてしまった。しかし、これを機に英気を養い、余計なことはきれいさっぱり忘れて、明日はいよいよ出陣だ！　今度こそ張繡と雌雄を決するぞ！」

穣県《じょう》の戦い

建安《けんあん》三年（西暦一九八年）三月、曹操は三たび張繡《ちょうしゅう》討伐の軍を起こした。南陽《なんよう》の大部分の県城はすでに朝廷の管轄下に入っている。張繡はわずかに穣《じょう》県を有するのみで、その兵馬はせいぜい数千、糧秣《りょうまつ》はすべて劉表《りゅうひょう》に頼っている。このような無勢では朝廷の大軍を食い止めることはおろか、穣県の県城を守り通せるかさえ不確かである。しかし、張繡の心はすでに決まっていた。逃げず、降らず、県城の堀を深くし、城壁を高く築き、手ぐすね引いて曹操軍の到来を待っていたのである。

曹操は大軍を率いて一路穣県を目指した。数日のうちに穣県に着くと、県城を鉄壁の布陣で取り囲んだ。そして部隊をいくつかに分けると、張繡に息つく暇も与えないほど、昼夜を分かたず城を攻めた。張繡と賈詡《かく》も負けてはいない。圧倒的な劣勢にありながらも、金城鉄壁《きんじょうてっぺき》の守りで抵抗し続けた。曹操軍は雲梯《うんてい》、火矢《ひや》、地下道、衝車《しょうしゃ》［城門を突き破るための兵器］などを駆使して、思いつく限りの作戦をとったが、張繡らはそのいずれにも対応して防いだ。三月に攻めかかったが、六月になってもまだ穣県を落とせず、曹操軍の士気もしだいに下がっていった。

曹操は心中穏やかならず、軍師《ぐんし》と祭酒《さいしゅ》を集めて、次の一手を模索した。荀攸《じゅんゆう》と郭嘉《かくか》は速《すみ》やかに撤兵するよう進言したが、曹操は頑なに首を縦に振らなかった。「わが軍も消耗してはいるが、敵を制圧するにはまだ十分な兵力がある。穣県は幾たびかの戦乱を経て、城内の民はみな逃げ出し、敵兵も残りわずかだ。ほかに誰が張繡を守るというのだ？　しかも、城壁は崩れて糧秣も底をつきかけている。かねてより西涼《せいりょう》の兵は騎射に秀でていたが、その馬さえも飢えをしのぐのに充てている。これであと何日持ちこたえられるというのだ」

荀攸は眉をひそめて答えた。「明公《めいこう》のお言葉もごもっともですが、窮鼠かえって猫を嚙むとも申します。向こうはひたすら守るのみですが、こちらは攻め上がらねばなりません。たとえ敵が疲れ果てているとはいっても、わが軍も敵を千討つあいだに八百を失うありさま。かように兵士が疲弊しては、後日のことはいかがなさいます」

「いまは小さな病巣も、捨て置けば大病となる。今日、張繡を除かねば、いずれ河北《かほく》にて雌雄を決するとき、背後を乱されるは必定だ」曹操にとっての懸念はやはり袁紹《えんしょう》なのである。

そのとき郭嘉が立ち上がり、一礼してから口を開いた。「どうか直言をお許しください。明公と張繡は、もとは仇敵というわけでもありませんのに、互いに意地の張り合いに陥ってはおりませんか」かつての宛城《えんじょう》［河南省南西部］における曹操の無謀な振る舞い、郭嘉はそれに触れるのを避けるように、慎重に言葉を選んだ。「張繡には一旗揚げる気概があるというより、むしろ、ことさらにわれわれと事を構えようとしているように見受けられます。そして明公……明公にもいくぶんかそのようなおつもりがあるのでは……」郭嘉は頭《こうべ》を深く垂れながら、上目遣いに曹操をじっと見つめた。

曹操は思わず笑みを漏らした。郭嘉にはすべて見抜かれている。しかし、曹操は手を振ってそれを打ち消した。「事ここに至れば決戦あるのみ。攻め込んだ以上、徹底的にやるまでだ」

郭嘉は体を起こして、さらに訴えた。「いまや張繡は風前の灯火《ともしび》。二度と悪さをすることもないでしょう。ひとまず張繡を許し、そのままこの地を治めさせるのはいかがでしょうか。たとえ張繡を討って穣県を取ったところで、使い物にならない城と数百ほどの負傷兵が手に入るのみ。これでは割りに合いません……いわんや、すぐ近くの襄陽《じょうよう》［湖北省北部］には劉表がおります。もし劉表が兵を起こせば、先だってよしみを結んだことも水泡に帰し、陥落間近のこの城さえ捨てねばなりません」

曹操は納得しなかった。「襄陽と穣県はたしかに目と鼻の先だ。もし騎兵で朝駆けすれば、日暮れにはここにたどり着けよう。われらが城を囲んでもう三月《みつき》以上になる。劉表にその気があるなら、いまごろはもう何度も矛を交えているはずだ。それがいまのいままで何の動きもない。安心しろ、劉景《けい》升《しょう》がここに来ることはありえん」

曹操の言葉が終わったちょうどそのとき、王必《おうひつ》が断りもなくいきなり中軍の幕舎《ばくしゃ》に駆け込んできて、拳に手を添え包拳《ほうけん》の礼をとった。「わが君に申し上げます。斥候《せっこう》からの報告によると、劉表が張繡を救うために一万の軍を起こしました。本隊はすでに襄陽を出立しております！」

荊州牧《けいしゅうぼく》の劉表は、ただ荊州を守り通せればそれでよいと考えており、もとより天下に覇を唱えようという野心はない。張繡が南陽に陣取るのを助けてきたのも、北側の脅威に対する防波堤の役割を期待したからに過ぎなかった。しかし、張繡が曹操と仇敵となって幾度も戦端を開くので、劉表も引きずり込まれて、ともに戦う羽目になったのである。ただ、湖陽《こよう》［河南省南西部］の戦いで曹操が鄧済《とうせい》を許して帰したことには、劉表も感謝の気持ちを抱かざるをえなかった。今後は番犬のために隣人と争うことはすまい、劉表はそう考えて、許都との使節を再び通じ、西の都長安《ちょうあん》から来た使者の趙岐《ちょうき》を送り返したうえ、のちには禰衡《でいこう》をも受け入れたのである。こうして双方の関係が大いに改善すると、劉表には張繡と袂《たもと》を分かとうという気持ちが芽生えてきた。実際、曹操軍が穣県を包囲するより前に、賈詡が襄陽へ援軍の申し入れに訪れたが、劉表は曖昧な返事でおざなりに対応して帰していた。つまり、完全に張繡を見限ったのである。ところが、張繡の覚悟はすさまじいものがあり、なんといまも曹操軍の攻撃を三か月にわたって持ちこたえている。それを知り、劉表の心にもあわよくば、との考えが浮かんできた。そして張繡の種々の長所を思い起こしては、再三躊躇《ちゅうちょ》した挙げ句、とうとう援軍の派遣を決めたのである。

劉表が腰を上げることなどありえない、そう言い切ったばかりの曹操は、目の前の現実に思い切り頬をひっぱたかれた気がした。面目丸つぶれである。曹操は力なくつぶやいた。「劉景升《けいしょう》め、ころころ態度を変えおって、なんという戯《たわ》けだ。それで、劉表は自ら軍を率いて出てきたのか」

王必が答えた。「劉表は荊州に残っており、蔡瑁《さいぼう》に兵馬を統率させています。先鋒は張允《ちょういん》、参謀は蒯良《かいりょう》です」

それを聞いて曹操ははっとすると同時に、胸の痛みを禁じえなかった――蔡瑁といえば、曹操の少年時代の遊び仲間である。時の流れとは不思議なものである。かつてともに駆け回って遊んだ友人が、今日は敵として戦場で相まみえることになろうとは。しかし、それもまた無理からぬことであった。劉表は早くに正妻を亡くすと、蔡瑁の姉を後妻として娶《めと》った。つまり、蔡瑁は劉表にとって小舅にあたる。俗に血は水よりも濃いというが、それに加えて君臣の間柄となったからには、蔡瑁が劉表のために力を尽くすのは至極当然といえよう。頭ではわかっていても、知らず知らず曹操はため息を漏らしていた。自分の見通しが外れたこともあってか、曹操は嫌みたっぷりに劉表を当てこすった。「この大事な一戦に、劉表自身は出陣していないというのか。兵法のなんたるかを、まったくわかっておらんようだな」しかし、この言葉は的外れである。劉表がかつて単身襄陽に乗り込み、荊州を根拠地とする一大勢力にまでのし上がったのは、文では蒯良と蒯越《かいえつ》という二人の兄弟、武では蔡瑁の一族をうまく使ってきたからである。そしていま、その蔡徳珪《とくけい》を総大将、蒯子柔《しじゅう》を参謀として一軍を送り込んできた。先鋒を務める張允は劉表の甥である。つまり、紛れもなく荊州の精鋭を送り込んできたのであって、その戦力も容易には計り知れない。

郭嘉は渡りに船とばかりにすぐさま進言した。「明公、いまこそ戦功を挙げたまま軍を退く好機ではありませんか」むろんこれは場をわきまえて言ったに過ぎず、実際は穣県を落としてもいないのに、戦功などあるわけもない。

曹操もそれを聞き咎めてか、薄く笑みを浮かべて言った。「ここで退却すれば荊州のやつらの笑いものになるだけだ。王必、命《めい》を伝えよ。軍を分けて南方に当たるぞ。やつらに穣県を守るほどの力があるのか、この目で確かめてやる。ふん、蔡徳珪め。闘鶏では敵わんかったが、果たして戦《いくさ》ではどうかな」

郭嘉と王必は二人の関係を知らなかったため、曹操の言葉の意味がよく飲み込めなかった。ただ、荀攸はしきりにかぶりを振って諫めた。「たしかに戦となれば恐れるに足りません。しかし、近くまで来てこちらを牽制してくるようであれば、これは厄介なことになりましょう」
荀攸が懸念したとおり、蔡瑁は大軍を穣県の近くまで進めると、そこに陣を構えて静観の姿勢を示した。まるで曹操と戦端を開く気などないかのようである。しかし曹操にとっては、様子見に出られたほうが手を打ちにくい。なんとなれば、背後の守備を気にしながら穣県の県城を攻めねばならないからである。そのまま攻め続けて、かりに穣県が落ちそうになれば、それを阻止するために蔡瑁は全軍を傾けて攻め込んでくるだろう。一方でこちらが撤退すれば、その背後を突く隙《すき》を与えてしまう。さらに言えば、かりに穣県を落としたところで、すでに甚だしく損壊したこの県城では蔡瑁らの攻撃に耐えることもできず、結局曹操軍は大きな痛手を蒙ってしまう——つまり蔡瑁は、英気を養ったまま虎視眈々と漁夫の利を狙うことができるのである。

曹操も戦略を変え、蔡瑁の矛先を交わすため再度張繡に降伏を勧めたが、積年の恨みはあまりに深く、事はそう簡単に運びそうもなかった。張繡も帰順しないとはいえ、一方では曹操軍の総攻撃を恐れていた。そして実は蔡瑁も、張繡がにわかに手のひらを返して曹操と結託するのではないかと懸念していた。つまり、張繡は曹操を恐れ、曹操は蔡瑁を恐れ、蔡瑁は張繡を恐れるという、誰も予想だにしなかった局面へと展開したのである。こうして三者が互いに牽制し合う膠着状態が生み出された。

このようなときには、得てして外的な要因が戦局を大きく左右する。蔡瑁にとっては自国の荊州が背後を守り、東方の孫策《そんさく》はいまも一帯の平定に注力している。さらに、西の劉璋《りゅうしょう》は完全に引きこもっているため、後方に対する不安はまったくない。しかし曹操の後方には、袁紹と呂布という二人の強大な敵が控えている。膠着してから十日を経ずして、荀彧《じゅんいく》と荀衍《じゅんえん》の密書を携えた呂昭《りょしょう》が許都から陣中にやってきた。

「袁紹が許都急襲を企て……」曹操はその密書を読み終わると、頭のなかで何かが弾けたような気がした。「わしが意地を張ったばかりに……しくじったか！」そう言うや、倒れるように腰掛けに座り、青白い顔のまま言葉を失った。

呂昭は曹操の様子を見ると、すぐさま駆け寄って説明した。「これは田豊《でんほう》が袁紹に献じた策ですが、袁紹はまだ決断していません。たとえいま易《えき》県［河北省中部］から軍を返すとしても、かなりの時間を要するでしょう。それに許都は夏侯《かこう》の旦那さまが守備に当たっておりますし、兗《えん》州には程昱《ていいく》さまや万潜《ばんせん》さまがおられます。敵軍が来たわけでもありませんから、旦那さま、どうかご安心ください」当初、呂昭は屋敷の童僕として曹操に引き立てられていた。いまは夏侯惇《かこうとん》のもとで使われているが、曹操に対しては依然として当時の呼び方で接していた。

曹操は、話しかけるなと手で示すと、しばらく物思いにふけってから、おもむろに口を開いた。「やはり荀公達《こうたつ》の言に耳を貸すべきだったか……進退窮まるとはこのことだ。その河北の知らせが必ずしも事実ではないことぐらいわかっておる。しかし、おかげで目が覚めたようだ。許都を離れてもう三か月、その間にもいろいろな動きがあった。公孫瓚《こうそんさん》がまだ持ちこたえている以上、袁紹の別働隊が攻めてきたとしても恐れるに足りぬ。ただ、もし袁紹と呂布が同時に軍を起こしたら、どうやって対処するというのだ」曹操はにわかに冷静さを取り戻した。いまのこの状態は、考えれば考えるほど危険に陥っている――平時よりよしみを通じている劉表と袁紹のことである。穣県がなおも落とせぬうちに、劉表が南で自分を引きつけ、袁紹が北から攻め込んで来たらどうなる？　しかも、それを機に呂布や袁術《えんじゅつ》、あるいは関中《かんちゅう》の諸将が立ち上がって敵に回れば、許都は一気に不安の渦に巻き込まれるだろう。そのときはこの首もつながってはいまい……

曹操はそれ以上考える気になれず、すぐさま撤兵を決意した。荀攸と郭嘉を呼び寄せて撤退の段取りを相談すると、一方では荀彧にも返書をしたためて、許都の防備を徹底するように命じた。それぞれの陣屋にも隅々まで撤退の命が伝えられた。夜陰に乗じて穣県の包囲を解き、軍営は旗指物を立てたままにしておいて、人は枚《ばい》を銜《ふく》み、馬の蹄《ひづめ》には袋をかけて、静かに北へと退却していった。こうして、三度目の張繡征討も功なくして帰ることとなったのである。

たしかに曹操軍の撤退は整然としたものであったが、朝が来れば当然それも明るみに出る。穣県の包囲を解いて曹操軍が退却したと知るや、張繡は賈詡を県城の守りに残し、蔡瑁と軍を併せて追撃に向かった。半日も追ったころには、曹操率いる大軍の後ろ姿が目に入った。退却の際に後ろから攻められるのがもっとも危険なことは、むろん曹操にとって自明のことである。曹操は自ら精鋭を率いて殿《しんがり》を務めたが、荊州軍は新手の部隊である。かろうじて持ちこたえつつ撤退を繰り返すも、やはり敵軍を撃退するには至らず、つかず離れず一進一退の攻防となった。そしてこのとき、曹操にとって運がなかったのは、ちょうど梅雨の時期に入ったことである。

用兵に優れた曹操にしてみれば、いかなる不利な要素も兵略によって避けることができた。ただ、空模様だけはいかんともしがたい。しかも、このときの雨量はさほどでもなかったが、近年まれに見るほど長く降り続き、いつ止むともしれぬ雨に曹操軍は悩まされた。二度と晴れ間を拝めないのではと思うほど、雨は断続的に十数日ものあいだ降り続けた。それに加えてひどい暑さである。天地はさながら巨大な蒸籠《せいろ》のごとく、蒸すような熱気に包まれた。

むろん条件は双方にとって同じである。しかし、それぞれへの影響は大きく異なった。張繡の軍は長らく城内に閉じ込められていたため、ようやく鬱憤を晴らす時を得たのである。多少の天気で士気が下がるようなことはない。蔡瑁率いる荊州軍は、いずれも当地の兵ばかりである。この暑さのなかで育ち、雨と蒸し暑さにも慣れたもので、天気の影響を受けることはほとんどない。ただ、曹操軍にとってはこの天気がとんだ追い討ちとなった。

三か月にもわたる攻城戦が徒労に終わった曹操軍である。手柄なき撤退で将兵の意気はもとより消沈しており、そのうえにこの暑さと雨では、ほっとひと息ついて気持ちが休まることもない。やむをえず曹操は道々陣を作りながら緩やかに撤退することを決めた。ぬかるみに足を取られながらの行軍では日に十里［約四キロメートル］と進むこともままならず、敵の追撃に対する注意を怠ることも許されない。こういったときこそ追っ手を払っては陣を築くという我慢強さが肝要である。焦って一気に撤退しようとすると、かえって計り知れないほどの痛手を負うことになる。

北へと撤退を続ける日々において、兵士たちの服が乾くことはついぞなかった。降りしきる雨と噴き出す汗、さらには泥水が跳ね返り、服はべっとりと体にひっついている。夜になって脱いでみれば、あちらこちらに黴《かび》が生え、背中には一面汗疹《あせも》ができていた。何より厄介なことは、降り続く雨のせいで道がぬかるんでいることである。一歩踏み出すごとに、ぬかるみに足を取られて泥水が染みてくる。結局は裸足になって進まざるをえなかった。そうして何日か歩いたころには、兵士の多くが足指のただれに悩まされた。血の混じった膿《うみ》が乾く間もなく、あくる日には泥のなかである。誰もがあまりの痛みに顔をゆがめ、足を引きずった。さらに何日か休むことなく進んだが、曹操軍はそれでもなお南陽の地を出てはいなかった。幸い河北の動静に変化はなく、どうやら袁紹は田豊の献策を退けたようである。

相変わらず止む気配のない雨とひどさを増す蒸し暑さで、曹操軍にとってまたつらい一日がはじまった。曹操は朝から兵馬の行軍を監督し、張繡の二度にわたる追撃を討ち払った。しかし、兵士らの疲れはとうに限界に達している。たった六里ほど進んだところで、陣を築いて休まざるをえなかった。

正午になっても雨は一向に止まず、その一方で気温はぐんぐんと上昇した。そよ吹く風すら感じられない。もわもわと立ち上る熱気に頭がくらくらする。中軍の幕舎でも、楽進《がくしん》や夏侯淵《かこうえん》といった武将らは肌脱ぎになって肩をむき出し、直接剣を背負って、壮健な肉体を露わにしていた。いつもはきちんとしている荀攸も、さすがに今日は前を止めずに、骨張った胸元を開いている。郭嘉はというと、どのみち戦うわけではないので、上着だけでなく、おかまいなしに裳《も》まで脱いで肌着のみになっている。それでも座れば汗疹ができるため、裸足のまま将帥の卓のそばにしゃがんでいた。朝廷の司空《しくう》にして全軍の総帥でもある曹操はさすがにそうもいかず、胸元を緩めるにとどめていた。自身が編纂した『兵書接要《へいしょせつよう》』を手にしてはいたが、それを見ても何も頭には入ってこず、ただこの暑さをどうしのぐか、そればかりを考えていた——戦時の軍議とはとても思えないありさまである。

曹洪《そうこう》が帳《とばり》をめくってしばらく表を眺めていると、急に振り向いて忌々《いまいま》しげに毒づいた。「ちくしょう、やつらは布の帳じゃなく、竹や草を使って編んでやがる。こっちよりずいぶんと涼しげなご様子だぜ」

「これも教訓にせねば」荀攸がそれを受けて、ため息交じりに答えた。「今度このような天気のときは、事前の準備が欠かせません。それに暑気中《あた》りの薬草も用意しておくべきでしょう」

楽進が大きな腹をさらけ出し、暑さにあえぎながら続けた。「張繡のやつめ、頭がおかしいんじゃねえか。ここ二、三日はずっと俺らの後方をかき乱しながら、たいした戦を仕掛けてくるわけでもない。こっちはくたくたなのに、やつはちっとも疲れてねえっていうのかい」于禁《うきん》が話を引き取った。「袁紹が攻めてくると聞いてからもう何日も過ぎたというのに、まだ何の動きもない……もしや誤報だったのではないか。こんなことなら、穰県を攻め落としてから帰ってもよかったかもしれんな」

それを聞くと、朱霊《しゅれい》がしゃくれたあごを反らして反論した。「この撤兵は間違ってはいない。もし城攻めのときにこの暑さにやられたら、いずれにしろ攻め落とすことはできなかったんじゃないか」

于禁は朱霊がわざと突っかかってきたと知り、噴き出す額の汗をぬぐいながら冷笑した。「ふん、やってもないのに、なぜ攻め落とせないとわかるんだ」

曹操はこの暑さにうんざりしていたうえ、いまになってもいがみ合う二人を見て、手に持っていた竹簡を卓に叩きつけた。二人は曹操が怒り出したのを見ると、すぐにうなだれて口をつぐんだ。曹操はこの「裸軍議」の面々を見回すといらいらが募ってきたが、最後はそばにしゃがんでいる郭嘉を指さして尋ねた。「奉孝《ほうこう》、何かいい案はないのか」

郭嘉は裸のままでも拱手《きょうしゅ》の礼は忘れず、小さな声で答えた。「空模様がこれでは慌てたところで意味はなく、蔡瑁と張繡が兵を収めぬ以上は、こちらは受けに回るのみですから、わたしにも手立てはありません。望むらくは、明公も腹を据えてゆるゆると退くことです。いずれ天気も好転するでしょう。それに、北へ向かえばそれだけわれらが有利になります。南陽郡さえ抜け出れば、蔡瑁らもそれ以上は追ってきますまい」

これでは何の打開策にもなっていない。つまるところ、耐え忍ぶ以外に方法はないのである。ちょうどそのとき、幕舎の外から報告の声が聞こえ、王必と繁欽《はんきん》が蓑《みの》を羽織った男を連れてきた。その男は曹操の姿が目に入ると、すぐに笠を取って若く色白の顔を見せ、幕舎の前で跪拝《きはい》した。「わたくしめは夏侯将軍麾下《きか》の校尉《こうい》で王図《おうと》と申します。一千の兵馬を率い、蓑笠を持って参りました」王図に会ったのははじめてだったが、曹操は蓑笠を持って来たと聞くと、満面の笑みを浮かべて迎え入れた。「まずは立ってなかに入るがよい。そこでは雨に濡れるであろう」

王図は幕舎に入るなり、汗と土の臭いが鼻につき、じっとりとした湿気に襲われたが、さりとて曹操の面前で文句をこぼすわけにもいかず、できるだけ息を止めながら話しはじめた。「それだけではありません。もう一つ、軍機に関わるお知らせがございます。ただ……」そう言って王図は左右を見回し、暗に人払いを求めた。

曹操はその慎重な様子から吉報ではないと察し、ため息を漏らした。「かまわぬ、なんなりと申せ。袁紹が軍を起こしたのか」

「河北に動きはありません。ですが……」王図は懐から帛書《はくしょ》を取り出し、曹操の面前に置いた。「徐州の呂布がまた反旗を翻し、小沛《しょうはい》に攻め込みました。劉備《りゅうび》は呂布に敵わぬと見て、許都に援軍を求めております。こちらは荀令君《れいくん》［荀彧］の親書で、詳しいことはそのなかに。明公、どうかお指図を賜りますよう」

あまりの湿気で墨跡もにじんでおり、曹操は文字を確かめながら読み進めた。すると、呂布に謀反をそそのかした張本人は、もと白波賊《はくは》の頭領であった楊奉《ようほう》と韓暹《かんせん》とのことである。この二人の賊将は曹操に敗れたのち袁術を頼り、さらに袁術を裏切って呂布のもとへ身を投じた。その狼藉ぶりはまさに三つ子の魂百までで、呂布についたあとも緩い管理のもとで部下とともに略奪を繰り返し、さらには州の境界を越えて、その害は小沛にまで及んだ。そこで劉備は一計を案じ、朝廷は二人のかつての罪を許すことにしたと偽って、二人を自軍の幕舎におびき寄せ、酒宴の席上で二人を誅殺した。楊奉と韓暹は生涯にわたって謀反を繰り返し、ついに劉備の手で命を絶たれたが、これは因果応報にほかならない。呂布もこの件については深く突き詰めず、二人の配下の兵を適当に処断して手を打った。ところが、劉備がすでに自分に対して反感を抱いていたとは知る由もなかった。ちょうど呂布が河内《かだい》郡の張楊《ちょうよう》のところへ馬を買いに人を遣ったところ、なんと劉備が部下の張飛《ちょうひ》に待ち伏せさせて、その馬を途中で奪わせたのである。呂布は怒りを抑えきれなかった。陳宮《ちんきゅう》による説明を聞くうちに、ようやく自分がすでに曹操の計に嵌《は》まっていたことに気がついた。呂布は間髪を入れず高順《こうじゅん》に精鋭を率いて小沛を攻めさせた。その一方で、臧覇《ぞうは》や呉敦《ごとん》、孫観《そんかん》といった沿海部を占める豪族に援軍を頼むため、張遼《ちょうりょう》を差し向けた。劉備は二、三度戦ったが利あらず、小沛にこもって、援軍を要請するため許都に使者を送ったのだった。

袁紹の挙兵ではなく呂布の反乱だと知り、曹操は一方ならず安心した。実はここ数日、曹操と荀攸、郭嘉は密かに軍議を開き、許都に帰り着いて部隊をしばらく休めたあとは、袁紹と対峙する際の東方の憂いを除くため、すぐに呂布の征討に向かうことを決めていたのである。ただ、いかんせん名義上は呂布も朝廷の臣下であるため、出兵の口実に頭を悩ませていたのだった。そこへもって呂布の造反である。これで大義名分は整った。そう思って喜んだのもつかの間、目の前の現実の苦難が思い出され、曹操の気持ちはまた憂慮に沈んだ。そのうえ、戦における劉備の手腕はまったく信用できない。もしもこのまま緩行軍《かんこうぐん》を続けていたら、許都へ帰り着く前に、呂布が小沛を攻め落として豫《よ》州に攻め入る危険もある。

そばで様子を見ていた荀攸は曹操の心を見透かしたかのように、近づいて耳元でささやいた。「陳《ちん》登《とう》がこちらについていることを呂布はまだ知りません。速やかに広陵《こうりょう》へ書状を届け、高順の援軍を騙《かた》って陳登に下邳《かひ》を急襲させましょう。それで小沛の包囲もすぐに解けるはずです」陳登が内応している件は、幕舎にいる諸将もまだ知らされていない。荀攸は大っぴらにするのを避けたのである。

だが、曹操にはあきらめきれない気持ちもあった。陳登は呂布の陣営に打ち込んだ楔《くさび》である。曹操がいつか兵を徐州に進めたとき、陳登が突然こちらに寝返れば、呂布に致命的な損害を与えることができる。いま陳登を使えば、その効果は大幅に割り引かれてしまうだろう。しかし、いまは南陽にいて思いどおりにできない以上、この下策を用いざるをえない。曹操はいかにもやるせないといった様子でぼそぼそと命を出した。「軍師の言に従うしかあるまい。すぐに書簡をしたためて、許都へ軍吏を遣わそう。文若《ぶんじゃく》に指示を出して……」

話の途中で王図が口を挟んだ。「わが君、その軍吏は書簡を届けられないかもしれません」

「ん?」曹操は訝《いぶか》った。「どういうことだ」

王図が跪《ひざまず》いて答えた。「わたくしがこちらへ来たとき、すでに荊州軍は迂回して安衆《あんしゅう》[河南省南西部]

の県境まで来ていました。わが軍の退路を断とうという考えでしょう。わたくしは騎兵の勢いを借りて強行突破し、いまここにいるのです。いまでは向こうも十分な備えをしているでしょうから、大軍で守りながら送り届けなければ、使者一人の力では到底たどり着けません」

荀攸の目つきが鋭くなった。「荊州軍が迂回してわが軍の退路を断っただと？　なるほど、張繡が立て続けに攻めかけてきたのは、蔡瑁が安衆に着くまでこちらの目を晦《くら》ませる策だったか」諸将はそれを聞いて愕然とした。目を見開いて驚いた楽進は、でっぷりとした腹を突き出しながら真っ先にぶつくさと毒づいた。「くそったれ！　前後に別れて挟み撃ちされるとは、これでは死地に入ったも同然。こうなったらまずは後ろの張繡を滅ぼして、それから荊州軍と決戦だ！」そのひと声をきっかけに、ほかの者もいよいよ焦って、みな口々に喚《わめ》きはじめた。

「はっはっは……」曹操が突然大声で笑い出した。「蔡徳珪に蒯子柔！　むやみに知恵を絞ってはみたが、やはり兵法に通じておらんようだな。これで勝ちはもらったぞ、はっはっは……」情勢は明らかにひどくなったというのに、曹操は勝利を宣言した。諸将はわけもわからず呆気にとられ、曹操の策がいち早くわかった荀攸と郭嘉だけは、つられて思わず頰を緩めた。曹操はひとしきり高笑いすると、笑みを残したまま周りに尋ねた。「みな聞いてくれ。これはきわめて重要な使いだ。許都へわしの命令を伝えねばならん。誰か兵馬を率いて蔡瑁の軍を突破し、許都まで使いする者はおらんか」

「ぜひわたくしが！」楽進と朱霊が名乗りを上げる前に、王図が真っ先に応えた。

先ほどからいるこの王図という男の姿に、曹操はまだ目を留めてもいなかった。使者に名乗りを上げたので、ようやく注意深く見てみれば、年は二十そこそこ、色白の端正な顔つきをしている。細い眉につぶらな瞳、高く通った鼻筋に薄い唇、どう見ても戦場を駆け回るような男には見えない。曹操は不安を感じた。「王将軍、この使者の役割には大きな危険を伴うぞ」

「わたくしには孟賁《もうほん》や夏育《かいく》［いずれも戦国時代の秦《しん》の勇士］のような勇猛さはございませんが、この務めには自信があります。安衆を突っ切って来たのですから、何としてもまた敵の備えを破って戻りますとも」王図が真剣な話しぶりで答えた。

曹操はしきりにうなずいた。夏侯惇が抜擢したからには、この王図にも見るべきところがあるのであろう。そう考えると、曹操も腹を括《くく》って命を下した。「よかろう！　では、そなたは連れて来た一千の部隊を率いて突破し、わが指示を必ず許都まで届けるのだ。これがうまくいけば、そなたを中郎将《ちゅうろうしょう》に任じよう」

「ありがたき幸せ」王図は平然とその任命を受けた。

「ありがたがるのは、うまくいってからでいい」曹操は繁欽を手招きして呼び寄せた。「休伯《きゅうはく》、文若に宛てる書状をしたためよ」

繁欽はすぐさま卓のそばに膝をつき、何も書かれていない竹簡を取り上げ、小刀を取り出した。毛筆ではひどい湿気で墨が乾くまで時間がかかる。加えて、文字をくっきり見せるため、まず小刀で字を刻んでから墨を使おうというのである。曹操は額に手を当て、しばらく考えをまとめてから切り出した。「いま賊軍の追撃を受け、日に数里しか進まぬが、われに策あり、安衆に至らば必ずや敵を打ち破らん……」

楽進がこらえ切れずに口を挟んだ。「安衆で敵を破るとは、いったいどういうことです？」

曹操は不敵に笑った。「そのときになればおぬしにもわかる。さあ続けよ……夏侯元譲《げんじょう》に命じ、許都の残りの軍を率いて速やかに劉備の救援に向かわせよ」

そこでまたも楽進が差し出口をしてきた。「夏侯将軍が軍を率いて出れば、許都はもぬけの殻になります。もし河北が挙兵し、われわれも間に合わなければ、一大事になるかと」

「いちいちうるさい！」曹操は楽進をひと睨みすると、文面を続けて伝えた。「元譲が許都を出たあとは、令君と任峻《じんしゅん》、丁沖《ていちゅう》でしばし守り通すように。一切の外患は案ずるべからず、廷内のことに注意を払え。数日のうちに、われらも必ずや帰京せん……と、だいたいそんなところか。あとは休伯が適当に推敲しておいてくれ」諸将は互いの顔を見合わせるばかりであった。曹操はなぜこれほど自信があるのだろうか。かくも不利な状況で、どうやって敵を破るというのか。かりに敵を破ったとしても、どうやってそんなに早く許都に戻れるというのか。しかし、曹操が自ら話そうとしない以上、あえて聞き出そうとする者は誰もいなかった。

「書状ができあがったら王図に渡すのだ。諸将は兵を率いて出陣し、張繡に攻撃を仕掛けるぞ。王図がここを無事に離れられるようにな」曹操は腰を伸ばしてから立ち上がり、幕舎の入り口に歩を進めると、手を差し出して天から振り落ちる細い雨を受けた。「降れ、もっと降れ。この雨空もそう捨てたものではないな……」そして幕舎から、曹操の笑い声が高らかに響き渡った……

第十四章　袁紹《えんしょう》と袂《たもと》を分かつ

許都《きょと》への帰還

曹操が外征に出ているあいだ、許都におけるすべての事務は尚書令《しょうしょれい》の荀彧《じゅんいく》によって執り行われ、軍事面は建武《けんぶ》将軍の夏侯惇《かこうとん》に任されていた。二人は曹操の分身のごとく、よく内を御し、外を防いだ。さらに司隷校尉《しれいこうい》の丁沖《ていちゅう》や、司空《しくう》府の留守を預かる掾属《えんぞく》［補佐官］たちが、天子および文武百官の一挙一動に目を光らせていたので、曹操が留守のあいだも、すべての権限はしっかりとその手中に握られていた。

曹操が許都を離れて出陣したのは一度や二度ではなかったが、この三月《みつき》のあいだほど冷や汗をかいたことはなかった。出征前は平穏だった情勢が、にわかに風雲急を告げはじめた。まず河北《かほく》［黄河の北］において、田豊《でんほう》が許都急襲を袁紹に献策したとの知らせが入り、ついで曹操自身が大軍の撤退で辛酸をなめ、さらには呂布《りょふ》が謀反を起こしたのである。もちろん荀彧と夏侯惇は機密の保持に注意を払っていたが、それでも多くの役人が異変を嗅ぎつけた。ある者は袁紹がすでに大軍を起こしたと断言し、またある者は劉表《りゅうひょう》が軍を率いて北上して来ると言いだし、なかには曹操軍が南陽《なんよう》で全滅したという噂を広める者までいた。にわかに人心は浮き足立ち、許都は不安に包まれた。そういった根も葉もない噂は、宮中に住まう皇帝劉協《りゅうきょう》の耳にまで届き、ついには劉協までが荀彧を宮中に召し出して、曹操の安否を尋ねる始末だった。

流言飛語による不安は事実に十倍する。これを早急に収束させなければ、あるいは変事につながるかもしれない。荀彧はこのような状況に鑑み、朝議が開かれた際に思い切って現在の軍の状態を天子と百官に向けて説明した。参列した者は、泰然と微笑みさえ浮かべて話す荀彧の姿を見て落ち着きを取り戻した。思うところがあって噂を流した者も、事実を知って襟を正した。しかし、その落ち着いた様子とは裏腹に、荀彧は内心では居ても立ってもいられないほど焦っていた。裏では何度も司空府の掾属を呼び集めて事務を差配し、夏侯惇には警備部隊を許都の外側に駐屯させるよう指示していたのである。そこまでしてようやく荀彧もひと息ついたのだった。それから二、三日経ったころ、王《おう》図《と》が安衆《あんしゅう》［河南省南西部］の囲みを破って戻ってきた。率いていた一千の兵士はそのほとんどが討ち死にし、王図自身、かろうじて曹操の命令を持って帰るというありさまだった。荀彧はその書信を見て驚きを隠せなかった。

夏侯惇の警備部隊は許都のもっとも重要な守りにほかならない。もしこれを出兵させれば許都の防備が手薄になり、袁紹が軍を起こせば許都を取り囲まれる恐れがある。たとえ一時的にしのぐことはできたとしても、屯田を耕す民が許都の周りで一年かけて育てた穀物は奪われてしまうだろう。曹操の帰還にはまだ時間がかかる。劉備《りゅうび》の小沛《しょうはい》［江蘇《こうそ》省北西部］は風雲急を告げており、兗《えん》州の少数の兵を回したところで何の助けにもならない。もし小沛が落ち、呂布がそのまま長駆して夏侯惇と一戦を交えることになれば、結果はやはり厳しいものになるだろう。曹操がいかに早く戻れるか、すべてはその一点にかかっているのだ。許都から兵を出しても一日や二日なら問題なかろうが、もし半月もかかろうものなら、敵の来襲を待つまでもなく、朝廷内の不平分子らが何か行動を起こさないとも限らない。

荀彧は曹操と長年にわたって行動をともにし、そのほとんどの局面において曹操を信じてきた。同時に、軍事においてはわずかな遅れが命取りになることもよく心得ている。呂布に豫《よ》州の地を踏ませるわけにはいかない。そこで荀彧は、やはりすべてを曹操の書状どおりにすることに決めた。すぐに詔《みことのり》を用意して、夏侯惇に軍を率いて早急に劉備の救援に向かうよう命じた。夏侯惇が出発すると、荀彧はいま一度、曹操の書簡の一節に思いをめぐらせた――一切の外患は案ずるべからず、廷内のことに注意を払え――荀彧はようやく得心した。いま、許都の城外には一千の兵を率いた衛《えい》将軍の董承《とうしょう》と偏《へん》将軍の劉服《りゅうふく》がいる。また輔国《ほこく》将軍の伏完《ふくかん》も、かつて劉協が洛陽へ戻る際、宮中の何百かの兵を率いたことがある。夏侯惇が出兵したいま、まさに彼らこそ最大の不安要素ではないか。荀彧はその点に思い至ると、間髪を入れずに手を打った。典農中郎将《てんのうちゅうろうしょう》の任峻《じんしゅん》には屈強な屯田の民を選んで部隊を組織させ、司隷校尉の丁沖には潁川《えいせん》のあたりを厳重に警備させた。また、符節令《ふせつれい》の董昭《とうしょう》を臨時に河《か》南尹《なんいん》の職につけ、許都令《きょとれい》の満寵《まんちょう》とともに、昼夜交代で城内の警邏《けいら》に当たらせた。さらには、光禄勲《こうろくくん》の郗慮《ちりょ》に書状を送り、宮廷内の者に厳しく目を光らせ、変事を未然に防ぐため、天子がほかの者と接触するのを防ぐよう申し渡した。それだけではなく、荀悦《じゅんえつ》や謝該《しゃがい》といった学者らを天子にあてがい、学問に関する話し相手との名目で実質的な見張りをつけた。

尚書台のなかで、荀彧は次から次へと筆を走らせて書簡をしたためた。どの詔書も、どの密命も、遅滞なく速《すみ》やかに届けられた。各方面の手はずがすべて整ったころには、荀彧は目眩《めまい》を覚えるほど疲れ果てていたが、それでもまだ気を緩めることなど到底できなかった。そんなときに限って、また一つ面倒が舞い込んできた。先ごろ官職を辞した趙達《ちょうたつ》である。曹操からの辟召《へきしょう》がずっと届かないため、趙達はほとんど泣き喚《わめ》きながら荀彧に直接訴えに来た。荀彧の前に出ると、揉み手に追従笑《ついしょう》いを浮かべつつ、曹操への口添えを頼んできた。さらに、自分が仕入れた宮中の噂——誰が陛下に讒言《ざんげん》しただとか、誰かが曹操の陰口を言っていたとか、誰それが董承と通じているなど——をぶつぶつと話しはじめた。荀彧はかねてより他人の告げ口をするような人間を見下していた。しかも、よりによってこの肝心なときにである。まともに相手ができるはずもない。荀彧は趙達を一喝すると、使用人にさっさと追い出すよう言いつけた。

荀彧の推測では、曹操が安衆で勝ったとしても、許都へ戻るのに十日はかかる。戦《いくさ》で下手をすると、一月《ひとつき》という可能性もありうる。これは自分にとって最大の試練であると腹を括《くく》った。そうして気の休まらないまま四日が過ぎたころ、なんと曹操が早くも軍を引き上げてきた。

荀彧や董昭らにとって、それは望外の喜びであった。迎えに出ると、はるか遠くに曹操を先頭とする一隊が飛ぶように駆けてくるのが見えた。その後ろには荀攸《じゅんゆう》、曹純《そうじゅん》、王必《おうひつ》、繁欽《はんきん》といった面々が、虎豹騎《こひょうき》［曹操の親衛騎兵］を従えてぴたりとついている。荀彧はほとんど泣きそうになり、董昭はあまりのうれしさに膝からくずおれた。「ああ明公《めいこう》、明公が天より降りてこられた！」

「はっはっは……」曹操は天を仰いで高らかに笑いながら、二人の近くまで馬を寄せた。「文若《ぶんじゃく》、公仁《こうじん》、気遣いご苦労である」

よく見れば、曹操は顔じゅうがほこりまみれで、全身にも乾いた泥がこびりついていた。名馬の絶影《ぜつえい》などは、もとの毛色がわからないほどに汚れている。後ろに目を移せば、荀攸らと多くの兵士が次々に馬を下りていたが、どの顔もまるで泥遊びに明け暮れた子供のようで、果たして勝ったのか負けたのか、それさえも判然としない。荀彧はこらえきれずに尋ねた。「京師の防備は臣らの職責、お褒めにあずかることではございません。それより南陽ではどうだったのです？」

曹操は泥のこびりついた髭をしごきながら答えた。「穣県《じょう》［河南省南西部］は落とせなかった。ただ安衆では、劉表と張繡《ちょうしゅう》の軍を叩きのめしてやったぞ」そう言って、にやりと歯をむき出して笑うと、真っ黒に汚れた顔に白い大きな歯が際立ち、どこか滑稽な感じを与えた。

荀彧はその答えに驚き、額の汗をぬぐうと曹操に聞き返した。「安衆で敵を破るというのは、われわれを安心させるためのお言葉かと思っていましたが、まさか実際に勝利を得るとは……しかし、しかしあの情況で、なぜ必ず勝つと言い切れたのでございましょう？」

「『之《これ》を死地《しち》に陥《おとし》いれて然《しか》る後《のち》に生《い》く［軍は死すべき状況に置かれてこそ奮戦して生き延びる］』というではないか」曹操は得意げに振り返った。「わが軍の士気は落ち込んでいたが、陣容に乱れはなく、糧秣《りょうまつ》を失ったわけでもなかった。むしろ数の上では優位にあったのだ。そう易々と退路を断てるわけがなかろう。蔡瑁《さいぼう》の動きを聞いたとき、軍営の諸将はみな怒りにうち震えた。この怒りの力こそ、この戦に勝てると断じた理由だ。わが軍の兵士はおおかた豫州と兗州の者だ。荊《けい》州軍がその退路を断つということは、わが兵を故郷に帰らせないと言うに等しい。『哀兵《あいへい》は必ず勝つ［困窮した軍がかえって奮戦して勝利を収める］』、向こうにわれらの退路を断てるはずがなかろう。それに兵法には、『帰師《きし》は遏《さえぎ》る勿《な》かれ〔帰還しようとする敵軍を遮ってはならない〕』ともある。つまり蔡瑁と張繍は、勝機をその手にしながら下策を採ったのだ。やつらが小賢しい真似をしたところで、真に用兵に通じていないのは明らかではないか」

「もう一つ、彼らは致命的な過ちを犯した」猫背の荀攸が近づいてきて、話の続きを引き取った。「もし立場が逆で、明公と夏侯将軍が道を断って前後から敵を挟撃したなら、おそらく負けることはない。しかし、張繍と蔡瑁が同じことをしても勝ち目はないのだ」

「それはどういうわけです？」荀攸の言うことが、荀彧にはよく飲み込めなかった。謀略においては、年上のこの親戚にはかなわないと荀彧も気づいていた。

荀攸はおもむろに答えはじめた。「張繍と劉表は一枚岩ではなく、兵馬はそれぞれ別行動を取っていた。張繍が穣県に籠城したとき、襄陽《じょうよう》〔湖北省北部〕は目と鼻の先であるにもかかわらず、援軍を出すまでに三月《みつき》もかかった。しかも、やっと来たかと思えば静観の構えを取るだけだったから、この時点ですでに両者のあいだには溝ができたはず。もし一体となってわが軍を追撃したなら、われらを共通の敵と見なせたのだろうが、ひとたび軍を分けてしまっては、互いに異心を疑うことは避けられん。蔡瑁は前でわが軍の退路を断ち、張繍が後ろからわが軍を追撃する。前は後ろが奮戦するのを期待し、後ろは前が食い止めるのを望む。つまり、どちらも自軍を惜しむ気持ちが出てくるのだ。これでは勝てる戦も勝てん」

聞けば実に単純なことであり、荀彧は思わず顔をほころばせた。「たしかに、撤退の指揮ほど大将の手腕が問われるものはありません」かつて楚《そ》の覇王項羽《こうう》は、戦闘において無類の強さを誇ったが、鴻溝《こうこう》［河南省中部］で和議を結んだあと、撤退する際に劉邦《りゅうほう》軍に攻められて手痛い敗戦を喫し、それまで得た領地をすべて手放すに至った。近くは董卓《とうたく》が湟中義従《こうちゅうぎじゅう》［漢に帰順した河湟《かこう》地域（青海《せいかい》省東部）の少数民族］の征討に出て、かえって楡中《ゆちゅう》［甘粛《かんしゅく》省南部］の川岸で包囲された際、董卓は漁を装って川をせき止めて堰《せき》を作り、その下流から密かに退却していった。そして敵が追撃して来ると、堰を決壊させて逃げおおせたのである。これによって董卓の名は一躍知られることとなり、朝廷を乗っ取る下地ができたといえる。普通は勝敗をもってその将としての器を議論するが、それは撤退こそ戦における至難であることを見過ごしているためである。

安衆での一戦のことになると、曹操は興奮を隠しきれない様子であった。「方策を定めると、全軍の兵士によくよく利害を説いて聞かせ、みなの闘志を煽ったのだ。一日の休息を挟むと、王図が届けてきた蓑《みの》をばらして地面に敷き、一気呵成に蔡瑁の本陣を突き、荊州軍を蹴散らした。それから高所に兵を伏せ、今度は後ろから追ってきた張繡の軍を打ち負かしたのだ」

「簡単なことに聞こえるが、実際には少なからず危険もあったのだ」荀攸がかぶりを振りながら思い返した。「荊州軍を打ったまではよかったのだが、さすがに張繡軍は強敵だった。戦乱の真っ只中で、張繡の部下の張先《ちょうせん》がわが君の姿を見つけ、騎兵を率いて駆け上がって来たのだ。幸い史渙《しかん》が奮戦し、許褚《きょちょ》が槍で張先を討ってくれたからよかったものの、そうでなければわが君までが危ういところだった」そう話す荀攸の目には、そのときの恐怖がありありと浮かんでいた。

「そうだ！」当の曹操のほうが平然としたものである。「史渙の手柄は大きい。それに牛蓋《ぎゅうがい》や賈信《かしん》などもいい働きをしてくれた。包囲を破って使いを果たした王図もだ。元譲《げんじょう》が取り立てた者らは揃《そろ》ってよかったぞ。もう何日かすれば戻るだろうから、官位を上げてやらねばならんな」

「もう何日かですと？」董昭はすぐあとに大軍が帰還すると思い込んでいたので、その姿が見えないことにようやく気づいた。「本隊の兵士らはまだ帰らないのですか」

それには荀攸が答えた。「わが君は許都でそなたらが待ちわびているだろうと思われて、勝利を得るなり虎豹騎から一千の精鋭を選び出し、昼夜兼行で戻って来たのです。本隊の兵馬はまだ南陽のあたりを進んでいるかと……」一路許都まで馬を飛ばし、向かい風を受けて涙がにじんだのだろう、よく見れば荀攸の痩せこけた頬には、砂ぼこりと交じり合ってできたふた筋の跡がついている。

荀彧はそれを見ると、自然に笑みがこぼれてきた。「このたびはさぞお疲れになったでしょう。さあ、城内に入りましょう。明日、陛下に朝見して、百官も曹公のお姿を見れば、みな落ち着くはずです……」荀彧はやはり気遣いの人である。本音では、「これで悪心を抱く者もおとなしくなるはず」と言いたかったが、慌てて機転を利かせた。曹操のことである。もしそう言えば、必ずや根掘り葉掘り調べることになるだろう。そのために、またどれほどの命が失われることになるかわからない。議郎《ろう》の趙彦《ちょうげん》という前車の轍もある。

しかし、荀彧が口に出さずとも、曹操にとっては先刻承知のことだった。「明日まで待つことはない。まだ日も早いし、一度戻って身なりを整えたら、さっそく謁見しよう」当然、自分の留守に、朝廷内でよからぬ噂を広めた輩もいるだろう。ただ、いまは河北の軍の動静もつかめておらず、徐州では呂布が暴れている。こんなときに細々と詮索して、人々の不安を煽ることもあるまい。曹操は口を真一文字に結んで馬を下り、許褚に轡《くつわ》を預けると、鐙に跳ねて乾いた泥を爪で落としながら、自分はさっさと先を歩き出した。「それにしても天下は広い。南陽では長雨に悩まされたが、それを過ぎれば今度は日照りだ。泥にまみれたかと思えば、ひどい陽射しにさらされて、この鎧ももう使い物にならんかもしれんな」そこで曹操は思い出し笑いをした。「そういえば南陽を過ぎたあとに、兵士らが喉の渇きを訴えてな。しかし、あたりにはまったく水源がない。そこでわしは馬に鞭を当てて高みに登り、前を指さして言ったのだ。『この先に梅林があるぞ。梅の実がたわわに実っているようだ。さあ、進め。梅で喉の渇きを癒せるぞ』とな。するとどうだ、みな梅の実のことを考えたら口のなかに自然に唾が出てきて、ちょっと進むうちにすっかり喉の渇きを忘れてしまった。はっはっは……みんな馬上で首を伸ばして必死に前を見ていたぞ……」

「なるほど、梅を望んで渇きを癒すとは！」董昭はしきりに称賛した。董昭自身もかなり口がうまいほうだが、曹操のこの虚言にはさすがに舌を巻いたようである。

曹操はふと足を止めて腰に手をやり、高々とそびえ立つ許都の城の姿を眺めると、感慨を禁じえなかった――ついに帰ってきた。いま、ともに帰ってきたのは一千の兵のみだが、城中にこの姿を現しさえすれば、陛下も百官も落ち着きを取り戻し、野心を抱く者は影を潜めるだろう。禰衡《でいこう》ら井の中の蛙は愚昧《ぐまい》にもほどがある。このわしがお上を欺く奸臣だと？　わしが朝廷を留守にしただけで、人々はうろたえ、朝廷そのものが動揺することも知らんのだ。他人が何と言おうが、この曹操こそが大漢王朝の大黒柱なのだ。この曹操さえいれば、許都は安泰、天子も安泰、朝廷も安泰、大漢王朝は安泰なのだ！

曹操がそんな夢想にふけっていると、一人の布衣《ふい》が衛兵を横目に城門を駆け出てくるのが見えた。

つまずき転びそうになりながら、曹操の面前まで進み出ると、すかさず額を地面に打ちつけた。「ああ曹公、お戻りになられたのですね！　軍旗を掲げるや見事に成功、百戦百勝、威名は四海に鳴り響き賊軍征討。謹んでお出迎えに上がりました」

　曹操が目を落として見れば、あの趙達である。曹操のもとで働きたいと願い出てから、趙達は勝手に曹操の承諾を得たと思い込み、よく考えもせずに官職を辞して、司空府からの辟召をずっと待っていたのである。しかし、待てど暮らせど知らせは届かなかった。ようやく、あのときは曹操にからかわれたのだと気づいたが、それからもなんとか曹操に取り入ろうとあの手この手を尽くしてきた。曹操はこの厚顔無恥な小人《しょうじん》に目を遣ると、冷ややかに笑って言った。「なんと、これはこれは音に聞こえた趙議郎ではないか。なぜ何の理由もなしに官を辞したのか。このあいだも荀令君《れいくん》と話していたところだ。朝廷は賢人を一人失ってしまったとな」

　周囲の者はみなそれを聞くと、体をのけぞらせて大笑いした。しかし、趙達の厚顔ぶりは筋金入りである。曹操がわざと冷やかしているのは明らかなのに、それでもへつらい笑いを浮かべたまま、曹操の戦袍《せんぽう》に手を伸ばした。そして、土ぼこりをはたきながら口を開いた。「このたびのご出征で汚れが……わたくしめがはたかせていただきましょう。それから、これはつまらぬことですが、いちおうお耳に入れておくべきかと……先日、議郎の呉碩《ごせき》と話をしておりましたところ、曹公は戦に負けたのかと尋ねてまいりました。聞けば、呉碩は梁国の王子劉服《りゅうふく》殿にも同じことを尋ねていたとか……」

　荀攸と荀彧はともに悪を仇のように憎む。胸が悪くなるような趙達の言動を心の底から見下していた。荀攸は曹操が口を開く前に、自分の後ろにいた許褚の袖を引いて命じた。「仲康《ちゅうこう》、この恥知らずめを追い払え！　刃向かうようなら死なせてもかまわぬ」

許褚はそれを言葉どおりに受け止め、前に飛び出して趙達の腰帯をひっつかむと、軽々と持ち上げて投げ飛ばしてしまった。趙達はひっくり返って転げ、頭をしたたかに打って大きなたん瘤《こぶ》ができた。腰帯もちぎれて、靴はどこかへ飛んでゆき、あまりの痛さに起き上がれずもがくだけだった。「あ痛《いた》た……ああ、ご先祖さまあ……」

「失せろ！」許褚はおまけにもう一つ趙達の腰のあたりを蹴り飛ばした。「さもなくば張り倒してあの世へ送ってやる」

「い、行きます、行きますとも……ぶたないでくれ……」さすがに趙達も腰砕けになり、よろめき転んだりしながら、裳《も》がずり落ちないように引っ張り上げつつ去っていった。

あたりはまた大きな笑いに包まれた。ただ、董昭だけは浮かぬ顔で言った。「こういうやり方はまずいのでは」

「あんな恥知らずな小人にはこうするべきです」荀彧はずいぶん気が晴れたようである。「先だって、わたしが許都の守備の手配を整えていたときも、あの者はわざわざ邪魔をしに来ました。くどくどとつまらぬ噂話をし続けて、人徳も何もあったものではない」

許褚の仕打ちに対して、曹操はそれを止めなかったばかりか、誰よりも大きな声で笑っていた。決して曹操は、媚《こ》びへつらうという理由でそばに置かないのではない。媚びるにもそれなりの水準を求めるのである。さらに言えば、そういった者は一芸に秀でている必要がある。かつて抱えていた秦《しん》宜禄《ぎろく》も、やはり媚びへつらう小人であった。しかし、機転がよく利くうえ、能力も優れていた。徐佗《じょた》も同類であるが、職務には忠実に励んでいる。繁欽のへつらいぶりは趙達など及びもつかないが、筆を持たせれば天下一品である。媚びを売るにも何かほかに売りがなければ、それはただの役立たずである。趙達のように人前で露骨に媚びを売る人間が、他人の噂を伝えることしか能がないのであれば、たんに周りの気分を害するだけの存在に過ぎない。

しかし、董昭の考えは違った。董昭は曹操のそばに身を寄せて進言した。「俗にも、君子の恨みは買っても、小人の恨みは買うべからずと申します。趙達のような者に対しても、あまりにひどい仕打ちはいかがなものかと存じます。楚漢の争いの際にも、もし項羽が鴻門《こうもん》の会の席上で口を滑らせなければ、高祖《こうそ》さまも裏切り者の曹無傷《そうむしょう》を除くことはできなかったでしょう。『君 密ならざれば則ち臣を失い、臣 密ならざれば則ち身を失う［君主が言葉を厳密に扱わなければ臣下を失い、臣下が言葉を厳密に扱わなければ命を失う］』です。それに、火のないところに煙は立たず。噂話を鵜呑みにするのは戒めねばなりませんが、かといって、まったく耳を貸さないのもいかがなものかと……」

董昭の話を聞くと、曹操は目を輝かせてしきりにうなずいた。

袁紹《えんしょう》との訣別

三度目の南陽《なんよう》征討でも会心の勝利とはいかなかったが、安衆《あんしゅう》県では張繡《ちょうしゅう》と劉表《りゅうひょう》の連合軍を大いに打ち破った。この戦いを通じて、曹操は劉表の真の姿をはっきりと見極めた。劉表はたしかに名声も高く、八俊《はっしゅん》［清流派の党人における格づけの一つ］の一人に数えられているが、その実は乱世の凡人に過ぎない。そもそも天下を狙う野心などはなく、ただ荆州《けい》を無事に保ちたいだけなのだ。自分のわずかな支配地域を守るためには右へ左へと尻尾を振り、確たる信念など持ち合わせていないのである。曹操が鄧済《とうせい》の身柄を返してよしみを結ぼうとしたとき、劉表はこれで両者のあいだに摩擦がなくなると考えて、即座に張繡を見限った。しかし、穣《じょう》県での攻防で張繡が三月《みつき》も持ちこたえると、やはり北方に対する防波堤になり得ると考え、手のひらを返すように張繡に援軍を送った。大志がないのはまだしも、これほど信義にもとるのでは、行き着く先は曹操の恨みを買い、張繡に見放されるのみである。南に位置する劉表がこれほど臆病かつ狭量であるからには、曹操としても案ずることは何もない。

また一方には袁紹《えんしょう》がいる。曹操は、袁紹との訣別がいよいよ近づいているのを感じていた。このたび袁紹は、許都《きょと》を奇襲するという田豊《でんほう》の献策を退けたとはいえ、危険信号がともったのは間違いない。曹操の当初の予定では、南陽から大軍が戻り次第、休養とともに再編成して、すぐに徐《じょ》州へ向けて進発するつもりであった。そして一挙に呂布《りょふ》を打ち破り、来《きた》るべき袁紹との決戦に備えて、東の不安を消しておこうと考えていたのである。しかし、思いも寄らぬことに、曹操が一足先に安衆を離れたあと、張繡は敗残兵をまとめて取って返し、いまいちど曹操軍に追撃を加えてきた。そのため、本隊が許都へ帰り着いたのは、半月近くも経ってからのことだった。

「憎っくき張繡め、よくもこけにしおって！　いずれ必ずやこの手で葬ってくれる」曹操は怒りが一向に収まらず、司空《しくう》府の広間を行ったり来たりしながら毒づいた。曹操が先に戻った間の敗戦である。帰陣してきた将や掾属《えんぞく》らは自らの過ちを認め、曹操の目の前で、庭に跪《ひざまず》いて謝罪している。

曹操はひとしきり罵詈雑言《ばりぞうごん》を浴びせると、忌々《いまいま》しげに見渡してから詰問した。「張繡軍は安衆で敗れて、残りもせいぜい二、三千、荊州軍も撤退していたはずだ。かたやこちらは総勢で二万近くいたはず。十倍の兵力でも勝てなかったというのか！　この役立たずめらが」

曹操の剣幕に、于禁《うきん》や楽進《がくしん》、朱霊《しゅれい》らは一様に神妙な面持ちでうなだれていた。日ごろは武勇で鳴らす彼らが、わずか十分の一の敵兵に敗れたのである。たいした損失はなくとも、面目は丸つぶれであった。一同はしばらく黙り込んでいたが、最後には卞秉《べんへい》が力のない声で申し開きした。「安衆での勝利のあと、もう追撃はあるまいと思い込んでおりました。まさか張繡が再び攻めてくるとは……もうすぐ南陽を出るというところで不意を突かれたのです。申し訳ありません。われわれがうかつでした……」

たしかに曹操の叱責も八つ当たりに等しい。もし自分であっても、張繡がまた攻めてくるとは思いも寄らなかったであろう。感づいていれば、曹操だけが息せき切って戻ることもなかったはずである。先に帰るにしても、十分な対策を伝えておくことができた。つまり、曹操もこの敗戦の責任からは逃れられないのである。

曹操は何を言うでもなく、しばしそのまま歩き回ると、広間の縁にどかっと腰を下ろした。低く見回して、庭に居並ぶ者のなかに郭嘉《かくか》の姿を見つけると、むすっとした顔つきで問いただした。「奉孝《ほうこう》、奉孝や、いつもは妙策を出してくれるのに、このたびはどうにもならなかったのか」

普段は声を上げてよく笑う郭嘉も、このときばかりは青菜に塩といった様子でうなだれていた。「わたしが探ったところでは、このたびも……このたびもまた賈詡《かく》にしてやられたのです」

「お上に盾突くあの老いぼれめ！　やはりあのときに始末しておくべきだったのだ！」曹操は思わ

ず声を荒らげて罵った。はじめて張繡討伐の軍を起こしたとき、賈詡は曹操軍を油断させて奇襲した。二度目も賈詡の献策で、密かに舞陰《ぶいん》を急襲した。そして今回もまた賈詡が、巻き返して攻めてきたのである。張繡はたしかに勇猛ではあるが、その勢力で見れば曹操とは比べものにならない。ごく狭い領地しか持たない張繡が、三度にもわたって曹操軍と渡り合えたのは、すべて賈詡の智謀による。そのため、賈詡に対する曹操の恨みは張繡に対してよりも深いものがあった。

「向こうが一枚上手でした……」郭嘉はため息を漏らした。「賈文和《ぶんわ》こそまさに鬼謀《きぼう》の士、こちらの動きは完全に見透かされていたのです。われわれの撤退を知って、すぐに北方で変事があったと断じたのでしょう。一度目の追撃に失敗したあと、わが君は必ずや軍を離れて先に許都へ帰ることまで見抜き、あえて二度目の追撃を仕掛けてきたというわけです」

「それはわかった。しかし、なぜすぐに手を打たなかったのだ？」曹操は厳しい眼差しを向けた。

「それは……わたしもうかつだったとしか……」郭嘉はいっそう頭《こうべ》を垂れて、ぶつぶつと話しだした。「幸い土豪の李通《りとう》という男が、義兵を集めて張繡の後ろを突いてくれました。それがなければ、こちらの被害はもっと膨らんだはずです」実際、兵士をそれほど失ったわけではないが、多くの武器や糧秣《りょうまつ》を奪われた。これにより、張繡軍はまたしばらく穣県を占拠することが可能となったのである。

「ふん」曹操は面白くなかったが、手を振って立つよう促した。「さあ、立て。跪いたところで何になる？　はじめは何人かを昇任させようと思っていたが、その必要はなさそうだ。そなたらにはもったいない！　ところで、その李通というのはどこにおるのだ」

郭嘉が立ち上がって答えた。「いまはここから南へ十里［約四キロメートル］のところに駐屯しています。わが君の許しを得ずに許都に近づくことはできないとかで……」

「ほう、わきまえておるな」曹操は小さくうなずいた。「では、李通を振威中郎将《しんいちゅうろうしょう》に任じよう。兵糧や武器なども分けてやれ。そして汝南郡《じょなん》に向かわせて守備に当たらせよ。この者に南側を警戒させておけば、張繡も少しはおとなしくするかもしれん」

「それは名案です」郭嘉は曹操の顔色を窺いつつ笑みを浮かべた。

「この情況でよくもぬけぬけと笑みをこぼせるものだな……」そう咎めつつも、郭嘉のいたずらっぽい笑顔を見ていると、曹操もいささか毒気を抜かれるのだった。

そんな折り、ちょうど荀攸《じゅんゆう》が前庭からぶらりと姿を現し、穏やかに話しはじめた。「勝敗は兵家の常、これしきの失敗、目くじらを立てるほどではありません。先の見えた張繡など恐るるに足らず。糧秣を手にしたところで、せいぜいしばらく生き延びる程度のことです」

曹操は髭をしごきながら言葉を返した。「糧秣を奪われたのはたいしたことではない。それよりも、張繡のせいで行軍が遅れたことが問題だ。このたびの戦《いくさ》で兵士らは疲れ果てておる。十分に休ませねば呂布の討伐に向かえんではないか。元譲《げんじょう》はもうとっくに小沛《しょうはい》に着いておるだろうに、勝ち戦の知らせもないのが、このところとくに気になってな。それに……」そこで曹操は、「陳登《ちんとう》にも動きはないようだが、どういうつもりだ」と続けようとしたが、その前に手で遮る荀攸の姿が目に入った。いまここにいるほとんどの者は、まだこの件を知らない。むろん味方ばかりだが、人の口には戸が立てられない。陳登のことが漏れるのはまだしも、徐州を落とせないとなれば一大事である。曹操は慌ててごまかした。「遅延すれば、それだけ心が安まらんからな。一日でも早く軍の準備が整えば、それだけすぐに徐州に向かうことができる」

荀攸がそのまま曹操の前に進み出た。「事を急《せ》いてはいけません。夏侯《かこう》将軍の配下の兵は久しく戦に出ておりませんでした。すぐには勝ちを得ずとも不思議ではありません。それに程昱《ていいく》と李典《りてん》もすでに兗《えん》州から援軍を率いて出立しております。思うに、一両日のうちには何か進展があるかと……」荀攸はそこで目を瞬かせて曹操に何やら合図を送った。「ここはやはり、みなを各自の軍営へ戻らせて休息を取らせましょう。しっかり英気を養ってこそ、また戦えるというものです」

荀攸は口の固い男である。およそ重要な知らせは必ず秘密裏に曹操に打ち明け、人前で口を滑らせるようなことは断じてない。荀攸のそぶりを見て曹操も何か話があるのだと気づき、みなには退《さ》がるようにと手を振った。「また出兵があるから注意しておけ。いまはもうよいぞ……奉孝は残るように……」

諸将が入れ替わり立ち替わり暇乞《いとまご》いを告げて司空府を出ると、曹操ら三人は広間で席に着いた。そこで荀攸がようやく腹を割って話しはじめた。「いま、河北《かほく》の将である路招《ろしょう》と馮楷《ふうかい》がこちらへ降りたいと、数百の兵を連れて許都の近くまで来ております」

「そうか……」曹操にとって、それは取り立てて驚くようなことでもなかった。かつて董卓《とうたく》討伐の軍が起こったとき、路招は河内太守《かだいたいしゅ》の王匡《おうきょう》のもとにいた。しかし、その際、董卓からの和睦の使者として遣わされてきた胡母班《こぼはん》らを王匡が殺したため、路招は強い不満を覚えた。その後、曹操が張邈《ちょうばく》と手を組んで王匡を討つと、路招が河内郡の残兵を率いた。さらにのち、張楊《ちょうよう》と於夫羅《おふら》の軍が河内に侵入してくると、路招はこれを食い止められず、袁紹のもとへ身を寄せた。そしていま、おそらくは袁紹がずっと彼を腹心として扱わなかったため、我慢ならなくなって帰順して来たのだろう、曹操はそう考えた。

「われわれにとっても、これは厄介な問題です」郭嘉が、その細い指先をもてあそびながら言った。「かりに路招と馮楷を受け入れれば、必ずや袁紹の恨みを買うでしょう。たった数百の兵では、これは引き合いません。一方で、もし受け入れないとなれば、送り返すにせよ誅するにせよ、朝廷と明公《めいこう》の名声に影響を及ぼします。どうかよくよくお考えください」

「ふん！」曹操はそれを鼻であしらった。「いまさら何を考えろというのだ。どうせいずれは袁紹と袂《たもと》を分かたねばならんのだからな。今日でも明日でもかまわん。路招と馮楷の帰順を認める」袁紹が公孫瓚を滅ぼせば、大河以北にはもう奪うべき土地もなければ、さらに北の未開の地を拓くこともできない。そうなれば、矛先を転じてこちらを攻めに来るのは必定。いよいよ訣別のときが間近に迫ってきたのだ。

荀攸が思い出させるように口を挟んだ。「袁紹と争うなら、まずは呂布を除かねばなりません。徐州の戦は早ければ早いほどよろしいかと」先ほど諸将の前で言ったこととは正反対である。「もはや袁紹との決戦は避けられないでしょう。しかしその前に、袁紹は公孫瓚を滅ぼさねばこちらへは攻め込めず、われわれも呂布を討たねば袁紹と争うことはできません。要するに、目の前の敵を先に滅ぼしたほうが、来《きた》る決戦の主導権を得ることができ、遅れたほうが後手《ごて》に回るというわけです。そして一歩出遅れれば、どんどん受け身に回ることとなり、取り返しのつかないことになります」

「それはそうだが、兵士らは疲労困憊している。やはり何日か休ませるべきだろう。兵士らの気持ちが落ち着いてから、足場を固めつつ進むんだ。それでも袁紹より先んずることができるはず」曹操は目を生き生きと輝かせた。「公達《こうたつ》、その二人を速《すみ》やかに迎え入れよ。袁紹のことで探りを入れたい」

路招と馮楷は曹操の召喚を受けると、兵をその場に残して大急ぎで許都に入城し、司空府に入って曹操に拝謁した。ほとんど十年ぶりである。当時はまだ若年だった路招も、すっかり壮年の将に成長しており、如才なく振る舞えるようになっていた。曹操の前に進み出ると、慌ただしく跪いた。「罪将が恩公へお目通りに上がりました」

これはよくわきまえた物言いである――自身を「罪将」と呼ぶのは、袁紹に身を寄せていた悖逆《はいぎゃく》を指し、曹操を「恩公」と呼ぶのは、王匡を誅してくれた昔日の恩を忘れてはいないことを示している。

曹操はかすかに微笑むと、自らその手を取って起こした。「路将軍、かつてのことはもうよい。それに『恩公』などと呼ばれては、わしも面映ゆいからな。そなたらはすでに帰順した。これからはともに漢の朝廷に仕えるのだ」

「これは恐れ多いお言葉。わたくしめはただ恩公のご指示に従うまででございます」路招はひたすら恭敬の意を示し、ついで馮楷を曹操に引き合わせた。

曹操は馮楷とは初対面だった。路招よりはいくぶん若く、粗野な相貌はいかにも武人といった趣である。この男も袁紹のもとでは重用されなかったのだろう、そう思うと曹操は二人に笑いかけた。「二人が轡《くつわ》を並べて馳せ参じてくれたことは頼もしい限りだ。腰を下ろしてゆっくり話そう……ところで、二人はなにゆえ朝廷に帰順されたのかな」

路招は包み隠さず打ち明けた。「わたくしから正直にお話しいたしましょう。男として世に生まれたからには手柄を立てて名を揚げたい、われらもそう考えております。しかし、袁紹は河北に地盤を固めてから当地の士人《しじん》しか取り立てません。沮授《そじゅ》は全軍の監軍《かんぐん》［総司令］、田豊は政《まつりごと》を主管し、郭図《かくと》も重要な機密を扱っています。将としては顔良《がんりょう》、文醜《ぶんしゅう》、張郃《ちょうこう》、高覧《こうらん》らを重用するのみで、よそから身を寄せた者には目もくれません。われらは二人とも泰山《たいざん》郡の生まれです。かつては王匡に仕えておりましたが、曹公のご恩を蒙って袁紹に仕えたものの、河北では前途は望めず……」

路招が話し終えるのを待ちきれずに、馮楷が口を挟んできた。「袁紹のやつは人を侮るにもほどがあります。かつて韓馥《かんふく》の配下であった麴義《きくぎ》は、袁紹軍の先鋒として、公孫瓚との戦いで手柄を立てました。ところが、袁紹は麴義の大手柄を妬《ねた》んで疑心を抱き、みすみす死に至らしめたのです。そしてこのたび易《えき》県［河北省中部］を包囲するにあたり、張燕《ちょうえん》の動きを牽制するため、われわれに数千の兵馬を率いさせました。たしかに黒山《こくざん》の賊は烏合の衆ですが、あまりにも数が多すぎてとても敵いません。これは袁紹が故意にわれわれを死地に送り込んだとは考えられませんか」

曹操は内心であざけり笑った――袁紹も抜かりない男だ。信の置けないこの者らを黒山の賊にあてがったというわけか。黒山賊に勝てば外患を除くことができ、負けても内憂を除くことができる。理に適った策と言わねばなるまい。ただ惜しむらくは、内憂を完全に除くには至らず、かえってわれらのほうへ逃げ込ませたことか――

路招がため息交じりに話を引き取った。「ええ、われわれは張燕と一戦交えましたが、衆寡敵せず大敗を喫し、残った兵はわずか数百ばかり。すっかり意気消沈して、これ以上は袁紹を支える気にもなれず、それゆえ曹公のもとへ身を投じようと参った次第なのです。何とぞ寛大なるお取り計らいを」

曹操はやや複雑な気持ちになった。いまの情勢は依然として強大な袁紹と弱小の自分という構図であり、およそ前途のある者なら、こちらに荷担することはまずありえないからである。ただ、見方を変えれば、ここ許都の朝廷は、退路のない者にとっては最後の頼みの綱だということである。天子の御旗によって人材を集めるなら、寄る辺を失って帰順してくる者を過度に咎めることもできない。それに目の前の二人は腹を割って気持ちを打ち明けており、それはそれで私心なく正直とも言える。曹操は二人に答えた。「そう気を落とすことはない。二人を都尉《とい》につけるよう、わしから上奏しよう。必要な軍備も兵糧も分け与えるゆえ、もとの将兵らを集めて朝廷のために働いてくれ」

路招と馮楷は思わず顔を見合わせると、すぐさま席を下りて再び跪いた。「曹公のお引き立て、ありがたき幸せ!」この二人も、董卓討伐のころより乱世をくぐり抜けてきたからには、決してただの凡庸な輩ではなく、時局の変化を見極める目を持っていた。袁紹に邪険にされてからも長らく歯を食いしばって耐え忍んだのは、ひとえに行く当てがなかったからである。これがもし一、二年前なら、路招と馮楷も曹操を頼ることはなかったであろう。悪くすると、曹操の手でその首を河北に送り返されていたかもしれない。しかし、いまや情勢はまったく異なる様相を見せている。曹操と袁紹は遠からず必ずぶつかるだろう。そのときに命脈をつなぐのは曹操のほうだと二人は判断した。だからこそ、帰順が認められるかどうかという危険を冒してまで、許都に身を投じたのである。それが曹操から手厚いもてなしを受け、軍を預けられるなどとは思ってもみなかった。このときの二人の感激はいかばかりだったろうか。

曹操は軽く手を上げて二人の謝意に応えると、再び着席を促して、いよいよ本題を切り出した。「少し前に河北から入った知らせによると、田豊が許都を奇襲するよう袁紹に勧めたというが、それは確かなのか」

「間違いありません」路招はうなずいた。「ただ、袁紹は幽《ゆう》州の戦にこだわって採用しませんでした」

馮楷がそれに付け足した。「聞くところでは、袁紹の末っ子の袁買《えんばい》が病にかかったため、袁紹はそばを離れるのが忍びなく、出兵を見送ったとか。田元皓《げんこう》は頭にきてずいぶん文句を言っていたそうです」

曹操は思わず吹き出しそうになるのを必死でこらえた。いくら袁紹でも、息子の病気を理由に戦を取りやめることなどありえない。誰が流したのか知る由もないが、つまらぬ噂というのは人がいる限りどこにでも立つものだ。袁紹が出兵を渋ったのは公孫瓚の反撃を恐れたためであろう。それに、田豊の策も決して妙案とは言えまい。河北で兵を起こして許都を奇襲するなら、長途の行軍は言うに及ばず、少数の兵では許都を落とせず、多数であればそもそも奇襲にならない。これは断じて上策ではない。ただ、ここは馮楷らに調子を合わせておくべきだろう。曹操はそう考えて、わざと袁紹をこき下ろした。「ふん、子供のために良策を退けるとはな。その無能ぶりでは大事を成すことなど到底かなうまい」

「仰るとおりです」二人は声を合わせて相槌を打った。

「すでに公孫瓚は完全に囲まれたと聞くが、実際のところはあとどれほど持ちそうだ？」これこそ、曹操がもっとも関心を寄せる問題である。

路招が答えた。「わたくしの見立てでは、袁紹でも一年で落とすことは不可能でしょう」

「なぜそう思う?」曹操には信じられなかった。

「曹公はご存じないかもしれませんが、公孫瓚はずいぶん前から易水《えきすい》の岸に沿って砦を築いていました。周囲は六里［約二・五キロメートル］にわたり、壁の高さは六、七丈［約十五メートル］もあるでしょうか。その上には強弩を備え、さらに丸太や岩を運び上げており、城外に掘られた塹壕《ざんごう》は十にも及ぶほど。そのうえあちこちの要路には敵の侵入を阻む逆茂木《さかもぎ》を設け、自軍の兵士は有利な高地に配し、城内の櫓《やぐら》は百をもって数えるほどです。公孫瓚と妻や側女《そばめ》は十丈［約二十三メートル］以上ある高楼に住んでいますが、その壁は巨石で組まれ、門は鉄製、蓄えた兵糧は三百万斛《こく》［約六万キロリットル］、ゆうに数年は持ちこたえられるほどです。この易京《えきけい》の牙城が袁紹の前に立ちはだかり、手の打ちようがないのです」

それを聞くと、曹操もはじめは驚きを禁じえなかったが、よくよく考えたところで思わずかぶりを振った。「易水か……風蕭々《しょうしょう》として易水寒く、壮士一たび去りて復《ま》た還らず……しかしそれでは袁紹に攻め込まれないとはいえ、自分も打って出られないではないか。それに堅固な城郭でも長期にわたって包囲されればいかんともしがたい。包囲が長引けば人心も離れていく。やはり一年も持ちこたえるとは思えんな」かつては公孫瓚を敵視していたが、いまは袁紹に敵対する盟友と言ってもいい。公孫瓚が一日でも長く持ちこたえてくれれば、それだけ曹操にも備える余裕ができる。

路招がさらに付け加えた。「張燕の存在も決して軽視できません。拠るべき城郭は持たないものの、なお数十万の賊兵を擁しており、やはり袁紹にとっては脅威でしょう」

曹操にとって、その点はなおのこと首肯《しゅこう》しがたかった。「わしも黄巾《こうきん》賊とはもう長い付き合いだ。

やつらのことならよく知っている。実際は財物を掠《かす》め取ったり役所を襲ったりするぐらいで、本物の戦となればたいしたことはできん。それに、張燕は数十万と号しているが、その多くは年寄りや女子供に過ぎん。ひとたび戦となれば、尻尾を巻いて逃げるやつがほとんどだ。女子供は泣き喚《わめ》き、陣のなかでもおしめを干しているような集まりだぞ。これが袁紹の相手になるはずもない」

たしかに黒山の賊軍も、武器を棄てて投降することを考えないわけではなかった。むしろ袁紹がそれを許さなかったのである。袁紹は曹操とは根本的に異なる統治をしていた。袁紹の立脚基盤は河北の豪族にあり、土地の占有と小作人の使用を豪族のなすがままに任せていた。そのため、農民を主とした反乱に対しては、いささかも情をかけない。袁紹が河北に足場を固めてまずしたことは、劉石《りゅうせき》、黄竜《こうりゅう》、左校《さこう》、郭大賢《かくだいけん》、李大目《りだいもく》、于毒《うどく》といった黄巾賊および黒山の賊の殲滅である。ときには数万人もの首を斬り、その砦はことごとく打ち壊した。こういった強硬な態度は、言うまでもなく豪族の利益を守るためのもので、その結果、袁紹は十分な資財と糧秣を蓄えるに至ったが、張燕と妥結する可能性は完全に消え失せた。かたや曹操の方策は、豪族の勢力を押さえ込み、反乱軍を自軍の兵として再編し、土地を流民らに与えて屯田制をしくというもので、袁紹とは好対照をなしている。中原が乱れて以来、曹操の支配地域では豪族による反乱はあったものの、農民による反乱は起きておらず、袁紹の支配地域ではまったく逆のことが起きている。その根本的な原因はここにある。

聞くべきことを聞き出すと、曹操はうつむいてしばし考えにふけった——どうやら公孫瓚の死期はそう遠くなさそうだな。張燕にも袁紹の軍勢を防ぎ止められるわけがない。こうなれば伸《の》るか反《そ》るかだ。どのみち決戦はもはや避けられん。本初《ほんしょ》、本初よ、陳留《ちんりゅう》で旗揚げしたときは思いも寄らなかったぞ。二十年来の友人であるお前とのあいだで、まさかこんな日が来ようとはな。よかろう。そちらに覇を唱える夢があるなら、こちらにも大漢を中興する志がある。天に二日《にじつ》なく、土《ど》に二王なし。われらの友情ももはやこれまでだ……

曹操が目を伏せたまま黙り込んだので、路招と馮楷も声をかけにくく、かといって暇乞いをするのも唐突に思われたので、同じように口をつぐんだままその場に座っていた。そうしてしばし沈黙が流れたとき、突然王必《おうひつ》が広間の入り口に姿を現した。「ご報告申し上げます。河北より使者が参りました」

「通せ」曹操は顔を上げることもなく、ひと声答えた。

袁紹の使者が来たと聞いて、路招と馮楷はおそらく自分たちのことだろうと思い、気になって仕方なかったが、やむをえず席を外すことにした。「われらがここにいては何かと不都合でしょうから、ひとまず退座して、明公のお呼び出しを待つといたしましょう」

「その必要はない！」曹操は勢いよく立ち上がった。「袁紹との決裂は必至だ。早晩、黄河を挟んで一戦交えねばならん。もうそんなこそこそとして、自他ともにごまかすような真似をすることはない。堂々とそこに座っておればよいのだ。それで向こうがどう出るか、一つ見てやろうではないか」

二人は曹操の後ろ盾を得ると、心底喜んで座席に戻り、胸を張って座った。そのとき、王必が黒い服をまとった使者を連れてゆっくりと入ってきた。王必が請《しょう》じ入れると、使者は遠慮がちに拱手《きょうしゅ》しながら、頭を下げて足を踏み入れた。曹操の面前まで近づくのを待たずに、その使者はきわめて慇懃な態度で深々と礼をした。「わたくしめは冀《き》州の従事《じゅうじ》で……」そう言いながら、ちらりと目を上げたとき、路招と馮楷の姿が目に入った。使者は思わずびくりとして、二の句が継げないでいた。馮楷は堂々と胸を張り、冷やかに笑いかけた。「おう……これは陰《いん》先生ではないか。もしやわれら二人の首を曹公からもらい受けに来たのか」

その使者は、路招と馮楷がここにいることでまずいと思ったのか、知らず知らず二、三歩後ずさった。しばらくして、ようやく心を落ち着けると、改めて曹操に拝礼した。「わたくしめは冀《き》州の従事で陰夔《いんき》と申します。袁大《だい》将軍に代わりご挨拶に伺いました」その声は明らかに震えていた。

「うむ」曹操の返事は素っ気ない。「それで、大将軍からはいかなるご指教か」

「書簡はこちらに」陰夔は曹操の冷たい話しぶりに、使者の務めが不首尾に終わることを覚悟した。それゆえ余計なことは一切言わず、王必に竹簡を渡そうと、慌てて懐から取り出そうとした。しかし、手の震えが止まらず、竹簡を取り落としてしまった。王必は身をかがめてそれを拾うと、恭《うやうや》しく曹操に手渡した。三公《さんこう》の屋敷ともなれば、決まりごとが甚だ多い。ここでもよそ者が曹操に直接何かを渡すことは禁じられていた。もちろん司空府に入る前に剣は外されているが、もし面会者が懐に匕首《あいくち》を忍ばせていたり、武芸に秀でた者で、物を渡すときに突然襲いかかったら防ぎようがないからである。

袁紹は四代にわたって三公を輩出したその家柄を誇っており、自身も大将軍という身分にあることから、たとえ曹操に何か用件があったとしても、まずは必ず禁中に上奏し、それが司空府に回されるという手順を踏んできた。そうして自身の名分の正当性を示していたのである。かりにそれが他人に見られては困るものであっても、やはり腹心を遣わして曹操の掾属《えんぞく》に書簡を届けるという手順を経ており、このたびほど直接的に手渡すことは絶えてなかった。それゆえ、この書簡はおそらく路招と馮楷のことであろう、曹操はそう思いつつ中身を読み進めた。すると、二人の裏切りについては一字も触れていないどころか、なんと書簡は曹操に鄄《けん》［山東省南西部］への遷都を要求するものだった。

鄄城、それは兗州の済陰《さいいん》郡に位置し、朝廷から任命された郡の長官は袁氏一族の袁叙《えんじょ》である。たしかに曹操の勢力範囲に属してはいるが、北は冀州に隣接し、東は青《せい》州ともほど近く、何をするにも袁紹の目に入ることは疑いない。かりに鄄に遷都すれば、袁紹の心持ち一つで、いつでも軍を起こして渡河し、鄄に至ることができる。そうなれば曹操に防ぎようはない。袁紹の意図は火を見るよりも明らかであった――曹孟徳《もうとく》よ、わしに降るか戦うか、選択肢をやろう。もしお前に分別があるのなら、その顔を立てて三公にとどめ、わしが遷都後の朝廷と官軍を引き継ぐ。これを拒むというのであれば、戦場で相まみえよう。わが領土は広く兵馬も強大である。そのときは一気にお前を滅ぼすのみだ

――

書簡を読み終えると、曹操は思わず苦笑を漏らした――本初よ、今日この日に至ってもわれら二人の心は通じ合っているようだ。ちょうどこちらが腹を括《くく》ったときに、このような書簡をよこすとは、訣別を選ぶときまでまったく同じだな。残念だが、ここまで来たらあとには引けん……曹操は書簡を卓上に広げて置くと、陰夔に問いただした。「これは大将軍の手落ちだ。かように重大な案件は、必ずや朝議を経ねばならんのに、それを書簡一つで済まそうとは。これでは臣下の礼に背く。陰夔殿、そなたは何が書かれてあるのかご存じか」

陰夔も内容については何も聞いていなかった。ただ覚えているのは、袁紹がこの書簡を自分に渡すとき、一切の感情を押し殺した顔で、必ず曹操自身に直接手渡すよう、念を押して言い含めたことだ

けである。それゆえ道中も甚だ落ち着かず、かといってのぞき見る勇気もない。そしていま、曹操にその点を問いただされたので、陰夔は冷や汗をびっしょりかきながら、しどろもどろになって答えた。

「わ、わたくしは知りません、知りませんとも」

「よかろう」曹操は不敵な笑みを浮かべながら、書簡の内容を教えた。「大将軍が仰るには、許は田舎で、洛陽は損壊している。よって鄄に遷都せよとのことだ」

陰夔は気絶しそうなほどに驚きたまげた。幸い頭の回転が速かったので、陰夔はまたすぐに拱手して答えた。「それは異なことです。それならば、すぐに戻って大将軍にまみえ、新たに正式に上奏するよう申し上げましょう」そう言って身を翻そうとした。

「待て！」曹操が一喝した。

陰夔は飛び上がって驚き、身を震わせながら振り返った。「そ、曹公……ま、まだ何か……」

「上奏などする必要はないし、改めて返事を書くまでもない。ご面倒だが帰って大将軍に伝えてくれぬか。朝廷は許都にあって安泰、宗廟《そうびょう》の祭祀は滞りない。城は堅固にして兵は精鋭、糧秣は十分。よって遷都の議には断じて従いがたい。そしてもし、わが漢室を窺う不心得者がいれば……」曹操はそこで青釭《せいこう》の剣を「しゃらん」と振り出した。「この曹操が剣を手に、戦場で相まみえてくれよう……とな」そして青釭の剣を卓に向かって勢いよく振り下ろすと、激しい音とともに木屑が飛び散り、袁紹の書簡もろとも真っ二つに砕けた。

陰夔は頭を抱えて飛びのき、その拍子に柱で頭をしたたかにぶつけた。そこへ馮楷が近づき、その首根っこを捕まえてどなりつけた。「曹公のお言葉、しかと覚えたんだろうな！」

「覚えた、覚えたとも……」陰夔は首が折れそうなほど何度もうなずいた。

曹操は剣を鞘《さや》に収めると、髭をしごきながら言った。「放してやれ……かりにも大将軍の使者だ。礼を失してはならぬ」俗に君子は交わり絶ゆとも悪声を出《いだ》さずという。たとえ訣別であっても、使者をぞんざいに扱うことはできない。「陰先生、そういうわけだ。大将軍によろしくお伝えしてくれるか」

「ははっ、必ずや」陰夔はうなずいてお辞儀をすると、そそくさと広間から退がり、つい先ほど通ってきた庭を脱兎のごとく駆けていった。

曹操はその後ろ姿を眺めながらかぶりを振った。「しかし本初は、なぜあんな臆病な男を使うのか……」

路招がそのわけを説明した。「あの陰夔というのは南陽で名高い陰氏一族の者。それゆえ袁紹に登用されたのでしょう」いわゆる南陽の陰氏とは、光烈《こうれつ》皇后の陰麗華《れいか》の一族である。かつて光武《こうぶ》帝劉《りゅう》秀《しゅう》がまだ志を得ないときに、「仕官するなら執金吾《しつきんご》、妻を娶《めと》らば陰麗華」と言ったという。のちに劉秀は帝位につくと、その言葉どおりに陰麗華を娶った。そうして皇后となった陰麗華には、兄の陰識《いんしき》と弟の陰興《いんこう》という兄弟がいた。ともに開国の功臣として官は九卿《きゅうけい》に至り、列侯《れっこう》や関内侯《かんだいこう》の爵位を賜った。これより、陰氏は南陽の名家として朝廷からも重んじられるようになったのである。

曹操はそれを聞くと、なおのこと大きなため息をついた。「袁紹は四世三公の家柄ゆえ、名家の出身でなければ登用するに値しないと考えている。実際には、そんなところからは放蕩息子しか育たぬ。本当の麒麟児は野に埋もれているものだ。人を用いるのに賢愚を見抜こうとせず、出自だけを見るとは愚の骨頂ではないか」

その言葉は、まさに路招と馮楷の心の琴線に触れた。路招は袁紹に対する憤りを隠さなかった。「袁紹はわれらを塵あくたのごとく見なしておりますが、明公はわれわれにとって命の恩人と言っても過言ではありません。われら二人は必ずや明公をお守りし、いつの日か河北を平定して、民に害するあの逆賊を討ち滅ぼしたいと考えます」

「そなたらが守るのはわしではない、大漢の天子だ」曹操はあえてその点を訂正した。「しばらく一人で静かに考えたい……そなたらも席を外してくれ……王必、輜重《しちょう》と糧秣を分け与えるよう、荀令君《れいくん》に伝えてくれ。二人がもとの兵士らを集められるように」

「ははっ」二人は声を揃《そろ》えて返事をすると、談笑しながら広間をあとにした。

ようやく一人になると、曹操は呂布の討伐について思いをめぐらせた。公孫瓚が滅ぶのはもう目に見えている。曹操に残された時間はそう長くない。荀攸が断言したとおり、目の前の敵を先に滅ぼしたほうが、来るべき戦いの準備を早く進めて主導権を握ることになるだろう。もとより曹操の兵力は袁紹に遠く及ばない。このうえ後手に回るようなことがあれば、その結果は惨憺たるものとなるであろう。呂布は討たねばならない。一方で、疲れ果てた兵士のこともある。次の出兵までには十日から半月は休ませるべきだ……

「わが君、ご注進に参りました」いつのまにか荀攸が入ってきていた。後ろには呂昭《りょしょう》を連れている。

「ん？」曹操は呂昭の姿に目を疑った。「子展《してん》、お前は元譲のもとで従軍していたのではないのか。いつ帰って来たんだ？　小沛のほうはどうなった？」

「小沛で……小沛で……」呂昭はほこりまみれの顔のまま、なかなか切り出せずにしきりに言葉を濁している。最後には荀攸にすがりついた。「やっぱり軍師《ぐんし》からお伝えしてください」呂昭があきらめて荀攸に押しつけると、荀攸もかぶりを振ってため息を漏らした。よほど言いにくいことのようである。

二人の様子から、曹操は芳しくない報告であろうと推測した。「劉備が小沛を落とされたのか、それとも元譲が敗れたのか」

二人はまた目を合わせ、最後には荀攸がやっと重い口を開いた。「小沛はいまも包囲されております。高順《こうじゅん》は小沛を囲みながらもわが援軍を攻撃し、わが軍は敗れて二十里［約八キロメートル］後退しました。それで建武《けんぶ》将軍が、その……」

夏侯惇《かこうとん》に何かあったというのか！　曹操はびくっと体を震わせ、頭を強く殴られたような衝撃を受けた。すぐに荀攸の手を取り、うわずった声で尋ねた。「げ、元譲がどうしたのだ……」

「敵の弓矢で……その、目を射貫かれました」

曹操はしばし呆然として言葉を失った……かと思うと、いきなり膝を思い切り叩いて叫んだ。「出陣だ、明日にも出陣だ！　元譲の敵討ちに向かうぞ！」

第十五章　内応が奏功し、一挙にて呂布《りょふ》を破る

髪を切って首に代える

三度目の張繡《ちょうしゅう》征討が不首尾に終わったこともあり、徐《じょ》州への出陣は、許都《きょと》で何日か将兵を休ませてからにせざるをえない、もともと曹操はそのように考えていた。しかし、周囲の情勢がそれを許さなかった。夏侯惇《かこうとん》が高順《こうじゅん》に敗れ、あろうことか乱戦のなかで矢に当たり、左の目を失ったのである。軍全体を預かる総帥が負傷したとあっては、いったん陣を後退させるほかない。劉備《りゅうび》はいまもなお小沛《しょうはい》［江蘇《こうそ》省北西部］で包囲されており、このままでは落城も時間の問題である。

夏侯惇の存在は、曹操にとってあまりにも大きかった。挙兵以来、夏侯惇はどんな危険をも恐れず、率先して戦《いくさ》に身を投じ、曹操軍における副総帥として、あるいはもっとも有能な将として、常に曹操のそばで奮戦してきた。また同時に、夏侯惇は曹操の従兄弟《いとこ》、つまり親族の一人でもあり、単に曹操の右腕という存在にとどまらなかったのである。その夏侯惇が片目を失ったことは大きな衝撃であったが、それにも増して河北《かほく》［黄河の北］における切迫した戦の動向も、曹操にとっては憂慮すべきことであった。そのため、曹操は部隊の休息も不十分なままに、徐州への出陣を命じたのである。呂布を討つために自ら二万の兵を率いて許都を発ち、わずかな兵馬を残して曹洪《そうこう》に留守を任せた。

出陣の命令、それは兵士たちにとって、つらい日々の幕開けを意味する。じめついた南陽《なんよう》の地をくぐり抜け、ようやく許都へとたどり着いた兵士らは、みな一様に疲労困憊していた。その疲れも癒やされぬうちに今度は東征である。どの部隊にも怨嗟の声が満ち満ちて、行軍の速度は一向に上がらなかった。兵卒が疲れているのは、むろん曹操も十分に承知している。しかし、いまは悠長に構えている場合ではない。曹操にとっても致し方なく、ただ苛立ちを抑えながら兵士を叱咤激励し、前進を命ずるしかなかった。ときは秋、まもなく麦が実りはじめる時季である。豫《よ》州の屯田はことのほか豊作のようで、もうしばらくすれば刈り入れどきを迎えるだろう。大軍はまっすぐに小沛を目指しており、ときには麦畑のあいだを縫って進まねばならなかった。曹操は、兵士が麦を踏みつぶさぬようにと、行軍の道すがら命《めい》を下した――麦を踏み荒らした者は斬罪《ざんざい》に処す。

道中、曹操の鬱憤は極点に達していた。矢で射られた夏侯惇の生死も知れず、取り囲まれた劉備の命は風前の灯火《ともしび》、目の前では疲れ切った兵士たちがのろのろと行軍している。気持ちは焦るばかりであったが、かといってむやみに急《せ》き立てることもできず、一方で麦畑に踏み入らないよう注意しなければならない。曹操は憤懣《ふんまん》やるかたなく、怒りにまかせて呂布や高順を罵り、また張繡や劉表《りゅうひょう》に向かって悪態の限りを尽くすのだった。しかし、いくら焦ったところで何も変わらない。何日かの行軍を経て、まもなく梁国《りょうこく》の地に入ろうとしていたが、それでも小沛まではまだようやく道半ばである。

荀攸《じゅんゆう》と郭嘉《かくか》は片時も曹操のそばを離れることなく、数日来、曹操の気持ちをなだめようと話しかけていたが、とうとうかけるべき言葉も見つからなくなった。そしてまた目の前には一面の麦畑である。どうあっても避けようはなく、麦に注意しながら縫って進むほかなかった。歩兵らはびくびくとしながら麦を踏まぬように足を下ろし、騎兵は次々に馬を下りて麦を手でかき分けながら進んだ。こんなつまらぬことで軍令を犯すわけにはいかない。そのため、大軍の兵馬が押し合いへし合いし、行軍がいっそう遅れることは免れなかった。曹操は、振り返ってずらずらと続く隊伍を眺めると、またきつく眉をしかめて、誰にともなくつぶやいた。「屯田を踏み荒らしては民らの利を損なう。しかし、こう遅々として進まぬのでは、いつになったら徐州に着けるかわかったものではないな」

郭嘉は曹操の苛立ちがぶり返したのを見て取ると、すぐさま明るく笑って話題を変えた。「わが君、ご覧ください。風に吹かれる麦穂はさながら波のよう、広がる屯田いずこも出来は大豊穣。荀令君《れいくん》［荀彧《じゅんいく》］によれば、今年の刈り入れでは百万斛《こく》［約二万キロリットル］は見込めるそうで、昨年の三倍になります。これだけ食糧があれば、倉は溢《あふ》れて富国強兵も思いのまま、呂布や袁紹を討ち滅ぼすのも手のひらを返すに等しい。気は早いですが、先にお喜び申し上げておきましょう」

郭嘉は曹操の気持ちを見抜くことに長けていた。そのうえ言葉の選び方も巧みであったから、二言三言話すうちに、曹操の気分はすっかり和らいだ。

「これは棗祗《そうし》の手柄にほかなりません。あれが朝廷と屯田民とで取り分を五分五分にするよう建議したからこそ、屯田民らも農事に精を出したのです。『民を貴《たっと》しと為し、社稷之《しゃしょくこれ》に次ぎ、君を軽《かろ》しと為す［国においては、民を一番貴いものとし、社稷をその次に貴いものとし、君主を一番軽いものとする］』、そうして民に利すれば己に利する。これは千古不変の道理です。呂布を平らげた暁には、上奏して棗祗を昇進させ、その不朽の功績を顕彰するのがよいでしょう」

さらに郭嘉は畳みかけた。「『法言《ほうげん》』にも、『之《これ》を行うは上《じょう》なり、之を言うは次《じ》なり』とあります。

卑見によれば、屯田に関する功績の第一は、やはり典農中郎将《てんのうちゅうろうしょう》の任峻《じんしゅん》殿に帰するでしょう。ここ数年、ときに許都を離れて戦に打ち込むことができたのも、任中郎将が屯田を取り仕切って兵糧を送ってくれたればこそ」任峻は曹操の従妹《いとこ》の夫である。それゆえ郭嘉はうまく話を続け、その功績を忘れずに賞賛した。

曹操は内心至極ご満悦だったが、とくに返事をするでもなく、黙って馬を進めた。任峻の功労については、曹操自身もよく理解している。しかし、昇進させるとなると話は別である。曹操は、自分が朝政を握るようになってから、一族や親戚の昇進をできる限り見送ってきた。夏侯惇と曹仁《そうじん》、曹洪は、軍にあっても有能な将であり、それなりの地位を与えなければ兵士がついてこない。ただ、親族でも任峻と卞秉《べんへい》らについては、功績があれば賞与は出すが、官位は上げないに越したことはない。なんとなれば、すぐにつまらぬ陰口や噂が持ち上がるからである。したがって、任峻は兵糧を、卞秉は武器を、それぞれ取り仕切っているにもかかわらず、中郎将と校尉の職にとどまっているのである。

曹操は顔に出さなかったつもりだが、表情にほんのわずかな変化があったのだろう。郭嘉がそれを見逃すはずはなかった。はっきりと口には出さないが、曹操も内心では明らかに同意している。そう見て取った郭嘉はすぐに言葉を継いだ。「かつて高祖《こうそ》は天下を平定したとき、誰が一番手柄かを論じました。人はみな曹参《そうさん》を推しました。身には七十あまりの傷を負いながら、城を落として領土を広げたその手柄こそふさわしいと考えたのです。しかし高祖は、関中《かんちゅう》［函谷関《かんこくかん》以西の渭水《いすい》盆地一帯］の治安を守り、前線に兵糧を供給し続けた蕭何《しょうか》［前漢の政治家］こそ、戦功の第一であると考えました。わたしに言わせれば、任峻こそは、われらの蕭何と申せましょう」

「好きにしゃべらせていたら、どんどんおかしなことになってきたな」曹操もこらえきれずにとうとう大声で笑い出した。「わしが見るに、われらの蕭何は荀令君をおいてほかになかろう！　はっはは……」

このとき、曹操のその笑い声が予期せぬことを引き起こした——麦畑に潜んでいた鴉《からす》が驚いて急に飛び立ったのである。曹操の愛馬である絶影《ぜつえい》は、黒い物体がいきなり自分の目の前をかすめて飛んでいったので狼狽《ろうばい》し、嘶《いなな》きながら麦畑のなかに躍り出た。曹操は手綱をきつく引き、慌てて絶影を止めたが、ときすでに遅く、多くの麦が絶影の蹄《ひづめ》によって踏み倒されていた。

この突然の出来事に、近くにいた将兵らが何ごとかと曹操の周りに人だかりを作った。荀攸と郭嘉も馬を下りてそばまでやって来た。馬上の曹操も目を白黒させている。麦を踏み荒らした者は斬罪に処す——自ら出した軍令を、ほかの者が汲々として守るなか、あろうことか自ら犯してしまったのである。曹操は誰かを探すようにきょろきょろと見渡した。そして長いため息を漏らすと、身を翻して馬を下り、周囲の者に尋ねた。「行軍主簿《こうぐんしゅぼ》［軍中における文書管理官］はどこにいる」

王必《おうひつ》が人混みをかき分けて進み出た。「わが君、どのようなご用件でしょう」

「このたびの行軍では、いかなる軍令が出されたか」

「軍令？　はて、軍令でございますか……」王必は目を見張ると、途端にとぼけた。

曹操はかすかに笑いを浮かべた。「ふんっ、この白日のもとでみなが見ておる。何もわしのためにごまかすことはない。さあ、言え」

王必は唾を飲み込むと、拱手《きょうしゅ》して伝えた。「麦を踏み荒らした者は斬罪に処す……でございます」

曹操はしばし髭をしごくと、王必に命じた。「わが馬は麦を踏み荒らした。軍法に照らして処断せよ」

曹操を処罰せよなどとは、冗談にもほどがある。王必は慌てて反駁した。「『春秋《しゅんじゅう》』に説くところでは、罰は尊きに加えずとか……」王必はとりたてて説くべき道理もなく、「刑は大夫《たいふ》に上らず［刑罰は官僚に適用されない］」というお決まりの言葉を持ち出した。

曹操はかぶりを振って答えた。「昔日、蕭何は法令を整え、韓信《かんしん》は軍法を明らかにし、張蒼《ちょうそう》は暦を作って、叔孫通《しゅくそんとう》［いずれも前漢の政治家、武将］は儀礼を定めた。そしてこの満天下に例外なく行われたのだ。わしは法を定めて自らそれを犯した。総帥だからといって、法に照らさぬわけにはいかぬ」そう言い放つと、曹操は腰に帯びた剣を抜き放って掲げた。

王必は驚きたまげ、必死で取りなそうとした。「なりませぬ。わが君が自ら罪に服するなど断じてなりませんぞ……」

もとはと言えば、郭嘉が曹操の機嫌をよくしようとして話を盛り上げたことによる。それがこのような思わぬ事態を引き起こしたのだ。郭嘉はすぐにその場で跪《ひざまず》いた。「わが君は大軍を預かり、天子のためにそのお命を賭けておられます。すなわち、わが君の御身そのものが朝廷の拠《よ》り所。天下平定をいまだ成し遂げずして、どうして自死など許されましょうか」

実は曹操自身、もとより死をもって償うつもりはなかった。ただ、自ら法を犯した手前、なにがしかの態度でもって示さねばならない。曹操はしばらく考えにふけると、おもむろに口を開いた。「王公であっても罪を犯せば民と同罪だ。それはわしとて同じこと。ただ、たしかに戦線にある一軍の総帥が自死するわけにもいかん。よって、これで代わりに罰としよう」そう言うと、曹操は兜を脱いで簪《かんざし》を抜き、左の手で鬢《びん》のあたりの髪をつかみ、右手の剣をそこにあてがうと、ためらうことなくばっさりと髪を切り落とした。

『孝経《こうきょう》』には、「身体髪膚《はっぷ》、之を父母に受く。敢えて毀傷《きしょう》せざるは、孝の始めなり」とある。それゆえ昔の人は髪の毛も大切にし、逆に罪を犯した者は、「髡刑《こんけい》」といって髪を剃《そ》り落とされたのである。曹操が衆目の面前で髪を切ったことに、誰もが愕然とした。曹操は剣を鞘《さや》に収めると、切り落とした髪を王必に手渡した。「この髪をもって全軍に示せ。わしは麦を踏んだゆえ、本来ならば斬罪に処すべきところ、総帥としての責務のため、ひとまずこの髪をもって首に代える。これからも軍法を守らぬ者があれば容赦はせぬとな」

王必が命令を受けて退《さ》がったあと、このことはすぐに全軍の兵卒にまで知れ渡るところとなった。曹操自身が髪を切った、それを知った兵卒はみな気持ちを引き締め、麦を踏まないのはもちろん、それまでの不平不満さえまったく鳴りを潜めた。荀攸が布を手にして自ら曹操の短くなった髪を結わえ、郭嘉が兜をまっすぐにかぶせると、三人は馬を牽《ひ》いてまた前進を続けた。

それからまたしばらく進むと、ようやく本隊が麦畑を抜けはじめた。前方に目を凝らせば、はるか先には梁国の治所である睢陽《すいよう》の県城が見えた。そこには梁国の王である劉弥《りゅうび》が住んでいる。曹操は県城をひと目見るなり、劉弥の子で偏《へん》将軍の劉服《りゅうふく》のことを思い出し、振り返って荀攸に確かめた。「南陽から許都へ戻ったとき、例の趙達《ちょうたつ》が何か言っていなかったか。たしか、劉服が誰かとつながっているとか……もし董承《とうしょう》などと手を結んでいたら、すぐ足元で禍《わざわい》が起きることになるぞ」

荀攸は時勢の大きな流れを読むのに長けていたが、政変や陰謀などのこそこそとした動きには、董《とう》昭《しょう》のように注意を払っていなかったので、ただかぶりを振って答えるのみだった。「荀令君の話では、当時、劉服はわが君に従って洛陽で陛下を奉迎し、許へ都を遷す際にも功績があったとか。董承と密かに手を結んでいるということはないのでは。それに父の梁王はいまわれわれの目の前にいます。もし劉服が許都で反乱を起こそうものなら、自ら父の首を絞めることになります」

「そうは言っても、劉服は生まれつき上調子な男だと聞く。驕り高ぶって血気盛んな年ごろだ。父を見殺しにすることがないとも限らん。俗にも油断は怪我の基《もと》というであろう。石橋を叩いて渡るのが正解だ」曹操が董承と劉服に疑いの目を向けていることは明らかである。しかし、公然とその兵権を取り上げ、罷免することは憚られた。帝室に連なる相手に対して権力を振りかざせば、人々の動揺と不満を煽ることは免れない。それに、二人を朝廷に置いておけば、宗室《そうしつ》や外戚も曹操を支持していると天下に示すことにもつながる。それもあり、曹操は二人に手を出せなかった。少なくとも袁紹と雌雄を決するまでは……

そうこう話しているうちに、睢陽の方角から飛ぶように駆けてくる者たちの姿がぼんやりと見えてきた。馬上の者と徒歩の者が併せて数十人、ずいぶんうろたえた様子でこちらに近づいてくる。ちょうどそのとき、斥候《せっこう》が報告に来た。「鎮東《ちんとう》将軍が逃げ落ちて来ました」

「なんと、急いで来たがやはり手遅れだったか」曹操はしきりにかぶりを振った。「大耳の劉備もまったくついてない。また小沛を失うとはな」

「曹公……曹公はどちらに……」劉備は下馬して、大軍のなかをあちらでつまずき、こちらでぶつかりしながら進んで来た。そうして、難しい顔で麦畑のあぜに立つ曹操の顔を見つけるや否や、倒れ込むようにひれ伏した。「不肖、またしても小沛を失ってしまいました。いかなる処罰も受け入れる所存にございます」

曹操が目を落として窺うと、そこには以前と違ってすっかり落ちぶれた劉備の姿があった。ざんばら髪に垢《あか》まみれの顔、服も鎧もぼろぼろで、以前の垢抜けた出で立ちなど見る影もない。わずかに何十人かの敗残兵を従えて、ただおろおろとするばかりである。前に劉備が小沛に入ったときは、兵馬を募ったことで呂布に睨まれ、その挙げ句に追い出された。このたび小沛に入ったら、計を用いて楊《よう》奉《ほう》と韓暹《かんせん》を仕留めたものの、呂布が買った馬を強奪したことでまた恨みを買い、まるで再現を演じるかのように、また城を失い逃げ出して来た。二度ともまったく同じ失態である。堂々とした押し出しで、好んで戦いに顔を出しながらも誰にも勝てず、愚直にも戦っては負け、戦っては負けを一つ覚えで繰り返す。曹操はそんな劉備に対して思わずおかしみを覚え、敗戦の責を問うこともなく、劉備の謝罪を手で遮った。「勝敗は兵家の常、玄徳《げんとく》殿、気に病むことはない。さあ、立ちたまえ……小沛が落ちたのはもういい。それより、元譲《げんじょう》のほうはどうなったのだ？」曹操にとっては、夏侯惇の容体が何より気がかりであった。

「面目次第もございません……」劉備は立ち上がろうとしなかった。「わたしは小沛に閉じこもっていたため、外の様子はまったくつかんでおりません。ただ、風の噂で、夏侯将軍が負傷されたと耳にしましたが、それも確かではありません。その後、城が落とされる際、わたしは北門から血路を開いて逃げました。高順の追撃を受けましたが、幸い関雲長《かんうんちょう》と張益徳《ちょうえきとく》が防いでくれたため、なんとか逃げおおせたのでございます。夏侯将軍の部隊に向かう余裕もなく、ただひたすらまっすぐに許都を目指しました。そうしていま、はからずも明公《めいこう》にお会いできたというわけです」言い終わるなり、何度も頭を地面に叩きつけた。

「それで、雲長と益徳はどこにいる？」曹操はあたりを見回した。

「わたしを守りつつ敵の追撃を防ぐさなかで散り散りになってしまい、二人とも行方は知れません……」もはや劉備の声は嗚咽交じりになっていた。

「おお、なんということだ……」曹操も同情することしきりであった。それにしても、曹操にはついぞ理解できなかった。関羽と張飛ほどの勇将が、なぜ劉備のような逃げる以外に能がない男を支えようとするのか。あの二人も行方知れずということは、劉備の家族も呂布につかまったに違いない。「ともかく立ちたまえ。落ち延びた兵士らを集めながら進むのだ。わしがそなたと元譲に代わって仇を討ってくれよう」

「感謝いたします、曹将軍」劉備はそこでまた叩頭した。わきから年少の武将趙雲《ちょううん》が劉備を支え起こし、もう一人の腹心である陳到《ちんとう》が劉備の馬を牽いてきた。そしてみなが馬上の人となると、睢陽を越えて、一路小沛を目指した。

劉備が一行に加わると、郭嘉は劉備のために身を引いて、曹操と轡《くつわ》を並べさせた。曹操は戦況が気になって頭から離れず、しきりと劉備に尋ねた。「いま呂布の兵馬はどれくらいいる？」

劉備は恭《うやうや》しく丁寧に答えた。「直属の幷《へい》州兵は数千に過ぎませんが、陳宮率《ちんきゅう》いる兗《えん》州の部隊、徐州兵、丹陽《たんよう》からの兵、河内《かだい》の兵もおります。それに広陵太守《こうりょうたいしゅ》の陳登《ちんとう》、さらには青《せい》州と徐州の沿海部に割拠する臧覇《ぞうは》、呉敦《ごとん》、尹礼《いんれい》、昌覇《しょうは》、孫康《そんこう》と孫観《そんかん》の兄弟といった豪族たちも、呂布の命令で動くでしょう。ひっくるめれば、二万は下らないはずです」

曹操はそれを否定した。「烏合の衆をいくら寄せ集めたところで、物の数ではない」

「明公、決して油断はなりません。弁州の鉄騎兵の勇猛さは天下に聞こえており、わけても高順の陥陣営《かんじんえい》［敵陣を陥落させる部隊の意］は驚くべき強さ、かく言うわたしも高順に敗れたのです。それに広陵太守の陳登も海賊どもを平らげて、きわめて意気盛ん。聞けば、陳登はすでに軍を動かしているとか。おそらくは高順と合流して官軍に刃向かうつもりでしょう。こちらも侮れません」

曹操はにやりと笑みを浮かべた——陳登が実はこちらについていることを、劉備はまだ知らない。このたび陳登が軍を起こしたからには、いざ開戦となれば、広陵軍を率いて必ずや寝返るはずである。九割がたこちらの勝利は揺らぐまい。

自信に満ち溢れた曹操の表情を見て、劉備はここぞとばかりに報告した。「曹公、実は以前わたしがしたことで、いまも気になっていることがございます。ここで正直に申し上げておきたいのですが……」

「ほう、いったい何をしでかした？」

劉備は恐る恐るという体《てい》で切り出した。「年初のこと、実はわたしは豫州牧《しゅうぼく》の名義で袁紹の子の袁《えん》譚《たん》を孝廉《こうれん》として推挙したのです……これはひとえにいまの情勢を落ち着かせたいと願ってのこと。何ら他意はありません。信じていただければ幸いです」袁紹父子はいま河北にいるが、代々の籍は豫州の汝南《じょなん》である。孝廉の推挙は原籍地において行われるため、劉備が推挙したのである。

曹操は思わず吹き出した。「そのことならとっくに聞いておる。玄徳殿も気苦労が絶えんな。袁紹はそういう見栄が大好きだからな。やつの息子を孝廉に推せば、こちらとの緊張も和らげられると考えてのことだろう。上手い手ではないか」

恐怖でこわばっていた劉備の顔が一瞬にしてほころんだ。劉備は誠意を込めて曹操に誓った。「わたくしごときの意を汲んでいただき、感激至極であります。いずれ必ずやこのご恩に倍して報いましょうぞ」

曹操は髭に手を当ててしごいた――この劉備という男、まったく肝の小さいやつよ……

独眼の夏侯《かこう》

はるばる行軍してきて、曹操はついに小沛《しょうはい》へとたどり着いた。しかし、高順《こうじゅん》の部隊はすでに影も形もなく、そこに残されていたのは、激しい略奪にさらされた無人の城と、地を埋め尽くす屍《しかばね》の山のみであった……

劉備《りゅうび》が鎮東《ちんとう》将軍と豫州牧《よしゅうぼく》の身分を授かって小沛に戻ってからは、数多くの流民が移り住んでいた。小沛が朝廷の管轄に入り、これで安住の地が得られると思ったためである。ところが、呂布《りょふ》が再び反旗を翻したために、警備に当たっていた民らは瞬く間に冥土へと送られた。曹操は致し方なく、兵を分けて一部を城内の諸事に当たらせ、自身は本隊を率いてさらに東へと進んだ。その後、豫州と徐《じょ》州の境界あたりで、夏侯惇《かこうとん》が率いる軍と合流した。兗《えん》州の軍事を監督していた程昱《ていいく》と、離狐太守《りこたいしゅ》の李典《りてん》も、それぞれの軍を率いて馳せ参じた。

曹操が自ら駆けつけ、軍の慰問に訪れると聞いて、夏侯惇幕下の諸将は大いに慌てた。曹操と夏侯惇、二人の関係を知らない者はいない。ましてや、このたびの戦《いくさ》の総大将である夏侯惇が負傷した点においては、守り切れなかった諸将の責任も問われる。韓浩《かんこう》、劉若《りゅうじゃく》、王図《おうと》らは、大急ぎで軍門まで迎えに出ると、跪《ひざまず》いて罪を詫びた。「われらの護衛が至りませんでした。いかなる罪も受け入れる所存にございます」

曹操は韓浩らに一瞥もくれず、返事さえもせずに、馬をそのまま進めて、急ぎ中軍の軍営に向かっていった。そして幕舎《ばくしゃ》の前に着くと、大声で呼びかけながら馬を飛び降りた。「元譲《げんじょう》！　傷はどうだ？」幕舎からは何の反応も返ってこない。曹操は急いで駆け寄り、帳《とばり》を引き開けてなかを見回すと、真っ暗な幕舎のなかに二つの人影が浮かんで見えた。単衣《ひとえ》を羽織っただけで背を向けて腰を掛けている後ろ姿はまさに夏侯惇、その横では、軍医がうなだれて立ち尽くしている。

「元譲、俺だ……どうだ、傷の具合は？」曹操が足早に歩み寄ると、許褚《きょちょ》ら護衛もそのあとに続いた。夏侯惇は振り返りもせず、低く沈んだ声を響かせた。「ほかの者には会いたくない。出ていってくれ」

曹操ははっとして、手を振り許褚らを退《さ》がらせると、そっと静かに夏侯惇の正面へと回った。血の気がなく、すっかりやつれたその顔は、数か月前とはずいぶん変わっていた。頭の上から左の目にかけては白い布で覆われており、両手には銅鏡を持っている。そして夏侯惇は、血走った右の目を見開いて、鏡に映る自分の顔をじっとのぞき込んでいた。

軍医は慌てて跪き、曹操に向かって拝礼した。曹操はそれに軽く手で応えると、夏侯惇の真正面に座り込み、心配そうな表情で顔を近づけた。「どうだ……まだ痛むのか？」

夏侯惇は何も言わず、ただかぶりを振るだけであった。代わりに、そばの軍医が答えた。「わが君に申し上げます。夏侯将軍の目の傷そのものはもう大丈夫かと……ただ……ただその……」軍医は夏侯惇にちらりと目を遣ると、口をつぐんでしまった。

「ただその片目になっただけだ！」夏侯惇は冷たく笑った。「目玉は飲み込んでやったからな。もう誰にも治せやせん」

曹操はすでに事の次第を聞き及んでいた。そのとき、夏侯惇は兵馬を率いて加勢するため、小沛にまっすぐ向かっていた。高順はその情報をつかむと、途中で待ち伏せして攻めかかろうと、陥陣営《かんじんえい》の騎兵を率いて、密かに曹操軍の北側に回った。そして、いきなり弓矢で夏侯惇の中軍を奇襲したのである。身辺の護衛も防ぎようがなく、そのなかの一本が夏侯惇の左目に命中した。総大将がいきなり矢で射《う》たれ、曹操軍の兵士はにわかに浮き足立った。手応えありと見て取った高順は、そこに突撃を仕掛けてきた。曹操軍の隊列は上を下への大騒ぎとなり、踏みつけられて死傷した者は数知れず、甚大な被害を蒙った。この危機の最中、夏侯惇はなんと目に刺さった矢を眼球ごと引き抜き、大声で叫んだ。「この目玉とて父母より与えられしもの、ああ、もったいないかな！」そう叫ぶや否や、即座にそれを口に放り込んで飲み込み、激痛を必死でこらえながら兵士を鼓舞した。さしもの高順軍もその様子を見ては臆病風に吹かれ、潮が引くように退却していった。こうして曹操軍は、それ以上の被害を免れたのである。しかしその後、夏侯惇の傷はみるみる悪化した。あまりにも重責の地位にあるゆえ、誰一人代わって指揮を執る者もなく、しかも途上で士気をくじかれたことから、ひとまず後退して陣を構えたのであった。

「目を失ってまで全軍の将兵を守るとは……お前はまったく……」曹操はそのあとにかけるべき言葉が見つからなかった。その戦いぶりを褒めるのは、あまりにも残酷すぎる。馬鹿なやつよと言ってしまっては、兵卒の命を軽く考えているようにも聞こえてしまう。では、感謝すべきなのか。それも二人のあいだではかえって水くさい。ほかに何か慰めの言葉をと思っても、それこそいくら腹の底から考えたところで思い浮かばない。

夏侯惇はそんな曹操をよそに、ただ銅鏡を手にしたまま、沈み込んだ声で軍医に尋ねた。「今日にも包帯が取れると言っていなかったか？　いつまで待たせる気だ？」

「ははっ、では……」軍医は震え声で返事をすると、夏侯惇の頭に巻かれた包帯に手をかけた。一周、また一周と、軍医は小刻みに震える手で包帯をほどきはじめた。

曹操は夏侯惇の真正面に座っていた。顔を近づけ、息を殺して、その傷跡に目を凝らした。ひらり、はらり……包帯は傷に近づくにつれ血の赤が濃くにじんでくる。一周、また一周……より内側の包帯はすでにどす黒く染まっていた。そしていよいよ最後の一周をめくると、包帯に血とも肉ともつかぬものがこびりついてきた――なんと瞼《まぶた》だった！

曹操はその跡を見るなり怖気《おぞけ》立った。そしてすぐに夏侯惇の手から銅鏡を取り上げようとした。しかし夏侯惇は頑として手を離さず、血走った右の目を見開いて、じっと鏡のなかの自分を見据えた――眼球がない。目のあるべきところがぽっかりと口を開けている。そのうえ乱軍のなかで手当てもままならなかったため、周りの肉は壊死《えし》し、瞼までただれて剝《は》がれ落ちている。あとには真っ暗な底の見えない深い穴があるだけであった――まもなく一月《ひとつき》にもなるが、眼窩《がんか》の内側の血はまだ乾き切っておらず、どす黒い血が涙のごとくにじみ出ていた。

「がしゃん！」地面に放り投げられた鏡が、派手な音を立てて粉々に割れた。夏侯惇は鏡を投げ捨てた返す手で、軍医の腕をしっかとつかんだ。「この野郎、これが俺の顔か！　これが俺の顔なのか！」夏侯惇は怒りが収まらず、青筋を立て、あらん限りの力を込めて、軍医に強く詰め寄った。ひ弱な体つきの軍医は、食い込まんばかりに腕をつかまれ、痛みと恐れで全身をわなわなと震わせていた。

「元譲、元譲！」曹操は鉤爪《かぎづめ》のように食い込んだその手を必死で離そうとした。「手を放せ、怪我をさせる気か……放すんだ！」中軍の幕舎での大騒ぎに、外で控えていた護衛らが慌てて帳《とばり》を引き開けて入ってきた。そして、夏侯惇の恐ろしい形相を目の当たりにし、みなが立ちすくんだ。

「出ていけ！」夏侯惇はようやく軍医の腕を放し、護衛の将兵らに向かって声を荒らげた。「失せろ！　さっさとここから出ていけ！」

みなが表に出ていくと、夏侯惇は傷口を手で押さえながら、ぐったりと座り込んだ。その体はずっと小刻みに震えている。曹操はこの従兄弟《いとこ》を、もっとも頼りがいのある腹心を、じっと見つめていた。以前はあんなにも温厚で落ち着きのあった男が、いまや傷つき追い詰められた狼のように変わってしまった。たった一本の矢が、その顔を台無しにしただけでなく、心までずたずたにしてしまったのである。

「元譲……」曹操は口をつぐんだ。「独眼竜となったが、顔のことはそんなに気にするな」そう言葉をかけてやりたかったが、それは決して軽々しく口にできることではなかった。自分の目が見えなくなったわけではないのだ。夏侯惇の気持ちを本当に推し量ることなどできようはずもない。

二人のあいだに重苦しい沈黙が流れた。すると夏侯惇が、もうどうしようもない、そんな様子で手をひらひらと振って口を開いた。「終わりだ……俺はもう使いものにならん……」一軍を統《す》べる将たるもの、戦場においては軍の目となり耳となり、八面六臂の働きを要求される。それが片目を失ってしまえば、陣頭指揮を取ることはおろか、ただ道を歩くことさえままならない。将が目を失う、それは戦の第一線から身を引くことを意味するのである。

曹操はしきりにかぶりを振った。「要離《ようり》［春秋時代の呉《ご》の刺客］は隻腕《せきわん》でありながら慶忌《けいき》［春秋時代の呉の公子］を刺し殺した。孫臏《そんぴん》［戦国時代の斉《せい》の兵法家］は両足がなくとも龐涓《ほうけん》［戦国時代の魏《ぎ》の将軍］を破った。李牧《りぼく》［戦国時代の趙《ちょう》の武将］は肘がおかしくても秦《しん》の軍に抵抗した。将の力は勇ではなく、智で測られる。五体満足ではなかった名将や壮士も数多くいるではないか。たとえ戦場に出られないとしても、これまでどおり策を講じ、指揮を執ることはできるはずだ」

夏侯惇は曹操のほうに体を向けた。が、顔だけはわざと斜に向けていた。「すでに高順は軍を彭城《ほうじょう》まで退いている。臧覇《ぞうは》や孫観《そんかん》、尹礼《いんれい》ら土着の畜生らも加勢に駆けつけたようだ。どうやら呂布は、ここで俺たちと決着をつけたいらしい」夏侯惇はもう目のことには触れてほしくないとでも言うかのように、がらっと話題を変えた。

「陳登《ちんとう》は来たのか」曹操の目下の関心はやはりその点である。

「広陵《こうりょう》から五千の軍を率いて来て、もう彭城に入っている。いざ戦がはじまれば、こちらに寝返ると密書を送ってきた。やつには陳矯《ちんきょう》と徐宣《じょせん》という広陵出身の腹心が二人いるそうだ。そして、こちらの疑念を解くために、陳矯を泰山《たいざん》郡の薛悌《せってい》のもとへ密かに送ったらしい。こちらへの人質のつもりだろう」

「陳元竜《げんりゅう》はまったくもって抜かりないな」曹操はすこぶる満足げだった。

しかし、夏侯惇は違った。「俺のほうからも泰山郡に書簡を出した。薛悌に、早く陳矯を連れて来るようにとな。やはり人質は目の届くところに置いておかねば不安が残る。それから、梁《りょう》国の諸県にも、袁術《えんじゅつ》が呂布の加勢に来られないよう防備を怠るなと通達しておいた」

それを聞き、曹操は喜ぶとともに安堵した――片方の目が光を失い、心身とも想像を絶する苦痛を受けたはずなのに、頭ははっきりしているし、むしろその冴えは失われていない。療養していた一月のあいだに、打つべき手は着々としかるべく打っていたのである。

「高順には気をつけろ。やつの陥陣営は並大抵のものではない」自らその名を口にして、夏侯惇はまた恨みが再燃してきたようだった。「近ごろ呂布は張楊《ちょうよう》のところから軍馬を手に入れて、新たに装備を調えたらしい。兗州のときより力をつけているはずだ」

「ふん、呂布の兵などあちこちから寄せ集めた烏合の衆に過ぎん。ましてや広陵軍のこともある。たとえその陥陣営でも、もはやこの形勢は覆せまい」

「それでも気をつけるんだ……」夏侯惇は無意識のうちに左の眼窩に手を当てていた。「そのわずかな油断が、この様だ……」

話がまた夏侯惇の目のことに戻ってくると、曹操はまた心が痛んだ。「元譲、先に許都へ帰って療養しろ。許都には子廉《しれん》を残してある」

「許都へは戻らん」夏侯惇はかぶりを振った。「朝廷の文武百官にこんな顔を見せられるか！　俺は太寿《たいじゅ》の古城へ行く。ちょうどやりたいことがあったんだ……」かつて袁術が北上してきたとき、曹操は一軍を率いてこれを破り、立て続けに三つの城を抜いた。その一つ、兗州と豫州のあいだに位置したのが太寿の古城である。そこはすっかり荒れ果てて、ほとんどの民がすでに逃亡していた。付近には睢陽渠《すいようきょ》と呼ばれる水路が流れている。夏侯惇はそのときから心に決めていた。いつかここに戻ったら、堤防を築いて土地を開墾し、もう一度民を呼び戻すのだ。「あそこなら見知った者は誰もおらん。しばらく静養したら、あたりの民と一緒に汗を流すんだ……傷が癒えるのを待ちながらな……」

「わかった。だがな、そんなに長くはおらせんぞ。呂布を破って徐州を平定したら、すぐに訪ねて行くからな」呂布を滅ぼせば、すぐに袁紹《えんしょう》との戦いに備えねばならない。そのときは、自分がもっとも頼れる男、この夏侯惇にいてもらわねば困るのだ、曹操はそう考えていた。

そのとき、幕舎の外から許褚の声が聞こえてきた。「わが君、泰山太守の薛悌と泰山都尉《とい》の呂虔《りょけん》が軍を連れてまいりました。ただいま西側に駐屯しております」

「孝威《こうい》が来たぞ。さあ、もう行ってくれ」夏侯惇が、そう言って追い払うように手を振ったとき、わずかに顔がこちらを向いた。

その刹那、また夏侯惇の身の毛もよだつような血のくぼみが、曹操の目に飛び込んできた。曹操はできるだけそちらに視線を向けないように、俯《うつむ》きながらその肩を叩いた。「しっかり休むんだぞ。誰にも見られたくないなら、護衛の兵士に命じて夜中のうちに送り出してやる。ここのことは、ひとまず妙才《みょうさい》に任せるとしよう」夏侯淵《かこうえん》は、夏侯惇の従弟《いとこ》にあたる。夏侯淵に引き継がせれば余計な手間も省けるだろう。

曹操が幕舎を出ると、韓浩、劉若、王図といった夏侯惇配下の将らが雁首《がんくび》を揃《そろ》えて並んでおり、曹操の姿を認めるなり一斉に跪いた。「われらの守備がまずかったばかりに……わが君、どうか……」

「全員立て！」曹操は薛悌に会うため、急いで鐙《あぶみ》に足をかけた。「起こってしまったことは仕方ない。いまもっとも大切なことは何だ！　力の限り戦って、夏侯将軍の仇を討つことだ。用がないなら、さっさと調練に行け！」そう言い残すと、馬に鞭をくれて飛ぶように去っていった。諸将は許されたことを知り、曹操の後ろ姿に向かって、また一つ拝礼をして見送った。

曹操が中軍の本営に戻ってくると、すでに薛悌が待っていた。その後ろには、端正な面立ちをした若者が控えている。その若者の後ろにはさらに二人の兵士が、まるでいつ逃げ出してもすぐに捕まえられるようにと、片時も目を離さず見張っていた。曹操は馬を下りて自分の幕舎に入ると、護衛の兵を退出させて、薛悌ともう一人の若者を請《しょう》じ入れた。

二人は幕舎に足を入れるなり跪いて拝礼し、立ち上がると、薛悌がすぐにその若者を曹操に紹介した。「こちらは広陵郡の功曹《こうそう》、陳季弼《ちんきひつ》殿でございます」

陳矯は、曹操に向かってまた頭を下げると、いきなりくつくつと笑みを漏らした。「孝威殿、わたくしめは劉《りゅう》季弼でございますぞ」

「おうおう、そうだった」薛悌もつられて笑い出した。「劉季弼、劉季弼殿だったたな。そなたの身分はまだ誰にも知られないよう、伏せておかねばならんのだった」

曹操は意外に感じた。薛悌ほどの堅物がこれほど気さくに話しかけるとは。その口調からは親しみさえ感じられる。曹操は改めてその若者をよくよく眺めてみた。陳矯、身の丈は七尺［約百六十一センチ）、白の衣の上に黒の長衣を羽織っている。顔立ちはすっきりとして面長で、玉のような瞳、大きな耳は外側に張り出し、左の頬にはいくつか痘痕《あばた》がある。左右の頬とあごひげは墨のように黒く、まだ蓄えはじめたところのようだが、かえって垢抜けて見える。

「陳功曹、近ごろは孝威のところで起居していたと聞くが、いかがだったかな」人質にせよ客人にせよ、陳矯はつまるところ陳登からの使者である。曹操は丁重に応対した。

陳矯は拱手《きょうしゅ》の礼をして答えた。「薛太守にはずいぶんよくしていただいております。暇なときには杯《さかずき》を手に、関東《かんとう》［函谷関以東《かんこくかん》］の名士について品評しておりました。これがまた楽しいひとときでございました」

「ほう」曹操もその話題に興味をそそられた。「関東の名士を品評か……誰の名が挙がったのかね」

「わたくしごとき浅学非才の輩が、どうして好き勝手に品評できましょう。わが陳太守が評したのを話していたのです。思い起こすに、なかなか興味深いものでした」

「何の差し支えもあるまい。聞かせてくれんか」いまの曹操にとって、陳登に関する話題はどんなことであろうと知っておきたかった。

陳矯は満面に笑みを浮かべて答えた。「陳太守はかように申しておりました。『一家が睦まじく、徳行に優れる点で、陳元方《ちんげんほう》兄弟を尊敬する。身を清廉に保ち、礼法に適う点で、華子魚《かしぎょ》を尊敬する。義を重んじて悪を憎み、見識に優れる点で、趙元達《ちょうげんたつ》を尊敬する。類い稀なる博覧強記という点で、孔文挙《こうぶんきょ》を尊敬する。王覇の才を持ち、雄姿傑出なる点で、劉玄徳《りゅうげんとく》を尊敬する』……いかがでしょう、曹公のお考えに沿いましたでしょうか」陳元方兄弟とは、在野の大賢である陳寔《ちんしょく》の息子で、陳紀《ちんき》と陳諶《ちんしん》を指す。華子魚とは華歆《かきん》のことで、趙元達とは前任の広陵太守で亡くなった趙昱《ちょういく》のことである。

曹操は心のうちであざ笑った――陳紀兄弟が徳行に優れるか……いまや戦乱を避けてどこに落ち延びたか行方も知れんというのに。華歆が礼法に適うとは……孫策《そんさく》の姿を見ただけで、諸手を挙げて城を明け渡したではないか。趙昱に見識があるだと？　最後は笮融《さくゆう》のような小物の手にかかったのにか。孔融《こうゆう》に至っては口先だけの男ではないか。やつのどこに国を安んじ天下を治める才能があるというのだ。輪をかけて馬鹿馬鹿しいのは劉備だ。王覇の才を持ち雄姿傑出しているだと？　まったく笑わせてくれる。あの大耳の若造がこれまで何度野良犬よろしく拠《よ》って立つ地を失った？　いまは結局わしの麾下《きか》に転がり込んできているではないか！

内心の思いとは裏腹に、曹操も話を合わせた。「なるほど、もっともなことだ……ただ惜しいことに、世が荒れはじめてから、天下の名士らは戦乱を避けて四散していると聞く。いま名前の挙がった陳紀兄弟もそうだ。どこに落ち延びたのかもわからない。聞くところでは、陳紀にはずば抜けた学識を持つ陳羣《ちんぐん》という息子がいるそうだ。荀令君《じゅんれいくん》が何度も推挙してきたことがある。もし陳氏父子の行方がわかって朝廷で官に取り立てることができたなら、こんなにめでたいことはないのだがな……」

陳矯はさも意外そうに大きく目を見開いて尋ねた。「陳父子ならいまは下邳《かひ》城におりますが、まさかご存じないのですか」

「何だと？」曹操は呆気にとられた。「い、いま呂布の城にいるというのか」

「本当にご存じなかったのですか」陳矯はなおも信じられない様子だった。「陳父子は徐州に難を逃れたのです。陳羣は劉豫州［劉備］に取り立てられたこともあるはずですが、劉備殿からは何も聞いておりませんか」

　曹操の驚きは大きかった。まず、陳父子が目と鼻の先にいたということ。次に、陳寔ほどの人物の血を引く陳羣が、あろうことか劉備を支えていたということ。そして何より、劉備が自分の前で陳羣のことにまったく触れなかったということ。曹操はしばらく二の句を継げなかったが、ようやく気を取り直して答えた。「それはともかく、陳功曹、遠路はるばるご足労いただいたのにもてなしが行き届かず、どうかご寛恕くだされ」

「これはこれは、とんでもございません。明公《めいこう》こそは漢朝における輔弼《ほひつ》の臣、州郡の官吏はみな明公の下役、陳太守とわたくしも明公について奔走するのみです。何なりと仰せがあれば、たとえ火のなか水のなかでも厭《いと》うものではありません。上に立つ者が下の者に命《めい》を出すのは当然のこと、それをわざわざ許せとは、まこと恐れ多いことでございます」まるで広陵郡がはじめから曹操の勢力範囲で、陳登と呂布とのあいだには髪の毛一本ほどのつながりもない、そう感じさせるほどに、陳矯はよどみなく答えた。

　陳矯の言葉は曹操の耳に心地よく響いた。曹操は、これより陳矯を人質としては扱わないことに決め、薛悌に言いつけた。「孝威よ、陳功曹はわれわれを信じて胸襟を開いてくれている。後ろにいる二人の兵を一日じゅうつけておく必要もなかろう」

　薛悌は不満げな様子で、堅物ぶりを発揮した。「それはなりません。わたくしも季弼殿とは親しくしておりますが、これはこれ、それはそれでございます」

　ときには曹操でさえ、薛悌や満寵《まんちょう》といった厳しくて頭の堅い役人には手を焼くことがある。曹操のほうが折れるように語気を和らげた。「陳登のほうから誠意を見せて陳功曹をこちらに送ってきてくれたのだ。こちらもそれなりの度量を見せねばならん。いま、われわれは朝廷を代表してここにいるのだ。何もかもそう杓子定規に考えんでもよいではないか」

薛悌はしばらく考え込み、ようやく口を開いて「わかりました」と答えると、ついで陳矯に言い渡した。「これはあくまでいまの情勢を慮《おもんぱか》ってのこと。この幕舎を一歩出たら、決して正体をばらすことのないように。広陵郡が正式に帰順するまでは、悪いがもう何日か劉季弼で通してくだされ」

ところが陳矯のほうは、それを聞いて大声で笑い出した。「孝威殿はご存じないようですが、わたしはもとの姓を劉といいます。幼いころ、母方のおじの家へ養子に出され、それ以来、陳を名乗っているのです。わたしの正妻劉氏も実は同族なのです」陳矯の境遇は、曹操の家ともよく似ていた。曹操ももとの姓は夏侯で、一番上の娘は夏侯惇の息子である夏侯楙《かこうぼう》に嫁いだ。同姓の婚姻を忌む慣習があるが、養子として外に出てしまえば、それは他家との結婚として考えられる。

薛悌はさらに付け足した。「それから、やはり広陵郡が正式に帰順するまでは、これまでどおりわたしと同じ幕舎で寝るように」

「やっぱりわたしが逃げるのではと心配しているのですね」陳矯も苦笑いを浮かべるしかなかった。「そんなにわたしが信用できませんか。これまで友人としてお付き合いしてきたのに、それも無駄だったというわけですか」

しかめ面《つら》を崩さなかった薛悌が、そこでいたずらっぽく笑った。「そなたは郡の下級官吏の身分でもって、秩《ちつ》二千石《せき》のこのわたしと友人付き合いをしているのです。これはさながら、一国の主君が膝を屈して隣国の官吏と交わるようなもの。あなたと同じ幕舎で寝るのは、一目を置いているからこそではありませんか。それではまだご不満ですかな」

曹操は、薛悌が戯れを言うのをはじめて聞き、思わず大きな声で笑った。おかげで夏侯惇のことでささくれだっていた気持ちも吹き飛んだ。薛悌は満面に笑みをたたえつつ拱手の礼をとった。「ほかに何もなければ、われわれは軍営に戻ります。仲徳《ちゅうとく》や曼成《まんせい》、子恪《しかく》らも、おっつけやってくるでしょう。みなとても明公のことを懐かしがっておりました」程昱《ていいく》、李典《りてん》、呂虔《りょけん》の三人は、いまは兗州を守る高官で、日ごろはせいぜい公文書のやり取りしかない。喫緊の要件でもなければ朝廷に入ることもなく、もうずいぶん長いあいだ曹操と顔を合わせていなかった。

「よかろう」曹操は軽くうなずくと、自ら二人を幕舎の外まで送り出した。陳矯は身に余る光栄とばかりに何度も拱手してから、ようやく去っていった。胸中の一大事がうまく進み、曹操は呂布を掃討する自信をいっそう深めた。そして後ろ手を組みながら、見るともなしに自軍の様子を眺めた。

すると遠くのほうから、笑い声を立てつつこちらに近づいてくる者の姿が目に入った。先頭に立つのは劉備、その後ろには関羽《かんう》、張飛《ちょうひ》、孫乾《そんけん》、簡雍《かんよう》が寄り添うように歩いている。関羽らは、劉備が逃げ延びるのを見届けたあと、それぞれ夏侯惇の陣営に逃げ延びてきたのだった。ほかの者はともかく、曹操の目は、自身がいたく気に入っている関羽の姿に釘づけであった。五人揃って曹操の近くまで歩み寄ると、一斉に跪いた。「われら明公に謁見にまいりました」

曹操はすぐに手を差し出して立ち上がらせた。「玄徳殿がみなと再会できたのは喜ばしい限りだ。諸君も無事のようで何よりである」

劉備はおもねりの笑顔を浮かべて、このうえなく丁重に答えた。「これもすべては曹公のお力によるものです。おかげさまで配下の将はみな無事に戻りました。ただ、兵は数千ほど失ってしまいましたが……」劉備が謁見に来た真の狙いは、兵の補強を求める点にあった。

かたや曹操にも思うところがあった。このたび呂布の討伐に成功すれば、今後は劉備を小沛に駐屯させる必要もない。戦のあとは彼らを許都へと連れ帰り、いずれまた必要に応じて兵馬を分け与えればよいのだ。そのため、劉備の言葉にはまったく取り合わなかった。「兵馬の用意はとくに急ぐこともない。呂布を滅ぼしてから考えよう」

劉備は頭の回転がきわめて早く、曹操の返事を聞くなりその意図を飲み込んで、曹操の話に合わせた。「この身は朝廷の将軍の任にあり、長らく小沛にとどまっていたため、陛下の竜顔を久しく拝見しておりません。常に心苦しく思っている次第です。このたびの東征が成功裏に終われば、わたくしめも部下を連れ、明公に従って西へと帰り、許都の守りについて職分を全うしたいと存じております」言い返す言葉がないのであれば、相手の意に沿ってこちらから飛び込む、これぞ聡明なやり方である。

「よかろう、ではそうするか……それから、これは別件だが、玄徳殿は徐州にいたとき陳羣を任用していたと聞いたが、間違いないか」曹操は目を細め、厳しく迫るような視線を劉備に投げかけた。

劉備は堂々と正直に答えた。「間違いございません」

劉備があっさりと認めたので、曹操はかえって気をそがれた。「玄徳殿、それはいかんぞ。陳長文《ちょうぶん》は陳仲躬《ちゅうきゅう》の孫で、陳元方の子。潁川《えいせん》の陳家といえば名高き一族で、陳羣は本来なら朝廷が是非とも召し抱えるべき名士ではないか。先ごろ許都に来たときに、なぜそのことを言わなかったのだ？」

「ああ、それは……」劉備はうなだれて、袖で顔を覆った。「実は、陳長文を登用したのですが、その言に耳を貸さなかったばかりにわたしは徐州を失いました。そして陳長文は、呂布に囚《とら》われてしまったのです。どんな顔をして明公にお知らせできたものやら……」

おろおろとうろたえる劉備を見て、曹操は笑いをこらえ切れなかった。「はっはっは……なるほど、恥じ入っていたというわけか。かまわん、勝敗は兵家の常だ。ただ、人材を見つけたら朝廷に推挙するのも臣下の務めだ。これからは体面を気にして事を誤ったりせぬようにな」

「はい、はい、それはもう……」劉備はあたふたと返事をすると、今度は関羽の袖を引き寄せた。「この雲長《うんちょう》が明公に直接お話ししたいことがあるそうです」

「ほう?」これには曹操も不意を突かれた。

当の関羽も啞然《あぜん》として、即座に劉備の袖を引き返した。「この件はやはり兄上から……」

劉備は笑いながら、その手を払って突き放した。「わしは知らん。これはお前が請け負ったんだから、自分で話を通すんだぞ」劉備はそう言うなり曹操に一礼し、張飛らとともに語らいながら去っていった。

取り残された関羽は劉備の背に向かって手を上げながら叫んだ。「待ってくれ、兄上。わたしの口からはとても……」

威風堂々とした関羽がこれほど慌てふためく姿は、曹操もついぞ見たことがなかった。「雲長、どれだけ言いにくいことかは知らんが、そう気にするな。わしにできることなら、できる限りのことはするぞ」

関羽はそれからも呼んでみたが、劉備に戻る気配がないのを見ると、あきらめて曹操のほうに向き直って跪いた。「では、明公に申し上げます。実はこういうことなのです……小沛にいたとき、わたくしは呂布配下の諸将ともいささか行き来がありました。そのなかにいた秦宜禄《しんぎろく》という者によれば、かの者は以前、明公のもとでお仕えしていたというのです」

「ふん」曹操は鼻で笑った。「あの小物か！」

「わたくしも、なかなかの太鼓持ちのように見受けました」関羽は拳に手を添えて包拳《ほうけん》の礼をした。「かの者は、わが兄が朝廷に帰順しているのを知ると、呂布を捨てて明公のもとに戻りたいと考えたようでして、それでその、わたくしに……」関羽はそこで言い出しにくそうに言葉を濁した。

「あの若造が雲長に何と言ったのだ？」秦宜禄もすでに若くはないはずだが、曹操の心に浮かぶその姿は、いまもやはり自分に付き従っていた在りし日のままだった。

関羽は一つ間を取ると、大きく息を吸い込んで話しはじめた。「かの者が言うには、呂布が敗れたそのときに、もし明公が許してくれるのなら、側室の杜《と》氏を明公に献上したいとのことでございます」

「何だと！」曹操はにわかにいきり立ち、秦宜禄を罵る言葉が喉まで出かかったが、それを飲み込んでふと思いをめぐらせた――あの抜け目ない秦宜禄が、たった一人の女で許してもらおうと考えたのか……なぜだ……もしや絶世の美女ではあるまいな――そこで曹操は関羽に水を向けた。「秦宜禄め、まったく思い違いも甚だしい。たかが女の一人や二人で、このわしに命乞いをするつもりか」

「明公はご存じないかもしれません。かつて呂布が董卓《とうたく》を始末したとき、呂布は秦宜禄を王允《おういん》との連絡係に使っていました。その後、万事丸く収まると、誰もが論功行賞にあずかりましたが、一人秦宜禄だけは昇任を望まず、ただ王允のもとにいた貂蟬冠《ちょうせんかん》［貂《てん》の尾と蟬の紋様で飾られた冠］を捧げ持っていた侍女をもらい受けたいと願い出たそうです。王允は、秦宜禄の働きも十分であったことから、あまり深く考えずにその美しい侍女を秦宜禄の妻として与えました。それがいま、下邳の城中にいる杜氏なのです」

「正妻としてもらっておきながら、それを好き勝手に人にやるなど、それこそ言語道断ではないか！」曹操は袖をばさっと翻し、強い怒りを装った。

「これにはわけがあるのです。秦宜禄は呂布について徐州に入ると、今度は淮南《わいなん》の逆賊袁術《えんじゅつ》との連絡を命じられました。袁公路《こうろ》は生まれついての傲慢な男ですから、秦宜禄の板についたおべっかは効き目抜群で、袁術はすぐにも劉氏一族の女を妻として与えたのです。容貌はごく平凡ながら、なんといっても袁術が与えた高貴な女でしたから、秦宜禄は取るものも取り敢えず、杜氏を側室に落として、その女を正妻に迎えたのであります」

「ふん、所詮、小物は小物、叛服《はんぷく》常ならず、相手が一人の女でさえ裏切るということか」そこで曹操はおもむろに髭に手を当てた。「それにしても、やつが昇任ではなく、王允のもとにいたその杜氏とやらを望んだからには、その女はよほど美人なのであろうな」

「仰るとおり、たしかに絶世の美女と申せましょう」関羽は声を抑えて答えた。「聞くところによりますと、いまは呂布の手の内にあるとか」

曹操は、秦宜禄と呂布が女を弄んだと聞いて、甚だしい嫌悪感に襲われたが、その一方で、目の前の一本気な関羽の姿を見て微笑んだ。「もしや雲長はその女を見たことがあるのか」

関羽は頭をさらに低くして答えた。「ええ……一面識だけは……」

「はっはっは」曹操は関羽の肩をぽんぽんと叩いた。「雲長、そなた惚れたな？」

「いや、いや、まさか……」関羽は慌てふためきながら、しきりに手を振った。

「まあ、なかでゆるりと話そう」曹操は関羽の腕を取ると、ともに幕舎へと入っていった。曹操が関羽を見知って以来、関羽はいつも威風堂々、勇猛果敢、それでいて謹厳実直な姿しか見せたことはなかったが、まさか恋心を抱いてもじもじするような一面があったとは、曹操もことのほか愉快だった。「それで雲長、さっきは『いや、いや、まさかお見通しとは』とでも言おうとしたのか」

関羽は生まれつき赤ら顔だったからよかったものの、そうでなければ、どれほど真っ赤になっていたかわからない。関羽は必死で、そうではないと手を振った。「大丈夫たるもの、天下を駆けて戦に身を投じながら、なにゆえ女に気を奪われたりしましょうや」

「それは違うぞ」その手のことについては、曹操はいわば手練《てだ》れである。「『詩経《しきょう》』の周南《しゅうなん》篇にもあるだろう。『関々《かんかん》たる雎鳩《しょきゅう》、河の洲《す》に在り。窈窕《ようちょう》たる淑女、君子の好《よ》き逑《つれあい》［くわんくわんと、河の中州でつがいのみさごが鳴き交わす。奥ゆかしき女性は、立派な男の素晴らしき連れ合い］』とな。それに邶風《はいふう》篇には、『静女《せいじょ》 其れ孌《れん》たり、我に彤管《とうかん》を貽《おく》る。彤管 有煒《ゆうい》たり、女の美を説懌《よろこ》ぶ［しとやかな娘よ、見目麗しい。わたしに赤い管《かん》［管楽器］を贈ってくれた。赤く輝くその管の、まことに素晴らしきを喜ぶ］』ともある。孔子《こうし》でさえそれらを『思い邪《よこしま》無し』と認めているのに、雲長はなぜかように情に疎《うと》いことを言うのだ？『食と色とは性なり……［食欲と色欲は人の性《さが》である……］』」

朴訥《ぼくとつ》な人となりの関羽は、これまで人からこのように「啓発」されたことはなかった。恥ずかしさのあまり袖で顔を覆い隠すと、あたふたとして言った。「秦宜禄のことはすでに明公にお伝えしました。お許しになるのかどうかは、よきにお取り計らいください」ひと息にそう言うや、関羽は身を翻して出ていこうとした。

「雲長、待て！」その刹那、曹操の腹はすでに決まった――関雲長こそは天下の勇将だ。惜しいかな、いまは大耳の劉備に仕えているが、杜氏のことに触れたときの様子からして、どうやらその気があるらしい。ここは一つ話に乗り、呂布を破ったら杜氏を関羽に側女《そばめ》として与えて、恩を売っておくべきではないか。その女が手に入れば、関羽も自分に恩を感じるだろう。そうすれば、いつか劉備のもとを離れて、わが麾下に入るかもしれん。これは股肱《ここう》の臣を得ることにほかならないではないか。

「明公、まだほかに何か？」口ではそう尋ね返したものの、関羽は曹操と目を合わせようとはしなかった。

曹操は話を途切れさせずに続けた。「思えば、秦宜禄はもともとわしの配下の裏切り者だ。狡猾に立ち回って、人徳などあったものではない。だからこそ、あの袁術や呂布と馬が合ったわけだ。本来なら、かような男を許すわけにはいかんが、もし雲長がそう言うのであれば、そなたの顔に免じて考えてやってもよいぞ」

関羽はすぐさま拳に手を添え、包拳の礼をとって答えた。「わたくしは頼まれごとをお伝えしたのみです。秦宜禄とは何の関係もありませんし、明公がわたくしめの顔を立てる必要もございません」関羽には、曹操から恩を受けるつもりなどさらさらなかった。

「ふふっ」曹操は含み笑いを浮かべながら、かぶりを振った。「関将軍の顔を立てるのではない。その女の顔を立てるのだ。ましてや花のように美しいとあれば、なおのことその顔をつぶすわけにもいくまい？」

関羽は、曹操が年輩にもかかわらず軽薄な言葉を吐くので、ますます聞くに堪えなくなってきた。

「では、わたくしめはこれで……」

「何をそんなに慌てておる。まだ話は終わっておらんぞ」関羽が辞去しようとするのを見て、曹操は慌てて引き留めた。「俗にも、好漢に賢婦なく、無頼に美妻ありというが、たしかに秦宜禄がその杜氏を娶《めと》ったのは罪深いことだ。雲長のように堂々として英気十分、かつ馬武《ばぶ》や岑彭《しんほう》［ともに後漢初期の武将］のごとき武人がそのような美人を娶ってこそ、英雄と美女で似合いの組み合わせだとは思わんか」

「そ、それは……そんなことは断じてなりません」関羽は穴があったら入りたい思いに駆られて帰ろうと思ったが、曹操は頑なにその手を放さなかった。「本当に駄目なのか、それとも、そうしたいができぬのか？　秦宜禄はその女をわしに献ずると申し出たそうだな。ならば、わしがその女をそなたに与える分には問題あるまい。下邳を破った暁には、その女を雲長に与えよう。そして立派な着物と装飾具を持たせて、そなたの陣営に送り届けてやろう。これならどうだ？」

九尺［約二メートル七センチ］の背丈を誇る関西《かんせい》［函谷関以西の地］の偉丈夫が、こんな申し出に面と向かって答えられるわけもない。関羽は袖を翻し、また包拳の礼をすると、少しはにかんだような顔を浮かべて、黙って去っていった——これはとにもかくにも黙認したということである。

曹操は髭をしごきながら高らかに笑い、関羽の後ろ姿に向かって声をかけた。「雲長、気をつけてな。

くれぐれもわしの好意を無駄にしてはならんぞ」こうして話がひと段落すると、曹操はえも言われぬ心地よさを感じた。このままうまく事が運んで二人を取り持ってやれば、関羽も必ずや自分になびくに違いない。曹操がなお笑みを絶やさずにいたところへ、程昱と李典、そして呂虔が顔を出してきた。みなを幕舎のなかへ招き入れて久闊《きゅうかつ》を叙すると、曹操は来《きた》るべき次の戦に向けて軍議を開くのだった……

彭城《ほうじょう》での大勝

建安《けんあん》三年（西暦一九八年）十月、曹操と夏侯惇《かこうとん》の部隊、および劉備《りゅうび》と兗《えん》州の各部隊が一体となり、徐《じょ》州の境界を侵し、呂布《りょふ》に対する戦《いくさ》を起こした。

この曹操の「侵犯」に対して、呂布のほうでもすでに備えはできていた。先だって小沛《しょうはい》を攻め落とした際、呂布は陳宮《ちんきゅう》らと軍議に軍議を重ね、かつての濮陽《ぼくよう》［河南省北東部］の戦いのように、やはりこのたびも籠城して敵の疲れを待つ作戦を採ることに決めていた。ただ、以前と異なるのは、いまや呂布の勢力範囲も広大になったことである。自身と陳宮が守る下邳《かひ》城に本営を置いただけでなく、麾《き》下《か》の高順《こうじゅん》、魏続《ぎぞく》、成廉《せいれん》らの各部隊を、徐州の西端に位置する彭城に集結させた。その狙いは、曹操軍を徐州の外側で食い止めることにあった。

こうして、彭城の西に両軍がそれぞれ陣取り、あとは開戦を待つばかりとなった。おもしろいことに、双方の布陣は濮陽における戦いとほとんど同じであった。

曹操は平地にて大軍を四隊に展開した。自分は沛国《はいこく》から長年連れ添ってきた直属の部隊と、曹純《そうじゅん》を指揮官とする虎豹騎《こひょうき》［曹操の親衛騎兵］を統率して中軍に入り、左翼には程昱《ていいく》、李典《りてん》、呂虔《りょけん》らが率いる兗州軍、右翼には、夏侯惇の部隊を一時的に預かっている夏侯淵《かこうえん》、韓浩《かんこう》、劉若《りゅうじゃく》、および劉備の敗残兵を置いた。そして最前線には、于禁《うきん》、楽進《がくしん》、朱霊《しゅれい》、徐晃《じょこう》という四人の猛将を置き、騎兵の精鋭部隊を率いさせた。前軍が敵の侵攻を受け止め、両翼からそれを取り囲み、中軍が後ろから力を添えて押し返すという、きわめてわかりやすい戦法である。

一方で、呂布軍のほうは構成からしてかなり複雑であった。全体的な兵力では曹操軍と拮抗《きっこう》していたものの、それぞれ出自の異なる部隊が、呂布のもとに集結して同盟を組んでいるに過ぎなかった。繰り返し行われた協議の結果、最終的には突撃に適した陣形を採ることになった。第一陣には高順と魏続が率いる陥陣営《かんじんえい》を置き、そのすぐ後ろには成廉が率いるその他の并《へい》州軍と、曹性《そうせい》が率いる河内《かだい》の兵が続いた。そして最後尾には、かつて呂布に従って反乱した山陽太守《さんようたいしゅ》の毛暉《もうき》と東平《とうへい》太守の徐翕《じょきゅう》が率いる兗州の反乱軍、および許耽《きょたん》が率いる丹陽《たんよう》と徐州の兵が並んだ。これらも前軍と同じく呂布直属の軍と言ってよい。ただ意外だったのは、広陵《こうりょう》太守の陳登《ちんとう》が自ら従軍を志願し、五千の広陵軍を呂布軍の第二陣の部隊として、わざわざ呂布直属の軍のあいだに割って入る形で陣取ったことである。

土豪で騎都尉《きとい》でもある臧覇《ぞうは》、さらには孫観《そんかん》兄弟、呉敦《ごとん》、尹礼《いんれい》、昌覇《しょうは》らの兵馬は、すべて張遼《ちょうりょう》によって一隊として組織され、陣の後方で、南北にわたって緩やかな半円を描くように配置された。彼らは決して呂布の腹心ではない。それどころか、呂布に降っていた琅邪国《ろうやこく》の相《しょう》の蕭建《しょうけん》を攻めて滅ぼしたために、呂布と一戦を交えたこともある。本来なら、呂布のために命がけで戦うようなことはありえない。しかし、今回の敵は曹操、すなわち朝廷である。朝廷に服従するということは、取りも直さず自らの兵を失うことである。それに比べれば、呂布は自分たちが土地を占拠しても何も言わない。つまり、呂布を守ることは、自分たちが生き延びることにつながるのである。そのため、自ら率先して戦に加わるつもりはないが、一進一退の状況となれば高順に手を貸し、曹操を徐州から追い出しにかかる腹積もりでいた。

兵力の拮抗した両軍は、ともに巳《み》の刻［午前十時ごろ］には完全に布陣を整え終えていた。軍旗は陽射しを覆い隠し、刀や槍はまるで密林のようにずらりと並び立っている。しかし、攻め込んだ側の曹操は、ずっと攻撃の命令を出せずにいた。曹操は自軍の状況をしっかりと把握していた。許都から連れてきた兵馬は疲弊している。夏侯惇の部隊は敗戦したばかりで士気が上がらない。それに、兗州の各地から集結した部隊は、いまもなお完全に一体になったとは言えない。傍目には壮観に映るものの、いざ実際に戦がはじまれば綻《ほころ》びを見せる可能性がある。曹操は、陳登がいまこそ動きを起こしてくれないかと強く願っていた。広陵の軍が立ち上がりさえすれば、必ずや相手の陣形は崩れだす。そのときこそ、こちらから攻撃を仕掛ける好機なのだ。そこで曹操は、陳登の耳に合図として届くことを願って、軍は動かさないまま、陣太鼓を思い切り叩くよう下知した。ところが、陳登に通じなかったのか、それとも何かほかにわけがあるのか、敵の陣形は一糸乱れることもなかった。

そういうわけで曹操は一向に動きを見せなかったが、かたや呂布軍の指揮を執る高順も、ずっと頭を悩ませていた。それはもちろん陳登に裏があることを知っていたからではなく、身辺の何人かのために気を揉んでいたのである。かつて呂布軍が徐州に入ったころ、河内の兵を指揮する郝萌《かくぼう》が反乱を起こしたことがある。郝萌はもともと張楊《ちょうよう》の部下であったが、呂布が張楊のもとに身を寄せたとき、張楊が呂布の配下に組み入れた。その後、呂布は兗州を手に入れようとしたが、曹操に敗れて徐州へ落ちていった。しかし、自身の部隊を連れて河内へ戻りたいと考えた郝萌は、なんと夜陰に乗じて呂布の居所を取り囲んだ。呂布を殺してでも河内へ帰ろうとしたのである。呂布は屋内で喊声を聞きつけると、布団から飛び起きて、着の身着のままで裏門から軍営まで逃げていった。奇襲が失敗に終わると、郝萌は副将の曹性に命を奪われ、河内の兵はこれ以降曹性が統率することになった。そして高順は、その郝萌と平素より親しくしていたのである。このため、呂布は高順にも疑いの目を向け、その兵権を取り上げると、もう一人の腹心であった魏続に引き継がせた。しかし、魏続はあいにく攻城野戦を苦手としていたので、いつも戦となれば結局は高順が陥陣営を指揮し、戦が終わると魏続に指揮権を返していた。このような状態がいつまでも続けば、高順と曹性、そして魏続のあいだで、早晩衝突が起きるのは免れない。

高順の不安が消えることはとうとうなかった。いま大きな戦いを目の前にして、果たして魏続と曹性が全身全霊をかけて自分を助けてくれるだろうか。さらに言えば、後方に陣取る各部隊も決して一枚岩ではない。万が一、突撃をかけて打ち破れねば、そして魏続と曹性が後押しをしなければ、大軍の陣形が一気に崩されてしまう恐れがある。高順は再三にわたって考えをめぐらせた。そしてついには、こちらは攻め込まれた側ゆえ、敵の侵攻を防ぎ止めれば、それは勝ちにも等しいと結論づけた。そのため、高順も突撃の命令を下すことなく、曹操軍の陣太鼓に対しては、自軍も同様に太鼓を打って士気を上げるよう命じた。

殺気に包まれた戦場で相呼応する陣太鼓の音は、さながら千軍万馬が一斉に駆けるがごとく、大地を震わせた。双方の刀、槍、剣、戟《げき》が隙間なく立ち並び、敵と真正面から対峙した情況では片時たりとも気が抜けない。とはいえ、どちらから戦を仕掛けるでもなく、ただ重苦しい睨み合いがそのまま半刻［一時間］ばかりも続いた。

曹操は纛旗《とうき》［総帥の大旆《たいはい》］のもとでじりじりとしながら前方に広がる敵陣を眺め、飽くことなく考えをめぐらせていた。もし予期せぬ事態が起こり、陳登が動きを取れなくなったのであれば、そのときはいかにして戦うべきか。相手は、戦力は高いが一枚岩ではない。こちらは、統率の面では問題ないが、戦力ではおそらく相手に及ばない。力と力でぶつかり合えば、双方とも相当な被害を蒙ることは避けられず、かりに高順を打ち破ったとしても、大いに気勢をそがれることになるだろう。そうなれば、軍を返して袁紹《えんしょう》を討つどころか、兵を進めて下邳の城を落とすことさえ難しくなる。曹操は繰り返し考えてみたものの成算が立たず、いつしか額にはじっとりと汗が浮かんでいた。

そのとき、本陣の南のほうがにわかに騒がしくなった。兵士らがよけてできた道を、一騎の軍馬がどんどん近づいてくる。馬上に跨がる将は、鎧兜の上にもえぎ色の戦袍《せんぽう》を羽織っている。顔は棗《なつめ》のように真っ赤で、濃い眉に切れ長の目をしており、見事なひげが胸のあたりで揺れている。手に捧げ持つのは青竜偃月刀《せいりゅうえんげつとう》――これぞ関雲長《かんうんちょう》その人であった。

「止まれ！」虎豹騎の兵士が長戟《ちょうげき》を横たえて大声で呼び止めた。「将帥の本陣にて好き勝手に走り回るとは何ごとだ！」

関羽《かんう》は手綱を引いて馬を止めると、いきなり曹操に向かって叫んだ。「明公《めいこう》はなにゆえ出撃の命《めい》を下されぬか！　両軍相まみえれば勇ましきが勝つ。いま戦わずして、いつ戦うというのです！」

その大きな叫び声に曹操は一瞬どきんとしたが、歯ぎしりしていきり立ち、青釭《せいこう》の剣を鞘《さや》から抜き放って号令した。「前軍出撃！」

前軍出撃……前軍出撃……伝令官が声を継いで叫んだ。関羽は手中の大刀を一振りすると、右翼の軍には戻らずに、なんとそのまま前軍の加勢に向かっていった。

敵陣では、高順がきつく手綱を握りしめたまま部隊の最前列に立ち、息を殺してじっと曹操軍の動きを目で追っていた。すると、厳《いか》めしく整列していた曹操軍の前軍が、いきなり喚声を上げた。「突っ込めえ！」数千の騎兵が荒れ狂う波のような勢いで押し寄せてきた。「来るぞ！」高順は右手に持った長柄の矛を高々と掲げると、左手の指を二本口にくわえた。鋭い指笛の音が空気を切り裂くや、陥陣営の騎兵は早くも弓に矢をつがえ、空を埋める飛蝗《ばった》さながらに、曹操軍に向かって矢の雨を降らせた。突撃してきた曹操軍は、矢に射《う》たれて落馬する者、矢を打ち払って進む者、身をかがめて躱《かわ》す者などさまざまである。高順は時機を見計らって再び指笛を鳴らした。すると今度は、陥陣営の将兵たち自身が弓から放たれた矢のごとく、馬に鞭を当てて曹操軍に向かい突き進んでいった。

この陥陣営、実際はたった七百人しかいない。并州の騎兵はもともと勇壮で名高いが、陥陣営こそは精鋭中の精鋭で、常に戦の場に身を置き、とりわけ騎射に優れている。全員が揃《そろ》って長柄の矛を武器とし、さらには強力な弓矢と駿馬の力で、一人ひとりが十人の敵と渡り合う強さを備えている。まさに、天下でもっとも戦闘力の高い部隊なのである。曹操軍の騎兵が最初の矢を防ぐのに気を取られているうちに、陥陣営の騎兵はもうすぐ目の前にまで迫ってきていた。曹操軍の兵は武器を持って防ぐ時間さえ与えられず、気づけば冷たく光る矛の刃がその胸に突き立てられた。あっという間に、一隊の騎兵が次々と馬から突き落とされ、ある者はばたっと地面に落ちて死に、またある者はもんどりを打って落馬したところを鉄の蹄《ひづめ》で踏みしだかれた。

むろん曹操の前軍も選び抜かれた強兵であったが、その力も陥陣営の前では児戯に等しい。突撃は何とかすぐに食い止めたものの、そこから押し返すほどの力はなかった。高順は先頭に立って兵士を鼓舞した。その長柄の矛はまるで銀色の大蛇のごとく右へ左へとうなりを上げ、曹操軍の兵士を次々に突き殺し、二度、三度と突撃を繰り返して、ついに曹操軍の防御線を突き破った。ひとたび堰《せき》が決壊してしまえば、もはや歯止めをかける術はない。陥陣営は矛を並べて突撃し、さながら蛙でも突き刺していくかのように、群がってくる曹操軍の兵士を血祭りに上げていった。前軍の陣営を突き抜けていくと、今度は一斉に馬首を回《めぐ》らせ、戻りざまにまた曹操軍の兵士を次から次へと葬った。ただ、幸い曹操軍にも于禁、楽進、朱霊、徐晃といった勇将や、勢い込んで加勢に入った関羽がいたおかげで、陣形はかなり乱されたものの、壊滅の憂き目は免れた。五人の将は、おのおのが得物《えもの》を振り回して奮戦したが、いかんせん個々の力だけでは荒波のように押し寄せてくる敵に太刀打ちできず、討ち取ったのはせいぜい二、三人のみであった。

曹操は後方からその状況を眺めていた。このまま戦い続けては、前軍は遠からず総崩れに陥ってしまう。そして前軍が壊滅したら、後方の軍もにわかに戦線に入ってくる。そうなれば、陣を即座に立て直すのは至難の業である。曹操はすぐに総軍出撃を命じた。前軍が総崩れになる前に、必ずや防御の体制を固めなければならない。

曹操の命令一下、両翼と中軍の歩兵が一斉に動きはじめ、波のごとく押し寄せて、曹操軍の前軍と陥陣営を飲み込んだ。それを見た呂布陣営の成廉、魏続、曹性は、さしもの陥陣営も衆寡敵せずと判断し、大急ぎで全軍に出撃の命令を伝えた。陥陣営の後方に控えていた并州の騎兵と河内の兵らも、こうして一気に争いの渦中へと突っ込んだ。軍馬は狂ったように嘶《いなな》き、刀や槍が激しく交錯し、一帯は瞬く間に戦乱の坩堝《るつぼ》と化した。

兵士たちの怒号が飛び交うこの突撃のさなかに、呂布の陣営では深刻な問題が起きていた。

前軍がことごとく進み出れば、後続の部隊も当然速《すみ》やかに前進し、力を合わせて攻め込むのが定石である。しかし、第二陣の陳登率いる広陵郡の部隊は急に陣形を変えはじめた。もともと方形の隊形をとっていたが、突然広がって真一文字の長蛇の陣形を作ったのである。その後ろに陣取る兗州の反乱軍と徐州軍は、出陣の命が下るのをいまや遅しと待っていた。そこで前の陳登の軍が急に陣形を変えたので、陳登が何か有効な策を思いついたのだと考え、しばらく様子を見ていた。ところが、陳登の軍は長蛇の陣形を完成させると、兵士はしっかりと立ったまま一向に動く気配を見せない。こうして兗州の反乱軍と徐州軍は、広陵軍に完全に進路を塞《ふさ》がれる格好となった。

戦の火蓋が切って落とされるや、曹操軍はじりじりと押し込まれた。なかには疲れ切った者や背を見せる者もいたが、敵の突撃部隊がそう多くないことを見て取ると、曹操軍の兵士も落ち着きを取り戻しはじめた。そこでまた一斉に武器を振りかざし、長柄の槍や戟の穂先を揃えて突き進むと、今度は并州の騎兵隊を次々に血祭りに上げていった。そして、反攻に転じてしばらく攻め込むうちに、いつしか曹操軍が敵兵を完全に取り囲んでいた。

陳登は馬上にどっかと腰を落ち着けながら、その様子を遠巻きに眺め、満足げな笑みを浮かべていた。この日のために、陳登は長らく腐心してきた。広陵では民心をしっかりとつかみ、海賊らを手なづけ、兵馬を調練してきた。さらに三日にあげず呂布に対して感謝と迎合の書簡を送った。そうして呂布の信頼を勝ち得たため、自ら第二陣の部隊として出陣したいと願い出たとき、誰一人として反対する者はいなかったのである。陳登の目論見は曹操の期待をはるかに上回っていた。もし開戦前に反旗を翻したとしても、高順を打ち破り、第一陣の弁州軍を粉砕するぐらいはできるかもしれない。しかし、ぎりぎりまで呂布軍の味方についておけば、弁州軍の主力部隊は勝てると思い込んで深く突っ込んでいく。それはすなわち呂布麾下の主だった将を一網打尽にすることにつながる。そうなれば、呂布も今後は打って出ることなど考えまい。そして、自身が率いる広陵軍の被害も最小限にとどまる。

午《うま》の刻［午後零時ごろ］にもなると空は雲一つなく晴れ渡り、遮るもののない陽光が、もうもうと戦塵の舞い上がる大地に降り注いだ。ひしめく曹操軍の兵士らがぐるりと敵を取り囲み、関羽、張飛《ちょうひ》、夏侯淵、楽進、徐晃、朱霊といった猛将が、おのおの武器を振り回して反攻に出ると、あとに続く兵卒らも多勢を恃《たの》みに大胆に攻めはじめた。憐れむべきは、勇猛果敢で鳴る弁州の騎兵部隊である。負け戦と知りながらも必死で戦い続けたが、強力な敵の包囲にじりじりと押し込まれていった。宙を舞う腕や首は数知れず、さらにはあちこちで霧のような血飛沫が舞い上がり、その向こうからは断末魔の叫び声が響いてきた。それでも陥陣営の面々は、一人ひとりが孤高の勇士ぶりを発揮し、もはや勝ちはないと悟ってからも、文字どおりの死闘を繰り広げた。馬から突き落とされ、死の間際になっても曹操軍の兵士に向かって矛を投げつける者、首から上を失っても両腕でしっかりと馬の首をつかんで離さない者、馬も武器も失って素手で曹操軍に殴りかかる者など、まさにその戦いぶりは悲壮を極めた。

しかし、陳登は万人が心を痛めるようなこの惨状を目の当たりにしても、いささかも動じることはなかった。陳登にしてみれば、呂布とその一味はただの無頼の徒に過ぎない。天下を統一する志もなければ、もちろん天下を安んずる能力もなく、ただ殺戮《さつりく》と略奪以外は取り柄のない輩である。いくら彼らを殺しても、それは野の獣を殺すのと何ら選ぶところはなかった。

そうして戦場を眺めていると、後方で何か騒ぎが起こった。見れば、丹陽の兵を統《す》べる許耽が大声で怒鳴りながら駆け込んできたのだった。「陳元竜《げんりゅう》、何をしているんだ！　このままでは并州軍がやられてしまうのに、何をぐずぐずしている！」

陳登はにこりと笑みを返した。「許将軍、慌てずともよい。わたしはわが君より秘策を授かっている。いまそなたにお伝えするゆえ、近う寄ってくだされ」

呂布の陣営はさまざまな部隊の寄せ集めであったため、各将にとって腹の探り合いはお手の物のはずだったが、許耽は陳登の言葉を真に受け、大急ぎで陳登のそばに馬を寄せた。「それで、わが君は何と？」

陳登は許耽の耳元でささやいた。「わが君はだな……いまこそ反旗を翻せ、と」

許耽は訝りながら、その言葉の意味するところを考えた。するとそのとき、突然背中に熱い衝撃が走った。なんと、何人もの広陵軍の兵士が、許耽の背に槍を突き立てたのだ。許耽はもんどりを打って落馬したが、それでもなお陳登に尋ね返した。「お、お前の……主君とは……い、いったい……」

そこで許耽は激しく吐血し、陳登の返事を待たずに息絶えた。

陳登はしきりにかぶりを振りながら、許耽の屍《しかばね》に向かって独りごちた。「わたしの主君が誰かだと？　許耽、そっちはどうなんだ？　お前は丹陽の将で、本来なら周昕《しゅうきん》の部下だったはず。それが陶謙《とうけん》について北上し、劉備に背いて呂布を引き入れた。お前の主君こそ、誰か聞かせてほしいものだ。しかとした考えもなく裏切りを繰り返す……いったい誰のせいでこんな世の中になったんだろうな……」そこで一つため息をついたそのとき、陳登は胸のあたりに何か鈍い痛みを感じた。いつからこの胸の痛みを患うようになったのか……ときに胸が塞がると、この痛みに襲われる。そしていまもまた……。陳登はここで大事を誤ってはなるまいと気を取り直し、すぐに部下に命を下した。「曹公の軍の勝利はもう間違いない。われわれが手を出すまでもなかろう。これより命を伝える。全軍の将兵はその矛先を真後ろに向けて、突っ込め！」

ここに至っての広陵軍の反乱は、戦局全体を混乱に陥れた。その後方に控えていた徐州軍と兗州の反乱軍は、広陵軍の背中の向こうに広がる戦況を首を伸ばして窺っていたが、その壁を作っていた兵士たちが突然一斉に回れ右して、槍や戟を突き出しながら突進してきたのである。この予想だにしなかった攻撃で、いきなり数多くの死傷者が出た。丹陽軍の兵士らは将の許耽を見失っている。戦う前からすっかり戦意を喪失し、鎧兜を手に取ることもなく蜘蛛の子を散らすように逃げ出した。臧覇や孫観、呉敦や尹礼、昌覇といった混成軍の兵士に至っては、次々と聞き伝えに状況を知ると、蜂の巣をつついたような大騒ぎに陥った。

曹操は敵の後方が混乱しはじめたのをはっきり見て取ると、思わず賛嘆の声を上げた。「陳元竜め、見事にやりおったな」そしてすかさず総攻撃の命令を下した。

猛《たけ》り狂った怒号と喚《わめ》き叫ぶ声、馬の嘶き、助けを呼ぶ声が入り交じって響くなか、呂布軍の後陣はもはや完全に統制を失っていた。高順は曹操軍に取り囲まれながらも必死で戦い続けていたが、気づけば周りに味方は誰一人として残っていなかった。いくら高順が勇猛でも、生身の人間には違いない。右へ左へと突き進むうちに、しだいに武器が重く感じられ、呼吸が乱れてきたのが自分でもわかった。このまま戦い続けることはできない、そう判断すると、高順は馬首を突然回《めぐ》らせた。曹操軍の兵士を蹴散らして血路を切り開くと、ようやく魏続、曹性、成廉と合流した。しかし、并州軍の本隊のほとんどはこのたびの戦で討ち取られていた。残ったのは、何人かの将とそれに付き従う者が数十人ばかりで、しかもほとんどは手負いである。一方で、曹操軍は四方から幾重にも取り囲んできた。その包囲は、まさに水も漏らさぬほどである。降り注ぐ陽光のもと、無数の刀や槍が、目もくらむほどのまばゆい光を反射させながら、じりじりとその輪を狭めてきた。この包囲から抜け出すのは、もはや空でも飛べない限り不可能である。

絶体絶命かと思われたそのとき、曹操軍の外側に一筋の黄色い影が走ったかと思うと、瞬く間に包囲の中心へと近づいていった。その男は、身の丈は八尺［約百八十四センチ］あまり、広い肩幅にどっしりとした胴回りで、鮮やかに輝く鎧を身にまとい、栗駁毛《くりぶちげ》の馬に跨がっていた。顔は浅黒く、あまり艶のない髭を蓄え、広い額、筋の通った鼻梁に大きな口、あごは十能《じゅうのう》のようにしゃくれている。手には大振りの象鼻刀《ぞうびとう》を握り締め、威風堂々として一分の隙《すき》もない――これぞ誰あらん、張遼《ちょうりょう》、字《あざな》は文遠《ぶんえん》であった。

張遼は豪放磊落《らいらく》な人柄で、臧覇や孫観などとは個人的にも親しく付き合っていた。そのため、呂布は張遼を臧覇らのもとに派遣し、一隊としてまとめさせ、援軍として出陣させていた。しかし、いま目の前の戦局がにわかに動き出し、勝ち戦の望みはないと見て取るや、張遼は自分自身の兵を引き連れて広陵軍と曹操軍のなかに突っ込み、救援に駆けつけたのである。高順らはすでに精も根も尽き果てていたが、張遼の姿を見ると、一縷《いちる》の望みを託してその後ろにぴたりと付き従い、包囲の外に向かって駆け出した。そうして血路を切り開いていたそのとき、突然目の前が騒がしくなった。なんとそこには、青竜偃月刀を横たえて道を遮る関羽の姿があった。

ここ二年ばかり小沛にいた関羽は、呂布の部下とも行き来があった。とりわけ張遼とは友人として親交を深めていた間柄である。関羽は目の前にその張遼の姿を認めると、高らかに叫んだ。「文遠、この期に及んでまだ降らぬのか。ともに曹公のもとへ行くというなら、むろん愚兄も進んで取りなそう」

「勝負、勝負だ！　ここで出会ったからには、おのおの主君に忠を尽くすのみよ！」張遼は右へ左へと大刀を振り回しながらも、関羽に向かって答えた。

「ならば文遠、いざ勝負！」関羽は張遼という男に一目を置いていたので、打ちかかる前にひと声上げた。

張遼もそれに応えて、すぐそばにいた曹操軍の小隊長を斬り倒すと、返す刀で関羽の刀を受け止めた。象鼻刀と偃月刀が真正面からぶつかった。かたや跳ね上げようとし、かたや押し込もうとする。二人の力比べである。そして二振りの刀は大きく弧を描いて弾けた。高順は目ざとくその隙を衝《つ》いた。

矛をしごいて馬を駆けさせると、なんと二人の刀の下を頭を下げてくぐり抜けようとした。そこでひと声、「関羽よ、これでも食らえ！」そう叫んだが、高順の切っ先は関羽ではなく、その後ろにいた兵士らに向けられていた。関羽がいったん構えたその隙を衝いて何人かの兵を刺し殺すと、そのままの勢いで血路を開いて駆けていった。

関羽は内心で高順の狡猾さを罵り、すぐに追いかけようとしたが、そこへ張遼の象鼻刀が襲ってきた。やむをえず関羽はまた張遼に向き直った。張遼はそのひと太刀に渾身の力を込め、関羽もまた全力でそれを受け止めた。「がん！」と大きな音が響き、二振りの刀がまた虚空で重なった。すると今度は成廉が、高順のやり方を真似てその下を抜けていった。これでまた一人逃げ延びた。

さらに、後ろにいた曹性と魏続も続こうとしたので、関羽はすぐさま刀を引くと、高く掲げたところから横ざまに曹性を狙って振り下ろした。あまりの早さに曹性は対応できず、慌てて手綱を引き、馬首を回《めぐ》らせて躱《かわ》そうとした——自分の体はかろうじて躱せた。ただ、目の前には鮮血がほとばしっている。見れば、馬の頭が偃月刀で首からきれいに持っていかれていた。張遼はいまの一撃に全身の力を込めていたので、関羽にいきなり刀を引かれてそのまま振りきった。この刹那にも形勢は一変していて、いま目の前には、関羽の一撃で馬から落ちた曹性が転んでいた。そして、自分の刀はちょうどその頭上に向けて振り下ろされていく。張遼は瞬時に馬と刀の向きを変え、かろうじて空を切らせた。

張遼もさすがに名うての剛の者である。あっという間に落ち着きを取り戻して象鼻刀を掲げると、いま一度、関羽に斬りかかろうとした。そのとき、地べたから曹性の叫び声が聞こえてきた。「ちくしょう、俺たちはもうおしまいだ！　お前もさっさと逃げろ！」張遼が不満げな顔つきで目をくれると、曹性は太ももに傷を負って立ち上がれずにいた。曹性に続こうとしていた魏続はもとより腕が立たないばかりか、恐怖ですっかり顔を引きつらせ、身辺の兵士十数人に頼り切っている始末である。そして、曹操軍の勇将たちがいまもじりじりと包囲を狭めてきていた。もうこの二人を助け出すことはできぬか……張遼は歯を食いしばり、象鼻刀を一閃《いっせん》なぎ払うと、すぐに馬を駆けさせて包囲を突破し、高順と成廉のあとを追った。

高順、成廉、そして張遼の三人は数珠つなぎになり、さながら百足《むかで》のごとく互い違いに武器を突き出しては血路を開いていった。ようやく包囲を抜けて、東にある自陣のほうに目を向けたとき、そこには予想だにしなかった光景が広がっていた――壮大な陣容を誇っていたはずの自軍が、跡形もなく姿を消していたのである。徐州軍と兗州の反乱軍は、陳登の広陵軍によってすっかり打ちのめされ、その追撃を受けて、いまや彭城に向けて一目散に逃げ落ちていた。臧覇らの混成軍はというと、やはり所詮はただの賑やかしに過ぎなかった。窮地に手を差し伸べることもせず、おのおの自身の兵馬を引き連れて、鳴りを潜めてとうに姿を消していた。

陣太鼓の響きも止み、血みどろの戦いにもようやく終わりが見えてきた。曹操軍の包囲のなかに取り残された十数人の幷州兵はみな馬を失い、そこかしこに傷を受けて気息奄々《きそくえんえん》だったが、それでもなお長柄の矛を握り締めていた。しかし、もはや彼らにその矛を突き出す力は残されていなかった。かたや、それを取り囲む曹操軍は幾重にもなり、そのすべての切っ先が、包囲の中心にいる幷州兵に狙いを定めていた。そのとき、曹操軍の包囲網に、中心へと続くひと筋の通り道ができた。そこを、虎豹騎を従えた曹操が悠然と進んでくる。曹操は幷州兵らを見下ろすと、かすかに笑みをたたえつつ尋ねた。「このなかにまだ将はいるか」

「そ、それがし、敗軍の将……曹公にお目通りを願いたく……」魏続は曹操の姿を見るなり、篩《ふるい》にかけられた糠《ぬか》のように、がたがたと体を震わせて跪《ひざまず》いた。

曹性はそれを見ると、太ももの傷を手で押さえながら、口を極めて罵った。「この恥知らずめ！悪党に向かって跪くとはどういうつもりだ！　貴様のようなやつが陥陣営の指揮官とはな。俺たち幷州兵の名に泥を塗るんじゃねえ！」

曹操の後ろに控えていた許褚《きょちょ》は、曹性が曹操を「悪党」と罵ったことを聞き咎め、進み出て曹性を殺そうとした。曹操はそれを鞭で遮ると、いっそう笑みを浮かべた。「この期に及んでも、まだ降る気はないのか」

曹性は喉もちぎれんばかりの声で叫んだ。「降るだと？　そんな気はさらさらない！　陳元竜さえ裏切らなければ、貴様のような老いぼれに負けるはずはなかったんだ。そんな奸計《かんけい》を弄して勝ったからって、いい気になるなよ」

曹操は髭をしごきながら答えた。「ほう、お前はこれが奸計だというのか。兵法にこうあるのを知らぬか。『聖智《せいち》に非ざれば間《かん》を用うること能《あた》わず、仁義に非ざれば間を使うこと能わず、微妙に非ざれば間の実を得ること能わず［聡明な知恵を持つ者でなければ間諜を使うことはできず、仁徳を備えた者でなければ間諜を扱うことはできず、機微に通じた者でなければ間諜の情報の真実を見極めることはできない］』とな。呂布は恩を仇で返し、裏切りを繰り返してきた。名誉や金のために丁原《ていげん》を殺し、董卓《とうたく》を殺し、袁紹を裏切り、張邈《ちょうばく》を見捨て、そして劉備を襲った。朝には秦《しん》につき、暮れには楚《そ》につくような、ただ自らの利のために動く小人《しょうじん》、心ある者からはとうに愛想を尽かされておる。いまや広陵の陳登は呂布に背き、青《せい》州や徐州の兵も尻尾を巻いて逃げ去った。あとに残ったのは石頭の愚かな武人のみ。まさかお前もやつに命を捧げるつもりか」

「ふん、俺たちは天下にその名を轟かす幷州兵だ。敵に降ることなど断じてない！」

「何という愚か者よ」曹操はかぶりを振った。「お前らはもともと幷州の善良な民だったのであろう。もし呂布になど従わなければ、あちこちを転戦して徐州まで流れてくるようなこともなかっただろうに……まさか家族や故郷さえも捨ててしまったとでもいうのか」

曹操の言葉に曹性は胸を打たれた。筋金入りの男伊達の目に、みるみる涙が溢《あふ》れ出た。呂布は常々将兵らに向かって、いつの日かみなを連れて故郷の幷州へ帰ると言ってきた。しかし、長安から河内、河内から兗州、そして今度は兗州から徐州へと、ずっと東に向かうばかりで、故郷からは遠ざかる一方だった。もしかしたら、もうこのまま故郷には帰れないのかもしれない……

曹操軍の将兵らも、目の前の情景に誰もが胸を痛めた。曹操でさえも感傷に浸り、もう一度、今度は低く沈んだ声で尋ねた。「降るか、それとも……」

曹性は涙をぐっとぬぐうと、声を絞り出して答えた。「幷州の勇士には死あるのみ！」

それをそばで聞いた魏続はにわかに青ざめ、何度も額を地面に打ちつけた。「曹公、どうかお許しを！　こやつはともかく、それがしは降参いたします……」

魏続がそう言うが早いか、曹性は腰に帯びた短刀を抜き放った。冷たく輝く刃先が虚空に弧を描いた次の瞬間、魏続の体は血だまりのなかに突っ伏していた。そして、周囲の曹操軍が驚く間もなく、曹性はその刃先を自分の首筋にあてがい、片時も躊躇《ちゅうちょ》することなく自ら喉をかっさばいた。舞い上がる血飛沫のなかで、曹性は最後の力を振り絞った。「こ、これで里に帰れ……る……」その体を魏続の上に預けて、曹性も絶命した。

「おお……なんと……」曹操が感嘆の声を上げたそのとき、その目に鋭く冷たい光が差した。なんと、最後まで残った十数人の并州兵らが、ある者は互いに相手を見定めて胸を突き合い、またある者は折った矛先を自ら喉に突き立てていた。そして一陣のつむじ風になぎ倒される稲穂のごとく、曹性のあとを追ってばたばたと倒れていった。

「彼らもまた真に勇の者よ。きちんと葬ってやるがいい」曹操はそれだけ言うと、見るに忍びず馬首を回らせ、ぼんやりと考え込んだ——呂布はこの純朴な男たちを殺人と略奪を繰り返すけだものに変えてしまった。戦う以外に生きる術を知らないけだものに……人としてこれほど悲しいことがあろうか……

ふと顔を上げると、呂昭《りょしょう》が馬を飛ばして近づいてきた。「旦那さまに申し上げます。陳登さまは敵を追撃して大勝利を収めました。彭城を守る侯楷《こうかい》は城門を固く閉じ、敗残兵はすでに下邳に向かって逃げ落ちました」

「よし！」曹操は一つ気合いを入れ直すと、すっかりいつもの曹操に戻っていた。「全軍に命を伝えよ。これより彭城を包囲して呂布を誘い出す。わしも自ら陣頭に立とう！」

第十六章　曹操と袁紹《えんしょう》、一触即発

窮鼠猫を噛む

彭城《ほうじょう》の西で繰り広げられた血みどろの戦いにより、呂布《りょふ》配下の并《へい》州兵の精鋭はほとんど全滅した。高順《こうじゅん》が率いていた陥陣営《かんじんえい》の騎兵はことごとく死に絶え、さらには曹性《そうせい》、魏続《ぎぞく》、許耽《きょたん》という三人の将も失った。徐《じょ》州、兗《えん》州、丹陽《たんよう》の兵士らも陳登《ちんとう》率いる広陵《こうりょう》軍の追撃にさらされ、途中で殺された者や行方知れずとなった者は数知れず、下邳《かひ》にまで落ち延びることができたのは、たった千人あまりというありさまであった。

曹操は勢いに乗じて彭城を取り囲んだが、その狙いは呂布を下邳から誘い出すことにあった。しかし、呂布もかつての兗州での戦いを教訓とし、下邳に立てこもって援軍を出してこなかった。そのうえ徐州の各県城には、堅壁清野《けんぺきせいや》［城内の守りを固め、城外を焦土化する戦法］を伝達した。曹操の最大の懸念は河北《かほく》の情勢にある。ここで時間を取られるわけにはいかなかった。三日三晩にわたる強攻策で彭城を落とし、呂布が任命していた守将で彭城の相《しょう》の侯楷《こうかい》を俘虜《ふりょ》にした。さらに、徐州の情勢に動揺を与えるため、曹操は奥の手を使った。城内に住む者を一人残らず殺すよう命じるとともに、進んで城を明け渡せば死を免れるが、籠城して抵抗すれば、陥落した際には一人残らず殺すと、徐州一帯に広く触れを出したのである。

この曹操の脅しによって、呂布軍の抱えていた弱点がますます浮かび上がってきた。呂布は各地を転々として徐州に流れ着いたので、そのあいだに道々各地の軍隊を吸収してきた。そのため、各部隊には固有の指揮官がおり、完全に一枚岩とはなりにくい。加えて、徐州は陶謙《とうけん》が治めていたころから、すでに各地の勢力によって割拠されていた。勢い呂布の統治も緩やかなものとなり、いわば呂布軍は軍事同盟のようにして成り立っていたのである。むろんそのような同盟のなかでは、各派閥によってそれぞれ協力や対立の関係が形成される。ただ、絶対的な主力として并州軍がその上に君臨していたために、各派の軍もおとなしく従っていた。しかし、いまや左将軍《さ》という呂布の肩書きは、曹操の指示で正式に朝廷から剝奪され、并州の精鋭もほとんどが討ち死にし、包囲された県城に救援は来ず、抵抗する者には死あるのみという状況にまで追い込まれた。つまり、呂布にはもはや徐州を統治する資格はなく、各地の県城を守る力もないのである。このような情況で、いったい誰がまだ従おうとするだろうか。東海《とうかい》、彭城、琅邪《ろうや》、下邳に属する各県城が次々に門を開いて降伏し、あっという間に下邳城だけが孤立して最後の砦となった。

このときに至って呂布はようやく悟った。このまま閉じこもって守りに徹しても何の解決にもならない。そこで再び張遼《ちょうりょう》を沿海部に割拠する臧覇《ぞうは》や呉敦《ごとん》、孫観《そんかん》などのもとに派遣し、もう一度軍をまとめることを求めた。また一方では、兗《えん》州の反乱軍の許汜《きょし》と王楷《おうかい》を急いで淮南《わいなん》［淮河《わいが》以南、長江以北の地方］に派遣し、袁術《えんじゅつ》の息子と自分の娘の結婚をまとめる条件として、かつての仇敵に援軍を要請した。

もとより曹操も、呂布に息つく暇を与えるつもりはなかった。彭城を発つと強行軍で進み、数日のうちには下邳国内に踏み入った。ひとたび城を包囲すれば、あとは戦うのみである。呂布は援軍が間に合わなかったため、やむをえず下邳に逃げ込んできた敗残兵を組織して、曹操の進軍を止めるべく出陣させた。

この戦《いくさ》にあたり、曹操は早くから備えていた。下邳への行軍の隊形を組む際、史渙《しかん》、呂昭《りょしょう》、王図《おうと》、蔡陽《さいよう》、賈信《かしん》、扈質《こしつ》、牛蓋《ぎゅうがい》、牛金《ぎゅうきん》、張憙《ちょうき》といった者らに小隊を率いさせて前軍に並ばせ、程昱《ていいく》と陳登には別に策を与えた。呂布の当たるべからざる勢いを考えたとき、おそらくは曹操を目標として中軍に突撃をかけてくるだろう。そこで曹操は、とくに虎豹騎《こひょうき》［曹操の親衛騎兵］を軍の最後尾に移していた。したがって、斥候《せっこう》からの報告が入るや否や、各将兵は一糸乱れず自身の取るべき行動――すなわち扇状に展開し、なかほどには交戦に備えて空き地を作った。程昱と陳登も自身の部下を引き連れ、計に従って行動に移った。曹操は虎豹騎に護衛されながら、戦場の全体を俯瞰できるよう後方の小高い山に登った。

従軍している兵卒のなかには、濮陽《ぼくよう》［河南省北東部］での戦いを経験した古参兵も数多く含まれていた。古参兵は仲間たちに、呂布の強さは人間離れしていてこの世のものとは思えないだとか、呂布が現れるときには突然強風が吹き荒れて山さえも揺れるなどと吹聴していた。その呂布がいま、兵を率いて自分たちの目の前に現れたのである。誰もが戦う前からすでに怖じ気づいていた。呂布はというと、やはりいつもの出で立ちでその姿を現した――頭には三つに分けて束ねた髪に紫磨《しま》金《ごん》の冠、身には獣面《じゅうめん》紋様の連環《れんかん》の金の鎧、その上に羽織るは百花《ひゃっか》紋様の蜀錦《しょくきん》の赤い戦袍《せんぽう》、肩には朱雀《すざく》を描いた金蒔絵《きんまきえ》の弓を掛け、腰には玲瓏獅蛮《れいろうしばん》［獅子と蛮族の王の図案］の帯を締め、太ももから膝《ひざ》は銀糸の甲《よろい》、足には虎頭《ことう》の軍靴《ぐんか》を履き、きらびやかな鞍を乗せた赤兎馬《せきとば》に跨がっている。そのうえ、手中に握り締める方天画戟《ほうてんがげき》の冷たい輝きを加えれば、その美しさたるや世に比すべきものはなく、あたりを払う威風は世を圧するほどだった。ただ、これまで片時も離れることなく、威厳を添えていた屈強な幷州の鉄騎兵たちの姿だけが、どこにも見当たらなかった。

いま、呂布に従っている兵士らはあまりにも惨めであった。服の色はばらばらで、背丈もまちまち、得物《えもの》の長さもみな不揃《ぞろ》いである。しかも幷州兵、徐州兵、兗州兵が入り交じっており、ひとまず一隊に組織したものの、まったく隊として機能していない。馬に跨がるのはたったの百騎ほど、それよりも数を占めるのは、なんと下邳の城中から見繕《つくろ》って連れて来たただの若い男たちである。下邳を出てからも、ほとんどの者がため息交じりで士気は一向に上がらず、隊を監督する高順と成廉《せいれん》はひっきりなしに叱り飛ばしながら、なんとか隊伍を整えて来たほどである。この戦の勝敗は、戦う前から誰の目にも明らかであった。

曹操は小高い山の上で、軍令用の小旗を抱えて座っていた。そして呂布軍の様子をひと目見るなり、思わず髭に手を当ててしごきながら笑みを漏らした。「たとえ覇王項羽《はおうこうう》に匹敵する武勇があったとしても、こんな敗残兵しかいないのでは、烏江《うこう》［安徽《あんき》省東部］で自刎《じふん》するのが関の山だな」そのとき、まるでその曹操の言葉が聞こえたかのように、呂布は画戟を高々と突き上げて、全軍に突撃を命令した——これはもはや戦ですらない。ただ死地に赴くだけの帰らぬ旅である。

呂布軍の雑兵《ぞうひょう》らは号令を聞くと、得物を掲げ、不承不承「おう」と覇気のない声を上げながら突っ込んでいった。しかし、何歩も駆け出さないうちに隊列は早くも崩れた。一方、見事に一色に揃った曹操軍の前軍は、すべてが近ごろ選抜して取り立てた将である。本来はそれぞれ別の将軍に属しているが、今日は曹操がとくに命じて先鋒に取り立てていた。いずれも手柄を立てて名を揚げようと、うずうずしている者ばかりである。覇気のない敵兵が攻めて来たのを見ると、我先にと自分の兵を駆り立てて突っ込んでいった。

両軍が相まみえるや、いくらも経たないうちに呂布軍の兵士がばたばたと倒れていった。前列の兵士らが次々と殺されていくのを目の当たりにすると、後列の兵士らは恐れおののき、喚《わめ》き叫びながら一目散に逃げはじめた。前に進む者よりも、後ろに逃げる者のほうが多いほどである。

この戦はあっという間に決着がつく、誰もがそう思ったとき、突然一筋の赤い影が戦乱のなかに飛び込んできた。呂布が方天画戟を左に思い切りなぎ払うと、十数本もの曹操軍の兵士の武器が甲高い音を立てて跳ね飛ばされた。さらに返す刀で右側を払ったときには、最前線に突っ込んできていた曹操軍の兵士がまとめて数人ほど瞬時に黄泉《よみ》に送られた。呂布はやはり呂布である。たった一人、たった一騎でも、群がる曹操軍の兵士らを慌てさせた。方天画戟が上下左右と振り回されるや、すぐそばにいた兵士は突かれ、馬は倒され、赤兎馬の周りに近づこうとする者はすぐにいなくなった。そこでまた呂布の叫び声が響き渡ると、赤兎馬は高々と跳ねて曹操軍の陣に突っ込んでいった。多くの兵がいる真ん中で、赤兎馬が跳ねては蹴り、跳ねては踏み潰し、さながら稲穂でも踏み荒すかのように、曹操軍の兵士を血祭りに上げていった。猛《たけ》り狂う呂布と赤兎馬の姿はまさにこの世のものとは思えず、曹操軍の兵士は肝を冷やして散り散りになって逃げ出した。そこに高順と成廉も加わり、二人の長柄の矛が目にも留まらぬ速さで曹操軍の兵士に向かって繰り出された。そのすぐ後ろからは、わずかにいた百騎ばかりの騎兵も追いついてきた。どの顔もすでに覚悟を決めていた。目の前の曹操軍が何人いようと関係ない。一人でも殺せれば御の字、二人殺せれば儲《もう》けものとばかりに、ひたすら武器を振り回した。数で言えばほんのわずかに過ぎないが、いずれも死を覚悟した兵である。とうとう曹操軍の攻勢を押し返しはじめた。その奮闘ぶりに、背中を見せていた雑兵らも目を奪われた。そして、もしかするとまだ勝ち目がある、そう考えはじめて、また次々と得物を振りかざして攻撃に加わった。

曹操はその戦いぶりを見て、山上で呆気にとられていた。万に一つも負ける可能性のないこの戦で、ここまで苦戦を強いられるとは思ってもいなかったのである。眼下では、なおも手に汗握る戦いが繰り広げられており、耳をつんざく武器がぶつかる高い音と、突進を繰り返す軍馬の嘶《いなな》きが響いてくる。火柱のごとき鮮血があちらこちらで噴き上がり、両軍が激しく体をぶつけ合う最前線では、誰もがすっかり血だるまになっていた。地に伏した屍《しかばね》は軍靴と蹄《ひづめ》に踏みしだかれ、すっかりただれた肉の塊と化していた。

曹操は身を乗り出すようにして、呂布の姿をじっと目で追った。呂布の目は血走り、顔も体もすっかり返り血で真っ赤に染まっていた。そして、いまも怒号を上げながら、方天画戟を縦横無尽に操って曹操軍の兵士をなぎ倒している。ちょうど一人の騎兵が刀を振り上げ真正面から斬りかかった。呂布はそれを軽く躱《かわ》すと、画戟を相手の腹に突き刺した。さらに両手に力を込めると、なんとそのまま高々と持ち上げ、その勢いのままに画戟に刺さった男の体で周囲の兵士を打ち払った。最後には画戟を高く振るうと、すでに血に染まったその男の体を投げ飛ばして、曹操軍の兵士らにぶつけた……このとき、蔡陽が呂布の近くまで攻め寄せていた。蔡陽は、呂布が画戟を高く振るって男を投げ飛ばしたのを見ると、その隙《すき》をついて槍を脇腹めがけて突き出した。呂布は画戟で防げないと見て取るや、なんと左手を伸ばして蔡陽の槍の穂先を素手で握って止めた。そしてさらに渾身の力を込めて、そのまま引っ張った。すると蔡楊のほうが槍を持ったままもんどり打って落馬した。幸いそばに従っていた数人の兵が蔡陽の体を赤兎馬の足元から引き離したため、かろうじて一命は取り留めた。

蔡陽を馬から引きずり下ろした途端、今度は牛金と牛蓋が大刀を振り上げて迫ってきた。呂布はすぐに向き直ると、二人の大刀を画戟の柄で受け止めた——次の瞬間、二本の大刀は受け手の力に跳ね返されて、高々と宙を舞っていた。二人は得物を失うと、尻尾を巻いて逃げ出した。画戟を構え直そうとしたとき、呂布は背後に冷たい風の立つ気配を感じた。曹操軍の前軍に配された諸将のなかで、もっとも機転の利く張憙が呂布の背後に回り込み、槍を繰り出してきたのである。これはもはや避けようがない、誰もがそう思った瞬間、なんと呂布は赤兎馬のたてがみをぎゅっとつかんだ——すると赤兎馬がすぐに頭を下げ、反対に後ろ足を大きく蹴り出した。張憙の槍が呂布の冠をかすめて過ぎたそのときには、赤兎馬の後ろ足が張憙の馬の首にめり込んでいた。張憙の馬はじたばたと暴れ、張憙を乗せたまま自軍のほうに向かって突き進んでいった……

曹操は、もうこれ以上見ていられないとばかりに突然立ち上がり、号令をかけた。「後方より矢を放て！」

命令一下、曹操軍の後方部隊が一斉に矢の雨を降らせた。矢はちょうど両軍が交錯している地点に落ち、呂布の兵はもとより、曹操の兵も数多くが矢に射《う》たれた。見境なく降る矢の雨に両軍の兵士とも混乱し、互いにいくらか退いたことで自然と両軍が分かたれた。

争いの手が止まったその一瞬を見逃さず、曹操は小旗を掲げて左右に振った。すると戦場の東に位置する小山から、いきなり陣太鼓が低く鳴り響き、その頂上に一面の白い旗が立てられた——兗州の者は来《きた》りて降れ——その旗のもとには程昱と李典《りてん》、呂虔《りょけん》が立っていた。三人は大勢の兗州兵を従えており、兵士らはめいめい喉も張り裂けんばかりに兗州の方言で投降を呼びかけた。

呂布の軍にあっても、兗州出身の者が数多くいる。いずれもかつて陳宮《ちんきゅう》に付き従って来た者たちである。彼らは呂布軍にあっても、幷州の兵士らに見くびられていた。ただ、呂布を恐れて逃げ出すこともできなかったのである。それがいま、この戦いのさなかでふと耳にした懐かしい訛《なま》り、さらには懐かしい将の顔まで目にして、気の早い何人かの兵士たちはまっすぐに東のほうへと駆けだした。そして誰もが感じたのである。やっと故郷に帰れる日が来たと。一人が駆け出すと、つられるように何人もがそのあとに続き、兗州の兵士らは引きも切らず次から次へと戦場を離脱していった。

「行ってはならん!」呂布はにわかにいきり立ち、すぐそばで逃げだそうとしていた二人の兵士を画戟を振り回して打ち殺した。それでも兵士の逃亡が後を絶たないのを見ると、投降を呼びかける旗を倒そうと考え、東の山に駆け上がろうとした。まさにそのとき、今度は西側の小山のほうが騒がしくなり、また一面の白い旗が立ち上げられた——徐州の者は来りて降れ——そちらでは陳登と陳矯《ちんきょう》、徐宣《じょせん》が旗のもとに立ち、近ごろ新たに曹操に降った徐州の兵が、銅鑼や太鼓を鳴らして、やはり同郷の者に投降を呼びかけた。すると、呂布軍の配下の徐州兵も、堰《せき》を切ったように逃げ出した。

兗州の兵は東へ逃げ、徐州の兵は西へと走った。呂布はまるで全身の血が抜けたかのように薄ら寒さを覚え、ふと振り返った——そこに残っていたのは、息も絶え絶えに戦い続ける幷州の同胞のみであった。

もともと敵より少なかった兵士のうち、いままたその大半が逃げ去った。これではさすがに呂布といえども戦い続けることはできない。曹操軍が嵩《かさ》にかかって攻め込んでくるのを見るや、赤兎馬の手綱を引いて馬首を回《めぐ》らせた。「退《ひ》け、退くんだ!」そう大声で叫ぶと、呂布は馬を駆って真っ先に戦場を離脱した。残っていた将兵らもあとに続いて逃げ出すと、曹操軍はすぐさま追撃をかけた。これにより、疲れ果てていた多くの幷州兵が、曹操軍の槍の餌食になった。

勝ちを収めたとはいえ、曹操の気持ちは少しも晴れなかった。手にしていた小旗を力なく取り落とし、長いため息をついた。「ふう……勝つには勝ったが、まったく冷や汗ものだったな……さあ、われらも山を下りるとしよう」曹操が虎豹騎に護衛されながら山を下りていると、麓《ふもと》に着く前に、全身血まみれの俘虜を引きずって馬を飛ばしてくる史渙の姿が見えた。史渙はまだかなり離れたところから大声で叫んだ。「曹公に申し上げます。敵将の成廉を生け捕りにしました!」

「すぐにその手を放せ!」先には曹性が自刃して果てたばかりだったので、曹操は慌てて馬を下りると、山の斜面に立って拱手《きょうしゅ》の礼をとった。「成将軍、ご苦労であったな」

成廉は太ももに槍を受けたうえ、ひとしきり史渙に引きずられたので、顔は血と汗と泥にまみれていた。渾身の力を振り絞ってようやく身を起こしたが、成廉は曹性ほどには芯の通った強さは持ち合わせておらず、ひたすらため息を漏らした。「ああ……これが天意か……」

「天意ではない。これは人為だ」曹操は馬を牽《ひ》きながら坂を下りて近づいた。「呂奉先《ほうせん》はたしかに項羽に匹敵する武勇を備えておる。しかし、兵士や民らは本当に心からやつを慕っているのか？　仁徳を軽んじて腕力だけに頼った挙げ句、かつては兗州で敗北し、そして今日は徐州で同じ過ちを繰り返した」

成廉はしばらく黙って聞いていたが、最後には顔を上げると、おもむろに答えはじめた。「たしかに曹公の仰るとおり、呂将軍は天命を受けた方ではなかったのかもしれません。本音を申せば、この数年来われわれがしてきたことを思うと、胸が痛むことしきりなのです」呂布とその軍が裏切りを繰り返し、民に対しても乱暴狼藉を働いて、あまりにも多くの者を傷つけてきたことは疑う余地もなかった。

曹操は成廉の顔に後悔の色を読み取り、笑みを返して答えた。「呂布はもう逃げた。下邳に戻って籠城するはずだ。わしがもし城を攻めれば、また多くの士卒の命が失われることになる。むやみな殺生はもとより望むところではない。双方の将兵らがいたずらに犠牲となるのはもう十分だ。将軍、どうだ、城下から呂布に投降を呼びかけてみてはくれんか。城中の者の命はこのわしが請け合おう」曹操は先に陳登から聞いていた。下邳こそは徐州第一の堅固な城で、これを攻め落とすには一筋縄ではいかないだろうと。

「至極もっともではございますが、下邳が応じることはありますまい」成廉はきっぱりと答えた。

「やってみねばわからんだろう」曹操はあざけるような笑みを浮かべた。「呂布のすることは、いつも二転三転するからな」

成廉はかぶりを振った。「呂布は口説けても、陳宮が動かんのです」

曹操は言葉に詰まった——かつて同日に辺譲《へんじょう》、袁忠《えんちゅう》、桓劭《かんしょう》を誅したとき、陳宮は激昂して自分のもとを去っていった。そして張邈《ちょうばく》、張超《ちょうちょう》、李封《りほう》、薛蘭《せつらん》、許汜《きょし》、王楷《おうかい》、毛暉《もうき》、徐翕《じょきゅう》らを焚きつけ、反乱を起こしたのである。胸に何の大志も持たない呂布は、八割がた降参してくるだろう。しかし、陳宮が降ってくるとは考えにくい……

成廉がぼそぼそと続けた。「曹公はご存じないでしょうが、并州と兗州の兵のあいだには、かねてより溝がありました。いま、城中に残っている并州の者といえば、宋憲《そうけん》と侯成《こうせい》、およびその配下ぐらいのものです。軍権はすでに陳宮らの手に渡っています。たとえ呂布が下邳に戻ったとしても、陳宮らを従わせるのは難しいはず……」

「そういえば、潁川《えいせん》の陳元方《ちんげんほう》父子も城中にいるそうだが、無事にしているのか」曹操はふと陳紀《ちんき》と陳羣《ちんぐん》のことを思い出した。

成廉の血みどろの顔がぴくぴくと痙攣《けいれん》した。どうやら笑ったようである。「お元気ですとも。陳宮がずっと世話をしております……それに畢諶《ひつしん》と魏种《ぎちゅう》も……」曹操は兗州の刺史《しし》を務めていたとき、魏种を孝廉《こうれん》に推挙し、畢諶を別駕《べつが》に任じて、二人を重用していたことがある。ところが、陳宮が曹操に反旗を翻すと、魏种は命惜しさに曹操に背き、畢諶も老母のことがあったために曹操のもとを去ったのである——ここにも清算せねばならないつけがあった。

曹操はしばし考え込んでから、また口を開いた。「何はともあれ、まずは下邳城を包囲してからだな」そこで覗き込むようにして、いま一度成廉に尋ねた。「それで、将軍は投降を呼びかけてくれるのか」

成廉はまたかぶりを振った。「それがしは并州の出身ゆえ、呂将軍に従います。呂将軍が投降するならそれがしも、降らないのなら、ただ一死あるのみです」

曹操はうなずくしかなかった。「呂布は不才とはいえ、配下の者は好漢ばかりだな……史渙よ、ひとまず成将軍を陣中に軟禁しておけ。下邳を落としてから処断するとしよう」

この一戦を通じて、曹操の胸にはある考えが頭をもたげていた。呂布——天下無双の武勇を誇りながら、遠大な志を持たぬ男——その呂布を帰順させて自軍の先鋒とするのはどうだろうか……

下邳《かひ》の水攻め

下邳県は、徐《じょ》州下邳国の第一の県である。前漢の韓信《かんしん》が楚《そ》王に封じられた際に、ここを都に定めた。県の南には泗水《しすい》が西から東へと流れ、東には沂水《ぎすい》が北から南へと走り、泗水に流れ込んでいる。下邳城は、その二本の河川が合流するあたりに位置しており、まさに天然の要害であった。県城は四周《ししゅう》十二里［約五キロメートル］、内と外で合わせて三重の城壁を備え、いずれも高さ四丈［約十メートル］を超える。なかでも、白く巨大な石を切り出して積み上げた外郭《そとぐるわ》の南門は、巷《ちまた》ではその雄大さから、とくに「白門楼《はくもんろう》」と呼ばれていた。

曹操軍の本隊が下邳に着いたときには、先手《さきて》として出発していた陳登《ちんとう》率いる広陵《こうりょう》軍が、すでに下邳城を包囲しはじめていた。内側の包囲を幾重にも外側からまた囲み、そうして二万を超える兵士らが、瞬く間に水も漏らさぬ包囲網を作り上げた。曹操はその人群れのあいだを縫って近づくと、目の前にそびえる巨大な下邳城を見上げて、急に不安に襲われた――本当にこの城を落とせるのか。たとえ強攻策で外郭を破ったとしても、内側にはさらに二重の城壁がある。それを一つひとつ破っていくのでは、どれほどの兵馬を失い、どれほど時間がかかることか。曹操はそこまで考えると、兵士らに命じて「呂布を出せ」と大声で叫ばせた。

実はこのとき、呂布は城壁の上におり、目の前の包囲網に圧倒されていた――かつて兗《えん》州の戦いでは、幾度か曹操軍を大いに破り、方天画戟《ほうてんがげき》で曹操自身の兜を打ちつけたこともある。あのとき曹阿《あ》瞞《まん》は跪《ひざまず》いて許しを乞い、言葉巧みに他人のふりをしてやっと命拾いをしたほどだった。しかし、いまではすべてが変わってしまった。沛《はい》国譙《しょう》県のあの小柄な男がこれほど強大な力を蓄え、果てが見えないほど大勢の兵士で鉄壁の包囲を敷いている。さらに目を凝らして見てみれば、劉備《りゅうび》と陳登の旗印も見える。敵は手を結び、部下には裏切られたということか……呂布の胸に怒りの炎が燃え上がった。

城下から自分の名を呼ぶ声に気がつくと、呂布は姫垣《ひめがき》に手をかけて堅苦しい口調で答えた。「呂将軍はいまだ死せず。ここにあり。曹賊め、お前ごときに何ができようぞ」

それには陳登が人だかりから馬を進め出て、嘲笑しながら答えた。「呂奉先《ほうせん》よ、お前は朝廷に背いたため、すでに将軍の称号を剝奪されている。どの面下げて自ら将軍などと称しているのだ。それから、もう一つ教えてやろう。援軍を要請するためにお前が袁術《えんじゅつ》のもとへ派遣した許汜《きょし》と王楷《おうかい》だがな、お前のことを見限って、すでに荊《けい》州の劉表《りゅうひょう》のところへ逃げ込んだぞ。張遼《ちょうりょう》は沿海部に着いたが、臧覇《ぞうは》らは官軍の威厳を恐れて兵を出す気はないそうだ。呂布よ、お前はもうおしまいだ！」

「陳登！」呂布は口を極めて陳登を罵った。「この青二才が！　裏切り者め、忘恩の輩め、この恥知らずめ！」呂布は自分が知っている限りの罵詈雑言《ばりぞうごん》を陳登に浴びせかけた。

しかし、陳登はそれを一笑に付した。「おい呂布、呂布よ。俺が忘恩の輩だと？　お前がいったい俺に何の恩義を施したというのだ？　胸に手を当てて考えてみろ。広陵太守《たいしゅ》の職を与えてくれたのは、お前か、それとも朝廷か」

呂布はそう言い返されて言葉に詰まった……そうだ、たしかに俺ではない。やつに官職を与えたのは曹操のやつじゃないか！

陳登は見上げたまま呂布を直視した。「俺が裏切り者だと？　ならば聞こう。お前が半生やってきたことはいったい何だ？　お前はもと五原《ごげん》郡の一介の兵士に過ぎん。下賤《げせん》の身であったのを丁原《ていげん》が取り立て、腹心として目をかけ、主簿《しゅぼ》として登用し、心から気にかけてくれたはずだ。ところが、洛陽に入った董卓《とうたく》から金銀財宝と官職を受け取るや、お前はそれに目がくらんで丁原を斬り捨てた。そしてお前は、国賊を父として戴いたのだ！　董卓につくことたった数年、天下が厄災《やくさい》に見舞われるなか、お前は色欲を起こして董卓の侍女と密通した。それが露見するのを恐れた挙げ句、司徒《しと》の王允《おういん》に身を寄せて、今度は董卓を誅殺した。これで国を救った忠義の臣の出来上がりだ。暗君を捨てて明君に仕えるのは、もとより正しい考えではある。ならば、李傕《りかく》と郭汜《かくし》が長安を占拠したとき、お前は王允に従って節義に殉じるべきだったのだ。ところが、董卓の首を懐に抱いて袁術のもとに奔った。しかし、袁術がお前の冷酷さを嫌って渋い顔をすると、次には袁紹《えんしょう》を頼って落ちていった。そのまま袁紹に従えばそれはそれでよかったものを、部下に好き勝手をさせて女を陵辱し、民の財を略奪した。袁紹がお前を冀《き》州から追い出そうとすると、今度はかつての仲間である張楊《ちょうよう》を頼っていった。張楊は下にも置かぬ対応をしたにもかかわらず、今度は張邈《ちょうばく》と手を結んで兗州を攻め、友人を見捨てて顧みることもなかった。そして残念なことに、お前のそのちっぽけな人徳では、威風堂々たる曹公に勝てるわけもなく、また尻尾を巻いて、次は徐州の劉玄徳《げんとく》殿のもとに身を投じた。玄徳殿はお前に武器や糧秣《りょうまつ》を差し出してくれたのに、それも結局は、狼のごときその貪婪《どんらん》ぶりを増長させることとなった。玄徳殿と袁術が交戦した際には、お前は玄徳殿の兵を奪い、徐州を無理やり占拠したのだ。そして、またもや手のひらを返して袁術を攻めた！」陳登は一言一句に指弾の意味を込め、呂布のさまざまな不義の行いを、立て板に水を流すように次々と暴き立てた。「呂布よ、お前は無謀で節操がなく、行く先々で民草を害してきた。民らはお前の死体に鞭打ち、お前の肉を喰らい、お前の皮膚を剝《は》いで敷物にすることを願っておる。貴様のように不忠不孝、不仁不義の輩は、誰もが死んでもらいたいと願っているのだ」

呂布は陳登にさんざん罵られ、辱められて、その恨みと怒りは頂点に達した。怒髪天を衝き、鬼のような形相で、姫垣に爪を食い込ませながら大声で叫んだ。「お、おのれ……もう許さんぞ！」

「ほう、怒ったのか」陳登は袖を翻して振り返り、背後に控える兵士らを眺め回して声をかけた。「広陵の将兵たちよ、お前たちはみな徐州の者だ。もしこのなかに、暴虐な并《へい》州の兵士からいじめられたり物を盗られたりして憎んでいるやつがいたら、三度『おう』とかけ声を上げて聞かせてやれ！」

「おう、おう、おう！」

その鬨《とき》の声は天地を振るわせ、空高く響き渡った。しかも三度目には、徐州の者だけでなく、兗州の者も豫《よ》州の者も、一緒になって声を限りに叫んでいた。

呂布は眼下の恐るべき光景に目を見張った。その姿には、すでに天下無双の豪勇ぶりは微塵も窺えなかった――終わりだ、完全に終わりだ。呂布の心は折れた――たとえ赤兎馬《せきとば》と方天画戟《ほうてんがげき》があっても、もう無理だ。呂布の体は震えていた――逃げだせたところで何になる。東は大海、北には袁紹、南は袁術の機嫌を損ねてしまった。西には古なじみの張楊がいるとはいえ、兗州から豫州まではすべて曹操の支配下……臧覇も孫観《そんかん》も尹礼《いんれい》も、援軍をよこす気配さえない。八方塞《ふさ》がりとはこのことか……かくも広い大地に立錐の余地もないとは……呂布は目眩《めまい》を覚えてふらつき、姫垣に覆いかぶさった。

その様子は、城下の曹操にもはっきりと見えていた。曹操は静まるようにと手を振って兵士らを制すると、軽やかに人だかりから駆け出して声を上げた。「呂将軍、呂将軍！」

自分をまだ将軍と呼ぶのは誰だ？――呂布は気持ちを奮い立たせて、城下に目を遣った。曹操はまるでほっとしたかのような表情を浮かべ、ゆっくりと話しはじめた。「将軍、気落ちすることはない。行いを改めるのならまだ望みはある。将軍はかつて賊臣の董卓を誅し、偽帝の袁術と戦った。陛下もその功績は忘れておらぬ。それはわしとて同じこと。いま、すでに将軍の軍は敗れ去った。孤城に閉じこもるよりも、天の時と人の和に従って自ら帰順してはどうだ」

曹操の言葉に、迷える呂布は目を覚ました。呂布は青みがかった目を輝かせ、一縷《いちる》の望みがかなったとばかりに、応諾しようとした。するとそのとき、いきなり背後から怒鳴り声が聞こえた。「この城が落ちようとも、この首が落ちようとも、国賊になど誓って降らん！」

城壁に立っていた者も、城下で見上げていた者も、誰もが驚きを隠せず、声のしたほうに一斉に目を向けた。乱れた衣冠もそのままに、憔悴しきった中年の文官が姫垣から身を乗り出している――

これぞ陳宮《ちんきゅう》その人であった。

曹操は一瞬どきりとしたが、すぐに包拳《ほうけん》の礼をとって話しかけた。「公台《こうだい》、別離以来、変わりはないか」

陳宮は怒りと悲しみとを綯《な》い交ぜにして曹操にぶつけた。「曹操、お前には温情や人情などなかろう。袁正甫《えんせいほ》［袁忠《えんちゅう》］と辺文礼《へんぶんれい》［辺讓《へんじょう》］、それに桓文林《かんぶんりん》［桓邵《かんしょう》］の三人が、お前に何をしたというのだ。わけもなく怒りだし、三人を一族もろとも葬りおって！　それに、金元休《きんげんきゅう》はお前が兗州から放り出したせいで、最後は袁術の手にかかって死んだのだ。そのうえ陶謙《とうけん》を攻めたときには、東海《とうかい》の五城の者たちを皆殺しにした。それで徐州の民心を得ているなどと、臆面もなくよく言えたものだな！」

先ほどは呂布が陳登に罵られ、さんざんに辱められたが、陳宮の言葉もまた曹操をいたたまれない気持ちにさせた。やってしまったことは、どうしたって消せはしない。同日に三人の賢人を殺し、金《きん》尚《しょう》を放逐し、徐州の民を殺戮《さつりく》した。これらは曹操が一生背負わねばならない罪である。内実をよく知る陳宮を前にして、曹操にどんな言い訳ができよう。その様子を見て、陳登が慌てて二人のあいだに割って入った。「陳公台、気でも触れたか！　民が懐《なつ》いていないだと？　では、なぜこれほど多くの徐州の者が、いまこうして下邳を包囲しているのだ」

すると、また別の男が城壁の上から答えてきた。「黙れ、陳元竜《げんりゅう》！　いざ戦《いくさ》がはじまるやいきなり裏切って、よくもわが幷州の兄弟たちを殺してくれたな。この高順《こうじゅん》がいる限り、刺し違えてでも恨みを晴らしてやるぞ！」

「ふん、逆臣に手を貸したつけが回ってきたんだ！」陳登も負けじと応酬した。

こちらが口を開けば、あちらが言い返し、また別の者が罵詈雑言を浴びせる。陳登と陳宮、高順の罵り合いはまったく終わりが見えなかった。呂布は総帥の身でありながら口を挟むこともできず、かといって静めることもできず、すっかり手に負えなくなっていた。自分にはもはやどうすることもできない、呂布はそう悟ると、がっくりとしてため息をつきながら奥に入っていった。いっそのこと、曹操に城を明け渡してもかまわないとさえ思いながら……

はじめのうちはただの罵り合いだったのが、とうとう高順は我慢ならなくなり、兵士の弓矢を奪い取って城下に射かけた。曹操と陳登は護衛の兵に守られながら、本隊のなかに身を隠した。それをきっかけにして、城壁の上からは矢と岩とが雨霰《あられ》のごとく降ってきた。城下に詰め寄せていた曹操軍の兵士はなおも罵り続け、なかには矢を射返す者もいた――これはもはや開戦したに等しい。

曹操は護衛とともにずっと後方に下がり、包囲網の外まで出ると、怒号飛び交う白門楼を振り返ってしきりに嘆息した。荀攸《じゅんゆう》、郭嘉《かくか》、程昱《ていいく》の三人も戦場を離れ、馬を飛ばして曹操の後ろに続いた。程昱は、曹操が兗州にいたころからの付き合いである。先ほどの陳宮の言葉が、どれほど深く曹操を傷つけたかをよくわかっていた。そこで、機嫌をとるように笑みを浮かべて、曹操に声をかけた。「明《めい》公《こう》、焦ることはありません。下邳の戦はひとまず兵士たちに任せておきましょう。ここはかつて風雲急を告げた土地、馬に任せて西のほうをぶらぶら見て回るのもよいかもしれません」

「そうだな」曹操は何の気なしにうなずいた。四人は馬首を西に向けると、泗水と沂水の合流しているあたりを目指した。従う者は曹純《そうじゅん》と許褚《きょちょ》が率いる虎豹騎《こひょうき》の百人のみである。

このたびの包囲には各地から兵馬が集結しており、その陣は何里にも及んだ。それぞれの軍営を抜けるときは、必ずその将が跪いて出迎えたが、曹操は声をかけるでもなく、ただ立ち上がるよう手で合図し、そのまま西へと向かった。包囲のもっとも外側に陣取るのは劉備の軍である。ここでは関《かん》羽《う》が護衛を引き連れ、軍門で拝礼しながら曹操を見送っていた。

威風堂々として立派な髭を蓄えた関羽の姿を目にすると、曹操はくさくさしていた気持ちがずいぶんと慰められ、関羽には自ら声をかけた。「雲長《うんちょう》、礼などかまわんから立つがよい」関羽は髭を手でよけながら身を起こした。「明公、陣の慰撫、大儀にございます」

「雲長らこそご苦労である。許都に帰還した暁には、みなに十分な褒賞を取らせよう」

そこで関羽は顔を下げ、歯切れの悪い物言いで訴えた。「明公、どうか秦宜禄《しんぎろく》の件、お忘れございませぬよう」

「んっ?」曹操はつかの間考え込むと、大きな声で笑い出した。「そのことなら覚えておるぞ」ふと見れば、関羽は恥ずかしそうにして、人前ではこれ以上何も話したくないといった面持ちである。そこで曹操は、程昱らを引き連れてそのまま馬を進めた。関羽がこの件を持ち出したのは、これで二度目である。曹操は内心訝《いぶか》った。関雲長のような関西《かんせい》［函谷関《かんこくかん》以西の地］の偉丈夫が、その杜《と》氏とやらにこれほど執心するのはなにゆえか。そう思うと曹操は、いずれ関羽より先にその貂蟬冠《ちょうせんかん》［貂《てん》の尾と蟬の紋様で飾られた冠］を捧げ持っていた女を見てやろうと心に決めた。

包囲の軍営を抜けきると、みな揃《そろ》って顔を上げ、あたり一帯を見渡した。しかし、時あたかも冬将軍の到来を控え、そこにはただ殺風景な景色が広がるばかりである。覇王項羽《はおうこうう》の武勇を伝える跡もなければ、智勇兼備の韓信《かんしん》の余光《よこう》を伝える影もない。色とりどりに咲き乱れる百花の競演もなければ、往来を行き交い懸命に生きる者たちの姿さえ見当たらない。空には陽光を遮る暗雲が立ちこめ、目を落とせば、荒涼とした地が果てしなく広がっている。さらには、厳しい秋の霜にさらされた枯れ草が冷たい北西からの風にあおられて、凍えたように震えている。泗水と沂水は滾々《こんこん》と流れ、川岸の枯れ果てた古木は分かれ目から不気味に湾曲していた……曹操はその光景を前にして立ち尽くし、何か言い表しようのないもの悲しさが胸にこみ上げてくるのを感じていた。

しかし、程昱は興奮冷めやらぬ様子で、泗水にかかる遠くの古い石橋を指さした。「明公は兵法に通じ、『兵書接要《へいしょせつよう》』も著されましたが、あそこがどこかおわかりになりますか」

「ふむう」不意を突かれて曹操はひと声唸《うな》ると、あたりの流れと先に見える石橋をよくよく眺めてみたが、やはり最後にはかぶりを振った。

「あれぞ泗水橋でございます」程昱が微笑みながら教えた。

それを聞くなり、曹操の顔もほころんだ。「そうか、留侯《りゅうこう》が黄石公《こうせきこう》に出会ったところだな」

留侯とは、前漢の開国の名臣張良《ちょうりょう》のことである。張良は戦国時代の韓《かん》の遺臣で、若いころから秦《しん》を倒して韓を復興するという大志を抱いていた。そのため倉海君《そうかいくん》とよしみを結んで豪勇な食客を借り受け、博浪沙《はくろうさ》［河南省中部］にて秦王嬴政《えいせい》［始皇帝《しこうてい》］の暗殺を謀《はか》った。しかし、暗殺に失敗し、倉海君は捕らえられ、張良自身はこの下邳に落ち延びたのである。言い伝えによると、張良が泗水橋を渡っているとき、橋の上から釣り糸を垂れていた老人が靴を川のなかに落とした。すると老人は張良を呼びつけ、愛想もなく無礼な言い方で、張良に靴を取ってくるよう命じた。張良は、相手が年寄りであったことから、言いつけどおり川に入って、その靴を拾ってやった。ところがその老人は、今度は自分に靴を履かせるよう命じた。張良も嫌な顔一つせず、老人の言葉に従った。そこで老人は、「若造は見所があるな」と褒めるや、大切な書物を授けるゆえ、五日後にまたここに来いと命じた。そして五日後、張良がやって来ると、その老人はなんと書物を与えるどころか、また五日後に来いと命じた。そのようなことを繰り返した末、老人はついに兵書三巻を張良に授けた。張良はその兵書を読むことで、以前にも増して智謀をたくましくし、高祖劉邦《こうそりゅうほう》の天下統一を大いに輔佐したという。この老人こそが黄石公で、張良に授けたのが『六韜《りくとう》』という兵書であった。

これには郭嘉も興味を惹《ひ》かれた。「かの張子房《しぼう》が兵書を手に入れたところなら、ちょっと見に行ってみるのもよいのでは」

曹操がうなずくと、四人は馬を下りて、ぶらりぶらりと小橋のたもとまでやって来た。あたりには雑草が生い茂り、石橋はところどころが朽ちていた。北風が吹きすさび、泗水の流れは速く、先人の痕跡などは見る影もない。曹操はため息を漏らした。「どうやら所詮は言い伝えだったようだな……」

同じ景色を見たとしても、そこから何を感じ取るかは、見る人によってそれぞれ異なる……

曹孟徳《もうとく》は、欄干に手をかけながら、何度も深いため息をついた。光陰は流れ去る水のごとく、一度去れば二度と戻らない。気がつけばもうまもなく四十五になろうというのに、自分の成し遂げようとしていることは、相も変わらず終わりが見えない。この世に生きるすべての人々の苦しみは、いったいいつになれば消え去るというのだろうか。曹操はそこで下邳の城を振り返った――あんなに堅固な城をいつ落とせるのか。こうしているあいだにも、河北《かほく》では袁紹が爪牙《そうが》を研いでいるというのに……

程仲徳《ちゅうとく》は、泗水の流れを眺めるうちに胸が高鳴ってきた。男として胸に抱いていた志が、ふつふつと沸き立ってきたのである。乱世に生まれたからには功業を成し遂げねばならん。そうすれば、死後は史官の筆により名を史書にとどめて、後世にまで語り継がれることだろう。程昱も下邳の城を振り返った――やはりあの城は、竜虎相搏《う》つ戦場にふさわしい……

荀公達《こうたつ》は、目を閉じて沈吟《ちんぎん》するうちに虚しさにとらわれた。かつての張良に思いを馳せたのである。もともと張良は韓の国を再興するつもりだったのが、最終的に南面して帝位についたのは劉邦だった。それをわが身に置き換えたとき、いまは漢の臣下として、一生をかけて大功を立てたとしても、その先にあるのは劉家の天下か、それとも曹家の天下なのか……そして荀攸も下邳の城を振り返った――あれはもと楚王韓信の都城。韓信と言えば空前絶後の勲功を立てた。最後は呂后《りょこう》の命《めい》により未央宮《びおうきゅう》にて絶命したが……

郭奉孝《ほうこう》は、衣の襟をぎゅっと引き寄せながら内心で愚痴をこぼした。身を刺すようなこんな北風のなかを、三人とも何を好きこのんで散歩など……幕舎《ばくしゃ》に戻って軍議を開いたほうがいいに決まっている。そして郭嘉もまた下邳の城を振り返った――陳宮と高順め、さっさと降ればよいものを……

四人はそれぞれの思いを胸に秘めたまま、しばらくのあいだ立ち尽くしていた。そしてようやく曹操が沈黙を破った。「仲徳の子は何人だったか」

いきなりの問いに程昱も呆気にとられたが、その意図もわからないままに、にこやかに答えた。「不才の身なれば、ただ武《ぶ》と申す愚息が一人いるのみでございます」

曹操は手を小さく振って否定した。「子を授かるのに才も不才もなかろうて……」そうは言いつつも、曹操は胸のなかで数え比べた。程昱には一子のみだが、自分には曹真《そうしん》、曹彬《そうひん》、何晏《かあん》の三人は別としても、曹丕《そうひ》、曹彰《そうしょう》、曹植《そうしょく》、曹玹《そうげん》、曹沖《そうちゅう》の五人がいる。そのうえ、宛《えん》城で側女《そばめ》とした周《しゅう》氏も近ごろ身ごもったところで、曹操はこのたびの出征に当たり、もし男児なら均《きん》と名づけるよう言い残してきた……四十五にしてなお多くの子を儲け、天下を争い駆けめぐっている。この体はまだまだ生気に溢《あふ》れているではないか。

　曹操は安堵の胸をなで下ろし、下邳城を見やりながら独りごちた。「黄石公の『三略』か……たしか『端末《たんまつ》だ見《あらわ》れずんば、人の能《よ》く知る莫《な》し。天地 神明にして、物と与《とも》に推移し、変動して常無し。敵に因《よ》りて転化し、事先を為さず、動けば輒《すなわ》ち随う［具体的な事象が現れなければ、人は気づくことができない。天地の神々はさまざまな事物を伴って移り変わり、その変化は無窮である。したがって、敵によって対応を変え、こちらからは仕掛けず、敵が動ければそれに合わせて動く］』とあったな……かような境地に至れる者が、果たしてこの天下にいるというのか……」曹操は繰り返しつぶやいた。「事先を為さず、動けば輒ち随う……事先を為さず、動けば輒ち随う……」そこでふと無念さのにじんだ顔を三人に向けた。「呂布の兵力もずいぶん衰えた。もうこちらを煩わせることもなかろう。しかしながら、堅固な下邳城を落とすことは容易ではない。ここはいったん許都に引き上げるほうが賢明なのではないか……」

「わが君、いまここで兵を退くのは断じてなりません」これには荀攸が反対した。「呂布は勇猛なれども智謀なく、ここのところの敗戦続きで、その鋭気は完全にくじかれました。三軍は将をもって主となす、将が意気阻喪《そそう》すれば、それは全軍に響くもの。陳宮に智謀があっても手遅れです。呂布の勇気が折れ、陳宮の智謀が間に合わないいまこそ、急ぎこれを攻めるべきです。そうすれば、必ずや下邳を落とせましょう。もしここで兵を退けば、禍《わざわい》の種を残すことになります。鳴りを潜めたとはいえ、張繍《ちょうしゅう》と袁術がまだ生き延びています。このうえ呂布まで放っておけば、それぞれは疲弊しきっていても、手を組まれたら厄介なことになるでしょう」むろん、それぐらいの理屈がわからない曹操ではない。しかし、いま真に恐るべきは、やはり袁紹が易京《えきけい》［河北省中部］を攻略して南下してくることである。もしここで半年なり、一年でも足止めを食うようなことになれば、許都が危険にさらされる。荀攸もすぐに曹操の考えに思い当たり、髭をしごきつつ言葉を継いだ。「わが君のお考えももっともです。ただ、卑見によれば、下邳も決して難攻不落ではありません」

「ほう、軍師《ぐんし》は何か閃《ひらめ》いたのか」

荀攸は橋の下を指さした。「下邳を落とす秘訣は、われわれの足元にあります」

それを聞いて、郭嘉が真っ先に答えた。「なるほど、水攻めか」

「見事だ……泗水と沂水、この二本の大河は十万の兵にも匹敵するぞ」曹操は指先でとんとんと額を打ってつかの間考えると、いよいよ腹を決めた。「子和《しわ》、速《すみ》やかに命を伝えよ。水路を掘って流れを引き込み、下邳城を水攻めにするのだ！」

「ははっ」曹純は橋のたもとで返事をすると、すぐさま駆けだしていった。

曹操が決断を下すと、ついで郭嘉がみなに知らせた。「許都からの吉報はもうお聞きでしょうか。李傕と郭汜が死んだそうです」謁者僕射《えっしゃぼくや》の裴茂《はいぼう》は節《せつ》［皇帝より授けられた使者などの印《しるし》］を持って関中《かんちゅう》［函谷関以西の渭水《いすい》盆地一帯］に入ると、段煨《だんわい》を先手として長安に攻め入り、李傕および一族の李応《りおう》、李《り》別《べつ》、李暹《りせん》らを誅殺した。また、郭汜は一度は脱出したものの、部下の伍習《ごしゅう》に裏切られて命を奪われた。

荀攸はしきりにうなずいた。「遠からずして、国賊二人の首が許都に届けられるでしょう。それから、このたび一番手柄を上げた段煨ですが、朝見を願い出ております。これは関中の諸将が朝廷に帰順する点で、範《はん》を垂れることとなるでしょう」

それを聞いて、曹操も感じるところがあった。「朝廷に帰順するのであれば、些事に目くじらを立てる必要もあるまい。ここでも、沿岸部に誰か遣わせて帰順を呼びかけるのだ。臧覇、孫観、呉敦《ごとん》、尹礼といった青《せい》州と徐州の匪賊上がりに、そのままいまの支配地域を治めさせてやると伝えよ。刃向かいさえしなければ、朝命に従うかどうかは好きにさせてやれ」むろん、これは窮余の一策である。曹操にとって、眼前に迫る最大の危機は袁紹にほかならない。早々に下邳を落として、河北との戦いに備えねばならないのだ。地元の匪賊上がりの輩と寸土《すんど》を争っている場合ではない。

荀攸、郭嘉、程昱は、口を揃えて同意の声を上げた。「さすがは明公!」

そこで曹操はおもむろに向き直ると、はるか北のほうに目を遣った――袁本初《ほんしょ》、そちらの戦は順調か。こちらは下邳を落とす計を見つけたぞ。お前が一人の朝臣から河北の覇者になるのを、わしはずっとこの目で見てきた。二十年来の友人とこのようなことになるとはな……なんと悲しく、そして痛ましいことよ。兵力ではまったくお前に及ばぬが、どうやらこちらが一歩先んじることになりそうだ。河北の兵は十万を下らんのだろうが、こちらはどれだけかき集めてもせいぜい三、四万。しかしだ、わしの背後には天子がついておる。さらには正義と、そして民とが後押ししてくれる。わしはわしの正義に従って士気を鼓舞し、お前の十万の大軍と渡り合うつもりだ！　四世三公のお前が勝つか、それとも腐れ宦者《かんじゃ》の血を引くわしが勝つか。本初よ、楽しみにしているぞ……曹操は橋のたもとで剣の柄《つか》を握り締め、吹きつけてくる強く冷たい北風に、毅然として立ち向かっていた……

似た者同士

曹操には知る由もなかったが、ちょうど下邳《かひ》の水攻めを指示したころ、河北《かほく》の易京《えきけい》における攻城戦も、いよいよ大詰めを迎えていた。

袁紹《えんしょう》は河北四州の部隊を結集し、易京の砦に対して水も漏らさぬ鉄壁の包囲を敷いたうえ、その南には高さ一丈［約二・三メートル］に及ぶ将帥台を築いていた。袁紹自身、鎧兜に身を包んで陣頭指揮を執っていたが、その将帥台に座っていても、遠方にそびえる恐るべき櫓《やぐら》や高楼の数々は、やはり目もくらむほどの存在感を放っていた。

かつて董卓《とうたく》が天下を騒がせていたとき、幽《ゆう》州の子供たちのあいだで流行していた歌がある。「燕《えん》のお国の南の境、趙《ちょう》のお国の北の端。真ん中閉じぬは大きな砥石《といし》、そのあいだこそ別世界」これはおそらく、戦国時代の燕と趙が易水《えきすい》によって分かたれていたことを歌ったものであろう。公孫瓚《こうそんさん》はこれを予言と捉え、童謡に当てはまる場所を求めて、ついに易水の上流四里［約一・六キロメートル］のところに、広く平らな頂を持つ山を見つけた。そこで、すぐに酷吏《こくり》の関靖《かんせい》を遣わせて、漁陽《ぎょよう》郡などから人を集め、無理やり労役に従事させた。革の鞭と棍棒により恫喝《どうかつ》された無辜《むこ》の民の手によって、ここに易京の砦が完成したのである。

易京城は周囲六里［約二・五キロメートル］、城壁の高さは六、七丈［約十五メートル］もある。城壁は巨石を切り出して積み上げ、上には強弩、丸太、岩石を備えて、衛兵がずっと守りについている。そのほか塹壕《ざんごう》は十重に渡って掘られており、そのあいだには逆茂木《さかもぎ》を設けて近づく者を阻み、落石や突門《とつもん》［敵の侵攻に備える特殊な門］からの反撃で要所を押さえていた。守備側は身を隠して迎え撃てるが、攻め手にすれば、一歩一歩と近づくことさえ難しい。かりに城下まで攻め寄せたところで、そのあとにはさらなる難所が待っている。その昔、墨子《ぼくし》は城門の備えとして、「百歩に一楼、二百歩に一大楼」を建てることを説いた。公孫瓚は先賢の言葉を頑なに守り、城内のあちらこちらに大小数百にも上る櫓を築いたのである。これにより、敵がどの方角から近づいてきたとしても、矢の雨を降らせることができる。そして公孫瓚自身は、高さ十丈［約二十三メートル］あまりある高楼に、妻と側女とともに住んだ。巨石を積み上げ、鉄の門扉を備えたその高楼は、三百万斛［約六万キロリットル］もの穀物を備蓄し、数年はゆうにこもるに足るという代物であった。

堅固な城も、内部から攻められれば意外にもろい。そのため公孫瓚は、わが身の安全について細心の注意を払った。重要な軍務がなければ高楼から一歩も出ず、鉄の門を厳重に閉ざし、その内と外には腹心の兵士を置いて護衛に当たらせた。早馬の知らせが来たときでも鉄の門を開けることは許さず、書簡をかごに入れて縄で引き上げたほどである。さらには、下女のなかから声のよく通る者を選《よ》りすぐり、将兵らに軍令を伝えるときは、その女たちに高楼の上から叫ばせた。ことほどさように至る所に手を打ったので、易京城は大軍の包囲に遭っても揺るぐことさえなかった。

将帥台の上に座る袁紹の左右には、審配《しんぱい》、郭図《かくと》、田豊《でんほう》、沮授《そじゅ》という智謀の士が控えていた。将帥台の下では、斥候《せっこう》たちが引きも切らずに行き来している。二月《ふたつき》以上にわたる交戦で、城を落とすことはおろか、いくつかの塹壕さえまだ突破できずにいた。命を落とした兵卒の屍《しかばね》は、塹壕を埋めるために使われた。袁紹の焦りは募るばかりであったが、それが表には出ないよう、かろうじて押さえ込んでいた。

そのとき、淳于瓊《じゅんうけい》が最前線から馬を飛ばして戻ってきた。少し離れたところで馬を飛び降りると、走るのももどかしげに将帥台の前にやって来た。「大《だい》将軍に申し上げます。物見によれば、公孫瓚の息子が黒山《こくざん》に着いた模様。張燕《ちょうえん》は易京救援のため、すでに兵馬を揃《そろ》えたとのことです」淳于瓊といえば、もとは西園八校尉《せいえんはちこうい》の一人で、当時は袁紹と対等の地位にあったが、いまではすっかり配下の将に成り下がっていた。

「烏合の衆に何ができる！」袁紹はそれを一笑に付した。「高覧《こうらん》と張郃《ちょうこう》の部隊を速《すみ》やかに西へ向かわせよ。その賊軍どもをさっさと黒山に追い返してやれ！」

「ははっ」淳于瓊は袁紹の指示を受けると、すぐにまた駆けていった。

袁紹のそばに控えていた全軍の総司令である沮授が、一歩進み出て袁紹に拝礼した。「あの二人なら必ずや勝ちを収めて帰るでしょう。しかしながら、こちらは強攻すること数か月、将兵らも疲弊しており、このまま戦い続けるわけにもまいりませぬ」

袁紹が眉をしかめると、やはり疲労の色が顔ににじみ出た。「では、どうしろと言うのだ。公孫瓚という禍《わざわい》の種を除かねば、幽《ゆう》州の戦乱は永遠に鎮まらん。そなたらに何かいい方法はないのか」

田豊は沮授の影に隠れるようにして黙り込んでいた。それというのも、許都を奇襲するという進言が退けられたことを根に持っていたためで、もう数日来、何の提案もしていなかった。しかし、いま目の前で悩む袁紹の姿を見ては、やはり口を挟まずにはいられなかった。「かつて董卓は郿塢《びお》を築き、そこなら天下が落ち着くまで籠城できると考えました。しかし、最後は一時の油断から、長安《ちょうあん》にて誅されることとなったのです。これにより、力ではなく、やはり徳に拠って立つべきなのは明らかではありませんか。公孫瓚はむやみに民を虐げたので、河北の役人と民は誰もが恨みを抱いています。いま、兵を用いて勝てないのなら、いっそ軍を引き返し、広く仁徳を修めて、民の慰撫に努めるべきです。人心が懐《なつ》けば、いずれ天下もこちらになびくでしょう。そのときは、武器を手に攻城戦などせずとも、公孫瓚は民に見捨てられて困窮し、必ずや滅びへの道を自らたどるに違いありません」

それを聞いて、袁紹は苦笑いを浮かべた。「元皓《げんこう》、それはたしかに真っ当な考えだ。だが、どれだけの時間がかかると思う？　三年か、五年か、それとも十年か。もはや虫の息の公孫瓚を、そんなに長く生かしておいてやるというのか」そう言いながら、袁紹は胸の前まで蓄えた白髪交じりの髭をなでた。「わしはそんな悠長に構えるつもりはない！」齢《よわい》五十を過ぎたためであろうか、近ごろ袁紹は自分の体に、以前のような生気を感じられなくなっていた。公孫瓚を滅ぼせば、むろん河北の統一はかなうが、その後の道のりはまだ果てしなく遠い。袁紹は、自分がまだ生きているうちに天下統一を果たす夢を見ていた。これ以上、ここで手間取るわけにはいかない。

田豊はまたもや自分の進言が却下されると、とうとう諫めて訴えた。「どうか直言をお許しください。思いますに、大将軍は公孫瓚を滅ぼすことにおいて焦慮が過ぎるのではございませんか。急がば回れとも申します。たとえここで戦功を挙げたとしましても、士卒はその時点で疲労困憊、さらなる戦《いくさ》に駆り出すことなどかないません。民からも怨嗟の声が上がることになるでしょう」

「そんな空論は聞きとうない！」袁紹は不愉快さを隠そうともせず、冷淡かつあざけるように答えた。「もしいま公孫瓚を滅ぼさねば、常に背後から牽制される。それでどうやって黄河を渡り、南下して曹操を始末できるというのだ？」そう口にするや否や、袁紹はもっと体良《てい》く言わねばならないと考え直し、すぐに付け加えた。「陛下は曹操の制御下に置かれておる。何としてでもお救いせねば、臣たるもの心が安まらぬ」

これほど高尚な言い分を持ち出されては、いったい誰が反対できようか。厳粛な面持ちで聞いていた郭図が、突然進み出た。「攻城戦につきまして、まだよく練れてはいませんが、一つ提案がございます」

「おお」袁紹は郭図の言葉に引きつけられた。「かまわん、申してみよ」

「易京の周囲は地勢がやや低くなっております。地下道を何本か掘り進めて、そこから攻め込むことはできないでしょうか」

「地下……地下か……」袁紹はしばし考え込んだ。「しかし、まだ何本かある塹壕のところはどうする？」

「塹壕まで掘り進んだら、地下から土を運んで塹壕を埋めていくのです。上方にいる敵から見えることもないでしょう」郭図は前方を指さしながら説明した。「地下道が易京城まで到達しさえすれば、たとえ兵士が内側から攻め込むことまではできずとも、建築の基礎を揺るがして櫓を倒すことができます。われわれは四方八方から同時に穴を掘りはじめるのです。そして、掘り進めては穴に木をつっかえて支えておき、易京城の土台が弱まったところで、最後にその木の柱を一斉に断ち切ります。そうすれば、さしもの易京城とて一巻の終わりでしょう」

「まったく、これ以上に愚かな方法はないな」沮授は嘲笑した。「数里の外から地下道を掘り、塹壕に行き当たればそれを埋め、穴には木の柱を立てていくとは……すべての普請を行うのに、どれだけの時間と労力がかかることか。地下道を一本掘るだけでも並大抵ではないのに、それを四方八方から同時に進めるとは……全軍の将兵をむだに疲れさせるだけではないか」

郭図も沮授と言い争おうとはせず、静かにほかの者らを見回した。「稚拙なことは承知していますが、目下のところ、ほかに何かよい案がありますかな」

逆にそう問われると、みな一様に押し黙るしかなかった。袁紹はとめどなく考えをめぐらせ続けた――そうだ、これは稚拙な計に違いないが、ほかに試すべき計がないのもまた確かだ。時間と労力がかかるといっても、このまま強攻策で兵士を損なうよりはましなはず……より大切なことは、公孫瓚を倒してこそ、悩みの種である曹操を除けるということだ。ならば、労苦を惜しまず、全力でこの城を落とすしかないではないか！

袁紹はそこまで考えると、奥歯をぐっと嚙み締めて勢いよく立ち上がり、決然と手を高く掲げた。「公則《こうそく》の計でいく！　顔良《がんりょう》と文醜《ぶんしゅう》はいますぐ兵を連れて偵察し、場所を見定めて即刻地下道を掘りはじめよ。すべての兵が持ち回りで穴掘りに当たれ。必ずや最短の時間で敵の城を落とすのだ。すべての者に告ぐ！　泣き言は聞かぬ。恨み言も聞かぬ。いかなる代価を払ってもかまわん。わしの望みは、ただ易京城のみだ！」

「ははっ」郭図は拝命して将帥台を下りていった。

田豊と沮授は袁紹の固執ぶりを見て、いささか眉をひそめた。参謀の審配が一歩進み出て尋ねた。「大将軍、易京を攻略したあと、閻柔《えんじゅう》や鮮于輔《せんうほ》ら、もとの幽州の将はどういたしますか」

袁紹は目を見開いて、つかの間思いをめぐらせると、突然笑い出した。「どうするかだと？　そのままにしておけばいい。たかが幽州の数県、引き続き居座らせておいてやれ。こちらの邪魔をするのでなければ、従うかどうかは好きにさせておけばいい」袁本初《ほんしょ》と曹孟徳《もうとく》、二人はやはり同類と言うべきか。来《きた》るべき決戦に向けて、小さな縄張りを張る相手に対しても、その態度ははからずも一致していた。

そして袁紹は向き直ると、はるか南の地を眺めやった――曹孟徳、昨日の友は今日の敵か……わしは易京を落とす算段を整えたぞ。下邳のほうはどうなんだ？　このわずか十年のあいだに、わしはお前が台頭するのをしかと見届けてきた。董卓討伐の連合軍では居場所すらなかったお前が、いまや朝廷を牛耳る立場になるとはな。孟徳よ、お前こそ、わが天下統一の最大の障壁にほかならない。もうこれ以上、引き延ばすことはなかろう。早くけりをつけてしまおうではないか。用兵の才については、わしはお前にかなわん。天子の奉戴についても、お前に先んじられてしまった。しかしだ、そんなことは関係ない。わしも気力を振り絞って冀《き》州、青《せい》州、幽州、并《へい》州を併呑した。兵士は十万を下らぬ。戦力ではお前をゆうに上回っているぞ！　友よ、お前に志があるように、わしにも志がある。どちらが正しいのかなど、誰にもわからんことだ。この大事を前にしては、かつての友情も忘れ去るしかあるまい。しばし待っておれ。わしはすぐに参るぞ……袁紹は将帥台の上で堂々と立ったまま、眼下を埋め尽くし、途切れることなく続く兵士の隊列を見下ろした。毅然として引き締まった表情を浮かべながら……

建安《けんあん》三年（西暦一九八年）冬、袁紹は公孫瓚を易京に囲み、曹操は呂布《りょふ》を下邳に包囲し、両地の攻城戦はいよいよ大詰めを迎えた。数千里を隔てた地から、二人はまさに以心伝心で、互いを次なる標的として見定めていた。いま、目の前の敵を先に破ったほうが、次の戦いで一歩を先んじることができる。

黄河が横たわる北の大地で、天下分け目の戦の幕はすでに切って落とされていたのである……

主な登場人物　（　）内は字《あざな》

曹操《そうそう》（孟徳《もうとく》）　幼名は阿瞞《あまん》。兗州牧《えんしゅうぼく》など歴任
荀彧《じゅんいく》（文若《ぶんじゃく》）　曹操の幕僚。のちに尚書令《しょうしょれい》
荀攸《じゅんゆう》（公達《こうたつ》）　大《だい》将軍の掾属《えんぞく》［補佐官］などを経て軍師《ぐんし》へ
郭嘉《かくか》（奉孝《ほうこう》）　一時河北《かほく》にいたが、のちに曹操の幕僚へ
董昭《とうしょう》（公仁《こうじん》）　袁紹《えんしょう》の部下だったが、張楊《ちょうよう》のもとに身を寄せたのち、議郎《ぎろう》へ。のちに曹操の幕僚へ
程昱《ていいく》（仲徳《ちゅうとく》）　曹操の幕僚
曹洪《そうこう》（子廉《しれん》）　曹操配下の将、のちに諫議大夫《かんぎたいふ》
曹仁《そうじん》（子孝《しこう》）　曹操配下の将
曹純《そうじゅん》（子和《しわ》）　曹操の親衛騎兵虎豹騎《こひょうき》を率いる
夏侯惇《かこうとん》（元譲《げんじょう》）　曹操配下の将
夏侯淵《かこうえん》（妙才《みょうさい》）　曹操配下の将
丁沖《ていちゅう》（幼陽《ようよう》）　議郎《ぎろう》など歴任
任峻《じんしゅん》（伯達《はくたつ》）　曹操の従妹《いとこ》の夫。兵糧の調達を担当
朱霊《しゅれい》（文博《ぶんはく》）　曹操の配下の将
楽進《がくしん》（文謙《ぶんけん》）　曹操の配下の将
万潜《ばんせん》（不詳）　兗州の治中従事《ちちゅうじゅうじ》など歴任
毛玠《もうかい》（孝先《こうせん》）　曹操の下で官吏の登用など担当
満寵《まんちょう》（伯寧《はくねい》）　曹操配下の文官
薛悌《せってい》（孝威《こうい》）　曹操配下の文官
王必《おうひつ》（不詳）　兗州主簿《しゅぼ》として曹操を護衛
典韋《てんい》（不詳）　都尉《とい》として曹操を護衛
許褚《きょちょ》（仲康《ちゅうこう》）　譙《しょう》県の民。のちに都尉として曹操を護衛
鍾繇《しょうよう》（元常《げんじょう》）　尚書僕射《しょうしょぼくや》など歴任

孔融《こうゆう》（文挙《ぶんきょ》）　北海《ほっかい》の相《しょう》など歴任
禰衡《でいこう》（正平《せいへい》）　平原《へいげん》の才人
袁紹《えんしょう》（本初《ほんしょ》）　冀《き》州牧など歴任
沮授《そじゅ》（不詳）　袁紹軍の監軍《かんぐん》〔総司令〕など歴任
郭図《かくと》（公則《こうそく》）　袁紹の幕僚
田豊《でんほう》（元皓《げんこう》）　袁紹の幕僚
逢紀《ほうき》（元図《げんと》）　袁紹の幕僚
袁術《えんじゅつ》（公路《こうろ》）　左《さ》将軍など歴任
孫策《そんさく》（伯符《はくふ》）　袁術配下の将
劉表《りゅうひょう》（景升《けいしょう》）　荊《けい》州牧など歴任
蔡瑁《さいぼう》（徳珪《とくけい》）　襄陽《じょうよう》の豪族
張繡《ちょうしゅう》（不詳）　南陽《なんよう》の宛城《えんじょう》一帯に駐屯
賈詡《かく》（文和《ぶんわ》）　光禄大夫《こうろくたいふ》など歴任し、張繡の幕僚へ
公孫瓚《こうそんさん》（伯珪《はくけい》）　前《ぜん》将軍など歴任
呂布《りょふ》（奉先《ほうせん》）　一時、兗州の大半を支配下に置くも、曹操に破れて徐州へ

陳宮《ちんきゅう》（公台《こうだい》）　呂布の幕僚
陳登《ちんとう》（元竜《げんりゅう》）　陶謙《とうけん》のもとで典農校尉《てんのうこうい》など歴任
陳矯《ちんきょう》（季弼《きひつ》）　広陵《こうりょう》郡の功曹《こうそう》
劉備《りゅうび》（玄徳《げんとく》）　豫《よ》州刺史《しし》など歴任
徐州についても陶謙から託される
関羽《かんう》（雲長《うんちょう》）　劉備配下の将
張飛《ちょうひ》（益徳《えきとく》）　劉備配下の将
献《けん》帝　劉協《りゅうきょう》　皇帝〔西暦一八九～二二〇年在位〕
曹昂《そうこう》（子脩《ししゅう》）　曹操の息子
曹安民（不詳）　曹操の甥
李典《りてん》（曼成《まんせい》）　李乾《りけん》の甥
卞《べん》氏　曹操の側室
卞秉《べんへい》（不詳）　卞氏の弟
丁《てい》氏　曹操の正妻

主な官職

中央官

太傅《たいふ》　皇帝を善導する非常設の名誉職

大《だい》将軍　非常設の最高位の将軍

三公《さんこう》

太尉《たいい》　軍事の最高責任者で、三公の筆頭

司徒《しと》　民生全般の最高責任者

司空《しくう》　土木造営などの最高責任者

九卿《きゅうけい》

太常《たいじょう》　祭祀などを取り仕切る

光禄勲《こうろくくん》　皇帝を護衛し、宮殿禁門のことを司る

虎賁《こほん》中郎将　皇宮《こうぐう》に宿衛《しゅくえい》する虎賁を率いる

騎都尉《きとい》　もとは羽林の騎兵を監督、のち叛逆者の討伐に当たる

奉車都尉《ほうしゃとい》　皇帝の車馬を司る
光禄大夫《こうろくたいふ》　皇帝の諮詢《しじゅん》に対して意見を述べる
謁者僕射《えっしゃぼくや》　朝廷の儀礼、使命の伝達を司るとともに、動乱を起こした官を慰撫することもある
議郎《ぎろう》　皇帝の諮詢に対して意見を述べる
衛尉《えいい》　宮門の警衛《けいえい》などを司る
太僕《たいぼく》　皇帝の車馬や牧場などを司る
廷尉《ていい》　裁判などを司る
大鴻臚《だいこうろ》　諸侯王と帰服した周辺民族を管轄する
宗正《そうせい》　帝室と宗室《そうしつ》の事務、および領地を与えて諸侯王に封ずることを司る
大司農《だいしのう》　租税と国家財政を司る
少府《しょうふ》　帝室の財政、御物などを司る
執金吾《しつきんご》　近衛兵を率いて皇宮《こうぐう》と都を警備する
侍中《じちゅう》　皇帝のそばに仕え、諮詢に対して意見を述べる
黄門侍郎《こうもんじろう》　皇帝のそばに仕え、尚書の事務を司る士人《しじん》
録尚書事《ろくしょうしょじ》　尚書《しょうしょ》を束ねて万機《ばんき》を統《す》べる。国政の最高責任者が兼務する
尚書令《しょうしょれい》　尚書台の長官
尚書僕射《しょうしょぼくや》　尚書令を補佐する
尚書《しょうしょ》　上奏の取り扱い、詔書の作成から官吏の任免まで、行政の実務を担う

将作大匠《しょうさくたいしょう》　宮殿や宗廟《そうびょう》、陵墓などの土木建築を司る
御史中丞《ぎょしちゅうじょう》　官吏の監察、弾劾を司る
　侍御史《じぎょし》　官吏を監察、弾劾する

武官

驃騎《ひょうき》将軍　大将軍に次ぐ将軍位
車騎《しゃき》将軍　驃騎将軍に次ぐ将軍位
衛《えい》将軍　車騎将軍に次ぐ将軍位
後《こう》将軍　衛将軍に次ぐ将軍位
左《さ》将軍　衛将軍に次ぐ将軍位
北軍中候《ほくぐんちゅうこう》　北軍《ほくぐん》の五営《ごえい》を監督する
　歩兵校尉《ほへいこうい》　上林苑《じょうりんえん》の駐屯兵を指揮する
　越騎校尉《えっきこうい》　越騎を指揮する
　射声校尉《しゃせいこうい》　宿衛《しゅくえい》の弓兵を指揮する
司馬《しば》　将軍の属官

地方官

司隷校尉《しれいこうい》　京畿地方の治安維持、同地方と中央の百官を監察する

州牧《しゅうぼく》　州の長官。郡県官吏の監察はもとより、軍事、財政、司法の権限も有する
刺史《しし》　州の長官。もとは郡県官吏の監察官
従事《じゅうじ》　刺史の属官
河南尹《かなんいん》　洛陽《らくよう》を含む郡の長官
国相《こくしょう》　諸侯王の国における実務責任者
太守《たいしゅ》　郡の長官。郡守ともいわれる
督郵《とくゆう》　郡の長官の属官で、各県を巡視する
都尉《とい》　属国《ぞっこく》などの治安維持を司る武官
県令《けんれい》　県の長官
県長《けんちょう》　一万戸以下の小県の長官
功曹《こうそう》　郡や県の属官で、郡吏や県吏の任免賞罰などを司る

の地図
烏桓
鮮　卑
遼東属国
玄菟
遼西
遼東
幽
州
楽浪
上谷
漁陽
代郡
右北平
広陽
涿郡
五原
雲中
朔方
定襄
黄
河
并
州
雁門
冀
州
上郡
太原
涼
州
武威
北地
西河
上党
青州
金城
司
隷
兗州
徐
州
安定
洛陽
隴西
渭水
漢陽
長安
豫州
武都
九江
宛県
南陽
淮河
呉郡
漢中
広漢属国
荊
州
廬江
丹陽
江夏
会稽
益
州
広漢
蜀郡
犍為
南郡
長江
揚
州
巴郡
蜀郡属国
武陵
豫章
長沙
越巂
犍為属国
牂柯
零陵
桂陽
夷
洲
益州
交
州
蒼梧
南海
郁林
合浦
交趾
朱崖洲
九真
0km
630km
日南

後漢時代
張掖居延属国
西域長史
敦煌
酒泉
張掖
西
羌
永昌
凡例
◎ 都
太字 州
• 郡、国、属国（司隷、冀州、青州、兗州、豫州、徐州以外）
○ 主要地、一部の県
—— 州界

後漢時代の司隷《しれい》の地図

後漢時代の冀《き》州、青《せい》州、兗《えん》州、豫《よ》州、徐《じょ》州の地図

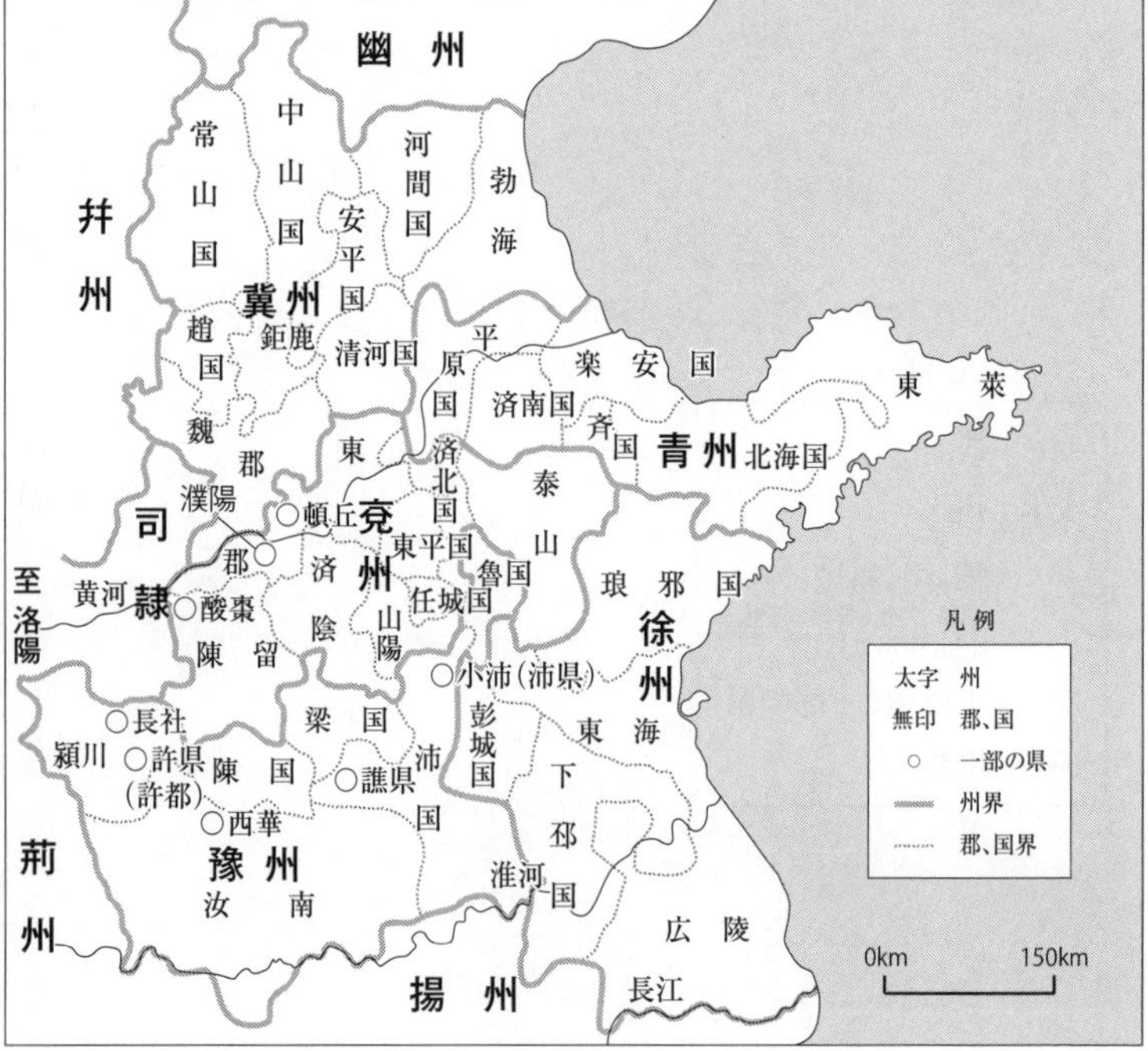

●著者

王 暁磊（おう ぎょうらい）

歴史作家。中国在住。『後漢書』、『正史 三国志』、『資治通鑑』はもちろんのこと、曹操に関するあらゆる史料を 10 年以上にわたり、まさに眼光紙《がんこうし》背《はい》に徹するまで読み込み、本書を完成させた。曹操の 21 世紀の代弁者を自任する。著書にはほかに『武則天』（全 6 巻）などがある。

●監訳者、訳者

後藤 裕也（ごとう ゆうや）

1974 年生まれ。関西大学大学院文学研究科中国文学専攻博士課程後期課程修了。博士（文学）。現在、関西大学非常勤講師。専門は中国近世白話文学。著書に『語り物「三国志」の研究』（汲古書院、2013 年）、『武将で読む 三国志演義読本』（共著、勉誠出版、2014 年）、訳書に『中国古典名劇選Ⅱ』（共編訳、東方書店、2019 年）、『中国古典名劇選』（共編訳、東方書店、2016 年）、『中国文学史新著（増訂本）中巻』（共訳、関西大学出版部、2013 年）などがある。

●訳者

稲垣 智恵（いながき ともえ）

関西大学大学院文学研究科文化交渉学専攻博士課程後期課程修了。博士（文化交渉学）。現在、国際日本文化研究センタープロジェクト研究員、関西大学、京都外国語大学非常勤講師。専門は近現代中国語学。論文に「万葉集における人称代名詞の連体修飾について――中国語欧化文法を考える一視点」（『或問』第 23 号、2013 年）、「“定語＋人称代名詞”構造は「欧化文法」か否か」（『中国語研究』第 55 号、2013 年）、「『北京官話全編』に於ける“V着”の用法に関して」（『北京官話全編の研究』下巻、2018 年）などがある。

曹操　卑劣なる聖人　第四巻
2020年10月15日　初版第1刷　発行

著者　王 暁磊
監訳者、訳者　後藤 裕也
訳者　稲垣 智恵
装丁者　大谷 昌稔
装画者　菊馳 さしみ
地図作成　閏月社
発行者　大戸 毅
発行所　合同会社 曹操社
〒344－0016　埼玉県春日部市本田町2－155
電話048（716）5493　FAX048（716）6359
発売所　株式会社 はる書房
〒101－0051　東京都千代田区神田神保町1－44 駿河台ビル
電話03（3293）8549　FAX03（3293）8558
印刷・製本　中央精版印刷株式会社

ISBN 978-4-910112-03-9